Tove Alsterdal
Tödliches Schweigen

Weitere Titel der Autorin:

Tödliche Hoffnung

Titel auch als E-Book erhältlich

Tove Alsterdal

TÖDLICHES SCHWEIGEN

Kriminalroman

Übersetzung aus dem Schwedischen von
Ursel Allenstein

Lübbe Paperback

Dieser Titel ist auch als E-Book erschienen

MIX
Papier aus verantwortungsvollen Quellen
FSC® C006701

Titel der schwedischen Originalausgabe:
»I tystnaden begravd«

Die Zitate von Nikolaj Gogol stammen aus folgenden Ausgaben:
Nikolaj Gogol, Erzählungen, übersetzt und herausgegeben von Eberhard Reissner, Reclam Stuttgart, 1988/2012, siehe Seite 34
Nikolaj Gogol, Tote Seelen, übersetzt von Vera Bischitzky, dtv 2009/2013, siehe Seiten 36, 85, 439

Textredaktion: Hanna Granz, Witten
Umschlaggestaltung: Sandra Taufer, München
Einband-/Umschlagmotiv: © shutterstock/Gordan; © Maren Becker/Trevillion Images
Satz: Urban SatzKonzept, Düsseldorf
Gesetzt aus der Garamond
Druck und Einband: CPI – Ebner & Spiegel, Ulm
Printed in Germany
ISBN 978-3-7857-6103-8

5 4 3 2 1

1.

Papier braucht er nicht, um die Sauna anzuheizen, aber die Briefe sollen brennen. Einen Umschlag hat er in der Hand zusammengerollt und hält das Streichholz daran. Den anderen faltet er zusammen und steckt ihn direkt in das Feuer. Er wartet noch ein wenig damit, die Ofenklappe zu schließen, sitzt vollständig bekleidet auf der Pritsche und beobachtet, wie die Flammen zu tanzen beginnen. Wie das Höllenfeuer, denkt er, während die vermaledeiten Maklerbriefe verbrennen und zu Asche zerfallen. Der Jüngste Tag naht.

Als die Saunasteine heiß genug sind, zieht er die Handschuhe an und hebt sieben davon heraus. Er wickelt sie doppelt in Handtücher ein und trägt sie zum Schlitten hinaus. Der Schnee hat seine Spuren schon fast wieder verwischt. Ein Wind fegt über den Hof und lässt die Birken knacken, es ist der *ryssätuuli*, der eiskalt von der Barentssee heranweht. Von der finnischen Seite hört er das ewige Donnern der Eisenbahn. Aber da ist auch noch etwas anderes. Eine seltsame Unruhe liegt über Rauhala.

Er schnallt die Skier an und findet die Loipe zwischen den Birken. Auf den anderen Höfen in der Ferne regt sich nichts. Er begibt sich nur selten nach draußen, um zu heizen, bevor die alten Weiber ins Bett gegangen sind, denn er mag es nicht, wenn jemand kommt und sich einmischt.

... Da fahren alle Freunde der Welt zur Hölle, denn die Zuwendung zur Welt ist die Abwendung von Gott. Doch wehe

euch, die ihr euch daran weidet, der Tag wird kommen, da ihr leidet!

Vor ihm erhebt sich die dunkle Silhouette Rauhalas aus dem Schnee. Das Wohnhaus steht wie festgefroren auf der Erde, verlassen und ausgekühlt, aber die Stimmen sind noch da. Er geht dort nicht mehr hin. Alle Fenster sind mit Frost überzogen, und man kann weder hinein- noch hinaussehen. Er weiß jedoch, dass die Stimmen auf den Sünder warten, sie warten dort drinnen und rufen nach ihm.

Zuerst kommt er auf seinen Skiern am Viehstall vorbei, dessen Dach eingestürzt ist. Der ganze Dreck soll in den Abgrund stürzen, ehe er den Gierteufel und den Hurenteufel und den Ehrteufel nach Rauhala lässt. Ungeheuerlich, dass sie den Toten ihren Hof wegnehmen wollen.

Das Vorratshaus, das Aitta, liegt etwas abseits, außerhalb des Hofs. Es hat keine Fenster. Niemand kann ihn anstarren, und er glaubt, dass auch Gott ihn dort nicht sehen kann. Er schnallt die Skier ab und schiebt sie zwischen die Pfähle, auf denen der Holzspeicher erbaut worden ist. Dann hebt er das warme Bündel vom Schlitten und öffnet die Tür. Die Steine wird er auf den Dachboden schleppen und ans Fußende des Bettes legen, dann bleibt es bis zum nächsten Morgen warm. In der Nacht lässt er den Ofen abkühlen, um Gasol zu sparen. Er hätte zwar genügend Geld, um welches zu kaufen, aber er vermeidet es, mit dem Bus zum Einkaufen zu fahren. Die Leute starren ihn an. Manchmal gehen sie auch zu ihm und stellen Fragen. Ist das nicht dieser Lars-Erkki Svanberg? Oder das Schlimmste: *Lapp-Erik! Du bist doch Lapp-Erik?*

Teufel auch, dass der Mensch nicht in Ruhe gelassen werden kann.

Er hat gerade das Bündel ins Haus gehievt, als ein Geräusch ihn innehalten lässt. Ein Lastwagen dröhnt in der Ferne vorüber, südwärts auf dem Weg nach Haparanda, aber das ist es nicht, wonach er lauscht.

Er ist sich sicher, das Knarzen einer einbrechenden Schneedecke zu hören. Ein Schritt, der im Neuschnee versinkt, und dann noch einer. Kein Tier macht so laute Schritte. Es kommt eindeutig aus Richtung der Sauna, von den Eiswegen auf dem Fluss. Schnell betritt er den Speicher und zieht vorsichtig die schwere Holztür hinter sich zu. Sofort wird es grabesfinster. Er kramt in seiner Hosentasche nach Streichhölzern, denkt jedoch, dass er die Petroleumlampe besser nicht anstecken sollte. Das Licht könnte durch eine Ritze zwischen den Balken nach außen dringen, und dann wüssten sie, dass er wach ist. Wahrscheinlich wollen sie ihn im Bett überraschen, diese Teufel, aber Lars-Erkki Svanberg lässt sich nicht überrumpeln. Er hat schon oft genug Leute vom Hof verjagt, Kinder und alte Weiber, die aus Neugier zu ihm kamen. Haben sie vergessen, dass er einmal jeden Mann auf der Welt besiegen konnte? Die Urkraft aus dem Norden, schrieben die Zeitungen damals. Höllisch viele Artikel. Er hat die Wände des Dachbodens damit isoliert.

Das Gewehr hängt an einem Brothaken von der Decke. Er tastet sich am Balken entlang und hebt es herunter. Die Patronen liegen in einer Kiste am anderen Ende, wo er alles Wichtige verwahrt. Das Werkzeug, das Brot und die Schlüssel von Rauhala. Er hält seine Dinge in Ordnung, jeder Gegenstand hat seinen festen Platz. Die Kiste findet er sofort, doch seine Hand zittert, und er lässt die Patronen fallen. Er hört nicht, wohin sie rollen. Auf dem Boden liegen vier Teppichschichten, jeden einzelnen Flickenteppich auf Rauhala hat er zur Isolierung hierher geschleift. Er kriecht über den Boden und tastet mit den Händen in der Dunkelheit herum, ohne sie jedoch zu finden. Jetzt sind die Schritte direkt hinter dem Speicher zu hören. Der da draußen bewegt sich vorsichtig, wie wenn man bei der Jagd einer Fährte nachgeht.

Er gibt die Patronen auf und krabbelt zum Gasolkamin, wo die Axt immer steht. Mit den Händen fährt er die grobe Holzwand entlang, doch sie ist nicht da. Hat er die Axt etwa neben der Sauna vergessen? Hol's der Teufel! Er erinnert sich, dass er sie an den Eingang gelehnt hatte, nachdem er Holz gehackt hatte. Und jetzt ist das Geräusch direkt vor der Tür. Was zur Hölle, wenn sie hereinkommen. Er hat die Tür weder abgeschlossen noch verriegelt, und hier drinnen hat er nur das Allernötigste, was ein Mensch zum Leben braucht. Das wird ihm doch niemand wegnehmen wollen. Oder sind sie gekommen, um ihn selbst zu holen? Er wird nirgendwo hingehen. Der Jüngste Tag, denkt er, als er über die Teppiche zurückkriecht. Lars-Erkki Svanberg hat keine Angst vor den Lebenden. Nur die Toten auf Rauhala fürchtet er mitunter und das Höllenfeuer. Schließlich nimmt er das Gewehr, ungeladen, und steht mühsam auf. Sein Rücken kann nicht mehr und die Beine sind steif, aber er geht im Stockfinsteren zur Tür und stößt sie auf. Der schwache Schein des reflektierenden Schnees fällt herein. Er späht hinaus, horcht in den Wind. Die weiße Decke liegt still und unberührt, nichts regt sich. Vorsichtig steigt er die vier Treppenstufen hinunter.

Er will gerade das Gewehr heben und sich umsehen, als der Schatten eines Menschen auf den Schnee fällt. Ein Atemzug. Jemand, der dort gestanden und gewartet hat, hinter der Tür geduckt, als er sie öffnete.

Er fährt herum und sieht einen Menschen ohne Gesicht, die Mütze tief in die Stirn gezogen, sodass nur die Teufelsaugen darunter hervorblitzen. Wie Nebel aus einem Abgrund steigt die Angst in ihm auf, und er fuchtelt mit seinem Gewehr herum. »Geht weg von mir, ihr Verdammten. Entflieht dem nahenden Zorn ... der gerechte Richter, die Sündenqualen werden eure Seelen schmoren lassen ... alles Teufelsdreck ... Teufelsdreck.«

Da sieht er den Arm, der sich über seinem Kopf hebt. Den Umriss eines Werkzeugs.

Satan in der Hölle, ist sein letzter Gedanke, sie haben tatsächlich die Axt gefunden.

Anschließend herrscht wieder Ruhe auf Rauhala.

Sie drehte den Wohnungsschlüssel um. Zwei Umdrehungen, an die sich ihre Hand erinnerte, zwei Umdrehungen, die einem versicherten, dass man ordentlich abgeschlossen hatte.

Sofort schlug ihr der Gestank entgegen. Sie wich zurück und hielt die Luft an. Dünste von Kot und verfaulendem Müll.

Stickigkeit und Einsamkeit und eingetrockneter Urin.

Katrine band sich den Schal vor den Mund und stellte ihren Koffer in den Flur. Dann zog sie schnell die Tür hinter sich zu, damit der Geruch nicht ins Treppenhaus drang und die Nachbarn sich wunderten, was sie hier zu suchen hatte. *Und warum sie nicht früher gekommen war.*

Auf dem Boden hatten sich die Post und Werbeprospekte hinter dem Türschlitz zu unordentlichen Bergen getürmt. Hier stand die vertraute Kommode im Rokokostil, hier lagen die braun-rosafarbenen Webteppiche, die noch nie ausgetauscht worden waren, und hier hing die Hutablage, auf der die alte Pelzmütze ihrer Mutter thronte. An der Wand entdeckte Katrine den Kunstkalender mit Motiven aus der Tate Modern, den sie zu Weihnachten aus London geschickt hatte.

Kein einziges Kalenderblatt war gewendet worden. Die Zeit war stehen geblieben.

Ich bin sofort gekommen, nachdem sie angerufen haben, sagte sie zu sich selbst. Im Kopf entwarf sie bereits ihre Verteidigungsrede, während sie von Zimmer zu Zimmer ging und alle Fenster weit aufriss. Ich wohne in London. Ich kann nicht einmal in der Woche nach Hause fliegen, um Mama zu besuchen. Und warum hat Anders sich nicht um sie gekümmert? Ich habe einen Bruder, ich habe verdammt noch mal einen Bruder, der gerade einmal drei Kilometer von hier entfernt wohnt. Ich kann nicht alle Schuld auf mich nehmen.

Sie sank auf einen Küchenstuhl, von wo aus ihr Blick direkt auf einige verkohlte Reste neben dem Toaster fiel. Was war das bloß? Fleischwurst?

Im Krankenhaus hatten sie gesagt, Ingrid Hedstrand sei unterernährt gewesen, was die Demenz vermutlich verschlimmert hatte. Eine Nachbarin hatte Alarm geschlagen. Die Wohnungstür hatte offen gestanden, Ingrid hatte auf dem Boden gelegen und nicht mehr aus eigener Kraft aufstehen können. Doch das kranke Bein war nicht das Schlimmste. Im Krankenhaus hatte man eine senile Demenz vom Alzheimer-Typ festgestellt. Möglicherweise hatte Ingrid Hedstrand auch einen leichten Schlaganfall erlitten. Jetzt wurde untersucht, wie pflegebedürftig sie war.

Verzeih mir, Mama, dass ich nicht hier war. Verzeih mir, dass ich nichts wusste.

Lange saß sie auf einem Ecksofa im Wohnzimmer und weinte. Die inneren Bilder von der Mutter in diesem Zimmer; lächerliche kleine Details. Wie sie dort auf dem Sofa saß, immer ganz am Rand, und strickte, während der Fernseher lief, oder einen Schal oder eine Strickjacke häkelte, egal bei welcher Sendung, immer waren ihre Hände mit irgendetwas beschäftigt. Eine Tasse Silbertee am Abend und ein belegtes Knäckebrot. Silbertee! War das nicht einfach nur heißes Wasser mit Zucker? Abends zog sie immer ihren hellgrünen Morgenrock an, um die anderen Kleider nicht unnötig zu zerschleißen. Und das Haar, immer ordentlich auf Wickler gedreht, wenn sie schlafen ging, und das morgendliche Make-up, wenn sie zur Apotheke aufbrach. Katrine erinnerte sich daran, dass sie sich eine jüngere Mutter gewünscht hatte; warum ihr das so wichtig gewesen war, wusste sie nicht mehr.

Draußen brach eine graue Dämmerung herein.

Sie trat auf den Balkon und stand lange in der feuchten Kälte. Sah über die Vororte, Månadsvägen, Västerby, Jakobsberg. Ihr Kindheitsland, ein Feld zwischen Straßen und Wohngebieten, morastig von Schneematsch und Lehmboden. War es hier nicht schon immer schlammig gewesen? Dreck, der bis zur Jeans hinaufspritzte? Dort hatte sie auf dem Weg zur Schule eine Abkürzung genommen und war von den Jungs aus ihrer Klasse mit Schnee eingeseift worden. Hatte hinter dem Werkraum Klebstoff geschnüffelt und zum ersten Mal mit Jojje geknutscht. Ihre gesamte Schulzeit war auf der anderen Seite des Felds aufgereiht, flache Gebäude von der Grundschule bis zum Gymnasium, in denen sie mehr Tage verbracht hatte, als sie Lust hatte zu zählen. Beim Abi-Fest hatte sie sich mit einem widerwärtigen Gesöff betrunken, das sie aus gestohlenen Resten aus Ingrids Schrank zusammengemischt hatte, und war anschließend in einem fremden Bett aufgewacht, mit Brechreiz und einem einzigen Gedanken im Kopf: frei.

Die Fußwege kreuzten sich, doch letzten Endes führten sie alle ins Zentrum, zum Pendelzug, weg. Bis zum Stockholmer Hauptbahnhof fuhr man siebzehn Minuten. Sie hatte sich vorgenommen, nie wieder zurückzukehren.

Obwohl sie fror, blieb sie stehen und versuchte, dieses Gefühl noch einmal einzufangen. Dass alles vor ihr lag, dass alles möglich war. Doch es ging nicht.

Acht Jahre wohnte sie nun schon in London. Hatte als freiberufliche Journalistin gejobbt und sich anfangs mit billigen Reportagen über ausgewanderte Schweden über Wasser gehalten, während sie von einer großen Zukunft träumte. Sie war von Wohnung zu Wohnung gezogen, hatte vieles in Kauf genommen und sich durchgebissen, bis sie eines Tages das große Los zog, einen Vertrag als *Stringer* für die Nachrichtensendung des schwedischen Radios. Und dann hatte sie Alastair kennengelernt. Ein Psychotherapeut mit einer eigenen Praxis auf der

Harley Street, was für ein Zufall, dass sie sich begegnet waren, ein Fest, ein Bekannter eines Bekannten. Inzwischen waren fünf Jahre vergangen, seit er sie zum ersten Mal in seine große Wohnung im Harley House eingeladen hatte, ein Haus mit Turm und Concierge in der Marylebone Road, eine Adresse, bei der die Leute anerkennend die Augenbrauen hochzogen.

Ich muss mich zusammenreißen, dachte sie und klammerte sich an das Balkongeländer. Die Kälte des Metalls drang durch die Haut und ließ die Finger gefrieren.

Man hatte sie kurz nach Weihnachten informiert. Zwanzig feste Freie mussten entlassen werden. Ihr Vertrag mit dem Radio würde nicht verlängert. Diesen Monat würde sie zum letzten Mal bezahlt. Und noch bevor sie sich aufraffen konnte, andere Aufträge zu akquirieren, brach schon die nächste Katastrophe über sie herein.

Katrine ging wieder zurück in die Wohnung. Musste irgendwo anfangen. Mit dem Schlimmsten, immer mit dem Schlimmsten anfangen, hatte ihr das die Mutter nicht beigebracht? Im Schlafzimmer fand sie zusammengeknüllte Laken unter dem Bett. Starr von getrockneten Fäkalien. Sie hielt sich die Nase zu, als sie sie in eine Plastiktüte stecken wollte. Die Tüte war zu klein. Sie durchsuchte Schränke und Schubladen und fand eine schwarze Rolle mit großen Kunststoffsäcken. Dort stopfte sie alles hinein, knotete den Sack zu und warf ihn in den Müllschlucker draußen im Treppenhaus. Oben im Wäschekorb lagen ordentlich zusammengelegte, saubere Handtücher. Darunter mehrere fleckige Nachthemden. Sie riss einen weiteren Sack von der Rolle ab und sah die Mutter vor sich, wie sie verzweifelt die sauberen Handtücher obenauf legte, um ihre Schande zu verbergen. Ahnte den Schrecken, wenn das eigene Selbst kollabierte. Wenn man von einem Zimmer zum nächsten ging und sich nicht mehr erinnern konnte, was man dort wollte.

Katrine wusch sich die Hände, schrubbte sie bis weit über die Ellbogen hinauf. Dann nahm sie die Post in Angriff.

Sie setzte sich an den Küchentisch, öffnete und sortierte die Briefe und spürte, wie allmählich eine gewisse Ruhe einkehrte. Dies waren handfeste Katastrophen, die es zu beseitigen galt. Papiere, Ziffern und Analysen – das konnte sie gut.

Es gab Mahnungen über unbezahlte Rechnungen, die Monate zurücklagen, Inkasso-Drohungen und sieben Forderungen vom Gerichtsvollzieher. Ausgerechnet ihre Mutter, die ihre Rechnungen normalerweise zwei Wochen zu früh bezahlte, um den Gläubigern zu beweisen, dass sie tatsächlich in der Lage war, ihre Schulden selbst zu begleichen. Jetzt hatte sich diese sorgfältige Haushaltsbuchführung in den ersten Kreis von Dantes Inferno verwandelt.

Sie wollte gerade einen Brief von einem Maklerbüro in den Müllsack mit der Reklame werfen, als sie zufällig die Adresse las. Der Umschlag war an die »Eigentümerin Ingrid Hedstrand« adressiert. Katrine riss ihn auf und las die wenigen Zeilen wieder und wieder.

»Da der Kunde großes Interesse daran hat, die Immobilie zu erwerben …«

Immobilie? Welche Immobilie? Ingrid Hedstrand wohnte im Månadsvägen in Jakobsberg, seit diese Häuser im Jahr 1961 erbaut worden waren. Was sie in der Apotheke verdient hatte, wusste Katrine nicht genau, aber das Gehalt hätte wohl nicht einmal für ein Sommerhäuschen gereicht. Katrine hatte Hosen aus dem Versandhauskatalog getragen, als alle andere Markenjeans bekamen, jede kleine Käserinde musste wieder eingepackt und für den nächsten Tag aufbewahrt werden, und angebrannte Brötchen waren immer noch Brötchen.

Sie las den Brief noch einmal.

Die Immobilie, an der der besagte Kunde so interessiert war, lag in Kivikangas in der Kommune Haparanda.

Kivikangas hieß die Stadt, in der ihre Mutter geboren war.

Katrine lehnte sich auf dem harten Holzstuhl zurück und schloss die Augen. Sie konnte den Ort auf der Karte vor sich sehen, weit oben in Norrland, östlich an jenem blauen Band gelegen, das den Grenzfluss zwischen Schweden und Finnland darstellte. Als sie in die Oberstufe kam, hatte sie es aufgegeben, die Mutter zu fragen, ob sie einmal dort hinfahren könnten. An der Wand des Klassenzimmers hing eine Karte, auf der die Schüler mit Stecknadeln die Orte markieren durften, die sie schon einmal besucht hatten, und anschließend berichtete die Lehrerin von den Blumen in dieser Landschaft, von Provinzhauptstädten und Flüssen und Bergen. Katrine hätte gern so weit oben eine Nadel hineingesteckt, aber Ingrid sagte, die Reise sei zu teuer. »Ich verstehe nicht genau, was du da eigentlich willst.« Sie redete immer langsam und übertrieben deutlich, verschluckte in ihren Sätzen keine einzige Silbe oder Endung. »Wir könnten doch die Verwandtschaft besuchen«, versuchte Katrine, denn sie hatte gehört, dass andere Kinder das in den Sommerferien und an Weihnachten auch taten. »Es gibt keine Verwandten, die unseren Besuch erwarten«, erwiderte ihre Mutter, »davon ist niemand mehr übrig.«

Katrine starrte auf die Summe, die der potentielle Käufer für ein Haus zu zahlen bereit war, das nicht existierte.

1,1 Millionen Kronen. Weiter unten war der Betrag in Ziffern angegeben: 1 100 000.

Sie wühlte sich weiter durch den Poststapel. Dies war offenbar nicht der erste Brief. »Da Sie auf unser erstes Angebot nicht reagiert haben ...«

Sie fand drei weitere weiße Umschläge des Maklerbüros »Mäklarcentrum i Luleå AB«.

Das ist ein Irrtum, dachte sie. Das kann gar nicht sein.

Ingrid Hedstrand lag in einem Vierbettzimmer auf der geriatrischen Station. Heruntergezogene Jalousien, ausgeschaltetes Licht. Es war erst kurz nach acht, aber hier hatte die Nacht bereits angefangen.

Katrine schlich hinein, zog behutsam den Stuhl vom Fußende heran und setzte sich neben das Bett.

»Mama«, flüsterte sie.

Eine Art Schmetterlingsflattern unter den Augenlidern. Die Hand tastete über das Laken. Katrine nahm sie und spürte, wie die Mutter ihre Hand drückte.

»Ach was, bist du jetzt gekommen?«

»Ich war doch heute Vormittag schon mal hier, Mama, ich hatte Minzschokolade dabei, ich bin so schnell hierhergekommen, wie es ging, erinnerst du dich denn nicht?«

Ingrid versuchte, sich im Bett aufzusetzen, sank jedoch wieder nach hinten. Sie war so mager, die Haut ihrer Hand so durchscheinend und zart wie Pergamentpapier.

Das ist meine Mutter, sagte Katrine zu sich selbst und versuchte, hinter die Falten zu sehen. Der Mensch, der mir am nächsten stehen sollte.

»Entschuldige, dass ich dich geweckt habe, aber es gibt da eine Sache, die ich dich fragen muss.«

Das graue Haar breitete sich über das Kissen, es war nicht mehr lockig. Nur noch glatte Strähnen. Es muss doch hier einen Friseur geben, dachte Katrine, so muss sie wirklich nicht aussehen. Ingrid, die ihr Haar immer mahagonibraun gefärbt hatte; sie hatte so großen Wert auf ihr Äußeres gelegt.

»Wir müssen über das Haus in Kivikangas sprechen, Mama.«

Ingrids Blick irrte durch den Raum. Sie sah ängstlich aus.

»Müssen wir denn jetzt gehen?«

»Warum hast du uns nie erzählt, dass du ein Haus hast?«

Behutsam legte Katrine ihre Hand auf die Wange der Mutter. Sie fühlte sich kalt an. Katrine sah ihr in die Augen – und doch nicht. Es war, als wäre ihr Blick mit einem Film überzogen, als wäre sie noch tiefer in sich selbst versunken.

Anders, Katrines Bruder, hatte ebenfalls noch nie etwas von einem Haus gehört. Katrine hatte ihn angerufen und von den Briefen des Maklers erzählt. Das letzte Gebot waren 1,3 Millionen Kronen. Der Makler hatte Ingrid Hedstrands Schweigen als Verhandlungsbasis interpretiert und die Summe mit jedem Brief erhöht. Der eigentliche Wert lag bei 36 000 Kronen, darüber gab die letzte Steuererklärung der Mutter Auskunft. Katrine hatte alle Schubladen durchsucht, bis sie die Eintragung ins Grundbuch, das Bestandsverzeichnis, die Steuererklärungen, ja alles, gefunden hatte. Dort stand schwarz auf weiß, dass Ingrid Hedstrand im Jahr 1974 eine Immobilie von der verstorbenen Frau Siri Kankanranta geerbt hatte. Das Haus war 78 Quadratmeter groß, das Grundstück 2432 Quadratmeter. Ingrid wurde als alleinige Erbin erwähnt.

Katrine versuchte, den Blick der Mutter zu durchdringen, und fühlte sich betrogen.

»Jemand möchte dein Haus kaufen, Mama. Verstehst du, was ich sage? Sie wollen unglaubliche Summen dafür zahlen. Was soll ich ihnen denn antworten?«

Aus einem der anderen Betten ertönte ein Jammern. Nicht dass die ganzen anderen alten Tanten noch aufwachten! Katrine war nur unter der Bedingung hereingelassen worden, niemanden zu stören.

»Nein, jetzt müssen wir aber gehen!«, sagte ihre Mutter klar und deutlich. Mühsam richtete sie ihren zerbrechlichen Körper auf. Katrine nahm den Becher mit dem Saft, der auf dem Nachttisch stand.

»Möchtest du etwas trinken?«

Die Mutter stieß ihre Hand weg, sodass der rote Saft über das Laken schwappte.

»Bitte, Mama, du kannst jetzt nicht gehen. Du bist im Krankenhaus.«

Die Mutter zerrte Katrine am Arm. *»Onko se täällä?«* Katrine machte sich los und starrte die dürre Frau an, die halb aufgerichtet im Bett saß. Diese fremden Worte aus ihrem Mund. Ein eiskalter Hauch durchfuhr Katrine. Die Alte fuchtelte mit den Armen, ihre Hand bohrte sich erneut in den Oberarm der Tochter, als hätte sie scharfe Krallen.

»Mama, bitte, beruhige dich doch.«

»Onko se täällä nyt? Onko se tullu?«

Es klang wie Finnisch. Ganz eindeutig, es war Finnisch. Ingrid Hedstrand hatte noch nie Finnisch gesprochen. Sie ist verrückt, dachte Katrine, meine Mutter ist verrückt geworden, und ich verkrafte das nicht.

»Was sagst du da? Sprich Schwedisch, sprich bitte so, dass ich dich verstehe.« Sie versuchte, ihren Blick festzuhalten, aber die Augen der Mutter flackerten hin und her, ohne etwas wahrzunehmen.

»Se lupasi tulla mutti, ei se tullu.«

Jetzt schrie sie laut und warf sich auf dem Bett hin und her, sodass Katrine sie festhalten musste.

»Ich bin es, Mama, Katrine«, sagte sie und kämpfte mit den Tränen. »Erkennst du mich nicht?«

In den anderen Betten kam immer mehr Unruhe auf.

Katrine drückte den roten Knopf.

Als das Personal den Fall übernommen und der Mutter ein Schlafmittel gegeben hatte, als sie wieder ruhig im Bett lag, das Haar auf dem Kissen ausgebreitet und die Hände unter der

Decke gefaltet, als ihr Atem so ruhig und leise ging, dass man ihn kaum noch hörte, da erkundigte Katrine sich, verschwitzt und mit klopfendem Herzen, ob möglicherweise irgendjemand verstehen konnte, was ihr die Mutter mitzuteilen versucht hatte.

Die Krankenschwester kam aus Eritrea und die Pflegehelferin von den Philippinen, aber die Oberschwester war in Helsinki geboren.

»›Ist er jetzt hier‹«, übersetzte sie, »›ist er gekommen? Er wollte doch kommen, aber er kam nicht.‹«

Und jetzt seien es minus zweiundzwanzig Grad!

Die alte Frau schien sich ihrer Sache sicher zu sein. Svanberg heize im Winter immer ein, sagte sie, ab November jeden Abend, bis das Eis wieder geschmolzen sei. Vom Küchenfenster in Haaras Haus habe man freie Sicht auf die Sauna unten am Fluss, besonders jetzt, wo das kahle Gestrüpp nichts mehr verdecke. Deshalb wisse sie genau, dass die Sauna in Rauhala schon seit zwei Abenden nicht mehr beheizt worden sei.

Und aus diesem Grund hatte Anna Haara Thore Palo angerufen, obwohl es schon spät war.

»Es wäre ja unnötig, die Polizei den ganzen Weg von Haparanda hierherkommen zu lassen«, sagte sie am Telefon, »wenn am Ende doch nichts ist.«

»Stimmt«, pflichtete er ihr bei, denn sie hatte ja recht. In Haparanda hatten sie ohnehin alle Hände voll zu tun mit Umstrukturierungen und weiß der Teufel was.

Thore Palo setzte seine Lesebrille auf. Dachte, dass sie sich wahrscheinlich unnötig Sorgen machte, die alte Dame, einundachtzig wurde sie bald und brachte wohl schlichtweg die Zahlen durcheinander. Er warf einen Blick auf das digitale Thermometer, das ihm sein Enkel zu Weihnachten geschenkt hatte und das zugleich die Außen- und Innentemperatur anzeigte. Die Alte hatte recht. Es waren minus zweiundzwanzig Grad.

»Und wo wir die Polizei doch sowieso im Dorf haben ...«, fuhr Anna Haara fort.

»Viel ist davon ja nicht mehr übrig«, erwiderte Thore und war dennoch geschmeichelt, dass sie so dachte. Elf Jahre nach seinem Rentenantritt wurde er nach wie vor als »Polizei« bezeichnet, und es passierte noch immer, dass die Leute aus dem Dorf ihn anriefen und um Rat baten oder sogar Anzeige erstatten wollten. Erst diesen Sommer hatte er ausrücken müssen und bei einer Schlägerei zwischen zwei alten Brüdern geschlichtet.

»Ich könnte ja auch selbst gehen«, sagte Anna Haara, »aber das traue ich mich nicht mehr.«

»Natürlich kann ich kommen.«

Thore zog sich warm an und nahm den Wagen mit Allradantrieb nach Rauhala. Dann konnte er bei dem alten Kerl auch gleich Schnee räumen, dachte er. Vorausgesetzt, es war nichts passiert.

Er ließ das Fahrzeug am Wegrand stehen und spürte die beißende Kälte an den Wangen. Es war gar nicht so dumm, mal rauszukommen. Einen Grund zu haben.

Der alte Hof lag verlassen da. Er sah, dass sich nun auch das Wohnhaus zu setzen begann. Das kleinere Haus, das früher als Sommerküche gedient hatte, sank schon seit Längerem ein, und das Dach des Schuppens war bereits eingestürzt. Ein so schöner alter Hof, es war eine Schande. Er erinnerte sich daran, wie es hier früher gewesen war, überall Kinder, und jetzt wurden so viele Höfe dem Verfall preisgegeben. Entweder stürzten sie ein, oder sie wurden als Sommerhäuser von Stockholmern erworben, die das Flussufer zuwuchern ließen. Aber Rauhala hatte niemand kaufen können, nicht solange Lars-Erkki Svanberg noch auf dem Hof lebte.

Er stapfte durch den Schnee zum Speicher. Nirgends waren Spuren zu sehen, offenbar hatte Svanberg das Haus schon seit Tagen nicht mehr verlassen, was allerdings auch nicht ungewöhnlich war. Der Alte hatte sich isoliert, er war ein Eigenbrötler, ein bisschen anders, ein Mensch, wie es ihn in jedem Ort gab. Im letzten Frühjahr hatte er Anna Haara mit der Flinte gedroht, als sie gekommen war, um ihm etwas von der Butterbrottorte anzubieten, die von ihrem achtzigsten Geburtstag übrig geblieben war. Kein Wunder, dass sie sich nicht mehr dorthin wagte.

Thore klopfte an die Holztür, wartete und klopfte noch einmal. Dann drückte er die Klinke herunter und öffnete die Tür. Ging hinein, wie in Tornedalen üblich, wenn die Tür nicht verschlossen war. Er rief in die tiefschwarze Finsternis hinein.

»Svanberg? Hier ist Thore Palo. Svanberg, sind Sie da?«

Drinnen herrschten Minusgrade, die Kälte war durch die Holzwände gedrungen. Es dauerte eine Weile, bis sich seine schlechten Augen an die Dunkelheit gewöhnt hatten, aber der Schnee gab ein schwaches Licht ab, und als er das Bündel auf dem Fußboden sah, wusste er sofort, wer dort lag.

Es waren derselbe Mantel und dieselben Wasserstiefel, die Lars-Erkki Svanberg immer trug, wenn er ein seltenes Mal in den Ort kam.

An seinem Gesicht hätte Thore Palo ihn nicht erkannt. Denn es gab keines mehr. Sein Kopf war in zwei Hälften gespalten worden, genau zwischen den Augen hindurch. Thore konnte nicht mehr ausmachen, was Mund und Kinn gewesen waren, denn alles oberhalb des Schals war blutgetränkt, das geronnen und schwarz geworden war, und die rote Lache auf dem Boden und das Haar, das in groben Strähnen darüberlag, waren mit Frost überzogen.

Thor klammerte sich an den Türpfosten und wich zurück, stolperte auf der Treppe und stürzte und musste sich mit den Händen im eiskalten Schnee abfangen. Er zitterte am ganzen Körper, als er versuchte, die entsetzlich kleinen Knöpfe des Handys zu drücken, das ihm sein Sohn geschenkt hatte.

Achtundvierzig Minuten später war das Auto aus Haparanda da. Da saß Thore schon steif gefroren auf der Treppe des Speichers. Konnte nicht wieder hineingehen, weigerte sich aber auch, den Ort zu verlassen. Die Tränen hatten auf seinen Wangen Eisränder hinterlassen.

»Herra jumala«, schluchzte er, als ihn der junge Polizist zum Wagen geleitete, »ich habe ihn gesehen, wie er über die fünfzehn Kilometer in Boden als Erster ins Ziel kam. Ich habe gesehen, wie er ins Ziel kam.«

»Hast du überhaupt eine Ahnung, was die Häuser da oben normalerweise kosten?«

Anders Hedstrand schwitzte im Nacken. Inzwischen war er in der Mitte seines Lebens angekommen und übergewichtig, und Katrine spürte eine gewisse Zukunftsangst, auch wenn sie fünf Jahre jünger war.

»Wir sind doch bescheuert, wenn wir nicht verkaufen«, sagte er und ließ sich schwer auf das Ecksofa fallen. Sein Blick schweifte durch das Zimmer, ohne ihren enormen Putzeinsatz zu bemerken, und blieb schließlich an der alten Uhr in dunklem Holz hängen, deren Pendel sich nicht länger bewegte. Die Zeiger waren um zwanzig vor zwölf stehen geblieben. Eine Erinnerung an die Momente, wenn sie sie aufziehen durfte, streifte Katrine. Dann hatte die Mutter Katrines Hand genommen und geführt und mit ihr gemeinsam den kleinen Schlüssel umgedreht. Es war einer der wenigen Gegenstände, die Ingrid aus ihrem Elternhaus mitgenommen hatte. Das Ticken, der dumpfe Klang, wenn die Uhr schlug, Stunde um Stunde, Jahr für Jahr. Ein Geräusch, zu dem sie das Krabbeln und schließlich das Gehen gelernt hatten, Anders und sie.

»Wir können nicht verkaufen«, entgegnete sie. »Es ist nicht unser Haus.«

Ihr Bruder seufzte laut.

»Nein, es ist nicht unser Haus, aber wir sind diejenigen, die eine Entscheidung treffen müssen. Die Verantwortung liegt jetzt bei uns.« Er lehnte sich zurück und verschränkte die Hände hinter dem Kopf.

Was gibt ausgerechnet dir das Recht, von Verantwortung zu reden, dachte Katrine, sagte jedoch nichts. Hatte keine Lust auf weitere nervenaufreibende Vorwürfe und Streitereien. Warum hast du Mama nicht öfter besucht? Dasselbe könnte ich dich auch fragen.

Am häufigsten war Gunilla hier gewesen, Anders' Frau. Sie war ihrer Schwiegermutter zur Hand gegangen, beim Einkaufen, beim Putzen, bei allem. Anders hatte nicht einsehen wollen, wie sich der Zustand seiner Mutter verschlechterte, und häusliche Pflege hatte sie abgelehnt. Sie käme allein zurecht, so wie sie es schon immer getan hätte, behauptete sie. »Was sollte ich denn tun, sie dazu zwingen?« Und Katrine hatte die Telefonate immer weiter verkürzt, Berichte abgegeben wie in den Nachrichten, ihr Leben in einer Minute dreißig.

Sie schielte zu ihrem Bruder hinüber.

Anders wich ihrem Blick aus und kratzte sich im Nacken, er schien nicht nur das Sofa zu sprengen, sondern den ganzen Raum. Konnte er nicht einfach gehen? Aus ihrem Leben verschwinden? Er verkörperte alles, was sie hinter sich gelassen hatte, das Gefühl, dass das Leben Teil einer Bilanz sei. Im Alter von zwanzig hatte er eine feste Stelle im Bereich der Platinenmontage bei Philips Elektronik bekommen. Seither war die Fabrik unzählige Male verkauft und aufgekauft worden, derzeit hieß sie Saab Teletronics, aber Anders war noch immer dabei. Zuletzt war er zum Projektleiter für die Einführung der elektronischen Abwicklung der Kontokorrentbuchhaltung aufgestiegen, Halleluja! Er hatte es dreimal wiederholen müssen, ehe sie begriffen hatte, dass sie gratulieren sollte. Ihre Mutter war immer stolz darauf gewesen, was der Sohn erreicht hatte. Zwei Kinder und Villa Gunilla. (Ja, das war kein Scherz. Er hatte das Eigenheim tatsächlich nach seiner Frau benannt.) Was ihr Vater von alledem hielt, hatten sie nie erfahren. Eines Tages, als

Katrine vier Jahre alt war, hatte er sich auf den Weg zu einem Tiefbauprojekt in Sandviken gemacht und war nie wieder zurückgekommen. Drei Jahre später erhielten sie die Nachricht, dass er bei einem Arbeitsunfall ums Leben gekommen war. Seine neue Frau hatte sich Blumen zur Beerdigung verbeten. Katrine hatte keine Erinnerung an ihn.

»Eins Komma drei Mille für ein baufälliges Haus«, sagte Anders, »eine solche Chance bekommen wir nie wieder. Du hast vielleicht Geld, aber wir haben Kredite, Tilgungsraten.«

Katrine sah aus dem Fenster. Würde Saab Teletronics zugrunde gehen wie auch der Rest von Saab, oder war das eine ganz andere Abteilung? Ein Kind in einem roten Overall erklomm einen dreckigen Schneeberg, setzte sich auf den Hintern und rutschte hinunter. Sie konnte fast spüren, wie hart der Schnee war und der Kies, wenn man unten auf dem Boden ankam.

»Das Haus muss Mama wahnsinnig viel bedeuten«, sagte sie, »wenn sie es all die Jahre behalten hat.«

Sie sah, wie es in seinen Mundwinkeln zuckte, wie sich seine Kiefermuskulatur anspannte, wenn er die Zähne zusammenbiss. Sie wurde von einem Anflug von Zärtlichkeit erfasst. Ihr Bruderherz. Bald wären nur noch sie beide übrig.

»Wie auch immer – die ganze Sache bleibt wohl sowieso an mir hängen«, fuhr er fort, »denn du musst doch bestimmt wieder zurück nach London?«

»Ja, natürlich.«

»Und am Ende werden wir es sowieso erben.«

»Sie ist noch nicht tot.«

»Verdammt noch mal, ich weiß, dass sie noch nicht tot ist!«

Anders schlug mit der Hand auf den Tisch und stand auf. »Hör auf, mir jedes Wort im Mund umzudrehen und so verdammt smart zu sein.« Er verschwand auf die Toilette und knallte die Tür hinter sich zu.

Katrine sank auf das Sofa. Obwohl es das halbe Wohnzimmer

ausfüllte, war es ihr zu eng erschienen, um es mit ihrem Bruder zu teilen.

Sie streckte sich nach den Papieren auf dem Tisch, den steigenden Geboten des Maklerbüros in Luleå aus. Anders hustete und betätigte die Toilettenspülung, während es im Hörer tutete. Der Makler hieß Jerker Nyberg, seine Stimme war hell wie ein Knabensopran.

»Was für ein netter Zufall, ich habe gerade darüber nachgedacht, wie ich mit Ihnen in Kontakt kommen könnte.«

»Ingrid Hedstrand ist leider krank, deshalb vertrete ich ihre Interessen.« Katrine machte von dem Ton Gebrauch, den sie auch benutzte, wenn sie Interviews mit Politikern vereinbarte. Sie hatte immer Angst, man könnte sie sofort durchschauen, sogar am Telefon.

»Ja, das heißt, mein Bruder und ich«, fügte sie hinzu, als Anders ins Zimmer zurückkehrte. Sie deutete auf den Brief vom Maklerbüro, und seine Miene erhellte sich. »Wir wollten uns nur erkundigen, ob Ihr Angebot noch immer steht.«

»Natürlich«, antwortete der Makler eifrig, »aber natürlich!«

»Allerdings wissen wir noch nicht, ob wir wirklich verkaufen wollen. Wir haben noch einige Fragen ...«

»Ich habe das Mandat, über den Preis zu verhandeln«, fiel ihr der Makler ins Wort, »falls Sie mit dem letzten Gebot nicht zufrieden sein sollten.«

»Wer ist denn der Interessent?«, fragte Katrine. »Warum ist er ausgerechnet an diesem Haus so sehr interessiert?«

Im Hörer wurde es still. Der Makler räusperte sich. Anders runzelte die Stirn und flüsterte: »Sag doch, dass wir interessiert sind!«

»Der Käufer möchte anonym bleiben«, antwortete Jerker Nyberg. »Alles läuft über mich. Ich habe die Vollmacht, alle Geschäfte zu tätigen.«

»Ich muss die Angelegenheit noch mit meinem Bruder abstimmen.«

»Anderthalb Millionen«, sagte der Makler.

»Wir melden uns wieder.«

Sie drückte auf die Gabel und ließ den Hörer sinken.

»Was hat er gesagt?«

Katrine sah ihn eine Minute lang schweigend an, ehe sie es über sich brachte, ihm die Summe zu nennen.

»Herrgott nochmal.« Anders fasste sich an die Stirn und ließ sich wieder aufs Sofa fallen. »Wir müssten das Haus renovieren ...« Er hielt inne und änderte seinen Ton, jetzt klang er so verzweifelt, dass es ihr unter die Haut ging. »Und Mama hat doch sowieso nichts mehr davon.«

»Aber wir können doch kein Haus verkaufen, das wir nicht einmal gesehen haben. Du weißt nicht mal, welche Farbe es hat. Und was für eine Aussicht.«

»Wie – meinst du, wir sollten dorthin fahren und uns die Aussicht ansehen? Ich kann doch hier nicht einfach alles stehen und liegen lassen!«

»Ich kann aber doch fahren«, erwiderte sie.

»Nach Kivikangas?« Er blickte sie verwundert an. »Aber du hast doch keinerlei Ahnung von Häusern.«

»Woher willst du wissen, was ich über Häuser weiß?«

»Aber hast du nicht schrecklich viel zu tun da in London?«

Sie zuckte mit den Schultern.

»Derzeit ist es ziemlich ruhig«, antwortete sie. »Ich werde das im Laufe von ein paar Tagen klären. Wenn du dich in der Zwischenzeit um Mama kümmerst.«

Die Einsamkeit war ein fremdes Wesen. Den eigenen Atem zu hören.

Alexej Schaporin hatte seine eigenen Leibwächter überlistet und sich durch die Hinterhöfe hinausgeschlichen. Sie glaubten, er würde krank in der großen Wohnung am Ufer der Newa liegen, während er sich in Wirklichkeit in einem Erker auf der Ulitsa Rubinsteina mit Aussicht über die Stadt versteckte. Zwischen ihm und seinen Beschützern flossen nun zwei der Flüsse Sankt Petersburgs. Nie wieder würde er sein Leben in die Obhut solcher *Kosli* legen – solcher wertloser Ziegen.

Er erkannte das schwarze Auto, das sich aus dem Strom löste und vor dem Hauseingang hielt, und die Leibwächter, die ausstiegen. Es waren Männer, die ihre Tätowierungen nicht verbargen, schon ein flüchtiger Blick darauf brachte die Passanten dazu, hastig weiterzueilen, während die Abgase des Nachmittagsverkehrs zum Himmel stiegen und sich mit den Wolken über Sankt Petersburg mischten.

Dann kam der glänzende Schädel von Dima zum Vorschein, als er den Rücksitz verließ, sein Freund, sein Kompagnon, der große Geschäftsmann Dmitrij Olegowitsch Rykow, dessen Gang mit der zunehmenden Fettleibigkeit in den letzten Jahren immer plumper geworden war. Seine Leibwächter sahen ihm nach, als er auf das Haustor zuging, und spähten ein letztes Mal auf die Straße, ehe sie sich wieder ins Auto setzten. Die kleine Kühlerfigur des Rolls-Royce, die Spirit of Ecstasy in 24-karätigem Gold, wurde eingefahren – das Zeichen, dass der Schlüssel aus dem Zündschloss gezogen worden war. Die Männer würden im Auto sitzen bleiben, während Dima allein ins Haus ging, genau wie schon letzten Donnerstag, als er seine Geliebte auf der Ulitsa Rubinsteina ebenfalls besucht hatte, ohne zu wissen, dass er beobachtet wurde.

Alexej ging schnell und lautlos durch die leere Wohnung und trat ins Treppenhaus. Wurde eins mit den Schatten drei Stufen aufwärts zum nächsten Stockwerk, wo er für den, der von unten hinaufkam, nicht zu sehen war.

Ein Freund ist bald ein Feind, der zu viel über dich weiß.

Der alte Trottel hatte unbedingt prahlen müssen. Seine Geliebte war Tänzerin am Mariinskij-Theater gewesen, aber jetzt tanzte sie nur noch für Dmitrij Olegowitsch! Und wie sie tanzte! Alexej konnte die Erregung seines Freundes wie einen zweiten Puls in seinen eigenen Adern spüren.

Wie ärgerlich war es da, dass der Lift auf einmal wegen einer gekappten Stromleitung stecken blieb!

Er hörte Dima zwei Stockwerke weiter unten fluchen und gegen die Knöpfe des Aufzugs hämmern. Ein solcher Vorfall erregte Irritation und Wut, aber nur selten Misstrauen. Dies war das alte Petersburg, mit seinen dunklen Gassen und Nischen aus vorrevolutionärer Zeit. Türen, die zu unterschiedlichen Seiten aufgingen, Labyrinthe, in denen ein Mensch einfach verschwinden konnte. Ein Fahrstuhl, der noch zu Sowjetzeiten eingebaut worden war, ein Elektriker, der unterwegs war, aber niemals eintraf.

Alexej griff mit der Hand in die Innentasche seiner Jacke, ein billiges Modell, das er in einem Kaufhaus erworben hatte, weil es so unauffällig war. Für einen kurzen Augenblick stellte er sich die Geliebte vor. Wie sie drei Stockwerke weiter oben lag, zart und nackt, und sich danach verzehrte, von allen Richtungen gevögelt zu werden, bis sie vor Schmerz schrie, nach mehr schrie. Ein Feuer breitete sich von seinem Unterleib ausgehend aus und schärfte all seine Sinne. Er schloss die Finger um den Kolben. Hörte die Schritte seines Freundes zwischen dem ersten und dem zweiten Stock, das Schnaufen und Murmeln, als Dima über die Handwerker fluchte, die noch immer im Kommunismus lebten und nie ihre Arbeit erledigten.

Der Schuss traf ihn mitten in der Verwunderung. Jenem Moment, in dem die Augen hervorquellen und man weiß, dass man verloren hat. Der sich öffnende Mund, Worte, die seine letzten sein würden.

Was machst du hier, Alexej ... Bruder?

Ein Röcheln, und dann war es vorbei.

Alexej fing ihn mit den Armen auf. Er zog dem Toten einen Plastiksack über den Kopf, um die Blutspuren zu minimieren, und schleifte den schweren Körper in die Wohnung, die er nur zu diesem Zweck gekauft hatte. Eine Etage darüber wurde eine Tür geöffnet und hastig wieder geschlossen. Falls die Nachbarn einen schallgedämpften Schuss gehört hatten, hatten sie beschlossen, es im selben Moment wieder zu vergessen. Die Einwohner von Sankt Petersburg hatten ihre Lektion gelernt: Augen zu, schweigen und überleben.

Er wusch sich das Blut ab und zog sich um. Stopfte die besudelte Kleidung in einen Plastiksack. Dann machte er das orthodoxe Kreuzzeichen über Dmitrij Olegowitschs Leiche und verließ die Wohnung für immer. Man würde sie nie mit Alexej Schaporin in Verbindung bringen. Im Mietvertrag stand ein arbeitsloser Schauspieler, der drei Wochen zuvor unglücklich gestolpert und in die Newa gefallen war. Vielleicht würde seine Leiche an Land gespült, vielleicht nicht. In jedem Fall würde der Vorfall bald in Vergessenheit geraten. Nur ein kurzer Moment des Unbehagens für all jene, die sich am Tag seines Auftauchens am Ufer aufhielten.

Er verließ das Haus auf der Ulitsa Rubinsteina durch den Hintereingang, durch den er vom Keller aus in einen der dunklen Höfe gelangte, wo es nach Müll stank. Anschließend zwängte er sich durch einen schmalen Durchlass in den nächsten Hof und in den nächsten, bis er auf der anderen Seite des Häuserblocks wieder hinausgelangte, wo auf dem Wladimirskij Prospekt der Verkehr vorbeidonnerte. All dieser Lärm. Seine Migräne verschlimmerte sich durch die Schlaflosigkeit, aber auch durch laute Geräusche, grelles Licht und beißende Gerüche. In den letzten Jahren vermisste er immer die Stille, mit der er aufgewachsen war. Menschen, die schwiegen, Nächte, in denen die Stadt stillstand.

Er ließ sich von der Menschenmenge mitreißen, die sich in Richtung der Paradestraße Newskij Prospekt bewegte. Kein Auto, das auf ihn wartete, kein Mensch, der ahnte, wer er war. Niemand würde auf die Idee kommen, dass ein Mann wie er auf diese Weise flüchtete. In einer schwarzen Lederjacke, wie man sie oft an Männern aus der Vorstadt sah, die Strickmütze tief über die Ohren gezogen und die Hände in den Taschen, ein leicht gebeugter Gang, wie ein Arbeiter auf dem Heimweg nach der Schicht.

Die Leibwächter saßen sicher immer noch im Auto. Er wusste, dass ihr Anführer das Bild des neugeborenen Jesuskindes auf der Haut trug. Es war die Tätowierung derjenigen, die im Gefängnis geboren worden waren, und dennoch hatte er es nur zu einem *Schestjorka* gebracht, einem Laufburschen der Diebe. Er würde seinen Chef noch viele Stunden ungestört lassen. Und seine Geliebte? Wie lange würde es dauern, bis eine solche Frau Alarm schlug, weil ihr Liebhaber nicht gekommen war? Würde sie es jemals tun? Oder warten und warten, bis die Kreditkarte irgendwann gesperrt wurde?

Schnell bog er in einen weiteren Hinterhof ein. In einem Container, der einen solchen Gestank verströmte, dass nicht einmal der hungrigste Obdachlose darin wühlen würde, entsorgte er den Sack mit der Kleidung, an der Dmitrij Rykows Blut klebte.

Der Newskij Prospekt badete in seinem unwirklichen Licht.

Er ging an einer Bettlerin vorbei und folgte dem Touristenstrom, und ihm wurde bewusst, dass er wahrscheinlich zum letzten Mal auf dieser Straße ging, Sankt Petersburgs Traum von Größe, die verräterische Hoffnung dieser Stadt. *Dieser Newskij-Prospekt lügt rund um die Uhr, aber am dreistesten dann, wenn sich die Nacht wie ein dicker Flor über alles breitet und das Weiß und Hellgelb der Häuserwände heraustreten lässt, wenn die ganze Stadt sich in Lärm und Geflimmer auflöst ...* Schaufenster, die glitzerten und Parfümdünste verströmten, Schuhe mit hohen Absätzen, überall diese Schuhe, von denen die russischen Frauen nie genug bekamen, Läden, die nie schlossen, Menschen, die niemals schliefen. Er ging durch die Glastüren zur Majakowski-Station, bezahlte 25 Rubel und bekam seinen Jeton, der kurz darauf von der Maschine an der Schranke verschluckt wurde.

Ohne Spuren zu hinterlassen.

Er glitt mit der Rolltreppe hinab in Sankt Petersburgs verschlungenes Tunnelsystem, wo ein Mann untertauchen konnte, um nie wieder zurückzukehren. Der Krach, das Rattern, wenn die Bahn einfuhr. Der Windzug der Ventilatoren, das matte Licht, das den Gesichtern im Waggon einen blassgelben Ton verlieh und sie ewig müde aussehen ließ. Er stieg dreimal in eine andere Linie um, ehe er am Ende wieder an die Erdoberfläche kam. Sollte sich irgendein anderer Fahrgast wider Erwarten an einen Mann erinnern, der keinen Eindruck hinterließ, dann würde trotzdem niemand mit Sicherheit sagen können, wo er herkam und in welche Richtung er reiste.

Auf der Straße vor der Witebsk-Station standen Babuschkas und verkauften Strümpfe und Regenschirme, immer diese Strümpfe und Schirme, der ewige Traum, warm und trocken zu bleiben in einer Stadt, wo die strenge Feuchtigkeit aus dem Boden aufstieg und vom Himmel herunterkam.

Die Fahrkarte kostete 71 Rubel. Der Lokalzug rumpelte durch das Grau der südlichen Randbezirke, das Land der verfallenen

Fabriken und Containerdepots. Es gab dort Firmen, bei deren Übernahme er mitgewirkt hatte, mit Waffengewalt oder Drohungen oder organisierten Aktienkäufen, um anschließend das Kapital abzuschöpfen und sie sich selbst zu überlassen; all die Geschäfte, die hinter ihm lagen, es war so schwindelerregend schnell gegangen. Er konnte die Anziehungskraft des Untergrunds spüren, die gottverlassenen Sümpfe, auf denen Petersburg thronte, spürten, wie er wieder in den Dreck hineingesogen wurde. Die Finanzmärkte entwickelten sich negativ, die Banken waren von Investigationen bedroht, nichts war beständig.

Fünfunddreißig Minuten später stieg er in Puschkin aus. Atmete die klare Luft ein und lief mit großen Schritten voran, eine Strophe des alten Diebesgesetzes im Kopf, eine der vielen strengen Regeln der *wory w sakone.* Nicht dass er sich jemals nach den Geboten der sowjetischen Gefängnisse hätte richten müssen, von alledem hatte er sich freigekauft, und ohnehin lebten nicht einmal die neuen *wory* nach ihren eigenen Gesetzen. Aber die Strophen existierten weiter, wie eine Hintergrundmelodie.

Dein eigenes Gefängnis sollst du nicht bauen.

Er erreichte den Chruschtschow-Slum, die Seele von Puschkin, weit hinter dem Palast und den Parks gelegen. Es war ein Ort, an dem niemand nach einem Mann wie Alexej Schaporin suchen würde, ein alltäglicher, trostloser Ort. Staubgraue, fünfstöckige Ziegelhäuser mit Balkons, wie sie früher überall in Russland gebaut worden waren, die nun dem gnadenlosen Verfall preisgegeben waren. Alexej schloss auf und betrat die kleine Einzimmerwohnung mit Küche, in der noch immer die geblümte Wachsdecke einer alten Frau auf dem Tisch lag. Es gab keine Garderobe, sodass er seine Jacke über einen Stuhl warf.

Die Wohnung gehörte zu einem weniger erfolgreichen Projekt von Dima und ihm, der Agentur für häusliche Altenpflege. Die Alten hatten der Agentur als Teil der Bezahlung ihre Wohnungen überschrieben, was wie eine glänzende Geschäftsidee ausgesehen hatte, als die Immobilienpreise noch jedes Jahr um Millionen Rubel stiegen. Aber Alexej und Dima hatten die Zähigkeit jener Menschen unterschätzt, die Stalins Terror und die Leningrader Blockade überlebt hatten. Sie weigerten sich ganz einfach zu sterben. Die Wohnung im Chruschtschow-Slum war das Einzige, was übrig blieb, als die Agentur denselben Weg nahm wie Tausende anderer Unternehmen in Russlands New Economy und sich in Luft und unbezahlte Löhne auflöste.

Es gab in der Wohnung noch ein Radio, das seit der Chruschtschow-Ära an der Wand festgeschraubt war, für den Empfang eines einzigen Senders konstruiert. Er drehte es auf und ging ins Bad. Drückte die graue Farbe aus der Tube, während die Räume mit Musik erfüllt wurden.

Nicht einmal dieses erbärmliche Gerät vermochte die Schönheit von Prokofjews drittem Klavierkonzert zu schmälern.

Das frisch gefärbte Haar musste trocknen, in der Zwischenzeit wärmte er eine Tiefkühlpizza im Ofen auf. Anschließend kehrte er mit einer Schere und einem Rasierapparat zum Badezimmerspiegel zurück.

Eine halbe Stunde später sah er etwas älter aus und hatte eine schlecht geschnittene Frisur. *Kein schöner Mann, doch auch nicht übel anzusehen, weder zu dick noch zu dünn; dass er alt gewesen wäre, hätte man nicht sagen können, allzu jung allerdings war er auch nicht.*

Sein Mantel, weder teuer noch billig.

Die Reisetasche war schwarz und so gewöhnlich, dass sich im Zug wohl unzählige Männer nach ihr auf der Gepäckablage strecken würden, im Glauben, es wäre ihre.

Schließlich legte er die Pässe hinein, alle drei, in unterschiedlichen Fächern versteckt. Der einzige, den er in kleine Stücke schnitt und in die russische Kanalisation spülte, war der Ausweis von Alexej Schaporin.

Sie brauste ostwärts auf der E4 durch eine nackte, vollkommen farblose Winterlandschaft. Wogende weiße Felder mit schwarzen Baumstämmen vor einem verblichenen Himmel.

Östlich von Kalix sagte das Navigationsgerät, sie sollte von der E4 abbiegen und in Richtung Björkfors fahren. Die Straßen wurden schmaler, die Zahl der Höfe nahm zu. Schilder glitten vorbei und wiesen den Weg zu mystischen Orten wie Vitvattnet und Lappträsk, Kattilasaari und Kukkola.

Ein entgegenkommender Lastwagen wirbelte eine Schneewolke auf, die ihr gesamtes Blickfeld ausfüllte. Katrine bremste ab, bis sich der Nebel gelegt hatte und die Landschaft wieder zum Vorschein kam, gefroren und leer.

Es gibt Menschen, die sich dafür entscheiden, hier zu wohnen, dachte sie.

Sie folgte den Anweisungen der Satelliten nach Kärrbäck und Tossa, fuhr die letzten fünf Kilometer auf einer unnatürlich langen, geraden Strecke, die an der Straße 99 endete, jenem Weg, der dem Grenzfluss zwischen Schweden und Finnland folgt.

Dies war Tornedalen.

Die Landschaft wurde eben und platt, schien jedoch gleichzeitig zum Himmel hin anzusteigen. Wiesen und Birken, wie schön es hier im Sommer sein muss, dachte sie und bog nach links ab, um das letzte Stück nach Kivikangas zu fahren.

Laut Wikipedia gab es auch auf der finnischen Seite des Flusses ein Kivikangas. Die Orte lagen wie Spiegelbilder in ihrem jeweiligen Land, getrennt durch die Grenze, die im Zusammenhang mit dem Schwedisch-Russischen Frieden von 1809 gezogen worden war. Bis zur Selbstständigkeit Finnlands begann auf der anderen Seite des Flusses das Russische Zarenreich, ein dunkler Saum aus Wald am Horizont.

Katrine hielt vor einem geschlossenen Laden mit einer Zapfsäule und sah sich vergeblich nach einem Menschen um, der ihr helfen konnte. Das Navigationsgerät hatte ihr jede Auskunft über die vergessene alte Hütte ihrer Mutter verweigert. Sie stieg aus dem Auto. Die Kälte war beißend, ihre Nase wurde zu einem Eiszapfen. Sie klopfte am nächsten Haus, in dessen Fenstern Licht brannte, eine Klingel gab es nicht. Ein Hund bellte. Irgendjemand rief von drinnen.

»Ja?«

Katrine wartete noch einen Moment, hörte jedoch keine Schritte, also drückte sie probehalber die Klinke herunter, und die Tür ging auf.

»Entschuldigen Sie die Störung, ich wollte nur nach dem Weg fragen«, rief sie.

Ein grauer Hund tapste auf sie zu, schnupperte prüfend an ihren Beinen. Er war halb blind, hatte ein braunes Auge und ein hellblaues, blindes.

»Wer ist da?«

Am Küchentisch saß ein Mann mit einer Zeitung, er war etwa Mitte siebzig, trug das Hemd über der Hose und hatte buschige Augenbrauen, die in alle Richtungen abstanden.

»Geht es um Svanberg?«, fragte er und spähte über seine Lesebrille.

»Nein, nein«, antwortete Katrine, »ich kenne mich hier nur nicht aus. Ich wollte mir ein Haus ansehen.«

»Aha. Wer will denn jetzt schon wieder verkaufen?«

»Ich habe nicht vor, etwas zu kaufen«, sagte sie und nahm ihre Mütze ab, damit er sie besser sehen konnte. Es war die alte Pelzmütze ihrer Mutter, die sie sich in letzter Sekunde geschnappt hatte, als ihr klar wurde, dass ihr Koffer nur Kleidung für einen feuchten Stockholmer Winter enthielt.

»Ich suche das Haus meiner Mutter. Ich glaube, dass es nahe eines Ortes namens Matalaniemi hier in Kivikangas liegt. Ich habe hier eine Beschreibung ...«

Die Augen des alten Mannes leuchteten auf.

»Na so was! Wessen ist sie denn?«

Was war das denn für eine bescheuerte Frage? Wessen was?

»Ich heiße Katrine Hedstrand«, erklärte sie. »Ich komme aus Stockholm, aber jetzt wohne ich in London und arbeite als Journalistin.«

»Aber wessen Tochter sind Sie?«, fragte er.

»Ach so. Meine Mutter heißt Ingrid Hedstrand, aber sie hat nur als Kind hier gewohnt ...«

»Ingrid ...«, sagte er. »Ist das etwa Kankanrantas Mädchen?«

»Neeein«, gab Katrine verwirrt zurück. »Aber meine Großmutter, der das Haus vorher gehörte, hieß so ...«

»Sie sind also Ingrids Mädchen, lassen Sie sich mal ansehen.« Er kam auf die Beine, steif, aber zugleich auch stark, als hätte er seine Muskeln fit gehalten. Er lachte und streckte ihr seine Hand entgegen, die breit und grob war.

Er hielt ihre Hand in einem festen Griff. »Ja, jetzt sehe ich es. Es ist etwas mit dem Blick, nicht wahr. Sie war etwas Besonderes, Ihre Mutter, aber es hatte ja keinen Sinn, dass jemand wie ich um die Hand einer Kankanranta anhielt. Sie müssen Sie mal fragen, ob sie sich an Thore Palo erinnert. Damals war ich nur ein kleiner Rotzlöffel. Aber erzählen Sie mal, wie geht es Ihrer Mutter da unten in Stockholm? Denn da lebt sie doch wohl noch?«

Katrine starrte ihn entgeistert an. Plötzlich überschlug sich der Mann förmlich vor Gastfreundschaft und redete drauflos, als seien sie alte Bekannte und als wüsste er genau, wer sie war. Um ihre Hand anhalten? Ihre Mutter war schon als Kind nach

Stockholm gezogen, aber wahrscheinlich brachte der Alte das durcheinander. Sie zog ihre Hand zurück.

»Ist es denn weit von hier? Ich würde gern dort ankommen, bevor es dunkel wird.«

Er begleitete sie hinaus auf die Treppe und zeigte ihr die Richtung. Geradeaus und dann den ersten Weg nehmen, der zum Fluss hinabführt, am Ende des Wegs links und dann auf der rechten Seite nach einem Haus Ausschau halten.

»Aber reingehen können Sie da jetzt nicht«, sagte er, als sie sich bedankte und ihre Mütze wieder aufsetzte. »Viel zu viel Schnee. Vielleicht kann Haaras Junge morgen mit dem Traktor vorbeikommen.«

»Danke, aber ich werde schon zurechtkommen«, sagte Katrine.

Das Haus lag da wie aus der Zeit gefallen.

Es stand rund zwanzig Meter abseits des schmalen Wegs, ruhte zwischen Birkenstämmen und Schnee, der bis zu den Fensterblechen hinaufgeweht war.

Es existierte also tatsächlich. Eine einfache Hütte. Vor langer Zeit war sie wohl einmal rot gewesen, aber jetzt war die Farbe abgeplatzt, und der Frost fraß sich in die Holzplanken. Die Fensterscheiben waren mit Eis bedeckt.

Katrine trat einen Schritt in den unberührten Schnee hinaus und sank bis zum Oberschenkel ein. Sofort drang ihr der Schnee in die niedrigen Stiefel. Als sie die Rückseite des Hauses erreichte – oder war es die Vorderseite? –, war sie durchgeschwitzt und spürte die Kälte kaum mehr, und sie war dankbar für all die qualvollen Joggingrunden im Regent's Park, die ihre Beinmuskulatur gestählt hatten.

Eine Treppe führte zu einem Vorbau, die Tür war einmal grün gewesen. Ihr Herz pochte, als sie nach den Schlüsseln in ihrer Tasche griff, alle, die sie in den Kommodenschubladen ihrer Mutter hatte finden können.

Sie schob den Schnee vor der Tür mit dem Fuß zur Seite, musste mit den Händen graben und mit dem Absatz das Eis wegtreten, doch am Ende lag der Eingang frei. Der dritte Schlüssel passte ins Schloss, sie drehte ihn hin und her und stemmte sich mit der Schulter gegen das Holz, bis das Schloss nachgab. Allerdings war die Tür eingefroren, und sie zog und zerrte und fluchte laut, »geh doch auf, verdammt noch mal«, bis sie sich endlich löste und langsam und träge öffnete. Katrine sah sich in dem Vorbau um. Eine an der Wand befestigte Bank, die blau gestrichen war. Es war kalt wie in einer Gefriertruhe. Sie ließ es sich nicht nehmen, einen Lichtschalter aus Bakelit an der Wand zu betätigen, aber natürlich tat sich nichts.

Sie ging einige Schritte in den Raum hinein, der einen Großteil der Grundfläche des Hauses ausmachte und an drei Wänden Fenster hatte. Es roch nach Holz und alten Teppichen. Es gab einen Holzofen und einen kleinen Esstisch mit einem geblümten Wachstuch. Dünne weiße Gardinen mit durchbrochenen Kanten. Einen Sekretär mit gerahmten Schwarz-Weiß-Fotos. Darüber hing ein gesprungener Spiegel.

Katrine ging näher heran, um die Fotografien im Dunkeln erkennen zu können, und begegnete hinter einer feinen Staubschicht dem ernsten Blick eines Mädchens. Ein herausgeputztes Schulmädchen in feinem Zwirn mit der Hand einer Frau auf seiner Schulter. Sie pustete ihren warmen Atem auf das Bild, nahm es in die Hand und versuchte, mit dem Ärmel den Staub wegzuwischen, doch er war festgefroren. Das einzige Foto von ihrer Mutter in jungen Jahren, das Katrine je gesehen hatte, war ein Abiturfoto auf der Kommode zu Hause. Dies war eindeutig dasselbe Mädchen. Ein mürrisches Gesicht, aber hübsche Züge. Die Frau neben ihr trug ein gerade geschnittenes Kleid, ihr Haar war kurz, ihr Blick fixierte einen Punkt hinter dem Fotografen, wirkte abwesend.

Siri Kankanranta, ihre Großmutter.

Vorsichtig stellte Katrine das Foto wieder an seinen Platz. Es gab einige andere Porträts von Menschen, die über hundert Jahre alt sein mochten. In ihren stummen Gesichtern suchte sie nach verwandten Zügen. Eine Hochzeitseinladung aus dem Jahr 1904, es musste die Heirat der Eltern ihrer Großmutter gewesen sein. Und dort waren sie mit ihren Kindern, fünf an der Zahl, vor dem Haus aufgereiht, bis auf das Kleinste, das auf dem Arm des Vaters saß. Wo seid ihr alle geblieben, dachte sie, irgendwo musste es nur so wimmeln von Kindern und Enkeln, warum war kein einziges von ihnen hergekommen und hatte die Fassade neu gestrichen?

Sie zog ein paar Schubladen auf, fand aber nur Stifte und einen alten Kassenzettel, sie schüttelte das leise Unbehagen ab, das sich anschlich. Die Dämmerung ließ die Ecken des Raums verschwimmen und den Raum schrumpfen.

Katrine drehte eine schnelle Runde durch die beiden Schlafzimmer hinter der Küche. Zwei schmale Betten in dem einen und ein breiteres in dem anderen, Tapeten mit Blumendekor und ein gusseiserner Ofen. Es war unschwer zu erkennen, dass ihre Mutter das Zimmer zur Straße bewohnt hatte, dort stand ein kleiner, weiß lackierter Schreibtisch, der einem Mädchen gehört haben konnte. Vom Flur aus führte eine Treppe zum Dachboden hinauf. Durch ein kaputtes Fenster war Schnee hereingeweht, einige Treppenstufen waren morsch. Der Boden war mit toten Fliegen übersät.

Draußen vor dem Haus, wo sich eine schneebedeckte Wiese bis zum zugefrorenen Fluss erstreckte, stand ein überdimensionaler Traktor. Der Mann am Steuer war in ihrem Alter, trug einen dunkelblauen Overall und robuste Stiefel.

»Was machen Sie denn da?«, fragte Katrine und sah sich um. Jetzt führte eine breite Schneise bis zum Weg, Schneewehen verdeckten die Sicht auf den weiter entfernt liegenden Nachbarhof.

»Ich hatte sowieso was in der Gegend zu erledigen.« Er gab dem Lenkrad einen Klaps, als wäre sein Fahrzeug ein Arbeitstier. Nahm die Mütze ab und schüttelte das Haar, halblang und mit Geheimratsecken, die nach oben krochen.

»Sie sind also Kankanrantas Mädchen«, sagte er und nickte in Richtung des Hauses. Katrine lachte auf. Die Leute in diesem Dorf mussten eine Nachrichtenübermittlung haben, die effektiver war als die ihrer Sendung.

»Thore Palo hat angerufen und gesagt, Sie bräuchten Hilfe.« Er glitt von seinem Traktor hinunter. »Tomas Haara«, sagte er, hob die Hand, ohne sie ihr hinzustrecken, und zeigte in die Richtung, in die der schmale Weg weiterführte. »Wir wohnen dort drüben in Rauhala. Kommen Sie doch mal vorbei und trinken eine Tasse Kaffee mit Mutti. Sie traut sich ja kaum noch nach draußen.«

»Rauhala?«, fragte Katrine verwirrt.

»Da, wo sie Svanberg umgebracht haben«, erklärte er.

»Wen?«

»Habt ihr denn in Stockholm gar nichts davon gehört? Der Skikönig, Lars-Erkki Svanberg.«

»Der wurde ermordet?«

»Sie haben ihn letzten Montag gefunden. Man hat ihm mit einer Axt den Schädel gespalten. Aber die Axt wurde nicht gefunden. Die Polizei war heute Vormittag da und hat die Absperrungen entfernt. Alle Zeitungen haben doch darüber berichtet. Der *Kuriren* und *Norrländskan* und natürlich auch *Nordnytt*. Und die Boulevardzeitungen waren natürlich auch da und haben Mutti interviewt.«

Katrine fiel auf, dass sie seit Tagen nur die ersten Seiten der Tageszeitungen gelesen hatte, das Radio hatte sie ganz gemieden.

»Mutti hat dann auch die Polizei gerufen.« Er zog eine Dose aus der Tasche und schob sich ein Stück Snus unter die Oberlippe. »Sie kannte Ihre Mutter. Sie sind in dieselbe Klasse gegangen.«

Katrine betrachtete ihn sprachlos und versuchte, die Informationsfragmente zu sortieren. Ihre Mutter war hier zur Schule gegangen. Sie war ein Mädchen mit Schulkameraden gewesen, das auf einem Schulhof Himmel und Hölle gespielt hatte. Ihre Brust krampfte sich zusammen, wenn sie an den zerbrechlichen Körper im Krankenhausbett dachte. War jemand ermordet worden, hier, nur ein Stück weiter den Weg entlang?

»Wurde der Täter denn gefasst?«, fragte sie.

Tomas Haara schüttelte den Kopf.

»Sie hat natürlich Angst«, antwortete er. »Will, dass ich abends zu Hause bleibe.«

Er stieg wieder auf seinen Traktor.

»Aber was bin ich Ihnen denn schuldig?«, fragte Katrine unbeholfen.

Er lächelte sie an. »Das erste Mal ist umsonst«, sagte er und ließ den Motor an. Einige Minuten lang ließ er ihn laufen, den Blick auf das ausgekühlte Haus gerichtet.

»Sie wollen doch wohl nicht da drinnen schlafen?«

»Nein«, antwortete Katrine und dachte an die toten Fliegen. Eine Axt im Kopf. Bis nach Haparanda waren es fast dreißig Kilometer. »Können Sie mir ein Hotel empfehlen?«

Er runzelte die Stirn und sah sich um, als könne man in der näheren Umgebung eines entdecken. Katrine konnte in der einen Richtung zwei dunkle Häuser ausmachen, in der anderen einen lichten Wald. Vor ihnen lag nur die Weite, der Ackerboden, der in einigen hundert Metern endete, ehe unter der Schneedecke der Fluss begann. In der Ferne erkannte sie einen schwachen Schein am Horizont, die Lichter des finnischen Kivikangas.

»Palo hat ja so eine Pension auf dem Land, aber wohl eher im Sommer«, sagte er schließlich.

»Thore Palo?«

»Nein, um Gottes willen. Åke, sein Sohn. Er ist mit meiner Cousine verheiratet.« Tomas Haara zeigte in Richtung der Straße 99. »Sie haben ein Schild an der Straße aufgestellt.«

»Ist denn hier jeder mit jedem verwandt?«

»Ja, das bildet ihr da unten euch wohl so ein«, sagte er und drehte eine Runde über den Hofplatz, um zu wenden. »Schauen Sie bei meiner Mutter vorbei«, rief er, und Katrine sah zu, wie der letzte Teil der unberührten Schneedecke aufgerissen und zerstört wurde, ehe er um die Ecke bog und das Motorengeräusch allmählich leiser wurde.

Zuschauer in Schwarz-Weiß, mit Mützen und Hüten, warteten ungeduldig am Zieleinlauf. Dort stand sogar der Landeschef von Gävle, und hier war Nisse Karlssons Frau zu sehen, die den ganzen Weg von Mora hierhergekommen war! Und dann kam er: »Nisse Karlsson! Mora-Nisse, mit der Startnummer 74, mit einer unerhörten Zielstrebigkeit und einem ebensolchen Siegeswillen in der Loipe!« Die Stimme des Sprechers rief Geschichte und Schwedentum, Wochenschaufilme und Folkhem-Nostalgie in Erinnerung. »Der reinste Paradelauf! In nur 51 Minuten und 43 Sekunden ins Ziel, und der Sieg scheint ihm sicher!«

»Aber es ist noch nicht vorbei«, sagte Åke Palo enthusiastisch und zeigte mit der Fernbedienung auf den Bildschirm.

Katrine lächelte höflich und nippte an dem Kaffee, der heiß, aber sehr dünn war. Im Küchenteil des offenen Wohnbereichs – »Pörte«, wie man in Tornedalen sagte – klapperte Eva-Lena Palo mit dem Abwasch. Der Raum war gemütlich und liebevoll eingerichtet, mit fliederfarbenen Tapeten und Familienfotos an den Wänden. Katrine hatte das Gästezimmer im oberen Stockwerk bekommen. Eigentlich vermieteten sie das Haus mit der Sommerküche im Hof, hatte Eva-Lena erklärt, aber das sei zurzeit nicht beheizt. »Nicht bei den Strompreisen«, hatte ihr Mann gebrummelt. »Aber den Ertrag für die Wasserkraft streichen sie ein und schicken sie vom Luleälven nach Süden. Das ist doch wirklich unerhört.«

Und so saß sie auf dem Sofa, während ein alter Nachrichtenfilm von der Ski-Landesmeisterschaft in Söderhamn 1951 über den Bildschirm flimmerte, und hoffte, die Vorführung würde nicht allzu lange dauern. Åke Palo hatte stolz verkündet, dass er alle Rennen von Lapp-Erik Svanberg heruntergeladen hatte, die man im offenen Archiv des schwedischen Rundfunks im Internet finden konnte.

»Er war ja eine lokale Berühmtheit«, sagte Eva-Lena. »Und davon hatten wir in Kivikangas nicht so viele.«

»Jetzt kommt's.« Åke stieß Katrine mit dem Ellbogen an und beugte sich auf dem Sofa vor. »Jetzt müssen Sie ganz genau hinsehen.«

Ein weiterer Skiläufer tauchte in der Loipe auf, und das Publikum hatte allen Grund zu staunen. Die Stimme des Sprechers stieg ins Falsett. Denn dort näherte sich völlig unerwartet der erst zwanzigjährige Lars-Erkki Svanberg und sauste dreizehn Sekunden vor dem großen Mora-Nisse ins Ziel!

»Keiner wusste, wer er war«, sagte Åke, während der Sprecher Nils Jerring berichtete, wie unter den Fotografen Panik ausbrach. Plötzlich mussten sie ein neues Großtalent präsentieren: Lars-Erkki Svanberg, schwedischer Meister im Skilanglauf über 15 Kilometer.

Katrine sah einen jungen Mann mit Zipfelmütze und einem sensiblen Gesicht, der nicht wusste, wo er hinschauen sollte, während die Blitzlichter vor seinen Augen explodierten.

»Fantastisch«, sagte sie und streckte sich nach einem weiteren Stück Zuckerkuchen. »Was für ein Durchbruch!«

Sie biss ein Stück ab und bereute es sofort. Das Sättigungsgefühl schlug in Übelkeit um, irgendwie hatte sie die Angewohnheit, zu viel zu essen, wenn sie nicht wusste, was sie sagen sollte. Und so hatte sie schon beim Abendbrot einfach immer auf ihren Mund voll Fleischsuppe und Brot gedeutet und entschuldigend genickt, wenn die Familie Palo freundliche Fragen zu ihrer Mutter und ihrer Familie stellte. Åke hatte behauptet, er könne sich sehr genau an Siri Kankanranta erinnern, obwohl er knapp vierzig Jahre alt war und demnach höchstens fünf gewesen sein konnte, als Katrines Großmutter starb. »Eine tüchtige Frau, obwohl viele sich natürlich darüber wunderten, warum sie keinen Kerl im Haus hatte ...«

»Man erinnert sich wohl manchmal auch an das, was die Leute einem erzählt haben«, hatte Eva-Lena zu erklären versucht. »So ist das doch oft mit der Erinnerung. Man hört die Geschichten der Älteren und glaubt, man wäre selbst dabei gewesen.« Katrine hätte gern mehr gefragt, aber der Bissen in ihrem Mund war immer größer geworden. Ihre Mutter hatte ihnen ihre Erinnerungen nie weitergegeben. Warum hatte sie es nicht getan?

Anschließend war das Gespräch wieder auf den Mord an Lars-Erkki Svanberg zurückgekommen. Die Leute im Dorf standen noch immer unter Schock. »Vater hat ihn gefunden«, sagte Åke Palo, und Katrine stutzte. Der Alte, der ihr den Weg gezeigt hatte, Thore Palo?

Und trotzdem war die Tür nicht verschlossen gewesen, und er hatte sie einfach hereingelassen.

»Die Polizei ist herumgegangen und hat mit allen gesprochen, aber soweit ich weiß, hat niemand etwas gesehen«, sagte Eva-Lena und schüttelte den Kopf. »Ausgerechnet an diesem Tag waren wir in Haparanda in der Oper, die Metropolitan überträgt live ins Gemeindehaus. An dem Abend lief Don Giovanni.«

»Hat die Polizei denn überhaupt keine Spur?«, fragte Katrine.

»Man hat ihn ja erst drei Tage später gefunden. Da waren die Spuren schon wieder verweht.«

»Die Russen waren's«, sagte Åke.

»Das wissen wir doch gar nicht sicher.«

»Solche Diebeszüge hat es jedenfalls früher schon gegeben. Seitdem schließen wir auch die Tür ab.«

»Jedenfalls nachts. An dem Abend waren die Jungen mit

ihren Motorschlitten unterwegs. Sie hätten diesen schrecklichen Menschen direkt in die Arme laufen können ...«

Bei diesem Gedanken riss Eva-Lena die Augen auf und raufte sich die Haare, unbändige Locken, die über ihre Schultern wallten. Die Rede war von ihrem Sohn, Matti, einem Dreiundzwanzigjährigen, der immer noch zu Hause wohnte und sich nur ganz kurz gezeigt hatte, um sich seine Schüssel mit Fleischsuppe und einen Stapel bereits von der Mutter belegter Brote abzuholen. Außer ihm gab es noch eine achtzehnjährige Tochter im Jogginganzug mit blondierten Haaren und kajalumrandeten Augen, Sofia, die auf ihr Zimmer geschickt worden war, um Hausaufgaben zu machen.

»Ich kann es immer noch nicht fassen«, sagte Eva-Lena und setzte sich mit der Kaffeetasse in der Hand, während ein schwarz-weißer Nachrichtenfilm den anderen ablöste. »Er hat doch niemandem etwas getan. War ja völlig isoliert da draußen auf Rauhala.«

»Aber damals waren viele richtig wütend auf ihn«, sagte Åke.

Seine Frau verdrehte die Augen.

»Typisch Mann! Auf die Idee zu kommen, dass man jemanden wegen der Olympischen Winterspiele 1952 umbringen könnte.«

»Was war denn da?«, fragte Katrine neugierig.

»Er ist nie nach Oslo gekommen«, antwortete Åke. »Dieser Teufel ist einfach in letzter Minute zu Hause geblieben. Schlicht und ergreifend nicht aufgetaucht. Zwei Tage später hat man ihn in einer Jagdhütte außerhalb von Tosse aufgespürt.«

Er sah von seinem Gast zu seiner Frau und wieder zu Katrine, suchte jemanden, der die Tragweite dessen, wovon er sprach, verstand.

»Das war natürlich eine Katastrophe für Schweden! 1948 haben unsere Skiläufer in St. Moritz alles abgeräumt. Alles! Aber in Oslo 1952 musste Mora-Nisse geschwächt mit einer

Halsentzündung antreten, und die anderen großen Läufer waren einfach zu alt, ihre Zeit war vorbei. Lapp-Erkki Svanberg war der neue Hoffnungsträger!« Åke sank ein wenig im Sofa zusammen, als würde er die Niederlage persönlich nehmen. »Wir sind ohne eine einzige Medaille in den nordischen Disziplinen nach Hause gefahren. Mit keiner einzigen! Bis 1956 in Cortina mussten wir warten, ehe Sixten Jernberg unsere Ehre rettete.«

»Anschließend hat Lars-Erkki sich zurückgezogen«, sagte Eva-Lena. »Ist wieder in den Wald gegangen. Die Zeitungen waren natürlich hin und wieder hinter ihm her ... Warten Sie mal.«

Sie stand auf, ging zu einer Vitrine und nahm einen Ordner mit Zeitungen heraus.

»Ich habe das meiste aufgehoben. Wir dachten, dass man vielleicht irgendwann einmal eine Ausstellung machen könnte, im Heimatmuseum oder so ...« Sie schielte zu ihrem Mann hinüber und verstummte.

Auf dem Fernsehschirm war inzwischen die Staffel an der Reihe. Minus sieben Grad und trockener Neuschnee, ideale Geführigkeit und keine Schwierigkeiten mit dem Wachs.

»Er war gewissermaßen der letzte Skiläufer der alten Zeit«, erklärte Åke. »Einer von denen, die mit der Waldarbeit aufwuchsen. Und im Sommer war es die Heuernte im Sumpf. Da brauchte man keine Trainingslager.«

»Aber warum ist er denn nicht angetreten?«, fragte Katrine. »Damals bei der Olympiade, meine ich?«

Åke zuckte mit den Schultern. »Vielleicht wegen der Distanzen, damals mussten sie bei der Olympiade 18 Kilometer zurücklegen, und Svanberg war über die 15 Kilometer am besten. Ich weiß nicht so recht. Das wurde 1956 auch geändert, aber da war es für ihn wohl schon zu spät.«

Katrine betrachtete die Ausgabe des *Norrbotten-Kuriren* und begegnete dem ernsten Blick des jungen Lapp-Erik. Das

Foto musste sechzig Jahre alt sein. »Skistar in Kivikangas ermordet«, lautete die Schlagzeile. Die Polizei gab nicht viel preis. Frühestens am Montag erwarte man das Obduktionsergebnis. Noch gebe es keinen Verdächtigen. Die Anwohner des Dorfes beschrieben das Opfer als rechtschaffenen Mann, der gern für sich blieb. Es gab Gerüchte, dass er Geld in dem Schuppen versteckt hatte, viel Geld sogar. Bilder von unbekannten Menschen, Informationen ohne Aussagekraft. Die Zeilen verschwammen vor ihren Augen.

»Der Täter muss auf jeden Fall von außerhalb kommen«, sagte Eva-Lena.

Katrine schreckte zusammen und begriff, dass ihr die Augen zugefallen waren, sie war kurz vorm Einschlafen.

»Wie können Sie das wissen, wenn es keine konkrete Spur gibt?«

Die Frau wechselte einen Blick mit ihrem Mann, der sich auf dem Sofa aufrichtete.

»Matti hat sie gesehen«, sagte er, »und sein Freund, als sie gegen neun auf dem Weg nach Hause waren. Russen, die im Ort herumfuhren. Übertrieben langsam, deshalb fiel den Jungs das Auto auch auf. Sonst fährt doch wohl niemand dreißig, am Abend, wenn keine Kinder mehr unterwegs sind.«

»Aber wir sollten das vielleicht nicht weiterspinnen«, sagte Eva-Lena, »bisher wissen wir ja wirklich nichts Konkretes.«

»Dass neuerdings alle hinfahren können, wo sie wollen, kreuz und quer«, sagte Åke, »natürlich bringt das auch den Aufschwung nach Tornedalen, mit IKEA und allem, aber es bringt eben auch Probleme mit sich, das sollte man nicht vergessen.«

»Entschuldigung«, sagte Katrine und versuchte, ihr Gähnen zu unterdrücken. »Ich muss mich jetzt hinlegen.«

Bei Tageslicht war die Stille weniger furchteinflößend.

Sie hatte sich Motorschlittenstiefel und eine Daunenjacke ausgeliehen und fror nur noch im Gesicht, als sie auf der Treppe den Schnee von ihren Schuhen stampfte. Den Mietwagen hatte sie oben bei Palos stehen lassen, wo er sicher an eine Motorheizung angeschlossen war.

Die strahlend weiße Sonne wurde vom Schnee reflektiert, sodass sich das Licht vervielfachte und blendete. Das sei der Frühlingswinter, hatte Eva-Lena verzückt erklärt, *kevättalvi,* die fünfte Jahreszeit, in der das Licht zurückkehrte. Hier oben gebe es acht Jahreszeiten, ein Reichtum, den ihnen niemand nehmen könne, anders als das Erz, das Holz und die Wasserkraft, die sie an den Großschweden verloren hätten. Diesen Vortrag hatte wiederum Åke gehalten, beim Frühstück.

Katrine kam es vor, als drehte sich der Schlüssel diesmal leichter im Schloss, als hätte das Haus seine Abwehrhaltung abgelegt und würde nun ruhig seinem Schicksal entgegensehen.

Sie öffnete den Reißverschluss ihrer Daunenjacke. Sei nicht albern, sagte sie zu sich selbst und betrat die Pörte. Das sind einfach nur vier Wände und ein Dach. Was für sich genommen noch keinerlei Marktwert darstellte, wenn man Åke glaubte. Für das Grundstück mit Blick auf den Fluss könnten sie vielleicht noch mehrere Hunderttausend bekommen, aber das Haus an sich sei nicht mehr zu retten. Katrine hatte nichts von dem schwindelerregenden Gebot gesagt, doch als sie abends unter der mit Monogrammen bestickten Bettdecke lag, hatte sie beschlossen, die persönlichen Dinge, die es noch gab, zusammenzusuchen. Fotos und solche Sachen. Erinnerungsstücke, die in ihren kleinen Koffer passten. Anschließend würde sie den Makler in Luleå anrufen. Vermutlich lag ein Missverständnis vor, das sich bei einer Besichtigung schnell aufklären würde. Schon der Gedanke an einen steinreichen Spekulanten, der die morschen Treppen zum Dachboden hinaufstieg, war so surreal, dass sie lachen musste.

Aber wer weiß. Vielleicht wollte jemand ein Spaßbad mit Riesenrutschen bauen und hatte hier den perfekten Ort gefunden. Es waren schon ganz andere Dinge passiert, wie beispielsweise, dass der Kommunalrat Bucht in Haparanda eines Tages Ingvar Kamprad eine Landkarte gezeigt hatte, woraufhin in seiner Stadt eine IKEA-Filiale gebaut worden war. Jetzt strömten die Leute aus der gesamten Nordkalotte herbei, Finnen, Norweger und Russen, um Billy-Regale zu kaufen, und die Grenzstadt erlebte eine neue Blütezeit. Die Welt verändert sich, dachte sie. Nur hier drinnen steht sie noch still.

An den Fenstern glitzerten Eiskristalle und streuten kleine Sonnenflecken über den Boden. Da bemerkte sie eine Luke, die halb von einem Flickenteppich verdeckt wurde, weshalb sie sie am Vortag übersehen hatte. Katrine schob den Teppich mit dem Fuß beiseite, zog an dem kleinen Handgriff und öffnete die Falltür. Eine Leiter führte in die Dunkelheit hinab, es roch nach Keller, kühl und modrig. Sie stellte sich vor, wie sie hinunterstieg und die Luke hinter ihr zuschlug. In der Finsternis gefangen – wie lange würde es wohl dauern, bis jemand nach ihr suchte? Vorsichtig schloss sie die Falltür wieder.

Im Küchenschrank gab es nur einfaches Porzellan, die unterschiedlichsten Tassen, Duralexgläser. Sie stellte einen Kerzenständer aus Messing und eine Servierschüssel mit Rosen auf den Tisch, vielleicht waren Anders und Gunilla an so etwas interessiert.

In der Schreibtischschublade im Mädchenzimmer ihrer Mutter entdeckte sie drei Schreibhefte aus der Grundschule, die Handschrift war unregelmäßig. Sie setzte sich auf das Bett und las einen ziemlich bescheidenen Aufsatz über einen Schulausflug nach Haparanda. Es gab keine Farben darin, kein Gefühl, etwas erlebt zu haben. Mit dem Zug waren sie vom Bahnhof in Karungi losgefahren. Dann sind sie in die Kirche gegangen. Danach ins Rathaus. Sie schlug das Heft wieder zu. Wer warst du?, dachte sie und strich mit der Hand über die Matratze, die nicht mehr bezogen war, wie war dein Leben? Eine Erinnerung an Ingrid in ihrem weißen, engen Apothekerkittel, den Schlüsselbund in der Hand, weil sie gleich den Laden zuschließen würde. Katrine hatte sich oft nach der Großmutter erkundigt: War sie streng, war sie freundlich, und wie war Ingrid selbst, als sie klein war, was wollte sie werden? Unschuldige Kinderfragen. Keine richtigen Antworten, aber etwas, das zwischen den Zeilen vibrierte. »Was soll ich über meine Mutter sagen? Sie war meine Mutter. Und jetzt ist sie so oder so nicht mehr da.« Katrine hatte schon damals geahnt, dass Ingrids Kindheit verbotenes Terrain war. »Was jetzt passiert, ist wichtig. Deine Nase zeigt nicht ohne Grund nach vorn.«

Sie begegnete ihrem eigenen Blick im Wandspiegel. Der Sprung im Glas lief schräg über ihre Wange und spaltete sie. Die Staubschicht milderte die länglichen, kantigen Konturen ihres Gesichts.

Ich sehe ihr ähnlich, dachte sie, ich werde meiner Mutter immer ähnlicher. Sie schluckte, es war das erste Mal, dass sie diesen Gedanken nicht gleich wieder verwarf. Es war nicht nur das Gesicht. Die Partie über der Nase? Das Kühle, Beherrschte?

Auf dem Sekretär schienen die Gesichter nun deutlicher hervorzutreten als am Tag zuvor. Sie hielt die Fotos der Reihe nach hoch. Sie waren erstaunlich gut erhalten. Katrine musterte sie mit neuem Blick. Es bestand kein Zweifel, dass jemand fehlte. Nicht ein Bild von Ingrid mit ihrem Vater, kein Hochzeitsfoto von Siri und ihrem Bräutigam. »Er war nicht mit im Bild«, hatte ihre Mutter einmal gesagt, und anschließend war auch das ohne Erklärung geblieben.

Sie strich mit der Zeigefingerkuppe über die Wange ihrer Großmutter. Das Bild von ihr als jungem Mädchen, vielleicht war es anlässlich des Schulabschlusses aufgenommen worden. Sie war schön gewesen. Vor dem Fotografen hatte sie ihr Haar geöffnet, die Locken wallten über ihre Schultern, ein neckischer Blick, als würde sie gleich in Gelächter ausbrechen. Auf dem nächsten Bild war sie eine erwachsene Frau, ihre Haare waren kurz, der Blick matt und ausweichend.

Nur zwei Augenblicke, dachte Katrine. Eine Sekunde in ihrem Leben, hier und dort.

Das große weiße Holzhaus der Haaras lag knapp einen Kilometer entfernt am Rande eines Birkenhains, wo sich das flache Land zum Fluss hin erstreckte. Weiter entfernt auf der Landzunge konnte sie Rauhala erahnen. Graue Häuser, die allmählich vom Schnee verschluckt wurden, schwer auf dem Boden lastend, windschief, verfroren. Seit der letzte Bewohner den Ort verlassen hatte, waren erst wenige Tage vergangen, aber der Hof schien schon lange vor ihm gestorben zu sein.

»No niin! Nyt ko sie tuleet!«

Anna Haara stand mit ausgebreiteten Armen in der Tür und empfing sie. Sie war eine runzelige, kleine Frau, die Katrine kaum bis zur Schulter reichte, dafür aber dreimal so breite Hüften hatte.

»No voi voi... Tulee nyt sisäle että mie saan kattoa sinua.« Sie winkte Katrine in den Flur. *»Vai niin, siekös solet Kankaanrannan Ingridin tyäär.«*

»Entschuldigung, ich spreche leider kein Tornedalfinnisch.«

»Aha?« Anna Haara schien noch mehr zu schrumpfen. Sie sah sich ein wenig unsicher um, als müsse sie sich vergewissern, dass man ihr Haus wirklich betreten dürfe, ihre Stimme wurde vorsichtiger. »Aber einen Kaffee trinken Sie doch wohl?«

»Danke, gern«, antwortete Katrine und versuchte sich eines liebestollen Border Collies zu erwehren, der auf dem gesamten Weg in die Küche um ihre Beine scharwenzelte.

»Führ dich nicht so auf!«, schnauzte Tomas Haara den Hund

an. Er saß in Arbeitshosen und Fleecepulli am Küchentisch, eine aufgeschlagene Zeitung vor sich. Der Hund kroch unter den Tisch. »Kümmern Sie sich einfach nicht um ihn«, sagte er, beugte sich hinunter und kraulte ihn am Hals, ohne den Blick von Katrine abzuwenden. »Mutti hat schon sehnsüchtig auf Sie gewartet.«

»Nun setzen Sie sich doch«, sagte Anna Haara und stellte Tassen, eine Blaubeertorte und Haferkekse auf den Tisch. »Blaubeertorte essen Sie doch?«

Sie blieb mit dem Kaffee in der Hand stehen und betrachtete Katrine forschend mit ihrem wachen Blick.

»Dann ist sie Ingrid Kankanrantas Mädchen.«

Katrine lachte auf, es war doch unglaublich, dass alle sie wie eine Minderjährige behandelten.

»Ja«, antwortete sie. »Das bin ich wohl. Allerdings heißt sie Ingrid Hedstrand.«

Anna Haara runzelte die Stirn zu einer besonders tiefen Falte.

»Na so was«, sagte sie und sah ihren Sohn an. *»Oleks sie kuullu ette soon försvenskanu nimen.«*

»Na, aber wahrscheinlich ist das nicht weiter verwunderlich, wenn sie nach Stockholm gezogen ist.« Sie wandte sich wieder an Katrine. »Das haben ja viele gemacht.«

»Was?«

»Ihren Namen schwedisiert. Die Leute sollten sie nicht für Finnen halten.«

»Keine Ahnung, warum sie Hedstrand angenommen hat«, erwiderte Katrine. »Mein Vater hieß Eriksson, wahrscheinlich wollte sie einen etwas originelleren Namen haben?«

»Wie, das wissen Sie gar nicht?« Tomas Haara lachte.

»Nein, sollte ich?«

Er steckte sich einen Zuckerwürfel in den Mund und sog den Kaffee hindurch. »Durch den Würfel« trinken – sie hatte geglaubt, diese Sitte wäre schon vor hundert Jahren ausgestorben.

»Kankanranta«, sagte er und lutschte an seinem Zucker.

»Hedstrand. Kankanranta. Sie übersetzen ihren Namen einfach, und schon sind sie Schweden. In den Augen der anderen jedenfalls.«

Katrine starrte ihn an. Sie konnte Alastairs Therapeutenstimme in sich hören: Zeit, sich endlich auf die *hidden traumas of your childhood* einzulassen.

»Na, aber wie geht es denn der Mutter?«, fragte Anna Haara.

»Gut.« Katrine stopfte sich einen Haferkeks in den Mund und lächelte die alte Dame an. Es gab ja wohl keinerlei Grund, beim Kaffeekränzchen Demenz und anderes zu thematisieren.

»Dass Sie sich noch an sie erinnern!«, sagte sie stattdessen. »Es muss doch über siebzig Jahre her sein, dass sie von hier weggezogen sind.«

»Aber nicht doch, *niin*«, sagte Anna Haara und stand auf. »So alt bin ich nun auch wieder nicht.« Sie hob die Stempelkanne, füllte die Tassen und nahm schließlich selbst am Tischende Platz. »Das war doch 1948.« Sie richtete ihr dünnes, silberweißes Haar. »Oder war es 49 ... Siebzehn wird sie gewesen sein? Man fragt sich ja, was passiert wäre, wenn man dasselbe getan hätte. Aber ich habe wohl ein gutes Leben gehabt. Fünf gesunde Kinder. Aber jetzt ist nur noch Tomme zu Hause.« Sie tätschelte ihrem Sohn den Arm.

»Irgendjemand muss sich ja um sie kümmern.« Er zog beschämt seinen Arm zurück und zeigte mit dem Daumen in Richtung Rauhala. »Vor allem nach dem, was passiert ist.«

»Ja, huha!«, sagte Anna Haara. »Aber darüber will ich nie wieder sprechen. Sie waren ja hier und haben mich ausgefragt, die Polizei und die Zeitungen.«

Katrine sah über den Hof auf die langgestreckte weiße Schneedecke, die den Fluss unter sich verbarg, und versuchte, ihre Gedanken zu ordnen. Siebzehn Jahre alt, als sie die Gegend verließ. Das passte zu Thore Palos Geschwätz von seinen Freiersfüßen am Kankanrantashof. Aber es stimmte definitiv nicht mit der Version überein, mit der sie aufgewachsen war. Warum hatte ihre Mutter sie darüber belogen, warum tat sie so, als hätte sie »immer in Stockholm gelebt, im Großen und Ganzen«. Weil sie dann nichts zu erzählen brauchte, dachte Katrine, und es vielleicht auch vergessen wollte. Weil sie sich von der Person lösen wollte, die sie war, und eine andere werden wollte.

»Und Siri Kankanranta ist allein zurückgeblieben«, fuhr Anna Haara fort. »In der Todesanzeige stand nichts von einer Trauerfeier, im *Norrländskan* nicht und nicht im *Kuriren*, ja nicht mal im *Haparandabladet*. Aber Ingrid ist doch wohl da gewesen?«

Katrine machte eine vage Kopfbewegung.

»Fantastische Kekse«, sagte sie und schnappte sich noch einen.

»Ich weiß wohl, warum sie weggegangen ist.« Anna Haaras Stimme nahm einen traurigen Klang an, ihre Worte wurden gewichtiger. »Sie waren nicht nett zu ihr. Aber es sind nie die Kinder, die sich so was ausdenken. Die sagen nur, was sie zu Hause hören.« Sie verzog den Mund und senkte die Stimme. »Dass es Siris eigener Vater war, der ... der alte Kankanranta. Huha, was die Leute geredet haben, voj voj.« Anna fuchtelte mit der Hand, als wollte sie die Gerüchte verscheuchen. »Huha.« Sie nahm einen mikroskopischen Bissen von ihrem Keks und legte ihn wieder auf ihren Teller zurück.

»Und dann dachte Ingrid sich eigene Geschichten aus, den reinsten Zinnober. Von wegen, dass ihr Vater irgend so ein merkwürdiger ... Er würde angefahren kommen und sie holen, und sie beide würden für immer fortgehen. Als wäre er ein Märchenprinz gewesen.« Anna Haara lachte gutmütig, aber Katrine hatte das Gefühl, dahinter den Widerhall von etwas Boshaftem zu hören, das Lachen des Kindes unter dem der Alten, den Hohn.

Tomas Haara entschuldigte sich, um den Hund hinauszulassen. Katrine schob den Keksteller außer Reichweite.

»Und dann gab es da diese Sache zwischen uns«, fuhr die Frau fort, »dass sie in der Handarbeitsschule essen durfte und ich zu den Mahlzeiten nach Hause gehen musste. Weil wir genug hatten. Und mein Großvater saß in der Verwaltung der Armenfürsorge und war dafür zuständig. Ich fand ja nicht, dass ihre Kleider groß anders aussahen, aber man wusste trotzdem, wo sie herkamen«

Sie verstummte erneut. Katrine hörte nur das Ticken der Uhr und das Hundegebell draußen. Ihr kam in den Sinn, dass es dieselben Geräusche sein konnten wie damals, dieselbe Uhr, ein anderer Hund. Sie versuchte, sich ihre Mutter als Kind in dieser Küche vorzustellen, in den abgelegten Kleidern anderer Leute. Doch dann stellte Anna Haara klirrend ihre Tasse auf den Tisch, und der zeitlose Moment war vorbei.

»Na, Siri Kankanranta war ja auch sehr streng. Als wir einmal oben in dem Zimmer auf dem Dachboden bei Kankanrantas spielten, kam sie die Treppe hoch und schlug so mit dem Handtuch …« Anna Haara ließ ihre Hand durch die Luft schwirren. »Na weg hier, ihr Blagen, hier habt ihr nichts zu suchen. Raus! *Ulos!*«

»Also gibt es doch einen Raum unter dem Dach?«, fragte Katrine. Sie hatte keine Lust gehabt, die morsche Treppe auf die Probe zu stellen. Åke Palo hatte ohnehin gesagt, dass der Dachboden wahrscheinlich nicht ausgebaut sei, die Dachgeschosse dienten früher meist als Vorrats- oder Wäscheräume.

»Doch, doch, im Sommer wohnte sie ja dort, die Mutter. Siri also. Natürlich war der Boden nicht isoliert. Normalerweise ziehen ja eher die Jugendlichen dort hinauf, ehe sie flügge werden. Aber sie wollte einen Ort für sich haben.«

Der Blick der Frau schweifte ab, aus dem Fenster, über die Wiesen draußen.

»Aber ich hab immer gedacht, die beiden hätten was miteinander.«

»Wer?«, fragte Katrine verwirrt. »Siri und …?«

»Nein, nein, Ingrid und Svanbergs Junge, aber das war ja erst später, als wir Jugendliche waren. Sie war auf jeden Fall interessiert, die Ingrid.«

»Svanbergs? Meinen Sie Lapp-Erik, den Skikönig?« Ihr wurde plötzlich klar, dass der Mann neunundsiebzig war, als er starb, er musste in die Klasse unter Ingrids gegangen sein oder auch in dieselbe, vielleicht hatte es ohnehin nur eine gegeben.

Anna Haara nickte sanft, ihr Lächeln zitterte in jeder Falte.

»Ja, damals sagte man natürlich Lars-Erkki. Die saßen immer allein hinter dem Schulhaus. Einmal habe ich gefragt, was sie da machten. Er bringt mir Gottes Lehre näher, hat Ingrid gesagt, aber dabei ist sie so rot geworden, dass man sich natürlich fragte, ob sie da hinten wirklich nur Gottesworte austauschten. Und was ich gesehen habe, habe ich gesehen.«

»Was haben Sie denn gesehen?«

»Na, Sie wissen schon.«

Die Alte kicherte und legte sich die Hand an den Hals, ihre Augen blitzten.

»Aber dann hat man ihm verboten, mit ihr zu sprechen. Ingrid hat nicht gesagt, warum, aber wir haben es durchaus verstanden. Das war ja gegen Gott und die Religion. Die Schwestern haben natürlich spioniert.« Anna Haara fegte sorgfältig einige Krümel vom Tisch auf den Boden. Ihre Stimme klang ein wenig ängstlich. »Aber die Mutter hat Ihnen da wohl mehr erzählt?«

Katrine überlegte, ob sie es sagen sollte, wie es war, dass Ingrid Hedstrand wahrscheinlich alles verdrängt hatte, was mit Kivikangas zu tun hatte, auch ihren alten Freund und möglichen Schwarm, doch genau in diesem Moment fiel die Tür ins Schloss und Tomas kam zurück.

Anna Haara stand hastig auf. »Aber was sitze ich hier und rede vor mich hin.«

Sie stand auf und räumte emsig das Geschirr ab, spülte die Tassen sorgfältig aus, ehe sie sie in die Spülmaschine räumte. Katrine machte Anstalten, aufzustehen, um ihr zu helfen. »Nein, nein, bleiben Sie bloß sitzen!«

Tomas Haara ließ sich auf der Küchenbank nieder.

»Den Schornstein muss man natürlich erst einmal kontrollieren«, sagte er und streckte die Beine aus. »Aber Sie können Holz von uns haben. Wenn Sie den Kamin einheizen wollen.«

Ein Gedanke schoss ihr durch den Kopf: Warum verliebe ich mich nie in solche Männer? Aufopferungsvoll, freundlich, ihre alten Mütter versorgend.

»Ich werde wahrscheinlich morgen wieder fahren«, sagte Katrine und stand auf. »Aber vielen Dank für den Kaffee.«

»Na, dem Haus tut es nicht gut, wenn es unbeheizt ist.« Anna Haara schob den Rest der Blaubeertorte in eine Tupperdose. »Seht euch nur das Elend dort an.« Sie nickte in Richtung Rauhala. »Kaufen will das jetzt niemand mehr.«

»Nein«, stimmte Tomas Haara zu. »Eva-Lena und Åke sind bestimmt auch nicht mehr interessiert, nach allem, was passiert ist.«

»Wollten sie den Hof denn kaufen, die Palos?«, fragte Katrine erstaunt.

Anna Haara schnaubte verächtlich.

»Nichts Erhaltenswertes ist das. Rauhala! *Siinä saatanan talossa ei ole koskhaan ollu rauhaa niin kauon ko minä olen elänny.*«

Katrine warf Tomas Haara einen fragenden Blick zu.

»Sie sagt, solange sie lebt, hätte auf diesem Teufelshof niemals Frieden geherrscht.«

Die Wolken schwebten tief von Osten heran, und die Temperatur war gestiegen, obwohl es immer noch weit unter null Grad waren. Katrine wunderte sich, dass der Himmel so nah schien. Es sah aus, als würde er über die Häuser sinken, sie unter sich begraben.

Als sie den Umweg nahm, knirschte der Schnee unter ihren Füßen.

Rauhala war ein geschlossener Hof, dessen Häuser einander

zugewandt standen. Katrine hatte das Gefühl, dass der Frost in den Wänden auch von innen kam, dass der Hof in seiner eigenen Kälte eingekapselt war.

Ein windschiefer Briefkasten auf einem Pfosten verriet, wo man normalerweise hineingegangen war. Seit die Polizisten den Ort verlassen hatten, war längst neuer Schnee herbeigeweht, und der Hofplatz lag weiß und scheinbar unberührt von den vier Häusern umgeben da. Das Wohnhaus mit dem überdachten Vorbau, das sich bereits zur Seite neigte, ein Schuppen, ein Kuhstall mit eingesunkenem Dach und eine kleinere Hütte. Die Sommerküche, dachte Katrine. Eva-Lena Palo hatte erklärt, dass die Familien im Sommer auszogen, wenn das große Wohnhaus nach dem Winter geputzt wurde. Ein Raum mit Küche, in dem alle schliefen, mitunter Familien mit elf Kindern, von der Decke herabhängende Bettlaken trennten die Mädchen von den Jungen.

Ein fünftes Haus befand sich ein wenig abseits in etwa zwanzig Metern Entfernung, es schien über dem Schnee zu schweben. Katrine schauderte, als sie näher kam. Ein schmales, hohes Vorratsgebäude aus robustem Holz, das einen Meter über dem Boden auf Pfählen ruhte. Die Fassade war gänzlich geschlossen, es gab keinerlei Fenster.

Das Aitta. Hier hatte er gelegen.

Ein abgerissenes Absperrband flatterte an einer Birke. Die Tür war aus massivem Holz mit starken Scharnieren. Direkt unter dem Dach befand sich eine Holzluke, die schneebedeckt und offensichtlich lange nicht mehr geöffnet worden war. Sie stellte es sich duster vor dort drinnen. Diese Isolierung von der Außenwelt. Die Atemzüge des einsamen Mannes. Die Angst in den Sekunden vor seinem Tod.

Es hieß, Lars-Erkki Svanberg sei in das Aitta gezogen, nachdem seine Mutter gestorben und er allein auf dem Hof zurückgeblieben war. Warum?, dachte sie. Warum hatte er sich gegen alles entschieden, das Haus, die Siege, die Liebe – für das hier?

Sie kletterte auf eine Schneewehe, um ein herannahendes Auto vorbeizulassen. Es war ein blauer Mazda, er bremste, die Scheibe glitt herab, Tomas Haara steckte seine Nase heraus.

»Verfolgen Sie mich etwa?«, fragte Katrine.

»Ich habe gesehen, dass Sie hierher gegangen sind.«

Sie blickte zu seinem Haus hinüber, das höchstens hundertfünfzig Meter entfernt lag. Der Hund hatte offenbar bemerkt, wo sein Herrchen steckte, und kam auf der Straße herbeigaloppiert.

»Nehmen Sie für solche Strecken immer das Auto?«

»Ich dachte, Sie wollen vielleicht gucken.« Er nickte mit dem Kopf zum Aitta. »Da drinnen.«

Katrine schauderte.

»Ist es denn nicht abgeschlossen?«

»Doch.«

Er stieg aus dem Auto und ging auf das Haus zu. Man konnte erkennen, dass vor nicht allzu langer Zeit jemand hier umhergestapft war, der Schnee war nicht mehr als zehn Zentimeter hoch. Der Border Collie hüpfte an der Seite entlang, wo die Schneewehen hoch waren. Wie ein zerzauster schwarzer Delfin tauchte er auf und ab und verschwand. Tomas Haara beugte sich vor und tastete mit der Hand unter der Treppe, hielt kurz darauf triumphierend einen großen Eisenschlüssel hoch, der an einer Kordel befestigt war.

»Seit ich klein bin, hängt der am selben Ort. Hilding Svanberg ist ausgeflippt, wenn er uns erwischt hat. Der Hurenteufel hätte auf uns geschissen, und wir sollten zur Hölle fahren und im Fegefeuer schmoren. Was wir gerannt sind!«

»Sie sind ja verrückt, wir können da doch nicht einfach reingehen«, sagte Katrine und sah sich um. Sie spürte, wie die Neugier in ihr kribbelte und wuchs, der Reiz des Verbotenen. Ein Hauch des Gefühls, das sie aus ihrer Jugendzeit kannte, als es in der Umgebung von Jakobsberg noch verlassene Hütten gab, in die man hineinklettern konnte, um auf einer schmuddeligen Matratze herumzuknutschen.

»Das ist Privateigentum«, sagte sie. »Und noch dazu ein Tatort.«

Tomas Haara zuckte nur mit den Schultern.

»Na, ich dachte ja nur«, sagte er und hängte den Schlüssel wieder zurück. Er wirkte enttäuscht. Sie bereute ihre Entscheidung sogleich.

»Die Polizei hat doch sowieso schon alles durchsucht.«

»Ist denn was gestohlen worden?«

»Die Schrotflinte, habe ich gehört. Und es gab natürlich Gerüchte, dass er Geld hatte.«

»Dann hätte er doch wohl nicht so gehaust?«

»Die Verwandten waren sich absolut sicher, sie meinten auch, dass er Dinge, die eigentlich zum Hof gehörten, veräußert hätte ...«

»Er hatte also Verwandte?«

»Ja, im Süden. Eine von denen war kurz nach Weihnachten hier, aber Svanberg hat sie verjagt.«

»Palos scheinen sicher zu sein, dass jemand von außerhalb der Täter ist.«

»Schon«, erwiderte er, »aber ich habe mich doch gefragt ...«

Katrine wartete auf die Fortsetzung. Jetzt weiß ich, warum ich nie auf diese Sorte von Kerlen fliege, dachte sie. Sie drucksen immer herum.

»Niemand ist in dem Haus gewesen«, sagte er am Ende. »Alles war abgeschlossen. Wie hätte einer von außerhalb darauf kommen sollen, dass hier jemand wohnte? Und warum hätte er glauben sollen, dass jemand, der so wohnt, Geld hat?«

Sie dachte kurz über seine Frage nach.

»So etwas verbreitet sich«, antwortete sie schließlich. »Vielleicht hat es jemand auf Facebook gepostet?«

»Mmh.« Er pfiff nach dem Hund, der zwischen den Pfosten und dem Gerümpel unter dem Haus herumstöberte, und klatschte sich mit der Hand auf das Bein. »Komm jetzt, Poker! Hierher!« Widerwillig gab der Hund den Kampf mit einem Ski auf, den er gerade hervorzerren wollte. Katrines Blick blieb an der Treppe hängen, dem Versteck darunter.

»Wie ist er wieder dorthin gekommen?«, fragte sie.

»Wer denn?«

»Der Schlüssel«, antwortete sie. »War hier abgeschlossen, als sie ihn gefunden haben, oder ... Und wie sind sie sonst hereingekommen?«

Tomas Haara wirkte verblüfft. »Ich weiß nicht ... es muss wohl Thore Palo gewesen sein, der ihn wieder dorthin gehängt hat.«

»Also weiß er auch, wo der Schlüssel hängt? Weiß denn das ganze Dorf, wo die Leute ihre Schlüssel verstecken?«

»Ja«, sagte er, als wäre das eine Selbstverständlichkeit. »So kann man immer hineingehen, wenn etwas passiert.«

Er öffnete die Autotür, und der Border Collie sprang hinein.

»Soll ich Sie mitnehmen?« Seine Stimme klang hoffnungsvoll.

»Danke, ich gehe zu Fuß«, erwiderte Katrine.

Das Haus wirkte schon etwas weniger verlassen, und verglichen mit der Kälte in Rauhala schien es geradezu einladend. Katrine klopfte den Schnee von den klobigen Stiefeln und öffnete ihre Daunenjacke.

... im Sommer hat sie dort gewohnt ...

Die Treppe im Flur, die zum Dachboden führte. Jetzt sah sie Mädchenbeine vor sich, die hinaufsprangen, neugierig, zuckend vor Freude über das verbotene Spiel.

... wollte wohl einen Ort für sich haben ...

Sie holte tief Luft und setzte ihren Fuß auf die unterste Treppenstufe.

Sie knarrte, aber sie trug. Schlimmer stand es um die Stufen Nummer sechs, sieben und acht. Schnee und Feuchtigkeit hatten dem Holz zugesetzt, und sie konnte direkt auf das geblümte Schrankpapier in der Vorratskammer sehen, die darunter eingebaut war. Auch Nummer siebzehn war einsturzgefährdet. Katrine stützte sich auf das wacklige Treppengeländer, übersprang drei Stufen und stemmte sich nach oben. Dann setzte sie sich in die Öffnung des Dachbodens und spürte die Kälte im Gesicht. Ein Fenster im Giebel ließ ein wenig Tageslicht herein – genug, um zu erkennen, dass der Raum durch eine Wand geteilt worden war. Die Türen waren klein und schmal. Katrine balancierte auf einem Balken vorwärts, duckte sich und kletterte hinein.

Einige blasse Sonnenstreifen auf dem Boden. Ein Flickenteppich. Die dünne Gardine lag in Fetzen über den Boden verteilt, irgendein Tier musste hier gehaust haben.

Es gab ein blaues Schlafsofa mit Nachttisch. Einen Stuhl und etwas Gerümpel in der Ecke, einen abgebrochenen Kehrbesen, einen Holzeimer.

Sie sank auf die Sofakante. Im Unterschied zu den Betten im Untergeschoss war es bezogen. Eine weiße Häkeldecke. Sie hob sie mit klopfendem Herzen an, enthüllte Bettwäsche mit eingesticktem Monogramm. S. K., in filigranen Buchstaben, Sommerblumen auf einer ausgewaschenen Borte.

Sollte sie sie mitnehmen? Mamas Bett in der Wohngruppe damit beziehen, wenn sie den versprochenen Platz bekam?

Jetzt mach aber mal halblang, sagte sie zu sich selbst. Ingrid Kankanranta hat beschlossen, von hier wegzugehen und einen anderen Namen anzunehmen, sie will so etwas nicht haben, vielleicht hasst sie ihre Mutter, was weiß ich.

Katrine stand auf und ging zum Fenster, starrte auf einen kleinen Friedhof toter Wespen.

Die Frühlingswintersonne hatte einige kleine Löcher in das Eis auf der Außenseite des Fensters gebohrt. Wenn sie nahe genug an der Scheibe stand und hindurchspähte, konnte sie die zerzausten Kronen der Birken erkennen.

Ein eigenes Zimmer, dachte sie. Man brauchte Virginia Woolf nicht gelesen zu haben, um zu wissen, was das bedeutete. *»A woman must have money and a room of her own.«*

Allein mit einem Kind, Vater unbekannt. Das Doppelbett dort unten musste ihren Eltern gehört haben, sie hatten Wand an Wand schlafen, Siri und die Tochter in ihren Betten im Zimmer nebenan. Es wunderte einen nicht, dass sie keine Kinder oben auf dem Dachboden duldete.

Siri Kankanranta hatte kein Geld gehabt, aber sie hatte nach der Freiheit gegriffen, die sich ihr bot, wenn auch nur im Sommer.

Auf dem Nachttisch lag ein kleiner Zeitungsstapel. Katrine nahm eine Ausgabe des *Lyckoslanten* von 1941 in die Hand. Das Titelthema lautete: Die vaterländischen Lieder des Nordens. »In dieser Zeit der Prüfungen, in der der Zusammenhalt zwischen den nordischen Ländern umso mehr gestärkt werden muss …« Sie blätterte und war schockiert über die unverhohlene Vaterlandsverehrung, die Hand in Hand mit der zweiten Botschaft dieser Zeitung einherzugehen schien: »Der Schlüssel zum Herzen heißt Gesang und der Schlüssel zum Erfolg Bescheidenheit.«

Es muss noch mehr geben, dachte sie und legte die Zeitung beiseite. Wo hast du sie versteckt, Siri Kankanranta? Deine Tagebücher, die Briefe, die du nie abgeschickt, die Gedichte, die du niemandem gezeigt hast? Sie selbst wurde rot beim Gedanken an ihre eigenen, alten Texte, die jetzt unter drei Schichten Büchern in der hintersten Ecke ihrer Londoner Kleiderkammer versteckt waren.

Sie durchsuchte jeden Winkel des Raums. Sah hinter die Balken und fand eine zertrümmerte Lampe. Hob eine lose Holzdiele hoch: die Hinterlassenschaften eines unbekannten Tieres. Unter der Matratze: nichts. Sie spähte unter das Ausziehsofa: Bingo! Steckte den Fuß darunter und bugsierte ein zerschlissenes Gepäckstück hervor, einen Amerikakoffer. Katrine bürstete den Staub ab und nieste, als sie den Deckel öffnete.

Obenauf lag ein Paar Schuhe, hochhackig und aus rotem Samt. Sie streichelte es, ein amerikanisches Zwanzigerjahrerelikt in Größe 37, nach dem sich die Vintageverkäufer in Camden Lock die Finger geleckt hätten. Sie selbst hatte Schuhgröße 40. Darunter lag ein glänzendes Kleid aus dunkelgrüner Seide mit Rundkragen, das schwerlich aus dem Fundus der Armenfürsorge stammen konnte. Darunter ein weiteres, sorgfältig zusammengelegtes seidenes Kleidungsstück, aus dem ein Buch purzelte, klein und dünn. Verwundert betrachtete sie den Umschlag.

Was auch immer sie zwischen den Seidenkleidern erwartet hatte – *Das Kommunistische Manifest* auf keinen Fall.

Auf dem Vorsatzblatt stand mit zarten Bleistiftbuchstaben ein Name geschrieben, G Pelttari. Sie las den berühmten ersten Satz: »Ein Gespenst geht um in Europa – das Gespenst des Kommunismus …«

Sie schlug das Buch wieder zu.

Das ist also alles, was du an Geheimnissen hattest, Siri Kankanranta? Du hast an den Sommerabenden den Kommunismus studiert und Seidenkleider anprobiert, die du irgendwo herhaben musstest?

Katrine blieb eine Weile reglos sitzen, wartete auf eine Antwort, die nicht kam. Am Ende klappte sie den Koffer wieder zu und kletterte vorsichtig vom Dachboden herunter. Sie warf einen Blick in die Pörte. Stumme Gegenstände, das Schweigen derer, die sie hinterlassen hatten. Sie versuchte sich ihre Mutter als Siebzehnjährige vorzustellen, als sie von hier wegging, die Großmutter, die allem Anschein nach allein zurückblieb. Alles wird auf zwei Alternativen reduziert, dachte sie. Bleiben oder gehen.

Sie verließ das Haus und schloss die Tür ab. Unten am Fluss lärmten ein paar Motorschlitten und zischten vorbei. Sie fühlte sich plötzlich leer.

Na gut, dachte sie. Dann werden wir wohl verkaufen.

Eva-Lena Palo hatte den Kopf unter die Motorhaube eines Autos gesteckt und leuchtete mit einer Taschenlampe hinein. Die Dämmerung hatte eingesetzt.

Katrine senkte ihre Stimme am Handy, als sie auf den Hof kam. Das Gespräch mit Alastair hatte genauso lange gedauert, wie man brauchte, um das halbe Dorf zu umrunden. Zwanzig Minuten. Sie befand sich in zwei Welten und war in keiner von ihnen richtig anwesend. Die Kälte in ihrem Gesicht, die Stimme an ihrem Ohr.

»Es ist bestimmt gut für dich, wenn du mit deinen Wurzeln in Berührung kommst, Katrine darling.«

»Mir geht es aber nicht um irgendeine dämliche Therapie. Ich muss eine Hütte verkaufen.«

»Wann kommst du nach Hause?«

Nach Hause, dachte sie, wie definiert man zu Hause? Sie sah die Londoner Wohnung vor sich, die weißen Wände, die künstliche Glut im Kamin.

»Ich melde mich«, sagte sie.

»Love you.«

»Love you, too.«

Als er aufgelegt hatte, fiel ihr auf, dass sie diese Worte noch nie auf Schwedisch zu jemandem gesagt hatte. »Love you« ging so leicht über die Lippen. Älska war ein komplizierteres Wort.

Eva-Lena sah vom Motor auf.

»Weiß der Teufel, was mit dieser Mistkarre los ist.« Sie fuhr sich mit dem Unterarm über das Gesicht und hatte anschließend einen schwarzen Strich auf der Wange. »Ich muss Matti bitten, einen Blick draufzuwerfen.«

Sie knallte die Motorhaube zu und zog ihre Handschuhe aus.

»Na, schon was gegessen?«

Katrine nahm im Obergeschoss eine lange Dusche, während sie darauf wartete, dass das Abendessen fertig wurde. Sie ließ sich von der Wärme berieseln und schloss die Augen, versuchte an Alastair zu denken, ihn vor sich zu sehen, was tat er wohl gerade? Saß er am Schreibtisch, wärmte er sich etwas zu essen auf, oder waren die Jungs da? Er hatte zwei fast erwachsene Söhne, Eric und Eliot, die an den Wochenenden manchmal zu Besuch kamen. Alastair wollte keine weiteren Kinder, er grämte sich zu sehr über das, was er bei seinen beiden Söhnen versäumt hatte.

Es ist gerade alles ein bisschen viel für mich, dachte sie, als sie dem Duft aus der Küche folgte und die Treppe hinunterstieg. Das ist alles. Wenn diese Sache überstanden ist, werde ich ihn wieder vermissen.

Das Essen stand auf dem Tisch, gekochte Kartoffeln und warmgeräucherte Maräne aus dem Torneälven, so etwas bekam man nun wahrlich nicht in London.

»Ich glaube, meine Großmutter war Kommunistin«, sagte Katrine.

»Ja, ja«, sagte Åke, »das waren zu der Zeit viele.«

»Siri Kankanranta?«, fragte Eva-Lena nachdenklich. »Das wäre mir neu.«

»Vielleicht hat sie es geheim gehalten.« Katrine streckte sich nach der Butter und vermengte sie mit der zerdrückten Kartoffel, während sie von ihrem Fund im Koffer berichtete. »Auf dem Vorsatzpapier stand Pelttari, G Pelttari.«

Alle am Tisch hörten auf zu kauen. »Pelttari …«, sagte Eva-Lena, »das ist natürlich kein ungewöhnlicher Name, aber ich wüsste nicht, dass es hier im Ort einen gäbe.«

Sie sah hilfesuchend vom einen zum anderen. Ihr Mann schüttelte den Kopf. »Nein, nicht in Kivikangas«, bestätigte er und kaute weiter. Sofia, die Tochter, stocherte lustlos in ihrem Essen. Matti, der Sohn, der eigentlich Mattias hieß, aß dafür umso mehr. Katrine wunderte sich über diese Zwiespältigkeit, dass sie ihren Kindern schwedische Namen gaben und finnische Kosenamen.

»Aber Aili!« Eva-Lenas Gesicht hellte sich auf, und sie fuchtelte ihrem Mann mit der Gabel vor der Nase herum. »War deren Mädchenname nicht Pelttari?«

»Welche Aili?«, fragte Åke.

»Na, Aili Svanberg!«

Jetzt hörte auch Katrine abrupt auf zu kauen.

»Svanberg?«, fragte sie. »Wie Lars-Erkki Svanberg?«

»Ja, Aili war seine Mutter. Sie war mit Hilding Svanberg verheiratet, aber ich glaube, sie war eine geborene Pelttari. Allerdings kann ich nur schwer glauben, dass sie Kommunisten gewesen sind.«

»Nein, das waren sie wahrhaftig nicht«, fiel Åke ein. »Diese verfluchten Gottesfürchtigen!«

»Sie waren Laestadianer«, erklärte Eva-Lena. »Von der strengen Sorte, Westlaestadianer, die sind hier eigentlich nicht sehr verbreitet, sondern eher weiter im Norden und in der Gegend um Kiruna.«

»Reden Sie doch mal mit meinem Vater, wenn Sie das interessiert«, sagte Åke, »er weiß fast alles über die Leute hier. Aber sehen Sie sich vor, wenn der erst mal ins Reden kommt …«

Sofia verdrehte die Augen.

»Ich würde auch gern in London wohnen«, sagte sie, »wo nicht jeder alles über den anderen weiß.«

»Und was willst du da?«, fragte ihr Bruder und schnaubte verächtlich. »Das ist doch nur stressig und so. Außerdem würdest du dich verlaufen.«

»Bei welcher Station wohnen Sie?«, fragte Sofia.

Katrine sah sie verwundert an, von allen Fragen über London, die sie sich von einer Achtzehnjährigen erwartet hätte, war dies kaum die naheliegendste.

»Baker Street.«

»Wow«, sagte Sofia. »Das ist die Bakerloo Line, oder?«

»Warst du schon mal da?«

»Ja, bei einem Schwimmwettbewerb, als ich zwölf war. Ich mag U-Bahnen, wie all diese Linien einander kreuzen.« Sie zeichnete Striche und Kurven in die Luft. »Und man kann an einer Stelle hinunterfahren und an einer anderen wieder hinauf. Wo einen niemand wiedererkennt.«

»Jetzt geh du erst mal aufs Gymnasium und dann sehen wir weiter.« Eva-Lena drehte ihren Fisch um, löste mit der Gabel noch mehr Fleisch davon ab und legte es ihrem Sohn auf den Teller. »Da findet man doch wohl auch nicht so leicht einen Job.«

»Hätten wir unsere eigenen Ressourcen behalten dürfen«, sagte Åke, »hätten wir auch hier Arbeit. Jetzt müssen wir stattdessen unseren Nachwuchs wegschicken.«

»Aber es ist besser geworden, seit IKEA hier ist«, warf Eva-Lena ein, »allerdings ist es schwer, die Leute zum Bleiben zu bewegen. Sie kaufen ein und fahren wieder. In der Nähe der Stadt sind die Immobilienpreise natürlich gestiegen, aber bis hierher reicht diese Entwicklung nicht.«

Doch, dachte Katrine, vielleicht schon.

»Ja, und ich sehe es verdammt noch mal nicht ein, irgendwo anders hinzuziehen.« Matti schlang den letzten Rest in sich hinein, stand auf und ging. Seine Mutter fing an, den Tisch abzuräumen.

»Man will wohl am liebsten da wohnen, wo man geboren und aufgewachsen ist«, sagte sie.

Oder gerade nicht, dachte Katrine, während der Kaffee serviert wurde.

»Werden Sie denn jetzt auch Tornedalerin?«, fragte Eva-Lena. »Das Haus wollen Sie doch bestimmt behalten?«

Alle Blicke richteten sich auf sie. Katrine blieb stumm. Ihr gefiel die Aufmerksamkeit nicht, genauso wenig, wie wenn man ihr Fragen stellte, die sie nicht beantworten konnte. Der Journalistenberuf war für sie genau das Richtige. Vorbereitete Fragen zu stellen, sich aber nie selbst zu entblößen.

»Apropos Haus«, sagte sie, »ich habe gehört, dass Sie Rauhala kaufen wollten?«

Eva-Lena hielt an der Spüle in ihren Bewegungen inne.

»Nein, das ist nicht mehr aktuell«, antwortete Åke vom Sofa aus.

»Sehr gut«, sagte Sofia, »ich habe nämlich nicht vor, in einem bescheuerten Spukhaus zu wohnen.«

Sie räumte ihren Teller geräuschvoll ab und verschwand die Treppe hinauf. Die Mutter sah der Tochter nach, trocknete sich die Hände ab und ließ sich am Tischende nieder.

»Wir hatten nicht geplant, dort zu leben«, sagte sie, »aber es war so traurig, es verfallen zu sehen. Es ist ein so erholsamer Ort. Irgendwie wirkt dort alles stiller. Und es hieß, dass Svanberg gerade dabei wäre, sich eine Wohnung in der Stadt zu suchen, sonst wären wir gar nicht darauf gekommen.«

»Tja, aber jetzt ist es sowieso vorbei«, brummelte Åke.

»Wissen Sie, dass Rauhala Ruhe bedeutet oder Ort des Friedens?«, fuhr Eva-Lena fort. »Wir hatten die Idee, es auf Schwedisch Tystnaden zu nennen, die Stille, und es für Touristen zu öffnen, damit sie all das hier erleben können ...« Sie machte eine Geste in Richtung Fenster. Inzwischen war es dunkel geworden, und das Einzige, was man in der Scheibe sah, war das eigene Spiegelbild. »Aber das geht ja jetzt nicht mehr.«

Sag das nicht, dachte Katrine, schreckliche Todesfälle locken oft Horden von Touristen an.

»Erzähl doch, wie es wirklich war«, unterbrach sie ihr Mann. »Die Verwandten wollten mehr Geld und haben sich untereinander zerstritten, deshalb wurde nichts daraus.« Er schaltete die Lokalnachrichten ein und legte die Beine hoch. Dann rückte er das Kissen zurecht. »Bald droht ganz Norrland der Verfall, weil die Leute sich um ein Haus streiten müssen, das gar keinen Wert hat.«

Katrine stand auf und bedankte sich für das Essen.

»Es wäre wirklich interessant, das mit Pelttari herauszufinden«, sagte sie zu Åke. »Meinen Sie, es wäre okay, wenn ich Ihren Vater mal anrufe und frage?«

»Warum wollen Sie ihn anrufen? Er wohnt doch nur fünfhundert Meter von hier.«

Der Mond ließ den Schnee silbrig glitzern. Sie ging an einigen gepflegten Häusern mit zwei Autos in jeder Garageneinfahrt vorbei, warmes Licht in den Fenstern. Obwohl es erst kurz nach acht war, war kein Mensch mehr auf der Straße. Katrine zog die Pelzmütze ihrer Mutter tief über die Ohren. Sie war eine Nummer zu klein und rutschte beharrlich wieder nach oben.

Als Anders angerufen hatte, redete sie sich damit heraus, dass sie den Makler nicht erreichen konnte, dabei hatte sie es in Wirklichkeit gar nicht erst versucht. Das alte Haus schloss sich um seine Geheimnisse. Bald würden die, die sich erinnerten, tot sein.

Ein schwarzer Schatten auf der Straße ließ sie beiseitespringen. Doch es war nur eine Katze, die über den Schneewall schlich und verschwand.

Auch diesmal stand die Tür offen.

»Sie wollen also etwas über die Familie Pelttari erfahren.«

Der alte Polizist lehnte am Kamin, während sie sich die Stiefel auszog. Er spähte neugierig unter seinen buschigen Augenbrauen hervor. »Darf man fragen, warum?«

»Ich habe das hier in Großmutters Sachen gefunden«, sagte Katrine und zog das Kommunistische Manifest aus der Tasche. Sie zeigte auf den Namen auf dem Vorsatzblatt. »Aber vielleicht ist es jetzt ein bisschen spät, um es zurückzugeben.«

»Ja, das kann man wohl sagen.« Thore Palo gab ein lautes Lachen von sich. »Dazu will sich heute wahrscheinlich auch keiner mehr bekennen.«

Er nahm zwei Tassen mit ins Wohnzimmer und servierte eine halbe Rolle Singoalla-Kekse dazu.

»Etwas Stärkeres kann ich leider nicht anbieten, das vertrage ich nicht mehr.«

»Ist doch gut so«, sagte Katrine und setzte sich auf das Sofa, das nagelneu aussah. An der Wand hing ein Bild von Hjalmar Branting neben dem Familienporträt, auf einem Hochzeitsfoto erkannte sie Åke und Eva-Palo, daneben hingen Schulaufnahmen von den Enkelkindern in verschiedenen Altersstufen. Der halb blinde Hund schmiegte sich an ihr Bein, während sie seinem Herrchen lauschte.

Aili Svanberg habe früher tatsächlich Pelttari geheißen, sie sei drüben auf dem Hof geboren und aufgewachsen. Damals habe noch niemand Rauhala gesagt. In Tornedalen hatte man es nicht nötig, den Höfen Namen zu geben, sie wurden nach dem Geschlecht benannt, das dort seit Ewigkeiten wohnte. Wenn jemand verkaufte, änderte das nichts. Er selbst, erzählte Thore Palo, wohne beispielsweise in Linnas Haus, obwohl der letzte Linna das Haus schon in den Sechzigern verkauft habe und weggezogen sei.

Hilding Svanberg sei auf die Idee gekommen, den Hof Rauhala zu taufen. Er sei aus Kiruna gekommen, offenbar habe er sich für etwas Besseres gehalten und keine Lust gehabt, Herr eines Hofes zu sein, der den Namen seiner Ehefrau trug und den Namen ihrer Vorfahren, die schon lange vor ihm dort gewesen waren.

»Aili hatte natürlich nichts zu sagen. Sie ging dort wie ein Schatten mit ihrem Kopftuch umher, obwohl es ihr eigener Familienhof war. Als ihr Bruder verschwand, erbte sie alles.«

»Verschwand?«

Thore nippte an seinem Kaffee, er genoss die Aufmerksamkeit.

»Gunnar Pelttari«, sagte er und zeigte energisch auf das Buch, das neben ihr auf dem Sofa lag. »Ich nehme an, dass es seins war.«

Auch hier tickte eine Uhr an der Wand, ein schweres, altes Familienkleinod.

»Was ist aus ihm geworden?«

»Ich weiß nicht, ob ich darüber so viel erzählen kann ...« Die Worte sprudelten nicht mehr aus ihm heraus wie bisher. »Das war ja vor meiner Geburt. Über so was sprach man nicht gern ...«

»Was? Worüber sprach man nicht gern?«

»Über die, die weggegangen sind«, sagte er. »In die Sowjetunion.«

»In die Sowjetunion?«

Thore nickte. Sie wartete auf die Fortsetzung. Der alte Polizist trank seinen Kaffee wie eine Dame, in kleinen Schlucken. Er fuhr sich mit dem Handrücken über das Gesicht. Katrine vermisste ihr Aufnahmegerät. Etwas, an dem sie sich festhalten konnte, einen Grund, alle möglichen Fragen zu stellen.

»Ja«, sagte er am Ende. »Es waren drei, die damals nach Osten gingen, Anfang der Dreißigerjahre, aber was davon stimmt und was nicht, kann ich nicht guten Gewissens sagen.«

Er habe über die Jahre nur Bruchstücke dieser Geschichte gehört, Geflüster und Getratsche. Es sei nie offen darüber gesprochen worden. Dennoch seien Menschen aus ganz Norrbotten über die Grenze gegangen, vor allem aus den Erzfeldern, wo landesflüchtige finnische Kommunisten die Arbeiter aufwiegelten und Propaganda betrieben. In Kiruna gab die Kommune denen, die in die Sowjetunion emigrierten, sogar einen finanziellen Zuschuss. Nach Amerika wollte ja niemand mehr. Nach dem Börsencrash an der Wall Street flohen die Leute von dort, und sogar die Nationalökonomen glaubten, man würde bald den Tod des Kapitalismus erleben.

In kleinen Dörfern wie Kivikangas hatte der Kommunismus

noch nicht so recht Wurzeln geschlagen, aber es gab durchaus junge Menschen, die Stalin der heimischen Arbeitslosigkeit vorzogen.

Persönlich gekannt hatte Thore nur die Brüder Björnfot. Der ältere hieß Oskar, der jüngere Empo, sechzehn Jahre war dieser gewesen, als sie weggingen. Und dann war da noch Gunnar Pelttari.

Anfang der Dreißigerjahre, dachte Katrine und legte die Hand auf das Manifest. Gunnar Pelttaris Buch zwischen Siris kostbarsten Kleidern. Und dann war Ingrid geboren worden, im Februar 1932.

Ihr Kaffee war kalt geworden, sie trank ihn dennoch.

»Meine Mutter hat erzählt, der alte Pelttari hätte den Namen seines Sohnes nie wieder in den Mund genommen«, fuhr Thore fort. »Ein Bolschewik! Zu dieser Zeit waren die meisten Bauern ja rechts, aber in den Dreißigern verstärkten sich die Gegensätze, mit Streiks und Schüssen unten in Ådalen, man glaubte schon an den Weltuntergang oder die Revolution. Weiter im Norden gab es Städte, in denen ein Drittel der Bevölkerung Kommunisten waren und ein Drittel Nazis.«

»Und das übrige Drittel?«

»Laestadianer. Oder sogar Korpelaner. Die hüpften ekstatisch herum und priesen Gott und warteten darauf, dass die Silberarche am Ufer des Luossajärvi anlegte, um sie ins himmlische Jerusalem zu bringen.«

Sie lachte.

»Das klingt lustiger als die anderen beiden Alternativen.«

»Man wollte an ein Paradies glauben. Man hatte es wohl nötig.« Er streckte sich nach dem letzten Keks, brach ihn entzwei und leckte die Himbeermarmelade in der Mitte heraus. »Aber aus der Reise nach Jerusalem wurde natürlich nichts. Stattdessen brachte man sie nach Furunäset, dem Irrenhaus in Piteå.«

»Und die, die in die Sowjetunion gingen, was wurde aus denen?«

»Ich weiß, dass Empo Björnfot nach einigen Jahren wiederkam, aber ich war damals noch ein Kind, und er zog bald darauf erneut weg. Es wurde behauptet, er wäre Spion und so weiter, aber natürlich wusste das niemand genau. Wer in der Sowjetunion war und zurückkehrte, entschied sich zu schweigen. Nahm es mit ins Grab.«

»Aber warum?«

»Die Wahrheit wollte wohl niemand hören. Sie waren ins Paradies gefahren und zurückgekommen, und ihre Kameraden wollten nichts davon wissen, dass es das Paradies nicht gab. Und außerdem fand man es auch verdächtig, dass sie zurückkehrten. Man hielt sie für Spione der einen oder anderen Seite.«

Thore nahm ein Metallding vom Tisch, das aussah wie eine Stahlspinne, und massierte sich damit den Kopf.

»Das ist gut für den Blutkreislauf«, sagte er, »man muss schließlich sein Hirn auf Trab halten.«

Soweit er wisse, habe Empo Björnfot nie wegen Spionage vor Gericht gestanden. Vermutlich war er wie viele Kommunisten im Krieg interniert worden, aber in etwas Strafbares sei er nie verwickelt gewesen, jedenfalls nicht in Kivikangas. Das konnte Thore Palo mit Sicherheit sagen, weil er sich ausgiebig mit alten Verbrechen beschäftigt hatte, insbesondere den unaufgeklärten, wie dem Überfall auf die Landwirtschaftskasse im Jahr 1931. Ihm machte es Spaß, die alten Ermittlungen durchzugehen und die Polizeiarbeit zu dieser Zeit unter die Lupe zu nehmen, zu prüfen, ob es eine Spur gab, die übersehen worden war.

»Wissen Sie, was aus Gunnar Pelttari wurde?«

Er schüttelte den Kopf.

»Ich glaube, nicht einmal die Kinder in Rauhala haben erfahren, was mit ihm passiert ist. Er war wie ein *manalainen,* ein Gespenst.« Thore rieb sich die Nasenwurzel. »Es muss Lars-Erkki gewesen sein, der diesen Ausdruck mir gegenüber gebraucht hat. Ich glaube, ich habe ihn vor langer Zeit einmal gefragt, warum er aus dem Hauptgebäude ausgezogen ist. Weil ihn die Stimmen störten und es auf dem Dachboden spuken würde, sodass er nicht schlafen könnte, hat er gesagt. Ich habe mich natürlich erkundigt, was für Stimmen er meinte, und da erwähnte er unter anderem Gunnar, aber ich dürfte das auf keinen Fall weitererzählen. Sein Vater hatte es ihm verboten, als Kind wurde er geschlagen, bis er über die Gespenster und anderen Wesen schwieg. Es gab nur Gott und den Teufel.«

Thore Palo nahm den Kopf seines Hundes in beide Hände und schüttelte ihn ein wenig. »Du willst jetzt raus, du kleiner Rabauke, was? Wollen wir raus?«

Mühsam erhob er sich aus dem zerschlissenen Sessel, und der Hund sprang glücklich vorweg.

»Sollten Sie nicht abschließen?«, fragte Katrine, als sie sich die Jacken angezogen hatten. »Ich meine, nach allem, was hier passiert ist?«

»Warum sollte ich das tun, ich habe doch noch nie abgeschlossen. Was gibt es bei mir schon zu stehlen?«

»Ich habe gehört, dass Sie ihn gefunden haben.«

»Ja, das stimmt wohl.«

Er blieb auf dem Treppenabsatz stehen und sah in die Dunkelheit. In Richtung des Flusses, wo ein Stück entfernt Rauhala lag, irgendwo hinter den Häusern und Bäumen.

»Ich habe gehört, es gibt Gerüchte, dass er Geld hatte«, sagte Katrine.

»Ach was, das ist Mumpitz. Das Gewehr haben sie natürlich mitgenommen. Wahrscheinlich müssen die Kollegen sich jetzt vor allem darauf konzentrieren, das Diebesgut zu finden. Sonst weiß ich auch nicht.«

Der Hund stand treu am Ende der Treppe und wartete, bis sein Herrchen mühsam zu ihm hinuntergestiegen war.

»Aber von mir werden die schön die Finger lassen«, ergänzte er mit einem Lächeln. »Schließlich wissen sie, dass ich Polizist war.«

»Ihr Sohn und seine Familie scheinen sich sicher zu sein, dass es jemand von außerhalb war.«

»Das will man wahrscheinlich immer glauben – dass alles Böse von außen kommt.«

»Und Sie glauben das nicht?«

»Ich war fast vierzig Jahre lang Polizist. Glauben kann man in der Kirche.«

Ein Muster aus Reflexstreifen leuchtete auf seiner Jacke, als ein Auto vorbeifuhr. Katrine wurde bewusst, dass sie niemand sehen würde, wenn sie die Straße entlangging, solche Reflexe hatte sie nicht mehr verwendet, seit sie ein Kind war. Der Hund trottete brav hinter ihnen her.

»Er hat mal von Ihrer Großmutter gesprochen«, sagte Thore.

»Wer?«

»Lars-Erkki.«

»Lapp-Erik?«

»Er selbst wollte nicht so genannt werden. Er war ja nicht einmal Same, aber für die Schlagzeilenschreiber war das ein und dasselbe. Es reichte, dass er aus dem Norden kam.«

»Was hat er über meine Großmutter gesagt?«

»Das habe ich noch nie jemandem erzählt, ich fand nicht, dass man es weitertragen sollte. Siri Kankanranta war eine feine Frau, glauben Sie bloß nichts anderes.« Er ging unendlich langsam. Vielleicht war das Gassigehen nur ein Vorwand, damit er seine Geschichte endlich loswerden konnte, im Halbdunkel, wo man sein Gesicht nicht erkennen konnte, nur die große Nase, die zwischen den Ohren hervorragte.

Lars-Erkki Svanberg sei nicht immer so gewesen wie in den letzten Jahren. Nachdem er den Skisport aufgegeben hatte, nahm er seine Arbeit im Wald wieder auf, und noch in den Siebzigerjahren war er Mitglied im Jagdverein gewesen.

»Ein guter Schütze und ein hervorragender Fährtenleser, aber er hat sich nie an dem beteiligt, was die Kerle manchmal in der Sauna reden, über Frauen und so weiter. Und dann ließ eines

Tages irgendeiner die Bemerkung fallen, man solle mal zu Siri Kankanranta gehen und sie ordentlich …«

Thore schielte zu Katrine hinüber. »Manchmal sind die Kerle ja ziemlich ungehobelt …«

»Das ist schon okay«, sagte sie.

Und so fuhr er fort.

»Einer fand, sie wäre verdammt noch mal zu alt. Nee, wenn es zur Sache geht, spielt das keine Rolle, sagte ein anderer, die alten Weiber wüssten wenigstens, was einem Burschen gefällt. Da mischte ich mich ein, weil ich fand, dass Siri Kankanranta keine war, über die man so reden durfte.«

An diesem Abend sei in der Sauna ein Streit entbrannt. Dass er sich so gut darin erinnerte, läge wohl daran, dass Lars-Erkki sich sonst niemals eingemischt habe. Er trank auch nicht. Saß nur still in seine eigene Welt versunken. »Na, wie soll sie denn sonst zu dem Kind gekommen sein? Jungfrauengeburt?«, schwadronierten die anderen.

Mit einem Mal ergriff Svanberg das Wort.

»So war es nicht«, sagte er entschieden. »Es war keine Jungfrauengeburt.«

Alle Augen richteten sich auf ihn, der nie etwas sagte. Man hielt ihn für einen Zurückgebliebenen, einen *vanhapoika,* der immer noch bei seinen Eltern auf dem Hof wohnte.

»Na, dann muss es wohl ihr Vater gewesen sein«, sagte jemand, und die anderen lachten. Da stand Lars-Erkki auf.

»So war es auch nicht. Ihr Vater war es auf gar keinen Fall.«

»Was weißt du denn schon darüber? Zu der Zeit warst du nicht mal geboren. Hör mal, Lapp-Erik, hattest du eigentlich je eine Frau?«

Daraufhin nahm Lars-Erkki Mantel und Stiefel und ging geradewegs in den Wald.

»Bis zu ihm nach Hause waren es zwanzig Kilometer«, sagte Thore, »aber ich glaube, er ist tatsächlich den ganzen Weg zu Fuß gegangen.«

Sie hatten den Briefkasten vor Åkes und Eva-Lenas Haus erreicht. Katrine sah, dass die kleine Fensterlampe im Gästezimmer des Obergeschosses leuchtete. Der Hund lief aus alter Gewohnheit geradewegs zur Tür, drehte sich jedoch um und trottete zurück, als er sah, dass sein Herrchen nicht mitkam.

»Später habe ich Lars-Erkki danach gefragt. Ich war einer der wenigen, mit dem er hin und wieder unter vier Augen sprach. Ich fragte ihn immer nach dem Skilaufen, brachte ihn dazu, mir etwas zu erzählen. Er war ja eine Art Idol für mich gewesen, als ich jung war. Und ich war neugierig, wie er das, was er in der Sauna gesagt hatte, meinte. Ob er etwas wusste, was sonst keiner wusste.«

»Wer der Vater von Siris Kind war?«

Forschend sah er sie an.

»Aber Ingrid hat es doch wohl erfahren?«

Katrine trippelte ein wenig auf der Stelle. Sie bereute es, dass sie sich nicht noch einmal die Schlittenstiefel geliehen hatte. Ihr Atem dampfte weiß zwischen ihnen.

»Ich glaube nicht«, antwortete sie. »Jedenfalls hat sie mir nie etwas erzählt. Und jetzt ist es zu spät.«

»Oh, ich wusste gar nicht, dass ... Ist sie gestorben?«

»Nein, oder ja, gewissermaßen schon.«

Der alte Mann schien plötzlich eine Wärme auszustrahlen, eine Intimität, die sie zurückweichen ließ. Souverän schlüpfte er in die Rolle der Vaterfigur. Füllte eine Leere in ihr, wie Alastair sagen würde.

»Leider wollte Lars-Erkki nicht mehr darüber erzählen«, fuhr er jetzt fort. »Er sagte, die Beweise seien weggeschlossen, und er würde in der Hölle schmoren, wenn er es je einer lebenden Seele verriet. Ich habe angenommen, dass sein Vater ihm damit gedroht hatte, denn der Skikönig selbst war wohl nicht religiös, er hatte nur aufgrund seiner Kindheitserfahrungen eine panische Angst vor allem, was mit der Sünde und Gott und der Hölle zu tun hatte. Ich glaube, deshalb ist er 52 auch nicht nach

Oslo gefahren. Er spürte den Atem des Ehrteufels im Nacken, das ist meine Vermutung. Er glaubte, dass er mit seinen Skiern geradewegs in die Hölle sausen würde, wenn er nach Siegen trachtete.«

Thore wurde von herannahendem Motorgeheul unterbrochen. Zwei Motorschlitten flogen wie schwarze Rieseninsekten über die Straße, fuhren im Slalom um den Schneewall. Er hob die Hand zum Gruß, was mit einem Aufblenden erwidert wurde.

»Das war der Junge, mein Enkel«, sagte er, und Katrine sah den Stolz in seinem Lächeln. »Es ist ein Glück, dass sie diese Freiheit haben, einfach so loszuziehen. Es ist nicht leicht für sie, einen Job zu finden.«

Er sah den Schlitten nach, bis sie vom Wald und von der Dunkelheit verschluckt wurden.

»Aber man selbst sitzt da, wo man sitzt«, sagte er mit einem schweren Seufzer.

»Danke, dass Sie mir das erzählt haben.«

»Na, dann werden wir wohl mal wieder nach Hause gehen.« Ohne ein weiteres Wort drehte er sich um und ging. Der Hund verstand und trabte sofort in langsamem Tempo voraus.

Der Mann in der Ecke des Front Room Cafés zog keine Aufmerksamkeit auf sich. Ein einfacher Beamter bei irgendeiner nicht näher zu bestimmenden Zentralbehörde. Einer, der morgens zur Arbeit ging und abends wieder nach Hause, ein Mann, der sich kleidete, als würde er seinen Pflichten in der Verwaltung nachkommen, ohne besondere Ambitionen zu haben … *weder zu dick noch zu dünn …* Nur ein weiterer von all diesen Schlaflosen im Front Room Café, an die sich niemand mehr erinnerte, sobald sie über die Grenze nach Polen gelangt waren.

Mit einer Schüssel Soljanka vor sich wartete er, dass die Stunden vergingen. Ein mickriges Fleischstückchen schwamm zwischen Kohl und Zwiebeln umher. Zu viel Gurkenlake und eine zu schwache Bouillon, aber er war keiner, der sich über das Essen beschwerte. Er trank einen winzigen Schluck des Wodkas und kippte ein wenig mehr davon hinter sich in den Blumentopf. Dann füllte er das Glas mit Wasser auf und ließ den Blick über das Restaurant schweifen, das niemals schloss. Die Decke und die Wände waren aus Kiefernholz, an Letzterem hingen Raubtierfelle. Über allem lag ein grelles Licht, ein ewiger Tag, obwohl die Nacht dort draußen schwarz war, in der Luft hing ein Geruch nach Sauerkraut und dem Schweiß aller, die Grund hatten, nervös zu sein.

Der Grenzübergang bei Schegini-Medika war nicht mehr das, was er mal war. Hier hatte man Fernlaster um Fernlaster aus der Ukraine verschwinden und in Polen wieder auftauchen sehen. Unzählige Ladungen Heroin und Waffen waren hier durchgeschleust worden, seit die Grenze in den Neunzigerjahren geöffnet worden war, aber kein Märchen währte ewig. Der Eiserne Vorhang war wieder zugezogen worden, und immer wenn die Tür dieses Cafés geöffnet wurde, hielt die Dunkelheit der Karpaten mit all ihren Verlierern Einzug, Ukrainern und Kaukasen und anderen Unglückseligen, denen es nicht gelungen war, über die Grenze zu kommen. Sie tranken und grölten, während die letzte Hoffnung verlosch und die Ersparnisse der Familien zu Tränen zerflossen.

Wenn einer bei Sonnenaufgang nüchtern sein musste, dann er, der Mann, der sich jetzt Iwan Progrebnjak nannte.

Er wiederholte die Prozedur mit dem Wodkaglas. Ein kleiner Schluck, mehr Wasser. Das Getränk schmeckte nach fast nichts, aber es hielt ihn wach, linderte den Schmerz hinter den Augen und ließ die erbärmlichen Existenzen ringsherum ein wenig verschwimmen.

Um sieben würde er abgeholt werden, aber die Uhr zeigte nicht einmal fünf. Am Nebentisch fiel ein betrunkener Kasache vom Stuhl und blieb auf dem Boden liegen. Die Kellnerin stieg über ihn hinweg. Dafür, dass sie in diesem ukrainischen Kaff war, wirkte sie übertrieben geschminkt, ihre Brüste waren so hochgeschnürt, dass sie das Tablett beinahe allein hätten tragen können. Mit den Hüften streifte sie den Tisch, an dem Gäste aus dem Westen saßen, drei Männer in Jagdkleidung auf dem Weg zu den wilden Wölfen in den Ostkarpaten.

Er befand sich weit weg von Sankt Petersburg. Dennoch konnte er in den dunklen Ecken, in den Gesichtszügen der fremden Männer, noch immer den Geist erahnen. Bisher hatte ihn nie einer verfolgt, den er getötet hatte, er vergaß ihre Gesichter und Namen sofort, sobald sie nicht mehr von Interesse waren. Dima Rykow jedoch stieg aus dem Nebel zwischen den Tischen auf und atmete ihm in den Nacken.

Die ersten Jahre am Newskij! Daran erinnerst du dich doch wohl, Alexej Wiktorowitsch?

Schweig, Dmitrij Olegowitsch, und geh zu den Toten zurück.

Er vergaß seine Vorsätze und kippte den verdünnten Wodka herunter.

Dima, der dumme Dima.

Es war nicht der Schuss, der ihn verfolgte, nicht das Blut oder der abscheuliche Gestank, den seine Leiche absonderte, als er sie in die Wohnung schleifte. Es war Dimas Verwunderung in der Sekunde davor, mit der er Alexejs Intelligenz ein letztes Mal beleidigt hatte.

Dima hatte in seiner bequemen Einfalt geglaubt, er würde ihm zuvorkommen. Als hätte Alexej nicht längst die Witterung von dessen Wachhunden aufgenommen, den Beschattern, die sich zurückzogen, sobald er sich umdrehte. Wie sollte er es nicht bemerkt haben, dass sich jemand an seiner Buchhaltung zu schaffen gemacht hatte, während er schlief, und dass Dima über seine Geschäftsessen log? Dass er sich in Wirklichkeit heimlich mit Männern aus dem Ural traf? Alexej wusste, was das bedeutete, und er hatte lange genug gelebt, um diese Lügen zu durchschauen, sosehr sie sich auch maskierten. Die Banken kollabierten, die Wirtschaft ganzer Länder brach zusammen, und sie waren nicht immun, sie waren ein Teil des Ganzen, nur Dima war in seinem tiefsten Herzen immer der Fixer aus dem Hotel Pribaltiskaya geblieben. Er hatte heimliche Geschäfte gemacht, um wieder ins Heroinkartell einzusteigen, in den einheimischen Markt, der unkontrolliert wuchs, das waren sichere Einkünfte, das waren Macht und Vorherrschaft, es gab viele, die sich mit ihm zusammentun wollten.

Pribaltiskaya! Dass du das gute alte Hotel Pribaltiskaya erwähnst! Welch Erinnerungen, Alexej Wiktorowitsch, ach, was waren wir damals noch schön.

Er knallte das Glas auf den Tisch und winkte der Kellnerin.

Sie sah ihn nicht. Noch eine halbe Stunde bis Sonnenaufgang. Der Stuhl scheuerte an seinem Gesäß und die Nacht wollte einfach nicht enden.

Du hast an der Bar gestanden und die Kontakte vermittelt, welche Ströme von Alkohol da über den Tresen geflossen sind ... erinnerst du dich an die Huren im Pribaltiskaya? Ah, die vergisst man nie, solche findet man nicht wieder ...

Ich hatte die Kontakte, Dima! Nicht du, Bruder, der du Sekretär am *Komiteta Komsomola* der Uni warst. Ohne meine Kontakte würdest du immer noch in dem Morast feststecken, aus dem du kommst.

Und was für brillante Geschäfte wir mit den Huren im Pribaltiskaya machten ...

Das waren Drecksgeschäfte, Dima.

Am Ende bekam er endlich eine Tasse Tee und noch mehr Wodka. Die Kellnerin räumte seine Suppenschüssel ab, sparte sich ihr Lächeln jedoch für die lukrativeren Kunden auf.

Hotel Pribaltiskaya! Dieser Koloss aus der Vergangenheit am äußeren Ufer des Wasilewsees, am Rande von Sankt Petersburg, wo die Geschäftsleute aus dem Westen sich in die alte Zeit versetzen ließen. Es war seine erste und letzte Anstellung in einer Bar gewesen. Er hatte gelernt, erst mit Zentilitern Schnaps zu zaubern und dann mit ganzen Wagenladungen. Dort gab es nicht einen Raum, der nicht abgehört wurde, keine Hure, die nicht sofort an den KGB berichtete, aber Dima und er hatten sich durchgemogelt und die Geschäfte mit dem illegalen Alkohol angekurbelt. Alexej hatte Freunde auf den richtigen Posten, während Dima der Macher war, und gemeinsam waren sie weitergekommen, bis in das Herz von Leningrad und den Schwarzmarkt im traditionsreichen alten Gostiny Dwor: Sie organisierten und eroberten Markt für Markt, und als das alte System zusammenbrach, wimmelte es in Petersburg nur so von dankbaren Ladenbesitzern, die Schutzgeld zahlten, damit man ihre Geschäfte nicht überfiel. Und dann gab es die Häfen und das Öl und die

Jahre, in denen sie sogar den Staat überlisteten, bis dieser in die Knie ging und sie um ihre Dienste anflehte.

»Herr Progrebnjak?«

Er zuckte zusammen und wusste eine Sekunde lang nicht mehr, wer er war. War er eingenickt? Der Mann vor ihm hielt seine Mütze in der Hand, wie es sich für einen *Schestjorka,* einen Chauffeur, gehörte.

»Dobrij ranok«, sagte er.

Ein Ukrainer also, er musste seine Zukunft in die Hände eines Ukrainers legen. Er stand auf und legte fünfzig Hrywnja auf den Tisch, was für diese Suppe mehr als ausreichend war.

Eine *Marschrutka* wartete draußen auf ihn, ein mitgenommener Minibus, der nach Rauch stank und seinen einzigen Passagier in sanftem Tempo die kurze Strecke bis zur Grenze kutschierte.

Dort standen die Fernlaster in kilometerlangen Schlangen. Ein Zug, der quietschte und bremste, ehe er langsam wieder losratterte, neue Gebäude und ein hoher Zaun; Flutlichter. In früheren Zeiten wurden die Leute nicht hinausgelassen und jetzt ließ man sie nicht herein, ein Unterschied, der von hundert Metern asphaltiertem Niemandsland bestimmt wurde.

»Der dritte Schalter«, sagte der Fahrer und zeigte mit einem zitternden Daumen auf das Drehkreuz, »ein Beamter mit Schnauzbart. Er tritt seine Schicht um sieben an und trägt eine Anstecknadel mit dem Logo des FC Karpaty Lwiw an der Brusttasche.«

Die Sonne war knapp über den Horizont geklettert, als Alexej ausstieg. Er gab dem Fahrer den Umschlag mit dem Geld und packte sein Handgelenk.

»Sieh dich um, nach Osten«, flüsterte er dem Ukrainer ins Ohr. »Dort siehst du den Weg, der zurück nach Lwow führt.« Er betonte den russischen Namen der ukrainischen Stadt, um seinen Worten Nachdruck zu verleihen. »Dort leben deine Kinder, oder? Wenn du mich verarschst, war heute der letzte Tag, an dem sie die Sonne haben aufgehen sehen.«

Die Schlange vor ihm war nicht mal eine richtige Schlange. Menschen, die drängelten, als würden sie auf diese Weise schneller in die EU kommen. Er wusste, dass es dort drinnen, hinter dem blanken Drehkreuz und dem Rohbeton, die modernsten Systeme gab, um jene zu finden, die sich durchmogeln wollte, und daran war allein der Fußball schuld.

Die UEFA-Bosse hatten ganze Autobahnen und eine funktionierende Infrastruktur gefordert, damit Polen und die Ukraine die Fußballweltmeisterschaft 2012 ausrichten durften. Vieles war in aller Hast gebaut worden, und das Wichtigste gleich nach dem Olympiastadion in Kiew war die Sicherheit an den Grenzübergängen. Nichts davon hatte ihn tangiert. Die Zeit für diese Art von Schmuggel war vorbei, sie waren aufgestiegen, in die weiße Welt, in der Männer wie Dima und er Anzüge trugen, und daran hatte er vorerst auch nichts ändern wollen. Aber jetzt stand er hier und ließ sich vorwärtsschubsen. Bekam einen Ellbogen in die Seite, und jemand trat ihm auf den Fuß.

Iwan Pogrebjnak kannte keinen Mann mit Namen Dmitrij Rykow.

Er kannte niemanden aus Sankt Petersburg.

Er war ein Mann, der auf den Boden sah und keine Fragen stellte, der sich widerstandslos durch das Drehkreuz, den blanken Stahl, nach vorn schieben ließ.

Die Sonne war nur ein blasses Leuchten am Horizont. Weißer Nebel ließ das Land auf der anderen Seite des Flusses verschwimmen. Erneut fiel ihr der Stillstand des Verlassenen auf; wie die Häuser in einem bestimmten Moment wie zu Eis erstarrt zu sein schienen. Ein Gefühl, dass sich alles noch dort befand und jederzeit wieder auftauen könnte, die Menschen sich wieder bewegen und Lars-Erkki Svanberg von den Toten auferstehen würde.

Wenn es wirklich so war, wie sie vermutete – dass Gunnar Pelttari Siris heimliche Liebe gewesen war, wenn sie wirklich so weit gegangen waren, miteinander zu schlafen, damals musste das ein großer Schritt gewesen sein, 1931, im Mai, wenn man zurückrechnete, dasselbe Jahr wie die Schüsse in Ådalen, die Revolution, heiß und dramatisch, der Aufruhr! Und dann die Träume, die Träume, von etwas anderem, einem Leben!

Vor dem Aitta blieb sie stehen und führte den Gedanken zu Ende. Möglicherweise waren sie miteinander verwandt. Sie und die Kinder, die hier auf Rauhala geboren worden waren, die Mädchen, die ein Kopftuch getragen hatten, und deren Kinder, wo auch immer sie jetzt waren. Cousinen und Cousins. Der ermordete Lapp-Erik wäre in diesem Fall der Cousin ihrer Mutter, oder zumindest der Großcousin.

Es war vollkommen windstill, die Luft stumm und reglos. *Er würde in der Hölle schmoren, wenn er es je einer lebenden Seele verriet.*

Katrine blickte sich um.

Stille Höfe, öde Felder. Noch vor einer Weile waren ihr einige Autos entgegengekommen, Menschen, die zu ihrer Arbeit nach Haparanda fuhren, eine Gruppe Kinder auf dem Weg zum Schulbus. Jetzt war niemand mehr zu sehen.

Ihre Idee war natürlich wahnsinnig und vollkommen unlogisch.

Sie machte ein paar prüfende Schritte im Schnee und sank bis zu den Knien ein. Die Fußspuren von ihrem letzten Besuch waren fast gänzlich verweht. Das Schlimmste, was passieren konnte, war, dass Anna Haara an ihrem Fenster hockte und sie beobachtete, redete Katrine sich ein. Und was konnte die schon tun? Mit ihrem Stock herbeirennen oder die Polizei rufen, was in diesem Fall gleichbedeutend mit Thore Palo war.

Er würde sie verstehen.

Katrine beugte sich herunter und streckte die Hand unter die Treppe, fühlte die Kälte des Metalls an ihrer Hand. Sie sah sich noch einmal um, ehe sie die wenigen Treppenstufen hinaufstieg und den Schlüssel in das massive Schloss des Aitta steckte. Er ließ sich erstaunlich leicht umdrehen. Lars-Erkki Svanberg hatte sein Haus gepflegt und das Schloss geölt, es knarrte nur leise, als sie die Tür öffnete. Hastig schlüpfte sie hinein und ließ sie hinter sich zufallen. Finster wie in einem Grab, dachte sie und bereute ihren Entschluss ein paar Sekunden lang. Dann holte sie die Taschenlampe hervor, die die Palos ihr geliehen hatten. Mit zitternden Fingern ließ sie den Lichtstrahl in dem kleinen Zimmer umherschweifen und genoss ihren eigenen Herzschlag – wann hatte sie zuletzt etwas Verbotenes getan?

Sie leuchtete über die Bodendielen aus unbehandelter Kiefer, entdeckte jedoch keinerlei Spuren, keine dunklen Blutflecken. Hier hatte er gelegen, direkt vor der Tür. In einem Artikel hatte sie gelesen, dass es Flickenteppiche gegeben hatte. Sie waren zur Analyse ins Labor gebracht worden.

Langsam und methodisch suchte sie mit dem Lichtkegel die

Umgebung ab, Stück für Stück legte sie die Wohnung des Skikönigs frei. In einer Ecke stand ein Kamin, nahe der Wärmequelle ein zerschlissener Sessel. Ein kleiner Klapptisch mit Hocker. Bilder an den Wänden, ein Schiff in stürmischer See und ein Porträt von König Oskar II., das direkt auf die unlackierten Holzpaneele genagelt worden war. Von der Decke baumelte eine Petroleumlampe und an der hinteren Wand waren einige Kisten verschraubt, in denen früher wahrscheinlich Kartoffeln und Getreide gelagert worden waren. Unmittelbar rechts von der Tür führte eine steile Leiter zum Dachboden. An der Decke hingen Haken und Stangen für Brotkränze, oder was auch immer man vor hundert Jahren an die Decke einer Vorratskammer gehängt hatte.

Ihr Hals schnürte sich zu, wie traurig das alles war. Nicht nur das grausame Ende, sondern auch diese Einsamkeit, das Bild des Königs. Der Versuch dieses Mannes, zwischen den Kartoffelkisten für ein bisschen Gemütlichkeit zu sorgen.

Sie ließ den Lichtkegel die Treppe hinaufwandern, die in einem dunklen, rechteckigen Raum mündete. Diese Bretter waren handfest, hier gab es nichts, was modrig oder kaputt war. Sicherheitshalber klemmte sie sich die Taschenlampe unter den Arm, damit sie sich mit beiden Händen festhalten konnte, während sie vorsichtig nach oben kletterte.

Der Dachboden war offensichtlich sein Schlafzimmer gewesen. Behutsam leuchtete sie umher. Ganz hinten an der langen Wand stand ein Bett. Noch eine Petroleumlampe, weitere Holzkisten. Ihr Blick blieb über dem Bett hängen. Hier bestanden die Wände nicht nur aus nacktem Holz. Der Lichtstrahl reichte nicht ganz so weit, also stemmte sie sich durch die Dachluke und kroch auf allen vieren dorthin, aus irgendeinem Grund erschien ihr diese Fortbewegungsart sicherer, als befände sie sich auf dünnem Eis.

Sie ließ das Licht über die Wand schweifen, und das Muster trat mit aller Deutlichkeit hervor: Buchstaben, Bilder, schwarze Schlagzeilen: »Lapp-Erik überrascht erneut«, »Die Naturkraft aus dem Norden«, »Das Olympia-Debakel«, »Skandal in Oslo«. Katrine krabbelte zur nächsten Wand, jeder Meter des Raums war mit Zeitungsausschnitten bedeckt, bis zur Decke hinauf. Das zarte Gesicht im schonungslosen Blitzlicht, der Mann in Schwarz-Weiß, der sich auf das unausweichliche Versagen zubewegte. Sie hatte das Gefühl, die Wände kämen näher, sie schrien ihre Botschaft aus vollem Halse heraus. Schnell leuchtete sie in die Kisten neben dem Bett. Zeitungen, einige Bücher. Verblüfft nahm sie die obersten heraus: *Biggles auf gefährlichem Terrain, Haarscharf für Biggles, Biggles und der Geisterflieger,* ein ganzer Stapel zerfledderter Ausgaben mit Flugzeugen und dem Mann mit der Pilotenmütze auf dem gemalten Titelbild. Die letzten Bände waren 1967 erschienen, als Lars-Erkki Svanberg längst erwachsen war. Er musste sie sich beschafft haben, als andere längst der Welt der Jungenbücher entwachsen waren, vielleicht sogar erst nach dem Tod seiner Eltern. Katrine bezweifelte, dass deren fundamentalistisches Christentum Raum für Biggles gelassen hätte. Mit einem zärtlichen Gefühl legte sie die Bücher zurück und schob die Kiste wieder an ihren Platz am Kopfende des Betts. Sie bekam ein Gefühl dafür, wie es war, die Welt ganz einfach draußen zu lassen. Eine Mauer um sich herum zu ziehen.

Ein letztes Mal ließ sie ihre Lampe umherschweifen. Registrierte, dass er die eine Fensterluke mit einem zusätzlichen Brett vernagelt hatte. Sicherheitshalber. Sie kletterte die Leiter wieder hinunter. Es schien, als hätte er den Großteil seines Hab und Guts in den Kartoffelkisten aufbewahrt. Katrine hielt die Taschenlampe in der rechten Hand und wühlte mit der linken darin herum, zwischen Nägeln und altem Werkzeug, Küchengeräten aus rostigem Eisen, einer Pfannkuchenpfanne und Pokalen von der Schwedischen Meisterschaft in Söderhamn 1951. Am Ende hatte sie ganze drei unterschiedliche Schlüssel gefunden.

Sie blieb eine Weile sitzen, wog ihren Fund in der Hand.

Mamas Cousin oder auch nicht. Was wäre sie dann, im Verhältnis zu dem Toten, gab es eine Bezeichnung für ihren Verwandtschaftsgrad? Sie fragte sich, ob Ingrid es wusste. Ob sie ihr ganzes Leben verschwiegen hatte, wer ihr Vater war, oder ob sie es einfach nie erfahren hatte. Katrine sah ihre Mutter vor sich, wie sie in dem weißen Krankenhausbett zu schrumpfen schien, beinahe durchsichtig wurde. *Du darfst jetzt nicht sterben, ich weiß nicht, ob ich das durchstehe.*

Sie steckte die Schlüssel in ihre Jackentasche.

Irgendein Anrecht habe ich auf jeden Fall, dachte sie, als sie das Aitta mit steifen Fingern hinter sich abschloss. Sie verwischte ihre Spuren im Schnee und hängte den Schlüssel an seinen Platz, ehe sie weiter zum Hauptgebäude stapfte.

Dieses Schloss war schwergängiger. Um das Haus hatte sich lange niemand mehr gekümmert, aber es gelang ihr, die Tür etwa zwanzig Zentimeter weit aufzuziehen, ehe der Schnee auf dem Treppenabsatz sie bremste. Katrine zwängte sich hinein, blieb mit der Jacke am Schloss hängen, sodass der Stoff aufriss, und stand in dem Vorraum, der genauso in der Zeit erstarrt wirkte wie alles andere hier. Die nächste Tür war ebenfalls abgeschlossen, aber nicht ganz so unnachgiebig, und schließlich war sie in Rauhala.

Hastig sah sie sich um, wagte es nicht, sich hier allzu lange aufzuhalten. Links zwei Zimmer, geradeaus eins und dann die Küche auf der linken Seite. Feuchtigkeit war hineingedrungen, auch die Innenseiten der Fenster waren vereist. Den Schränken mit den schiefen Türen nach zu urteilen, war die Küche das letzte Mal in den Fünfzigerjahren renoviert worden. Methodisch öffnete sie eine Tür nach der anderen, Gläser und Porzellan standen noch an ihrem Platz. Dann widmete sie sich der Speisekammer, zog sogar die Luke zum Kühlraum unter dem Fußboden auf, leuchtete hinein und erschauderte beim Anblick von Einmachgläsern, die noch immer mit etwas Unbestimmbarem gefüllt waren, Konserven aus längst vergangenen Zeiten. Der Schnee löste sich von ihren Schuhsohlen und hinterließ weiße Spuren auf dem Boden, als sie ins Schlafzimmer weiterging.

Alles hier war von Abwesenheit geprägt: Nirgends gab es Gardinen, keine Ziergegenstände, die man eitel zur Schau stellte. Nur reine Oberflächen, schwere Möbel. Ein einziges kleines Bild mit einem Jesus-Motiv in einem der Schlafzimmer. Gardinen würden als die Unterhosen des Teufels angesehen, hatte Eva-Lena Palo ihr noch an diesem Vormittag erklärt, als sie die Wintergardinen abnahm und den helleren Frühlingsstoff aufhängte. All die Dinge, mit denen man sich umgab, weil sie schön und heimelig waren, galten in der strengen Lehre als Sünden, die den Menschen fett machten, zu fett, um durch die schmale Himmelspforte zu passen.

In Rauhala waren sie sieben Geschwister gewesen, aber Lars-Erkki war der Einzige, der auf dem Hof blieb, als die Eltern starben, Hilding Svanberg 1988 und Aili fünf Jahre später. Erstaunlicherweise hatte ihr Sofia Palo die genauen Informationen mitgeteilt. Sie hatte einen Sommerjob auf dem Friedhof gehabt und um jedes Grab in Kivikangas Kies und Herbstlaub geharkt. »Wissen Sie, dass es hier mehr Tote als Lebende gibt? Was sagt das über Kivikangas?«

»Ist das nicht überall so?«, hatte Katrine erwidert, aber jetzt verstand sie, dass das Mädchen in gewisser Weise recht hatte. Die Toten hier waren nicht richtig tot, sie lebten immer noch auf ihren Höfen, sie waren Schatten und Erinnerungen, die über die Lebenden herrschten.

Sie wich vom Fenster zurück, das von Eis und Schnee zugemauert war, ins Dunkel der Diele. Dort gab es zwei Türen, eine, die zur Toilette führte, und eine unter der Treppe. Sie schaltete die Taschenlampe an und leuchtete hinein. Eine enge Vorratskammer. Ganz hinten stand ein Geldschrank. Die Bauweise war stabil, die Verkleidung aus schwerem, dunklem Holz. Kein Codeschloss, nur ein stattliches Schlüsselloch.

Sie schälte sich aus der Daunenjacke und ließ sie auf den Boden fallen, ging in die Knie und kramte die Schlüssel aus ihrer Tasche. Der letzte passte.

Wenn jetzt jemand käme, säße ich ganz schön in der Patsche, dachte sie.

Drinnen lagen ein Stapel Papier und Schreibhefte, dazu eine Geldkassette.

Sie streckte die Hand danach aus und musste absurderweise an Fingerabdrücke denken. Also zog sie ihren Pulloverärmel über die Hand, damit sie die Kassette nehmen konnte, ohne Spuren zu hinterlassen.

Wen kümmert's, dachte sie dabei, es sind doch alle tot. Die Hölle existiert nicht.

In der Kassette lagen ein paar Münzen und drei Scheine, zwei alte Zehnkronenscheine und ein Fünfziger mit Gustav III., den sie schon viele Jahre nicht mehr gesehen hatte. In den Siebzigern? Man hatte die Scheine so lange eingeschlossen, bis sie ungültig geworden waren.

Katrine nahm die Schreibhefte einzeln heraus, sie waren sorgfältig beschriftet.

Landwirtschaftskasse 1931, Landwirtschaftskasse 1930, außerdem Haushaltsbücher aus mehreren Jahrzehnten. Sie blätterte ein wenig darin. Eine ordentliche, altmodische Handschrift hatte jede Ausgabe verzeichnet, Lebensmittel, Dünger, Strom, es waren nicht viele monatliche Einnahmen und Ausgaben, die Jahre flogen in komprimierter Form vorüber. Katrine erhaschte den Namen beim Überfliegen und musste zurückblättern. S Kankanranta, stand dort tatsächlich in einer Zeile. Hundert Kronen. Oktober 1944. Katrine suchte weiter, vor und zurück, aber S Kankanranta tauchte nicht wieder auf.

Unter den Kassenbüchern lagen die Hochzeits- und Taufurkunde, Hilding Albert Svanberg hatte Aili Lovisa Pelttari im

Februar 1932 geehelicht. Im selben Jahr gab es auch eine Eintragung ins Grundbuch, September 1932. Da hatte Carl Pelttari den Hof mit zittriger Hand an Aili und Hilding Svanberg überschrieben.

Schon so früh, dachte sie, die beiden können damals noch nicht alt gewesen sein.

Ganz unten, unter weiteren Heften von der Landwirtschaftskasse, lag ein grobes, doppelt gefaltetes Blatt Papier. Sie öffnete es, und ein kleiner Bund Briefe fiel heraus, mit einem roten Band verschnürt, das inmitten all dieser Strenge und Nüchternheit aufleuchtete. Katrine spürte, wie ihre Wangen heiß wurden, es stand ihr wirklich nicht zu, in den tiefsten Geheimnissen dieser Menschen zu wühlen, Hausfriedensbruch, Einbruch, ihr Journalistengehirn zählte alle denkbaren Stufen und Strafmaße auf.

Dann hielt es abrupt inne.

Alles um sie herum blieb stehen.

Der oberste Brief war an Fräulein Siri Kankanranta adressiert. Postadresse Kivikangas. Mit Bleistift geschrieben, eine ungelenke Handschrift.

Sie starrte auf die Reihe der Briefmarken, alle zeigten dasselbe Motiv, die Schwarz-Weiß-Zeichnung eines gewaltigen Zeppelins, der über eine Stadt flog. Der Text war kyrillisch, aber vier Buchstaben konnte sie klar und deutlich herauslesen: CCCP. Sowjetunion.

Vorsichtig nahm sie den ersten Brief, vorsichtig, damit er durch die Berührung nicht vor ihren Augen zerfiel. Insgesamt waren es drei Briefe, die alle an Siri Kankanranta adressiert waren. Sie faltete erneut das grobe Papier darum und stopfte das Päckchen in ihren Hosenbund.

Alles andere legte sie wieder in den Geldschrank zurück und schloss ab. Ihr eines Bein war eingeschlafen und kribbelte, als sie eilig das Haus verließ und die Tür mit der Schulter wieder zuschob.

Plötzlich merkte sie, dass sie beobachtet wurde.

Eine Gestalt auf einem Tretschlitten am Wegrand. Mucksmäuschenstill, das Gesicht ihr zugewandt. Ein rundlicher, kleiner Körper. Es war die Nachbarin, natürlich, Anna Haara, der nichts entging.

Es gibt immer eine Lüge, dachte Katrine, als sie in ihren eigenen Fußspuren zurückstapfte, eine Lüge für jede Gelegenheit, irgendeinen irren Grund, warum man zur falschen Zeit am falschen Ort ist.

Sie blieb stehen und schnaufte, lächelte die Frau an.

»Ich überlege, eine Reportage zu machen«, erklärte sie. »Über Lapp-Erik. Aber ich muss erst die Orte erkunden, bevor ich mich dazu entscheide, ich muss die Geräusche hören und die Umgebung einschätzen.«

»Ich dachte schon, es wären Diebe«, sagte die Alte.

Du lügst doch auch, dachte Katrine, denn dann wärst du nicht stehen geblieben. Anna Haara hatte ihren Mantel schief geknöpft. Offenbar hatte sie es eilig gehabt, nach draußen zu kommen. Katrine spürte, wie die Briefe an ihrem Bauch scheuerten.

»Aber die Schlüssel?«, fragte Anna Haara. »Wie ist sie denn da rangekommen?«

»Über eine Verwandte.«

Das stimmte gewissermaßen sogar.

»Hat sie sie von Gudrun? Hat sie sie denn von Stockholm aus geschickt?«

Katrine lächelte erneut.

»Es ist schön, dass Sie immer alles im Blick haben«, sagte sie. »Damit nicht einfach jeder hier ein- und ausgehen kann. Da fühlt man sich bestimmt sicher.«

Anna Haara musterte Katrine mit wachem Blick. »Sie können mich natürlich auch interviewen. Aber Sie müssen vorher Bescheid sagen, damit ich mein Haar richten kann.« Sie zupfte mit einer Hand an dem Haar unter der Mütze. »Ich sah zu schlimm aus in *Expressen*, wie ein altes Weib.«

»Ich arbeite fürs Radio«, erklärte Katrine.

»Aha. Aber trotzdem.«

Und Katrine sagte, sie werde sich melden, und eilte hastig davon. Die Schlüssel von Rauhala lagen wie Blei in ihren Taschen.

Petrosawodsk, den 7. November 1931

Liebe Siri!

Bitte entschuldige, dass ich Dir nicht geschrieben habe. Ich hoffe, dieser Brief erreicht Dich noch vor Weihnachten, weil ich Dir ein frohes Fest wünschen möchte. Bitte schick keine Geschenke, denn in der Sowjetunion feiert man Weihnachten nicht.

Hier in Petrosawodsk sind die Anstrengungen, den Fünfjahresplan zu erfüllen, allerorten sichtbar. An Arbeit mangelt es nicht. Viele sprechen Finnisch, aber wir alle wollen auch die russische Sprache lernen.

Oskar Björnfot hat eine Stelle in Uhtua an der finnischen Grenze bekommen. Empo und ich haben einen Antrag gestellt, ebenfalls dorthin versetzt zu werden, da wir in derselben Einheit arbeiten möchten wie er.

Wenn ich uns eine Unterkunft gesucht habe, werde ich um Deine Einreise ersuchen.

Ich hole Dich, das verspreche ich.

Dein Gunnar

Thore Palo heftete einen neuen Zettel an die Wand. Lazeration, schrieb er.

Spaltung des Gehirns.

Lars-Erkki Svanberg war an dem Axthieb auf den Kopf gestorben. Um das festzustellen, hätte es nicht der Rechtsmediziner aus Umeå bedurft, das hatte er mit eigenen Augen gesehen, aber jetzt war die Obduktion jedenfalls abgeschlossen. Die Pathologen hatten die Leiche vierundzwanzig Stunden lang in einem Kühlschrank aufbewahrt, um sie schonend aufzutauen. Er wurde das Bild von dem Blut nicht los, das am Bart festgefroren war, vom zerteilten Gesicht.

Diese verdammten Mörder.

Er studierte das Muster der Zettel an seiner Wand. Nicht, weil er der Einheit in Luleå misstraute, die die Ermittlungen leitete. Bestimmt unterstützte die Polizei in Haparanda sie mit ihrer Ortskenntnis. Sie taten garantiert, was sie konnten, aber er war sich dennoch unsicher, ob sie nicht etwas übersahen.

Und wo er doch abends sowieso nichts zu tun hatte. Und tagsüber im Grunde genommen auch nicht. Er spürte diese Unruhe im Körper, weil er nicht hinauskam. Als juckte es unter der Haut, wo man sich nicht kratzen konnte. Winter; das sollte die Stille im Wald sein, das Summen der Skier in der Loipe und das Hecheln des Hundes an seinen Fersen, Kilometer für Kilometer, Muskeln, die vor Anstrengung schmerzten. Jetzt hatte er schon Schmerzen, bevor er überhaupt aus dem Bett gekommen war. Wie ein Gefangener war er, im Haus, wo sich die Einsamkeit nach innen stülpte. Nicht wie draußen in den Mooren, wo der blaue Himmel sich über einem wölbte und die Lungen sich weiteten, wo man den Weltraum atmete und eins wurde mit dem Großen. Hier gab es nur die Sehnsucht und das Vergangene, Kyllikkis Tod wegen des teuflischen Krebses. Ein bitteres Verlangen nach einem starken Getränk in der Kehle.

Er befestigte die Skizze von Rauhala mit Klebeband direkt auf der Tapete. Sie hätte ohnehin schon längst ausgetauscht werden müssen, aber dies war Kyllikkis Zimmer. Ohne ihre Zustimmung konnte er keine neue auswählen.

Dann hängte er einen Zettel mit der möglichen Tatzeit auf: 22.05 Uhr–7.00 Uhr.

Neun Stunden. Neun Stunden, in denen ganz Kivikangas schlief und niemand etwas Außergewöhnliches gesehen oder gehört hatte – in einem Dorf, in dem man für gewöhnlich nicht mal einen Furz lassen konnte, ohne dass es von Hof zu Hof weitergetratscht wurde.

Das rote Kreuz, das den Tatort markierte.

Die Strecke, die seinen letzten Skilauf markierte: von der Sauna in den Tod.

Sie hatten Blut unter dem *pakkasvitiä* gefunden, dem trockenen Schnee, der in der strengen Kälte gefallen war und wie Puder über dem Harsch lag.

Thore selbst hatte an jenem Tag eine Runde mit dem Hund gedreht, war in der Nähe von Rauhala stehen geblieben und hatte die Arbeit der Spurensicherung aus der Ferne beobachtet. Wie sie vorsichtig den Neuschnee vom Harschschnee fegten, Zeitpunkte von Schneefall und Temperaturwechseln bestimmten.

Unter dem dünnen Harsch, der weder fest noch brüchig war, sicherte man Vertiefungen, die der Schuhgröße 44–45 entsprachen. Diese Schuhe waren an mehreren Stellen um das Aitta gestapft. Möglicherweise waren es auch zwei Personen gewesen, das ließ sich nicht eindeutig bestimmen. Jedenfalls waren es grobe Winterschuhe, wie sie jeder Kerl in Nordschweden trug, von Finnland, Russland und Norwegen ganz zu schweigen. Ein Profil des Schuhabdrucks hatte man nicht sicherstellen können. Unter der harschen Oberfläche war der ältere Schnee körnig geworden und die Spuren waren zerfallen.

Man wusste nur, dass Lars-Erkki Svanberg für einen Mann kleine Füße gehabt hatte. Es waren also nicht seine Spuren, aber sein Blut, ausschließlich sein Blut. Draußen wie drinnen.

Dasselbe galt für die Fasern, die an Holztreppe und Türschwelle hängen geblieben waren, als sie ihn in das Aitta geschleift hatten. Auch das Blut an den Teppichen stammte ausschließlich von dem Toten. Im Inneren des Hauses war jeder Millimeter analysiert worden. Keine DNA eines anderen Menschen.

Dafür konnte man sich beim Teufel bedanken, dachte Thore. Nicht einmal ein völliger Idiot zog wohl die Handschuhe aus, wenn es minus dreißig Grad waren, Mörder hin oder her.

Die Obduktion war keine Enttäuschung, er hatte sich ohnehin nichts davon erwartet. Nur in den Fernsehkrimis bohrte der Rechtsmediziner seinen Finger in die Leiche und sagte: »Der Tod ist um 21.45 Uhr eingetreten.« Schon nach zwei bis drei Stunden umfasste die Fehlerspanne bei der Bestimmung des Todeszeitpunkts mehrere Stunden, und hier hatte man es mit einer tiefgefrorenen Leiche zu tun, die drei Tage gelegen hatte, ehe man sie fand, plus weitere zwei Tage, ehe sie in Umeå vor Ort und so weit aufgetaut war, dass man sie obduzieren konnte.

Die Post im Briefkasten, an solchen Dingen musste man sich orientieren, an Essensresten und Zeugenaussagen. Aber Lars-Erkki Svanberg hatte in diesen Tagen keine Post erhalten. In der Sauna hatte man die Reste verbrannten Papiers gefunden, das war alles.

Die Techniker aus Luleå hatten Neuschnee und Schneewehen

von jedem Quadratmeter des Rauhalahofs gefegt, aber es gab keine weiteren Spuren, die etwas über die Mörder hätten aussagen können. Nur Svanbergs Skispuren von der Sauna her. Das erhärtete den Verdacht, dass sie mit dem Auto gekommen waren, die Straße lag schließlich nur wenige Meter von der Tür des Aitta entfernt.

Das Gewehr war nachweislich verschwunden, aber davon abgesehen wusste niemand, worin das Inventar bestanden hatte. Bis auf das hartnäckige Gerücht vom Geld.

Er hieb mit der Faust gegen die Wand. Es war zu ärgerlich, dass die technischen Untersuchungen nicht mehr ergeben hatten. Einen Teil der Resultate hatte er in einem vertraulichen Telefonat mit Anders »Antti« Anttila erfahren, der Kommissar in Haparanda war. Thore hatte den doppelten Antti einmal selbst angelernt und war fest entschlossen, ihm die gesamte Ermittlung hindurch dicht auf den Fersen zu bleiben, wenn nötig. Jedes Detail würde er unter die Lupe nehmen, damit die Kollegen nicht aus mangelnder Erfahrung etwas übersahen. Immerhin war er vierzig Jahre bei der Truppe gewesen. Man ermordete nicht ungestraft einen Greis, nicht in seinem Dorf.

Er verschob den Zettel mit den Angaben zu dem Auto etwas weiter in die Mitte. Es war die einzige handfeste Spur.

Ein blauer Volvo 740 mit russischen Nummernschildern, die auf 51 endeten.

Er war stolz auf seinen Enkel, der die Ermittlungen mit dem wichtigsten Hinweis unterstützt, die Augen offen gehalten hatte. Die Jungs waren mit ihren Motorschlitten sogar näher an die Straße herangefahren, um besser sehen zu können. Früher wäre es leichter gewesen, ein russisches Auto zu identifizieren, aber mittlerweile hatten die Russen sich dieser Gesellschaft angenähert, hatten Autos und Kleidung wie jeder Schwede oder Finne.

51 stand für die Oblast Murmansk.

Anttila hatte versprochen, sich wieder zu melden, sobald sie mehr wussten. Thore schloss die Tür des Büros und begab sich in die Küche. Er füllte ein Glas mit Leitungswasser und begegnete dem einäugigen Blick der Hündin, die Akka hieß, genau wie ihre Vorgängerin. Anfangs hatte er Akka Zwei gesagt, aber irgendwann wurde auch sie einfach zu Akka. Er füllte auch die Wasserschüssel der Hündin und schüttelte die Pillen aus dem Glas, die den Schmerz lindern sollten und ihn müde machten.

Er stellte sich vor, wie man jetzt die Dateien aller Überwachungskameras vom Zoll in Torneå durchging, und von den Grenzposten in Salla und Raja-Jooseppi oben bei Ivalo, all die Übergänge, an denen man von Russland aus ins Land kam, der ganze Verkehr der letzten Wochen. Das war reelle, zeitaufwendige Polizeiarbeit. Früher oder später würden sie das Auto finden. Die Lösung liegt in den Beobachtungen, den gesicherten Spuren, Polizeiarbeit hat nichts mit Grübeleien im stillen Kämmerlein zu tun, wie er den Jüngeren stets zu sagen pflegte, sondern mit Fakten. Fakten! Die Lösung liegt in dem, was wir sehen, und dem, was wir nicht sehen. Kein Mensch ist unsichtbar, auch der Verbrecher nicht, er hinterlässt immer Spuren.

Thore schluckte seine Tabletten und öffnete die Tür, damit der Hund allein hinauskonnte. Und plötzlich fiel ihm auf, dass er am Abend von Svanbergs Ermordung dasselbe getan haben musste.

Ohne etwas zu sehen oder zu hören.

Die Autowerkstatt lag am Ortsausgang neben dem letzten Hof, kurz bevor Kivikangas endete und eine namenlose Wegstrecke begann. Davor standen sieben Autos, ein alter Traktor und irgendeine eingeschneite Landmaschine.

Als sie dort einbog, sah sie das Schild neben dem Briefkasten, handgemalt und in den Boden gesteckt.

Björnfot. Autowerkstatt. Sommercafé.

Interessante Kombination, dachte Katrine, schade, dass wir nicht Sommer haben. Sommercafé, das klang lieblich und idyllisch, wie Hummelgesumm und duftende Apfelblüten. Sie erinnerte sich daran, dass so weit im Norden schwerlich Apfelbäume wuchsen, hier, wo die Natur karg war und der Frost bis tief in den Boden reichte.

Auf der Fahrt hatte sie verschiedene Gesprächseröffnungen im Kopf ausprobiert, ohne sagen zu können, welche davon am erbärmlichsten war.

Ich suche jemanden aus der Familie Björnfot, ich hätte ein paar Fragen … Ich bin Journalistin und recherchiere für eine Reportage … Ich bin die Tochter von Ingrid Kankanranta, und ich glaube, dass unsere Verwandten vielleicht gemeinsam ausgewandert sind …

Als die Tür aufging, kam Katrine völlig aus dem Konzept. Vor ihr stand eine tiefschwarze Frau mit einem Baby auf dem Arm.

»Ist das hier das Sommercafé?«, fragte Katrine dämlich. Es

erschien ihr unlogisch, mit einer Frau, die vermutlich aus einem Land südlich der Sahara stammte, über alte Verwandte aus dem Kivikangas der 1930er-Jahre zu sprechen.

»Schon«, antwortete die Frau, »aber jetzt zu. Kalt, du weißt?«

»Ja«, sagte Katrine lachend, »das kann ich mir vorstellen, dass es zu kalt ist.«

»Aber ich mache auf.« Die Frau wurde eifrig und verschwand im Haus. Katrine hörte sie etwas rufen. Dann kam sie zurück, das Baby in eine Decke gehüllt und mit einer Plastikdose in der Hand.

»Kuchen«, sagte sie lächelnd und ging vor Katrine her über den Hof zu einem kleinen roten Haus, legte das Baby über die Schulter, nachdem sie aufgeschlossen hatte.

»Nicht fertig.« Ihr Schwedisch war holprig und gebrochen. »Zustand ... aber ich lade ein, du gibst Geld, wenn du willst.«

»Klar«, sagte Katrine und betrat eine alte Backstube mit einem riesigen, gemauerten Ofen in der Mitte. Der Raum war sauber, mit Gardinen und Gartenmöbeln, es war kalt, aber nicht ausgekühlt. Hinter der Tür hing ein Paar goldene Ballerinas an einem Haken und wirkte deplatziert.

Katrine setzte sich auf einen der wackeligen Gartenstühle. Wenn jemand wusste, was mit Gunnar Pelttari passiert war, dann die Brüder Oskar und Empo Björnfot. Sie waren gemeinsam in die Sowjetunion ausgewandert und mindestens einer von ihnen war zurückgekehrt. Irgendetwas musste er erzählt haben, Geschichten, die in der Familie weitergetragen worden waren.

»Du wohnst hier, nein?« Die Frau breitete die Decke auf dem Boden aus, legte das Baby darauf, steckte den Stecker einer nagelneuen Espressomaschine ein und füllte Wasser auf.

»Nein, nein, ich wohne in London.«

Die Miene der Frau erhellte sich.

»Oh London, I'd really love to go to London someday.« Sie richtete sich auf. Ihr Englisch war fließend, eine lustige Mischung aus Pigeon English und einem antrainierten britischen

Akzent. »Ist es okay, wenn wir Englisch sprechen? Mein Schwedisch ist nicht gut. Ich konnte nicht mehr zum Sprachkurs gehen, als das Baby kam.«

»Natürlich«, antwortete Katrine.

»Mein Mann spricht nicht besonders gut Englisch, und seine Freunde weigern sich, mit mir zu reden, sie glauben, ich würde sowieso nichts verstehen, oder es steckt etwas anderes dahinter, ich weiß es nicht. Stig hat es wiederum nicht gern, wenn er etwas nicht versteht.« Sie lachte erneut, um ihre Kritik zu überspielen, wischte sich die Hand am Kleid ab und streckte sie Katrine entgegen.

»Ich bin Promise. Promise Björnfot.«

»Katrine Hedstrand.« Sie versuchte, nicht über die eigenartige Namenskombination zu lachen. Die Frau nahm Kuchenstücke aus der Plastikdose, legte sie auf einen Teller und stellte ihn auf den Tisch.

»Ich brauche etwas zu tun. Ich mag es nicht, nur Hausfrau zu sein, auch wenn Stig meint, das wäre gut. Für das Kind.«

»Wie halten Sie es nur in dieser Kälte aus?«, fragte Katrine.

»Drinnen ist es warm. Milch und Zucker?«

»Können Sie mit diesem Ding einen Cappuccino zubereiten?«

Katrine sah sich in dem kleinen Raum um, während Promise den Kaffee kochte. Das Baby war vollauf damit beschäftigt, sich vom Rücken auf den Bauch zu drehen. An den Wänden hingen merkwürdige Dinge, eine Wandstickerei mit dem Spruch »Trautes Heim, Glück allein«, ein paar Heinzelmännchen, die an einem Seil emporkletterten, in den Fenstern hingen Weihnachtsgirlanden und Stoffblumen.

Erst jetzt ging Katrine auf, dass Eva-Lena eine entsprechende Andeutung gemacht hatte, als sie nach dem Weg gefragt hatte, ohne es direkt auszusprechen. Stig habe seine Frau geholt, hatte sie gesagt, aber so sei das ja schon immer gewesen, zu allen Zeiten habe man Frauen von der anderen Flussseite geholt, aus

Finnland. Deshalb sei Tornedalen nie von der Inzucht betroffen gewesen wie andere Gegenden. »Und dann wird ja alles globaler, mit dem Internet und solchen Sachen.«

Promise Björnfot stellte eine Tasse neben den Kuchenteller.

»Mallas Schokokuchenstückchen«, sagte sie in deutlich artikuliertem Schwedisch.

»Und wer ist Malla?«

Die Frau streckte sich nach einem Büchlein, das neben einem Heinzelmännchenkerzenständer stand. *»Sieben Sorten Kuchen«*, sagte sie. »Haben Sie das auch?«

»Nein.« Eine dunkle Erinnerung an ein Biskuitrollenrezept, bei dem sie das Mehl abmessen musste, ganz genau Maß halten, den Teig nicht mit den Fingern kneten. »Oder vielleicht doch.«

Die Frau strahlte.

»Das beliebteste Buch in ganz Schweden. Es hat sich von allen Büchern am besten verkauft. Oder jedenfalls am zweitbesten.«

»Welches hat sich denn dann besser verkauft?«

»Die Bibel.« Promise Björnfot lehnte sich gegen den Backofen und beobachtete sie. »Aber warum sind Sie den ganzen Weg aus London hierhergekommen? Hier ist nicht viel los.«

»Ach, wissen Sie ...« Katrine wischte sich die Krümel vom Mund. »Sie sind seit mehreren Tagen die Erste, die mich etwas anderes fragt, als zu wem ich gehöre.«

Promise lachte leise.

»Also haben Sie das auch schon gehört?«

»Sie wollen wissen, ob Sie eine von ihnen sind. Ob Sie hierhergehören. Sie fragen immer: Wessen Tochter bist du, oder wessen Junge bist du?«

»Sie auch?«

Ihr Gesicht verdunkelte sich.

»Nein. Alle wissen, zu wem ich gehöre.« Sie beugte sich hinunter und hob das Baby hoch. »Und das ist Oskar. Sag Hello zu Katrine!«

Das Baby brabbelte.

»Die Familie ist hier sehr wichtig«, fuhr Promise fort. »Wie in Nigeria, *same-same.«* Ihr Blick wanderte zu den goldenen Schuhen neben der Tür, zu einem weit entfernten Gedanken.

»Das sind meine Glücksschuhe«, sagte sie und lächelte. »Das Erste, was mir in Europa begegnet ist.«

»Und wie sind Sie ausgerechnet hier gelandet, *in the middle of nowhere?*«

»Er ist ein guter Mann. Mir geht es gut hier. Noch Kaffee?«

»Ist Ihre Familie noch in Nigeria?«

»Ich schicke Geld.« Promise schielte zu einem Einmachglas neben dem Ofen, es lagen ein paar Zwanzigkronenscheine und Münzen darin. Katrine verstand den Hinweis und kramte Geld aus ihrem Portemonnaie.

»Wussten Sie, dass es auf diesem Hof schon einmal einen Oskar gab, in den 1930ern?«, fragte sie, nachdem sie den Kaffee bezahlt hatte.

Promise schüttelte unsicher den Kopf.

»Hat Ihr Mann nichts von ihm erzählt? Oder von Empo Björnfot, einem anderen Verwandten, haben Sie von dem schon einmal gehört?«

»Es ist wohl besser, wenn Sie mit meinem Mann sprechen.«

»Ist er zu Hause?«

Promise nickte und spülte einen Lappen aus. Dann begann sie sorgfältig die Espressomaschine zu putzen.

»Actually, you ain't anyones«, sagte sie. »Man gehört dazu, das ist alles. Für eine kurze Zeit, auf Kredit. Was dann passiert, weiß man nicht.«

Stig Björnfot sah bereits misstrauisch aus, als er die Tür öffnete.

»Ja?«

Er war ein Mann, der auf die sechzig zuging, mit einem Bauch, der über den Hosenbund hing. Promise war in der Backstube geblieben, und Katrine stand allein auf der Treppe.

»Ich bin hier im Ort, um nach dem Haus meiner Familie zu sehen«, sagte sie. »Meine Großmutter war Siri Kankanranta.«

Diese Methode zeigte keinerlei Wirkung bei Stig Björnfot.

»Aha«, sagte er nur und begann, ein paar robuste Stiefel anzuziehen.

»Ich glaube, sie hatte etwas mit Ihren Verwandten zu tun, Oskar und Empo Björnfot, die in die Sowjetunion gegangen sind, und jetzt frage ich mich, ob ich nicht …«

… hereinkommen kann, hatte sie fortfahren wollen, aber der Mann fiel ihr ins Wort.

»Das ist nichts, wo man seine Nase hineinstecken sollte.«

Er ging hinaus auf die Freitreppe, und sie war gezwungen, rückwärts hinunterzusteigen.

»Aber nachdem Sie Ihren Sohn Oskar getauft haben …«

»Oskar, ja, aber Empo wird verflucht noch mal nie wieder seinen Fuß auf diesen Hof setzen.«

Mit großen Schritten ging er weiter über den Hof, in Richtung des flachen Werkstattgebäudes. Sie unternahm einen letzten Versuch, ihm etwas nachzurufen.

»Vielleicht gibt es einen anderen Verwandten, der …«

Aber Stig Björnfot drehte sich nicht einmal um.

Ihre Suche nach dem Namen Björnfot ergab 488 Treffer. Es lebten Björnfots in Kista und Korpilombolo, Pajala und Eskilstuna, in Kivikangas aber war Stig der Einzige. Seine Frau hatte keinen eigenen Eintrag im Telefonbuch.

Katrine saß mit dem Computer auf dem Schoß auf dem Bett und ließ die Namen vorbeilaufen. Ellen, Elsa, Emil, Erik, Erik, Erik, Erik, Erland, Estrid. Sie suchte auch über Google und erfuhr, dass ein gewisser Anton Björnfot in Långsele seinen hundertsten Geburtstag gefeiert hatte, ein Jonas Björnfot in Emmaboda Zweiter über hundert Meter geworden war und eine Carola Björnfot ihre eigenen Lieder auf MySpace eingestellt hatte.

Sie gab es auf und ging stattdessen auf ein Flugreisenportal, ließ den Computer nach Flügen von Luleå nach Stockholm suchen, während sie auf die Toilette ging.

Als sie zurückkam, saß Sofia auf ihrem Bett.

»Wollen Sie jetzt schon abreisen?«, fragte sie mit großen, schwarz umrandeten Augen.

»Hast du etwa in meinem Computer spioniert?«

»Tut mir leid.«

Katrine riss den Laptop an sich und schlug den Deckel zu.

»Wollen Sie denn schon wieder zurück nach London?«, fragte Sofia.

»Ja, jedenfalls demnächst ... warum?«

»Ich bin achtzehn, ich kann über mich selbst bestimmen.«

»Ja ... und?«

Sofia nestelte an ihren Nägeln herum, kratzte etwas Nagellack ab.

»Ich dachte, weil Sie ja dort wohnen, könnten Sie sich vielleicht umhören, ob jemand etwas von einem Job weiß? Oder von einer Wohnung?«

Katrine lachte.

»Eine Wohnung? In London? Vergiss es.«

»Aber Sie wohnen doch da.«

»Ja ... in der Wohnung meines Freundes. Aber als ich dorthin kam, habe ich mir mit drei Freundinnen ein Doppelzimmer in einem total abgewrackten Hostel in Bloomsbury geteilt.«

»Ist das die Circle Line?«

»Picadilly«, sagte Katrine und klappte ihren Laptop wieder auf.

»Okay.«

Sofia erhob sich stumm und verließ das Zimmer.

Die Suchmaschine hatte auf sechs Flügen am darauffolgenden Tag noch Plätze gefunden. Katrine konnte sich nicht entscheiden, welcher besser war, 16.55 Uhr oder 19.55 Uhr, also klickte sie sich wieder zurück zu Google und den ganzen Björnfots.

Sie hörte Stig Björnfots Feindlichkeit wie ein Echo. *Empo wird verflucht noch mal nie wieder seinen Fuß auf diesen Hof setzen.*

Wie konnte jemand so wütend auf einen alten, verstorbenen Verwandten sein? Oder war der wahre Grund, dass sie mit seiner Frau gesprochen hatte? Offenbar war nur Empo in Ungnade gefallen, Oskar dagegen sogar Namenspate des Kindes geworden. Empo war zurückgekehrt, lag es daran? Thore Palo hatte das erwähnt; das Misstrauen gegenüber jenen, die zurückkamen. Vielleicht handelte es sich aber auch um einen ganz normalen Familienstreit, wer Anrecht auf das Haus hatte, solche Dinge, über die alle Familien gern stritten. Sie verdrängte den Gedanken an ihren eigenen Bruder, ihr Haus, das Haus ihrer Mutter.

Empo wird verflucht noch mal nie wieder seinen Fuß auf diesen Hof setzen.

Plötzlich verstand sie, was an diesem Satz so falsch geklungen hatte.

Er hatte im Präsens gesprochen. Als lebte Empo noch. Sie erschauderte, als sie sich daran erinnerte, was Thore Palo gesagt hatte, und rechnete schnell im Kopf nach.

Empo war der Jüngere. Erst sechzehn Jahre alt, als sie weggingen.

Demnach musste Empo Björnfot jetzt 96 sein. War das möglich? Mit klopfendem Herz ging sie erneut auf die Telefonbuchsuche und scrollte durch die Namen mit E. Kein Empo.

Sie starrte eine Zeit lang auf die Namen. Dann ging sie zum Jugendzimmer am anderen Ende des Flurs, klopfte an und öffnete die Tür, ohne eine Antwort abzuwarten.

»Entschuldige die Störung, aber ich hätte mal eine Frage«, sagte sie. »Ist Empo ein Name?«

»Was sollte es sonst sein?« Sofia verdeckte den Bildschirm mit ihrem Arm und starrte sie an, als wäre sie ein Idiot.

»Ich meinte, ob es ein richtiger Name ist«, erwiderte Katrine. »Oder ein Kosename. So wie Matti eigentlich Mattias heißt. Hat jemand, der Empo heißt, auch einen richtigen Namen?«

Sofia zuckte mit den Schultern und wandte sich wieder dem Computer zu.

»Emil, natürlich.«

Einen Emil Björnfot gab es tatsächlich. Im Malmuddsvägen 52 in Luleå.

Es tutete acht Mal, dann wurde 140 Kilometer entfernt der Hörer abgehoben, und eine heisere Männerstimme meldete sich.

»Hallo.«

Ein kratzendes Geräusch, als werkelte er am Hörer herum und sei kurz davor, ihn aus der Hand zu verlieren.

»Spreche ich mit Emil Björnfot?«

»Wer fragt?«

Seine Stimme klang mürrisch und durchdringend. Er sprach eindeutig Tornedaler Dialekt, die Konsonanten klangen heller, und er zog die Silben in die Länge.

»Ich heiße Katrine …«

»Sind Sie von der Kommune?« Ein langgezogenes U mit einem verächtlichen Ton, der verriet, dass die Kommuuune bei Emil Björnfot nicht gerade hoch im Kurs stand.

»Nein, also, es ist so, dass meine Mutter aus Kivikangas kommt. Und ich suche einen Empo Björnfot aus Kivikangas.«

»Worum geht es denn?«

»Sind Sie das?«

»Sie soll mich zum Teufel noch mal nicht siezen, als wäre ich irgendeine Standesperson!«

»Bist du in den 1930er-Jahren gemeinsam mit einem Mann namens Gunnar Pelttari in die Sowjetunion ausgereist?«

Am anderen Ende der Leitung wurde es still.

Katrine holte tief Luft.

»Ich bin Siri Kankanrantas Enkeltochter«, sagte sie. »Ich glaube, sie kannte Gunnar, und das sogar ziemlich gut.«

Uhtua, den 6. Mai 1932

Liebe Siri!

Danke für Deinen Brief mit den guten Neuigkeiten. Es ist schön, dass es ein Mädchen ist, denn hier in der Sowjetunion werden Mädchen gleichbehandelt. Der Unterricht findet auf Finnisch statt, aber sie sollte auch Russisch lernen. Nur Gebete wird es in der Schule nicht geben. Die Kinder lernen etwas über Lenin und Stalin und danken ihnen für das gute Leben.

In unserer Freizeit bauen wir die neuen Arbeiterwohnungen. Den Familien werden zwei Zimmer im Haus zugeteilt. Ich schreibe, sobald die Unterkunft fertig ist.

Ich hole Dich.

Das verspreche ich.

Dein Gunnar

PS: Ingrid ist ein schöner Name. Taufe sie auf Deinen Familiennamen, meinen würde ich ihr nicht gern geben. Hier werden auch die Mädchen nach dem Vater benannt, also hieße sie dann Gunnarowna. Das können wir dann ergänzen, wenn wir um die sowjetische Staatsbürgerschaft ansuchen.

Hinter der Tür näherte sich ein Scharren und Schlurfen. Schlüsselgeklimper. Katrine stellte sich zittrige Hände vor, die dort drinnen mit dem Schloss fummelten.

Sie umklammerte die Bäckertüte. Darin befand sich eine ganze Auswahl belegter Brote, die sie in einem Café am Busbahnhof gekauft hatte, ehe sie auf ein Viadukt abbog, das über die Eisenbahnschienen führte und auf dem das Navigationsgerät blinkend anzeigte, dass sie den Malmuddsvägen erreicht hatte.

Dann ging die Tür endlich auf. Der alte Mann stand gebeugt, die eine Hand auf dem Rollator, und schielte mit blassen Augen zu ihr hinauf.

»Du bist aber noch nicht alt«, stellte er fest.

Sein Gesicht war ein Gewirr aus tiefen Falten und Narben, eine verlief quer über die Wange, die andere war dort, wo sich einmal die linke Augenbraue befunden hatte. Seine Nase war breit und schief wie die eines alten Boxers.

»Hier kommen sonst nur noch alte Weiber zu Besuch«, brummte er und bewegte sich rückwärts in die Wohnung zurück, stieß gegen den Türrahmen, als er in die Küche biegen wollte. Sie folgte ihm. Es roch nach Tabak, Schweiß und ungewaschener Kleidung. Empo Björnfot streckte sich und nahm eine Flasche vom Regal über dem Herd. Auf der Platte stand eine Kasserolle mit Nudelresten. Die Arbeitsfläche war säuberlich abgewischt, im Spülgestell standen ein einsamer Teller und ein paar Gläser.

»Ich weiß schon, worauf die aus sind«, sagte er und schraubte den Flaschendeckel mit den Zähnen auf. »Das Haus wollen sie sich unter den Nagel reißen.«

»Eigentlich wollte ich nur ein paar Fragen stellen«, sagte Katrine.

Empo Björnfot stützte sich mit der einen Hand auf die Arbeitsfläche, während er sich mit der anderen in ein schmieriges Glas einschenkte.

»Sie wollen hier draus Genossenschaftswohnungen machen, weißt du, und Millionen einstreichen. Und dann wollen sie mich in irgendein verdammtes Altenheim schicken. Mit irgendwelchen Bürgerweibern vor der Glotze zu hocken und Volksmusiksendungen zu gucken, nie im Leben würde ich mich darauf einlassen! Und jetzt wollen sie, dass ich abkratze, damit sie aus meiner Leiche Profit schlagen können, diese Blutsauger.«

Mit dem Glas in der Hand schlurfte er zum Küchentisch und ließ sich schwerfällig nieder. Dann kippte er es in einem Zug und knallte es auf den Tisch.

»Jeden Abend ein Schnäpschen«, sagte er. »Das konserviert.«

»Wir haben doch noch gar nicht Abend«, erwiderte Katrine lachend.

»Dann muss ich später wohl noch einen trinken.« Er lachte ebenfalls und bekam einen Hustenanfall, streckte sich nach dem Tabakpaket und begann sich mit zittriger Hand eine Zigarette zu drehen. Tabakkrümel fielen auf den Küchentisch, eine Kiefernplatte voller Brandflecken.

»Na, aber was wolltest du denn nun?«

Katrine setzte sich ihm gegenüber und holte Luft. Dann berichtete sie fast die ganze Wahrheit darüber, was sie erfahren hatte und was sie nur ahnte. Von Siri Kankanranta und Gunnar Pelttari, vom Kind und der Reise in die Sowjetunion.

»Weißt du, was mit ihm passiert ist?«

Empo Björnfot steckte sich die Zigarette in den Mund und

sah sich suchend um. Katrine nahm eine Streichholzschachtel aus einer Schale und gab ihm Feuer. Er griff nach ihrer Hand und führte die Flamme zur Kippe, nahm einen tiefen Zug und hustete erneut.

»Du bist also Siris Enkelin«, sagte er, nachdem sich der Anfall gelegt hatte.

»Mm. Die Tochter von Ingrid, die im Februar 1932 geboren wurde.«

Er drehte sich nach der Wodkaflasche um, die außer Reichweite auf der Arbeitsfläche stand. Katrine erhob sich und brachte sie ihm.

»Wollte er keine Kinder?«, fragte sie, ohne ihn anzusehen. »Hat er sie deshalb verlassen?«

»Nein, damit hatte das nichts zu tun.«

»Ich habe übrigens belegte Brote mitgebracht«, sagte sie. Sie sah, wie die Augen des Alten strahlten, als sie die Sandwiches mit Käse, Schinken, Brie, Salami und Tunfischcreme auspackte.

»Du bist verrückt, das ist doch viel zu viel!«, rief er begeistert aus.

»Ich möchte nur wissen, was passiert ist«, sagte sie. »Ich erzähle es niemandem weiter, wenn du es nicht willst.«

Empo Björnfot aß, dass sich die Krümel auf dem Tisch häuften.

»Ich verstehe, dass es schwer ist, sich an alles zu erinnern«, sagte Katrine. »Erzähl, was du kannst.«

»Verdammt gut erinnere ich mich«, fauchte er, »auch wenn die Weiber meinen, ich wäre senil.«

Er schniefte.

»Oskar kam aus den Erzfeldern nach Hause ... das war im Mai, nein, im Juni 1931, dieses Satansjahr, in dem sie unten in Lunde auf die Arbeiter geschossen haben. Und auf der finnischen Seite waren die Faschisten in der Lapua-Bewegung auf dem Vormarsch, man konnte das Stampfen ihrer Stiefel fast hören.«

Er gestikulierte, sein Gesicht nahm allmählich Farbe an. »Wir wussten, dass der Kapitalismus am Ende war. Wenn die Revolution Norrbotten erreichte, würden wir die Faschisten hinauswerfen und eine nordskandinavische Sowjetrepublik gründen.«

Lahm sank seine Faust wieder auf den Tisch.

»Aber es ging ja so schrecklich langsam voran.«

Eine Weile starrte er sein Schinkenbrot an. Zupfte das Salatblatt heraus.

»Und dann kam mein Bruder also nach Hause und war gewarnt worden. Zweihundert Mann wollte die LKAB im Herbst entlassen, und er als Junggeselle stand natürlich ganz oben auf der Liste, aber das war nicht das Einzige, was er zu berichten hatte. Nein, du, das war nicht das Einzige. Oskar war angeworben worden!«

Er lachte und lehnte sich zurück, lachte mit so weit geöffnetem Mund, dass sie seine Zähne sehen konnte, gelb und kaputt, mehrere fehlten. Katrine lächelte und verstand nicht, was daran so witzig sein sollte.

»Ausgerechnet mein Bruder erhielt das Angebot, im Dienste des Sowjetstaats zu arbeiten! Etwas Größeres war zu unseren Lebzeiten in Kivikangas nicht passiert und vorher auch nicht.«

»Er wurde angeworben – wie denn?«

»Von den Finnen oben in den Erzfeldern, finnische Kommunisten, da oben wimmelte es ja nur so von denen, sie hatten ihre eigenen Tänze und Kulturvereine und alles.« Empo Björnfot senkte seine Stimme und beugte sich vor, als fiele ihm plötzlich ein, dass die Wände Ohren hätten. »Sie sind vor dem faschistischen Staat geflohen. In Finnland hatte man den Kommunismus verboten, und die Lapua-Bewegung wollte Tornedalen annektieren und in einen faschistischen Staat eingliedern, ein Groß-Finnland, das sich vom Kalix-Fluss bis ins russische Ostkarelien erstrecken sollte.«

»Wurde Gunnar Pelttari auch angeworben?«

»Nein, wie zum Teufel hätte das gehen sollen?«

Empo sah aus dem Fenster, ein Bahnhof mit Güterwaggons, die schwarze Silhouette des Stahlwerks hinter den Häusern. Er drückte seine Zigarette so energisch aus, dass die Asche über den Tisch stob und auf den restlichen Brotkrumen landete.

»Oskar Björnfot aus Kivikangas sollte ausreisen dürfen und Stalin dabei helfen, den Fünfjahresplan zu erfüllen! Potztausend, was waren wir neidisch, wenn wir uns in der Höhle in Matalaniemi unten am Flussufer getroffen haben. Da waren ich und Gunnar Pelttari und manchmal auch ein paar von Vestolas Jungen, obwohl sie keine richtigen Kommunisten waren, ja, und dann mein Bruder. ›Na, hat man in der Sowjetunion jetzt auch die Mücken abgeschafft?‹, haben sie gefragt und gelacht, sie haben sich über Oskar lustig gemacht und über alles, was er vom Arbeiterstaat erzählte, aber sie waren wohl vor allem neidisch. Man brauchte kein Kommunist zu sein, um zu wissen, dass die Arbeitslosigkeit im Sowjetstaat ausgerottet worden war. Sogar im *Norrländskan* wurde darüber berichtet.«

Doch, er erinnerte sich durchaus, solche Sachen, die es wert waren, erinnert zu werden.

In diesem Sommer sei es wie ein Brand gewesen, ein Lauffeuer, das um die Welt ging.

Wenn sie dort in der Höhle lagen und den Himmel und das nächtliche Licht anstarrten, die Wolkenschleier, die vorbeizogen und die verfluchten Mücken, die draußen in den Mooren geschlüpft waren.

»Und dann war da natürlich noch Siri Kankanranta«, sagte er und blinzelte Katrine zu. »Aber bei der gab es ja für uns nichts zu holen.«

»Wie war sie?«

Empo stimmte noch einmal sein polterndes Gelächter an.

»Wie sie war? Ja, das will ich dir sagen. Sie war rot wie der Teufel, aber davon wussten ihre Eltern natürlich nichts.« Er kicherte, sein Blick wurde allmählich schamlos. »Und sie wussten auch nicht, dass Gunnar Pelttari oben in der Dachkammer mit ihrer Tochter pimperte, wenn sie draußen beim Heumachen waren.«

Katrine lächelte. Sie hatte recht gehabt. Der Raum unter dem Dach, das blaue Schlafsofa. Siris Freistatt.

Die Tomatenscheiben fielen von dem Brot, das der Alte in der Hand hielt, aber er bemerkte es nicht, träumerisch versank er immer tiefer in seiner Erinnerung.

Im Sowjetstaat seien die Frauen den Männern gleichgestellt gewesen. Es habe Kinderkrippen gegeben, sodass die Frauen arbeiten konnten, und Kantinen, um sie von den Fesseln der Hausarbeit zu befreien. Ein mittelloses Arbeitermädchen konnte Ingenieurin werden, wenn es nur genug Grips in der Birne hatte!

Über solche Dinge habe Siri Kankanranta gesprochen, sie sei eine hundertprozentige Revolutionärin gewesen und so schön wie kein anderes Mädchen im Dorf, Teufel, was waren sie eifersüchtig auf Gunnar Pelttari, als der zum Zuge kam. In den Nächten, wenn das Sommerlicht wilde Träume beflügelte, habe Empo ins Kissen gebissen und von der freien Liebe im sozialistischen Paradies geträumt, die das Antlitz von Siri Kankanranta trug.

Teufel, wie ihn das geschmerzt hatte.

Katrine hustete, und Empo kniff die Lippen zusammen. Er sah sie an, als müsse er nachdenken, wer sie war. Er strich sich über die Augen und sah weg. Errötete er etwa?

»Aber ich verstand schon, dass der Arbeiterstaat meine Fähigkeiten nicht haben wollte. Sie brauchten Leute wie Oskar.«

Er zog mit den Fingern ein Salamistück aus dem Brot und stopfte es in den Mund, kaute, während er zu einer Erklärung ausholte.

Oskar sei ausgebildeter Mechaniker gewesen. In der Sowjetunion habe damals ein Mangel an Maschinen geherrscht; die, die es gab, waren reparaturbedürftig und von schlechter Qualität. Den Leuten war es nicht gelungen, das Land aufzubauen, aber der Fünfjahresplan sollte der Sowjetunion zu Wohlstand und Industrialisierung verhelfen, das hatte Stalin versprochen. Empo selbst hatte nach der Schule nur Hilfsarbeiten ausgeführt, im Wald natürlich, aber auch bei der Dränierung der Heuwiesen hatte er geholfen, arbeiten konnte er durchaus! Natürlich wusste er anzupacken, wenn man ihm nur die Möglichkeit ließ, denn in der Sowjetunion arbeitete man für sich und nicht für irgendeinen kapitalistischen Blutsauger.

Und Gunnar Pelttari sollte zur AK-Arbeit, einer Art Arbeitsbeschaffungsmaßnahme, nach Småland geschickt werden. Das war nichts anderes als Sklavenarbeit im Dienste des Staates. Straßen bauen und Gräben ziehen für weniger als die Hälfte des eigentlichen Lohns. Alle wussten, dass die Arbeitslosigkeits-Kommission den Kommunisten die härtesten Jobs zuteilte, wohingegen die Sozialfaschisten zu Aufsehern ernannt wurden. Und die Bezahlung reichte nicht mal für die Zigaretten. Mitunter kam es sogar vor, dass man die AK-Arbeiter in Unternehmen einsetzte, die bestreikt wurden.

Dann lieber verhungern.

»Und es war sein eigener Vater, der das arrangiert hatte.« Empo Björnfot kaute auf seinen Zähnen, dass es knackte. »Sein eigener Vater hat dafür gesorgt, dass er von der AK ausgewählt wurde, damit er lernte, was Arbeit hieß, und sich diese revolutionären Dummheiten aus dem Kopf schlug.«

Kivikangas im Sommer. Katrine versuchte, es sich vorzustellen. Birken im hellgrünen Gewand, Verwandte, deren Gesichter sie nicht kannte.

Carl Pelttari habe sowohl die Arbeitsvermittlung als auch die Landwirtschaftskasse des Ortes verwaltet. Wie die meisten Bauern sei er ein Rechter gewesen. Aber schon bald würde der Grund und Boden allen Menschen gehören, und genau das erklärte Gunnar seinem Vater. Das führte letzten Endes dazu, dass er von seinen Eltern vor die Tür gesetzt wurde, denn »ein verdammter Bolschewik hatte auf dem Pelttarihof nichts zu suchen«. Er verlor auch das bisschen Arbeit, das er hatte, als Assistent der Landwirtschaftskasse auf dem elterlichen Hof. Stattdessen hatte Carl Pelttari den Gatten der Tochter eingestellt, den gottesfürchtigen Hilding Svanberg. Das Geld der Bauern konnte er doch keinem Landesverräter und Bolschewiken anvertrauen!

Im August sollte der Zug dann nach Petrosawodsk in Sowjetkarelien gehen, und Empos eigener Bruder würde an Bord sein. Es ärgerte sie wahnsinnig, dass sogar arbeitslose Grubenarbeiter, die nicht mal in der Partei waren, nur wegen ihrer Fachkenntnisse fahren durften, während Empo und Gunnar im Elend ihres Vaterlandes ausharren mussten.

Nachts trafen sie sich und schmiedeten unter größter Geheimhaltung Pläne. Gunnar hatte auf den Dachboden von Björnfots Scheune ziehen dürfen, nachdem die Eltern ihn hinausgeworfen hatten. Er wollte Siri etwas Besseres bieten können und grübelte hin und her. Sie sollten ein richtiges Zuhause haben, ein eigenes Heim mit Heizung und einem weichen Bett; ob Empo wisse, dass die Elektrifizierung der gesamten Sowjetunion ein großer Erfolg sei? Wer dorthin auswandere, bekomme sogar Urlaub, damit er nach Hause fahren und seine Verwandten besuchen könne. Wenn man das wolle.

Gunnar war bereit, illegal auszureisen, wenn es sich nicht anders lösen ließ, bei Petsamo in Nordfinnland über die Grenze zu gelangen oder sich auf einem Boot von Narvik zu verstecken, aber in der Sowjetunion war man misstrauisch gegenüber jenen, die ohne Papiere kamen, es konnten ja Spione sein.

Empo Björnfots Blick flackerte, er sah Katrine unsicher an.

»Du informierst doch wohl niemanden hierüber?«

»Nein«, sagte sie lächelnd. »Das verspreche ich.«

»Ich erinnere mich nicht an alle Details«, sagte er und wischte sich ein wenig Tunfischcreme vom Knie.

»Ich habe das Gefühl, dass du ein fantastisches Gedächtnis hast.«

Er tippte sich an den Kopf und schnitt eine Grimasse. Vielleicht verliert man hier und da eine Kleinigkeit, dachte sie, und kann die Gedanken nur schwer sortieren. Am liebsten hätte sie ihm Fragen gestellt, um alles zu beschleunigen, ehe er womöglich keine Lust mehr hatte, aber dann wäre er vielleicht völlig verwirrt und würde das Letzte verlieren, was noch übrig war.

»Am Ende fuhren wir jedenfalls mit dem Frachtschiff von Seskarö«, sagte er. »Am dritten September 1931, das werde ich nie vergessen. Oskar hat natürlich schön aus der Wäsche geschaut, als wir Kivikangas noch vor ihm verließen.«

Von der Straße drang Verkehrslärm herein, irgendwo im Haus rauschte es in den Rohren.

»Und Siri?«, fragte Katrine vorsichtig. »Warum kam sie nicht mit?«

Empo Björnfot zog den Rollator zu sich heran.

»Diese verdammte Blase«, sagte er und stemmte sich mühsam hoch, »bald ist man nirgends mehr dicht.«

Katrine sah ihm nach, als er in den Flur schlurfte, gebeugt, mit Hosen, die ihm um den Leib schlotterten. Sie versuchte sich einen Sechzehnjährigen auf dem Weg in sein größtes Abenteuer vorzustellen. Den erwachsenen Mann, der nach mehreren Jahren im Reiche Stalins zurückkehrte, das Misstrauen, die Gerüchte, er sei ein Spion. *Wer zurückkehrte, entschied sich zu schweigen. Nahm es mit ins Grab.* Katrine holte sich ein Glas Wasser.

»Diese höllischen Schmerzen im Bein«, brummte Empo Björnfot, als er von der Toilette zurückkam. »Das glaubt sie bestimmt nicht, dass mich diese Beine nach Hause gebracht haben, den ganzen Weg von Uhtua bis hierher. Quer durch die karelischen Wälder und dann durch ganz Finnland, größere Wälder gibt es verflucht noch mal gar nicht.«

»Du bist den ganzen Weg nach Hause gegangen, aus der Sowjetunion?«

Er starrte sie wütend an.

»Ja, weil ich nach Hause musste, um meiner Mutter zu helfen. Nicht wie diese verdammten Brotkommunisten, die nur nach Hause fuhren, weil sie den Zucker vermissten.«

»Wie war es denn dort? In der Sowjetunion?«

»Tja, im Großen und Ganzen war es schon in Ordnung, nur diejenigen, die sich ein Luxusleben erhofften, gingen schneller nach Hause, als man gucken konnte.«

»Im Großen und Ganzen in Ordnung? Unter Stalin?«

Der Mann zerrte an seinem Rollator und stieß gegen die Fußleisten, als er ihn wieder zum Tisch zurücklenkte.

»Ach, in diesen Jahren sind bestimmt ein paar Fehler begangen worden, aber das lag wohl in erster Linie daran, dass er schlechte Berater hatte.« Er kehrte die letzten Brotkrümel vom Tisch in seine hohle Hand, hob diese zum Mund. Dann griff er nach dem Glas, das noch nicht ganz leer war.

»Na sdarowje«, sagte er und hob es mit gekrümmtem Arm. Dann setzte er sich langsam, wobei er sich am Rollator und am Tisch festhalten musste. »Das war das zweite Wort, das man auf Russisch lernte.«

»Und das erste?«

Empo schenkte sich mit zittriger Hand etwas Wodka nach.

»Tarakan«, sagte er. »Das vergisst man nicht so schnell.« Er behielt den Wodka im Mund, als wollte er ihn mit dem Wort mischen, die Erinnerung schmecken.

»Wie sie in den Baracken über den Boden flitzten und wir aus den Betten hochschreckten, wir, die aus Tornedalen kamen und noch nie eine Kakerlake gesehen hatten. Wir blieben abwechselnd wach, damit einer im Zimmer herumrennen und sie tottrampeln konnte.«

Er lachte, und sie sah, wie es in seinen alten Augen blitzte.

»Man sollte nicht glauben, dass wir in die Hauptstadt der

autonomen sozialistischen Sowjetrepublik Karelien gekommen waren. Das Bahnhofsgebäude war kleiner als in Karungis, ja sogar kleiner als in Vitvattnet! Und es gab keine Bürgersteige, nirgendwo in Petrosawodsk, nur Holzplanken, die man über den Lehmboden gelegt hatte. In der ersten Zeit mussten wir zu der Baracke balancieren, in der wir wohnten. Und dann dieser Gestank!«

Er schloss für einen kurzen Moment die Augen, ließ sich von seinem eigenen Redestrom mitreißen.

Überall seien Fabriken und neue Baracken gebaut worden, die Arbeiter seien aus ganz Russland und sogar aus Amerika herbeigeströmt, auch finnische und norwegische Auswanderer, die vor den Suppenküchen der kapitalistischen Heimat flohen und die Union der Zukunft mit aufbauen wollten. Und alles, was man ihnen für ihre Bedürfnisse geboten habe, seien einfache Plumpsklos gewesen, in denen die Scheiße direkt nach unten fiel und in der ganzen Stadt Gestank verbreitete. Es sei der Gestank des Zarenreichs gewesen, der weiterlebte, sagte Empo, der Gestank von Armut und Unterentwicklung, aber man habe gearbeitet, um ein neues Kanalisationssystem zu bauen, ja, wie man überall gearbeitet habe! Stalin hatte das Ziel geändert, sodass der Fünfjahresplan jetzt in nur vier Jahren durchgeführt werden sollte, und von diesen Erfolgen konnten sie in *Punainen Karjala* lesen, sogar eine eigene Zeitung für die Finnischsprachigen gab es nämlich!

»Und wir haben wohl ohnehin mehr geleistet als die meisten anderen«, schmunzelte er, »Gunnar und ich brachten ja Fahrzeuge mit dem Frachtboot aus Seskarö, einen Traktor und einen PKW, die anschließend irgendwo im Dienste der Sowjetunion fuhren.«

Im Gegenzug hätten sie ihre Papiere, Pässe und eine Einreisegenehmigung erhalten. Das alles sei von Oskars Kontakten aus den Erzfeldern organisiert worden. Und sie hätten sofort mit der Arbeit anfangen dürfen, in einer Sandgrube am Rand von

Petrosawodsk, all dieser Sand, den man brauchte, um etwas Neues aufzubauen!

»Aber wir hofften auf eine Versetzung nach Uhtua, wir hatten darum ersucht. Oskar war dort Vorarbeiter im Straßenbau ... die Straße 89 zwischen Uhtua und Kem ...«

Uhtua hatte in zweien der Briefe gestanden, dachte Katrine. *Ich schreibe, sobald die Unterkunft fertig ist ...* Sie lagen in ihrer Reisetasche im Mietwagen unten auf dem Parkplatz, Katrine hatte sie wieder und wieder gelesen.

»Was ist damals in Uhtua passiert?«

Er starrte sie mit leerem Blick an. Katrine hatte den Namen gegoogelt. Ein kleiner Ort in Russisch Karelien, fünfhundert Kilometer nordöstlich von Petrosawodsk, nahe der finnischen Grenze. In den 60er-Jahren war es in Kalevala umbenannt worden, ihren Informationen zufolge gegen den Willen der Bevölkerung. Es wurde behauptet, dass der Nationaldichter Elias Lönnrot genau hier in Uhtua unter einem Baum gesessen und einen Teil der Kalevala-Verse geschrieben hätte. Das finnische Nationalepos gründete sich zu einem Großteil auf Volkssagen aus Städten, die jetzt auf der russischen Seite lagen. Karelien wurde während des Krieges immer wieder auseinandergerissen, Menschen waren von ihren Höfen vertrieben worden und nicht mehr zurückgekehrt, der Name barg den Hauch eines verlorenen Samarkands.

»Was wurde aus Gunnar?«, fragte sie. »Warum ist Siri nie nachgekommen?«

»Gunnar«, schnaubte Empo, »der hockte abends nur in dieser Baracke herum. Zwölf Kerle in einem Zimmer. Bis dorthin war die Elektrifizierung noch nicht vorgedrungen, und so saß er im Dunkeln und schrieb seine ewigen Briefe und lag uns damit in den Ohren, wie es wäre, wenn Siri erst einmal ankäme, Siri hier und Siri da, nicht mal zum Tanz konnte man ihn mitschleppen ...«

Empos Stimme nahm einen anderen Klang an.

»Wie hieß sie denn noch?« Er kratzte sich im Nacken. »Sie war Finnin und hatte rote Haare, und ich traf sie im finnischen Kulturhaus, sie war beim Theater und engagierte sich in den Vereinen und küssen ließ sie sich auch, damals, draußen vor der Baracke, und einmal ging ich mit ihr nach Hause und durfte ihre Brust berühren ...«

Er schnäuzte sich in ein Stofftaschentuch und knüllte es in der Hand zusammen.

»Wie zum Teufel konnte ich ihren Namen vergessen?«

In dem Moment klingelte es an der Tür. Ein anhaltendes Signal. Empo Björnfot schien vor Katrine zusammenzusacken, wurde zu einem alten Menschen ohne ein Fünkchen Revolutionsgeist.

»Diese verdammten Arschabwischerinnen«, sagte er.

Katrine hörte einen Schlüssel im Schloss, dann ging die Tür auf, und eine energische Stimme schnitt durch alle Zeitschichten.

»Hallihallo, da wären wir!«

Eine Frau sah herein, sie hatte eine knallrote Brille, kurzes, blondiertes Haar und sah der Politikerin Maud Olofsson zum Verwechseln ähnlich.

»Ach, wie nett. Emil, du hast Besuch?«

Empo Björnfot beugte sich zu Katrine vor.

»Sag nichts über die Sowjetunion«, zischte er, »kein Wort!«

»Ich heiße Annbeth«, sagte die Frau laut und trat in die Küche, sie trug eine blaue Schürze mit dem Logo eines multinationalen Pflegedienstes. Sie schaltete die Neonröhre an der Decke an. Die Vergangenheit floh und verwandelte sich in Staubmäuse.

»Wir wollen Emil hier nur mit dem einen oder andern helfen. Bleiben Sie ruhig sitzen.«

»Nein, sie muss gehen«, brummte er und drehte seinen Rollator so herum, dass er über Katrines linken Fuß fuhr.

»Kann ich später noch einmal wiederkommen?«, fragte sie. »Dann können wir unser Gespräch zu Ende führen.«

»Ich habe nichts mehr darüber zu sagen.« Er schlurfte an der Dame vom Pflegedienst vorbei in den Flur. Dort stellte er den Rollator so an die Wand, dass er den halben Weg versperrte, und würdigte Katrine keines Blickes mehr, als sie ihre Tasche nahm und sich nach ihrer Jacke streckte.

»Stalin ist 1953 gestorben«, sagte sie. »Die Sowjetunion ist weg, nichts ist davon übrig geblieben, du brauchst nicht länger zu schweigen.«

Etwas Blaues flatterte herbei, und schon war Annbeth vom Pflegedienst im Flur.

»Ja, dann ist es jetzt wohl Zeit für die Dusche!«

Empo Björnfot wendete vorsichtig seinen Rollator, stieß aber dennoch gegen Fußleisten und verhedderte sich in den Schuhen, die im Flur standen. Katrine spürte, wie sie panisch wurde, weil ihr alles zu entgleiten schien.

»Wenn du mir nichts erzählst, kann es niemand tun. Niemand wird je erfahren, was mit Gunnar Pelttari passiert ist oder mit deinem Bruder.«

Im Flurspiegel sah sie, wie etwas im Blick des Alten erlosch.

»Er war nicht mehr mein Bruder.«

Stahl und Chrom reflektierten das Sonnenlicht. Die Decken waren so hoch und der Raum so weiß und sauber, dass es sie blendete. Es war, als käme man aus einer Höhle direkt ins Licht, weiter konnte man sich nicht vom Dunkel einer Zweizimmerwohnung in Malmudden entfernen, in der die Geschichte niemals endete.

Die Rezeptionistin lächelte mit frisch gebleichten Zähnen. Telefone klingelten. Am Tag zuvor waren die Zinsen für die Kredite mit kurzer Laufzeit gesunken, und aus diesem Grund musste Katrine jetzt auf einem viel zu niedrigen Stuhl aus Leder und Stahlrohr hocken und warten und dabei an einem bitteren Espresso aus dem Automaten nippen, obwohl sie vorher angerufen und einen Termin vereinbart hatte.

Sie blätterte im *Kuriren*, der Mutmaßungen über den Hinweis auf das russische Auto anstellte. Davon abgesehen gab es nichts Neues im Mordfall Svanberg. Im Stadtpark auf der anderen Seite der Straße rutschte eine Gruppe Kinder von einer riesigen Vogelskulptur aus Eis herunter.

»Bitte entschuldigen Sie die Wartezeit«, sagte Jerker Nyberg, als er endlich hereinschwebte. »Ich muss es auf den neuen Zinssatz schieben, der alles ins Rollen bringt. Aber der Zeitpunkt, um Geschäfte zu machen, ist tatsächlich so gut wie nie.«

»Es ist das Haus meiner Mutter«, sagte Katrine und folgte ihm in sein Büro. »Sie hat es von ihrer Mutter geerbt. Wir würden gern wissen, wer der Käufer ist.«

»Ich zweifle daran, dass Sie von irgendjemand anderem ein besseres Angebot bekommen.«

»Es geht nicht nur ums Geld.«

Jerker Nyberg zog die Augenbrauen hoch und nahm ein Blatt Papier zur Hand. Dann wandte er sich seinem Computer zu und klickte sich durch verschiedene Dateien. Er war knapp dreißig, aber schon ein bisschen dünnhaarig, seine Krawatte saß eng, auf dem Schreibtisch standen Fotos von zwei kleinen Kindern und einer Ehefrau im Sommerkleid. Ein Typ, bei dem alles stimmt, dachte Katrine und setzte sich.

»Warum will er genau dieses Haus kaufen?«

»Tja, es gibt natürlich auch andere mögliche Alternativen, falls Sie nicht an einem Verkauf interessiert sind.«

»Und welche?«

»Das kann ich Ihnen natürlich nicht sagen.«

Sein Lächeln war herablassend.

»Natürlich sind wir interessiert.«

»Ich drucke die Papiere einmal aus, dann können wir sie in Ruhe durchgehen. Eine Immobilie zu veräußern ist natürlich immer eine große Sache, insbesondere dann, wenn es sich um ein altes Familienanwesen handelt, mit allen Affektionswerten, die damit verbunden sind.«

Der Makler eilte aus dem Raum, um die Ausdrucke zu holen.

Sie beugte sich über den Schreibtisch, suchte auf dem Bildschirm nach einem Namen. Doch es schien nur ein Standardkaufvertrag zu sein. Neben der Tastatur lag das Blatt, das er herausgesucht hatte. Am Rand stand eine handgeschriebene Telefonnummer. Sie begann mit -08. Hastig zog sie den *Kuriren* des heutigen Tages zu sich, der aufgeschlagen auf dem Schreibtisch lag, und kritzelte die Nummer ab.

Der Makler kam zurück und stieß die Tür mit dem Absatz hinter sich zu.

»Dann würde ich vorschlagen, dass Sie sich das genau durchlesen, damit wir anschließend Ihre Fragen durchgehen können.«

Katrine überflog die Paragraphen.

»Und bei der eigentlichen Überlassung wäre es natürlich gut, wenn …« Er sah auf sein Papier hinab und las ab »… Ingrid Kristina Hedstrand persönlich anwesend sein könnte.«

»Ingrid«, sagte Katrine. »Einfach nur Ingrid.«

»Aber das lässt sich auch mit einer Vollmacht lösen. Mit einer beglaubigten, versteht sich.«

Katrine überlegte, ob der Käufer überhaupt wusste, was er kaufte. Sollte sie etwas sagen, hatte sie eine Art Aufklärungspflicht? Niemand, der das baufällige kleine Haus der Kankanrantas kannte, käme auf die Idee, es als Familienanwesen zu bezeichnen. Sie überlegte, ob ihre Mutter überhaupt noch dazu in der Lage wäre, mit ihrem eigenen Namen zu unterschreiben.

»Ich muss das auch noch mit meinem Bruder besprechen.«

»Natürlich. Das sind wichtige Entscheidungen.«

»Meine Mutter möchte bestimmt wissen, wer der Käufer ist.«

Sein Lächeln wurde angestrengter.

»Ich kann Ihnen versichern, dass es sich um einen seriösen Käufer handelt. Alle unsere Kontakte laufen über den Anwalt des Käufers, und es ist eine sehr renommierte Kanzlei.«

Er blätterte nervös in seinen Unterlagen, ein wenig zu schnell.

»Es gibt, wie gesagt, andere Objekte, aber nehmen Sie sich alle Zeit, die Sie brauchen. Und dann können Sie sich ja wieder bei mir melden, ich bin den ganzen Tag auf dem Handy erreichbar, oder Sie hinterlassen eine Nachricht bei unserer Sekretärin.«

»Heute wird das wahrscheinlich nichts mehr.«

Sie rollte den *Kuriren* zusammen und hoffte, dass er ihren Diebstahl nicht bemerkte.

Jerker Nyberg sah sich um und senkte die Stimme.

»Es ist wirklich nicht meine Art, meine Kunden unter Druck zu setzen, aber eines möchte ich Ihnen im Vertrauen sagen.«

Kiss my ass, dachte sie. Du setzt alle deine Kunden unter Druck, deine Aufgabe ist es, die Leute dazu zu bringen, zu kaufen und zu verkaufen und immer mehr Wohnraum besitzen zu wollen.

»Stellen Sie nicht so viele Fragen«, sagte er. »Verkaufen Sie jetzt, solange Sie die Chance dazu haben.«

»Nichts?«

Thore musterte skeptisch seinen Nachfolger, der den Kopf schüttelte.

»Nichts.«

Antti Anttila ließ sich auf der Küchenbank nieder, ohne seine Jacke auszuziehen. Er war nicht einmal vierzig, hatte aber bereits Haarausfall und sah dadurch älter aus. Dem neumodischen Trend, sich den ganzen Kopf zu rasieren, war er nicht gefolgt, sondern hatte sich einen Haarkranz stehen lassen.

»Und oben bei Petsamo habt ihr auch alles kontrolliert?«

Doppel-Antti nickte. »Und den ganzen Weg nach unten.«

»Und Norwegen?«

Der Polizeikommissar schüttelte den Kopf.

»Aber es ist noch zu früh, um Schlüsse zu ziehen. Es sind ja noch viele Daten übrig, die überprüft werden müssen, über Wochen zurück.«

»Sie könnten natürlich die Nummernschilder ausgewechselt haben.«

»Oder die Jungs haben sich verguckt.«

Thore hob die Kanne und ging nicht weiter darauf ein. Sein Enkel verstand etwas von Automarken, hatte sie schon erkannt, noch bevor er überhaupt richtig hatte sprechen können. Wowo, hatte er gesagt, und Messedess. Sein Großvater hatte ihm die Autos selbst gezeigt und ihm das beigebracht.

»Und sonst hat niemand etwas gesehen?«

»Nichts.« Anttila sah aus dem Fenster. »Da denkt man, die Leute in den Dörfern würden immer alles beobachten, aber niemand, kein einziger Mensch bis auf die Jungs hat etwas Außergewöhnliches gesehen oder gehört. Alle sitzen vor der Glotze. Wirklich ärgerlich.«

Prüfend goss Thore eine Tasse ein und musterte die braune Brühe. Auch er hatte an jenem Abend ferngesehen und konnte sich nun nicht einmal mehr an das Programm erinnern. Vielleicht war er auf dem Sofa eingeschlafen.

»Aber du wagst dich doch wohl nicht ohne irgendwas hierher?«, fragte er jetzt, um den Angriff zu parieren.

Doppel-Antti faltete den *Norrländskan* zusammen, der aufgeschlagen auf dem Tisch lag. Thore hatte die Artikel schon dreimal gelesen, seit er um sechs die Zeitung hereingeholt hatte, aber die einzige neue Information bestand darin, dass die Untersuchung der Asche aus der Sauna nichts Neues ergeben hatte.

Der Kollege schob die Zeitung beiseite.

»Wie gut kanntest du ihn eigentlich?«

»Svanberg?« Thore testete erneut den Kaffee. »Besser als die meisten, wenn ihn überhaupt jemand kannte. Nimmst du Milch?«

»Nein, danke.«

Er stellte Anttila die Tasse hin und holte die Zuckerdose heraus. Der Kollege warf nur einen düsteren Blick darauf.

»Diabetes«, sagte er. »Auch so ein verfluchtes Pech.«

»Was möchtest du wissen?«

»Wovon hat er gelebt?«

»Von der Rente, würde ich meinen.« Thore setzte sich ihm gegenüber hin. »Warum?«

»Man munkelt ja, dass er Geld im Aitta hatte, viel Geld ...«

»Das ist doch dummes Geschwätz. Solche Gerüchte gibt es über alle Eigenbrötler, wahrscheinlich möchte man gern glauben, dass sie irgendetwas Besonderes an sich haben und nicht einfach nur einsam sind.«

Jetzt grinste der Polizeikommissar übers ganze Gesicht.

»Und ob der Geld hatte!«

Er holte ein Papier aus der Brusttasche und entfaltete es auf dem Tisch.

»Und zwar über zwei Millionen auf dem Konto. Das nenne ich mal eine gute Rentenvorsorge.«

»Wie bitte?« Thore reckte den Hals und versuchte etwas zu erkennen, aber die Zeilen verschwammen vor seinen Augen. »Wo sollte er denn so viel Geld herhaben?«

»Vom Staat!« Doppel-Antti lehnte sich zurück und lachte laut. »Das hätte wohl niemand gedacht, dass man in unserem Land mit der Rente reich werden könnte. Aber sag das bloß nicht Reinfeldt weiter, sonst senkt er sie nur noch mehr.«

»Donnerwetter.«

»Er hat die Rente auf seinem Konto kaum angerührt, seit sie ihm ausbezahlt wurde.«

»Das müssen ja fünfzehn Jahre sein.«

»Und ein halbes. Guck mal hier.« Anttila schob ihm das Blatt hin. Thore betrachtete die Zahlenreihen mit gerunzelter Stirn und versuchte sich zu erinnern, wo er seine Lesebrille gelassen hatte.

»Am Tag, nachdem die Rente ausbezahlt wurde«, sagte Doppel-Antti und deutete darauf, »am Sechzehnten jedes Monats, fuhr er mit dem Morgenbus nach Haparanda. Wenn das Auszahlungsdatum auf ein Wochenende fiel, fuhr er ein oder zwei Tage später. Er ging in die Swedbank und hob sechshundert Kronen in bar ab. Keine Öre mehr, nie einen Tag später. Eine EC-Karte hatte er nicht, genauso wenig wie Onlinebanking.«

»Sechshundert Kronen? Im Monat?«

»Wir haben mit Ica Maxi gesprochen, wo er einkaufte«, fuhr Anttila fort. »Jeden Monat dasselbe. Roggenflocken, Butter, Knäckebrot, Käse und Kartoffeln. Etwas unregelmäßiger kaufte er Gasflaschen für den Herd. Das war alles. Keine Müllabfuhr, kein Stromvertrag, kein Handy.«

Er fuhr sich mit der Hand über die Glatze, sodass einige Strähnen darauf liegen blieben.

»Man glaubt nicht, dass das heutzutage überhaupt noch möglich ist.«

Sie schwiegen eine Weile. Thore war gezwungen aufzustehen.

»Im Aitta hatte er das Geld jedenfalls nicht«, schloss Doppel-Antti. »Es sei denn, er hat es sich auf anderem Wege beschafft.«

Thore lehnte sich gegen den Herd und spürte Wärme in sich aufsteigen, was nicht daran lag, dass er vergessen hatte, die Platte auszustellen. Genau das hatte er vermisst: die Ermittlergruppe, die Diskussion.

Wie er das vermisst hatte!

»Er hat gejagt und geangelt«, sagte er. »Preiselbeeren und Moltebeeren gesammelt. Manchmal bin ich ihm im Wald begegnet. Er muss davon gelebt haben.«

Doppel-Antti faltete den Kontoauszug zusammen und stopfte ihn in die Brusttasche. Sein Hemd war lila, vermutlich kaufte seine Frau für ihn ein.

»Wer war er, Thore, was hat er für ein Leben gelebt? Keiner, mit dem wir sprechen, scheint ihn näher gekannt zu haben.«

»Du hättest gleich zu mir kommen sollen.«

»Ich wollte dich nicht stören.«

Thore streckte sich nach der Wasserschüssel. Der Hund kam langsam angetapst, das Kratzen der Pfoten auf dem Boden. Er füllte die Schüssel und stellte sie ihm hin, vorsichtig balancierend, um nichts zu verschütten.

Stören, was glaubte er denn?

»Hatte Svanberg irgendwelche Feinde? Einen alten Rivalen in Sachen Liebe, Streit über Grundstücksgrenzen, was ist nach dieser Olympia-Geschichte passiert, was hat er während des Kalten Krieges gemacht, als die Spannungen am größten waren? Natürlich haben wir bei den Kollegen vom Abschirmdienst nachgefragt, aber sie hatten nichts über ihn vorliegen. Vorausgesetzt, sie sagen wirklich alles, was sie wissen.«

Thore verschränkte die Arme, sah zur Decke hoch und genoss es, seine Antwort ein Weilchen hinauszuzögern. Was hatte Lapp-Erik während des Kalten Krieges gemacht?

»Dasselbe, was er am Tag vor seinem Tod gemacht hat, würde ich meinen. Er ist Ski gefahren, sobald der erste Schnee gefallen ist, täglich.« Thore deutete nach draußen. Dort über das Feld war er gefahren, vom Flussufer hoch zu den Wäldern rings um Tossa, Tag für Tag, Jahr für Jahr. Lars-Erkki musste diese Wälder besser gekannt haben als jeder andere.

»Und auch im Sommer hielt er sich dort auf, er hat viele Jahre in der Forstwirtschaft gearbeitet, bis es in den Siebzigern Entlassungen gab. Ich glaube, dass er in den letzten Jahren eine Art Bereitschaftsdienst hatte, Rodungsarbeiten und so etwas. Es war, als wäre er nie in Rente gegangen. Er machte sich weiter jeden Morgen auf den Weg in den Wald, ging umher und räumte den Sturmbruch weg ... Einem Teil der Grundbesitzer gefiel das natürlich nicht. Man sammelt kein voll taugliches Holz im Wald, ohne den Grundbesitzer zu fragen, aber Feinde? Spionage? Das kann ich mir nur schwer vorstellen.«

Antti Anttila folgte seinem Blick durch das Fenster, als hätte Svanberg sich dort draußen materialisiert, als spuke sein Geist in der Weite umher.

»Und die Familie? Könnte es sein, dass es irgendeine alte Feindschaft gab, die sich vielleicht nicht direkt gegen Lapp-Erik richtete, sondern gegen die Familie, den Hof?«

»Nein, nicht dass ich wüsste.« Er grübelte ein wenig. »Wobei sein Nachbar während des Krieges ja Nazi war. Anna Haaras Vater.«

»Die Frau, die Alarm schlug?«

»Später hat man natürlich nie darüber geredet, du weißt ja, wie das ist. Und mir ist nie zu Ohren gekommen, dass man sich in Rauhala um die Weltpolitik gekümmert hätte. Bis auf den Bruder von Aili Svanberg natürlich, der in die Sowjetunion ging und seither nicht mehr gesehen wurde.«

Doppel-Antti schwieg eine Weile. Thore spürte einen Schmerz, der im unteren Rücken zuschlug, das Stehen war schlimmer als das Gehen. Gab es nicht mehr als das über das Leben eines Menschen zu erzählen?, dachte er. Eine Stunde, an einem solchen Nachmittag. Was würden sie über ihn sagen, wenn er nicht mehr da wäre? Plötzlich fiel ihm auf, dass der Anteil an älteren Junggesellen, die eines gewaltsamen Todes gestorben waren, in diesem Zipfel des Landes recht groß war. Die Brüder in Rosvik, die Opfer eines Raubmordes geworden waren, die Brüder in Kalamark, Svanberg. Allerdings war er selbst ja Witwer, das war etwas anderes. Und noch dazu waren zwischen jedem dieser Morde zehn Jahre verstrichen.

»Ich frage mich, ob Lars-Erkki jemals eine Frau hatte«, sagte er und setzte sich wieder.

»Es heißt, er mochte keine Frauen«, sagte Anttila.

»Ich glaube eher, er war zu schüchtern, womöglich hat er sich auch vor der Sündenstrafe gefürchtet. Habt ihr seine Verwandten schon befragt?«

»Ja, aber keiner scheint in der Nähe von Kivikangas gewesen zu sein.« Doppel-Antti seufzte, stand auf und brachte seine Tasse zur Spüle. »Es ist doch wirklich zu verflixt, dass niemand etwas gesehen hat.«

Der Kollege nickte ihm zu, ging in den Flur hinaus, und alle Wärme schien mit ihm zu entschwinden. Thore packte die Hündin im Nacken, damit sie Doppel-Antti nicht folgte.

»Lass von dir hören, wenn ihr etwas Neues herausgefunden habt«, rief er ihm nach.

Doppel-Antti steckte seinen Kopf wieder herein.

»Wenn du es dir anders überlegen solltest mit dem Psychologen, steht das Angebot übrigens noch. Falls du jemanden zum Reden brauchst.«

Thore vergrub seine Hände im dichten Hundepelz und kraulte dem Tier energisch den Nacken.

»Okay. Tschüss.«

Sie hatten das hinter seinem Rücken für ihn organisiert, Zugang zur Krisenhilfe der Polizei, obwohl er nicht mehr dort arbeitete. Er hatte die Nachricht auf seiner Mailbox abgehört, aber nicht darauf reagiert.

Als könne ein Polizist es nicht verkraften, ein Mordopfer zu sehen. Er war Rentner, kein altes Weib.

»Ich brauche verdammt noch mal keinen Psychologen«, brummelte er, als die Tür wieder zu war.

»Was ist denn jetzt schon wieder?«

Empo Björnfot stand mit dem Hemd über der Hose und zerzaustem Haar im Flur.

»Ich habe das hier mitgebracht«, sagte Katrine und hielt eine Flasche Absolut hoch. »Und die hier.«

Er starrte auf die Briefe in ihrer Hand. Sie hielt sie so, dass die Briefmarken gut zu erkennen waren, die Reihe aus Zeppelinen, die über die Buchstaben CCCP flogen.

»Liebe, liebe Siri, ich hole Dich, das verspreche ich. Das hat er in jedem Brief geschrieben, und sie hörte nie auf zu warten. Was hast du Siri gesagt, als du aus der Sowjetunion zurückkamst? Und warum bist du als Einziger zurückgekehrt?«

»Man erinnert sich doch nicht genau an jedes Wort.«

Empo blickte starr an die Wand, während im Treppenhaus das Licht ausging und sein Gesicht dunkel wurde, ohne Konturen und ausdruckslos, ein Schatten seiner selbst, dachte sie und schob diskret den Fuß in die Tür, um ihn daran zu hindern, sie wieder zuzuschlagen. War es überhaupt möglich, Wahrheit und Lüge so weit im Nachhinein noch voneinander zu unterscheiden? Verblassten die Erinnerungen wie Fotografien, oder erinnerte man sich nur an die Erinnerung der Erinnerung, an ein Wissen darüber, was man erlebt hatte, aber ohne Geräusche und Gerüche und Furcht? Oder ging Empo Björnfot wieder und wieder durch diese enormen Wälder, für den Rest seines Lebens?

»Wie alt war Ingrid, als du zurückkamst?«, fragte sie. »Hast du sie von ihrem Vater gegrüßt, hat er dir etwas für sie mitgegeben?«

Irgendwo im Treppenhaus schaltete jemand erneut das Licht an. Der Mann blinzelte mehrmals hintereinander angestrengt. Ihr war vorher nicht aufgefallen, wie mager er war. Seine Hände am Griff des Rollators waren nur Haut und Knochen, von Leberflecken übersät.

»Gunnar hatte das Foto über dem Bett in der Baracke hängen ... aber als ich aus Kondopoga zurückkam, war es weg. Das war mein erster Gedanke, dass das kleine Mädchen nicht mehr dort hing ...« Unruhig sah er sich um. »Ich konnte es ihr nicht erzählen. Was hätte ich ihr sagen sollen?«

»Siri ist tot«, sagte Katrine. »Was auch immer es war, kann es ihr jetzt keinen Schaden mehr zufügen.«

»Und das Mädchen? Lebt Siris Mädchen noch?«

Empo trat ein Stück zurück, blieb jedoch mit dem Rollator an der Kommode im Flur hängen.

»Ja, sie lebt«, antwortete Katrine. »Aber vielleicht nicht mehr lange.«

Er schniefte und wischte sich mit dem Handrücken die Nase ab.

»Ich habe sie auf der Beerdigung gesehen. Da sah man ja direkt, dass sie es war. Diese Mundpartie war genauso ...« Er deutete auf Katrines Gesicht. »Und dann die Augen, obwohl sie nicht so sehr glänzten wie Siris ... Und dann hatte sie so eine Tantenfrisur und einen riesigen Bauch, also mindestens so.«

Er deutete mit der Hand eine mächtige Rundung an, hin und her, sodass kein Zweifel bestand.

»Meinst du Siri Kankanrantas Beerdigung? Warst du eingeladen?«

»Ich saß ganz hinten neben der Kirchentür, habe also verdammt noch mal niemanden gestört. Dann bin ich wieder hinausgeschlichen, ehe sie mit der Kollekte ankamen. Der Pfaffe hat sich natürlich fast überschlagen mit seinem Gottesgeschwätz, als ob Siri so eine gewesen wäre. Die Religion sollte ja fix verschwinden, wenn die Revolution kam.«

»Ich habe damals in ihrem Bauch gelegen«, sagte Katrine. »Meine Mutter war mit mir schwanger.«

Empo Björnfot musterte ihr Gesicht ein wenig eingehender. Sie fragte sich, ob er Ingrid in ihren Augen sehen konnte, ob er Siri darin ahnte.

»Sind das dieselben wie letztes Mal?«

Er zeigte auf die Bäckertüte, die aus ihrer Tasche hervorlugte.

»Nein«, sagte Katrine, »diese sind mit Frikadellen und Rote-Bete-Salat.«

Sie steuerte auf die Küche zu und holte zwei Gläser und einen Teller. Das Geschirr war ordentlich gestapelt und sauber, aber den Geruch von Aschenbecher und muffigen Kleidern hatte die Pflegehelferin nicht beseitigen können.

Im Wohnzimmer war Empo Björnfot in einen Sessel gesunken. Keine Lampe war eingeschaltet, aber von draußen floss ein weißes Licht herein, Gartenlaternen, die seinem Gesicht einen grünlichen Schimmer verliehen.

Sie legte die Briefe vor ihn auf den Teller.

»Die beiden letzten sind aus Uhtua«, sagte sie. »Ich weiß nicht, ob noch weitere kamen, das ist alles, was ich gefunden habe.«

Er beugte sich vor und stupste den Stapel mit den Fingern an, sodass der unterste Umschlag sichtbar wurde. Darauf stellten die Briefmarken einen groß gewachsenen Lenin dar, der einer Volksversammlung die Straße zeigte.

»Die Straße 89 war ein wichtiges Bauvorhaben für die ganze Union«, sagte er, »eine hundertachtzig Kilometer lange Strecke sollte es werden, von den Wäldern in Uhtua bis zum Hafen in Kem …« Mit zitternden Händen öffnete er einen Umschlag, zog den Brief heraus und starrte schweigend darauf, ohne zu lesen.

Katrine setzte sich aufs Sofa.

»Gunnar schreibt, dass Siri kommen solle, sobald die Unterkünfte fertig wären. Das war 1932.«

»Und Oskar hatte unseren Brief bekommen und wartete am Bahnhof«, sagte Empo und betastete den Brief. Seine Nägel waren gelb und sahen aus, als wären sie seit Jahren nicht geschnitten worden. Seine Stimme wurde mit jedem Wort fester. »Wir konnten kaum glauben, dass er es war, der da stand. Er war stärker ... irgendwie erwachsener geworden ... wir hatten beschlossen, den sozialistischen Arbeiterstaat zusammen aufzubauen, deshalb wollten wir nach Uhtua ...«

Katrine lehnte sich zurück und ließ ihn reden.

Erst drei Stunden später, als seine Augen zufielen, der Kopf nach vorne heruntersackte und ihm ein Speichelfaden aus dem Mund hing, stand sie wieder auf, rüttelte ihn sanft an der Schulter und sagte ihm laut seinen Namen ins Ohr, sodass er zusammenzuckte und sich in wilder Panik umsah.

»Ich habe doch gesagt, dass ich nichts weiß. Ich habe nichts getan!«

»Ganz ruhig. Du bist zu Hause in Luleå, du warst eingeschlafen.«

Sie brachte ihn zur Toilette und half ihm ins Bett. Nicht aus den Kleidern, das verweigerte er. Er legte sich auf das Bettzeug und war schon in der nächsten Sekunde eingeschlafen. Die Schnarcher erstickten geräuschvoll in seiner Gurgel, als wäre jeder Atemzug sein letzter. Sie breitete eine Decke mit Elchmuster über ihn und verließ die Wohnung.

Die Nachtluft war klar und klirrend kalt. Nach drei Gläsern Wodka war sie gezwungen, das Auto stehen zu lassen, und spazierte durch die schlafende Stadt. Nur die roten Augen des Stahlwerks waren zu sehen, und ein einsamer Radfahrer, der auf der spiegelglatten Fahrbahn an ihr vorbeischlitterte. Auf der anderen Seite des Bahnhofs lag ein Hotel.

Im Zimmer angekommen schüttelte Katrine ihre Schuhe ab,

klappte den Laptop auf und schrieb. Sie schrieb alles nieder, was Empos knarrende Stimme in ihrem Kopf abspulte. Sie verfluchte sich selbst dafür, kein Aufnahmegerät in ihrer Tasche versteckt zu haben, aber ihr Wortgedächtnis war zum Glück gut, nur Namen und Gesichter vergaß sie schnell.

Als sie schließlich zwischen die glatten, nach Weichspüler duftenden Laken schlüpfte, hallte seine Stimme noch immer in ihrem Kopf wider und vermischte sich mit anderen Stimmen. Sie fiel in einen Dämmerzustand, der noch kein richtiger Schlaf war, sie wanderte am Rande von Träumen entlang, die sie abstießen.

Die Namen, Emil Helmerowitsch, die Namen …

Im Mai 1932 waren sie in Uhtua angekommen.

Es war die Woche nach Empo Björnfots siebzehntem Geburtstag, fast ein Jahr nach ihrer Ankunft in der Sowjetunion.

Die Wege im Ort waren der reinste Morast gewesen und die Häuser ungestrichen, es war, als wären sie immer tiefer in dieses Grau hineingereist, aber in dem Grau läge auch eine Wahrheit, hatte Gunnar gemahnt, Häuser müssten nicht mit roter Farbe prahlen, sie seien, was sie seien: Wohnungen für Arbeiter, und niemand sollte es besser haben als die anderen. Und dann hatten sie sofort damit begonnen, in ihrer freien Zeit eigene Wohnungen zu bauen, sich wegzubauen von den erbärmlichen Baracken. Sie errichteten das Schwedenhaus, in dem jeder ein eigenes Zimmer bekam und die Familien zwei. Nach Uhtua war die gesamte Gruppe von Arbeitern aus den Erzfeldern gekommen, die mit Oskar zusammen angereist waren, zehn Männer sowie einige Frauen und Kinder, sie waren eine echte schwedische Kolonie zwischen den Amerikafinnen und den russischen Kareliern und den Überläufern, jenen Finnen, die illegal über die Grenze gekommen waren. Oskar hatte auch eine Frau kennengelernt, Hildja, eine Finnin, die in der Schule arbeitete.

Und er hatte sich verändert.

Dennoch hatte Empo erst im Winter bemerkt, was los war, oder die Veränderung hatte schleichend stattgefunden und sich erst nach und nach verschlimmert. Sie waren dorthin gekommen, um gemeinsam die Straße 89 und den Sozialismus aufzubauen, aber es war, als würde Oskar sich von ihnen zurückziehen, von seinem Bruder und Gunnar, die er doch schon sein ganzes Leben lang kannte. Als wäre ihm der Posten als Vorarbeiter zu Kopf gestiegen. Er trieb sie an wie Sklaven und beschuldigte seinen eigenen Bruder der Schlamperei. Mehr als einmal gerieten sie im Suff aneinander, und Gunnar musste dazwischengehen. Das Schlimmste war, dass Oskar ständig über irgendetwas klagte. Mal waren es die Lieferungen für den Straßenbau, die nicht eintrafen, und wie zur Hölle sollte er dann seine Ziele einhalten? Ein anderes Mal wurde der »Ausländerladen« (*inostranoje snabschenije,* in dem sie Butter und Mehl und andere Waren erstehen konnten, die es nicht im Geschäft der Kooperative zu kaufen gab) geschlossen, und sie mussten von Sauerteigbrot leben, einem Hektogramm pro Tag, es war so sauer, dass man davon Bläschen im Mund bekam. Dennoch verstand Empo die Beschwerden seines Bruders nicht: Warum sollten sie Vorteile genießen, die weder den russischen Kameraden noch den Überläufern zustanden?

Gunnar und er ruderten stattdessen nachts auf den Kuittijärvi und angelten Äschen, um die Rationen aufzustocken, und sie jagten, was ihnen vor die Flinte lief, obwohl sie damit immer seltener Erfolg hatten. Später wurde bekannt gegeben, dass der Fisch im See und das Wild im Wald als Staatseigentum zu betrachten seien. Ein Mann aus Kiruna, den Empo kannte, wurde wegen des Diebstahls zweier Äschen verhaftet und ins Arbeitslager geschickt.

Im September 1934 gebar Hildja Oskar ein Kind, einen kleinen Jungen, der nach nur drei Monaten starb. Der Arzt hatte angeordnet, seinen Rücken mit einer Salbe zu behandeln, aber das Fieber stieg und stieg, bis er aufhörte zu atmen, und dann lag er da, in einem Sarg aus Pappe. Empo konnte sich nicht erinnern, dass Oskar den Namen seines Sohnes je wieder in den Mund genommen hätte. Eigentlich war er sich nicht einmal sicher, ob das Kind überhaupt einen Namen gehabt hatte, aber so musste es gewesen sein, wenn auch ohne Kirchentaufe, versteht sich, mit *Oskarowitsch* als Vatersnamen.

Es war nicht das einzige Kind in der Schwedenkolonie, das starb. Eine Frau aus Kiruna verlor kurz hintereinander zwei Kinder, und es gab weitere, an die er sich nicht erinnerte, doch an das Weinen, das nachts durch die Wände des Hauses drang, erinnerte er sich gut.

Merkwürdigerweise fiel der Tod des Jungen zeitlich mit dem Mord an Parteisekretär Kirow in Leningrad zusammen. Es war, als würde in diesem Winter alles Schlechte geschehen.

Der Mord an Kirow war Teil eines größeren Plans, eine Konspiration gegen Stalin persönlich. Die Saboteure waren überall, Staatsfeinde, die alles daransetzten, das zu zerstören, was neu aufgebaut worden war. In Petrosawodsk wurden der Vorsitzende Gylling und die anderen Vorstände der Karelischen Partei verhaftet. Es hieß, sie hätten sich dem finnischen Nationalismus angeschlossen. In der *Punainen Karjala* lasen sie von Finnen, die eine heimliche nationalistische, weißgardistische Kampagne führten, aber dann wurde die Zeitung eingestellt. Auch die finnische Schule wurde geschlossen, und der Unterricht durfte fortan nur noch auf Russisch gehalten werden. Das bedeutete auch, dass Hildja ihre Arbeit verlor. Was aus ihr geworden war, wusste Empo nicht. Oskar jedenfalls zog sich zunehmend zurück und trank wohl auch immer mehr. Viele finnische Arbeiter wurden an andere Orte geschickt und durch Russen ersetzt. Schließlich lag Uhtua in Grenzgebieten mit wichtigen Militäranlagen, und es bestand der Verdacht, dass es Kontakte zu faschistischen Spionen auf der finnischen Seite gegeben hatte. Es war wirklich kein guter Zeitpunkt, um Siri und das kleine Mädchen herüberzuholen.

Und dann trennten sich ihre Wege. Empo wurde ins Papierkombinat ein gutes Stück nördlich von Petrosawodsk versetzt.

Es war eine Erleichterung. Nicht weil er von Oskar wegkommen wollte, sondern weil er in letzter Zeit immer häufiger an das Mädchen aus dem finnischen Kulturhaus hatte denken müssen, das er hinter den Baracken geküsst hatte. Diese zarten Brüste in seinen Händen.

Toini, so hieß sie! Als er jetzt nach all den Jahren von ihr sprach, fiel ihm der Name wieder ein. Toini.

Er nahm den Zug in die karelische Hauptstadt, um Gunnar zu besuchen, aber auch, um sie zu finden, er saß im Abteil und sah auf seine Hände hinunter. In den letzten Jahren waren sie gröber geworden. Härter. Er überlegte, ob sie den Unterschied spüren würde.

Er ging zum finnischen Kulturhaus, doch es war geschlossen. Eine Lokalverwaltung hatte die Räume übernommen. Im Haus, in dem sie gewohnt hatte, öffnete ein Russe die Tür.

Niemand kannte ein Mädchen namens Toini.

(An dieser Stelle war Empos Stimme gebrochen, und Katrine hatte auf die Toilette gehen müssen, wo sie sich kaltes Wasser ins Gesicht geklatscht und sich gefragt hatte, ob es ein Ende gab, ob er dort ankommen würde, ehe er starb, und als sie ins Wohnzimmer zurückgekehrt war, hatte sie befürchtet, dass genau das eingetreten war, dass er gestorben war, denn er hing über dem Tisch wie ein nasser Sack. Doch er richtete sich wieder auf, als er das Plätschern des Wodkas im Glas hörte.)

Der Wodka! Die Leute sagten, er würde die Sorgen ertränken, doch es war umgekehrt, warum sonst waren alle Menschen mit Hang zum Wodka Melancholiker? Nirgends auf der Welt gab es eine solche Sehnsucht, einen so innigen Schmerz wie in den karelischen Liedern, das jedenfalls behauptete Gunnar Peltari, wenn er etwas intus hatte und zum Gesang anhob.

Er hatte eine Arbeit im Onega-Werk in Petrosawodsk gefunden, prahlte ein wenig damit, dass er Kanonen für die Rote

Armee produzierte, sprach aber nicht mehr so häufig von Siri und dass sie nachkommen sollte. Und das war verständlich, denn die Unterkunft in den Baracken neben der Kanonenfabrik, in der er jetzt wohnte, konnte er ihr und dem Kind kaum zumuten, sie erwartete sich etwas Besseres, nachdem er nun schon vier Jahre in der Sowjetunion war, und er hatte es ihr auch versprochen.

In einem Brief hatte sie ein Foto von dem Mädchen mitgeschickt. Wie ein Engel wachte die blonde Ingrid an Gunnars Trennwand im Zimmer, einem neun Quadratmeter großen Verschlag. Sie hatten auf dem Bett gesessen und sich eine Flasche geteilt, und auch das Flitzen der Kakerlaken war wieder zu hören gewesen, aber keiner scherte sich mehr darum, sie fortzujagen. Bei einem dieser Besuche sprachen sie über die Staatsbürgerschaft. Schweden, die ihren alten Pass behalten hatten, erhielten neuerdings Ausreisegenehmigungen, Empo aber hatte die russische Staatsangehörigkeit beantragt. Gunnar zögerte noch.

»Das ist so, als würde ich mich noch weiter von ihnen entfernen«, sagte er und vergoss ein paar Tränen, wenn er betrunken war. Und dann holte er das Foto von Siri hervor, es war verblasst und zerknittert, manchmal, so gab er zu, nahm er es mit ins Bett, er hatte solche Sehnsucht im Blut. Und er weinte, weil er allmählich vergaß, wie ihr Gesicht aussah, er kannte es nur noch vom Foto, nicht mehr in Wirklichkeit. Es sah nicht gut aus, wenn er so weinte und noch dazu auf Finnisch sang, obwohl Finnisch inzwischen verboten war. Wer die Baracke betrat, hätte ja meinen können, er weine über den Zustand der Sowjetunion.

»Aber nach Hause kann ich nie wieder fahren, egal was aus der Staatsbürgerschaft wird«, sagte Gunnar.

Und das war das letzte Mal, oder war es das vorletzte? Jedenfalls waren es die letzten Worte, die er seiner Erinnerung nach von Gunnar hörte.

In einer der weißesten Nächte des Sommers (sie weiß wohl, wie weiß die Nächte an den Ufern des Onegasees sein können? Fast wie in Tornedalen, man stelle sich vor, dass es dasselbe Sommerlicht ist! Nur weiter östlich, und näher an der Sonne), im Sommer 1937 war es, kamen sie und klopften an die Tür von Empos Zimmer in Kondopoga. Er war bereits wach, alle waren wach geworden, als die schwarzen Autos draußen hielten, wenn sie überhaupt hatten schlafen können, alle lagen reglos da und warteten und lauschten, in welche Richtung die Stiefel marschierten, zu einer anderen Baracke oder der ihren. An ihrem Zimmer vorbei oder schnurstracks hinein. Da lagen sie wie verängstigte Kaninchen und zitterten in ihren Betten, pflegte Empo zu denken, all jene, die etwas zu befürchten hatten. Er selbst hatte nie schlecht über Stalin gesprochen, nie konspiriert oder Kontakt zu anti-sowjetischen Elementen gepflegt, er brauchte keine Angst zu haben, aber er lag trotzdem wach und horchte auf das Stampfen der Stiefel, versuchte zu hören, wer diesmal an der Reihe war, welcher der Kameraden diesmal seine Ideale für ein bisschen Brot verkauft hatte, Teufel, was waren die Menschen doch schwach.

Nicht als sie seine Tür öffneten, nicht als sie ihn aus dem Bett beorderten und zwei von ihnen in seinen Sachen wühlten, dem Koffer, den er aus Kivikangas mitgebracht hatte, und den Tassen und Tellern, die seine Mutter ihm mitgegeben hatte, weil sie gehört hatte, dass hier alles knapp war, nicht einmal als sie seine Matratze hoben und daruntersahen, hatte er Angst, weil er wusste, dass es nichts zu finden gab. Und selbst später, als die Teller in Scherben hinter ihm auf dem Boden lagen und sie ihn zum Auto hinausführten und er begriff, in welche Richtung sie fuhren, war er sich noch sicher, dass sich alles aufklären würde. Sie hatten ja gesagt, sie hätten lediglich ein paar Fragen.

Dann hatte man ihn in einen Verhörraum gebracht und ihm ein Blatt hingelegt. Und in diesem Moment war es gewesen, als würde ein Teil seines Lebens zu Ende gehen. Wie eine Sprengung, von der nur das Dröhnen im Kopf übrig blieb. Alles, was Empo Björnfot bis zu diesem Augenblick gewesen war, löste sich auf und wurde aus ihm herausgerissen, die Kindheitsjahre und das Elternhaus und die Sommerabende in der Höhle bei Matalaniemi, denn in alledem war Oskar enthalten, immer einen Schritt voraus, sodass Empo sich anstrengen musste, um mitzuhalten.

Oskar Björnfot war drei Wochen zuvor verhaftet worden, angeklagt wegen Verstößen gegen Paragraph 58 des Strafgesetzbuchs, Absatz 6 und 14.

Sabotage gegen die Sowjetunion und konterrevolutionäre Aktivität.

Empo hatte genügend Russisch gelernt, um lesen zu können, was dort stand. Verstehen würde er es jedoch nie. Da war dieses Dröhnen im Kopf. Die NKWD-Beamten, die ihn so anstarrten. Und das Zittern seiner Hände (wann hatte das angefangen, in diesem saukalten Winter 1934? Als er im Tiefschnee im Wald vor Uhtua lag, um mit der Schlinge einen Hasen, eine Ratte, irgendetwas Essbares zu fangen?). Er hielt seine Hände fest, damit sie nicht dachten, er hätte Angst, denn wer Angst hatte, musste auch schuldig sein.

Haben Sie sich an der Konspiration Ihres Bruders gegen die Sowjetunion beteiligt? Warum hat Oskar Helmerowitsch einen Ausreiseantrag gestellt, will er die Lapua-Miliz auf der finnischen Seite kontaktieren? Wer hat sich seiner konterrevolutionären Gruppe noch angeschlossen?

Empo starrte auf das Blatt hinunter, dieses verdammte russische Alphabet. Das sie in Uhtua endlos gepaukt hatten, und jetzt verschwammen die Buchstaben vor ihm und tauschten ihre Plätze.

Oskar, ausgerechnet Oskar.

Es gebe keinen Zweifel, sagte die Geheimpolizei. Oskar Helmerowitsch habe gestanden. Uns liegen Dokumente und Zeugenaussagen vor, die seine Aktivität beweisen.

Nein, sagte Empo, er sagte nein, nein, auf Russisch und Finnisch, njet, ei, er wisse nichts, absolut nichts. Er halte dem sowjetischen Staat die Treue. Sie hätten schon seit Jahren keinen Kontakt mehr. Er sei in keiner Weise an der konterrevolutionären Aktivität seines Bruders beteiligt.

Also betreibt Oskar Helmerowitsch tatsächlich konterrevolutionäre Aktivitäten?

Haben Sie deshalb den Kontakt abgebrochen?

Sprechen Sie Russisch!

Die NKWD-Polizisten werden ausgewechselt, es kommen neue Beamte. Dieselben Fragen. Und er hört Oskar in seinem Kopf, wie er sich im Suff darüber ausgelassen hat, dass in diesem Teufelsland nichts funktioniert.

Die Namen, Emil Helmerowitsch, die Namen. Sie, die Sie ein Sowjetbürger sind. Die Namen.

Nach sieben Tagen ließen sie ihn frei. Er verließ das Untersuchungsgefängnis und fragte sich, was die Menschen auf der Straße sahen. Sah man es ihm an? Die Schande, Emil Helmerowitsch, die Schande! Er ging direkt zum Bahnhof, wo die Straßen inzwischen asphaltiert waren. Es ging also doch voran.

In Kondopoga wurde ihm eine schlechtere Arbeit zugeteilt, bei der Putzkolonne der Fabrik. Es wurde schwieriger, Urlaub zu nehmen. Sie hatten seinen Inlandspass eingezogen, sodass ihm das Recht zu reisen eigentlich völlig verwehrt war. Erst im Oktober wagte er sich erneut zum Zug nach Petrosawodsk, wartete, bis der *Prowodnik* eingestiegen war, eher er das Trittbrett erklomm und den ganzen Weg im Freien fuhr.

Als er in die Baracke am Onega-Werk kam, war Gunnars Bett von einem anderen belegt. Das Foto von Ingrid war weg. Eine ukrainische Frau erzählte ihm auf dem Hof, dass der Schwede nicht lange dort gewohnt habe, er habe ein richtiges Zimmer in einer weiter entfernt liegenden Baracke erhalten, aber ihn dort zu suchen habe auch keinen Zweck. Es seien viele Leute abgeholt worden, an den Schweden erinnere sie sich. Er habe ihr im Winter einmal dabei geholfen, ihre Ration im Laden einzufordern, als die Verkäuferin behauptete, diese sei bereits ausgegeben worden. Die Verkäuferin sei allerdings auch verhaftet worden, wegen Unterschlagung von Essensrationen. Das sei nur gerecht. Die Ukrainerin wusste nicht, wohin der Schwede gebracht worden war, ins Staatsgefängnis oder vielleicht nach Oleni Ostrow, der Insel im Onegasee, wo Kähne mit Verbannten zum Kalkbruch fuhren, oder an einen anderen Ort. Dies war ein großes Land.

Empo fuhr nach Kondopoga zurück.

Er fragte nie wieder nach Gunnar. Mit einem Bruder im Staatsgefängnis, der nach Paragraph 58 des Strafgesetzbuchs verurteilt worden war, war er ohnehin im Visier der Staatsmacht.

(An dieser Stelle hatte er seine Stimme erhoben und Katrine so angebrüllt, dass sie auf dem Sofa zusammenschreckte. »Das muss sie doch wohl begreifen, dass sie nicht durch die Gegend rennen und nach Gunnar fragen kann? Das muss doch sogar Siri verstehen?« Und die Gegenwart lag zerfetzt zwischen ihnen. Hielt er sie möglicherweise für Siri? Befand er sich wieder in der Zeit, in der er gerade aus der Sowjetunion zurückgekommen war? Sollte er das doch ruhig glauben!)

Anschließend erhielt er den Brief aus Kivikangas. Er war drei Wochen zuvor abgeschickt worden. Sein Vater sei gestorben und sie brauche zu Hause Hilfe, schrieb seine Mutter, ob Oskar oder Emil kommen könnten, denn die Schwester sei von der Polio geschwächt.

Er hörte ihre Stimme hinter den geschriebenen Worten, wie sie zitterte. Wenn seine Mutter andere Menschen oder Gott um etwas bat, dann musste es wirklich ernst sein.

Ob einer von euch kommen kann.

Monate vergingen, ohne dass Empo eine Antwort auf seinen

Ausreiseantrag erhielt. Er hatte geschrieben, dass er aus familiären Gründen in das alte Heimatland reisen müsse und plane, so bald wie möglich in die Sowjetunion zurückzukehren.

Im Februar wurde er wegen Untauglichkeit aus dem Papierkombinat entlassen.

Das lag sicher an Oskar, dachte er, oder an seinem Antrag, denn untauglich war er nicht. Seit er in der Sowjetunion war, hatte er jeden Tag hart gearbeitet, aber jetzt stand es so in seinen Papieren, klar und deutlich für alle, die lesen konnten. Und alle wussten, was das hieß. Niemand würde ihn je wieder einstellen, denn »untauglich« war gleichbedeutend mit »Verräter gegen den Sowjetstaat«.

Am nächsten Tag nahm er den Zug nach Uhtua. Er stieg eine Station nach Petrosawodsk ein und stellte sich schlafend, kam einmal mehr davon, ohne kontrolliert zu werden. Von Uhtua aus ging er direkt in den Wald, immer westwärts. Nach all den Jahren, in denen er Jagd auf Kleinwild gemacht hatte, kannte er die Himmelsrichtungen und Wälder. Fast zwei Tage lang versteckte er sich vor den Grenzpatrouillen, aß Baumrinde und Laub und Schnee.

In der dritten Nacht gelangte er über die Grenze.

Thore Palo erwachte mit einer ansehnlichen Morgenlatte, es war, als begrüßte er einen alten Freund, den er lange nicht gesehen hatte.

An seinen Abläufen änderte das allerdings nichts. Er war trotzdem gezwungen, sich mühsam aus dem Bett hochzustemmen und auf die Toilette zu gehen.

Nach dem Pinkeln war es mit der Belustigung vorbei. Sein Glied hing wieder schlaff wie ein Wollfaden nach unten.

Er setzte Kaffee auf, zog sich mühsam an und legte die Kleidung vom Vortag in den Wäschekorb. Ließ die Hündin vor die Tür und leistete ihr auf der Freitreppe Gesellschaft, genoss es, die beißende Morgenkälte an den Wangen zu spüren. Sah, wie die Zeit gemächlich über die Erde wanderte und die Sonne am Horizont aufging.

Merkwürdig, dass eine Frauenstimme von einem Telefonat am Vorabend noch immer ein Bild von wallendem braunem Haar hervorrufen konnte, ein Braun, das einen goldenen Ton annahm, wenn es von der Sonne umschmeichelt wurde, wie Bernstein.

Saga Björklund.

Er hatte schon lange nicht mehr an seine alte Flamme gedacht, jedenfalls nicht so, und jetzt kehrte auch das Lied zurück, *Oi jospa kerran sinne satumaahan käydä vois* ... Er summte vor sich hin, während er zum Briefkasten ging und den *Norrländskan* holte. Er hob die Hand und grüßte Niska, seinen Nachbarn, der Schnee schippte, obwohl es in dieser Nacht gar nicht geschneit hatte. Es war bereits Viertel nach sechs. Würden Lars-Erkkis Erben noch in Tornedalen leben, hätte er sie schon bald anrufen und zur Rede stellen können, doch bei Leuten in Stockholm musste man wohl noch mindestens bis zehn Uhr warten.

... Lennä laulu sinne missä siintää satumaa ... sinne missä mua oma armain odottaa ...

Es war die klassische Aufnahme mit Henry Theel auf knisterndem Vinyl, die sich in seinem Kopf festgesetzt hatte. War sie nicht genau zu dieser Zeit erschienen, in den Jahren, als er nach Kukkola fuhr, um zu freien? Er hatte immer gefunden, dass das »Sagoland«, das Märchenland in der schwedischen Version, wie ein Ort klang, an dem man mit seinen Kindern die Ferien verbrachte. Es tat nicht so weh, war nicht mit dem gleichen lieblichen Schmerz verbunden, der in dem schlichten Wort *satumaa* mitschwang.

Vor etwa einem halben Jahr war er Saga Björklund zufällig im Coop in Haparanda begegnet und von der Einsicht getroffen worden, dass die Menschen seiner Generation allmählich ziemlich alt wurden.

Thore bröselte etwas Knäckebrot in seine Sauermilch und überflog die Artikel.

Sie enthielten nichts Neues über den Mord, das es lohnte, an die Tapete geheftet zu werden, sondern vor allem leeres Geschwätz darüber, dass »die Polizei mehreren Spuren nachgeht«. Die Information über das Auto mit den russischen Nummernschildern war durchgesickert und wurde mangels anderer Nachrichten aufgebauscht: »Russische Mafia in Schweden auf dem Vormarsch«. Als Beispiel wurde unter anderem der Handel mit russischen Frauen auf Kapernaum angeführt, einem Campingplatz in Kemi, der sich nach dem Fall des Eisernen Vorhangs in ein Bordell verwandelt hatte, aber schon seit mehreren Jahren geschlossen war.

Russische Mafia, brummte er so laut, dass der Hund aufschreckte und mit wedelndem Schwanz herbeieilte; vermutlich dachte er, das wäre etwas Essbares.

Welche Rechnung sollte die organisierte Kriminalität ausgerechnet mit Lars-Erkki Svanberg offen gehabt haben? Diese Spekulationen überließ er nur zu gern der sogenannten dritten Macht im Staat. Schon damit verwischte man im Volksmund die Grenzen. In Montesquieus ursprünglicher Definition war die dritte Staatsmacht nämlich die Legislative. Thore fand es sowohl beunruhigend als auch symptomatisch, dass diese Dinge vermischt wurden und die Presse sich immer häufiger das Recht herausnahm, ein Urteil zu fällen.

Er schloss die Zeitung und studierte die Wetterkarte auf der Rückseite, aus Westen heranziehende Wolken und mildere Temperaturen.

Er wurde das Gefühl nicht los, dass mit diesem Auto etwas nicht stimmte. Wie kam es, dass niemand sonst es gesehen hatte? Ein Auto tauchte nicht einfach aus dem Nichts auf und verschwand dann wieder. Und obwohl die Russen heute nicht mehr unbedingt auffielen, hatten die Menschen doch normalerweise ein Auge auf sie.

Er nahm eine Dusche. Setzte noch eine Kanne Kaffee auf.

Um Punkt acht klingelte sein Telefon.

Und die Melodie in seinem Kopf wurde lauter.

»Du hattest recht«, sagte Saga Björklund knapp zehn Kilometer entfernt, den Fluss hinunter nach Süden. »Aber sag niemandem, von wem du das hast.«

Ihre Stimme hatte sich erstaunlich wenig verändert, aber damals hatte sie Satu geheißen. Später hatte sie geheiratet und war umgezogen, hatte ihren Namen verschwedischt – sogar den Vornamen –, war Witwe geworden und wieder nach Kukkola zurückgekehrt. Alles drehte sich im Kreis, alles kehrte zurück. Wie Zugvögel, bei denen zwischen der Flucht im Frühjahr und der Rückkehr im Herbst ein ganzes Leben liegen konnte.

»Aha?«, sagte er.

»Du darfst keinem davon erzählen«, sagte sie. »Maria sagt, dass sie überlegt haben, damit zur Polizei zu gehen, aber erst müssen sie das intern klären, damit sie nicht gegen die Schweigepflicht verstoßen.«

»Nicht, wenn es um einen Mordfall geht«, versicherte Thore.

Maria war Sagas Tochter. Sie arbeitete im Sozialamt der Kommune, und das war der Grund, warum er seine alte Flamme angerufen hatte. Er hatte sie gebeten, sich ein wenig umzuhören, ob es stimmte, dass Svanbergs Verwandte versucht hatten, ihm den Hof wegzunehmen. Gerüchte hatten in einer Ermittlung nichts zu suchen, sie mussten zu dem reduziert werden, was sie waren: Wahrheit oder Unsinn.

»Sie schrieben, dass Lars-Erkki dement wäre«, fuhr Saga Björklund fort. »Dass er nicht für sich selbst sorgen könnte. Sie wollten ihn in einer Wohngruppe oder einem Pflegeheim unterbringen. Sie behaupteten, er würde im Elend hausen, ohne Toilette und fließendes Wasser, und er wisse das Datum nicht.«

Fließendes Wasser, dachte Thore, er hatte doch verflixt noch mal den gesamten Torneälv vor der Haustür.

»Und, was ist dann passiert?«

»Die Sozialbeamtin hat er weggejagt, als sie ihn besuchen wollte, aber vorher hat sie ihn immerhin dazu gebracht, das richtige Jahr und den Monat zu brüllen, sodass die Sache ganz unten im Stapel landete, wie man so sagt.«

»Hat deine Tochter erzählt, wer den Antrag gestellt hat?«

»Wie gesagt ...«

»Ich verrate nichts.«

»Es ist doch wirklich zu schrecklich, was die Leute ihren eigenen Verwandten antun. Sie wollten wohl an den Hof.«

»Das kann ich mir nicht vorstellen«, sagte Thore. »Rauhala ist doch so gut wie nichts wert.«

Neunzigtausend Kronen. Das hatten Åke und Eva-Lena für den Hof geboten. Thore hatte Åke gegenüber einen Wutanfall bekommen, als er erfuhr, dass die beiden einen Kuhhandel hatten treiben wollen, während Lars-Erkki noch dort wohnte. Natürlich hätte er das den Kollegen gegenüber erwähnen müssen, aber so etwas fiel schwer, wenn es um die eigene Familie ging. Außerdem hatten Lars-Erkkis Verwandte ohnehin abgelehnt, das war irgendwann um Weihnachten herum gewesen. Er erinnerte sich, dass er zu Hause neben dem Tannenbaum gesessen hatte, als Åke es ihm erzählte.

»Es geht ja nicht nur um Geld«, entgegnete Saga Björklund, »Kränkungen und Neid spielen dabei auch oft eine Rolle. Man sollte sich von seinem Hof trennen, bevor man stirbt, damit die Kinder sich nicht darum streiten müssen.«

»Du kannst doch den Hof nicht verkaufen«, sagte Thore und sah ihr Elternhaus vor sich, einen prachtvollen Tornedalhof, der am Fluss lag, genau dort, wo das Wasser zu wirbeln begann und Kraft für den Wasserfall sammelte.

»Nein«, erwiderte sie, »natürlich verkaufe ich ihn nicht.«

Sie verabschiedeten sich und legten auf.

Es war doch wirklich vertrackt, dachte Thore und grübelte eine Weile. Wenn die Gefühle, die er vor einer halben Ewigkeit für eine bestimmte Frau gehegt hatte, plötzlich wiedererweckt werden konnten – gab es sie dann wirklich in dieser Gegenwart, oder waren sie nur eine Erinnerung an die alte Liebe?

Anschließend schwang er sich mit einer Kraft aus dem Sessel, wie er sie schon lange nicht mehr gespürt hatte. Mit verschränkten Armen stellte er sich vor die Namen der Svanbergs an seiner Wand.

Sieben Geschwister waren sie auf Rauhala gewesen, wie viele Enkel in der nächsten Generation folgten, war ungewiss. Er fragte sich, ob die jungen Kollegen sich die Zeit genommen hatten, sie alle zu verhören. Oder hatten sie einen frischgebackenen Polizeimeister aus Luleå geschickt, um die obligatorischen Fragen zu stellen, und die Sache dann auf sich beruhen lassen?

Waren an der Oberfläche geblieben.

Hatten ein Protokoll geschrieben.

Sich zufriedengegeben.

Als Polizist hatte er vieles getan, zufriedengegeben hatte er sich jedoch nie. Er schloss die Tür hinter sich, wagte im Hinausgehen sogar einen Tangoschritt, die Melodie von *Sagolandet* im Ohr. *Ach, könnt ich doch nur ein einziges Mal zu dir hinüberfliegen …*

Katrine ging einen kilometerlangen Gang entlang, folgte den Pfeilen auf dem Boden. Das Archiv lag in einer ehemaligen Poliklinik außerhalb von Luleå. Ihre Schläfen schmerzten leicht vom Kater, und sie hatte das Gefühl, dass dieser Korridor niemals enden würde. Dass die Pfeile ihr den direkten Weg in die Hölle wiesen.

In der Nacht hatte sie sich im Bett herumgewälzt, den Kopf voller Bilder. Matschige Straßen in Sowjetkarelien, wo zwei junge Männer auf Planken zu ihrer unverputzten Baracke balancierten, sie mussten einen Sport daraus gemacht haben, vom einen Brett zum anderen zu springen, sich gegenseitig in den Schlamm zu schubsen, jung und unbesiegbar. Und dann der Mann, der das Onega-Werk verließ und verschwand, eine Gestalt ohne Gesicht, ein *manalainen.* Die Details ließen ihr keine Ruhe, die Frustration, das, was sie nicht zu fassen bekam. Die Dinge, die nicht stimmten. Die Lücken und Fragezeichen, alles, worüber Empo Björnfot schwieg oder was ihm entfallen war. Konnte sie sich überhaupt auf irgendetwas verlassen, was er sagte – ein Mann, der Stalin vorbehaltlos verehrte, ein Sechsundneunzigjähriger, der mindestens einen Schnaps am Tag kippte? Wie viel hatte er eigentlich am Vorabend getrunken?

Bei einer Schüssel Joghurt im Frühstücksraum hatte sie im *Kuriren* gelesen, dass die Polizei noch immer keine Spur von Lars-Erkki Svanbergs Mörder hatte. Natürlich wurde das in ihren Stellungnahmen nicht so deutlich, es hieß, sie würden »in alle Richtungen ermitteln« und seien »für Hinweise aus der Bevölkerung dankbar«, was bedeutete, dass sie keine Ahnung hatten. »Die Polizei geht mehreren Spuren nach«, lautete das Klischee in der konkurrierenden Zeitung.

Sie hatte auch den Rest der Zeitung durchgeblättert, fasziniert von allem, was dort stand. Die kleinste Lappalie, die draußen auf den Dörfern passierte, wurde zu einer Notiz, ein Streit um ein paar Straßenlaternen in Svanstein, ein geräuschvoller Ehekrach in einem Wohnhaus auf Hertsön in Luleå, die Jubiläumsfeier der Bürgervereinigung im Nedre Tväräsel. Es hatte etwas Tröstliches, dass diese kleinen Dinge immer noch zählten, dass die Leute sich damit beschäftigten. Genauso musste es auch vor achtzig Jahren gewesen sein.

Nach dem Frühstück hatte sie die Zeitung eingesteckt, sie mit aufs Zimmer genommen und die Nummer der Redaktion gewählt. Die Dame in der Zentrale hatte ihr erklärt, dass das Archiv in die ehemalige Klinik in der Björkskatan ausgelagert worden sei. Zehn Minuten später hatte Katrine ausgecheckt und ihr Auto abgeholt. Die kleine, konkrete Handlung hatte ausgereicht, um ihr professionelles Ich wieder anzukurbeln, sie war klar im Kopf und weniger empfindsam, ihr Job war wie ein reinigendes Wasser, das durch sie hindurchfloss und ihr Gehirn wieder auf Touren brachte.

Fakten, dachte sie. Mich nicht in möglichen Versionen der Wahrheit und der privaten Agenda der Menschen verlieren.

Das Zeitungspaket landete mit einem schweren Plumps vor ihr. Rotbrauner Karton. Das zweite Halbjahr 1931.

Wie lange dauerte es in dieser Zeit, bis eine Nachricht in der Zeitung erschien? Sie schlug den zehnten September auf, eine Woche nach Empo Björnfots und Gunnar Pelttaris Abreise von Seskarö, und ging langsam, Tag für Tag, in der Zeit zurück. Überflog die Überschriften aus einer fernen Vergangenheit.

Hauptmann Mesterton, der das Feuer auf die Demonstranten in Ådalen eröffnet hatte, wurde vor das Kriegsgericht gestellt.

Drei Raubmörder aus Älmhult waren noch immer auf freiem Fuß, den Angaben zufolge waren es Tartaren, die ständig das Nummernschild an ihrem Auto wechselten. Man hatte Signale vom U-Boot Nautilus vor Spitzbergen empfangen, und ein Pastor war wegen Steuerbetrugs verurteilt worden, in China trat der Jangtsekiang über die Ufer.

Keine Meldung über ein Schiff, das am dritten September mit Kurs auf die Sowjetunion in See gestochen war, aber vielleicht hatte Empo Björnfot sich falsch erinnert, vielleicht waren sie an diesem Tag angekommen? Sie setzte ihre Suche fort, bis in den August hinein. Schnappte heftig nach Luft, als sie beim Vierzehnten ankam. »Sowjetzug von Gällivare abgefahren.«

Am Tag zuvor hatten elf Arbeiter ihre Reise in die Sowjetunion angetreten. Mehrere von ihnen hatten ihre Familien mitgenommen. Es gab ein Foto, verschwommene, graue Gesichter, kerzengerade ernste Kinder in der ersten Reihe. Sie suchte unter den Namen, er war der vierte von links in der letzten Reihe: Oskar Björnfot, Karl-Gustavs Landskommun! Die Aufnahme war zu klein, als dass sie sich ein Bild von seinem Aussehen hätte machen können. Plötzlich fiel ihr ein, dass es in Empos Wohnung kein einziges Foto des Bruders gegeben hatte, nur eines der Eltern und das eines Mädchens, vielleicht die kranke Schwester.

Er war nicht mehr mein Bruder.

Laut dem Reporter war der Enthusiasmus groß gewesen, sowohl unter den Reisenden als auch unter jenen, die sich auf dem Bahnsteig versammelt hatten, um Abschied zu nehmen. »Wenn ihr wieder nach Hause kommt, werdet ihr erschossen!«, wurde in der Volksmenge gerufen. Wer aus Kiruna kam, hatte einen Reisezuschuss von der Kommune bekommen, hundert Kronen pro Erwachsenem und fünfzig pro Kind. Empo Björnfot hatte nichts darüber erzählt, wie Oskar sich die Reise hatte leisten können, hundert Kronen damals mussten mehreren Tausend in der heutigen Zeit entsprechen. Dies war nur eine der

Lücken, die sie nie würde füllen können, aber spielte das eine Rolle?

Hinter den Reisenden auf dem Foto wurden diejenigen sichtbar, die zum Bahnhof gekommen waren, um Abschied zu nehmen. Sie fragte sich, ob jemand Oskar nachgewinkt hatte, vielleicht die Eltern? Sein Bruder und Gunnar Pelttari waren zu diesem Zeitpunkt bereits unterwegs, zu Empos großer Zufriedenheit hatten sie Kivikangas ja schon vor Oskar verlassen.

Im selben Moment begriff sie, dass das unmöglich war. Das Schiff von Seskarö hatte am dritten September abgelegt. Es stimmte ja gar nicht. Dem Datum in der Zeitung zufolge war Oskar mehrere Wochen vor Empo und Gunnar abgereist. Empo Björnfot musste die Tage verwechselt haben. Sie hasste es, wenn die Menschen so elementare Dinge durcheinanderbrachten. Was hatte er noch alles vertauscht?

Sie verließ die enthusiastischen Auswanderer und blätterte noch einige Tage in der Zeit zurück, vielleicht fand sich doch etwas zu der Abreise von Seskarö, an einem anderen Tag. Sie überflog die Artikel und stutzte, als der Name Kivikangas auftauchte. Am elften August. Es ging jedoch nicht um Emigration, sondern nur um einen Raubüberfall im Ort. Sie wollte gerade weiterblättern, als sie den Namen sah. Pelttari. Nicht Gunnar, sondern Carl Pelttari. Sein Vater, der rechte Bauer, der seinen Sohn vor die Tür gesetzt hatte!

Sie las, und ihr Puls stieg.

Es war die Landwirtschaftskasse in Kivikangas, die man überfallen hatte. Carl Pelttari, der die Ersparnisse verwaltete, war brutal niedergeschlagen worden. Mithilfe des Schlüssels hatten die Diebe sich Zugang zum Geldschrank verschafft. (Der Geldschrank. Derselbe Geldschrank, den sie selbst noch vor zwei Tagen durchsucht hatte, der Geldschrank von Rauhala!) Der Verwaltungsrat der Landwirtschaftskasse war sehr aufgebracht. Carl Pelttari hatte noch nicht verhört werden können, da er sich im Lazarett in Haparanda befand. In Lebensgefahr schwebte er jedoch nicht.

Katrine las mit klopfendem Herz weiter und erstarrte, als noch ein bekannter Name auftauchte. Oskar Björnfot, wohnhaft in Kivikangas, hatte als Zeuge ausgesagt. Er sei an diesem Tag gekommen, weil er eine Einzahlung machen wollte, und ebenfalls zusammengeschlagen worden.

Sie lehnte sich zurück, rieb sich die Schläfen.

Irgendetwas kam ihr bekannt vor, hatte Thore Palo diesen Vorfall nicht in einem anderen Zusammenhang erwähnt?

Sie stand auf und drehte eine Runde in dem stillen Raum, trank eine Tasse Kaffee in dem kleinen Café des Archivs. Es gab auch Pfefferkuchen.

Hätte Empo Björnfot das nicht erwähnen müssen? Es klang zu dramatisch für das kleine Kivikangas, wie oft mochte dort schon etwas passieren, und dann auch noch im selben Monat, in dem sie in die Sowjetunion reisten? Vielleicht war der Überfall in seiner Erinnerung im Vergleich zu anderen Dingen dennoch verblasst, sie konnte sich eine solche Zeitspanne nur schwer vorstellen. Aber dennoch.

Wie hatte Anna Haara noch gesagt?

Solange ich gelebt habe, hat auf diesem Teufelshof noch nie Frieden geherrscht.

Katrine bat um Kopien der beiden Artikel, holte ihre Jacke und verließ das Archiv.

Sie kaufte immer Tickets, die sich flexibel umbuchen ließen.

Ein Zwangsverhalten hatte Alastair es einmal genannt, dass sie tausend Kronen mehr für eine Freiheit bezahlte, die sie so gut wie nie nutzte. Häufig, fast immer, war es Geldverschwendung. Trotzdem handhabte sie es jedes Mal so, und genau in diesem Moment, als sie im Auto saß und sich vom Navigationsgerät in Richtung Osten leiten ließ, während sie bei der Fluggesellschaft anrief, war sie sehr zufrieden damit, dass sie an diesem Zwangsverhalten nie etwas geändert hatte. War dies nicht genau das, wofür sie all die Jahre bezahlt hatte? Auf die Überholspur zu fahren und dorthin zu brettern, wo sie wollte, auf alles zu pfeifen, was andere meinten und für vernünftig hielten, einfach nur einsam durch die weite Landschaft zu fahren, sich treiben zu lassen, auf der Flucht. Dann blendete irgendein idiotischer Raser in ihrem Rückspiegel auf und drängte sie nach rechts, hinter einen LKW.

Sie bremste auf achtzig herunter und drückte die erste Kurzwahl ihres Handys.

»*Going back?*«

Alastair klang nicht glücklich. Tatsächlich klang er richtig wütend, was ihm gar nicht ähnlich sah. Doch dann beruhigte er sich ein wenig.

»Entschuldige mal, Katie, aber steigerst du dich nicht ein bisschen zu sehr in diese Sache hinein?«

»Es dauert nur ein paar Tage.«

»Und dann? Was passiert dann?«

»Ich weiß es nicht.«

»Du weißt es nicht.«

»Das alles muss irgendwie zusammenhängen.« Sie verpasste die Abfahrt nach Björkfors und fuhr geradeaus weiter, dann musste sie eben den Umweg über Haparanda nehmen. »Der Mord an diesem alten Mann, von dem ich erzählt habe, und dann ein Verbrechen auf demselben Hof im Jahr 1931 ... Ich glaube nicht, dass das Zufall ist.«

Er seufzte leise.

»Man will doch immer daran glauben, dass es größere Zusammenhänge gibt, oder? Aber meistens passieren die Sachen zufällig, und es gibt keine größere Konspiration, keinen Gedanken, der die Welt erklärt.«

»Nein, vielleicht nicht.«

Sie fuhr gefährlich dicht auf, das Auto vor ihr war eine Rostlaube, die mit sechzig Sachen vor sich hin trödelte. Als sie überholte, nahm sie im Augenwinkel wahr, dass die letzten Ziffern auf dem Nummernschild 51 waren, und sie hörte nicht im Entferntesten zu, was Alastair über den Willen des menschlichen Gehirns sagte, Chaos in Ordnung zu verwandeln.

Katrine warf einen Blick in den Rückspiegel. Es war kein Volvo, sondern ein Lada. Gab es die wirklich noch?

»Und wann willst du dein eigenes Leben weiterleben?«, fragte er.

»Bald, sehr bald.«

»Okay, ich warte.«

»Es geht wirklich nur um ein paar Tage.«

»Klar. Ich freue mich darauf, die ganze Geschichte zu hören, wenn du nach Hause kommst.«

Nach Hause, dachte sie und sah auf die Landschaft vor sich, die immer flacher wurde, die Schilder, die ins Finnische wechselten. Weiß ich überhaupt selbst, wo das ist?

Ein einzelner Mann mit einem Hund, dicht neben dem Schneewall, sie bremste ab, doch es war nicht Thore Palo. Katrine hob dennoch ihre Hand zum Gruß, und der Mann tat es ihr gleich. Er sah ihr nach, bis sie auf den Hofplatz vor dem Haus der Familie Palo einbog.

Er weiß, dass ich Kankanrantas Mädchen bin, dachte sie, alle wissen es.

Niemand öffnete, als sie an der Tür klingelte.

Sie läutete noch einmal, dann drückte sie die Klinke hinunter. Es war offen, und Eva-Lena hatte gesagt, dass sie jederzeit wieder willkommen sei.

Katrine schleppte ihren Koffer in den Raum im Obergeschoss, wo das Bett neu bezogen war. Sie setzte sich und holte die Zeitung hervor, die sie im Maklerbüro gestohlen hatte, mit der Nummer, die sie daraufgekritzelt, dann aber anzurufen vergessen hatte.

Sofort sprang ein Anrufbeantworter an.

»Sie haben die Nummer der Anwältin Helene Miele bei der Kanzlei Averbach & Miele gewählt. Derzeit bin ich leider beschäftigt. Bitte hinterlassen Sie eine Nachricht, damit ich Sie so schnell wie möglich zurückrufen kann. In dringenden Fällen wenden Sie sich an unsere Telefonzentrale unter der Nummer ...«

Dasselbe wurde auch auf Englisch wiederholt. Katrine hinterließ eine kurze Nachricht, in der sie um einen Rückruf bat, ohne ihr Anliegen zu nennen. Es war ja nicht einmal sicher, ob die Nummer mit dem Käufer ihres Hauses in Zusammenhang stand ... *Wann hatte sie begonnen, es als ihr Haus anzusehen?*

Sie nahm ein frisch gewaschenes Handtuch aus dem Schrank und ging in Richtung Bad, riss die Tür auf und stieß einen Schrei aus, als sie den Mann sah.

»Himmel, hab ich mich erschrocken«, sagte sie und wich in den Flur zurück. »Ich dachte, ich wäre allein im Haus.«

»Aha.«

»Ich würde gern noch eine Nacht länger bleiben. Deine Mutter meinte, das wäre okay.«

Der junge Mann, oder eigentlich war er ja nur ein Junge, musterte sie, die Jeans tief sitzend wie bei jedem Großstadttypen, die Fleecejacke offen über einem verwaschenen Metallica-Shirt, ein Dreiundzwanzigjähriger, der auf Socken bei Mama und Papa umherschlurfte und viel zu groß erschien, als wäre er eigentlich längst aus diesem Dachgeschoss mit den viel zu niedrigen Decken herausgewachsen.

»Worüber wollen Sie eigentlich schreiben?«, fragte er. »Irgendein dummes Zeug darüber, wie die Tornedaler sind?«

»Ich will gar nichts schreiben.«

»Die Leute sagen, Sie wären Journalistin.«

»Ich will ein Haus verkaufen. Und ein bisschen was über meine Familie erfahren, Ihr Großvater weiß ja über alles und jeden hier Bescheid.«

Er trocknete sich die Hände ab. Katrine trat einen Schritt beiseite, um ihn vorbeizulassen.

»Schwafeln Sie nur nicht so viel, wenn Sofia dabei ist«, sagte er.

»Was denn, wie meinen Sie das?«

»Na ja, über London und so. Oder – London, Stockholm, egal, was. Alle denken doch immer nur daran, Geld zu machen und berühmt zu werden, sie reden gar nicht mehr wirklich miteinander.«

Matti drehte sich um und verschwand in Richtung Treppe.

»Bis bald«, sagte Katrine, aber er antwortete nicht.

Thore Palo war nicht zu Hause, also stieg sie wieder ins Auto und fuhr in Richtung Fluss, hielt vor dem Haus der Kankanrantas.

Vielleicht war es nur eine Illusion, aber sie hatte das Gefühl, dass die Kälte ihren eisernen Griff gelockert hatte. Der Schnee war schwerer geworden und vom Fensterblech gerutscht, die Fenster waren mit nachlassendem Frost dunkler geworden. Lange blieb sie sitzen und versuchte, sich Siri dort drinnen vorzustellen, ihr lebenslanges Warten und die Briefe, die irgendwann nicht mehr kamen, die Antworten, die sie nie erhalten hatte.

Empo Björnfot hatte nur wenige Worte über seine Rückkehr nach Kivikangas verloren. Es war im Frühling 1938 gewesen, als der Fluss sich gerade losriss und seine gewaltigen Eisblöcke ans Ufer schleuderte. Hier hatte er gestanden, hinter den Birken vor dem Haus der Kankanrantas, und gesehen, wie Siri dort drinnen in der Pörte werkelte, und das Mädchen, Ingrid, war hinausgerannt und hatte sich gewundert, wer dieser fremde Mann war. Siri war ihr gefolgt. An ihren Anblick erinnerte er sich stärker als an alles andere, wie sie sich die Hände an der Schürze abgewischt und ihn angestarrt hatte, als wäre er ein Gespenst. Noch war sie schön, doch sie waren beide älter geworden, vielleicht war die revolutionäre Glut ein wenig erloschen, und bestimmt war sie wütend, weil es Empo war, der zu ihr kam, und nicht Gunnar. Viele im Dorf wandten sich in dieser Zeit von ihm ab, schlugen ihm die Tür vor der Nase zu, als hätte er eine ansteckende Krankheit, aber Siri ließ ihn ein, bot ihm ein Leichtbier an und fragte ihn aus über Gunnar und die Sowjetunion und die Revolution, denn Empo musste doch bestätigen können, dass die Revolution dort drüben jetzt voll und ganz durchgeführt worden war? *Aber was sollte ich ihr erzählen? Es gab ja nichts zu sagen. Es ginge voran, hatte er schließlich gesagt, und Gunnar habe bestimmt geschrieben, aber vielleicht kämen nicht immer alle Briefe an, denn die Grenzen würden jetzt schwer bewacht, damit keine Spionage mehr hindurchkomme, denn im Arbeiterstaat gebe es viele, die sich unter einem falschen Vorwand eingeschlichen hätten, Überläufer und Konterrevolutionäre. Es seien unruhige Zeiten, und Siri müsse verstehen, dass es ein großes Risiko sei, sie jetzt mit dem Kind rüberzuholen. Aber wenn der Krieg erst vorbei sei, so es denn zu einem Krieg komme, dann werde Gunnar mit Sicherheit halten, was er versprochen hatte.*

Die Kälte kroch ins Auto. Wie gequält Empo Björnfots Stimme geklungen hatte, als sie ihn nach seiner Rückkehr befragte. Als müsste er die Erinnerung mit bloßen Händen aus seinem Gehirn herausgraben.

Eines Abends, kurz nach seiner Rückkehr, hatten zwei Parteimitglieder an seiner Tür geklopft, und er hatte seine Mutter bitten müssen, in die Kammer hinaufzugehen. Wenn er falsche Gerüchte über den Sowjetstaat verbreitete, hieß es, so werde die Partei dort drüben es mit Sicherheit erfahren, und sie würde es allen schwer machen, die zurückgeblieben waren. Und im Übrigen werde auch niemand auf seine Lügen hereinfallen, es sei denn, er mache sich zum Lakaien für die Sozialfaschisten und die Sicherheitspolizei, denn das hätten schon andere Heimkehrer getan, sie liefen herum und sprachen auf Kundgebungen und verbreiteten gegen Bezahlung ihre Lügen über die sowjetische Gesellschaft.

Also hatte Empo Björnfot geschwiegen. Während des Krieges war er im Lager in Storsien interniert gewesen, aber das war ja vielen Kommunisten widerfahren. Anschließend war er nie wieder nach Kivikangas zurückgekehrt. Für den schwedischen Staat war er ein Kommunist und damit eine Bedrohung der inneren Sicherheit; für die eigenen Leute dagegen war er ein Verräter und Schlimmeres, das konnte Katrine daran erkennen, wie Empos Stimme brach und seine Hände zitterten.

Sie ließ den Motor im Stand laufen, damit er wärmer würde, und betrachtete das Kankanrantahaus, wie es dort in seinem ewigen Warten stand. Hier gebe es mehr Worte für Trauer als im Schwedischen, hatte Eva-Lena Palo gesagt, genau wie für Schnee und Sehnsucht.

In ihrer Tasche lagen die Formulare des Maklers. In ein oder zwei Tagen würde sie Anders in Stockholm treffen und sie ausfüllen, alles für das Geschäft vorbereiten. Er fand es gut, dass sie wieder zur Vernunft gekommen war. Katrine versuchte sich vorzustellen, wie jemand einzog, das Haus renovierte, eine Küche aus rostfreiem Stahl einbaute oder alles dem Erdboden gleichmachte.

Erst als hinter ihr ein Motor dröhnte, wurde ihr bewusst, dass sie weinte.

Sie wischte sich das Gesicht mit dem Schal ab und winkte Tomas Haara zu, der mit seinem Traktor anhielt.

»Da sind Sie ja wieder«, rief er. »Mutti hat gebacken.«

Katrine warf einen prüfenden Blick in den Rückspiegel und wischte sich die Mascaraspuren unter dem Auge weg, ehe sie langsam dem Traktor bis zum Haus der Haaras folgte.

»In welchem Programm wird es denn gesendet?«

Die alte Frau empfing sie herausgeputzt, in einer geblümten Bluse, die Haare zu Locken gedreht, als würde sie gleich zu einem Fest abgeholt.

Katrine legte das billige Aufnahmegerät auf den Tisch. Sie hatte in Haparanda angehalten und es in einem gigantischen

Markt für Heimelektronik erstanden, in einem dieser vielen Kaufhäuser, die rings um IKEA aus dem Boden gestampft worden waren.

Anna Haara lief geschäftig umher und rumorte mit den Tassen, dem Kaffee und der Zuckerdose.

»Ich höre mir immer das Gedicht des Tages und natürlich auch die Kulturnachrichten an.«

»Sie hat sofort losgelegt und gebacken, nachdem Sie angerufen hatten«, erklärte Tomas.

»Ich weiß leider noch nicht, wann das gesendet wird«, sagte Katrine und schämte sich für den Enthusiasmus der alten Dame. Jetzt würde sie wohl monatelang Programmpläne studieren, während Katrine längst über alle Berge war und die Lüge, warum sie Rauhala betreten hatte, keine Rolle mehr spielte.

»Was will sie wissen?«, fragte Anna Haara.

Katrine hielt den Atem an. Eigentlich konnte sie die Gelegenheit doch genauso gut ausnutzen.

»Ich würde gern tief in der Vergangenheit anfangen, als Sie noch nicht einmal geboren waren. Damals gab es einen Raubüberfall auf dem Nachbarhof, und die Diebe verschwanden mit der Landwirtschaftskasse. Haben Sie davon gehört?«

»Ja, natürlich.« Anna Haara richtete mit der einen Hand ihre Locken und schielte zum Aufnahmegerät, während sie sprach. »Der alte Pelttari durfte die Kasse anschließend nicht mehr verwalten. Man hatte wohl den Verdacht, dass er selbst etwas damit zu tun hatte. Aber sich selbst überfallen – das wäre ja ziemlich dämlich.« Sie schüttelte den Kopf, tauchte ein Stück Zuckerkuchen in den Kaffee. »Der alte Pelttari wurde anschließend merkwürdig, menschenscheu. Er blieb auf dem Hof mit seiner Hilma, es war wohl eine Art lebenslanges Wohnrecht, und Svanberg durfte den Hof übernehmen. Dann kamen sie nach Haparanda ins Heim, wann mag das gewesen sein? In den Sechzigern?«

Sie sah ihren Sohn an, der mit den Schultern zuckte. »Wahrscheinlich ist das nicht so wichtig, Mutti.«

»Na, aber stimmen soll es doch schon?« Ihr Blick flackerte wieder zu Katrine zurück, sie schob ihr den Gebäckteller hin. »Sie tunkt ja gar nicht!«

Katrine lächelte und nahm sich ein Stück Kuchen.

»Sie sehen Rauhala ja von Ihrem Fenster aus, Sie müssen vieles von dem gesehen haben, was dort die Jahre über passiert ist?«

»Ja, gesehen hab ich es wohl.« Sie schüttelte den Kopf, kniff die Lippen zusammen, diese Aussicht bot wirklich keinen Grund zur Freude. »Aber er hat ja dafür gesorgt, die Leute fernzuhalten. Nicht einmal als Gudrun aus Stockholm kam, ist er nachgiebiger geworden, können Sie sich das vorstellen, seine eigene Nichte hat er mit dem Gewehr verscheucht!«

»Mutti hat er auch bedroht«, ergänzte Tomas vom Sofa aus.

»Aber verstehen kann ich trotzdem nicht, wie jemand so etwas tun kann, einen alten Menschen umbringen, huha, man fragt sich ja, was das für Menschen sind, die sich zurzeit hier herumtreiben, sie kommen von überall her. Pflücken sogar die ganzen Beeren aus dem Wald, selbst aus Thailand kommen die. Und noch nicht mal gut bezahlt ist diese Plackerei.«

Tomas lächelte Katrine zu.

»Aber im März waren wohl kaum die Beerenpflücker unterwegs«, hielt er dagegen.

»Es wird schon irgendjemand gewesen sein, der auf sein Geld aus war.« Ihr Ton war jetzt härter, an ihren Sohn gerichtet, sie wollte trotz allem zeigen, wer hier in diesem Haus das Sagen hatte. »Und jetzt sind sie wohl längst über alle Berge.«

»Wenn er überhaupt Geld hatte«, warf Tomas ein.

Anna Haara schnaubte und funkelte ihn an. »Du hast doch selbst gehört, was sie erzählt hat. Dass er Sachen, die zum Hof gehörten, verkauft und das Geld gehortet hat. Er hatte mehrere Hunderttausend Kronen da drinnen liegen, und die Verwandten bekamen nicht einmal den Wert des Hofs heraus.«

»Wer hat das erzählt?«, fragte Katrine.

»Na, Gudrun. Sie kam hierher, nachdem er sie verjagt hatte. Das ist erst zwei Monate her, direkt nach dem Dreikönigstag. Sie wollte mit ihm über das Heim in Haparanda reden, wo er es bestimmt besser gehabt hätte.«

»Das wissen wir nicht sicher«, fiel der Sohn ihr ins Wort. »Das hat Gudrun so gesagt.«

Anna Haara verzog den Mund und wandte sich Katrine zu. »Es gibt andere Leute, die mir glauben. Wenn mein eigener Sohn mich des Lügens beschuldigt!«

Sie starrten einander giftig an, bis Tomas aufstand. Als er hinausging, wandte er sich Katrine zu und verdrehte die Augen. Der Hund schoss glücklich zur Haustür.

»Wissen Sie, warum er damals einen Rückzieher machte?«, fragte Katrine die alte Frau, nachdem ihr Sohn gegangen war. »Warum er nicht zur Olympiade gefahren ist und seine Karriere an den Nagel gehängt hat?«

»Überhöhen sollte der Mensch sich nicht«, antwortete Anna Haara. »Weder vor Gott noch vor Hilding Svanberg, denn der peitschte seinen Kindern die Zucht und Demut vor dem Herrn schon ordentlich ein.« Ihr Blick schweifte aus dem Fenster zu den grauen Gebäuden von Rauhala. »Und dieser allsehende Gott sah ja die Sünden aller Menschen, also würde er auch die Olympischen Spiele sehen, und vor Gott soll der Mensch klein sein.«

Sie unterbrach sich, um neuen Kaffee nachzuschenken, und Katrine protestierte nicht, obwohl sie allmählich Magenschmerzen bekam.

»Bei uns waren sie nicht sonderlich religiös«, fuhr Anna Haara fort, »aber es war wohl doch ein bisschen dasselbe für uns alle. Man bangte ja um sein Leben, sobald man irgendetwas machte, was nur im Geringsten sündig war.«

Katrine meinte, ein freches Funkeln in ihren Augen zu erkennen, als gäbe es durchaus kleine Sünden, die sie bekennen könnte.

»Wie damals, als Sie heimlich auf den Dachboden der Kankanrantas geklettert sind«, sagte sie lächelnd, »Mama und Sie, obwohl Sie es nicht durften?«

»Das eine oder andere Unerlaubte haben wir uns wohl tatsächlich geleistet.« Die Falten im Gesicht der Alten verdoppelten sich, als sie lachte.

»Haben Sie da oben auch die Kleider anprobiert, die im Amerikakoffer lagen?«

Einige Sekunden lang herrschte Schweigen, als würde Anna Haara überlegen, ob der Gott ihrer Kindheit dafür noch eine Strafe kannte oder nicht. Dann siegte die Lust am Reden. Für eine Weile in den alten Erinnerungen zu schwelgen, noch einmal für Minuten in das eigene junge Leben zurückzukehren.

Ja, sie hätten die Kleider anprobiert und so getan, als wären sie feine Damen aus Amerika. Damals seien sie vermutlich so zwischen zwölf und dreizehn gewesen, zu Beginn der Vierzigerjahre dürfte das gewesen sein, während des Kriegs.

Die Kleider hätten einer Tante von Siri Kankanranta gehört, die nach dem Börsencrash aus Amerika zurückgekehrt war. Die Familie, bei der sie als Dienstmädchen gearbeitet hatte, verlor damals ihr ganzes Geld, aber die Frau des Hauses hatte der Tante als eine Art Entlohnung einige ihrer Kleider vermacht, bevor diese wieder nach Schweden zurückging. Eine Zeit lang hatte sie dort oben auf dem Dachboden gelebt, ehe sie eine Anstellung als Haushälterin bei einem Bauern in Hedenäset fand, und was sollte sie dort mit Seidenkleidern? Sie hätte sich nur lächerlich gemacht.

»Haben Sie auch die Briefe gesehen?«, fragte Katrine und meinte, eine Veränderung bei der Alten wahrzunehmen, eine plötzliche Wachsamkeit, die darauf schließen ließ, dass sie mit ihrer Vermutung richtiglag. »Denn in dem Koffer lagen doch Briefe?«

»Die haben wir nicht gelesen.« Die Frau stand auf und fing an, Tassen und Teller abzuräumen. »Aber Siri hat das wohl gedacht, sie war ja völlig außer sich und hat uns von dort weggejagt. Als ob wir uns dafür interessiert hätten! Stöckelschuhe anprobieren, das wollten wir!«

Katrine betrachtete sie, als sie den restlichen Zuckerkuchen in Plastikfolie einpackte, diese penible Sorgfalt, kein Krümel durfte verloren gehen.

»Außerdem habe ich sowieso nicht verstanden, was Siri Kankanranta mit so feinen Kleidern wollte«, fuhr sie ein wenig säuerlich fort, als wäre sie immer noch wegen der damaligen Standpauke beleidigt. »Sie hat sie ja nie angezogen, ging immer in alten Kleidern umher. Und das, obwohl sie sogar noch Unterstützung von der Armenfürsorge bekam! Darüber redeten die Leute natürlich auch zunehmend, dass ihre Familie eigentlich gar nicht so arm war und dass sie sich über die anderen erhob und ein bisschen sonderbar war.«

»Weil sie ein paar Kleider auf dem Dachboden hatte?«

Die Alte fuchtelte ungeduldig mit der Hand, als wolle sie etwas verscheuchen, die Vorwürfe, die noch in der Luft hingen.

»Na, die Beihilfe hätte sowieso jederzeit eingestellt werden können, aus anderen Gründen. Es war ja mitten im Krieg, alles konnte sich von einem Tag auf den anderen ändern ...«

Katrine musste die Worte verarbeiten, während die Spülmaschine losbrummte und Anna Haara plötzlich mit leeren Händen und ohne Beschäftigung dastand und auf das Diktiergerät starrte, das noch immer lief.

»Das wird doch wohl nicht im Radio gesendet?«, fragte sie beunruhigt. »Das hat schließlich nichts mit Lars-Erkki Svanberg zu tun.«

Katrine streckte sich nach dem Gerät und stellte es aus.

»Meinen Sie die finanzielle Unterstützung von der Armenfürsorge?«, sagte sie leise. »In deren Vorstand Ihr Großvater saß, denn es war doch wohl Ihr Großvater? Haben Sie nur ihm etwas über Siri Kankanranta erzähl oder gleich allen im Dorf?«

Die Alte stützte sich mit der Hand auf den Tresen. Ihr Blick verschwand in der Ferne, in Richtung des Flusses. »Zu dieser Zeit stand ja alles kopf, damals herrschte Krieg und die Höfe brannten …«

Katrine stand auf und dankte für den Kaffee.

»Ich weiß nicht, wann das im Radio läuft«, sagte sie, »ich weiß nicht, ob sie es überhaupt senden.«

Mit der Dämmerung kühlte die Luft ab, und sie fror, als sie sich Rauhala näherte. Das war die einzige Möglichkeit, dachte sie. Es ganz offen zu tun und diejenigen, die sie beobachteten, im Glauben zu lassen, dies sei ein Teil des Radioprogramms, als berechtigte sie das dazu, das zu tun, was sie tat. Sich unter die Treppe zu bücken und den Schlüssel vom Haken zu nehmen, das Aitta aufzuschließen und zum zweiten Mal das Heim eines toten Mannes zu betreten. Beschämt ließ sie die Schlüssel von Rauhala wieder an ihren Platz in der Kiste fallen, schloss hinter sich ab und hängte den Schlüssel des Aitta zurück an seinen Platz.

Vor dem Hauptgebäude blieb sie stehen.

Im Herbst 1944 war Siri Kankanranta hierher gegangen. Damals herrschte keine Dunkelheit, Flammen erleuchteten den ganzen Himmel, als die Höfe auf der finnischen Seite brannten, es war Deutschlands Vergeltung dafür, dass Finnland die Seiten gewechselt und einen Waffenstillstand mit der Sowjetunion vereinbart hatte. Der Krieg war nicht einmal einen Kilometer entfernt gewesen.

Es war dasselbe Jahr wie der Eintrag im Haushaltsbuch in Rauhala. Das Jahr, in dem man Siri als alleinerziehender Mutter die Armenfürsorge strich. Gunnars Briefe hatten schon lange aufgehört, es war die Zeit, als der stalinistische Terror am schlimmsten wütete, aber davon wusste Siri nichts oder wollte es nicht wissen, sie las die rote *Norrskensflamman* und wollte an den Fortschritt glauben, und noch dazu konnten selbst die schärfsten Kritiker nicht das Ausmaß dessen erahnen, was in der Sowjetunion geschah, und der Weg dorthin war sowieso versperrt, da ein brennender Krieg dazwischenlag.

Siri war die Straße entlang zu Hilding Svanberg auf Rauhala gegangen, beziehungsweise zu Aili. Sicher hatte sie erst versucht, mit der Frau zu sprechen, ihr zu erzählen, dass Ingrid ihre Nichte sei. *Bitte hilf uns.* Und dann hatte sie Aili wahrscheinlich den Brief gezeigt, damit diese ihr glaubte. Aber Aili hatte kein Geld, ohne den Hausherrn durfte sie nichts entscheiden, und so kam Hilding Svanberg hinzu. Er nahm Siri mit in sein Büro und öffnete den Kassenschrank.

Der Preis für ihr Schweigen. Damit Ingrid niemals im Leben Anspruch auf den Hof erhob, damit die Gottesfürchtigen auf Rauhala nie mit Sünde und Hurenkindern in Berührung kämen, damit Gunnar Pelttari für immer vergessen und ausgelöscht war, als hätte es ihn nie gegeben.

Hundert Kronen.

»Na gut, von mir aus, dann bleibst du eben da, verdammt noch mal«, brüllte Åke im Obergeschoss.

Er stieg die Treppe hinunter und ging mit verbissener Miene an Katrine vorbei, die gerade hereingekommen war und im Flur stand. Ohne zu grüßen warf er ihr einen Blick zu, bevor er die Haustür hinter sich zuschlug.

In der Küche stand Eva-Lena und wühlte in der Kühltruhe.

»Wir müssen uns leider eine Pizza aufwärmen, es tut mir leid, aber ich bin nicht zum Kochen gekommen.« Ihre Stimme klang gepresst, weit oben im Hals, als würde sie gleich versagen.

»Was ist denn passiert?«

»Entschuldigung, dass ich mich so aufführe.« Sie sank auf einen Küchenstuhl, machte eine Geste mit dem Geschirrtuch. »Vielleicht können Sie sich selbst einen Kaffee machen? Das habe ich auch noch nicht geschafft.«

»Möchten Sie auch welchen?«

Eva-Lena nickte und schniefte, und Katrine ging zu dem Schrank, in dem der Kaffee war, maß so viele Löffel ab, wie man es ihr erklärt hatte, und füllte ihn in die Stempelkanne. Diese Prozedur schien eine beruhigende Wirkung auf Eva-Lena zu haben.

»Ich hätte es schon heute Morgen begreifen müssen«, sagte sie, »als sie diese große Tasche mit in die Schule nahm, aber irgendwie habe ich es nicht gesehen, hab wohl geglaubt, das wären Trainingssachen. Dabei hat sie doch mit dem Sport aufgehört, nicht mal im Winter konnte man sie zum Skifahren bewegen, obwohl sie das immer so geliebt hat.«

Der Busfahrer habe sie mit dem Handy aus Nikkala westlich von Haparanda kontaktiert, brachte Eva-Lena am Ende heraus. Er sei mit einer Kollegin von Åke verheiratet und habe es merkwürdig gefunden, dass Sofia in seinen Bus gestiegen sei und ein Ticket nach Luleå gekauft habe. Als er mit ihr ins Gespräch kommen wollte, hatte sie nur den Blick gesenkt und etwas vor sich hin gemurmelt. Sie hatten einen Cousin aus Luleå angerufen, der Sofia in Empfang nahm, als sie an der Haltestelle ausstieg, und anschließend hatte Åke sich ins Auto gesetzt, um sie dort abzuholen. Katrine spürte die Erniedrigung fast am eigenen Leib, abgeholt zu werden, aufgehalten zu werden, als die Freiheit greifbar vor ihr lag, nach Hause befördert zu werden zu dem, wovor sie geflohen war, was auch immer es sein mochte.

Eva-Lena sah auf ihre Hände hinunter, die sie an der Kaffeetasse wärmte.

»Åke ist so wütend und schreit sie an, aber ich denke, das macht es nur noch schlimmer. Ich weiß allerdings auch nicht, was wir machen sollen. Wir wollen doch nur, dass sie aufs Gymnasium geht, sonst bekommt sie nie einen Job. Sie macht sich alle Chancen kaputt, anschließend zu studieren.« Die Tränen stiegen wieder hoch, ihre Stimme zitterte. »Man glaubt doch, dass man etwas falsch gemacht hat, wenn das eigene Kind von einem wegwill.«

Katrine fiel darauf nichts ein. Sie war selbst vor ihrer Mutter geflüchtet, sobald sie die Chance gehabt hatte.

»Ist es okay, wenn ich das Zimmer noch eine Nacht miete?«, fragte sie schließlich.

»Natürlich.« Eva-Lena kam auf die Beine und stellte den Ofen an, zog Pizzen aus Kartons. »Es ist genug da, auch für Sie.«

Als Katrine ins Obergeschoss kam, blieb sie eine Weile

zögernd vor ihrem Zimmer stehen. Dann ging sie zu Sofias Tür und klopfte an. Das Mädchen schloss von innen die Tür auf.

»Was machen Sie denn hier?«, fragte sie. »Sind Sie nicht abgereist?«

»Ich habe noch ein bisschen was zu erledigen.«

»Okay.«

»Darf ich reinkommen?«

Sofia zuckte mit den Schultern und verkroch sich in eine Ecke ihres Betts, direkt neben ein Plüschkaninchen. Katrine setzte sich an den Schreibtisch, sie sah, dass der Computer eingeschaltet war.

»Wo wolltest du denn hin?«

»Weg.«

Sofias Augen waren schwarz umrandet, aber das Make-up war nicht verschmiert, geweint hatte sie immerhin nicht.

»Kann ich nicht mit Ihnen mitkommen?«, fragte sie. »Wenn Sie wieder fahren?«

»Du musst doch verstehen, dass das nicht geht.«

Sofia kaute auf ihren Nägeln.

»Sie sehen ja, wie die sind, die Jungs hier, Matti und seine Kumpels. Ich kann hier nicht bleiben. Ich habe das Gefühl, dass ich verschwinde. Also das, was ich bin, verstehen Sie?«

Katrine konnte nur nicken.

»Was schreibst du denn da eigentlich? Darf ich mal lesen?«

Sie wandte sich dem Bildschirm zu. Es war ein Gedicht, ein antiker Schrifttyp, schwarze Gefühle.

Im Traum fliege ich, fliege weit über euch alle hinweg
Nur den Wind höre ich, und den Tod, der in euren Ohren schreit
wenn ich abstürze.
Pale Rider

»Schreibst du viel?«

»Schon einiges.«

»Warum Pale Rider?«

Sofia lachte ein wenig beschämt.

»Ich mag Clint. Er sieht so gut aus.«

Katrine lachte.

»Der ist doch über achtzig. Solltest du nicht eher amerikanische Vampire und so was mögen?«

»Warum müssen mir immer alle Leute sagen, was ich zu mögen habe und was nicht?«

Katrine hörte auf zu lachen.

»Ich hätte nur nicht gedacht, dass Mädchen in deinem Alter Clint-Eastwood-Filme sehen.«

Sofia zeigte auf das Bücherregal. Lange Reihen von VHS-Filmen, ein kleiner Fernseher.

»Matti hält mich für verrückt, er hat ja da unten das krasseste Heimkino, aber ich finde nicht, dass alles immer so protzig sein muss.«

Katrine suchte das Regal ab und zog den Film heraus. Pale Rider, ein Fremder, der durch die Stadt reitet. Ein Mann, der eigentlich der Tod ist und trotzdem zu den Guten gehört, oder wie war das noch mal, eine staubige Dorfstraße, sie erinnerte sich nur noch vage daran.

»Warum gerade der?«

»Weil niemand weiß, wer er ist, und man es auch nicht erfährt.«

»Ja, das klingt wie ein Traum.«

»Hat Mama Sie geschickt, damit Sie mich ausfragen?«

Katrine stellte den Film zurück.

»Nein. Ich wollte dich bitten, mir bei einer Sache behilflich zu sein.«

Jetzt hatte er sie also zusammen, die Nachfahren von Hilding und Aili Svanberg. Ihre Namen standen vor ihm auf der Wand. Bei jedem von ihnen war es denkbar, dass er oder sie gern an zwei Millionen Kronen und ein baufälliges Haus kommen wollten.

Zugvögel, in alle Winde zerstreut.

Er fragte sich, ob es an Hilding Svanbergs Peitsche lag, die in ihrer Erinnerung immer noch durch die Luft pfiff, oder ob sie lediglich dahin gegangen waren, wo es Arbeit gab. Stockholm, Bollnäs, Filipstad, Helsingborg, Södertälje. Der Svanbergske Stammbaum war wie eine Geografie-Lektion über Schweden.

Von den sieben Geschwistern, die zwischen 1931 und 1946 in Rauhala geboren worden waren, lebte nur noch Maja. Thore hatte sie als kleine graue Maus in Erinnerung, zwei Jahre älter als er. In der Schule war sie gut in Mathe gewesen und später selbst Lehrerin geworden. Heiratete und nahm den Namen Berg an. Jetzt saß, oder besser gesagt lag, sie in einem Pflegeheim in Gällivare und hatte sich nie ganz von ihrem letzten Schlaganfall erholt.

Blieb noch die nächste Generation. Thore hatte insgesamt neunzehn Personen ausfindig gemacht, Enkel von Hilding und Aili, von denen nicht einer den Namen Svanberg für die Nachwelt bewahrt hatte.

Er streckte sich nach dem Telefon, hielt es zögernd in der Hand.

Seine Recherche hatte einen Fußmarsch von Hof zu Hof erfordert, und Kaffeekränzchen bei Menschen, die genau im Auge behielten, wer wen heiratete und wer wieder geschieden war, obwohl die Betreffenden schon längst weggezogen waren und mehr als hundert Kilometer weiter südlich wohnten. Thore verstand nicht immer, wie das Informationssystem dieser Menschen funktionierte, aber sie verstanden es.

Maja hatte zwei Kinder bekommen.

Robert Berg in Bollnäs und besagte Gudrun in Stockholm, die einen Mann namens Lundin geheiratet hatte und wieder geschieden worden war und jetzt Petterson hieß wie ihr zweiter Mann.

Sie war die einzige Angehörige, die in jüngerer Zeit in Kivikangas gesichtet worden war, und zwar erst im Januar dieses Jahres. Die Gerüchte besagten, dass Lapp-Erik sie mit dem Gewehr verscheucht hatte.

Er fingerte auf den Tasten seines Telefons herum, eines dieser modernen Dinger, die immer an der falschen Stelle lagen.

Eine Nummer mit der Vorwahl 08, ein Mensch, den er nie getroffen hatte. Das war etwas anderes, als eine alte Flamme anzurufen, und er begab sich damit auf dünnes Eis. Schließlich konnte es zu den Kollegen durchdringen, dass er auf eigene Faust Nachforschungen anstellte. Was dann? Er konnte sich auch aufs Sofa legen und sich nicht darum scheren, dass die Leute umgebracht wurden. Aus irgendeinem Grund musste er an den Traktor denken, der einige Winter zuvor draußen bei Heinäsaari im zugefrorenen Fluss eingebrochen war. Der finnische Fahrer hatte den Mut gehabt, sitzen zu bleiben und das Fahrzeug auf den Boden sinken zu lassen, ehe er die Kabinentür öffnete und nach oben schwamm. Nur deswegen hatte er überlebt.

Thore wählte die Nummer. Die Frau meldete sich nach dem ersten Klingeln, sie musste direkt neben dem Telefon gesessen haben, oder sie trug es mit sich herum.

»Ja, hier ist Gudrun.«

Keine Spur von Tornedalen in ihrem Ton, sie hatte eine vornehme Stockholmer Stimme, von diesem hochschwedischen Mangel an Satzmelodie geprägt. Was wusste sie von Svanbergs Leben, von seinen Geheimnissen und Sehnsüchten?

Thore räusperte sich und sagte seinen Namen.

»Bitte entschuldigen Sie, dass ich Sie in diesen schweren Zeiten stören muss.«

»Wie bitte?«

»Ja, ich war's, der Ihren Onkel tot aufgefunden hat.«

»Aha«, sagte Gudrun Petterson und klang verwundert, vielleicht auch misstrauisch. Man merkte, dass sie nicht wusste, welche schweren Zeiten er gemeint hatte. Er stellte sich eine Dame mit einem dekorativen Hündchen auf dem Schoß vor.

»Ich kannte Lars-Erkki recht gut«, sagte er, »wir haben uns oft unterhalten.«

»Aha?«

Sie klang beunruhigt. Thore hatte in seinem Leben genügend Zeugen befragt, um die unzähligen Bedeutungen herauszuhören, die sich hinter einem Aha verbergen konnten.

»Deshalb wollte ich fragen, wie das mit der Beerdigung geplant ist«, fuhr er fort.

»Wie bitte?«

»Ja, ich wäre gern dabei.« Das war ein Vorwand, um sie anzurufen, und wie er fand, sogar ein ganz passabler. Denn das fragte er sich tatsächlich. Er fragte sich, ob wenigstens ein paar dieser Zugvögel sich die Mühe machen würden, den Sarg mit Lars-Erkkis Leichnam wieder nach Rauhala zurückzubringen, ihn vor dem Hauptgebäude aufzustellen und Abschied zu nehmen – oder vor dem Aitta, das wäre der passende Ort! Damit er dann den Hof verlassen und seine letzte Reise antreten konnte, so, wie es Tradition war.

»Es wird wohl eine Anzeige geben, nehme ich an.«

»Also kümmern Sie sich gar nicht darum? Ich dachte, wo Ihre Mutter doch die nächste Angehörige ist?«

»Meine Mutter ist krank. Sie kann sich nicht um die Beerdigung kümmern.«

Thore lächelte vor sich hin, das war ja richtig amüsant. Zu spüren, wie sie am anderen Ende der Leitung wie ein Wurm am Haken zappelte. Jetzt war es bald an der Zeit, den Fang an Land zu ziehen.

»Aber es ist doch wohl Maja, die ihn beerbt?«

»Was meinen Sie?«

»Ich bin ein Freund der Familie, aber ich bin auch ehemaliger Polizist und weiß, dass noch einige Fragen geklärt werden müssen, ehe man den Nachlass inventarisieren und das Erbe teilen kann, besonders in diesem Fall. Aber danach haben die ermittelnden Polizisten Sie bestimmt auch schon gefragt.«

»Wonach? Was sollten sie gefragt haben?«

»Na, zum Beispiel, warum Sie der Meinung waren, dass Lars-Erkki ein Pflegefall war.«

»Wir mussten diesem armen Menschen doch helfen.«

»Also kamen Sie deshalb im Januar nach Kivikangas? Um ihm zu helfen?«

Thore musste sich anstrengen, höflich zu bleiben. Als hätte es Lapp-Erik glücklicher gemacht, in einem Heimzimmer eingesperrt zu sein und zu wissen, dass heute Donnerstag war.

Gudrun Petterson schnappte heftig nach Luft.

»Ich bin tausend Kilometer mit dem Zug gefahren und dann auch noch mit dem Bus bis in diese Wildnis, ja, ich fliege nicht mehr, nicht nach diesen schlimmen Terrorangriffen, und dann werde ich verjagt wie ein ... wie eine Verbrecherin! Mit dem Gewehr. Er war völlig von Sinnen.«

»Wollten Sie ihn auch entmündigen?«

»Er lebte ja unter menschenunwürdigen Verhältnissen. Nicht einmal eine Toilette gab es dort. Gott weiß, wo er sein Geschäft erledigt hat.«

»Also ist es Ihnen doch gelungen, ins Haus zu kommen und einen Blick hineinzuwerfen? Nach der Toilette, meine ich?«

Es wurde still in der Leitung. Man hörte nur noch Rauschen. Seelenqual und Scham am anderen Ende, so hoffte er jedenfalls, und notierte sich auf seinem Block: Lügt.

Gudrun Petterson war nie im Aitta gewesen. Sie wusste nicht, wie er dort drinnen lebte. Und war der Brief an die Kommune nicht schon zwischen den Jahren abgeschickt worden?

»Der Hof verfiel doch völlig«, fuhr sie weinerlich fort. »Es war unser aller Erbe, aber man hätte meinen können, dass es nur einen Menschen in dieser Familie gab, nur einen, der Anrecht auf das väterliche Erbe hatte.«

»Und es ist ja auch nicht wenig Geld«, warf Thore ein. »Wer hätte gedacht, dass der Alte so reich war.«

Erneutes Schweigen.

»Aha!«, rief sie aus. »Jetzt verstehe ich! Diese verwirrte Nachbarin rennt durch die Gegend und verbreitet Unsinn.« Sie klang erleichtert, aber dennoch angestrengt. »Ich habe wohl ein paar undurchdachte Sachen gesagt, aber ich war völlig außer mir, verstehen Sie, er hatte ja erst kurz davor mit dem Gewehr auf mich gezielt, ich glaubte, dieser Irre würde mich umbringen.«

Thore umklammerte den Hörer. Sie sprach nicht über das Geld auf der Swedbank, sondern über die Gerüchte, Lars-Erkki hätte Geld im Aitta. Gudrun Petterson wusste also nichts von dem Vermögen auf seinem Konto. Die Summe leuchtete ihm von dem Zettel an seiner Wand entgegen. Zwei Millionen, oder genauer gesagt: Zwei Millionen einhundertsiebenundvierzigtausenddreihundert Kronen und ein paar Zerquetschte, am Ende war es ihm gelungen, sie zu entziffern, all die kleinen Zahlen auf dem Kontoauszug.

»Und was wird jetzt aus dem Hof?«, fragte Thore freundlich. »Gibt es einen Verwandten, der ihn übernehmen wird?«

»Nein, was sollen wir denn damit?«

»Ich meine, weil es Ihnen plötzlich ein solches Anliegen war, dass Lars-Erkki auszieht.«

Er hörte sie flach atmen, als bliebe ihr gleich die Luft weg.

»Warum rufen Sie mich an?«, fragte sie mit zitternder Stimme. »Ich bin nicht die Einzige, die diese Briefe bekommen hat.«

»Welche Briefe?«

»Was bilden Sie sich eigentlich ein, bei mir anzurufen und mir Vorwürfe zu machen? Das waren wir nicht. Wir haben nichts damit zu tun, wir waren das nicht!«

»Aber das habe ich doch auch wirklich nicht ...«

Er sprach ins Leere. Gudrun Petterson hatte aufgelegt. Ihre Stimme gellte immer noch in seinem Kopf. Thore ließ den Hörer auf seine Beine sinken und betrachtete den Namen der Frau in der großen Gruppe der Angehörigen. Was waren das nur für Menschen?

Ein Schlag ließ ihn zusammenzucken. Die Haustür! Der Hund schreckte hoch und bellte.

»Hallo?«, rief er und klammerte sich mit beiden Händen an den Armlehnen fest, verflucht, er hatte vergessen, sein Schmerzmittel zu nehmen, jetzt kam er nicht mal mehr aus diesem jämmerlichen Sessel hoch. »Wer ist da?«

Katrine zog die Schuhe aus und wich dem Hund aus, der an ihren Füßen herumschnüffelte. Sie fand Thore Palo in dem Raum hinter dem Wohnzimmer, dessen Tür bei ihrem letzten Besuch geschlossen gewesen war.

»Ich hoffe, es ist okay, dass ich einfach reingekommen bin«, sagte sie.

»Gewiss, gewiss.«

Ihr fiel auf, dass die Türschwelle entfernt und die Tür verbreitert worden war, was nicht mit den Proportionen des Zimmers übereinstimmte.

»Das war Kyllikkis Zimmer.« Die Sehnsucht in seiner Stimme, die Jahre der Liebe. »Sie wollte die letzte Zeit zu Hause gepflegt werden, in diesem Punkt war sie sehr entschieden.«

Er saß auf einem Sessel mitten im Zimmer, die Muskeln angespannt, das Gesicht verkniffen.

»Ist alles in Ordnung?«, fragte sie.

»Mein Rücken plagt mich etwas, wahrscheinlich ein eingeklemmter Nerv.«

Er machte eine abwehrende Handbewegung.

»Das erlebt man ja nicht zum ersten Mal, aber irgendetwas ist mit diesem Sessel ...«

»Brauchen Sie Hilfe?«

Thore biss die Zähne zusammen und sah weg. Katrine ging zu ihm, packte ihn unter den Armen, den Rücken gerade, die Knie gebeugt, er war schwer, aber ihr Körper hatte den Griff seit ihrem ersten Ferienjob im Krankenhaus von Beckomberga verinnerlicht.

»Was machen die Nachforschungen?«, fragte er, als er wieder auf den Beinen war.

»Es läuft ganz gut, glaube ich, aber da ist noch etwas, was ich fragen wollte. Sie hatten mal einen Raubüberfall erwähnt, weil Sie doch in den alten Fällen forschen ... der Überfall auf die Landwirtschaftskasse in Kivikangas.«

Thore hielt sich am Türrahmen fest.

»Das war in den 1930ern ...«

»August 1931.«

»Wenn Sie den blauen Ordner da nehmen.« Er zeigte darauf, und Katrine ging zum Bücherregal. Als sie sich umdrehte, stutzte sie. Die Wand an der Längsseite des Zimmers war mit großen Papierbögen und bunten Post-it-Zetteln bedeckt, die direkt auf der Tapete klebten, ein Wirrwarr aus eingekreisten Notizen, Pfeilen und Strichen. In einem Kreis in der Mitte stand mit schwarzem Filzstift Rauhala, darüber der Name Svanberg. Ringsherum gab es Zeitangaben, Namen, eine Gudrun Petterson war doppelt eingekreist.

»Haben Sie eine eigene Ermittlung begonnen?«

»Nein, nein, das sind nur ein paar kleine Grübeleien.« Er winkte ab. »Den Fall müssen die Kollegen lösen.«

»Ich habe gesehen, dass Sie dem Hinweis auf die Russen nachgehen.« Katrine folgte mit den Augen dem Strich, der zum Zettel »blauer Volvo 740« führte.

»Sie spielen gern mit der Angst vor dem Russen«, sagte Thore und verließ das Zimmer. Sie folgte ihm erleichtert. Dort drinnen schwelte etwas Schweres und Unabgeschlossenes, von dem sie ahnte, dass es der Tod war oder vielleicht die Trauer um die Verstorbene, sie wusste nicht, was schlimmer war.

»Wenn Sie mich entschuldigen würden ...«

Mit steifen Beinen stakste er Richtung Küche, und Katrine hörte das Wasser rauschen, das Gemurmel mit dem Hund. Die Vormittagssonne war erstaunlich hoch gestiegen. Sie bemerkte, dass die Fenster ordentlich geputzt waren. Ein anderes Mal würde sie ihm alles über die Baracken beim Onega-Werk und das Untersuchungsgefängnis in Petrosawodsk erzählen, aber nicht jetzt, dann wäre der Tag gleich wieder vorbei und sie wäre gezwungen, noch eine Nacht in dem Gästezimmer zu schlafen, das sie allmählich klaustrophobisch werden ließ, es erinnerte sie zu sehr an ihr eigenes Jugendzimmer.

»Der Raubüberfall auf die Landwirtschaftskasse, ja.«

Thore sank neben ihr auf das Sofa und öffnete den blauen Ordner. Katrine versuchte, über seine Schulter hinweg etwas zu erkennen. Schreibmaschinentext auf einem gewöhnlichen A4-Blatt.

»Gab es Verdächtige?«

»Aus den Ermittlungsakten geht nichts dergleichen hervor. Eine Zeit lang glaubte man wohl, Carl Pelttari hätte den Überfall selbst geplant. Wie Sie hier sehen, hat man ihn Ende August 1931 mehrmals zum Verhör einbestellt, aber er wurde nicht festgenommen.« Thore reichte ihr den Ordner. »Lesen Sie selbst.«

Die Straftat war auf zwei Seiten zusammengefasst. Einige Absätze schienen direkt aus den Polizeiprotokollen entnommen, andere Passagen waren lebendiger erzählt, als hätte hier jemand geplant, seine Berichte in einem kleinen Buch zu sammeln. Katrine überflog die Beschreibung des Tathergangs und hielt bei der Befragung von Oskar Björnfot inne.

Um kurz nach acht am Abend war er zu Carl Pelttari gekommen, um etwas auf das Konto seiner Eltern einzuzahlen. Es solle eine Sicherheit für sie sein, hatte er erzählt, da er selbst in einigen Tagen in die Sowjetunion gehen würde. Sein Bruder war bereits ausgewandert.

Also stimmte das, registrierte sie und las weiter.

Es war nicht ungewöhnlich, dass jemand abends kam, um etwas einzuzahlen oder abzuheben. Tagsüber waren die Bauern ja immer vollauf beschäftigt. Carl Pelttari hatte den Schlüssel genommen und war mit Oskar Björnfot von der Sommerküche in den Hof gegangen, zum Hauptgebäude, wo das Büro lag. Die Räuber hatten ihnen hinter der Tür aufgelauert. Oskar Björnfot hatte sie gar nicht sehen können. Seine Verletzungen waren dokumentiert, ein Fausthieb ins Gesicht, eine Beule am Hinterkopf. Die Polizei hatte keinen Grund gesehen, ihn dazubehalten.

Und vier Tage später ist er in die Sowjetunion gegangen, dachte sie.

»Sie interessieren sich also auch für Lokalgeschichte?«, fragte Thore.

Katrine lächelte ihn an und las weiter. Sie hielt den Atem an, als der Name Kankanranta auftauchte. Irgendein Seth Kankanranta. Der Mann auf dem Hochzeitsfoto über dem Sekretär?

»Der Großvater mütterlicherseits Ihrer Mutter«, erklärte Thore.

Kurz vor dem Überfall hatte man Seth Kankanranta ein Boot gestohlen. Zwei Tage später wurde es draußen bei Heinäsaari wiedergefunden.

»Eine der Inseln«, erklärte er. »Früher brachte man die Kühe im Sommer zum Grasen dorthin. Sie gehört zu Schweden, aber von dort aus ist man schnell auf der finnischen Seite, also ist man davon ausgegangen, dass die Räuber damals nach Finnland geflohen sind.«

Man hatte die Polizei in Torneå kontaktiert, doch ohne Ergebnis.

Katrine schlug den Ordner zu.

»Zwei ungelöste Verbrechen auf demselben Hof«, sagte sie. »Glauben Sie, dass das ein Zufall ist?«

»Derselbe Täter kann es kaum sein.« Eine plötzliche Schärfe in seinem Blick brachte sie dazu, wegzusehen. Als beginge sie ebenfalls ein Verbrechen, wenn sie schwieg und ihm ihren Verdacht nicht mitteilte, als sei er immer noch Polizist. Und gleichzeitig hatte sie tatsächlich das Gefühl, als sei das, was vor langer Zeit passiert war, noch lange nicht abgeschlossen. Die Gegenwart war nur eine dünne Schicht über dem Vergangenen, ein dünnes Eis, auf dem die Menschen umherschlichen, etwas vertuschten, verbargen, verschwiegen, es war noch lange nicht vorbei.

»Wie auch immer, wir werden es nie erfahren«, sagte er und schlug mit der Hand auf den Ordner. »Es sei denn, sie bauen irgendwann einmal eine neue Straße und finden die Beute in irgendeinem Moor.«

»Oder draußen auf der Insel.«

»Haben Sie den Bericht nicht zu Ende gelesen? Sie haben tagelang dort gegraben.«

Draußen im Flur reichte sie ihm die Hand, bedankte sich vielmals und sagte Adieu.

»Falls in dieser Gegend überhaupt noch mal neue Straßen gebaut werden«, führte Thore Palo seinen angefangenen Gedanken fort.

Der Schnee lag makellos und wellenförmig auf den Gräbern, dazwischen ein paar vereinzelte Fußspuren von den Lebenden. Hie und da ein flammender Farbtupfer von Blumen; Grablichter, die verloschen und in den Schnee eingesunken waren.

»Ich bin gern hier«, sagte Sofia und ging auf dem geräumten Weg voraus. »Es ist so ruhig. Niemand kann ihnen mehr etwas Böses antun.«

Zwischen ein paar hohen Birken blieb sie stehen und deutete auf etwas. »Gruselig ist nur, dass manche noch gar nicht tot sind, und ihre Namen stehen trotzdem schon da.«

Katrine beugte sich vor und las die Inschrift. Der Mann war vor zehn Jahren verstorben, aber das Todesdatum seiner Ehefrau, Helga Mäkitalo, stand noch nicht fest. Es gab eine Lücke für diesen Zeitpunkt, sie versuchte das nachzuvollziehen. Gab es einen Rabatt, wenn man beide Namen gleichzeitig eingravieren ließ? Oder war es ein Akt der Liebe, der die Ehe überdauerte, das, was es wirklich hieß, sich bis in alle Ewigkeit zu lieben, Amen? Bis dass der Tod uns scheidet – doch nicht einmal der Tod sollte das Ehepaar Mäkitalo scheiden, es war, als würde er den Arm aus dem Grab strecken und sie zu sich hinunterziehen, ein klaustrophobisches Gefühl: zu wissen, wo das Leben einmal enden wird.

»Was passiert wohl, wenn sie jemand Neues kennenlernt?«, fragte Katrine.

»Hier? In Kivikangas?«

Sofia verzog das Gesicht und ging weiter in Richtung der Steinmauer hinter der Kirche. Es war eine weiße Holzkirche ohne Turm. Als sie das Gebäude umrundet hatten, sah Katrine, dass der Turm sich dahinter befand, direkt auf dem Boden, als hätte das Gotteshaus seinen Hut abgenommen.

»Hier ist es«, sagte Sofia.

Es war ein kleiner Stein im Schatten von riesigen Familiengräbern. Nur ein einfacher, grauer. Keine polierte Oberfläche wie bei den feineren Grabmalen. Dieser hier war schief und uneben, der Text kurz und unsentimental. Siri Kankanranta. Am 18. Januar 1911 geboren, am 3. Mai 1974 gestorben. Das war alles.

Katrine holte einen kleinen Teelichthalter hervor, den sie bei IKEA gekauft hatte, und stellte ihn in den Schnee. Ihre Finger gefroren zu Eis, als sie versuchte, das Streichholz zu entzünden.

Dreiundsechzig, dachte sie. Sie wurde nur dreiundsechzig Jahre alt.

Der Wind blies die Streichhölzer immer wieder aus, erst beim vierten Mal brannte der Docht. Die Flamme flackerte.

»Das wird ausgehen«, sagte Sofia.

Katrine stellte das Licht näher an den Stein, grub eine kleine Mulde, damit es geschützt war. Versuchte Frieden und Stille herbeizuführen, eine Art Nähe zu spüren. Die Kälte des Bodens kroch durch ihre Schuhsohlen. Sie legte eine Hand auf den unberührten Boden, drückte einen Abdruck hinein und stand wieder auf.

In der Nähe kniete eine ältere Frau nieder und verschwand hinter einem größeren Grabstein.

»Weißt du, wo die Pelttaris liegen?«, fragte Katrine.

»Ich habe doch gesagt, dass ich alle Gräber auswendig weiß.«

»Unglaublich.«

Carl und Hilma Pelttaris Familiengrab lag direkt neben der Kirche, ein hübscher Ort, der von Birken beschattet wurde und einen freien Blick auf den Fluss bot.

»Ich habe eine Art Wettbewerb mit mir selbst geführt, als ich hier gearbeitet habe«, erklärte Sofia. »Jeden Tag musste ich zehn Namen lernen und mir Melodien zu den Namen ausdenken, die ich dann im Kopf vor mich hin gesungen habe.«

Dieser Stein war von einem ganz anderen Format als Siris anspruchsloser, roher Granit mit dem eingravierten Kreuz. Sie waren einander bis in den Tod gefolgt, Hilma hatte ihren Mann nur um drei Monate überlebt. Die Eltern meines Großvaters, der Mann, der seinen Sohn vor die Tür gesetzt hatte, und die Frau, die dies zuließ. Katrine konnte auch hier keine Nähe empfinden, ein stummer Stein, metertiefer Schnee. Wenn ihre Wurzeln hier zu finden waren, war es ohnehin zu spät. Sie konnte sie schwerlich wieder ausgraben, sie waren mausetot und verwest, und im Übrigen reichte der Frost mindestens einen Meter tief in den Boden. Und überhaupt, Wurzeln – es waren wohl doch nur die Bäume, die Wurzeln hatten.

»Ich frage mich, ob Lapp-Erik dort begraben werden soll«, sagte Sofia und nickte zu dem Stein daneben, der fast doppelt so hoch war wie der der Pelttaris und einen langen Schatten warf, die Namen schimmerten leicht golden. Wenn Hilding Svanberg gepredigt hatte, dass der Mensch im Leben vor Gott klein sein sollte, hatte er offenbar eine andere Auffassung, was den Tod betraf. Der Name seiner Ehefrau war in etwas kleineren Lettern eingraviert als sein eigener. Auch ein kleiner Arne ruhte dort, er war im Juni 1941 geboren und nur drei Wochen später gestorben.

»Glauben Sie, dass man sie fassen wird?«

»Die Mörder von Lapp-Erik? Sieht nicht so aus.« Katrine schielte zu ihr hinüber. »Falls es tatsächlich mehrere waren.«

»Einer allein kann es nicht getan haben.« Sofia starrte mit leeren Augen auf den Granit. Von einem Ast rieselte Schnee herab, als ein paar Krähen sich darauf niederließen.

»Warum glaubst du das?«, fragte Katrine. »Die Polizei weiß nicht, wie viele es waren. So steht es jedenfalls in der Zeitung.«

»Ach, ich weiß auch nicht.«

Sofia wandte sich ab und ging auf das Tor zu. Dünne Beine und ein bulliger Daunenjackenrücken, die Hände in den Taschen vergraben.

Katrine holte sie ein.

»Was sagen die Leute eigentlich, hast du mehr gehört als das, was die Zeitungen über den Mord schreiben?«

Sofia zog sich die Mütze so tief in die Stirn, dass man ihre Augen gerade noch sehen konnte.

»Ich muss jetzt nach Hause«, sagte sie und ging davon.

Uhtua, den 4. März 1933

Liebe Siri!

Wir haben einen schweren Winter, aber es sind Fortschritte zu verzeichnen. Die Arbeit mit der Straße 89 geht voran, obwohl es an Materialien fehlt. Es gibt Saboteure, die diese Strecke verhindern wollen. Die Sowjetunion hat viele Feinde. In der Zeitung haben wir gelesen, dass die Menschen in Europa gezwungen sind, die Überreste von ihresgleichen zu essen. Wie übersteht Ihr die Hungersnot? Im Winter sind hier in Uhtua viele Kinder gestorben, auch schwedische. Die Ärzte können nichts tun, und das, obwohl die Sowjetunion die beste Gesundheitsversorgung hat. In diesen Zeiten muss ich an Euch daheim denken. Was wäre, wenn das Mädchen krank werden sollte?

Im Sommer sollen die Ziele des Fünfjahresplans erreicht sein, ein ganzes Jahr früher! Dann hole ich Dich und die Kleine.

Ich verspreche es.

Dein Gunnar

Das Porzellan stellte sie zurück in den Schrank. Lediglich ein Foto von Siri und Ingrid verschwand in der Handtasche, zusammen mit den Briefen und dem Manifest, mehr nicht. Sie zögerte lange vor den Kleidern im Koffer, das grüne Kleid war zu kurz, aber vielleicht konnte sie es als Tunika tragen. Katrine hielt es hoch und stellte fest, dass die bankrotte Arbeitgeberin ihrer Tante in den USA immerhin breite Schultern gehabt hatte. Dann legte sie das Kleid wieder in den Koffer zurück und schob ihn unter das Ausziehsofa.

Sie warf einen letzten Blick in die Pörte und fragte sich, ob etwas übrig bliebe, wenn der neue Besitzer käme und alles renovierte, das Mauerwerk vielleicht? War es nicht eigentlich gut, dass hier jemand einen Neuanfang starten konnte, ohne Sorgen und Sehnsüchte und anderen Mist im Gepäck?

Sie schloss das Haus ab und blieb auf der Treppe stehen. Sah auf den Fluss hinunter, nahm einige tiefe Züge von der klaren, eiskalten Luft. Auf der finnischen Seite flogen die ewigen Motorschlitten lärmend über das Eis.

Sie dachte an Ingrid. Der Frühling musste schon da gewesen sein, im Mai 1974, als sie ihre Mutter beerdigte und Katrine in ihrem Bauch trug. Sie musste hier auf der Treppe gestanden haben – und was hatte sie gefühlt? Katrine blickte in die endlose Weite, meinte, eine endgültige Einsamkeit zu fühlen. Das Wissen, die gesamte Kindheit hinter sich zu lassen, niemanden mehr auf der Welt zu haben, der wusste, wer sie eigentlich war.

Oder war das Freiheit?

Sie beugte sich hinunter und tastete nach dem kleinen Nagel, den sie unter der letzten Treppenstufe gefunden hatte. Hängte den Schlüssel auf.

Als sie langsam wegfuhr, sah sie im Rückspiegel, wie das Kankanrantahaus zwischen den Birken zu einem undefinierbaren Grau verschwamm, und dann war es fort.

»Himmel Herrgott Sakrament!«, sagte Empo Björnfot und hieb mit der Faust auf das Radio, sodass es jäh verstummte. »Die Arbeiter verkaufen sich für ein paar Hunderter mehr im Portemonnaie, und die Arbeitslosen trifft es am schlimmsten, es ist dieselbe rechte Politik wie damals, nur im neuen Gewand.«

»Apropos arbeitslos«, sagte Katrine. »Wie konntet ihr euch eigentlich die Fahrkarten in die Sowjetunion leisten?«

Empo schlurfte zur Spüle und ließ Wasser in einen Topf laufen.

»Ich habe nur Pulverkaffee. Schmeckt beschissen, aber sie haben mir die Kaffeemaschine weggenommen. Könnte ja brennen, wenn ich vergesse, sie auszuschalten.«

»Ihr wart das, oder? Du und Gunnar, ihr habt die Landwirtschaftskasse überfallen.«

Der Alte schwankte kurz, aber dann schien es ihr, als würde er sich aufrichten, erfüllt von einer Stärke, die eigentlich nicht mehr da war, an die der Körper sich jedoch noch erinnerte, und für einen Augenblick konnte sie den unbesiegbaren Sechzehnjährigen sehen, der seinen Rücken weder vor Strapazen noch vor Obrigkeiten gebeugt hatte, der große Träume wagte und Gefahren nicht scheute.

»Scheiß der Hund drauf«, sagte er und balancierte das heiße Wasser in einer lebensgefährlichen Aktion auf seinem Rollator zurück zum Tisch. Sie verzichtete darauf, aufzustehen und ihm zu helfen. Lass ihn, dachte sie, lass ihn doch wenigstens der einzigen Frau, die nicht bloß gekommen ist, um ihm den Hintern abzuwischen, einen Kaffee servieren.

»Du bist doch wohl nicht von der Polizei?«, fragte er, blinzelte ihr zu und setzte sich.

»Nein«, antwortete sie, »und ich verspreche, dass ich es niemandem verrate, wenn du es nicht willst.«

»Du könntest ja ein Buch darüber schreiben«, sagte er, »so einen Krimi.«

Seine Augen blitzten schelmisch.

Sie hätte nicht gedacht, dass es so leicht werden würde. Als hätte er nur darauf gewartet, dass endlich jemand danach fragte. Achtzig Jahre lang hatte er das Geheimnis für sich behalten. Achtzig Jahre! Empo Björnfot rührte in seinem Kaffee, vergaß jedoch zu trinken.

Es sei die Ungerechtigkeit gewesen, die ihnen so unerträglich erschienen sei, in diesem verfluchten August 1931. Es schien, als würde nicht einmal Oskar loskommen, obwohl er doch von der Sowjetunion eingeladen worden war! Aber den Rat der Armenfürsorge in der Karl-Gustavs Kommune hatte das überhaupt nicht beeindruckt, sie gaben aus Prinzip keinen Zuschuss für Sowjetreisen. Die Leute aus Kiruna, die weder ein Parteibuch noch eine einzige Öre in der Tasche hatten, die durften fahren, während rechtgläubige Kommunisten und fähige Revolutionäre in diesem verfluchten Kivikangas bleiben sollten.

Erst war es wohl nur eine fixe Idee von Gunnar gewesen, die er eines Abends dort oben auf dem Dachboden der Björnfots ausgesprochen hatte. Die beiden Brüder hatten dem Vater einen Viertelliter gemopst, und die Maräne hatten sie selbst aus dem Wasser gezogen und gegrillt, das Fleisch mit den Fingern direkt vom Fisch gezupft.

Natürlich gäbe es welche, die Geld hätten, schwadronierte Gunnar, diese elenden Bauern, die sich der Revolution in den Weg stellten. Jetzt horteten sie ihre Vorräte. In der Sowjetunion hätten die Bauern konterrevolutionäre Verbände gegründet, sogar ihre Ernte würden sie verbrennen, damit das Essen nicht dem Volk zukäme. Wenn die Krise schlimmer werden würde und das Essen knapp, würden sie ihr Eigentum auch hier bewachen, sie würden auf die Arbeiter schießen, wie man es schon in Ådalen getan hätte, nie im Leben würde ein rechter Bauer seine Lebensmittel mit einem verhungernden Revolutionär teilen. Das hatte Gunnar am eigenen Leib erfahren.

Ja, Geld gäbe es durchaus, sagte er. Er habe die Bauern aus dem Dorf Hundertkronenscheine und mehr einzahlen sehen, als er nebendran gesessen habe, um zum Assistent an der Kasse ausgebildet zu werden, ehe sein Vater ihn hinauswarf.

Sie hatten es viele Nächte lang diskutiert. Oskar war es gewesen, der die Idee immer infrage gestellt hatte. Immerhin wäre es doch Gunnars eigen Fleisch und Blut, für so was konnte man in der Hölle schmoren, und was, wenn sie gefasst würden? Die Hölle gäbe es nicht, erwiderte Gunnar. Die Hölle befände sich hier auf Erden, in der Sowjetunion risse man jetzt die Kirchen ab.

»Wir haben sie alle an der Nase herumgeführt, ha, was haben wir sie an der Nase herumgeführt!«

Empo Björnfot lachte und prustete, dass die Asche aus dem Aschenbecher stob.

Schon am siebten August hatten sie sich von der Familie Björnfot und den anderen aus dem Dorf verabschiedet. Für Gunnar gab es natürlich keinen Abschied von der Familie, aber von Siri. Er blieb lange weg, ehe er zum Treffpunkt am Ufer des Flusses kam. Fast hätte Empo geglaubt, dass er es sich anders überlegt hatte. Erst viel später, als sie in Sowjetkarelien ankamen, erfuhr er, warum Gunnar damals so lange gebraucht hatte. Siri hatte ihm berichtet, sie wisse nun sicher, dass sie Gunnars Kind erwarte. Empo hatte geschworen, es niemandem zu erzählen. Wenn Seth Kankanranta herausfand, wer der Vater war, würde er sie nie freigeben, eher würde er zulassen, dass sie in den Fluss ging, als dass sie einen Kommunisten heiratete und in die Sowjetunion emigrierte. Gunnar hatte gezögert, natürlich hatte er gezögert, sie zu verlassen, wenn es so um sie stand, und Siri wollte ja mitkommen, sie wäre bereit gewesen, das Dorf zu verlassen, nur mit den Kleidern, die sie am Leib trug, aber er konnte eine schwangere Frau nicht auf eine solche Reise mitnehmen, zu gefährlich war das, was noch vor ihnen lag.

Zwei Tage lang hatten sie sich draußen auf einer der kleineren Inseln versteckt. In der Nacht zum neunten August schwammen sie kurz hinter der Ortsgrenze an Land. Sie ließen ihre Kleider im Wind trocknen, im Wald, der an das Moorgebiet westlich von Rauhala grenzte. Genügend Proviant hatten sie, Empos Mutter hatte ihn bei den Verwandten gesammelt – im Glauben, dass sie schon auf dem Weg in die Sowjetunion seien. Außerdem hatte Siri bei sich zu Hause geräucherten Speck gestohlen und ihn Gunnar zugesteckt.

»Solchen Speck essen wir bald jeden zweiten Tag«, hatte Empo gesagt, als sie am Waldrand lagen und hinauf in die Kiefernwipfel blickten.

Am Morgen, als alle auf den Wiesen waren, um das Heu einzuholen, hatten sie sich wieder ins Dorf geschlichen. Sie versteckten sich in einem Verschlag unter der Treppe von Rauhala und warteten, bis es Abend wurde, bis sie hörten, wie die Tür geöffnet wurde und Oskar das Signal gab.

Es war Gunnar, der zuschlug, mit dem Stiel eines Spatens traf er Carl Pelttari am Kopf. Der ging sofort zu Boden, und Gunnar band ihm einen Schal um die Augen. Er fesselte ihm die Handgelenke, und dann musste Empo ihn bewachen, während die anderen den Kassenschrank plünderten.

Ehe sie Rauhala wieder verließen, verpassten sie Oskar noch einen Fausthieb. Er verlangte auch einen Schlag mit dem Spaten, damit es eine richtige Beule würde. Zu Empos Verdruss übernahm Gunnar beides, dabei hätte Empo seinem Bruder zu gern selbst einen drübergezogen; für alles, was er immer von ihm hatte einstecken müssen.

Empo und Gunnar rannten davon, zum Treffpunkt einen Kilometer südlich den Fluss hinunter. Den wahren Namen des Skippers erfuhren sie nie, nur dass er Jussi gerufen wurde. Er fuhr sie zum Kukkola-Wasserfall, wo sie von Bord gingen, kurz bevor die Strömung reißend wurde. Drei Wochen lang hatten sie sich versteckt, hatten sich langsam vom Wald in Richtung Schärengarten bewegt. Niemand war auf die Idee gekommen, in dieser Richtung nach ihnen zu suchen. Seth Kankanrantas Boot, mit dem sie vor dem Überfall auf die Insel geflohen waren, wurde auf Heinäsaari gefunden, und alle nahmen an, dass die Diebe es dort hinterlassen hatten.

»Und so war es ja auch«, sagte Empo Björnfot und kicherte. »Nur haben wir es eben schon vor dem Überfall dort gelassen.«

Von dem erbeuteten Geld hatte ihre Kontaktperson einen gebrauchten Traktor und einen PKW gekauft. Oskars Ticket war als Vorschuss gezahlt worden. Empo und Gunnar bekamen die Einreisegenehmigung, Tickets und Pässe in die Hand gedrückt, kurz bevor sie an Bord des Schiffs schlichen. Es waren richtige Pässe, keine falschen, wie sie im Umlauf waren, um alle möglichen Leute einzuschmuggeln. Und daheim hatte niemand einen Verdacht gegen sie gehegt, wie sie später von Oskar erfuhren. Alle hatten schließlich geglaubt, sie wären bereits auf dem Weg in die Sowjetunion gewesen, als der Raub begangen worden war.

In der Nacht legten sie von Seskarö ab, und nachdem sie in Stockholm umgestiegen waren, fuhren sie im hellsten Tageslicht mit der sowjetischen *Proletarij* nach Leningrad. Niemand würde je erfahren, wie alles vor sich gegangen war.

»Schon auf dem Schiff, in der Nacht, als wir ablegten, sagte er, dass er nie wieder zurückkehren könnte, was auch immer geschehen würde – nicht nach dem, was er getan hatte.«

Katrine entschuldigte sich und ging zur Toilette, sie hatte die ganze Zeit ausgeharrt, um ihn nicht zu unterbrechen, bis er am

Ende der Geschichte angekommen war. Sie pinkelte hockend, ohne sich hinzusetzen, um nicht mit den braunen Flecken auf der Klobrille in Berührung zu kommen.

Jetzt blieb ihr nur noch eine knappe Stunde, bis ihr Flug ging. Sie holte ihre Jacke und zog sie sich in der Küche an.

»Willst du gar nicht wissen, was mit deinem Bruder geschehen ist?«, fragte sie.

»Ich weiß nicht ...« Empo Björnfot betrachtete das Muster seiner Gardine, ein verkrampftes Schweigen. Als er sich wieder umdrehte, war die Abenteuerlust aus seinem Blick gewichen, das jungenhafte Blitzen verschwunden und unter den schweren Augenlidern nur noch Trauer und Vergänglichkeit zu sehen.

»Dafür ist es wohl zu spät«, sagte er dann.

Ingrid Hedstrand war in eine andere Abteilung verlegt worden, drei Stockwerke weiter oben, mit Aussicht über das Järvafältet und die bogenförmigen Wohnblockreihen auf dem Aspnäsvägen, die im Volksmund Bananenhäuser hießen. Katrine stand am Fenster im Gemeinschaftsraum, während das Personal ihrer Mutter beim Toilettengang half. Wie schnell diese Häuser aus dem Acker gestampft worden waren; ein geschichtsloser Ort.

Kurz darauf ließ sie die Höhe und den Schwindel hinter sich und setzte sich zu ihrer Mutter.

Sie hatten ein Treffen mit der Pflegeberaterin gehabt, und alle waren sich einig, dass Ingrid in eine Wohngruppe ziehen sollte. Es musste nur erst jemand sterben, damit ein neuer Platz frei wurde.

Katrine versuchte, den Blick ihrer Mutter einzufangen.

»Es sind nur ein paar Seiten, die du unterschreiben müsstest, damit Anders und ich uns um alles kümmern können.«

Sie ahnte, dass Ingrid mehr verstand, als sie zu erkennen gab. Man konnte es in ihren Augen sehen, konnte ihre Präsenz im Raum spüren. Katrine hatte lange bei ihr gesessen und von Kivikangas erzählt, vom Schnee, der ihr bis zur Hüfte gereicht hatte, und von Anna, die in Ingrids Klasse gegangen war, und dass sie eine Kerze auf Großmutters Grab angezündet und die Kleider auf dem Dachboden gefunden hatte. Sie hatte das Foto von Siri und Ingrid auf den Nachttisch gestellt, und Ingrid hatte es lange in der Hand gehalten und betrachtet und irgendetwas auf Tornedalfinnisch gemurmelt.

Katrine schob die Kaffeetasse beiseite und legte ihr die Vollmacht hin.

»Du musst nur hier unterschreiben«, sagte sie, »damit wir das Haus verkaufen können.«

Ingrid reagierte nicht.

»Es tut dem Haus nicht gut, wenn es leer steht, Mama, es verfällt.«

Ihre Mutter presste die Lippen zusammen. Setzte den Stift mit zitternden Händen auf das Papier.

»Wir müssen ja auch deine Rechnungen bezahlen können.« Katrine nahm die Hand ihrer Mutter und führte sie an die richtige Stelle. Sie schrieb langsam, eine krakelige Schrift, die Katrine kaum wiedererkannte. Nach dem Vornamen begann sie mit einem großen Buchstaben, formte mühevoll ein K. Ein Beben erfüllte den Raum. Kankanranta, schrieb sie, Ingrid Kankanranta.

»Nein, Mama, du kannst nicht Kankanranta schreiben.«

Zum Glück hatte Anders sicherheitshalber gleich drei Kopien ausgedruckt.

»Ingrid Hedstrand musst du schreiben, Kankanranta hast du als Mädchen geheißen, aber das ist lange her.« Die magere Hand auf einem neuen Papier. Katrine sagte ihr den Namen noch einmal ins Ohr, damit sie ihn diesmal richtig schrieb, so leise sie konnte, damit die Alten drüben auf dem Fernsehsofa es nicht hörten und glaubten, sie würde ihre eigene Mutter anschwindeln.

»Dann ist es nur noch eine Seite.«

Ingrid schien nicht einmal zu merken, dass die Buchstaben nicht so aussahen wie üblich, sie wiederholte nur das, was sie gerade schon einmal getan hatte, weniger zittrig diesmal, sie hatte ihre Lektion gelernt.

»Ich weiß, wer dein Vater war.«

Ingrids Blick war verwundert, unruhig und matt.

»Sinun isä«, wiederholte Katrine. Das war das Letzte, was sie Eva-Lena Palo gefragt hatte. Wie sage ich das? *»Oli Gunnar, Gunnar Pelttari.«*

Ein kleines Zucken in der Hand, oder war es nur ein Reflex, der Ingrid dazu veranlasste, ihre Hand zu drücken? Katrine legte ihr die andere Hand auf das Kinn, raue Falten, kalte Haut. Ein kurzes Leuchten in den blassen Pupillen, die Mutter drückte ihren Kopf ein wenig gegen die Hand der Tochter, als wolle sie ihr näher kommen, in der Berührung verweilen.

»Erkennst du seinen Namen wieder, Mama, weißt du, wo dein Vater geblieben ist?«

Ingrid drückte ihre Hand noch einmal fest, noch fester, sodass es fast wehtat.

»Se lupasi tulla mutta se ei tullu. Meän piti mennä sinne ihanaan maahan.«

Katrine befreite vorsichtig ihre Hand und schrieb die Worte so nieder, wie sie klangen.

»Mutta se oli vaan Sirin höpötyksia ...«

Sie brachte Ingrid ins Bett, blieb an ihrer Seite, bis sie eingeschlafen war. Dann passte sie die Krankenschwester aus Helsinki ab, die auf der unteren Abteilung arbeitete.

»Was bedeutet das?« Katrine las von ihrem Zettel ab. »Ich weiß nicht, ob ich es richtig ausspreche.«

Die Krankenschwester lachte ein wenig.

»Und ich weiß nicht, ob es richtig ist, was sie da sagt.«

»Was denn?«

»Irgendetwas über eine Reise in ein wunderbares Land. Und dann geht es um einen Mann, der versprochen hat zu kommen, aber nicht kam.« Die Frau schenkte Katrine einen Blick professionellen Mitleids. »Ihr Zustand kann sich von Tag zu Tag ändern, manchmal versinken sie in ihrer Kindheit, es ist, wie es ist. Das kann aus einem Märchen stammen, das sie als Kind geprägt hat, vielleicht meint sie auch die Reise ins Himmelreich, dass Gott kommen wird und …«

»Sie weiß genau, wovon sie redet. Was hat sie noch gesagt?«

Die Krankenschwester übersetzte den Rest, und Katrine murmelte einen Dank.

Vor der gläsernen Eingangstür schlug ihr ein nasser Wind entgegen, Schneeregen traf ihr Gesicht. Wie verkrampft die Mutter ihre Hand gehalten hatte.

»Aber das waren alles nur Dummheiten, die Siri sich ausgedacht hat.«

Er würde sich nie daran gewöhnen, wie sehr Haparanda sich verändert hatte. IKEA als blauer Koloss auf der linken Seite, ringsherum die anderen großen Einkaufszentren. Candyworld und wie sie alle hießen.

Thore Palo bremste ab, als er sich dem neuen Kreisel näherte, er schlich mit fünfzig Stundenkilometern dahin, um nicht die falsche Abfahrt zu nehmen.

Tornedalen befand sich im Aufschwung, es war merkwürdig, das mitzuerleben. Ganz Norrbotten schien es plötzlich besser zu gehen, mit seiner Bergbauindustrie, die plötzlich wieder zum Leben erweckt worden war und auf Hochtouren lief. Niemand hätte das vor Kurzem noch erwartet. Und dennoch. Dennoch waren viele der jungen Männer arbeitslos, und das schon lange, er hatte von Kindern von Bekannten gehört, die noch nie eine Arbeit gehabt hatten, obwohl sie schon Ende zwanzig waren.

Bei den Mädchen war es anders. Sie wollten etwas anderes. Er wusste nicht genau, was, und auch nicht, ob sie es dort fanden, wo sie hinzogen.

Für ihn war dies immer das Paradies gewesen, der einzige Ort auf Erden, an dem er sich wohlfühlte. Als er seine Ausbildung abgeschlossen hatte, wollte er Tornedalen nie wieder verlassen.

Er fuhr durch altbekannte Straßen und bemerkte plötzlich, dass Haparanda kleiner wirkte, IKEA hatte die Perspektive verändert. Der Wasserturm war nicht mehr so hoch, und das altehrwürdige Stadshotell hatte etwas Museales an sich. Er bog in die Strandgatan ein, zu dem gelben Ziegelhaus, in dem er vierzig Jahre seines Lebens verbracht hatte.

»Anders Anttila kommt sofort, wenn Sie bitte einen Moment warten würden?«

Das Mädchen an der Rezeption war neu und kannte ihn nicht. Wie schnell die Zeit verging. Man verschrieb sich voll und ganz seinem Beruf, und plötzlich wurde man auf den Besucherstuhl verwiesen. Es war, als würde man alle Seiten aus einem Buch herausreißen, und nur der Umschlag blieb übrig.

»Hallo Thore!« Doppel-Antti tauchte auf und klopfte ihm auf den Rücken. »Zurück am Tatort! Immer hereinspaziert! Kaffee?«

Der Kommissar drückte auf die Knöpfe der Kaffeemaschine und erklärte, was man wählen konnte. Er wirkte übertrieben herzlich und fröhlich. Thore nahm einen Cappuccino und musste an die alte Maschine denken, wie widerlich bitter der Kaffee geschmeckt hatte, wenn er fast den ganzen Tag auf der Wärmeplatte gestanden hatte und am Ende am Boden der Kanne festgebrannt war.

»Habt ihr das Gewehr schon gefunden?«, fragte er, als sie weiter den Gang entlangliefen.

»Das ist zu diesem Zeitpunkt wahrscheinlich schon über alle Berge.«

»Ich würde an deiner Stelle nicht alles auf die Russen setzen.« Thore hob die Hand und winkte der Putzfrau am Ende des Gangs, sie erwiderte den Gruß. »Du weißt doch, wie es immer heißt.«

»Was meinst du diesmal damit?« Anttila lachte und ließ sich hinter seinem Schreibtisch nieder.

Thore quetschte sich auf einen Stuhl neben der Tür.

»Dass man den Blick für das Naheliegende nicht verlieren darf, weil die Lösung oft in der Nähe zu finden ist.«

»Und woran denkst du genau?« Anttila nahm die Tasse in die Hand, wippte mit seinem Stuhl.

»Die Verwandten von Svanberg«, sagte Thore und streckte sich, spürte ein wenig von seiner alten Autorität zurückkehren. »Ich weiß, dass sie lügen, jedenfalls eine von ihnen. Gudrun Petterson, die Tochter seiner Schwester und potentielle Erbin, wohnhaft in Stockholm.«

Als er das sagte, fiel ihm plötzlich auf, dass Murmansk näher war.

»Lass hören.«

Thore fasste das Ganze knapp zusammen, präsentierte seine Informationen über Svanbergs Erben, die Böswilligkeit und die Lügen, als seien sie etwas, was er nur zufällig gehört hatte. Obwohl er am Fortschritt der Ermittlungen zweifelte, war er weiterhin der Auffassung, dass die Aufklärung Sache der Polizei sei. Im tiefsten Inneren seines alten Ermittler-Ichs hielt er Privatdetektive immer noch für gleichbedeutend mit Pest und Cholera. Er unterschlug auch die Details über den Antrag der Familie bei der Kommune, um nicht zu verraten, dass Sagas Tochter gegen ihre Schweigepflicht verstoßen hatte. Das Gespräch mit Gudrun beschrieb er als freundschaftlichen Versuch seinerseits, etwas über die Beerdigung zu erfahren, was in Schmähungen seitens der Frau ausgeufert war.

»Die Menschen sind gierig«, sagte Anttila, als Thore seine Ausführungen beendet hatte, »aber das ist leider nicht strafbar.«

Thore fuhr sich mit der Hand durchs Haar, das bedeutend voller war als das seines jüngeren Kollegen.

»Ich behaupte nicht, dass Gudrun Petterson Svanberg eine Axt in den Kopf gehauen hat, aber sie lügt ganz eindeutig. Es sollte mal ein Ermittler, der an dem Fall arbeitet, zu ihr fahren und sie ein bisschen unter Druck setzen.«

Anttila kritzelte eine Notiz auf einen Zettel und blickte auf.

»Wir haben drei Autos gefunden«, sagte er dann.

Es dauerte einige Sekunden, bis die Information bei Thore ankam, so sehr hatte sein Gehirn sich auf die Verwandten eingestellt, so groß war seine Wut über die Ungerechtigkeit. So einleuchtend waren ihm seine Theorien zu Hause vorgekommen.

»Drei? Volvo 740?«

Anttila drückte auf die Tastatur, um den Bildschirm zu aktivieren.

»Einer davon ist zwar schwarz, aber die Zeugen können sich in der Dunkelheit ja auch verguckt haben.«

Thore spürte eine Mischung aus Enttäuschung und Aufregung.

»Habt ihr sie identifiziert?«

»So gut wie.«

Anttila klickte ein Dokument an, und Thore konnte sehen, wie ein Lächeln in seinen Mundwinkeln spielte, seine Stimme nahm einen prahlerischen Ton an, der ihn älter machte, als er war, feister gewissermaßen.

»Einen konnten wir gleich ausschließen. Rentner aus Murmansk, die ein paar Lack kauften, du weißt schon, diese kleinen Tische in verschiedenen Farben ...« Doppel-Antti las weiter, »... einen Sessel Tullsta, Servietten, Nudeln in Elchform und Kerzenständer, tatsächlich fast hundert von diesen kleinen Glaskerzenständern. Wir haben den Verdacht, dass sie sie weiterverkaufen, um sich das Benzin leisten zu können, aber das sei ihnen gegönnt. Zwei Tage vor dem Mord sind sie über die Grenze bei Raja-Joosepi gekommen und am Abend der Tat bereits um 23.47 Uhr zurückgefahren, deshalb dauerte es eine Weile, sie zu finden. Rein theoretisch hätten sie Svanberg natürlich umbringen und noch vor Mitternacht die Grenzen überqueren können, aber ich kann mir nur schwer einen logischen Grund dafür denken, warum man bei einer solchen Expedition den Sessel Tullsta mitführen sollte. Außerdem sind die beiden nicht vorbestraft, was man als wahre Meisterleistung ansehen muss. Nicht einmal Stalin schien seinerzeit etwas gegen sie gehabt zu haben.«

Thore lachte höflich.

»Und die anderen?«

»Da haben wir den Mann mit dem schwarzen Volvo, der neun Tage zuvor über Petsamo kam, drei Tage in Rovaniemi blieb, was das Hotel uns bestätigt hat; er wohnte im Soskos, ehe er bei Pello auf die schwedische Seite fuhr. Geschäftsmann, 42, behauptet, er würde seine geschäftlichen Kontakte in der Barents-Region ausbauen.«

»Was für Geschäfte?«

»Eine Leiharbeitsfirma, schwedische und finnische Löhne, russische Arbeitnehmer, viel Profit für die Zwischenhändler. Könnte natürlich strafbar sein, aber da die Firma noch nicht den Betrieb aufgenommen hat, lässt sich das nur schwer beweisen. Vier Tage nach dem Mord ist er über Norwegen wieder nach Hause zurückgefahren, er plant, sich auch in Narvik und Tromsö zu etablieren.«

»Vorstrafen?«

»Ein paar Steuersünden. Laut den Angaben aus Murmansk keine Gewaltverbrechen.«

Thore sah aus dem Fenster, die Birken an der Uferpromenade, die Geschäfte, die entlang der Grenze wie Pilze aus dem Boden geschossen waren. Die meiste Zeit seines Berufslebens hatte Kalter Krieg geherrscht. Es fiel ihm schwer, sich daran zu gewöhnen, dass man die Kollegen in Murmansk als ... Kollegen bezeichnete.

»Und dann haben wir diese Typen.« Anttila klopfte auf den Bildschirm. »Sie waren zu zweit im Auto, aber wir konnten nur den einen identifizieren.« Er verschränkte die Arme und streckte die Beine aus, sodass sie auf der anderen Seite des Schreibtischs wieder hervorragten. »Ein einunddreißigjähriger Mann, der wegen grober Körperverletzung und kleinerer Diebstähle auf dem Bau vorbestraft ist. Er hat ein Jahr gesessen.«

»Oh, verdammt.«

»Ganz genau«, sagte Doppel-Antti. »Dieser Kerl hat sich außerdem unerlaubt den Volvo seines Onkels geliehen und offenbar eine Vollmacht darüber gefälscht, dass die Verwandten ihm erlaubt hätten, den Wagen zu fahren. Sonst wären sie vermutlich aufgehalten worden, als sie vor zweiundzwanzig Tagen die russisch-finnische Grenze passierten, also gut eine Woche vor dem Mord. Anschließend scheinen sie auf direktem Weg nach Torneå gefahren zu sein, also hatten sie genügend Zeit, hier herumzukurven.«

»Was sagen sie zu den Vorwürfen?«

»Wir haben sie noch nicht ausfindig gemacht.«

Thore leerte seinen Cappuccino, der inzwischen kalt geworden war. Und trotzdem schmeckte er besser als der Kaffee, den es früher hier gegeben hatte.

»Und wann sind sie zurückgefahren?«

»Nie«, antwortete Anttila. »Jedenfalls nicht über eine bewachte Grenze.« Er klopfte mit einem Stift gegen die Tischkante, einen richtigen Trommelwirbel. »Sie könnten sich immer noch im Land aufhalten.«

Rodja Nasajew glaubte weder an Glück noch an göttliche Fügung.

Nur dank seinem eigenen Misstrauen hatte er erfahren, wer tot in der Newa gefunden worden war. Ihm entging nichts, nie wieder. Während die Männer am Tisch die Chancen von Zenit Sankt Petersburg im UEFA Cup diskutierten, ließ er seinen Blick nervös durch das Lokal gleiten, um zu sehen, ob die anderen Gäste tuschelten oder in ihre Richtung starrten. Selbst wenn sie nur die Augenbrauen hochzogen, war er der Erste, der es bemerkte, und so erkannte er auch sofort den Namen des Schauspielers auf dem Bildschirm über dem Tresen.

»Dreh den Ton auf«, sagte er laut und erhob sich.

Der Wirt rannte zur Fernbedienung. Er tat immer, was Rodja Nasajew und seine Männer ihm sagten. Bezahlte immer den richtigen Betrag zur richtigen Zeit und hatte sein Restaurant auf diese Weise zwanzig Jahre lang betreiben können, ohne dass dort jemals randaliert worden war.

Der Nachrichtensprecher rückte seine Krawatte zurecht.

»Sankt Petersburg trauert heute um einen großen Schauspieler, der uns immer in der Rolle des Onkel Wanja am Alexandrinskij-Theater vor zwanzig Jahren in Erinnerung bleiben wird. Dem Zustand seiner Leiche nach zu urteilen könnte er nach Angaben der Polizei bis zu mehreren Wochen im Fluss gelegen haben.«

Rodja näherte sich dem Fernseher und starrte dem Schauspieler in die Augen, ein Schwarz-Weiß-Foto, auf dem er einen Schnauzbart und ein Cape trug.

»Was für eine tragische Geschichte«, murmelte der Wirt und polierte seinen Tresen, während die Kamera ein verfallenes Haus auf der Petrograder Seite der Newa heranzoomte. Dort hatte der Schauspieler allein in einem Zimmer zur Miete gewohnt. Der Vermieter konnte sich nicht erinnern, wann er ihn zuletzt gesehen hatte. Die Polizei ging von einem tragischen Unglück aus.

Rodja Nasajew fluchte vor sich hin, während er zu seiner Gesellschaft zurückkehrte. Er schlug mit der Hand auf den Tisch, dass die Gläser klirrten.

»Dieser Mann hat nicht da gewohnt, wo sie behaupten.«

Die Männer am Tisch sahen sich um, welcher Mann? Der Wirt zog sich in ein Hinterzimmer zurück, die übrigen Gäste verschlossen Augen und Ohren und starrten auf ihr Essen.

Rodja zeigte auf den Fernseher, wo ein letztes Bild des Schauspielers aufflimmerte und verschwand.

»Dieser Mann wohnte im Haus auf der Ulitsa Rubinsteina.«

Er leerte sein Glas in einem Zug und ging auf den Ausgang zu, und die anderen hielten es für besser, ihm zu folgen.

Draußen auf der Straße stand der Rolls-Royce Phantom Coupé des Chefs. Sie waren ihn weiterhin gefahren, obwohl sie Dmitrij Rykow schon mehrere Wochen lang nicht gesehen hatten, nicht seit jenem verfluchten Tag, als dieser durch die Pforte in der Ulitsa Rubinsteina ging und für immer verschwand.

»Die Wohnung im zweiten Stock. Der neue Eigentümer, der nie aufgetaucht ist.«

Rodja drehte den Zündschlüssel um, und die 1600 Leuchtdioden an der Decke glimmten auf und wurden zu einem funkelnden Sternenhimmel.

»Wo niemand die Tür aufgemacht hat?«

Er nickte in den Rückspiegel und genoss die weiche Federung, als er auf den Newskij fuhr. Er selbst hatte nichts dagegen, diesen Wagen weiterhin lenken zu dürfen. Nachdem er den Fluss überquert hatte, bog er rechts ab und parkte vor dem Haus in der Ulitsa Rubinsteina, sah zur Fassade empor und schwieg. Wieder hallte die Stimme in seinem Kopf, ein *Federgewicht* hatte er ihn genannt, ein *erbärmliches kleines Hähnchen* und eine *Missgeburt*, es war die Stimme seines Chefs.

Normalerweise schlief ein Leibwächter nicht, wenn er auf seinem Posten war, aber an jenem Abend war Rodja Nasajew eingenickt und erst wieder aufgewacht, als er fror. Er führte eine Sicherheitsmannschaft, und er hatte zugelassen, dass der Mann, den er beschützen sollte, verschwand. Jetzt hatte er nur noch einen Gedanken: Dmitrij Olegowitsch Rykows Leiche zu finden und diejenigen, die ihn auf dem Gewissen hatten. Schließlich hatten sie ihn in ganz Sankt Petersburg zum Gespött gemacht, überall lachten sie über ihn, in Jekaterinburg und Moskau, von den Kanaken gar nicht zu reden, den Tschetschenen, die nur darauf warteten, alles zu übernehmen. Selbst dieses Haus mit seinen prahlerischen Ornamenten aus Olivenzweigen, die an frühere russische Siege erinnerten, blickte auf ihn herab. Er konnte die verängstigten Blicke aus den Fenstern spüren, Menschen, die sich hinter schweren Gardinen versteckten und beteten, dass man sie vergaß.

Die Liebhaberin wohnte nicht mehr im fünften Stock. Sie hatten die Hure so lange ausgequetscht, bis man sie nur noch auf einer stillgelegten Müllhalde außerhalb der Stadt abladen konnte. Die Brüste zerschnitten, die Finger einen nach dem anderen gebrochen, ebenso die wohlgeformten, schönen Ballerinabeine. Das Gesicht konnte niemand mehr identifizieren. Dennoch hatte sie darauf beharrt, dass Dmitrij Olegowitsch an diesem Tag nie in ihrer Wohnung angekommen wäre. Zwar schrie sie zuletzt, dass es der Concierge oder der Mann im Tabakladen oder ihr ehemaliger Chef im Mariinskij-Theater gewesen sein könnten, aber mit solchen Denunzianten hatte Rodja schon oft zu tun gehabt, die schrien doch nur, weil sie noch schreien konnten.

Er wusste, dass sie ihren Liebhaber an niemanden verraten hätte.

Außerdem gab es in diesem Haus gar keinen Concierge. Er war vor vierzehn Jahren gestorben und nie wieder ersetzt worden. Sie hatten sich jede Wohnung vorgenommen und die Nachbarn befragt, was sie gesehen oder gehört hatten, welche Kontakte sie hatten, woher sie kamen. Einige, die Verwandtschaft im Ural hatten, waren sie härter angegangen. Es war bekannt, dass Gruppen aus Jekaterinburg nach Sankt Petersburg vordrangen, um die Kontrolle über die Häfen und Transportwege zu erlangen. Doch es konnten auch Überbleibsel der Tambow-Mafia gewesen sein, die vor einigen Jahren aufstieg, nachdem ihre Bosse in Moskau und an der spanischen Sonnenküste verhaftet worden waren. Nichts war mehr sicher. Geld verschwand, Firmen wechselten die Eigentümer, gingen ganz von allein Konkurs. Es waren Kräfte, die sie nicht kontrollieren konnten, weder scharfe Waffen noch alte Verbündete halfen in diesem Punkt, und niemand wusste sicher, wer sich heimlich mit den Tschetschenen getroffen hatte.

Er zögerte nicht, die Tür aufzustemmen. Eine verängstigte alte Dame, die nebenan wohnte, hatte behauptet, dass hier in der Tat ein Schauspieler einziehen sollte. Sie hätte den Namen von den Männern erfahren, die die Sicherheitstür eingebaut hatten, aber nie das Vergnügen gehabt, ihn zu treffen.

Rodja konnte diesen Typ Schauspieler vor sich sehen, älter als auf den Fotos im Fernsehen. Sicher hatte er davon geträumt, wieder Autogramme zu geben, und nicht danach gefragt, was er da unterschrieb, solange man ihn mit Wodka bezahlte. Und jetzt war er von der Newa angespült worden.

Er streckte den Arm aus, um die anderen zurückzuhalten, wollte alles genauso registrieren, wie es war.

Der fette Körper seines Chefs, der aussah, als wäre er auf dem Flurboden zerflossen; die Narben dort, wo er sich seine Tätowierungen hatte entfernen lassen. Die Plastiktüte über seinem

Kopf, ein einziges Einschussloch. Daneben lagen eine Neun-Millimeter-Pistole und sein ausgeschaltetes Handy.

Rodja machte das orthodoxe Kreuzzeichen über dem Toten. Die anderen wiederholten die Bewegung und hielten eine Schweigeminute für den alten Boss.

Dann waren es doch nicht die Tschetschenen, dachte Rodja, während ihm der Leichengestank in die Nase stieg. Es war einfach zu perfekt. Keine überflüssige Brutalität, sondern ein Zeichen dafür, dass man keines hatte setzen wollen. Das sah ihnen nicht ähnlich, ganz und gar nicht. Wenn es eine der Gruppen aus Moskau oder aus dem Ural gewesen wäre – warum hätte sie den Mord, der ein Beweis für ihre erstarkende Macht war, verstecken sollen?

Er beugte sich hinunter, obwohl er gegen das *Ponjatija*, das Gesetz der Diebe verstieß, indem er etwas vom Boden aufhob. Es war an jedem Einzelnen, die eigene Ehre zu bewahren, er aber brauchte das Handy des Chefs. Dann ging er langsam weiter in die Wohnung hinein. Keine Möbel, niemand war hier eingezogen. Die Wohnung diente nur einem Zweck: Sie sollte eine Grabkammer sein. Diese Tat war sorgfältig geplant worden.

Er sah auf die Straße hinunter, wo der Nachmittagsverkehr dahinkroch.

Auch Alexej Schaporin, der Geschäftspartner des Chefs, war verschwunden. Einige Männer aus Schaporins *kryscha* waren vor einer Woche aufgetaucht und hatten Fragen gestellt, als wüssten sie irgendetwas. Wahrscheinlich würde auch er in den nächsten Tagen in der Newa auftauchen.

Rodja sah sich im Zimmer um. Das Anonyme dieses Mordes verunsicherte ihn, dass er kein Gesicht hatte, keine Tätowierung, keinen Namen.

Alles deutete auf den Geheimdienst hin, was wiederum alles Mögliche heißen konnte. Es kam darauf an, welche Agenten es waren, und vor allem, wer sie bezahlte.

Er schaltete das Handy an und tippte den Code ein. Das war

kein Problem, weil er das Telefon selbst eingerichtet hatte. Was Technik anging, war der Chef ein Idiot gewesen, genau wie in Sachen Frauen. Man sah ja, wo das endete. Rodja selbst hatte sich nie auf eine feste Beziehung eingelassen und prahlte auch nicht mit seinen sexuellen Abenteuern, Dmitrij Rykow dagegen ... Wie lange hatte er diese Ballerina eigentlich ausgehalten, ein halbes Jahr?

Natürlich wussten sie davon, die, die immer alles wussten.

Rodja wählte die erste Kurzwahlnummer, der wichtigste Kontakt in der *kryscha* des Chefs, sein Dach, sein Beschützer. Es klingelte bei dem Mann, dessen Name nie erwähnt wurde, der jedoch Zugang zu allen Informationen hatte und der höchstbezahlte von allen war. Sein gutes Leben hatte er jahrelang von Geldern aus Dmitrij Rykows Fonds finanziert. Rodja lächelte, als sich die Stimme am anderen Ende meldete. Jetzt würde er sich sein Geld wieder verdienen müssen, indem er denjenigen ausfindig machte, der seinem Chef eine Kugel in den Kopf gejagt und Rodja selbst ins Gesicht gelacht hatte. Wer auch immer dahintersteckte, er würde sie zwingen, aus ihren Verstecken hervorzukommen. Und sie würden so lange zu seinen Füßen kriechen, bis er zufrieden war und sich endlich wieder erlauben konnte zu schlafen.

2

Außerhalb von Sankt Petersburg begannen die Birkenwälder und die gewaltigen Ebenen, ein flaches Land, das sich bis zum Horizont erstreckte. Hie und da war der Schnee bereits geschmolzen und gab Sumpfwiesen und Moore frei.

Katrine stand im Gang des Schlafwagens Nummer 9, während die Sonne aufstieg und der Zug gemächlich nach Norden rollte. Sie passierten vereinzelte Häuser in klarem Blau und Grasgrün, doch als sie die Randgebiete der Großstadt hinter sich gelassen hatten, blieb nur noch das Graue, Zerfallene, das Alte, das sich nicht mehr zu ändern vermochte. Dörfer tauchten auf und glitten vorüber. Ungestrichene Holzhäuser mit verfallenen Schuppen und maroden Dächern. Industrieruinen. Gärten und Kartoffeläcker, eine einsame Kuh.

So musste es auch damals ausgesehen haben, dachte sie. Dieselbe Bahnstrecke, dieselben Gleise, damals im September 1931. Die Eisenbahn, die gebaut worden war, um den Wald zu erreichen, jenen Rohstoff, der der Reichtum Kareliens war.

»Russland? Bist du verrückt?«, hatte Anders gestöhnt.

Bis zur Abreise hatte sie ein paar Tage bei ihm in Stockholm übernachtet. Sie war enttäuscht, dass er sich nicht sonderlich für ihre gemeinsame Familiengeschichte interessierte. Er hatte die Verwandtschaft auf Gunillas Seite, seine Kinder hatten einen Großvater und eine Großmutter, und das genügte ihm. »Was zählt, sind diejenigen, die am Leben sind und einen unterstützen, wenn man es braucht.«

Außerdem würde es den Verkauf des Hauses nur noch mehr verzögern.

»Eine Woche früher oder später«, hatte Katrine erwidert. »Wir haben dem Gebot doch schon zugestimmt, und alles wird genauso kommen, wie du es wolltest.«

Zum dritten Mal zwängte sich der Schaffner an ihr vorbei, diesmal, um die Tür zum Abteil zu öffnen, und hob resolut ihren Koffer hinein. Drinnen schliefen drei Männer auf Pritschen. Katrine murmelte eine Entschuldigung auf Englisch, und zehn Minuten später waren sie in ihre Hausschuhe geschlüpft, hatten ihre Decken und Laken abgezogen und ein geräumiges Sitzabteil wiederhergestellt. Katrine war erstaunt über den Komfort, der weit über dem der zweiten Klasse bei der schwedischen Bahn lag; es gab sogar einen Fernseher an der Decke und einen Samowar am Ende des Ganges, wo eine kaukasisch aussehende Frau ihr ein Glas in einem zierlich gemusterten Metallhalter reichte und ihr zeigte, wo es Teebeutel gab.

Wortlos boten die Männer ihr den Platz am Fenster an.

Die Fichten und Kiefern nahmen zu und verliehen dem Wald ein tieferes Dunkel. Hier sieht es aus wie in Schweden, dachte sie. Dieselben Breitengrade, dieselben Bäume. Hätte jemand sie in diesem Moment geweckt und behauptet, sie befänden sich nördlich von Gävle, hätte sie es sofort geglaubt – solange sie die Häuser außer Acht ließ, diese schiefen, vom Einsturz bedrohten Bruchbuden, aus deren Schornsteinen dennoch Rauch aufstieg.

Katrine kramte den Nudelsalat hervor, den sie am Vortag in Arlanda gekauft hatte. Von dort war sie nach Sankt Petersburg geflogen, wo sie eine Nacht im Hotel verbracht hatte, um am nächsten Morgen den Zug nach Petrosawodsk zu nehmen, eine achtstündige Teilstrecke der Verbindung von Moskau nach Murmansk. Es gab auch Nachtzüge, aber Katrine wollte nicht in der Dunkelheit reisen. Sie wollte sehen, was die Reisenden damals gesehen hatten, in was für einer Welt sie angekommen waren.

Alastair hatte bereits eine fertige Analyse parat gehabt:

»Du willst den Abstand zwischen uns immer mehr vergrößern, darum geht es doch.«

»Äh ... die Verbindung ist leider nicht so gut. Russland, du weißt schon.«

»Es ist der reinste Wahnsinn, du kannst überfallen und ermordet werden.«

»Das kann mir in London genauso gut passieren.«

»Komm nach Hause«, hatte er schließlich gesagt. »Wir können das gemeinsam lösen. Wenn dich etwas an unserer Beziehung stört, müssen wir darüber reden.«

Ich will aber nicht reden, dachte sie, weil du immer auf alles eine Antwort weißt und das Problem immer bei mir liegt.

Er sagte nicht »I love you«, als er auflegte. Und sie brauchte nicht zu antworten.

Wie aus dem Nichts tauchte ein Bahnsteig auf, eine rostige Wartehalle ohne Dach. Von einer Mülldeponie flogen große Vögel auf; wo ein Sturm gewütet hatte, krümmten sich die Kiefern, einige Bäume waren entwurzelt. Langsam fuhren sie in den Bahnhof einer Kleinstadt ein, wo man alte Bahnwaggons zu Anbauten umfunktioniert hatte. Schäbige Mietskasernen wuchsen in den grauen Himmel, eine triste Hoffnungslosigkeit. Bucklige alte Frauen gingen auf dem Bahnsteig auf und ab und verkauften geräucherten Fisch aus großen Pappkartons.

Im Abteil roch es nach Wurst, der jüngere der Männer zog ein Messer hervor und schnitt Scheiben von einem Brot aus seinem Proviant ab. Die älteren Männer hatten bereits fertige, mit Wurst belegte Brote in ihren Plastikdosen. Die bestimmt von den Frauen gepackt worden waren, dachte Katrine. Sie wünschte, sie hätte sie etwas fragen können, wer sie waren und wohin sie fuhren, aber keiner von ihnen beantwortete ihre Konversationsversuche auf Englisch. Sie lächelten nur entschuldigend und schüttelten die Köpfe, woraufhin sie sich wieder dem Fernseher zuwandten und die Einsamkeit, die Katrine umgab, immer größer wurde.

Es ging auf siebzehn Uhr zu, als die Skelette der stillgelegten Industrie am Stadtrand von Petrosawodsk auftauchten. Katrine stutzte, als sie auch aus diesen Schornsteinen Rauch aufsteigen sah. Also herrschte auch hier noch eine Art Betrieb, trotz der eingeschlagenen Scheiben und klaffenden Löcher in den Fassaden. Es folgten die ewigen Plattenbauten, dann ein Wohngebiet mit Lehmwegen zwischen Eigenheimen, und auf der rechten Seite konnte sie den riesigen Onegasee erahnen. An seinem Ufer erstreckte sich die karelische Hauptstadt.

Was mache ich hier?, dachte sie, während der Schaffner ein Trittbrett heranschob, damit sie aussteigen konnte. Aus dem Bahnsteig waren große Stücke herausgebrochen. Sie stieg über Sandberge und ging durch einen Tunnel unter den Gleisen hindurch. Einzelne Kacheln waren herabgefallen, die Feuchtigkeit hatte große Löcher ins Dach gefressen.

In Stockholm war sie von der eigenen Tatkraft berauscht gewesen, all die Dinge, die erledigt werden mussten, Dokumente und Telefonate, die Reise und das Visum. Sie hatte etwas zu tun gehabt, ein Ziel, das logisch und sinnvoll erschien. Jetzt machte sich ein Gefühl von Verfall und Hoffnungslosigkeit in ihr breit. Sie konnte die Schilder nicht lesen und noch viel weniger verstehen, was die Menschen sagten. Gunnar Pelttari und Empo Björnfot mussten sich hier völlig fremd vorgekommen sein, in die Welt geworfen. Doch dann fiel ihr wieder ein, dass in der autonomen sozialistischen Sowjetrepublik Karelien die offizielle Sprache Finnisch gewesen war. Zudem war die karelische Sprache eng mit dem Finnischen verwandt, es waren dasselbe Volk, derselbe Boden, dieselben Sagen aus der Kalevala.

Über der Stadt lag leichter Nebel. Alles ist weg, dachte sie, der Lehm und die Baracken, das Plumpsklo, ihre großen Träume. Vor dem Bahnhofsgebäude blickte sie über einen überdimensionalen Platz, auf dem einige vereinzelte Autos und Oberleitungsbusse langsam im Kreis fuhren. Dahinter eine breite

Avenue, die eine Schneise durch die Stadt schlug, vom Bahnhof direkt bis zum Ufer des Sees. Sie hieß noch immer Lenin-Prospekt.

Im beißenden Wind zog Katrine den Koffer hinter sich her.

»Es gibt eine Akte, so viel wissen wir«, sagte der Dolmetscher Ilja Petrow, als er sie am nächsten Morgen im Hotel Sewernaja abholte. Sie hatte seinen Namen von einer Organisation zur Förderung des Handelsaustauschs zwischen dem russischen Teil Kareliens und den skandinavischen Ländern bekommen.

Als er ihr die Tür aufhielt, bemerkte sie, wie gut er aussah, prägnante slawische Züge, eine gewisse melancholische Männlichkeit.

»Aber ich weiß nicht, wie viel Sie davon zu sehen bekommen werden«, erklärte er. »Das ändert sich immer wieder. Eine Zeit lang durfte man die Akten nicht einmal selbst lesen. Ein FSB-Mann hat ausgewählte Teile daraus vorgelesen.«

Der Inlandsgeheimdienst der Russischen Förderation, der heute allgemein als FSB bezeichnet wurde, lag nur wenige Häuser vom Hotel entfernt. Er war ein direkter Nachfolger des KGB oder auch NKWD, wie er zu der Zeit hieß, als sie Empo Björnfot abgeholt hatten.

»Ich dachte, nach der Perestroika hätte man die Archive geöffnet«, sagte Katrine.

»Das kommt darauf an, was sich darin befindet«, erwiderte Ilja Petrow. »Manche Unterlagen sind für 75 Jahre geheimgestempelt, manche für immer. Einige wurden auch nach Stalins Tod von NKWD-Angestellten verbrannt.«

Katrine sah zu einem massiven Steingebäude mit vergitterten Fenstern empor. Der Eingang war abgesperrt, weil er gerade renoviert wurde. An der Fassade kletterten einige Bauarbeiter entlang und brachten Platten aus schwarzem Granit über dem enormen Tor an. Sie wiesen auf einen Seiteneingang an der Schmalseite.

»Waren Sie hier schon einmal drin?«, fragte sie.

»Ja, ich habe dort manchmal gedolmetscht.«

Sie kamen in eine Halle mit hohen Decken. Zwei Männer saßen gelangweilt hinter einem Schreibtisch.

»Wir müssen hier warten«, sagte Ilja Petrow und zeigte auf eine Reihe Plastikstühle.

Die Finger des Wächters drehten die Wählscheibe des Telefons, Katrine konnte sich nicht erinnern, wann sie so etwas das letzte Mal gesehen hatte.

Sie betastete den dicken Hefter mit Papieren in ihrer Tasche. Es hatte mehrere E-Mails und Telefonate erfordert, bis sie erfuhr, wie man Zutritt zum Archiv des russischen Geheimdienstes erhielt. Zuerst musste sie Beweise für die Verwandtschaftsbeziehung zutage fördern, die nie registriert worden war und von der nur wenige wussten. Nur direkte Nachfahren hatten das Recht, eine Personenakte aus der Stalinzeit anzufordern.

Und so hatte sie in den Stockholmer Cafés gesessen und wie unter einer Deadline beim Radio gearbeitet, hatte bei einer Behörde nach der anderen angerufen und sich als Journalistin vorgestellt, um das Ganze zu beschleunigen.

Es ging um die Geburtsurkunden sämtlicher Personen dieses Verwandtschaftszweiges: ihre eigene, Ingrids, Siris und Gunnar Pelttaris. Ausgerechnet Letztere war leichter zu beschaffen gewesen, als gedacht, denn ein Cousin dritten Grades von Eva-Lena Palo arbeitete beim Finanzamt. Katrine hatte auch Auszüge vom Patent- und Einwohnermeldeamt bestellt, die bewiesen, dass Ingrid ihren Nachnamen hatte ändern lassen, als sie mit einundzwanzig mündig wurde. Ein Übersetzer, der freiberuflich für den schwedischen Rundfunk arbeitete, hatte ihr geholfen, einen Brief zu formulieren, in dem Ingrid Hedstrand auf Russisch beteuerte, dass Gunnar Pelttari ihr unbekannter Vater war. Darunter die zittrige Unterschrift der Mutter. Katrine hatte auch eine russische Übersetzung von Gunnars Brief an Siri eingereicht, zusammen mit einer Kopie des Originalbriefes, in dem er sich selbst als Vater des Kindes bezeichnete.

Gekrönt wurde das Werk durch einen offiziellen Brief vom schwedischen Außenministerium. Die Frau, die die Regierungsstempel herbeigezaubert hatte, hieß Ulrika und war eine ehemalige Kollegin, die Katrine Mitte der Neunzigerjahre bei einer Urlaubsvertretung in der Lokalredaktion in Gävle kennengelernt hatte. Seither hatte Ulrika eine glanzvolle Karriere gemacht, inzwischen leitete sie die Abteilung für globale Sicherheit am Außenministerium.

In seinem Schreiben äußerte das schwedische Außenministerium den Wunsch, Katrine möge bei der Suche nach ihrem Großvater alle erdenkliche Unterstützung erhalten. Das war wohl letztlich auch der Grund, weshalb der FSB ihren Antrag so schnell bearbeitet hatte, glaubte Ilja Petrow.

Absätze klapperten auf der Steintreppe, und der Dolmetscher stand auf. In hochhackigen Schuhen und engen Röcken stöckelten zwei Frauen die Treppen herunter, die eine trug eine smaragdfarbene Bluse, die andere eine rosafarbene Strickjacke mit einer gestickten Rose auf der linken Brust, unter dem Arm hielt sie einen Ordner. Ein uniformierter FSB-Mann tauchte auf und folgte ihnen dicht auf den Fersen, durch Türen und Korridore, bis sie die geschlossene Eingangshalle erreicht hatten und in einen kleinen Raum geführt wurden.

Katrine erkannte das Gitter vor dem Fenster wieder, sie hatte es von der Straße aus gesehen, es verlief strahlenförmig wie eine Sonne. In der Mitte des Zimmers stand ein einfacher Holztisch mit zwei Stühlen.

Der Ordner war aus ungefärbtem Karton, voller Ziffern und kyrillischer Buchstaben und vieler schwarzer Stempel.

Katrine musste plötzlich dringend zur Toilette, aber sie begriff, dass dies wohl kaum der richtige Moment wäre.

»Wir dürfen lesen und Notizen machen, aber keine Kopien«, erklärte Ilja Petrow.

Katrine nahm Platz und strich mit der Hand über den Pappdeckel.

»Das ist das Aktenzeichen«, sagte der Dolmetscher und zeigte auf eine Ziffernreihe ganz oben.

511372.

Der Uniformierte postierte sich neben der Tür und verschränkte die Hände hinter dem Rücken. Die Frau in Grün verließ den Raum, die rosa Strickjacke setzte sich auf einen Stuhl an der Wand. Durch die dicken Mauern drang kein einziger Laut. Der Wachmann atmete durch die Nase.

»Werden die wirklich die ganze Zeit hier stehen und uns anstarren?«, flüsterte Katrine.

»Sie müssen aufpassen, dass wir uns an die Regeln halten.«

»Zwei Personen?«

»Man weiß nie, wie Menschen reagieren, wenn sie die Wahrheit über einen Angehörigen erfahren. Das kann sehr aufwühlend sein, und dann kommt es manchmal zu Problemen.« Er sah ihr eine Sekunde lang in die Augen, und sie konnte den Abgrund ahnen, der sich hinter seinen Worten auftat. Den Abgrund dessen, was Menschen hier drinnen hatten erfahren müssen.

»Gunnar Carlowitsch Pelttari ...«, las er.

»Carlowitsch?«

»Sein Patronym. Der Vatersname.«

Carl, dachte sie, nach Carl Pelttari. Der NKWD hatte ihn der russischen Tradition gemäß gezwungen, den Namen eines Vaters anzunehmen, der ihn vor die Tür gesetzt und den er ausgeraubt hatte. Wahrlich ein Beispiel dafür, dass man seine Herkunft nicht ablegen konnte.

»Er wurde am neunten Juli 1937 verhaftet und ins Staatsgefängnis in Petrosawodsk gebracht.«

»Warum?«

Sie hielt den Atem an.

»Und er wurde knapp einen Monat später, am 7. August 1937, verurteilt.«

»Wofür?«

Der Dolmetscher schob Katrine die Akte hin, als könnte sie sie lesen.

»Hier sehen Sie die Paragraphen des Strafgesetzbuchs, 58,6 und 58,10.«

Ja, die Ziffern konnte sie natürlich lesen. Sie hatte sogar das Gefühl, sie wiederzuerkennen. Empo Björnfot hatte davon erzählt – von den sieben Tagen, die er vom NKWD verhört wurde. Hatte man nicht auch Oskar im Zusammenhang mit diesem Paragraphen angeklagt?

»Verbrechen gegen den Staat«, erklärte Ilja Petrow, »konterrevolutionäre Straftaten. Der Paragraph 58 hat zur Zeit der sogenannten Säuberungen für alles hergehalten.« Er rieb sich das Kinn und dachte nach. »58,10 handelte meines Wissens davon, konterrevolutionäre Propaganda zu betreiben, das übliche Strafmaß waren acht bis zehn Jahre oder mehr im Arbeitslager. Wenn es der einzige Anklagepunkt war.«

Der Dolmetscher verstummte und schlug langsam den Ordner auf.

Katrine wollte gerade fragen, welches Verbrechen Artikel 58,6 definierte, als sie zum ersten Mal Gunnar Pelttaris Blick begegnete. Ein kopiertes Foto im Passbildformat auf der ersten Seite, ein junger, sehr ernster Mann. Wie gut er aussah! Kräftiges, zurückgekämmtes Haar, eine gerade Nase und ein kantiges, etwas längliches Gesicht, ein voller Mund mit weichen Lippen, doch in seinem Blick lag Härte. Die Augenfarbe konnte sie auf dem blassen Schwarz-Weiß-Bild nicht erkennen. Ihr Herzschlag beschleunigte sich, ihr Mund wurde trocken und Hitze stieg in ihr auf. Ihm sehen Mutter und ich ähnlich, dachte sie. Ihm sehe ich ähnlich.

»Gunnar Carlowitsch Pelttari«, las der Dolmetscher, »geboren am neunten Juni 1912 in Kivikangas in der Landskommune Karl-Gustav, Schweden. Dann folgen die Adresse des Geburtsortes und der damalige Wohnort. Ausbildung: Volksschule, Mitglied im kommunistischen Jugendverband seit 1929. 1931 in die Sowjetunion eingewandert. Anstellung in der Sandgrube Solaschgora in Petrosawodsk. Anschließend Versetzung zum Bau der Straße 89 zwischen Uhtua und Kem … danach im Onega-Werk in Petrosawodsk angestellt. Annahme der sowjetischen Staatsbürgerschaft am zehnten Oktober 1936.«

»Also wurde er sowjetischer Staatsbürger«, sagte Katrine. In ihrem Rücken hustete der Wachmann. Sie überlegte, wie viel Zeit ihnen noch blieb. »Was hat er getan, was wirft ihm die Anklage vor?«

Ilja Petrow blätterte weiter.

»Hier ist das Verhör«, sagte er. »Jedenfalls eines davon.«

Leise und monoton las er vor, was in dem Verhörzimmer im Untersuchungsgefängnis von Petrosawodsk gesagt worden war. Erst die Namen, dann die Repliken, als wäre es ein Theaterstück.

VERHÖRLEITER: Sie haben gegen den Sowjetstaat konspiriert. Gestehen Sie.

GUNNAR CARLOWITSCH PELTTARI: Das kann ich nicht gestehen.

VERHÖRLEITER: Aber Sie sind Mitglied einer konterrevolutionären Organisation, die staatsfeindliche Agitation betrieben hat. Wer sind die anderen Mitglieder?

GUNNAR CARLOWITSCH PELTTARI: Eine solche Organisation kenne ich nicht.

VERHÖRLEITER: Leugnen Sie auch, dass Sie Oskar Helmerowitsch Björnfot kennen?

GUNNAR CARLOWITSCH PELTTARI: Nein, das leugne ich nicht.

VERHÖRLEITER: Dann wissen Sie auch, dass er sich der Sabotage gegen den Sowjetstaat schuldig gemacht hat?
GUNNAR CARLOWITSCH PELTTARI: Nein, das kann ich nicht glauben. Oskar Björnfot ist ein guter Kommunist.
VERHÖRLEITER: Also sympathisieren Sie mit seinem Auftrag?
GUNNAR CARLOWITSCH PELTTARI: Ich weiß von keinem Auftrag. Ich habe ihn seit zwei Jahren nicht mehr gesehen.
VERHÖRLEITER: Wir haben Beweise dafür, dass Sie gegen die Sowjetunion konspiriert haben. Beweise, Gunnar Carlowitsch. Wer war noch in dieser Organisation?
GUNNAR CARLOWITSCH PELTTARI: Ich weiß es nicht. Ich habe doch schon gesagt, dass mir eine solche Organisation nicht bekannt ist.
VERHÖRLEITER: Also weigern Sie sich, uns die Namen zu nennen? Begreifen Sie, dass Sie wichtige Informationen über staatsfeindliche Aktivitäten zurückhalten? Kennen Sie das Strafmaß für ein solches Verbrechen?

Der Dolmetscher verstummte und blickte auf. Das Verhör war zu Ende, oder zumindest endete der Ausdruck des Protokolls an dieser Stelle.

»Was denn? Ist das alles?«, fragte Katrine.

Er sah die Akte durch.

»Das hat doch nichts zu sagen«, fuhr sie fort. »Was hatte er denn ihrer Meinung nach getan? Was gab es für Beweise?«

»Das ist sicher wortwörtlich wiedergegeben worden«, sagte Ilja Petrow. »Das haben sie sehr genau genommen. Aber die Anklage selbst kann natürlich auf Gerüchten beruhen, irgendjemand kann Gunnar Pelttari denunziert haben, weil er an seine Wohnung kommen oder seine eigene Haut retten wollte.«

»Aber es muss doch noch mehr geben, sie können ihn doch nicht auf dieser Grundlage verurteilt haben.«

»Die Dokumente sind nicht vollständig«, sagte Ilja Petrow und blätterte hin und her. Es war ein gewöhnlicher Ringordner mit gelochten Blättern. »Dies sind nur Kopien.«

»Ja, aber ... was zum Teufel! Dann sagen Sie ihnen, sie sollen das Original holen. Ich habe doch die Genehmigung, die Akten lesen zu dürfen.«

Sie drehte sich um. Der FSB-Mann spannte die Muskeln an, unnachgiebig und wachsam.

»Es könnte sich um Material handeln, das für immer der Geheimhaltung unterliegt«, erklärte der Dolmetscher.

»Was denn zum Beispiel?«

»Vor allem die Namen. Verhörleiter. Diejenigen, die die Strafe vollstreckt haben.«

Katrine schloss die Augen und lehnte sich auf dem harten Stuhl zurück. Als sie sie wieder öffnete, sah sie große Flecken an der Decke, dort, wo die Farbe abgeblättert war.

»Hieß es nicht eigentlich, dass Sie sich der Vergangenheit stellen und die Täter zur Verantwortung ziehen wollten?«, fragte sie. »Glasnost und die Perestroika und all das?«

»Hier ist es nicht wie in Deutschland, wo man alle Archive geöffnet hat«, antwortete Ilja Petrow ruhig. »Man will die Kinder und Enkel schützen.«

»Also darf man etwas über die Opfer lesen, aber nicht über die Täter?«

»Dies ist eine kleine Stadt. Es würde nur zu Problemen führen.«

Im Augenwinkel beobachtete Katrine, wie sich die Frau in der rosa Jacke diskret die Nägel feilte.

»Na gut«, sagte sie. »Was steht noch in den Dokumenten, die nicht geheim sind?«

Ilja Petrow räusperte sich und las weiter.

»Er hat nach dreizehn Tagen gestanden.«

»Und was hat er gestanden?«

Es war ein maschinengeschriebener Text, schwarz auf weiß

beziehungsweise vergilbt und vom Kopieren verblichen. Gunnar Carlowitsch Pelttari hatte gestanden, der konterrevolutionären Propaganda und der Spionage für das bürgerliche Finnland schuldig zu sein. Er habe Staatsgeheimnisse im Ausland verbreitet. Leiter dieser konterrevolutionären Gruppe sei Oskar Helmerowitsch Björnfot gewesen. Sein Ziel sei es gewesen, durch Sabotage und konterrevolutionäre Agitation einen Aufstand heraufzubeschwören, um Ostkarelien an Finnland anzugliedern.

»Und das soll Gunnar Pelttaris Unterschrift gewesen sein.«

Die Handschrift war zittrig und schwach und erinnerte sie daran, wie Ingrid mühsam die Vollmacht unterschrieben hatte. Nicht allein die Buchstaben waren anders und offenbar unter großer Anstrengung geschrieben worden, obwohl er sechs Jahre Russisch gelernt hatte. Nein, es war überhaupt nicht seine Handschrift. Nichts daran erinnerte an die geraden, ordentlichen Buchstaben in den Briefen an Siri.

»Kann es sein, dass der NKWD das für ihn unterschrieben hat?«

»Oder sie haben ihm die Hand geführt«, sagte Ilja Petrow, »wenn das überhaupt nötig war. Nach zwei Wochen ... haben alle unterschrieben.«

Katrine wehrte sich gegen die Bilder, die vor ihrem inneren Auge auftauchten, von Folterungen in finsteren Gemäuern.

»Glauben Sie, dass irgendetwas an diesen Vorwürfen dran ist?«

»Schwer zu sagen«, antwortete Ilja Petrow. »Aber nach 1989 wurden Hunderttausende von Opfern rehabilitiert, die unschuldig verurteilt worden waren.«

»Das wurde ja auch langsam Zeit«, sagte Katrine und kniff die Beine zusammen. Sie musste wirklich furchtbar dringend pinkeln.

»Was steht im Protokoll über den Prozess?«, fragte sie dann.

»Einen Prozess kann man das nicht gerade nennen«, antwortete Ilja Petrow. »Es war immer eine Troika, die das Urteil sprach, meistens hohe Funktionäre im NKWD oder in der Partei.«

»Also hat der NKWD sich um die gesamte Umsetzung gekümmert? Verhaftung, Verhör, Verurteilung …«

»Er hat auch die Gefangenentransporte und die Arbeitslager beaufsichtigt … und die Hinrichtungen durchgeführt.«

Katrine schluckte.

»Wozu hat man ihn verurteilt?«

»Nachdem er gemäß Paragraph 58,6 der Spionage schuldig gesprochen wurde …« Ilja Petrow machte eine Pause und bewegte seine Hand ein wenig näher an die ihre, als wolle er sie nehmen und wagte es doch nicht. »Er wurde zum Tode verurteilt.«

Der Widerhall dieses Wortes.

Ein Gefühl der Leere.

Wie dumm sie war.

Tot. Natürlich war er tot. All die Jahre. Siri, die auf ihn gewartet hatte.

»Also haben sie ihn hingerichtet?« Ihre Worte fielen schwer zu Boden.

Hin-richten. Was war das überhaupt für ein Kompositum?

Ilja Petrow starrte in die Dokumente, ohne aufzusehen.

»Am achten August 1937.«

»Schon am Tag nach der Urteilsverkündung?«

»Die Untersuchungsgefängnisse waren überfüllt. So überfüllt, dass man Verhöre sogar in Kulturhäusern und Theatern durchführte.«

Irgendwo im Hintergrund brummte eine Lüftung, die ihr vorher nicht aufgefallen war. Trauer war das falsche Wort. Noch vor ein paar Wochen hatte sie nichts von ihm gewusst. Er war nur eine Akte in einem braunen Pappordner. »Wo? Ich meine, wie …?«

»In Krasny Bor, dem roten Wald. Sie wurden erschossen, und dann war es vorbei. Meistens eine ganze Gruppe. Es lohnte sich wohl nicht, für jeden Einzelnen dort hinauszufahren, denn es liegt ein Stück außerhalb der Stadt ...«

Dann war es vorbei, dachte sie. Für Gunnar Pelttari. Nicht aber für Siri Kankanranta und auch nicht für Ingrid. Dieser Schuss hatte, lange bevor sie geboren war, ihr Leben geprägt, obwohl sie nicht wusste, wie. Ihr nächster Gedanke war: Das kann ich Mama nicht erzählen.

Sie hörte, wie sich der Wachmann hinter ihr bewegte, von einem Fuß auf den anderen trat, ungeduldig. Aber sie würde nicht hier weggehen, bevor sie den Inhalt der Akte durchgegangen waren. Sie starrte auf einen Namen, der ihr trotz der kyrillischen Schrift bekannt vorkam.

»Was steht denn hier?«

»Sieht aus wie ein weiterer schwedischer Name.« Die Stimme des Dolmetschers klang ein wenig erleichtert, nachdem er die Todesnachricht hinter sich gebracht hatte. »Emil Helmerowitsch Björnfot, er ist wahrscheinlich mit der anderen Person verwandt, die hier erwähnt wird. Kennen Sie ihn?«

»Sein Bruder. Sie kommen alle aus derselben Stadt.«

»Er ist hier als Zeuge angegeben.«

»Zeuge wovon?«

Ilja Petrow nahm seinen Schal ab, erst jetzt bemerkte sie, dass er ihn die ganze Zeit getragen hatte, als erwarte er sich auch im Haus Kälte.

»Wie gesagt, man weiß nie, was stimmt und was erzwungene Geständnisse sind, solche Angaben lassen sich nur schwer beurteilen ...«

Die Einsicht traf sie wie ein Stein: Empo Björnfot war im selben Sommer abgeholt worden und hatte sieben Tage in Haft gesessen. Und dann war er freigelassen worden.

»War er ein Denunziant? Hat Empo Björnfot ihn denunziert?«

»Normalerweise werden die Angehörigen dazu aufgefordert, solche Informationen zu vergessen, wenn sie diesen Raum verlassen.«

Sie sah den gebrechlichen Alten vor sich. Erinnerte sich an die letzte Frage, die sie ihm gestellt hatte: Ob er denn gar nicht wissen wolle, was mit seinem Bruder passiert sei. Empo Björnfot hatte sich geweigert, eine Vollmacht zu unterschreiben, er wollte nicht, dass sie im Archiv nach Oskar suchte. »Jetzt ist es wohl zu spät dafür«, hatte er gesagt und: »Was soll das denn helfen?«

»Sie können ihn gezwungen haben«, erklärte Ilja Petrow, »und ihm gesagt haben, dass er seinen Bruder retten könne, wenn er ihnen nur ein paar Namen nennt. Es gab zentrale Quoten dafür, wie viele Staatsfeinde in jedem Distrikt aufgespürt und verurteilt werden mussten. Man brauchte Verdächtige. Vielleicht hat er einfach nur irgendwelche Namen genannt, die ihm einfielen, vielleicht haben sie sich gegenseitig denunziert, und sehr wahrscheinlich hat man ihn auch gefoltert. Alle waren Opfer. Es gab keine Wahrheit.«

Die Frau aus dem Archiv sagte etwas und sah auf ihre Uhr.

»Sie fragt, wann wir fertig sind. Es ist bald Mittagszeit.«

»Meine Mutter hat ihr ganzes Leben lang gewartet«, erwiderte Katrine. »Sie müssen uns noch etwas Zeit geben.«

»Das hier sind Dinge, die man bei Hausdurchsuchungen beschlagnahmt hat«, sagte Ilja Petrow und blätterte weiter.

Katrine starrte auf die Kopien einiger Aufnahmen. Schwarz-Weiß. Eine Frau, die ihr Haar offen trug. Das Foto sah mitgenommen aus, als hätte man es versehentlich mitgewaschen, aber sie hatte es schon einmal gesehen, im Haus in Kivikangas, die Fotos auf dem Sekretär, das Bild von Siri Kankanranta, als sie trotzig und jung war. Empo hatte erzählt, dass Gunnar mit dem Foto unter dem Kopfkissen schlief, es war von seiner Liebe zerschlissen. Es folgte ein Bild von Ingrid als kleinem Mädchen. Das Foto, das in der Baracke neben dem Onega-Werk über seinem Bett gehangen hatte. »Wie ein Engel hat sie über ihm gewacht.« Katrine spürte, wie ihr die Tränen in die Augen stiegen, näher waren sie einander nie gekommen, der Vater und die

Tochter. Ein liebliches Mädchengesicht, helle Locken, Ingrid war vielleicht anderthalb oder zwei Jahre alt.

Katrine nahm den Ordner hoch, um sich die Aufnahme genauer anzusehen. Es gab noch ein weiteres Foto des Kindes, als es jünger war, ein Baby mit einem runden Gesicht, das den Fotografen verwundert ansah. Wahrscheinlich hatte es noch nie eine Kamera gesehen.

»Das ist wohl Ihre Mutter?«, fragte der Dolmetscher und zeigte auf die lockige Ingrid. »Ingrid Gunnarowa, was für ein hübsches Kind. Genau wie ihre Schwester.«

»Sie hatte keine Schwester.«

»Doch«, er zeigte auf das Baby. »Hilma Jelena Gunnarowa Pelttari.«

Katrine spürte, wie ihr Gehirn den Dienst verweigerte. Wovon redete er?

»Am dritten November 1936 in Petrosawodsk geboren.«

Katrine starrte erst den Dolmetscher an, dann das Kind. Die Kinder! Jetzt sah sie, was nicht stimmte. Das kleine Grübchen im Kinn, das hatte ihre Mutter nie gehabt. Das Blut stieg ihr in den Kopf, ihr wurde heiß und schwindelig. Es gab noch ein Kind! Gunnar Pelttari hatte eine weitere Tochter bekommen, und sie war hier geboren worden, irgendwo in den Wäldern südlich von Petrosawodsk, eine unbekannte Halbschwester ihrer Mutter. Es war wie in einem Märchen, wo sich verschwundene Zwillinge unter einem Rosenbusch versteckten.

»Meinen Sie, ich dürfte mal kurz die Toilette benutzen?«, fragte Katrine.

Der Wächter folgte ihr in einen neuen Gang und zeigte auf eine Tür. Die Klobrille war eiskalt, die Kacheln gesprungen. Ihr Gesicht in dem matten Spiegel. Die Familienähnlichkeit war nicht zu leugnen. Das längliche, kantige Gesicht, die gerade Nase. Dieser Mistkerl! Siri hatte ihr ganzes verfluchtes Leben auf ihn gewartet. Und er vögelte in der Sowjetunion eine andere!

Sie wusch sich das Gesicht, zog den Pullover hoch und wischte sich mit etwas angefeuchtetem Toilettenpapier den Schweiß von den Achseln. Dann begab sie sich wieder zu dem FSB-Mann, der draußen auf seinem Posten stand. Auf dem Rückweg begegneten sie einer Gruppe Uniformierter. Sie lachten und plauderten kollegial.

Was ist in diesen Wänden noch übrig geblieben?, dachte sie, und im Bewusstsein der Menschen? Wie können sie einfach die Namen unter Verschluss halten und ganz normal weitermachen?

Als sie wieder hereinkam, war Ilja Petrow aufgestanden und in eine Diskussion mit der Frau in Rosa verwickelt. Er wandte sich an Katrine und übersetzte.

»Es soll noch eine Akte geben«, sagte er. »Ich versuche ihr klarzumachen, dass Sie das Recht haben, sie ebenfalls zu sehen.«

»Was für eine Akte?«

»Die des Mädchens.«

Katrine sah ihn verwirrt an.

»Hilma Jelenas? Haben sie etwa auch Akten von Kindern angelegt?«

Er zeigte auf den Ordner, den er in der Hand hielt, und tippte mit dem Finger auf irgendeine kyrillische Notiz. Diese ständigen Stempel.

»Hier gibt es einen Verweis auf die Akte 683441.«

»Was bedeutet das?«

»Das heißt lediglich, dass derjenige, der diese Akte zuletzt angefordert hat, auch berechtigt war, die Unterlagen mit dem Aktenzeichen 683441 zu lesen, in der es um eine Person geht, die ebenfalls hier erwähnt wird.«

»Hilma Jelena.«

Der Dolmetscher sagte noch mehr auf Russisch. Katrine hatte immer gedacht, Russisch sei eine harte Sprache, doch aus seinem Mund klang es gedämpft, sanft und melodisch. Die Frau machte auf ihren hohen Absätzen kehrt und verschwand aus dem Raum.

»Wie haben Sie das nur geschafft?«

»Ich habe gesagt, dass dieses Mädchen eine Angehörige ersten Grades Ihres Angehörigen ersten Grades ist und dass die schwedische Regierung ihre Anstrengungen sehr zu schätzen wüsste.«

Katrine lächelte. Was für ein Goldjunge. Ihr nächster verwirrter Gedanke: Ob er wohl verheiratet war? Ihr Blick wanderte unfreiwillig zu seiner linken Hand. Kein Ring, ob das hier dasselbe bedeutete?

»Steht dort, wer die Mutter des Kindes ist?«, fragte sie. »Und was aus ihr wurde?«

Ilja Petrow blätterte und suchte, sie fand, er machte einen etwas nervösen Eindruck. Vermutlich hatte er dasselbe gespürt wie sie, einen kurzen Moment der Anziehung. Sicher war er verheiratet. Sein Körper strahlte diese offensichtliche Gewissheit aus, ein Mann, der Bestätigung gefunden hatte und nichts beweisen musste.

»Helmi Kariova Mäkelä, wohnhaft in Petrosawodsk, geboren in Björneborg, Finnland, ihre Familie immigrierte 1918 in die Sowjetunion, nach der Niederlage der Roten im Finnischen Bürgerkrieg. Angestellt beim Onega-Werk ...«

»Steht dort, was aus ihr geworden ist?«

Ilja Petrow verzog mitleidig das Gesicht.

»Sie wurde zusammen mit Gunnar Pelttari verhaftet.«

»Wurde sie ebenfalls hingerichtet?«

»Nach Kem deportiert. Ins Arbeitslager.«

»Und das Kind?«

Er suchte erneut, wendete einige Seiten und schüttelte den Kopf.

»Keine Angaben.«

Es dauerte zwanzig Minuten. Genug Zeit für Katrine, sich die Schreie des Kindes vorzustellen, als Gunnar und Helmi abgeholt wurden. Oder war das Mädchen damals noch zu klein gewesen, um es zu verstehen?

Sie schreckte zusammen, als die Tür geöffnet wurde und das Klackern der Absätze auf dem Steinboden widerhallte.

Die Frau in der rosafarbenen Jacke legte eine einzige, weiße Fotokopie auf den Tisch. Ein Duft von Parfüm breitete sich aus, als sie wieder zu ihrem Platz an der Wand zurückkehrte.

Katrine sah auf das Bild hinunter. Es war eindeutig dieselbe Hilma Jelena, auch wenn das Foto etwas später aufgenommen worden war. Ihr Haar war gewachsen. Die Locken hell. Sie war vielleicht ein Jahr älter, ihr Blick war matt, sie lächelte nicht.

»Anscheinend ist das Mädchen in das Kinderheim in Ladwa gebracht worden.« Er sah sich um und begegnete ihrem Blick. »Das liegt im Westen, etwa 60 Kilometer von Petrosawodsk entfernt. Man hat angegeben, die Eltern seien verstorben.«

Er schwieg eine Weile.

»Sie müssen doch irgendwelche Register haben, man müsste sie ausfindig machen können.«

»Hier steht, dass sie adoptiert wurde.« Er studierte die Seite genau und drehte sie um, doch die Rückseite war leer. »Von einer Julia Anatolijewna Morosowa. Sowjetische Staatsbürgerin, 1912 in Leningrad geboren. Dies ist ein Auszug aus ihrer Akte.«

Er runzelte die Stirn, las erneut.

»Und was ist dann passiert? Wohin haben sie das Kind gebracht?«

Ilja Petrow wandte sich der Archivarin zu, die in der Tür stehen geblieben war. Ihre Miene verriet deutliche Irritation darüber, dass sich die Angelegenheit so in die Länge zog. Er deutete auf das Papier. Ein kurzer Wortwechsel. Die Frau verschränkte die Arme über ihrem rosafarbenen Busen.

Ilja Petrow übersetzte.

»Informationen über die Adoptiveltern stehen uns nicht zu, weil es keine Angehörigen ersten Grades sind.«

Katrine studierte den Text, den sie nicht verstand, um auf etwas zu stoßen, das sie übersehen hatte.

»Warum ist das hier geschwärzt?«, fragte sie und strich mit dem Finger über einen dunklen Fleck neben dem Namen der Frau, wo vermutlich der Name des Mannes gestanden hatte.

»Damit wir es nicht lesen können, vermute ich.« Ilja Petrow schielte zu dem Wachmann an der Tür hinüber, hielt das Papier gegen das Licht und legte es wieder hin.

»Aber es geht doch nur darum, wer sie adoptiert hat, warum wird daraus ein solches Geheimnis gemacht?«

Die Frau gab einen kurzen Satz von sich. Dann war sie bei ihnen und riss das Dokument an sich.

»Ich glaube, wir müssen jetzt gehen«, sagte Ilja Petrow.

Katrine ging, ohne den Boden unter ihren Füßen zu spüren, als wären der Steinbelag und die Erde darunter einfach weggerissen worden.

Erst als sie durch alle Gänge und durch den vorübergehenden Seiteneingang hinausgeführt worden waren, konnte sie ihre Gedanken wieder in Worte fassen.

»Was glauben Sie, wie lange das geheim sein wird? 75 oder 100 Jahre oder für immer?«

Ilja Petrow drehte sich um und ging Richtung Lenin-Prospekt davon. Katrine blieb an der Straßenecke stehen.

»Der Mann, der meine Tante adoptiert hat, war beim NKWD, oder?«

Thore Palo war gerade mit dem Hund auf dem Weg nach draußen, als das Auto in seine Einfahrt bog. Er blinzelte gegen das Licht, es war ein silberfarbener Audi.

»Hallo«, rief Antti Anttila und stieg aus.

Thore stapfte ihm entgegen. An diesem Morgen war er bisher noch nicht einmal zum Schneeschippen vor die Tür gegangen.

»Du wagst dich also hierher«, sagte er.

»Ein schöner Tag heute«, erwiderte Antti und setzte seine Sonnenbrille auf. Thore hatte sich noch gar keine neue zugelegt. Er freute sich viel zu sehr über das Frühlingswinterlicht, das sogar seinem jämmerlichen Körper ein wenig Leben einhauchte.

Auf der Straße donnerte der Bus nach Övertorneå vorbei. Der Kommissar nickte mit dem Kinn in die entsprechende Richtung.

»Ich dachte, ich könnte genauso gut einen kleinen Zwischenstopp einlegen«, erklärte er. »Ich komme gerade aus Ylitornio.«

Thore sah den Bus in einer Schneewolke verschwinden.

»Wir haben dort tatsächlich einen Durchbruch erzielt«, fuhr Antti fort.

»In Ylitornio? Im Gefängnis?«

»Und nicht nur das. Stockholm hat die Kerle aus dem Auto verhaftet.«

»Aus dem Volvo?«

Anttila grinste so breit, dass seine Zähne in der Sonne blitzten. Es war merkwürdig, was für weiße Zähne selbst normale Leute heutzutage hatten; wie Filmstars.

»Sie haben schwarz beim Bau einer Villa in Täby mitgearbeitet, nur zwei Straßen von Fredrik Reinfeldt entfernt. Die Nachbarn haben getratscht, sie fanden, die Bauarbeiter würden ein bisschen zwielichtig aussehen. Einer von ihnen hat sich im Gefängnis wohl ein paar Tätowierungen zugelegt.«

»Wohnen die Reinfeldts nicht in Sagerska?«

»Ja, aber davor haben sie in Täby gewohnt.«

»Und was sagen die Männer zu den Vorwürfen?«

»Dass sie unschuldig sind natürlich.« Doppel-Antti nahm seine Mütze ab und hielt sein Gesicht in die Frühlingswintersonne. »Sie sagen, sie wären nur zum Arbeiten nach Schweden gekommen und vor drei Wochen direkt von Haparanda nach Täby gefahren und hätten im Auto übernachtet, das können wir also nicht kontrollieren.«

»Aber ihr Auftraggeber wird es doch wohl wissen.«

»Welcher davon?« Anttila seufzte und zog die Mütze wieder auf, als die Sonne hinter einer einsamen Wolke verschwand. »Es ist ein Zulieferer eines Zulieferers eines Bauunternehmers, und alle sind von den Behörden und der Gewerkschaft anerkannt. Niemand wusste, dass sie Schwarzarbeiter beschäftigen, und der Hausbesitzer ist empört und behauptet, man hätte ihn übers Ohr gehauen, aber wir werden sie schon noch weichkriegen. Luleå hat heute einen Kollegen geschickt, vermutlich ist er sogar schon da.«

»Und was hat man dir in Ylitornio geflüstert?« Thore bog in die Abzweigung zum Fluss ein, wo weniger Verkehr herrschte. Das Gefängnis im finnischen Övertorneå war eine bekannte Informationszentrale für die gesamte Nordkalotte, weil dort Häftlinge aus Finnland, Schweden und Russland einsaßen. Wenn das Gerücht von Lars-Erkkis eventuellem Reichtum dort kursiert hatte, wusste garantiert jeder Dieb von Narvik bis Murmansk darüber Bescheid.

»Einer unserer Jungs muss dort ein paar Jahre wegen Körperverletzung und Einbruch auf der finnischen Seite absitzen.« Er warf Thore einen Blick zu. »Natürlich kann ich nicht sagen, wer.«

Körperverletzung, dachte Thore, Einbruch auf der finnischen Seite?

»Härkkönnen?«, fragte er.

»Wie gesagt ...«

Hoikka-Pertti, der schmächtige Pertti Härkkönnen. Er konnte ihn vor sich sehen, inzwischen musste er über fünfzig sein. Ein chronischer Kleinganove, in Torneå geboren und aufgewachsen, wohnhaft in Vojakkala. Thore konnte sich an einige Male erinnern, als er ihn selbst zum Verhör gebeten hatte, er hatte stets eine unschuldige Miene gemacht, sein Auto jedoch mit Diebesgut von beiden Seiten der Grenze vollgeladen.

»Dieser Gefangene«, fuhr Anttila fort, »hatte jedenfalls Kontakt zu einem gewissen Russen und hat einiges gehört.«

Thore lauschte seinem Bericht, während die Hündin Akka die gelben Spuren in den Schneewehen am Wegrand beschnüffelte.

Da spukten sie wieder umher, die Russen; es grämte ihn, dass ihn sein Instinkt getäuscht hatte, oder zog die Ermittlergruppe womöglich doch zu vorschnelle Schlüsse? Der Chefermittler bei der Einheit der Verbrechensbekämpfung in Luleå, der sein Personal anderswo brauchte, die Reichskriminalpolizei, die ihre Analysten zurückrief? Ihm fielen einige Fälle ein, in denen Mörder auf freiem Fuß waren, weil die unterschiedlichen Einheiten nicht an einem Strang zogen, die Morde in Appojaure beispielsweise. Ein psychisch Kranker, der den Tathergang nur aus den Zeitungen kannte, hatte sie gestanden. Und obwohl es vermutlich nicht einen einzigen Polizisten in ganz Norrbotten gab, der daran glaubte, dass Thomas Quick sie tatsächlich begangen hatte, war er verurteilt worden. Und jetzt, siebzehn Jahre danach, bloggte er, sodass alle es lesen konnten, dass sogar er selbst darüber verwundert war, wie das Amtsgericht all diese Spinnereien hatte glauben können.

»Gestern Abend hat er angefangen, mit den Wachleuten zu reden«, sagte Attila. »Er sagte, er wisse, wer Lapp-Erik kaltgemacht habe, aber sie müssten ihm *witness protection* garantieren, bevor er mehr erzählen würde.«

Sie lachten beide.

»Was für tolle Wörter die mittlerweile kennen«, kommentierte Thore.

Doch mit oder ohne Zeugenschutz – als Anttila dorthin kam, hatte der Gefangene bereitwillig erzählt. »Es ginge um die Mafia, hat er behauptet, dieser Russe sei am ganzen Körper tätowiert, Kirchen und andere Dinge, die reinsten Kunstwerke. Weißt du, man kann die Gefängnisjahre an den Kirchenkuppeln ihrer Haut abzählen, und dieser Mann hatte offenbar wahnsinnig viele davon. Unser Informant zitterte vor Angst, als er es uns berichtete.«

Oder er war auf Entzug, dachte Thore.

»Er behauptet, sie hätten Lapp-Eriks Geld gewollt, und jetzt macht er sich Vorwürfe. Er wollte also wohl vor allem sein Gewissen erleichtern, indem er mir davon berichtete, schließlich hatte er ja dem einen oder anderen vom Skikönig aus Kivikangas erzählt, der nicht alle Tassen im Schrank, aber einen Haufen Kohle unter der Matratze hat.« Anttila wechselte ins Finnische, als er die Worte des Gefangenen wiedergab, er ahmte seine heisere Stimme nach, sodass Thore nicht mehr den geringsten Zweifel hegte, dass es sich bei ihm um Hoikka-Pertti handelte. »Aber ich habe doch nicht damit gerechnet, dass sie ihn umbringen würden, hat er gejammert, und jetzt sind sie hinter mir her, sie finden einen überall. Vor diesen Kerlen kann man sich nirgends verstecken, ihr müsst mich hier wegbringen.«

Thore blieb stehen.

Wie lange sitzt er schon?«

»Vier Monate.«

»Dann wird ihm wohl allmählich langweilig.«

Sie hatten das Ende des Weges erreicht und waren am Pfarrhof angekommen. Akka machte von selbst eine Kehrtwende. Dies war ihr üblicher Spaziergang. Dreihundert Meter in die eine Richtung, dann dieselbe Strecke wieder zurück.

»Aber er ist glaubwürdig«, entgegnete der doppelte Antti. »Er hat die Zelle mit einem Russen geteilt, der vermutlich einer kriminellen Gruppe aus Sankt Petersburg angehört, das wurde uns bestätigt. Und sie haben auch Karelien und Kola unter ihrer Kontrolle, die ganzen Häfen, also stimmt es wohl.«

»Aber was wollten sie mit dem Geld von Lapp-Erik?«

»Auch dort herrscht die Finanzkrise, sie nehmen wohl alles, was sie kriegen können.« Antti Anttila beschleunigte seine Schritte, offenbar hatte er genug von dem Spaziergang.

»Und was für eine Verbindung besteht zu den Bauarbeiten in Täby?«

»So weit sind wir noch nicht.«

Auf dem Weg ins Haus öffnete Thore seinen Briefkasten. Keine Post.

»Sind die Reinfeldts nicht in eine Wohnung gezogen, nachdem er im Aufzug stecken geblieben ist?«

»Doch. Bis bald!«

Anttila stieg in den Wagen, hob seine Hand zum Gruß und setzte zurück. Er hinterließ tiefe Spuren im Neuschnee, und Thore schämte sich, dass er die Einfahrt nicht schon am Morgen freigeschaufelt hatte. Er folgte dem Audi mit dem Blick, als der auf die Straße nach Haparanda einbog. Vielleicht waren es wirklich Russen gewesen, dachte er, und vermisste seine Erleichterung darüber, dass die Täter von außerhalb kamen. Er packte die Schaufel und begann sorgfältig den Schnee von der Treppe zu schippen.

Witness protection, brummelte er, was fällt ihnen wohl als Nächstes ein?

Vor ihr erhob sich eine riesige Leninstatue. Katrine blieb stehen und betrachtete Wladimir Iljitsch eine Weile. Sie hatte geglaubt, alle Monumente aus der kommunistischen Zeit wären vom Sockel gestürzt und weggebracht worden, aber hier stand er noch immer, den Blick in die Zukunft gerichtet. In Wirklichkeit starrte er direkt auf das Onega-Werk auf der anderen Seite des Parks. Die ehemalige Kanonenfabrik war jetzt eine gigantische Industrieruine, die sich mitten in der Stadt über einen Quadratkilometer erstreckte. Irgendwo in der Nähe mussten die Baracken gestanden haben, in denen Empo Björnfot und Gunnar Pelttari sich ein letztes Mal getroffen hatten.

Er musste doch gewusst haben, dass Gunnar eine neue Frau gehabt hatte? Hatte er auch darüber gelogen oder gehörte das zu den Dingen, die er einfach vergessen hatte?

Sie ging an der Mauer entlang und spähte dort, wo es möglich war, hinein. Die Zerstörung war allgegenwärtig, Rost und herabhängende Stromleitungen, Dächer, die eingestürzt waren und eingeschlagene Fenster. Alles in diesem Land verwittert, dachte sie, es verrostet und geht kaputt. Zwischen den Häusern wucherten Grasbüschel und Gestrüpp. *Beware of invaders,* hatte jemand an eine Wand gesprüht.

Wie hatte Empo Björnfot all die Jahre damit leben können? Wenn er Gunnar denunziert hatte, dann hatte er am Ende sicher auch die Vorwürfe gegen seinen Bruder bestätigt.

Die Namen, Emil Helmerowitsch, die Namen!

Katrine wandte sich ab und ging quer durch den Park auf das Café zu, in dem Ilja Petrow auf sie wartete.

Es war, als betrete man plötzlich Paris – Kristallkronen an der Decke und Fotografien vom Eiffelturm an der Wand.

Der Dolmetscher half ihr aus der Jacke. Am Tisch saß ein älterer Mann, der so klein war, dass sie kaum einen Unterschied ausmachen konnte, als er sich ebenfalls erhob, um sie zu begrüßen.

»Das ist Waleri Laine«, sagte Ilja Petrow. »Er verfügt über einige Informationen, an denen Sie sicher interessiert sind.«

»Über Hilma Jelena?«

Ihr wurde warm, als sie den Namen aussprach, er klang wie ein Lied.

»Nein, aber über Oskar Björnfot.« Er zog einen Laptop aus der Tasche und wählte sich in ein drahtloses Netzwerk ein. »Ich habe ihn gebeten, einen Blick darauf zu werfen, und er steht auf den Listen.«

»Den Listen?«

»Über die Opfer der Stalinzeit. Menschen, die verschwanden oder auf andere Weise gestorben sind, als man behauptete. All die, die sie in den Archiven gefunden haben.« Er nickte Waleri Laine zu, der den Laptop zu sich herübergezogen hatte. »Sein eigener Großvater wurde auch in Krasny Bor hingerichtet. Er durfte die Akte 1989 lesen. Bis dahin dachte die Familie, er sei an einer Grippe gestorben. So stand es in der Todesnachricht, die sie nach dem Krieg erhielten.«

Waleri Laine lächelte sie an.

»Man muss viele Male trauern.«

Er drehte den Laptop so, dass sie etwas sehen konnte.

»Oskar Helmerowitsch Björnfot«, sagte er und zeigte auf den Bildschirm.

Katrine beugte sich herüber und musterte die kyrillischen

Buchstaben, lange Reihen, ein Name nach dem anderen. In einem Ohr hatte sie Waleri Laines melodisches Russisch, im anderen das Schwedisch des Dolmetschers.

»Er wurde am 14. August 1937 in Petrosawodsk zum Tode verurteilt. Angeklagt nach Paragraph 58,6 und 58,14 des Strafgesetzbuches und noch am selben Tag in Solaschgora hingerichtet.«

Katrine folgte dem Zeigefinger des Mannes zu dem Datum auf dem Bildschirm. Der vierzehnte August. Auf den Tag genau sechs Jahre, nachdem Oskar Björnfot vom Bahnhof in Gällivare abgereist war.

»Spionage«, sagte sie. »Derselbe Paragraph wie bei Gunnar Pelttari.«

»Und Sabotage.« Ilja Petrow sah ihr über die Schulter und las. »Er hat es versäumt, beim Bau der Straße 89 zwischen Uhtua und Kem ein Loch mit Kies zu füllen.«

»Und deswegen wurde er zum Tode verurteilt?«

»Nein, wegen der Spionage, sonst wäre er wohl mit Arbeitslager davongekommen.«

»Für ein bisschen Kies?«

»Wenn es keinen Kies gab, und das war vermutlich der Fall, weil Mangel an allem herrschte, musste jemand dafür zur Verantwortung gezogen werden, dass das Ziel nicht erreicht wurde. Sonst hätte ja etwas am Fünfjahresplan nicht gestimmt, und das durfte nicht sein, denn der Fünfjahresplan war unantastbar. Und wenn er der Sabotage schuldig war, dann auch der konterrevolutionären Aktivität, denn warum sollte er den Fünfjahresplan sabotieren, wenn nicht, um den Sowjetstaat zu zerschlagen?«

»Logisch«, sagte Katrine.

»Was meinen Sie?« Ilja Petrow nickte in Richtung der Kaffeetasse. »Das ist der beste Espresso der Stadt.«

Als der Kellner die Rechnung brachte, nahm Katrine sie an sich. Die Preise hatten dasselbe Niveau wie in Stockholm und London.

»Warum ausgerechnet Gunnar und Oskar?«, fragte sie. »Sie waren überzeugte Kommunisten. Oskar ist sogar rekrutiert worden.«

»Weil sie Ausländer waren.«

Waleri Laine sprach leise und nachdrücklich, der Dolmetscher konnte nur Bruchstücke übersetzen.

Ausländer zu sein reichte aus, um verdächtigt zu werden, erklärte er. Sie waren dankbare Opfer für Denunziationen. Möglicherweise warf man die Schweden auch mit den Finnen in einen Topf, was alles nur noch schlimmer machte. Stalin brauchte Sündenböcke. Finnland war schon früher auf russisches Territorium vorgerückt, und der Krieg näherte sich.

»Steht Gunnar Pelttari auch auf der Liste?«

»Nein«, antwortete Waleri Laine.

Na Gott sei Dank. Es wäre ja auch ein sinnloses Unterfangen gewesen, Hals über Kopf nach Russland zu fahren, wenn man sowieso alles auf Listen im Internet finden konnte.

Alle Opfer habe man natürlich doch nicht aufspüren können, erklärte Waleri Laine. Fünfzigtausend Hingerichtete in Karelien, aber es könnten genauso gut siebzigtausend oder mehr sein, das könne man nicht genau wissen. Und jetzt sei die Suche so gut wie abgeschlossen.

»Warum, wenn man nicht alle gefunden hat?«

»Die Zeiten ändern sich, wie so oft in Russland«, übersetzte Ilja Petrow und lächelte so warm und unwiderstehlich, dass sie für einen Moment an etwas ganz anderes denken musste als die Lage in Russland. Schnell konzentrierte sie sich wieder auf Waleri Laine.

Die Freiheit der Neunzigerjahre sei eingeschränkt worden. Jetzt müssten alle Organisationen einen Bericht darüber ablegen, was sie gemacht hätten und woher sie ihre Gelder bezögen, weil es den Verdacht der Spionage und Finanzierung aus dem Ausland gebe. Man glaubte, der FSB hätte in alle gemeinnützige Organisationen Leute eingeschleust. Zur Jahrtausendwende sei Stalin allmählich wieder rehabilitiert worden.

»Wie sich gezeigt hat, ist der Sieg über die Faschisten im Großen Vaterländischen Krieg das Einzige, was das russische Volk noch einen kann. Unglücklicherweise war damals Stalin an der Macht.« Ilja Petrow schaltete seinen Laptop aus und legte ihn in die Tasche. »Aber Medwedew spricht natürlich erneut von der Entstalinisierung. Jetzt bleibt uns nur noch mitanzusehen, wie Putin das nicht umsetzen wird.«

Die Sonne hatte die Wolkendecke durchbrochen und funkelte in den Glasresten der Fenster des Onega-Werks auf der anderen Seite des Parks.

Waleri Laine zeigte ihnen die Richtung und verabschiedete sich. Sie gingen am finnischen Theater vorbei und bogen am Kirow-Platz kurz vor dem See links ab.

Das Zentralarchiv lag in einer großen Steinvilla, die mit hellen Möbeln aus karelischer Birke eingerichtet war. An einem Schreibtisch saß ein Mann, der das Rentenalter zweifellos längst überschritten hatte.

Russland habe kein nationales Melderegister, erklärte der Dolmetscher, dennoch seien alle Menschen irgendwo registriert, man brauche nur zu wissen, in welchem Archiv man suchen müsse. Er kenne Menschen, die Jahre zwischen staubigen Akten und Registereinträgen zugebracht hätten, und jede Information, die sie fanden, warf eine neue Frage auf, nach deren Antwort man in einem anderen Archiv suchen musste.

Katrine setzte sich auf eine Bank und wartete.

Dies war ein ziviles Archiv, das nie etwas mit den Hinrichtungen und Deportationen zu tun gehabt hatte. Es herrschte eine wärmere Atmosphäre, mit Glasfenstern in den Türen und Pinnwänden voller Zettel, was sie an eine schwedische Bibliothek erinnerte. Ein Geruch von Papier und Staub aus den Registern über die Adressen der Mitbürger, über Umzüge, Geburten und Hochzeiten. Hier würden sie möglicherweise erfahren, wohin Julia Antolijewna Morosowa und ihr geheimer Mann mit Hilma Jelena verschwunden waren.

»Er muss das erst mit dem Chefarchivar abklären«, sagte Ilja Petrow und setzte sich neben sie. Der alte Mann bewegte sich unendlich langsam auf den Tisch zu, wo das Telefon stand.

»Wie lange müssen die Menschen in diesem Land eigentlich arbeiten?«

»Mein Vater arbeitete, bis er achtundsiebzig war und einen Schlaganfall erlitt. Von der russischen Rente kann niemand leben.«

Katrine konnte nicht anders, als die Nähe seines Oberschenkels an ihrem wahrzunehmen.

»Gibt es einen regen Handelsaustausch?«, fragte sie.

»Wie bitte?«

»Na, zwischen Petrosawodsk und Schweden?«

»Nein, das kann man nicht sagen.«

»Also werden Sie nicht oft zum Dolmetschen beauftragt?«

»Ein bisschen Kulturaustausch gibt es ja auch«, antwortete er und stand auf. Der alte Mann zog ein Formular aus einer Schublade, das Ilja Petrow an Katrine weiterreichte. »Sie müssen nur hier eintragen, welche Informationen Sie brauchen. Dann helfen sie Ihnen bei der Suche.«

»Großartig.«

»Allerdings kostet das etwas.«

»Wie viel denn?«

»Das kommt darauf an, wie lange sie suchen müssen. Man weiß nicht immer, wo die Information liegt, und manchmal suchen sie auch erfolglos. Vielleicht 2000 Rubel, vielleicht mehr.«

Katrine rechnete schnell im Kopf nach, das entsprach 50 Euro, also so gut wie nichts. Ilja Petrow fuhr sich mit der Hand durchs Haar.

»Allerdings sagt er, dass sie viel zu tun haben, die Warteschlange ist lang. Sie müssen damit rechnen, dass es ein wenig dauert.«

»Aha. Und wie lange ungefähr?« Sie hatte für den nächsten Tag den Nachtzug nach Sankt Petersburg gebucht und hoffte, ihn zu erreichen. Diese Fahrkarte ließ sich nicht umbuchen.

»Zweieinhalb Jahre«, antwortete Ilja Petrow.

Rodja Nasajew öffnete den Umschlag und musste von dem Staub nießen. Der Gedanke daran, den dicken Bericht durchlesen zu müssen, machte ihn wütend, bevor er überhaupt damit angefangen hatte. Er verabscheute diese Art von Arbeit. Verabscheute es, wenn die Buchstaben vor seinen Augen tanzten und den Platz tauschten, wenn Worte einfach keinen Sinn ergeben wollten.

Er streckte sich im italienischen Sessel des Chefs aus. Die Sitzfläche hing so tief über dem Boden, dass man kaum wieder hochkam.

Dies war also alles, was der große Mann herausgefunden hatte.

Seite für Seite nichts.

Er hatte damit gerechnet, einen Namen zu bekommen. Wofür hatten diese Menschen denn sonst gelitten. Es gab ja durchaus Namen, lauter Namen von Frauen, mit denen der Chef sich amüsiert hatte, und von Staatsanwälten, die sich in seine Geschäfte eingemischt hatten, und von jedem Politiker, der Gelder aus Dmitrij Rykows Fonds erhalten hatte. Sogar sein eigener Name tauchte an manchen Stellen auf. Welche Strafen, welche Gefängnisse, in welchen Jahren, wann er von Dmitrij Rykow angestellt worden war.

Er schleuderte den Bericht in die Ecke. Was sollte er mit diesen Informationen? Jede der genannten Personen aufsuchen und sie so lange unter Druck setzen, bis sie alles gesagt hatten, was sie zu sagen hatten?

Das würde Wochen dauern, vielleicht sogar Monate, und der Sankt Petersburger Polizei Zeit geben, ihm zuvorzukommen und den Mörder zu fassen.

Rodja stemmte sich aus dem Sessel hoch und ging vor den Fensterreihen auf und ab. Er fragte sich, worüber sich seine Männer draußen in der Küche gerade unterhielten. Was sagten sie über ihn, wenn er nicht dabei war? Stellten sie seinen Führungsstil infrage, benannten sie ihn nach einem Federvieh?

Draußen strömte der Regen auf den Isaaksplatz, zwischen den Autos rannen Sturzbäche hindurch. Er sah Limousinen vor dem Hotel Astoria vorfahren, Chauffeure, die hinaussprangen und Regenschirme über ihre Gäste hielten. Mitunter war es vorgekommen, dass sie Dmitrij Olegowitsch dort raustragen mussten. Rodja erinnerte sich an Augenblicke, Momentaufnahmen, die sich miteinander vermischten, er konnte die Abende kaum mehr auseinanderhalten. Sein Chef, der von Mal zu Mal betrunkener wurde, wegen Geschäften, die platzten, einer Frau, die mit jemand anderem mitgegangen war. In der letzten Zeit hatte er immer vom Geld gefaselt. Dass ihn irgendjemand bestahl, sich aus seinen Kassen bediente. Mal war es die Bank, mal waren es die Politiker, ein Komplott des Staates oder sogar seine eigenen Geschäftspartner. Wie sollte das Geld bitte sonst von seinen Konten verschwinden? Keiner von all diesen jämmerlichen Finanzberatern und Ökonomen hatte Dmitrij Olegowitsch das erklären können, sie alle waren Lügner, wenn die Nacht längst über dem Isaaksplatz lag und die Hotelbar des Astoria schloss.

Rodja holte das Handy des Chefs und rief den Mann an, dessen Namen man nicht erwähnte und der sich hinter der Kurzwahl 1 verbarg.

»Haben Sie Alexej Schaporin gefunden?«

»Er ist verschwunden.«

»Ich weiß, dass er verschwunden ist.« Rodja blieb vor dem goldgerahmten Spiegel stehen und streckte sich bis zur Decke.

Er trug immer noch seine Pyjamahosen, sein Oberkörper war nackt. Es machte ihm immer Mut, sein eigenes Spiegelbild zu betrachten. Zu wissen, welche Angst er denjenigen einjagte, denen er sich zeigte. »Also haben Sie seine Leiche nicht gefunden?«

»Woher wissen Sie, dass er tot ist?«

»Wo soll er sonst sein?«

»Sie haben doch den Bericht gelesen?«

»Ja, klar.« Den Bericht? Ein Scheißbericht. Er brauchte keine Berichte. Abgesehen von dem Mann am anderen Ende der Leitung gab es nur eine einzige Person, die besser über die Feinde seines Chefs Bescheid wusste als er selbst, und das war Alexej Schaporin. Deshalb strich er jetzt über seine Tätowierung der Madonna mit dem Kinde und hätte sich sogar vorstellen können, ein Gebet zu sprechen, um Schaporin lebend zu finden.

»Dann wissen Sie auch, dass er verschwunden ist, weil er verschwinden wollte«, fuhr der Mann fort. »Sie sollten sich fragen, warum das so ist. Warum hat Dmitrij ihn sonst beschatten lassen?«

»Woher wollen Sie wissen, dass der Chef ihn beschatten ließ?«

Der Mann lachte.

»Es gibt immer jemanden, der die Beschatter beschattet, vergessen Sie das nicht, Herr Nasajew.« Mit diesen Worten legte er auf.

Rodja schleuderte das Handy auf den Boden.

Er überlegte, wie lange es dauern würde, bis diese Verbindung abbrach. Vermutlich schon bald, wenn die Überweisungen nicht von einem Konto weiterliefen, von dem er keine Kenntnis hatte.

Alexej Schaporin. Der selbstherrliche Partner des Chefs, die hochgewachsene *awtoritet* mit ihrer feinen Bildung. Dmitrij Olegowitsch hatte immer damit geprahlt, wie sie sich vom

Schwarzmarkt hochgearbeitet hatten, sie kannten sich schon lange, bevor das Imperium fiel.

Er verschwand, weil er verschwinden wollte.

Rodja hatte das Lachen des Mannes noch immer im Ohr. Wie er Menschen hasste, die in Rätseln sprachen und sich nie zu erkennen gaben.

Er ging in das Schlafzimmer des Chefs und zog sich an, seine Kleider hatte er neben dem riesigen Bett über einen Stuhl geworfen. Auf dem Weg zur Küche schlüpfte er in die Lederjacke.

»Wir gehen ein paar Kollegen besuchen«, sagte er.

Seine Männer sahen ihn schläfrig an. Sie hielten Spielkarten in den Händen und hatten den teuersten Cognac des Chefs auf den Tisch gestellt.

Wütend trat Rodja gegen einen Stuhl. Sie erhoben sich. Viel zu langsam.

Und er wusste, dass all das sehr bald ein Ende haben musste.

Im Wald war kein Geräusch zu hören, kein Wind. Über allem lag eine eiskalte Stille, als hätte die Welt zu atmen aufgehört. Es hieß, in Krasny Bor würden keine Vögel mehr singen.

Der Ort lag an einem vergessenen Weg, der in südlicher Richtung von Petrosawodsk fortführte, ein lichter Kiefernwald unweit vom großen Onegasee. Katrine hatte den Taxifahrer gebeten zu warten, während sie vom Weg hinunter in den Schnee stakste, der geschmolzen und erneut gefroren war.

Krasny Bor, der rote Wald, benannt nach der Farbe des Blutes. Dort standen die Kreuze. Zwischen den Stämmen erstreckten sich endlose Reihen von Kreuzen. Am nächstgelegenen hing das Bild eines russischen Mannes. Eine Blume, ein Foto, sein Name. Es war ein einfaches Holzkreuz, wie sie es noch nie gesehen hatte. Ein weiß gestrichener Pfahl, knapp zwei Meter hoch und mit einem dreieckigen Dach obenauf.

Langsam setzte sie ihren Weg zwischen den Bäumen fort und ging von Kreuz zu Kreuz. Finnische Namen und russische. An manchen waren Holzlatten als Querbalken festgenagelt, oder man hatte zusätzliche Namen eingeritzt. Toivo, Paavo, Hilmer. Auch an den Baumstämmen hingen Fotos von den Toten, direkt auf Rinde und Moos genagelt. Vor dem Bild einer schönen Frau blieb sie lange stehen. Sie trug einen Spitzenkragen, das Haar in ordentliche Locken gelegt, Lydia Mikkola, am dritten Oktober 1938 gestorben. Ein kleiner Kranz aus Plastikrosen zierte ihr Grab.

Zu Beginn der 1990er-Jahre hatte man hier menschliche Überreste gefunden. Anschließend hatte man das Grab wieder mit Erde bedeckt. Es waren zu viele Leichen gewesen.

Ich gehe über ein Gräberfeld, dachte sie. Wohin ich meinen Fuß auch setze, überall sind menschliche Knochen. Kein Wunder, dass die Vögel schweigen. Die Erde erinnert sich und die Bäume erinnern sich. Deshalb gibt es hier kein Leben.

Das Klingeln ihres Handys zerriss die Stille. Katrine kramte es schnell hervor, um die Totenruhe nicht zu stören.

Es war Ilja Petrow.

»Augenblick«, bat sie leise und trat ein Stück zur Seite.

»Sie wollten doch das Untersuchungsgefängnis sehen«, sagte Ilja Petrow.

Nein, dachte Katrine, nach dem hier will ich nichts mehr sehen.

»Okay«, erwiderte sie stattdessen.

»Passt es heute Nachmittag? Ich habe auch noch einige Informationen für Sie.«

Nachdem sie das Gespräch beendet hatte, ging sie wieder zwischen die Kiefern zurück. Sie wählte eines der anonymsten Kreuze, ohne Fotos und Blumen, auf dem nur ein paar russische Namen standen, und sah sich um, aber keine Menschenseele war zu sehen. Das Taxi stand hundert Meter entfernt hinter den Bäumen. Katrine zog sich die Handschuhe aus und holte ihr Schlüsselbund aus der Tasche, kratzte prüfend über den weißen Querbalken. Dann ritzte sie schnell die Buchstaben ein: G Pelttari.

Es piepste erneut, und sie holte das Handy heraus, doch es zeigte nichts an. Und da war dieser Laut wieder, diesmal weiter entfernt, irgendwo tief drinnen im Wald.

Ein Vogel.

Katrine blieb mucksmäuschenstill stehen und wartete, um ihn noch einmal zu hören, unsicher, ob sie es sich nicht nur eingebildet hatte. Aber dann hörte sie das Zwitschern noch einmal, jetzt näher, und sie wünschte, sie hätte sich mehr mit Vogelstimmen beschäftigt, dann hätte sie jetzt gewusst, was für ein Vogel es war. Sie schaute in die Baumwipfel, konnte jedoch nichts erkennen.

Der Taxifahrer erwachte, als sie einstieg. »Hotel?«

Das Auto holperte über den löchrigen Weg. Durch die Rückscheibe sah sie, wie die weißen Kreuze allmählich vom Wald verdeckt wurden und verschwanden.

»Er hieß Arkadi Iwanowitsch Morosow, geboren in Leningrad.«

»Wie haben Sie das herausgefunden?«

»Verbindungen.«

Ilja Petrow packte Katrines Arm, um sie daran zu hindern, im Berufsverkehr den Lenin-Prospekt zu überqueren. Es gebe keine Garantie dafür, dass die Autofahrer an einem Zebrastreifen tatsächlich anhielten, einige ließen Fußgängern den Vortritt, einige nicht, aber davon abgesehen könne sie sich auf den Straßen unbesorgt bewegen, hatte er erklärt. Sogar in den russischen Großstädten gebe es weniger Straßenkriminalität als in London. Die meisten Kleinganoven säßen im Gefängnis, und die großen Kriminellen arbeiteten auf einem ganz anderen Niveau.

»Haben Sie auch in Erfahrung bringen können, ob er für den NKWD gearbeitet hat?«, fragte Katrine, als sie glücklich auf der anderen Straßenseite angekommen waren.

»Wir wissen jedenfalls, dass er im Oktober 1941 als Soldat der Roten Armee gefallen ist, vermutlich in der entscheidenden finnisch-russischen Schlacht auf dem Radioberg. Dieses Datum war angegeben, der Tag, an dem die finnische Armee Petrosawodsk einnahm.«

Ilja Petrow bog rechts in eine Querstraße ein.

»Und der Rest der Familie?«

»Wurde während der finnischen Besatzung interniert.«

»Auch das Kind?«

»Wie die gesamte russische Zivilbevölkerung. Die Stadt erhielt den Namen Äänislinna, sie haben die Straßen neu benannt und versucht, den Protestantismus einzuführen. Letzteres hat nicht so gut geklappt. Wir Russen sind stur, wenn es um unsere Religion geht.«

Katrine stellte sich vor, wie Hilma Jelena, Kind einer finnischen Mutter und eines schwedischen Vaters, als Russin von den Finnen interniert wurde. Sie fragte sich, ob ihr wohl irgendjemand erzählt hatte, wer ihre biologischen Eltern waren.

»Das klingt wie eine ethnische Säuberung«, sagte sie.

»Lebensraum«, erwiderte Ilja Petrow auf Deutsch. »Mannerheim wollte ein Groß-Finnland, das sich bis zum Weißen Meer erstreckte.«

Er deutete auf ein ockerfarbenes Gebäude auf der anderen Straßenseite.

»Das alte Staatsgefängnis«, erklärte er. »Es wird heute immer noch als Untersuchungsgefängnis genutzt.«

Katrine betrachtete das Haus. Es war ein ganz gewöhnliches Haus aus Stein und hätte eine Schule oder eine Ambulanz sein können, wären da nicht der spiralförmige Stacheldraht auf den Mauern und die dicken Gitterstäbe vor den Fenstern gewesen. Das nächste Wohnhaus lag nur wenige Meter entfernt. Die Nachbarn mussten beobachtet haben, wie Gunnar Pelttari zum Verhör gebracht worden war. Oder hatten sie weggesehen, aufgeatmet, mit Kwas angestoßen, weil wieder ein Staatsfeind aus dem Weg war? Und eine Woche später war Oskar Björnfot an der Reihe gewesen, ihn hatte man an einen Ort gebracht, der Solaschgora hieß.

»Solaschgora«, sagte sie, »was war das für ein Ort?«

»Eine Sandgrube am Stadtrand. Dort fand man Anfang der Neunzigerjahre Skelettreste. Man hat das Gebiet umgegraben, die Knochenreste in Säcke gepackt und auf einem Friedhof in der Nähe in geweihter Erde beigesetzt.«

Plötzlich wusste sie, wo sie den Namen schon einmal gehört hatte. In einer Sandgrube hatten die beiden in der allerersten Zeit gearbeitet, als sie nach Petrosawodsk kamen, diese aufregende, hoffnungsvolle Zeit, als Empo Björnfot sich im finnischen Kulturhaus in ein Mädchen verliebte.

»Nachbarn haben bezeugt, dass sie abends die Autos hörten, und dann Schüsse. Als in den Fünfzigerjahren die Straßen in Petrosawodsk asphaltiert wurden, holte man den Sand aus Solaschgora.«

Langsam kamen seine Worte bei ihr an. Die Dämmerung hatte einen gelben Ton. Es war kälter geworden.

»Konnten Sie sonst noch etwas über Julia Morosowa und das Kind herausfinden?«

»Nach dem Krieg hat sie darum angesucht, wieder nach Leningrad ziehen zu dürfen«, antwortete Ilja Petrow. »Ich kann mir vorstellen, dass sie zu ihren Verwandten zurückwollte. Wenn überhaupt noch welche übrig waren.«

»Und das Mädchen?«

»Hilma Jelena Arkadjewna Morosowa. Sie wird in dem Antrag ebenfalls genannt.«

Katrine blieb stehen. Ein kleiner Jubel brach in ihr los, Hilma Jelena hatte den Krieg und das Lager überlebt und ihren Vornamen behalten dürfen! Und der nächste Gedanke, schwindelerregend: Vielleicht lebte sie noch. Der Tod und die Hinrichtungen hatten sie so sehr beschäftigt, dass ihr die Vorstellung, irgendjemand könne das überlebt haben, völlig undenkbar erschienen war.

Ilja Petrow zog einen Zettel aus der Tasche und faltete ihn auseinander.

»Es gibt auch eine Adresse.«

»Wo? In Leningrad?«

Er reichte ihr den Zettel. Darauf war in kyrillischen und lateinischen Buchstaben der Straßenname notiert.

»Von wann ist das?«

»1946«, antwortete er. »Es dauerte wohl eine Weile, bis man ihren Antrag bearbeitet hat.«

»Du liebe Güte, das ist doch über sechzig Jahre her, sie müssen inzwischen tausend Mal umgezogen sein.«

»Es ist dieselbe Adresse, die sie auch angegeben hat, als sie 1935 hierher gezogen ist. Wenn es das Haus nach dem Krieg noch gab, wenn es nicht in Ruinen lag – warum hätte sie dann umziehen sollen?«

»Weil sie in der Zwischenzeit etwas Besseres gefunden hat?«

Er lächelte.

»Wir sind hier in Russland«, erwiderte er. »Wir halten an dem fest, was wir haben, an der Verwandtschaft, den Traditionen, all dem, was Stalin zu zerstören versucht hat, am Familiengefühl, dem Nationalismus, der Religion. Das russische Volk hält sich fest, woran es nur kann. Wir wechseln unser Zuhause nicht so wie ihr, Wohnungen werden über Generationen hinweg vererbt. Ich wohne mit meiner Frau, meinen Kindern und den Schwiegereltern in deren Dreizimmerwohnung, und wenn es irgendwann so weit ist, übernehmen wir sie. Wir haben uns nie daran gewöhnt, allein zu sein.«

Katrine starrte auf den Zettel in ihrer Hand. Sie würde früh am nächsten Morgen in Leningrad, nein, Sankt Petersburg, ankommen. Ihr Flug nach Stockholm ging am Nachmittag, aber dieses Ticket konnte sie, wenn nötig, umbuchen.

»Glauben Sie, es ist möglich, noch mehr zu finden?«

»Nein …« Er zögerte die Antwort hinaus. »Dafür müsste man dann in den Archiven von Sankt Petersburg suchen.«

»Sie scheinen gute Kontakte zu haben«, sagte Katrine.

»Nicht in Petersburg.«

»Ich meinte hier. Dass Sie an diese Informationen gekommen sind, obwohl die Wartezeit eigentlich zweieinhalb Jahre beträgt.«

»Dies ist eine kleine Stadt. Hier kennt jeder jeden.«

Zwischen den weißen Säulen des Hotels Sewernaja gab er ihr die Hand und wünschte ihr viel Glück.

Katrine reichte ihm das Bündel mit den Tausend-Rubel-Scheinen, die sie als Bezahlung vereinbart hatten. Ilja Petrow stopfte es in die Tasche, ohne nachzuzählen.

»Nehmen Sie sich in Petersburg vor dem Verkehr in Acht«, mahnte er und ging zum Hotelparkplatz. Die Scheinwerfer eines fast neuen Toyotas blinkten auf, als er ihn entriegelte. Im Baum vor dem Hotel hing noch ein wenig Weihnachtsschmuck, aber die meisten Lämpchen der Lichterkette brannten nicht mehr.

Wie kann er sich das leisten?, dachte sie. Für ein paar Tausend Rubel dolmetschen, obwohl fast keine Schweden hierherkommen. Wie können die Menschen hier überhaupt in japanischen Autos umherfahren, wenn sie weniger Geld verdienen als ein schwedischer Sozialhilfeempfänger?

Sie sah, wie er zurücksetzte. Seine Hand, die er zum Gruß hob, ehe er einen U-Turn machte und auf der Avenue in Richtung Süden zum Leninplatz fuhr. Dann dämmerte es ihr allmählich. Die Informationsteilchen, die sie nicht oder nur zur Hälfte beachtet hatte, weil sie so sehr mit anderen Dingen beschäftigt gewesen war, bildeten plötzlich ein Ganzes.

Ilja Petrow hatte im Laufe eines einzigen Vormittags Informationen aus den letzten Winkeln des Archivs erhalten, worauf andere mehr als zwei Jahre warten mussten. Oder war er sogar direkt zum FSB zurückgegangen? Hatte er das Original der Akte mit dem Zeichen 683 441 einsehen dürfen, in der kein Name geschwärzt war und in der man alles über das weitere Schicksal der Familie nachlesen konnte?

Seine Gewohnheit, Espresso in teuren Cafés zu trinken. Der Laptop auf dem Tisch, der fast neue Toyota.

Plötzlich wurde Katrine sich der Bedrohungen bewusst, die im Dunkel und in den Seitengassen lauerten, der Männer, die vorbeigingen und ihr Blicke zuwarfen. Hastig zog sie die Hoteltür hinter sich zu. Natürlich hatte sie sich auf den Straßen sicher bewegen können, schließlich hatte er sie begleitet.

Sie bat um ihren Schlüssel, Zimmer 234. Das Gesicht der Rezeptionsdame war ausdruckslos wie immer, sie wirkte streng in ihrer Rüschenbluse wie aus einer anderen Zeit. Als sie zu ihrem Zimmer hinaufging, nahm Katrine zwei Treppenstufen auf einmal.

Ilja Petrow arbeitete für den FSB. So musste es sein! Entweder im Nebenerwerb, als eine Art Freelancer, oder in Vollzeit, mit dem Dolmetscherberuf als Deckmantel. Hatte sie etwas gesagt, was sie besser nicht verraten hätte? Ihr Herz pochte vor Angst.

Vielleicht war er gar nicht nach Hause zu der Dreizimmerwohnung seiner Schwiegereltern am Stadtrand gefahren. Er konnte die Leninstatue genauso gut umrundet haben und links in eine Parallelstraße eingebogen sein, zurück zum FSB, wo man just in diesem Moment eine Akte über sie anlegte.

In ihrem Zimmer angekommen sank sie auf das Bett. Ich bin ein Niemand, redete sie sich ein, warum sollten sie sich für mich interessieren? Im Grunde konnte man sie nicht einmal mehr als Journalistin bezeichnen. Ilja Petrow war einfach nur freundlich gewesen. Warum hätte er Waleri Laines Sätze über den zunehmenden Einfluss des FSB übersetzen sollen, wenn er selbst dazugehörte? War es womöglich sogar eine Warnung gewesen? Oder hatte er ihr seine Unschuld beweisen wollen?

Ich sehe schon Gespenster, dachte sie, ich bin paranoid. In den letzten Tagen hatte sie einfach zu viel gesehen.

Sie zwang sich zurück in die Wirklichkeit: die Kleider, die im Zimmer verstreut lagen, die Zugfahrkarten, der Pass und das Handy.

Wenn Ilja Petrow für den FSB arbeitete, hatte er nur deshalb die Adresse in Leningrad herausfinden können.

Was für ein irres Glück ich doch habe, sagte sie laut zu sich selbst und begann ihren Koffer zu packen.

Einige Stunden später, nachdem sie im Café gegenüber Borschtsch gegessen hatte, ging sie trotz allem mit einem sicheren Gefühl den Lenin-Prospekt entlang zum Bahnhof, wo der Nachtzug nach Sankt Petersburg auf sie wartete. Sie drehte sich ein letztes Mal um und blickte über den Platz vor dem Bahnhofsgebäude. Asphalt mit dem Sand aus Solaschgora, vermischt mit dem Staub der Toten.

Und dennoch gingen die Menschen in dieser Stadt einfach weiter.

In seinem Traum grinste Hoikka-Pertti ihn an. Seine schwarzen Zahnstümpfe, das lange Haar, das hinter ihm herflatterte, als er sich losriss und türmte.

Thore rannte. Er rannte so schnell, dass ihm der Wind um die Ohren pfiff, denn er musste diesen Mistkerl fassen, ehe er auf die finnische Seite gelangte. Er rannte auf der vereisten Straße entlang, bekam Hoikka-Perttis Arm zu fassen und sah, dass dieser ein Gewehr in der Hand hielt. Dann drehte der Mann sich um, doch er hatte Lars-Erkkis Gesicht, oder vielmehr das klaffende Loch, das noch davon übrig war.

Thore setzte sich jäh im Bett auf.

Und bereute es im nächsten Moment.

Der Rücken, dieser verdammte Rücken. Es begann mit einigen Stichen und ging dann in ein anhaltendes Ziehen über. Hatte er seine Tabletten genommen, bevor er sich hingelegt hatte?

Er drückte auf seinen Wecker, und die digitalen Ziffern leuchteten auf. Halb drei. Der nächtliche Schein von Schnee und Mond fiel durch die dünnen Gardinen, im Winter zog er das Rollo nie herunter.

Sein Herz raste immer noch von dem Spurt im Traum. Mühsam stemmte er sich aus dem Bett und schlurfte zur Toilette.

Hoikka-Pertti ließ ihn nicht mehr los. Irgendetwas an dieser Geschichte war faul, und das piesackte und irritierte ihn selbst im Schlaf. Etwas, das niemand sah, weil niemand es sehen wollte.

Er konnte den alten Ganoven immer noch hören, seine wilden Flüche auf Finnisch, immer, wenn sie ihn gefasst hatten.

Mit der Hand am Türgriff blieb Thore vor dem Badezimmer stehen.

Wie hatte der schmächtige Pertti Härkkönnen mit einem russischen Gauner aus Sankt Petersburg plaudern können? In welcher Sprache? Die organisierte Kriminalität hatte wohl kaum angefangen, in den Gefängnissen Finnischkurse anzubieten?

Lachend ließ er sich auf die Klobrille sinken.

In Hoikka-Perttis Generation hatte es noch die finnische Volksschule gegeben. Eine höhere Schulbildung hatte der Mann nie erfahren, sondern direkt seine Laufbahn als Dieb eingeschlagen. Thore kannte bedeutend ehrgeizigere Schüler als ihn, die die damalige Volksschule absolviert hatten, ohne je Schwedisch oder Englisch zu lernen, er war schließlich selbst über vierzig Jahre mit einer Frau aus dem finnischen Pello verheiratet gewesen. Den Hochzeitsantrag hatte er seiner Kyllikki in ihrer Muttersprache gemacht!

Witness protection!

Vermutlich waren das die einzigen fremdsprachigen Worte, die Hoikka-Pertti in seinem ganzen Leben aufgeschnappt hatte.

Thore wurde bewusst, dass damit die gesamte Ermittlung wie ein Kartenhaus zusammenstürzen würde.

Was hatten sie sonst noch?

Zwei russische Jungs, die nach Schweden gekommen waren, um einen Badezimmerboden zu verlegen?

Er blieb auf der Toilette sitzen, nachts bewegten sich die Gedanken merkwürdig frei. Vielleicht war sein Gehirn auch deshalb so klar wie schon lange nicht mehr, weil er die Tabletten vergessen hatte.

Gab es überhaupt etwas anderes als haltlose Gerüchte? Geld, das nicht existierte, ein Gewehr, das nie aufgetaucht war? Zeugen, die nichts Außergewöhnliches gesehen oder gehört hatten?

Er wusste selbst, wie es war. Man grübelte. Man ging in seinem Zimmer auf und ab und versuchte sich den Abend des Mordes in Erinnerung zu rufen, wieder und wieder, und plötzlich erinnerte man sich an etwas und rief zögerlich bei der Polizei an. Doch diesmal konnte sich niemand erinnern, zwei Russen gesehen zu haben, kein fremdes Auto, nichts.

Eine Bewegung an der Tür riss ihn aus seinen Überlegungen. Das Herz schlug ihm bis zum Hals, doch dann sah er, wie eine Schnauze um die Ecke lugte. Natürlich war es die Hündin. Er atmete aus, hatte sie nicht kommen hören, war so sehr an das Tapsen gewohnt, hatte ja immer Hunde gehabt. Jetzt stand sie hechelnd in der Tür, glücklich, ihr Herrchen gefunden zu haben.

Der Gedanke traf ihn mit der Wucht eines Fausthiebs.

Geräusche, an die man sich so gewöhnt hatte, dass man nicht mehr darüber nachdachte.

Niemand hatte etwas Außergewöhnliches gesehen oder gehört.

Aber etwas Gewöhnliches? Etwas, das man ständig in seiner Umgebung wahrnahm? Den Wind zum Beispiel, das Bellen eines Hundes. Das vage Dröhnen der Eisenbahn auf der finnischen Seite, das eins geworden war mit der Stille; die Motorschlitten am Fluss, die Holzlaster auf dem Weg zur E4 nach Süden.

Bei den Ermittlungen hatten sie sich auf die Sache mit dem Auto aus Murmansk versteift. Er konnte es ihnen nicht verdenken, er hätte dasselbe getan. Es hatte so sehr auf der Hand gelegen.

Aber wenn es gar nicht das Auto gewesen war? Wenn das russische Auto, das man in Täby gefunden hatte, reiner Zufall war, wenn die Jungen doch falsch gesehen hatten? Der Gedanke versetzte ihm einen Stich. Er hätte Matti selbst befragen sollen, aber er hatte sich nicht aufdrängen wollen. Es war schon eine Weile her, dass der Junge bei ihm vorbeigeschaut hatte, um etwas von ihm zu lernen, zu angeln, hinten auf dem Motorschlitten zur Jagdhütte zu fahren. Das tiefe Einverständnis zwischen ihnen, das es mal gegeben hatte ... Thore hatte es immer als eine Vorkehrung der Natur aufgefasst, dass der Enkel, der seinen Vater verstieß, zu seinem Großvater lief, als bräuchte die Liebe eine zusätzliche Generation Luft zum Atmen.

Wenn auch sie nur das gesehen hatten, was sie sehen wollten, und nicht das, was wirklich war?

Er erinnerte sich noch einmal, wie er den Hund an jenem Abend wie immer herausgelassen hatte. Zwischen elf und zwölf hatte er in der Tür gestanden und gewartet, bis er sein Geschäft erledigt hatte. Wie an allen Abenden, es gab nichts, was ihm im Gedächtnis haften geblieben wäre.

Die Idee erschreckte ihn und färbte die Nacht vor dem Fenster schwärzer. Der Mond glitt hinter die Wolken. Jetzt nahm er die nächtlichen Geräusche stärker wahr. Äste, die gegen das Fenster schlugen. Ein Lastwagen auf der Straße 99. Das Knacken der Stromleitungen, das Knarren des alten Bodens.

Sie waren sich sicher gewesen, dass die Raubmörder mit einem Auto durch die Stadt gefahren waren, aber wenn nicht ...

Teufel auch.

Er schenkte sich ein Glas Milch ein und setzte sich auf die Küchenbank. Jetzt, wo langsam alle Puzzleteilchen auf ihren Platz fielen, konnte er sowieso nicht mehr schlafen.

Die Skispuren, die von der Sauna wegführten. Was, wenn die Täter in Lars-Erkkis Loipe gefahren waren?

Sie konnten ihr Auto unten am Fluss geparkt haben, die Eiswege waren ja geräumt. Dann waren sie anschließend vermutlich direkt nach Finnland gefahren und für immer verschwunden. Oder sie waren mit dem Motorschlitten gekommen und hatten die Skier mitgenommen. Die Schlittenspuren verliefen schließlich kreuz und quer, selbst am Flussufer, wo die Sauna stand.

Das ergab durchaus einen Sinn. Vielleicht war es der alte Instinkt, all die Jahre Erfahrung, die zusammenkamen und eine

Gewissheit bildeten, in der kein Zweifel mehr Platz fand. Er sah vor sich, wie es abgelaufen sein musste, Höllenteufel aber auch, er musste wieder auf die Beine kommen.

Das Diebesgut, rief die Gehirnhälfte, mit der er immer noch Polizist war. Das war das Einzige, womit sich etwas beweisen ließ. Fakten. Gegenstände. Alles andere waren nur Lügen und Fehler, Menschen, die das eine mit dem anderen verwechselten. Aber ein Gewehr verschwand nicht einfach, man entledigte sich seiner oder versteckte es. Aber wo? Konnte es wirklich so sein, wie er vermutete?

Wie er so seine polizeilichen Schlüsse zog, konnte er vor Aufregung kaum atmen. Es musste irgendwo sein, wo niemand es zufällig finden würde, wo niemand mehr etwas zu suchen hatte. Nicht zu nah, aber auch nicht zu weit weg, denn der, der das Gewehr gestohlen hatte, konnte ja den Plan hegen, es auch einmal zu benutzen.

Plötzlich hatte er es eilig.

Immerhin war er geistesgegenwärtig genug, sich zwei Brote zu schmieren und eine Thermoskanne mit Kaffee zu füllen. Seine Hände zitterten so sehr, dass er die Hälfte verschüttete. Dann zog er sich an. Verflucht langsam ging das. Allein die Beine zu beugen, um in die Thermohosen zu schlüpfen. Er hatte vergessen, dass der Reißverschluss kaputt war. Die Skischuhe fand er ganz hinten im Lagerschuppen. Der Hund trottete ihm über den Hof hinterher. Die Skier standen an die Wand des Schuppens gelehnt, sie waren lange nicht gewachst worden, aber es kam ihm schließlich auch nicht auf die Geschwindigkeit an. Es war nicht einmal vier, noch über eine Stunde, ehe es zu dämmern begann. Er würde sich vor niemandem rechtfertigen müssen.

Als er sich herunterbeugte, um die Bindungen festzuziehen, musste er sich an der Wand abstützen. Diese nagende Unruhe im Bauch. Er schnürte sich die Skistöcke um die Handschuhe und lief los, überquerte den Weg und nahm eine Abkürzung quer über Niskas Grundstück, um den Schneewällen am Wegrand auszuweichen. Der Mond war wieder hinter den Wolken hervorgekommen. Mehr Licht brauchte er nicht, er kannte jeden Graben und jeden Winkel. Langsam stieß er sich über das Feld und fand die Motorschlittenspur, die zur Forstgrenze führte.

Dann hörte er nur noch das langsame Gleiten der Skier und Akkas lautes Hecheln, als sie sich hinter ihm über den Schnee kämpfte.

Das Haus tauchte vor ihr auf wie ein Geisterschiff aus dem Nebel. Es schien über der Straßenecke zu schweben, Fenster wie schwarze Öffnungen zur Dunkelheit. Über der Fassade hing ein Netz. Wo es zerrissen war, flatterte es im Wind und verwischte die Konturen.

Es ist nicht hier, dachte sie, und ihre Hände zitterten, als sie den Stadtplan auseinanderfaltete und versuchte, die winzigen Buchstaben zu entziffern und mit der Adresse auf dem Zettel zu vergleichen. Sie befand sich nur eine Viertelstunde Fußweg vom historischen Kern Sankt Petersburgs und der Paradestraße Newski Prospekt entfernt, wo sie ein völlig überteuertes Frühstück eingenommen hatte. Aber in diesen Stadtvierteln war die neue Wirtschaft noch nicht angekommen. Schmutzig-braune Fassaden, die aussahen, als wären sie seit hundert Jahren nicht mehr renoviert worden, von Graffiti verunstaltete Hauswände.

Ulitsa Woroneschskaja Nummer drei, Ecke Konstantina-Saslowa.

Katrine kam näher und entdeckte tatsächlich ein Straßenschild, in dieser Stadt, in der sonst kaum welche zu finden waren. Ein kleines blaues, das an der Fassade befestigt war.

Die Buchstaben waren die richtigen, es bestand kein Zweifel.

Langsam ging sie weiter den Bürgersteig entlang. Die Türen waren zugemauert, die Steine jedoch noch nicht von der Luftverschmutzung gedunkelt, also musste es erst kürzlich geschehen sein. Ringsherum war der Putz abgebröckelt und hatte große Wunden in der Fassade hinterlassen. Überall Schmierereien. Sie wunderte sich über das Netz. Es sah aus wie der Beginn einer Sanierung, die schnell wieder aufgegeben worden war. Vielleicht war an einem Tag Geld dagewesen, und am nächsten war es verschwunden.

Sie ging um die Schmalseite herum. Auf der Rückseite des Hauses befand sich ein offener Hof, in dem einige Autos parkten, die von Schmutz und Staub bedeckt waren, daneben stand eine Reihe Container. Entlang der Hauswand wuchsen ein paar Bäume. Eine kleine, freigelegte Grasdecke zwischen Schneeflecken und herabgefallenen Steinen. Hier könnten Kinder gespielt haben, dachte Katrine.

Als Hilma Jelena nach Leningrad kam, war sie zehn Jahre alt. Vielleicht war es damals ein richtig schönes Haus gewesen.

Sie versuchte, das Ausmaß des Verfalls zu bestimmen, und überlegte, wann die letzten Mieter das Haus wohl verlassen hatten. Es musste viele Jahre her sein. In jeder anderen Großstadt wäre es längst abgerissen worden, aber vielleicht reichte auch dafür das Geld nicht.

Dann entdeckte sie das Loch, ganz hinten, von einigen struppigen Büschen verdeckt. Es war ein Fenster, das ebenfalls zugemauert worden war, doch jemand hatte die Ziegelsteine und das Mauerwerk herausgeschlagen, sodass eine Öffnung entstanden war, durch die man gerade so hineinschlüpfen konnte.

Sie setzte ihren Weg um das Haus fort, begegnete einem Mann mit einem Hund und wich seinem Blick aus. Zur anderen Straße hin, der Konstantina Saslowa, waren die Fenster und Türen mit Holzlatten und Gittern verrammelt. Einen anderen Zugang gab es nicht.

Zum zweiten Mal blieb sie vor dem Loch auf der Rückseite stehen. Es war das hintere Ende des Hauses, es musste die Nummer drei sein.

Sie sah sich um, entdeckte aber niemanden. Also stieg sie über

Berge von Putz, Ziegeln und Glasscherben, schrammte sich an einem Ast und beugte sich herab, um hineinzuspähen. Ein kalter Raum, völlig verlassen. Sie nahm einen Ziegel und warf ihn hinein, erschrak selbst über den lauten Aufprall auf dem Steinboden, sah drinnen jedoch keine Bewegung. Sie wartete noch einige Sekunden. Dann hob sie das Bein und zwängte sich durch die offene Fensterwölbung, rutschte auf einem gefrorenen Stück des Bodens aus und landete auf den Knien. Sie nahm einen schwachen Fäkaliengeruch war. Sicher von Straßenhunden oder herumstreunenden Katzen.

Vorsichtig zog sie ihr Handy aus der Tasche und leuchtete mit dem Display über den Boden. Am anderen Ende gab es eine Tür, die weiter ins Innere führte. Sie stand auf. Was konnte schon passieren? Falls jemand hier Unterschlupf gesucht hatte, musste er längst weg sein, es war viel zu kalt.

Noch immer war von drinnen kein Geräusch zu hören, nur Glas, das unter ihren Stiefeln knirschte, und ihre eigenen Atemzüge. Sie bückte sich und hob ein rostiges, löchriges Rohr vom Boden auf. Damit konnte sie zur Not herumfuchteln.

Sie kam in ein Treppenhaus. Hier war es dunkler, aber sie konnte Stufen ausmachen, die nach oben führten. Erneut richtete sie das Handy auf den Boden, um zu sehen, wo sie hintrat, und stieß mit der Schulter gegen etwas, das aus der Wand ragte.

Ein Blechkasten. Sie schnappte nach Luft, als sie die schmalen Fächer sah.

Briefkästen. Acht Fächer. Sie hielt das Handy direkt davor und musste sich vorbeugen, um etwas lesen zu können, kleine Schildchen mit abgegriffenen und verwischten Buchstaben. Als sie den Namen sah, wurde ihr heiß. Derselbe Name, auf den sie beim FSB in Petrosawodsk in einer Akte gestarrt hatte und der in der maskulinen Form auf dem Zettel von Ilja Petrow stand.

Morosow.

Ein Schaudern durchlief ihren Körper, ihre Knie wurden weich. Sie hatten hier gewohnt, bis sie das Haus verlassen mussten. Ihre Gegenwart wurde greifbar, ein Gefühl, als würde in den Ecken geatmet, als huschten Schatten und Gestalten umher.

Es war der Name des Mannes, der noch dort stand, obwohl er im Krieg gefallen war. Ohne das weibliche a am Ende. Vielleicht war Julia Morosowa mit ihren Schwiegereltern eingezogen, oder sie wollte nicht zu offen zeigen, dass sie Witwe war. Katrine versuchte zu verstehen, ob die Anordnung der Briefkästen auch der Lage der Wohnungen entsprach. Morosows Briefkasten war links unten. Die Tür zu der Wohnung, die von der Straße aus gesehen links unten lag, war angelehnt. Sie drückte dagegen, und die Tür glitt erstaunlich leicht auf.

Der Kotgestank wurde schlimmer, sie zog sich den Schal vor die Nase. So weit sie sehen konnte, war in der ganzen Wohnung der Boden herausgerissen, die losen Planken ragten empor, an einer Stelle waren sie kohlschwarz, zu Asche verbrannt. Geradeaus lag die Küche, ein schmaler kleiner Verschlag. Die Decke war in einem miserablen Zustand, in der Dunkelheit konnte sie die Reste von Küchenmöbeln erkennen. Es war fast genauso kalt wie draußen, knapp unter null Grad, frostig und feucht zugleich.

Es ist nichts übrig, dachte sie, es ist viel zu spät.

Katrine drehte sich leise um, als sie eine Bewegung wahrnahm und aufschrie. Instinktiv hob sie das Rohr und schlug es gegen die Wand.

Etwas schlüpfte blitzschnell unter einen umgefallenen Unterschrank.

Sie hielt den Atem an. Wollte fliehen, nur weg von hier, doch sie konnte nicht. Stattdessen holte sie tief Luft und trat zwei Schritte vor, sodass sie im Kücheneingang stand. Sie musste sich vergewissern, ob sie richtig gesehen hatte. Ob es den Schatten gab. Mit dem Display leuchtete sie unter den Schrank, aber das Licht drang nicht bis dorthin.

Ein Straßenköter hätte geknurrt, doch es war vollkommen still. Sie sah ein Augenpaar aufblitzen.

»*Hello*«, sagte Katrine leise.

Fieberhaft suchte sie nach irgendwelchen russischen Worten.

»*Dobri djen*«, flüsterte sie, hatte aber trotzdem das Gefühl, ihre Stimme würde hallen. Wieder blieb es still. Doch allmählich gewöhnten sich ihre Augen an die Dunkelheit.

Es war ein Kind, reglos, zusammengekauert. Dunkle Kleider, die Mütze tief in die Stirn gezogen. Katrine riss sich zusammen. Sie konnte doch nicht vor einem Kind Angst haben.

»*Don't be afraid. Okay, it's okay.*«

Die Augen fixierten sie, ohne sie sehen zu können. Katrine konnte nicht erkennen, ob es ein Junge oder ein Mädchen war, das Haar unter der Mütze war strähnig und halblang. Das Kind war mager, vielleicht zehn Jahre alt, die Hand vor dem Mund geballt.

»*My name is Katrine*«, sagte sie, ging in die Hocke und versuchte, möglichst sanft und beruhigend zu klingen. »*My relatives used to live here.*«

Sie glaubte nicht, dass dieses Straßenkind Englisch konnte, aber es musste ihr doch anhören, dass sie nichts Böses wollte, oder?

Die Hand bewegte sich vor dem Mund, sie sah die Plastiktüte und wusste, was es war. Klebstoff schnüffelte man aus Tüten, Lösungsmittel und Reinigungsbenzin träufelt man auf Tücher, sie hatte es als Jugendliche selbst ausprobiert und erinnerte sich immer noch an den beißenden Geschmack und wie sie halluzinierte, sie würde in ihrem eigenen Mund herumklettern.

Dann entdeckte sie die Kanülen auf dem Boden.

Sie lagen überall, zwischen Papiermüll, Brettern, Asche und Erdhäufchen. Ihr drehte sich der Magen um, als sie begriff, dass es keine Erdhaufen waren, sondern Exkremente.

Sie richtete sich auf und sah sich misstrauisch um – war sie irgendwo hineingetreten? Vorsichtig wich sie zurück, während sie fieberhaft überlegte, was sie jetzt tun sollte.

Die stumpfen Augen starrten sie an.

Das Einzige, was ihr einfiel, war das Kaugummipaket in ihrer Tasche. Sie fand auch ein altes Snickers, das sie in einem Kiosk auf dem Lenin Prospekt in Petrosawodsk gekauft hatte, zusammen mit einer Flasche Wasser, als Proviant für den Zug. Erneut ging sie in die Hocke und streckte es dem Kind entgegen.

»You want?«

Es rührte sich nicht von der Stelle, verstand vielleicht nichts oder sah nichts. Sie hörte ein Geräusch aus dem Nebenzimmer, stand auf und wäre fast gestolpert, als eine morsche Diele unter ihrem Fuß nachgab. Furcht packte sie, die Kanülen! Im nächsten Moment sah sie, wie sich etwas zwischen dem Gerümpel in der Ecke regte. Ein weiteres Paar Augen blitzte auf. Krampfhaft klammerte sie sich am Türrahmen fest. Ganz hinten in der Ecke, die zur Straße zeigte, erhob sich eine Gestalt. Es war ein großer, schlaksiger Junge, der sie anstarrte, und rings um ihn herum entstand Bewegung, Pappkartons wurden gehoben, und darunter kam ein Kind nach dem anderen zum Vorschein, Katrine konnte sich nicht vom Fleck rühren, zwei Jungen, ein Mädchen, sie waren älter als das Kind aus der Küche, vielleicht zwölf, dreizehn Jahre, und alle hielten sich die Faust vor den Mund, pressten ihre Tüten an sich wie Schmusetücher. Der große Junge kam auf sie zu, sagte etwas, was sie natürlich nicht verstand, wiederholte ständig dieselben Worte, streckte die Hand aus. Die Schokolade! Sie konnte seinem Blick ansehen, dass der Leim noch nicht richtig gewirkt hatte, wahrscheinlich hatten die Kinder geschlafen und erst vor Kurzem mit dem Schnüffeln angefangen. Bald würde die schlimmste Kälte für sie verschwinden, dann der Hunger und dann die übrige Wirklichkeit.

Die Augen des Jugendlichen funkelten auf ganz andere Weise als die des Kindes in der Küche, wild und brutal und unnachgiebig, ein Junge, der zu überleben gelernt hatte. Katrine wurde bewusst, dass sie nichts mehr in der Hand hatte, sie hatte das

Rohr beiseitegelegt, als sie die Süßigkeit hervorgeholt hatte. Aber was hatte sie sich denn gedacht, wollte sie nach einem Kind schlagen?

»Do you speak English?«, fragte sie und ließ den Schokoriegel in seine Hand fallen. Er antwortete auf Russisch, in kurzen Sätzen, und jetzt begannen mehrere der Kinder zu reden, die Worte schwirrten um sie herum wie Fliegen, sie klangen wie Fragen, die immer energischer wurden.

»It's okay, I'm just looking, I'm going now.« Sie hoffte, dass die Angst in ihrer Stimme die Sprachbarriere nicht überwand. Sie holte eine Rolle Rubelscheine aus ihrer Tasche und legte sie auf den Boden. Ihr fiel das Wort wieder ein. *»Doswidanja.«* Auf Wiedersehen. Anschließend ging sie langsam rückwärts aus der Wohnung. Als Letztes sah sie, wie der Junge sich nach dem Geld bückte. Dann schlossen sich die Schatten um ihn.

Als sie draußen war, beschleunigte sie ihre Schritte, sie musste in die Wärme, musste sich hinsetzen.

An der Ecke des Nachbarhauses hing ein Caféschild. Ansonsten deutete nichts darauf hin, dass es sich wirklich um eines handelte. Kleine Fenster, eine anonyme Tür.

Katrine klopfte, doch niemand reagierte. Sie drückte die Klinke herunter, und die Tür glitt auf. Ihre Beine zitterten, Scham brannte in ihrem Körper.

Es war tatsächlich eine Art Café. Immerhin war es hier drinnen warm. Die Fenster waren so schmutzig, dass kein Tageslicht hereindrang. Die schweren Holzmöbel sahen aus, als stünden sie schon seit der Belagerung hier.

Katrine sank auf einen Hocker.

Sie schämte sich, dass sie Angst bekommen hatte und geflohen war.

Ein Mann mit Pantoffeln an den Füßen kam aus einem Raum weiter hinten geschlurft, sein Gesicht war eingefallen, und seine

Frisur bestand aus einigen wenigen Haarsträhnen über den Ohren. Er musste über achtzig sein.

»Dobri djen«, sagte sie, und er murmelte dasselbe.

»Do you serve coffee?«

Er schüttelte den Kopf.

»Tea?«

Der Mann drehte sich wortlos um und zapfte heißes Wasser aus einem Samowar. Er stellte die Tasse auf den Tresen und legte zwei kleine, blasse Kekse auf eine Serviette daneben. Katrine gelang es aufzustehen, obwohl sie es nicht für möglich gehalten hätte.

»Spasibo«, sagte sie und lehnte sich gegen den Tresen, wärmte ihre Hände an der Tasse. An der Wand hing ein gerahmtes Foto von Putin und Medwedew. Die Farben waren unnatürlich grell und ließen die russischen Regenten aussehen wie Filmstars in Technicolor.

»Do you speak English?«, fragte sie. Der Mann schüttelte desinteressiert den Kopf, trocknete ein paar Tassen mit einem Handtuch ab, dessen Ende er in seinen Hosenbund gesteckt hatte, und atmete schwer. *»Is there anybody here who speaks English?«* Sie zeigte erst zur Decke, dann zur Tür. *»Anybody? In this house? English? Français?«* Sie holte ein neues Bund Rubelscheine aus der Tasche und legte einen Tausender auf den Tresen.

Der Mann nahm ihn und betrachtete sie schweigend, seine Kiefer mahlten. Das ist zu viel, dachte sie, für manche hier ist das sicher ein ganzer Wochenlohn. Der Alte legte das Küchenhandtuch beiseite und verschwand in die Richtung, aus der er gekommen war.

Sie hörte Schritte von oben, Stimmen, die durch die Wände drangen. Als der Cafébesitzer zurückkam, hatte er eine Frau im Schlepptau. Sie war etwas jünger, vielleicht seine Tochter, oder ihre Fettleibigkeit hatte ihr Alter verwischt und ihre Gesichtszüge geglättet. Die Frau gab irgendeine Begrüßungsphrase von sich und begann die Tische abzuwischen. Katrine unternahm einen lahmen Versuch, sie auf Englisch anzusprechen, bekam aber nur russische Antworten, wenn überhaupt. Konnte in diesem Land denn verdammt noch mal niemand irgendeine Fremdsprache? Der Tee war dünn und die Kekse schmeckten wie Pappe. Sie wusste aber auch nicht, wie sie die Kraft aufbringen sollte, von hier wegzugehen.

»Student«, sagte der Mann mit deutschem Akzent und zeigte zur Decke.

Im selben Moment kam eine junge Frau um die zwanzig herein. Sie hatte langes blondes Haar, trug hübsche Stiefel und Jeans von H&M, streckte Katrine ihre Hand entgegen und stellte sich als Sofia Jakowa vor.

»Herr Buschujew sagte, Sie wollten mit jemandem sprechen, der Englisch kann«, sagte sie in korrektem, aber ein wenig hartem britischen Englisch. »Ich studiere an der Universität. Eigentlich wollte er meinen Bruder holen, aber nur ich bin zu Hause. Und Mama. Die kommt auch gleich.«

»Ich wollte mich nach dem Haus nebenan erkundigen«, sagte Katrine. »Ich meine, ich hätte dort drinnen jemanden gesehen.«

Sofia Jakowa hatte kaum fertig übersetzt, als der alte Mann schon die Stimme hob.

»Sie sind wieder da, diese verdammten Ratten.«

»Nein, Ratten waren es nicht«, sagte Katrine.

Herr Buschujew fuchtelte empört mit den Armen. Sofia Jakowa übersetzte mechanisch, suchte nach Worten.

»Die Stadt hat die Türen zugemauert, aber sie kommen trotzdem rein, wie die Kakerlaken.«

Katrine erkannte das Wort wieder, noch ehe sie die Übersetzung hörte, *tarakan,* aber es dauerte eine Weile, bis sie begriff, dass er die Kinder meinte.

»Wir haben die Polizei angerufen und die Behörden, aber sie kommen immer wieder. Wir wollen sie hier nicht haben. Sie sehen ja, wie es dort aussieht. Die beschmieren alles, und sie klauen. Dies war einmal ein anständiges Viertel. Wir sind nicht reich, aber wir arbeiten.«

»Es sind doch noch Kinder«, erwiderte Katrine. *»They're just kids.«*

»Sie machen alles dreckig und kaputt, sie sind wie Ratten, wie Tiere, verstehen Sie?« Der Mann machte eine Handbewegung, als wollte er etwas verscheuchen. »Sie strömen zu uns, aus den Republiken, aus dem Ural. Wie die Ratten.«

Sofia Jakowa wirkte gequält, sie warf Katrine einen um Verständnis flehenden Blick zu. »Die Polizei holt sie ab, aber sie brechen immer wieder aus, sie wollen frei sein.«

Eine andere Tür ging auf, und eine Frau in den Fünfzigern kam herein, in eine Parfümwolke gehüllt. Sie hatte mit Haarspray befestigte Locken. Eine laute Diskussion entbrannte auf Russisch.

Katrine wusste nicht, wie sie reagieren sollte. Sie hatte schon zu viel gesagt. Jetzt würden die Kinder wieder verjagt, und es war ihre Schuld.

»Wie lange steht das Haus schon leer?«, fragte sie stattdessen. »Wissen Sie, wo die Menschen sind, die dort gewohnt haben?«

Jetzt prasselten die Antworten auf sie ein, türmten sich und erfüllten den kargen Raum, es wurde immer wärmer, Teetassen klirrten. Die arme Studentin schwitzte und rang nach Worten.

Der letzte Mieter habe das Haus an der Konstantina Saslowa Ecke Woroneschskaja schon lange verlassen. Es sei zehn Jahre her, oder waren es elf? Der letzte sei der arme Wolodja Fadejew gewesen, der im kalten Winter 2002 in seiner eigenen Wohnung erfror. Man habe ihn vom Boden loshacken müssen.

»Nein, Polja war doch die Letzte«, mischte sich die parfümierte Dame ein. »Ihr erinnert euch doch wohl an Polja Orlowa, die in der Eckwohnung gelebt hat! Die immer mit ihren Söhnen angegeben hat, weil sie am Technologischen Institut studiert haben. Aber sie haben sie nie besucht. Was half ihr das schon, wenn das Rohr in ihrer Wohnung leckte.« Sie studierte ihre glänzenden Nägel. »Als würde mein Sohn nicht auch studieren. Und eine Tochter habe ich, die Englisch spricht, sie könnte eine Arbeit in einem Laden auf dem Newski Prospekt finden!«

Beim letzten Satz errötete Sofia Jakowa, schließlich war sie die Tochter.

»Nein, das war 2003«, sagte die fette Frau, die das Café führte. »Es war dasselbe Jahr, in dem Petersburg sein 300-jähriges Jubiläum feierte und die Fassaden des Palastes neu gestrichen wurden. Putin hat Präsidenten und Könige empfangen, selbst Präsident Bush kam damals nach Piter!«

»Nein, nein, nein«, protestierte Sofias Mutter. »Bush war doch im Frühling da.«

»Der alte Wolodja ist ja wohl nicht im Frühjahr erfroren? Nicht mal in Piter erfrieren die Leute im Frühjahr!« Der Cafébesitzer schnaubte so energisch, dass ihm der Rotz aus der Nase stob. Seine Frau holte ein Taschentuch heraus und wischte ihm brüsk über die Nase, während er weiterredete.

»Ich rede nicht von den Präsidenten, sondern vom Winter, diesem kalten Winter. Eine solche Kälte hatte Piter seit siebzig Jahren nicht erlebt, nicht seit der Belagerung.«

»Ach, es gab doch wohl aber noch andere kalte Winter.«

»Aber da ist wenigstens nicht die Stromversorgung zusammengebrochen.«

Katrine konnte nicht mehr folgen, ständig fielen sie sich gegenseitig ins Wort, und dann kamen zwei weitere Nachbarn herein, um zu sehen, was hier vor sich ging, woraufhin die anderen natürlich erzählen mussten, worüber sie gerade diskutierten. Der alte Cafébesitzer schlurfte hinter den Tresen und holte eine Flasche Wodka und ein paar verstaubte Gläser hervor. Sofia Jakowas Gesicht wurde immer röter.

»Mama erinnert sich, dass sie sich beschwerten und sagten, jetzt habe man auch das Gas abgestellt. Jemand hatte das Haus im Zuge der Privatisierung gekauft, aber sie wussten nicht, wer, jemand, der Bestechungsgelder gezahlt hatte, aber irgendwann war dieser neue Besitzer einfach untergetaucht.«

»Ja, das war der Winter.«

Sie hoben die Gläser. Katrine trank ihren Wodka in einem Zug. Sie verstand zwar nicht, warum sie anstießen, aber sie hatte gehört, dass der Toast nur etwas galt, wenn man das Glas wirklich leerte.

»Wenn nur Alexander Delibas noch dort gewohnt hätte, dann wäre das nie passiert«, sagte einer der Neuankömmlinge, eine kleine Frau mit einer viel zu großen Brille, die ein wenig verkümmert aussah.

»Er war Arzt, ein Witwer. Das ist ja eine Seltenheit in Petersburg, hier leben sonst nur Witwen. Aber seine Frau ist an Krebs gestorben. Früher ist nie jemand an Krebs gestorben. Oder hat man in früheren Zeiten je von dieser Krankheit gehört?«

»Nein, so weit kam es gar nicht erst, weil man vorher schon ...« Sofias Mutter legte den Zeigefinger an die Schläfe, ein angedeuteter Kopfschuss.

»Und ihr erinnert euch bestimmt an die Schwestern Golowia, die in der Damenboutique arbeiteten. Sie wohnten im Apartment neben dem Doktor.«

»Doktor Alexander Delibas, ja, er ging von Zimmer zu Zimmer, von Witwe zu Witwe, und wenn sich jemand ansteckte, brauchten sie ihn ja bloß wieder zu rufen, und sie riefen ihn sicher auch in anderen Fällen ...«

Alle brachen in schallendes Gelächter aus. Sofia Jakowa wurde wieder einmal rot beim Übersetzen.

»Und was machte es schon, wenn er alle im Haus ansteckte, er war ja Arzt und konnte die nötigen Rezepte selbst ausstellen.« Die Frau, die den Doktor ins Spiel gebracht hatte, bekam einen schwärmerischen Ausdruck.

»Fragen Sie sie, ob sie sich an eine Frau namens Julia Morosowa erinnern«, bat Katrine Sofia.

Sie bemerkte die Veränderung im Raum, als der Name fiel, sofort. Die freundlichen, lachenden Gesichter nahmen einen neutralen Ausdruck an. Der Cafébesitzer hielt abrupt mit der halb vollen Flasche hinter dem Tresen inne. Seine Frau machte als Erste wieder den Mund auf, jetzt sprach sie leise.

»Sie fragt, warum Sie das wissen wollen«, sagte Sofia noch leiser. »Und sie fragt, was Sie eigentlich wollen.«

Jetzt wandten sie ihre Blicke ab, als Katrine sie ansah, und tuschelten miteinander. Katrine erinnerte sich an etwas, was sie über die Stalinzeit gelesen hatte. Dass es im Russischen zwei Wörter für Flüstern gab: Entweder flüsterte man so, dass die Wände es nicht hörten, oder man flüsterte eine Denunziation in das Ohr eines anderen. Abgesehen von Sofia Jakowa und ihr selbst war niemand in diesem Raum jünger als fünfzig, natürlich waren sie von der sowjetischen Gesellschaft geprägt, die Älteren von ihnen hatten vielleicht sogar die Belagerung erlebt, die neunhundert Tage des Hungerns, in denen manche Menschenfleisch aßen, um zu überleben. Vertrauen und Ruhe mussten hier sehr zerbrechlich sein, das gute nachbarschaftliche Verhältnis eine Chimäre, reines Theater, denn wer wusste schon, wer wen denunziert hatte? Oder sie wussten es und lebten trotzdem weiter, immer noch ein wenig auf der Hut, denn wer konnte ahnen, was als Nächstes passieren würde. Innerhalb einer Sekunde hatten sie erkannt, dass sie nicht zufällig hier war, sondern ein Anliegen hatte, mehr wusste, als sie zugab.

Katrine holte tief Luft.

»Julia Morosowas Tochter ist eine Verwandte meiner Mutter«, antwortete sie dann. »Deshalb bin ich hier. Ich will herausfinden, was aus ihr geworden ist.«

Erneut spürte sie, wie sich die Stimmung veränderte, diesmal ein wenig langsamer. Ein neues Wohlwollen, hinter dem zugleich etwas Abwartendes lag. Langsam begannen sie zu sprechen, einer nach dem anderen, sie nickten und suchten Zustimmung beieinander, ehe sie abwechselnd fortfuhren. Es war offensichtlich, dass sie ihre Worte genau abwägten und nicht einfach herausposaunten, was ihnen gerade in den Sinn kam.

»Natürlich erinnern sie sich an Julia Morosowa«, übersetzte Sofia. »Sie hat die ganze Zeit über dort gewohnt. Ständig sprach sie von ihrem Ehemann, der ach so bedeutsam gewesen und im Krieg gefallen war, als hätte nicht jeder einen gefallenen Angehörigen zu beklagen. Galina, der dieses Café gehört, sagt, dass sie 1993 gestorben ist, vielleicht auch 1992. Es war nach der Auflösung der Sowjetunion, das weiß sie sicher, weil Julia Morosowa immer darüber klagte.«

Die dicke Frau seufzte laut und jammerte, um ihre Worte zu untermalen.

»Es waren schwere Jahre, alles Geld verschwand, alle Ersparnisse. Julia Morosowa hat Jelzin nicht über den Weg getraut. Sie sagte immer, man könnte niemandem trauen, der aus Swerdlowsk stammt, das seien alles Banditen, und damals war Aljoscha ja schon nicht mehr unter uns.«

»Und die Tochter?«, fragte Katrine leise. »Fragen Sie sie, was mit Hilma Jelena Morosowa passiert ist.«

Allgemeines Stirnrunzeln, die Nachbarn sahen einander an.

»Es war doch derselbe Winter, in dem man sie abholte, oder? Bevor der alte Wolodja …«

»Was heißt denn abholen?«, fiel Katrine ihr ins Wort. »Weiß jemand, wo sie ist?«

Einer nach dem anderen schüttelte den Kopf, verneinend, bedauernd, aber dann öffnete die Cafébesitzerin erneut den Mund, und schon aus der langen, umständlichen Antwort konnte Katrine erkennen, dass die Frau doch etwas wusste, und was auch immer es war, es schien sie wütend zu machen.

»In den Monaten danach kam immer wieder irrtümlicherweise Post«, übersetzte Sofia Jakowa, »und dann hat die Post die Briefe einfach immer hier eingeworfen. Nur weil sie ein Café hat, meinen die Leute, sie müsste alle möglichen Dienstleistungen erfüllen, aber sie hat den Briefträger am nächsten Tag abgepassst und ihm gesagt, dass Jelena Morosowa umgezogen wäre und es Aufgabe der Post sei, dafür zu sorgen, dass die Briefe ankommen. Der Postbote durfte das Telefon benutzen. Dann nahm er die Briefe und sagte, wenn noch mehr kämen, sollte sie sie direkt an das Gogolhaus in Zarskoje Selo schicken, denn es sei schließlich nicht seine Aufgabe, sich um die Briefe derer zu kümmern, die ihre Adresse nicht korrekt registriert hätten.«

»Wie, sagen Sie, heißt der Ort?«

»Zarskoje Selo, die Stadt des Zaren.« Eine neue, eifrige Diskussion brach los, und Sofia Jakowa musste schneller sprechen, um mitzukommen. »Ihr Mann weist darauf hin, dass der Ort heute Puschkin heißt. Er wurde 1937 umbenannt, zu Puschkins hundertjährigem Todestag, aber seine Frau meint, sie hätten den Namen inzwischen wieder zurückgeändert. Die richtig Alten und die Allerjüngsten sagen Zarskoje Selo, und die Leute dazwischen sagen Puschkin. Sie fragen, ob Sie Puschkin kennen.«

»Wo liegt das?«

»Also, den Dichter. Sie fragen, ob Sie unseren großen Dichter kennen.«

»Ja, ich kenne den Dichter«, erwiderte Katrine, »aber ich will wissen, wo die Stadt liegt!«

Sie leerte ihr Glas, das in der Zwischenzeit neu gefüllt worden war.

»... und Alastair scheint auch nicht zu verstehen, was du da gerade machst.«

»Hast du ihn etwa angerufen, um über mich zu reden?«

Katrine atmete heftig ein. Die Luft war trocken und klar, weit entfernt von den Abgasen und der feuchten Luft in Sankt Petersburg.

»Nein, wenn du es genau wissen willst, hat er mich angerufen«, antwortete Anders.

»Dich? Warum das denn? Ihr kennt euch doch gar nicht.«

»Er sagt, dass du dein Handy seit mehreren Tagen ausgeschaltet hast. Er macht sich Sorgen um dich, Katrine, deshalb wollte er mich sprechen. Er fragt sich, wie es dir eigentlich geht.«

»Was soll das heißen, wie es mir eigentlich geht?«

»Er hat mich auch nach Papa gefragt. Was damals passiert ist.«

Sie fasste sich an den Kopf. Sofia Jakowa stand dreißig Meter entfernt und wartete neben einer Brücke mit Drachenskulpturen, die von pastellfarbenen chinesischen Miniaturschlössern umgeben war. Der Zarenpark in Puschkin war ein absurdes Märchen, ein Disneyland mit glänzenden Zwiebeltürmen und gestutzten Bäumen, das vor dreihundert Jahren geschaffen worden war. Katrine trat mit dem Stiefel den Kies unter dem Schnee frei, versuchte die Realität heraufzubeschwören.

»Was hat denn unser Vater damit zu tun?«

»Alastair ist doch Psychologe, Katrine ...«

»Er ist Psychotherapeut.«

»Du kannst nicht einfach abhauen und dein Handy ausschalten, verdammt noch mal. Katrine, du bist keine zwanzig mehr.«

»Ich habe im Archiv des russischen Geheimdienstes gesessen. Deshalb hatte ich das Handy ausgeschaltet.«

»Ja aber, was musste dieser Gunnar auch unbedingt in die Sowjetunion?«

»Sie haben ihn in einem Wald erschossen.«

»Ich finde jedenfalls, er wirkt ganz in Ordnung.«

»Stalin?«

Anders stöhnte.

»Alastair. Habt ihr gerade irgendein Problem miteinander, oder was?«

Katrine blickte auf den Sommerpalast, den Peter der Große für seine Frau hatte bauen lassen, eine kilometerlange Zuckertorte in Blau und Gold, die nichts als Unbehagen in ihr auslöste und sie an ein Gefängnis erinnerte.

»Nein«, antwortete sie. »Wir haben kein Problem.«

»Gunilla fragt, ob du zum Abendessen wieder hier bist. Sie hat sich notiert, dass du um 16.45 Uhr in Sankt Petersburg losfliegst.«

»Ich habe umgebucht.« Katrine musste schlucken. Sie hätte nicht geglaubt, dass sie sie zum Abendessen erwarteten und ihre Reisezeiten so genau im Auge hatten. »Ich melde mich, wenn ich komme.«

Sie holte Sofia Jakowa auf der anderen Seite der Drachenbrücke ein. Katrine hatte ihr tausendfünfhundert Rubel gezahlt, damit sie ein Seminar zur englischen Gegenwartsliteratur schwänzte und stattdessen mit ihr nach Puschkin fuhr.

Jetzt waren sie von Bäumen umgeben, die immer höher und dichter wurden. Dies war die Schattenseite des Zarenparks, wo die Gelder für die Sanierung nicht angekommen waren. Weit hinten zwischen den Bäumen war eine massive graue Ruine zu erkennen. »Im Großen Vaterländischen Krieg verlief hier die Frontlinie«, sagte Sofia, den Blick im Reiseführer. »Dort auf dem Turm saßen die Deutschen und haben Leningrad ausgekundschaftet.«

»Sind Sie sicher, dass wir hier hinmüssen?«

Sie nickte und zeigte auf ein hohes Gebäude fünfzig Meter weiter entfernt, wo sich die Baumkronen über den Weg wölbten. Es sah aus wie ein Gespensterschloss, nur strenger, in strikter Einheit mit den Bäumen.

»Das Gogolhaus«, sagte sie.

Katrine schauderte, als sie die gebieterische Fassade sah. Für Nikolaj Gogol hatte sie sich auf dem Gymnasium interessiert, ebenso wie für Stig Dagerman und Sylvia Plath, depressive Autoren, die sich alle das Leben genommen hatten.

Gogol hatte seine Manuskripte verbrannt und anschließend nichts mehr gegessen. Nach neun Tagen war er gestorben.

»Es wurde für die Leibwächter des Zaren gebaut«, erklärte Sofia, als sie die Schilder und Zäune erreicht hatte. »Aber nach dem Krieg wurde daraus ein Heim für behinderte Kinder.«

»Und jetzt? Was ist es jetzt?«

»Eine Art Witwenheim.« Sie las das Schild. »Es muss privat geführt sein.«

Katrine trat einen halben Schritt zurück, als Sofia die Klingel drückte.

Eine Frau machte die Tür auf, komplett in Hellblau gekleidet und mit einem ordentlichen Pagenschnitt. Katrine spähte an ihr vorbei in eine Halle mit absurd hohen Decken und Marmorboden. Sie reckte den Hals, als dort drinnen eine alte Frau im Rollstuhl vorbeifuhr, während die Dolmetscherin ihr Anliegen vortrug.

»Was sagt sie? Ist sie hier?«

»Wir sollen in ihr Büro kommen«, antwortete Sofia Jakowa.

Eine Akte! Das war das Erste, was sie drinnen dachte. Es gibt eine Akte.

Dann existiert sie.

Die Vorsteherin zog einen Ordner aus dem Schrank und setzte sich an einen Schreibtisch aus massivem Holz, der fast den ganzen Raum ausfüllte.

Sie setzte die Brille auf, die an einer Goldkette um ihren Hals hing, und musterte Katrine misstrauisch.

»Sie sagt, es gäbe keine Angaben über Verwandte aus dem Ausland«, sagte Sofia Jakowa.

»Also ist sie hier?«

»Sie ist hier.«

Katrine lehnte sich in ihrem Sessel zurück und sah zur Decke. Sie hörte, wie Sofia Jakowa Fragen stellte, hörte, wie die Vorsteherin aus den Dokumenten vorlas, wie alles auf Englisch wiederholt wurde.

»Hilma Jelena Arkadjewna Morosowa. Büroangestellte. 1936 in Petrosawodsk geboren. Wohnhaft in Sankt Petersburg. Im November 2002 ins Gogolheim eingewiesen.«

Katrine klammerte sich an den Armlehnen fest und versuchte, Demut und Geduld zu zeigen.

»Haben Sie gesagt, dass sie adoptiert ist, es selbst vielleicht aber gar nicht weiß?«

Sofia nickte, wiederholte die Information aber trotzdem noch einmal. Die Vorsteherin blätterte umständlich in den Papieren, die Katrine ihr überreicht hatte, sie schien es nicht eilig zu haben. Es waren dieselben Dokumente, die den FSB davon überzeugt hatten, dass Gunnar Pelttari ihr Großvater war. Sachlich und kurz gefasst wie ein Nachrichtentelegramm erklärte sie den Rest, und Sofia übersetzte: vom Kind, das Gunnar bekommen hatte, von der Adoption und dem Haus in der Ulitsa Woroneschskaja.

»Sie sagt, sie müsse ihre Gäste schützen. Ihre Aufgabe sei es, ihre Gäste bestmöglich zu versorgen. Und sie sagt, dass es gegen die Regeln verstoße. Angehörige, die ihre Gäste besuchen wollen, müssen in der Anmeldungsakte vermerkt sein.«

»Gibt es denn irgendwelche anderen Verwandten, die darin vermerkt sind?«

Sofia Jakowa brauchte ihr »Njet« nicht zu übersetzen, das verstand Katrine ganz von allein.

»Bekommt sie denn niemals Besuch?«

Die Vorsteherin schüttelte den Kopf.

»Nein, nie.«

»Wer kommt dann für die Kosten auf?«

Das Gogolheim finanziere sich durch Fonds und Abgaben, das habe die Vorsteherin bereits in einer ausführlichen Präsentation erklärt. Es sei eine private Pflegeeinrichtung ausschließlich für Witwen. Zweimal in der Woche komme der Arzt, und das Personal besitze die erforderliche Ausbildung. Aus der Küche auf der anderen Seite des Flurs duftete es nach Fleischeintopf und Brot. Dies war wohl kaum eine normale Pflegeeinrichtung für ehemalige Büroangestellte mit bescheidener Rente.

»Ein Fonds«, las die Vorsteherin vom Papier ab. »Der Fonds für Schutz und Beistand der ehemaligen Angestellten der staatlichen Verwaltung.«

»Was ist das denn?«

Die Vorsteherin schlug die Akte wieder zu.

»Wir sind wie gesagt hier, um unsere Gäste zu schützen und zu versorgen. Das Gogolheim kommt all ihren Bedürfnissen nach.«

Katrine hielt ihrem stahlgrauen Blick stand. Die Brillengläser waren wie Katzenaugen geformt, mit einem funkelnden Rahmen.

»Glauben Sie wirklich, dass Hilma Jelena ihre eigene Nichte nicht treffen möchte? Und wenn Sie Zweifel hegen, können Sie sie dann nicht selbst fragen?«

Sofia Jakowa übersetzte. Die Vorsteherin lehnte sich zurück und sah Katrine an, ohne den Hauch eines Gefühls preiszugeben. Dann nahm sie ihr Schlüsselbund und schloss sorgfältig den Schreibtisch ab.

»Wir dürfen nichts sagen, was sie aufregen könnte. Wir dürfen nichts aus dem Zimmer mitnehmen. Wir dürfen keine Fotos machen.« Sofia Jakowa machte eine Pause und sah Katrine an. »Sie sagt auch, dass Sie nichts über alte Verwandte oder Adoptionen sagen dürfen. Wir dürfen die Patienten nicht aufregen. Die Vorsteherin wird den Besuch selbst beaufsichtigen.«

»Spasibo«, sagte Katrine matt.

Das Zimmer lag im ersten Stock, die massive Holztür mit Schnitzereien stand halb offen. Durch die hohen Fenster schien die Sonne herein. Die Frau saß in einem Rollstuhl, zum Fenster gewandt und in Decken eingehüllt. Ihr Haar war schneeweiß und fiel glatt auf die Schultern herunter, das Licht ließ es wie Silber glänzen. Mit energischen Schritten ging die Vorsteherin auf den Rollstuhl zu. »Jelena Arkadjewna«, sagte sie mit lauter Stimme. Sofia Jakowa stand hinter Katrine und flüsterte ihr die Übersetzung ins Ohr.

»Wir haben Besuch aus dem Ausland. Sie wollen sich hier ein bisschen umsehen, wollen schauen, wie es so bei uns ist.«

Katrine trat langsam ein, konnte nicht atmen, konnte nicht denken. Sie sah nur die Frau dort im Rollstuhl. Von hinten trat sie heran und stellte sich neben sie, betrachtete das Profil der alten Frau. Die leicht gebogene Nase und das Kinn, das ein wenig nach oben zeigte. Ihr Blick war irgendwo anders hin gerichtet, dieser Blick, das funkelnde Goldbraun. Unter Katrine bebte der Boden, sie hörte im Kopf die Stimme der Mutter: *Nein, jetzt fantasierst du, Katrine, hör auf zu lügen und Widerworte zu geben, hör auf mit deinen dummen Fantasien.*

Das ist nicht möglich, dachte sie. Das gibt es nicht, ich habe es mir ausgedacht, ich überschreite gerade irgendeine Grenze.

Hilma Jelena war eine nahezu exakte Kopie ihrer Mutter. Sie hatte dieselbe Nase, denselben Mund, die fein geformten Lippen, die Ingrid immer weinrot bemalt hatte. Nur das Grübchen im Kinn unterschied die beiden. Und vielleicht war diese Frau hier noch magerer.

»Dobri djen«, sagte Katrine leise und ignorierte den strengen Blick der Vorsteherin. *»Dobri djen, Hilma Jelena Arkadjewna.«* Und sie berührte ihre Hand. Eine gebrechliche Hand, dünn wie Papier. Katrine spürte keinerlei Reaktion.

Erst jetzt fiel ihr auf, dass die Alte keine Miene verzog. Hilma Jelena schien ihre Anwesenheit nicht einmal zu bemerken. Ihr Blick war auf den Park gerichtet, aber sie nahm offenbar nichts wahr. Ihr Gesicht zeigte kein Leben, nur die blauen Äderchen unter der Haut, durch die das Blut noch immer rann, ein schwaches Pulsieren an der Schläfe. Hilma Jelena war weit weg, nur ihr Körper im Rollstuhl war noch anwesend.

Katrine musste alle Gesichtsmuskeln anspannen, um nicht zu weinen.

Das Stimmengemurmel neben ihr kam ihr weit entfernt vor.

»Sie ist stumm. Kein einziges Wort hat sie gesagt, seit sie hier ist. In der ersten Zeit konnte sie sich noch selbst versorgen. Jetzt ist sie völlig in die andere Welt abgetaucht, die innere Welt, die niemand außer ihr selbst sehen kann, und wir wissen nicht, ob es eine schlechte Welt ist.«

Katrine sah auf und erkannte zu ihrer Verwunderung Mitleid im Blick der strengen Vorsteherin.

»Unsere Aufgabe ist es, dafür zu sorgen, dass die Patienten gepflegt werden und Essen bekommen. Einige von ihnen entscheiden sich dafür, in der Vergangenheit zu leben. Das ist nicht unsere Angelegenheit.«

Dann drehte sie sich um und ging, ließ Katrine und Sofia Jakowa mit der Alten allein. Offenbar hatte sie entschieden, dass diese Besucher keine Diebe waren oder die Sicherheit in irgendeiner anderen Weise gefährdeten.

Katrine kniete sich vor den Rollstuhl und versuchte, den Blick der Frau zu erreichen. Sie redete auf Englisch mit ihr. Erzählte ihr, dass sie eine Schwester hätte, dass ihr richtiger Vater

Gunnar Pelttari hieß und einst aus Kivikangas gekommen war, um seinen Traum zu verwirklichen. Dass sie ihrer großen Schwester ähnlich sei, so ähnlich, dass sie Zwillinge sein könnten. Ingrid habe in einer Apotheke gearbeitet, sagte sie und versuchte, einen Lebensfunken in den Augen der alten Dame zu erkennen, einen Hauch des Menschen, der sie war.

Nach einer Weile gab sie auf und erhob sich wieder, blieb einfach nur schweigend stehen und versuchte, den Park mit Hilma Jelenas Augen zu betrachten. Die Sonne zwischen den Zweigen; hier konnte sie sehen, wie die Jahreszeiten kamen und gingen, es war so viel besser als das hässliche Haus in der Ulitsa Woroneschskaja, wo alles zerfiel und zu Eis gefror. In Puschkin musste sich die Frühlingssonne nicht durch die Luftverschmutzung kämpfen, hier schien sie hell und klar und wärmte ihr Gesicht. Für einen Moment glaubte Katrine ein Gefühl des Friedens zu vernehmen.

Was ist mit deinem Mann passiert, dachte sie, wie war dein Leben? Ist sie besser, die Welt, in der du jetzt bist?

Erst jetzt nahm Katrine das Zimmer wahr, ein breites Bett mit geschnitztem Kopf- und Fußteil, ein Schrank, der antik aussah. Exklusiv, aber vollkommen anonym. Keine Fotos, keine Ziergegenstände, bis auf eine Vase mit Stoffblumen, nichts, das persönlich wirkte.

Hier geht es zu Ende, dachte sie, jetzt ist nichts mehr da.

Und der nächste Gedanke: Niemand würde ihr glauben.

Katrine tastete nach dem Handy in der Innentasche ihrer Jacke, lauschte, hörte aber nur weiter entfernte Schritte. Sie hustete laut, um das Klicken zu übertönen, als sie ein Foto von der Frau im Rollstuhl aufnahm, und noch eins, näher, sodass man ihr Gesicht wirklich sah. Hilma Jelena saß weiter unberührt in sich versunken. Katrine schielte auf das Display. Es hätte sie nicht gewundert, wenn darauf nichts zu sehen gewesen wäre.

»Wir müssen jetzt gehen«, sagte Sofia Jakowa.

»Doswidanja«, flüsterte Katrine.

Rodja Nasajew blockierte die Tür, während die anderen den Bankberater bearbeiteten.

Er amüsierte sich damit, auf die Uhr zu sehen. Es dauerte exakt dreiundzwanzig Minuten, dann hatten sie Zugang zu allen Konten, nach denen sie ihn gefragt hatten.

Dreiundzwanzig Minuten! Es ging wirklich bergab mit dem russischen Volk.

Nachdem der Berater sich in die Computer eingeloggt hatte, ging Rodja hinaus und steckte sich eine Zigarette an. Die blanken Schreibtische waren ihm nicht geheuer, all die Anzugträger, diese Männer, die sich einbildeten, jemandem wie ihm überlegen zu sein. Draußen auf dem Bürgersteig eilten sie an ihm vorüber und ignorierten ihn. Parasiten mit Aktentaschen unter dem Arm und iPhones in den Händen, die den Newski tagsüber einnahmen. Makler und Anwälte und Investmentbanker, die glaubten, Petersburg gehörte ihnen, dabei hatten sie ihren Reichtum Männern wie Dmitrij Rykow zu verdanken, die ihn aus den Überresten des verrotteten Imperiums aufgebaut hatten.

Rodja warf die Kippe weg, bevor er in das Auto stieg. Obwohl der Chef weg war, respektierte er das Rauchverbot. Er kurbelte die Rückenlehne nach hinten und holte widerwillig die neuen Dokumente hervor. In seinen Augen waren diese Akten alle gleich, dieselben Stempel, derselbe Unsinn. Diese war über Alexej Schaporin angelegt worden und hatte auf einem Tisch gelegen, als sie am Vorabend in seine Wohnung an der Newa eingedrungen waren. Die beiden Leibwächter hatten sie nicht daran hindern können, ein dritter war gerade Pizza holen. Die Körperverletzungen waren eher kollegial ausgefallen. Niemand hatte sterben müssen. Die Wachleute waren Männer aus der zivilen Sicherheitsbranche, die noch nie ihren Fuß in ein russisches Gefängnis gesetzt hatten, solche, die für Geld arbeiteten und ihre Loyalität allzu leichtfertig aufgaben.

Am Morgen des Tages, als Rykow starb, hatte Alexej Schaporin gesagt, er sei krank und wolle sich hinlegen. Seither hatten sie ihn nicht mehr gesehen. Ein Mitarbeiter des Geheimdienstes, dessen Namen sie nicht kannten, hatte versucht, ihn ausfindig zu machen, und einen Bericht erstellt. Alexej Schaporin hatte das Land nicht verlassen, hatte nirgendwo Geld abgehoben und war von keinem Informanten gesichtet worden. »Er glaubte, dass Dmitrij Rykow ihn beschatten ließ«, hatte einer der Leibwächter gesagt, »aber das wüsstet ihr ja wohl.« Und dann hatte er die Bar des Verschwundenen geöffnet und eine Runde ausgegeben.

Rodja Nasajew behielt die Eingangstür des Bankpalastes im Auge, um den Berater nicht zu verpassen, und stellte sich dabei Fragen, auf die es keine Antwort gab. Wer beschattete wen? Warum beschloss jemand, zu verschwinden? Weil er etwas wusste? Weil derjenige, der Dmitrij Olegowitsch erschossen hatte, auch hinter ihm her war? Um nicht zu sterben? Aber warum hatte er seinen Partner in diesem Fall nicht gewarnt? Weil er sich an dessen Kassen bedient hatte? Weil er ein Hähnchen war, eine Missgeburt, ein Schurke, der sich als *awtoritet* verkleidet hatte?

Er schlug aufs Geratewohl die Akte auf.

Dort stand das Übliche: ein Vater, der seine feine Stellung an der Universität verlor und in irgendein entlegenes Kaff geschickt wurde, um Kohle zu schaufeln. Eine Mutter, die deswegen ebenfalls einen schlechteren Job annehmen musste. Gelangweilt blätterte Rodja weiter. Familie interessierte ihn nicht. Er selbst hatte immer die Regel Nummer zwei des Gesetzes befolgt, denn auch wenn er kein *wor* war, glaubte er dennoch daran und versuchte, wie ein *wor* zu leben: Brich mit deiner Familie, deinem Vater, deiner Mutter, deinen Brüdern und Schwestern. Rodja Nasajew wusste zwar nicht, wer sein Vater war, aber mit seiner Mutter hatte er auf jeden Fall gebrochen.

Er gähnte. Seit der Chef verschwunden war, hatte er nicht eine Nacht durchgeschlafen. Er streckte sich zum Rücksitz, holte sich eine Limonade aus der Minibar und überlegte, ob er gezwungen war, wieder hineinzugehen und den Berater unter Druck zu setzen, damit endlich etwas passierte.

Zum dritten Mal an diesem Tag versuchte er es auf der Kurzwahl. Die Leitung war tot.

Er blätterte weiter.

Schaporin hatte Literatur studiert. Als er jünger war, war er in der Partei gewesen. Na vielen Dank, das hatte Rodja sich schon gedacht, ohne je direkt mit Schaporin gesprochen zu haben. Er war an die Macht gekommen, ohne je im Knast gewesen zu sein, was bedeutete, dass er gute Kontakte zum KGB gehabt haben musste, oder zum FSB, wie sie sich heute nannten. Für Rodja Nasajew war das einerlei, es waren noch immer dieselben Männer, die sich im Schatten verbargen und ihre Berichte schrieben. Er fragte sich, ob es vielleicht sogar derselbe Mann gewesen war, der diese beiden Berichte geliefert hatte, waren sie nicht verdächtig ähnlich?

Er schleuderte die Akte von sich, sie ging auseinander, Papier fiel auf den Boden. Es interessierte ihn nicht, wen Alexej Schaporin getötet, bestochen, gevögelt hatte. Er wollte nur eines wissen: wo dieser Mann war.

Nach einer weiteren halben Stunde trat der Berater aus der Tür. Nervös sah er sich um, die Aktentasche fest umklammert. Rodja berührte den Knopf, der die Beifahrertür aufgleiten ließ.

Der Berater war ein hochgewachsener, magerer Mann, der

hektisch mit dem Papier raschelte, nachdem er sich gesetzt hatte, und schnaufte, als wäre er zehn Kilometer gerannt. Seine Beine hatten zu wenig Platz, sodass er das Kinn fast auf die Knie legen konnte, aber Rodja machte sich nicht die Mühe, den Sitz weiter zurückfahren zu lassen. Sollte der Mann es ruhig unbequem haben.

Er ließ den Motor an, rollte langsam aus dem Verkehrsgewimmel auf dem Newski und bog in eine Nebenstraße ein, während der Berater aufzählte, welche Firmen zusammengehörten.

»Aber wir haben einen Fonds gefunden, der zu anderen Konten führte, die nicht von den Firmen geteilt wurden.«

»Also stimmt es, dass er den Chef beklaut hat?«

»Nein, es gibt ganz natürliche Gründe dafür, dass die Summen geringer werden, das liegt am Finanzamt, der Börse in New York ...«

Rodja packte sein Handgelenk und drückte so fest zu, dass die Knochen weiß hervortraten. Der Arm des Beraters war schmal wie der eines Jungen, nur ein kleiner Ruck, und er hätte ihn gebrochen.

»Und wo ist das Geld?«

Der Mann suchte hektisch in den Papieren. Jetzt schwitzte er. Legte die Hand an den Türgriff – als ob sie sich öffnen ließe, ohne dass Rodja Nasajew die richtigen Knöpfe drückte.

»Wenn wir uns die letzten Monate ansehen, und soweit ich Sie verstehe, interessiert Sie das am meisten, dann wurden umfassendere Transaktionen auf Fonds vorgenommen, die zu Konten führen, die nicht zu den Firmen gehören. Wohltätigkeit im größeren Stil ...?«

»Was denn für Wohltätigkeit, verdammt noch mal?«

»Für Kranke ...«

Rodja riss das Blatt an sich. Es dauerte einige Sekunden, bis er begriff, was er las.

»Herz- und Lungenkranke?«

»Ja, so steht es da.«

»Also hat Alexej Schaporin die Gelder des Chefs an einen Fonds für Krüppel weitergeleitet?«

»Nicht Herrn Rykows Geld, jedenfalls nicht nur, sondern auch Vermögen aus seinen eigenen Firmen …«

»Und was bedeutet das?« Rodja sah Zahlenkolonnen auf dem Papier flimmern, Millionen, das konnte er erkennen, viele Millionen. »Hat er sich, bevor er aus Sankt Petersburg verschwunden ist, darauf vorbereitet, einen guten Eindruck zu machen, wenn er vor seinen Schöpfer tritt?«

»Das kann ich Ihnen nicht beantworten, ich lese nur, was hier steht.«

»Dann tun Sie das gefälligst auch. Lesen!« Rodja drückte dem Berater das Blatt ins Gesicht. »Er hat die Konten geleert. Er ist verschwunden. Wo steckt er?«

»Das kann ich Ihnen nicht beantworten.« Die Brille des Mannes beschlug, er nahm sie von der Nase und wischte sie mit einem Hemdzipfel ab. Dann blätterte er in den Papieren, bis er am Ende das richtige fand. Rodja trommelte auf das Lenkrad und überlegte, ob er ihn in die Wohnung des Chefs oder irgendein Industriegebiet am Stadtrand bringen sollte. Aber eigentlich taugte jeder beliebige Hinterhof für eine kleine Ratte wie den Mann auf dem Beifahrersitz, der hektisch die Kontoauszüge durchsuchte.

»Der eigentliche Fonds wird von einer Stiftung kontrolliert, zu der wir keinen Zugang haben, sie ist auf den Kaimaninseln registriert … Das könnte vielleicht in eine andere Richtung deuten als Wohltätigkeit … Aber hier gibt es auch Überweisungen an normale Banken in Krakau und Bern, ein Herr Iwan Progrebnjak …«

»Wer ist das?« Rodja vergaß nie einen Namen. Das war der Vorteil an seiner Leseschwäche, er machte nie Aufzeichnungen, sondern prägte sich alles ein. Von einem Progrebnjak hatte er noch nie gehört.

»Tja, das geht hieraus natürlich nicht hervor«, sagte der Berater, »ich kann lediglich sagen, welche Summen ausbezahlt wurden, und in manchen Fällen auch, wer der Empfänger ist, aber dies sind trotz allem nur Kontoauszüge ...«

Feixte ihn dieser Typ etwa an? Rodja startete erneut den Wagen und wägte die Alternativen ab. Es wäre zu zeitraubend, im Berufsverkehr das Zentrum zu verlassen, aber die Teppiche in der Wohnung wollte er auch nicht schmutzig machen.

»Und dann haben wir hier noch eine Firma in Stockholm, das sind im Grunde die größeren Posten. Das ist in solchen Zusammenhängen eher ungewöhnlich, wenn man die hohen schwedischen Steuern bedenkt und die staatliche Kontrolle ...« Der Berater ließ seinen Finger über die Kolonnen wandern. Rodja sah, dass er zitterte.

»Averbach & Miele, eine Anwältin namens Helene Miele. Sie taucht mehrmals auf, zuletzt vor weniger als einem Monat, genau in der Woche vor Herrn Rykows tragischem Ableben.«

Rodja riss erneut das Blatt an sich.

»Eine Anwältin«, wiederholte er und fand ihren Namen.

Der Berater wischte sich den Schweiß von der Stirn.

»Kann ich jetzt gehen?«

3

Also schloss sein Vater jetzt doch die Tür ab.

Åke Palo klopfte an die Tür, hörte aber nur Akkas aufgebrachtes Bellen.

Das war doch typisch. Nach dem Mord an Lapp-Erik hatte Thore alle ermahnt, man dürfe der Angst nicht die Herrschaft überlassen, denn die Angst sei eine viel größere Bedrohung für den hiesigen Lebensstil als die Tat eines einzelnen Verbrechers. In seinem eigenen Elternhaus hätten sie Fremde immer willkommen geheißen, hätten Landstreicher hineingebeten und ihnen etwas zu essen gegeben, obwohl der Staat es verboten hatte, hätten während der Bereitschaftszeit Soldaten beherbergt und während des Krieges finnische Flüchtlinge, und seine Mutter habe es immer gewagt, gegen Hitler den Mund aufzumachen, also werde Thore Palo einen Teufel tun und jetzt damit anfangen, seine Tür abzuschließen.

Åke fluchte und schob mit dem Fuß den Neuschnee von der Vortreppe.

Eva-Lena hatte gemeint, dass er seinen Vater unbedingt zum Arzt fahren müsste, nachdem er schon drei Termine versäumt hatte. Er bildete sich wohl ein, er wäre unsterblich, der große Polizist, lag dort drinnen und spielte den Vergesslichen.

Åke ging die Treppe hinunter und zum Schuppen hinter dem Haus. Dort hing ein Extraschlüssel, ganz hinten in der Ecke, hinter all dem Gerümpel, über das er jetzt klettern musste, weil sein Vater so verdammt stur war. Links neben Mutters altem

Tretschlitten und einem kaputten Außenbordmotor, der schon seit dreißig Jahren nicht mehr den Fluss gesehen hatte.

Erst durch die Reaktionen des Hundes verstand er, dass etwas nicht stimmte. Als er die Tür aufschloss, kroch Akka winselnd im Flur umher. Sie begrüßte ihn nicht und strich nicht um seine Beine, wie sie es sonst immer tat, wenn er einmal zu Besuch kam. Was zugegebenermaßen nicht oft der Fall war. Tatsache war, dass seine Frau häufiger vorbeischaute und seinem Vater mit dem einen oder anderen behilflich war. Gemeinsame Essen im Familienkreis waren eine Sache. Unter vier Augen miteinander zu reden, etwas ganz anderes.

»Hallo, Thore!«, rief er. »Wir müssen los! Der Doktor, du weißt schon.«

Dann nahm er den Geruch wahr, und ihm wurde schwarz vor Augen. Um Himmels willen, nicht das! Er widerstand dem Impuls, einfach umzukehren und nie wieder zurückzukommen, ihn in seinem Dreck liegen zu lassen, damit er zusah, wie er allein zurechtkam. Stattdessen trat er in die Küche und sah die Verwüstung. Der Gestank von Scheiße und Schnaps mischte sich mit dem Geruch von Rauch, er sah die Brandflecken im Boden vor dem Kamin, Rußflocken und Papierfetzen waren umhergewirbelt, es war das reinste Wunder, dass der Alte nicht die ganze Hütte abgefackelt hatte. Und dann die Flasche auf dem Tisch, das war verdammt noch mal ein leerer Wyborowawodka, obwohl Thore immer beteuert hatte, seinen letzten Tropfen vor über zwanzig Jahren getrunken zu haben, als sein erstes Enkelkind geboren wurde. Åke spürte, wie er sich innerlich verkrampfte. Es war dieser Kern, in den niemand vordringen konnte, nicht Eva-Lena, nicht die Kinder und auch nicht seine eigene Mutter, als sie noch lebte; eine Hülle aus Eisen und Stahl, die alles umgab, über das zu sprechen sinnlos war. Dies war das letzte Mal, dachte er, das letzte verdammte Mal, dass er mit seinem Vater sprechen würde. Falls der überhaupt zu einem Gespräch in der Lage war. Am liebsten hätte er auf den Boden gespuckt und die Flasche gegen die Wand geschmettert, damit der Alte wach wurde. Aber er ging einfach nur langsam durch die Küche. Åke Palo war nicht wie sein Vater, er richtete keinen Saustall an und ließ andere aufräumen. Bereits mit elf Jahren hatte Åke alles aufgewischt, während sein Vater auf dem Sofa lag und schnarchte, damit Mama es nicht mit ansehen musste, wenn sie von der Spätschicht nach Hause kam. Dann hätte es nur wieder Streit gegeben.

Åke hatte es noch genau vor sich, es war dieser Gestank, der ihn in die schreckliche Zeit zurückversetzte, als er *knapsu* war, einer, der weinte, wenn man nicht weinen durfte, und der nachts einnässte. Die Erinnerung übermannte ihn mit solcher Heftigkeit, dass er nicht mehr wusste, was heute war und was gestern.

Er sah seinen Vater mit der Flasche auf der Brust auf dem Sofa liegen, dabei saß er im Sessel und schlief. Thore war vollständig angezogen, und auf der Brust des blauen Fleecepullovers, den Eva-Lena ihm zu Weihnachten geschenkt hatte, zeichneten sich dunkle Flecken ab. Auf dem Boden lag eine zweite Flasche und daneben das Gewehr. Weshalb hatte er das Gewehr?

Åke starrte die Flecken an und begriff, dass das kein Erbrochenes war, sondern etwas Dunkleres, es sah aus wie Blut. Und dann der Hund. Akka winselte vor den Füßen ihres Herrchens, und als er zum Sessel gehen und den Alten schütteln wollte, zwängte sich das Tier zwischen seine Beine. Er stolperte und fiel mit der Schulter auf den Wohnzimmertisch, und im nächsten Moment blickte er seinem Vater direkt ins Gesicht. Aber was war das, was hatte der Vater mit seinem Gesicht gemacht? Sich mit Essen beschmiert oder mit Blut? Da war kein Gesicht mehr, hinter dem Blut war kein Gesicht mehr. Was hast du getan, Vater, was hast du getan? Und wie aus der Ferne hörte er sein eigenes verzweifeltes Brüllen. Er wehrte sich und stemmte sich mühsam hoch, fiel jedoch gleich wieder rücklings auf den Boden.

Dann wurde es still und schwarz in dem Loch, wo er sich so lange versteckte, bis seine Unterhosen getrocknet und die Tränen versiegt waren. Gleich würde Mama ihn waschen und in den Schlaf wiegen und es niemals weitererzählen.

Der Makler wand sich hinter seinem Schreibtisch. Nervös blätterte er in seinen Papieren, sein Lächeln war steif, als hätte es ihm jemand ins Gesicht gemalt.

»Das ist ganz ähnlich wie beim Hockey«, sagte er, »vor dem Schlusspfiff kann noch alles passieren.«

Katrine schloss die Augen und öffnete sie wieder, doch dieser Waschlappen von Makler hockte immer noch da.

»Wir hatten eine mündliche Vereinbarung«, sagte sie. »Sie haben ein Angebot gemacht, wir haben es angenommen und sollten jetzt nur noch unterschreiben!«

Anders' und Ingrids Vollmachten brannten in ihrer Tasche. Sie hatte den Termin mit dem Makler erst am Vortag per Mail bestätigt. Hatte den viel zu frühen Morgenflug genommen, war drei Stunden lang in Luleå umhergelaufen und hatte einen Hamburger gegessen, um die Wartezeit zu überbrücken.

»Tausend Kilometer«, sagte sie und merkte, dass sie kurz vorm Explodieren war. »Ich bin tausend Kilometer geflogen, und Ihnen tut es leid.«

»Im Prinzip gelten Absprachen erst, wenn sie von beiden Seiten unterzeichnet worden sind.«

»Im Prinzip? Was soll denn das für ein beschissenes Prinzip sein? Im Prinzip können Sie die Leute um so viel Geld betrügen, wie Sie lustig sind, und ungeschoren davonkommen, meinen Sie das?«

Katrine war so plötzlich aufgesprungen, dass sie fast den

Designerstuhl aus Stahlrohr und Leder umgeworfen hatte. Der Käufer hatte sein Gebot zurückgezogen. 1,5 Millionen waren verpufft, und es war ihre Schuld. Weil sie sich nicht beeilt hatte, weil sie nicht zugeschlagen hatte, weil sie sich eingebildet hatte, das Haus besäße einen ideellen Wert, der sich nicht in Geld messen ließ. Anders würde sie umbringen.

»Wie ich schon sagte«, erklärte Jerker Nyberg nach einem Räuspern, »haben sich die Interessenten auch andere Objekte angesehen, und als sich das Ganze jetzt so verzögert hat ...«

»Was denn für Objekte?« Konnte er denn ein Haus nicht wenigstens als Haus bezeichnen und einen Betrug als Betrug?

»Ja, ich meine, sie haben ein anderes Haus gewählt.«

»Das Sie ihnen aufgeschwatzt haben?«

Der Makler sah erneut in seine Papiere und blätterte darin herum, obwohl ganz offensichtlich war, dass er nicht las, was dort stand.

»Ich frage mich, was der Maklerverband wohl dazu sagt, wie Sie Geschäfte machen«, fuhr Katrine fort. »Ach wissen Sie, eigentlich könnte ich ja gleich anrufen und mich erkundigen. Sie haben nicht zufällig die Nummer?«

Sein Gesicht lief rot an, als sie das Handy zückte.

»Das ist alles ganz korrekt abgelaufen. Und es war der Käufer, der sich an uns gewandt und sein besonderes Interesse an diesen beiden Höfen zum Ausdruck gebracht hat.«

»Höfe! Das ist eine winzige Bruchbude, die seit 1974 nicht mehr bewohnt wurde.«

Mitten in ihrem Zorn schämte sie sich, dass sie so schlecht über das Haus sprach und damit auch diejenigen beleidigte, die es all die Jahre zuvor bewohnt und gepflegt hatten. Plötzlich hatte sie das Gefühl, es sei ihre Schuld, dass es allmählich verfallen war, dabei hatte sie bis vor Kurzem noch gar nichts von seiner Existenz gewusst. Seit sie vom Flughafen Pulkowo in Sankt Petersburg gestartet war, hatte sie keinen einzigen Gedanken zu Ende denken können. Jedes Gefühl wurde von einem gegensätzlichen Gefühl verdrängt. Wenn sie versuchte, sich darüber zu freuen, wer sie im innersten Innern war, hätte sie zugleich am liebsten geweint, weil alles verloren war.

Der Makler starrte auf seinen Bildschirm.

»Kivikangas 28:1 ist ein Hof, Wirtschaftsgebäude ...«

»Was soll das heißen, Kivikangas 28:1?«

»Das ist die Immobilienbezeichnung, die Postadresse ist Rauhala ...«

»Was sagen Sie da?«

»Das ist die Immobilie, die der Käufer stattdessen erworben hat, ja.«

»Sie haben Rauhala gekauft?«

Katrine sank wieder in den Stuhl und begann zu lachen, sie konnte sich nicht mehr beherrschen. Jerker Nybergs Blick wurde ängstlich, er dachte wohl, sie wäre verrückt geworden.

»Jetzt ist es ja kein Geheimnis mehr. Ein Hauptgebäude, ein kleineres Wohnhaus, allerdings nicht isoliert, aber drei Wirtschaftsgebäude und das Grundstück ...«

»Und wie viel mussten Sie für diese Ruine hinblättern?« Sie konnte nicht aufhören zu lachen.

»Rein formal gesehen kann der Kauf natürlich erst abgeschlossen werden, wenn der Nachlass geregelt ist, denn es gab einen Todesfall auf dem Hof. Aber alle Verträge sind unterschrieben und treten in Kraft ...«

Ihr Lachen erstarb.

»Einen Todesfall? Nennt man das in der Maklersprache so? Auf Schwedisch würden wir das als brutalen Mord bezeichnen.«

Sie stand ein zweites Mal auf und nahm ihre Handtasche, ging ein paar Schritte in Richtung Tür. Ein schwindelerregender Gedanke machte sich in ihr breit. Wenn sie 1,5 Millionen Kronen für das Haus ihrer Mutter geboten hatten, konnte Rauhala gut und gern für zwei Millionen oder mehr verkauft worden sein. Sie wandte sich um.

»Wer hat Rauhala gekauft?«

»Alle Kontakte liefen über ein Anwaltsbüro ...«

»Helene Miele von Averbach & Miele, Artillerigatan in Stockholm.« Katrine hatte mehrmals versucht, sie zu erreichen, aber die Anwältin war nie ans Telefon gegangen und hatte sich auch nicht die Mühe gemacht, Katrine zurückzurufen. »Was hat sie gezahlt? Und was will sie damit?«

Jerker Nyberg setzte wieder sein Maklerlächeln auf. Verkrampft, aber makellos weiß.

»Wenn Sie immer noch an einem Verkauf interessiert sind, können wir Ihnen damit selbstverständlich behilflich sein.«

»Vergessen Sie's«, sagte Katrine und ging.

Sie fuhr über die Bergnäsbro, die aus der Stadt hinausführte, die Autoheizung lief auf höchster Stufe.

Dennoch fror sie innerlich.

Rauhala war verkauft worden, womöglich für Millionen. Wann war der erste Maklerbrief geschickt worden? Im Dezember? Lange, bevor jemand Lapp-Erik die Axt in den Kopf getrieben hatte ... *Nachlassregelung ... es hatte einen Todesfall auf dem Hof gegeben.* Sie musste Anders anrufen.

Hallo lieber Bruder, ich habe gerade anderthalb Millionen in den Sand gesetzt, es tut mir leid. Shit happens. Morgen ist ein neuer Tag.

Stattdessen wählte sie erneut die Nummer der Stockholmer Anwältin.

Derselbe Anrufbeantworter. Sie haben die Nummer der Anwältin Helene Miele bei der Kanzlei Averbach & Miele gewählt, *a message will follow in English.* Katrine rief die Nummer der Zentrale an. Die Rezeptionsdame sagte, Helene Miele sei derzeit auf einem geschäftlichen Termin. Auch Henrik Averbach sei gerade nicht am Platz. Ob sie eine Nachricht hinterlassen wolle?

»Ja«, antwortete Katrine. »Richten Sie Frau Miele aus, dass ich mit der Person sprechen möchte, die mein Haus kaufen wollte. Und dass ich sie beim Anwaltsverband anzeigen werde, wenn sie mich nicht bis siebzehn Uhr zurückruft.«

Vor ihr tauchten die Schilder zum Flughafen Kallax auf, und sie überlegte, ihr Ticket umzubuchen und direkt nach Hause zu fliegen. Was hatte sie in Kivikangas zu suchen, wenn sie kein Haus ausräumen und putzen musste, wenn sie nichts von dem zu erledigen hatte, was nötig gewesen wäre, um es für einen neuen Besitzer herzurichten? Aber gab es nicht dennoch Dinge, die man in einem Haus erledigen musste, wenn es auf den Frühling zuging? Und was sollte sie sonst tun? Nach London zurückfliegen und sich mit ihrer Beziehung und ihrem übrigen Leben auseinandersetzen?

Katrine schob den lästigen Gedanken beiseite und fuhr weiter die E4 entlang. Auf der Höhe von Råneå nahm der Verkehr ab, und sie wählte Thore Palos Nummer.

Es tutete endlos, bis die Signale irgendwann verstummten. Bestimmt war er mit dem Hund unterwegs. Sie konnte sich genau vorstellen, wie die beiden langsam über den Dorfweg trotteten.

An sein Handy ging er auch nicht.

Sie rief bei den anderen Palos an, wo sich schon nach dem ersten Klingeln jemand meldete.

»Hallo.« Es war Sofia.

»Hallo, hier ist Katrine, wie geht's?«

In der Leitung wurde es still.

»Ich bin gerade auf dem Weg nach Kivikangas, um nach dem Haus zu sehen.«

Klang das nicht großartig?

»Und dann habe ich gehört, dass Rauhala verkauft worden ist. Wisst ihr zufällig, wer der Käufer ist? Ich habe versucht, deinen Großvater zu erreichen, aber er geht nicht ans Telefon.«

Statt einer Antwort war nur ein unterdrücktes Schluchzen zu hören.

»Was ist los«, fragte Katrine, »ist etwas passiert?«

»Er ist tot.«

»Was sagst du da?«

Katrine zuckte zusammen und kam von ihrer Spur ab, jemand hupte wütend, während Sofia ihr ins Ohr schrie: »Sie haben ihn erschossen. Sie bringen alle um.«

Katrine fuhr hastig an den Straßenrand und bremste.

»Wovon redest du? Wer? Wer ist tot?«

Die Temperaturanzeige des Mietwagens sank, je mehr sie sich Tornedalen näherte, jetzt waren es minus elf Grad. Als sei die Zeit gar nicht vergangen, seit sie zum letzten Mal dort gewesen war, während in Stockholm bereits die Eisschollen davongetrieben waren und die Krokusse blühten.

Jetzt tauchte die gerade Strecke vor ihr auf, die letzten fünf Kilometer. Eine AK-Straße, wie Thore Palo damals erklärt hatte, man erkannte sie an den langen Geraden und den scharfen Kurven. Katrine drehte das Radio lauter. Die dritte Nachrichtensendung von Radio Norrbotten.

Zehn neue Arbeitsplätze in der Grube von Kiruna. Die Norweger halten sich nicht an die schwedische Haltepflicht am Stoppschild. Luleå Hockey im Semifinale der Eliteserie und ein Tiefdruckgebiet, das vom Atlantik heranzog und milderes Wetter brachte.

Immer noch keine neuen Informationen über den Mord in Kivikangas.

Die Dämmerung ließ den Himmel noch tiefer herabsinken, in den Höfen gingen die Lichter an. Eine Gruppe Schulkinder in neonfarbenen Signalwesten tauchte auf, und sie bremste ab. Sie sah sie vorbeimarschieren, wippende Reflexe, die hinter einer Kurve verschwanden. Wie konnten die Leute ihre Kinder allein auf die Straße lassen, als ob nichts geschehen wäre?

Dort war Thore Palos Haus.

Katrine bog auf den offenen Platz vor dem Laden ein und

parkte dreißig Meter vom Haus entfernt. Es war still, viel zu still. Sie entdeckte nichts, was auf einen Tatort schließen ließ, keine Absperrungen, keine schräg geparkten Polizeiautos oder neugierigen Nachbarn, keine Lokalreporter, die von einem Bein aufs andere traten, weil ihnen kalt wurde.

Aber das Küchenfenster war hell erleuchtet.

Sie lehnte sich zurück, schloss die Augen und sah erneut hin. In der Küche brannte tatsächlich Licht.

War da nicht auch ein Schatten hinter der Scheibe zu erkennen, eine Bewegung?

Innerlich jubelte sie kurz auf, er war nicht tot. So musste es sein. Sofia hatte fantasiert, sie war doch verrückter, als Katrine gedacht hatte. Sonst hätte das Radio darüber berichtet, der zweite Mord in derselben Stadt, das hätte die Polizei nicht geheim halten können.

Sie stellte den Motor ab und stieg aus. Atmete die Kälte und Frische ein und streckte sich. Als sie quer über das Grundstück ging, bemerkte sie, dass ein silberfarbener Audi in der Einfahrt stand. Im selben Moment wurde die Haustür geöffnet, und sie wollte gerade »Hallo« rufen, als sie sah, dass es nicht Thore war, sondern ein jüngerer Mann, Mitte vierzig, mit Jeans und einer voluminösen Winterjacke.

Der Mann schloss die Tür hinter sich.

»Suchen Sie jemanden?«

Katrine wich instinktiv einen Schritt zurück.

»Ja, Thore Palo.«

Er warf ihr einen merkwürdigen Blick zu, klimperte mit den Schlüsseln und begann abzuschließen. Warum hat er einen Schlüssel, dachte sie noch, warum schließt er ihn ein?

»Dann kommen Sie leider zu spät«, sagte er.

Noch während die Worte sie langsam erreichten, fiel ihr die Veränderung auf, seit sie das letzte Mal hier gewesen war. Der zertrampelte Schnee auf dem Hof. Ein Wirrwarr aus Spuren, wo sich die Kriminaltechniker bewegt hatten, Hunderte von

Schritten um das Haus herum und zur Scheune. Wo sie damals auf einem schmalen Pfad zur Vortreppe gegangen war, so breit wie die Schneeschaufel, mit der der alte Mann ihn mühsam freigelegt hatte, war jetzt alles platt und geräumt.

Der fremde Mann stieg die Treppe hinunter; an der Wand lehnte die Schneeschaufel neben Skiern und Stöcken.

»Antti Anttila«, sagte er und nickte ihr zu. »Ich bin von der Polizei in Haparanda.«

»Katrine Hedstrand, Sveriges Radio, Redaktion Eko«, sagte sie, ohne nachzudenken. Dann fügte sie schnell hinzu: »Aber ich arbeite gerade gar nicht.«

»Was machen Sie dann hier?«

»Ich habe ihn gekannt.« Sie hörte selbst die Trauer in ihrer Stimme, und das machte sie noch trauriger. »Ich war erst kürzlich hier und habe mit ihm gesprochen. Was ist passiert?«

»Wir waren viele, die ihn gekannt haben.«

Sein Körper sackte ein wenig zusammen, die Schultern sanken schwer nach unten, als er sich umdrehte und zum Haus sah.

»Wissen Sie etwas? Gibt es einen Zusammenhang mit dem Mord an Lars-Erkki Svanberg?«

»Ach, hören Sie doch auf«, sagte der Polizist. Er ging auf das Auto zu und warf einen letzten wütenden Blick über die Schulter. »So weit ist es hoffentlich noch nicht gekommen, dass Sie bei Dagens Eko jetzt schon über Selbstmord berichten?«

Katrine starrte ihn an, während er mit einem Knopfdruck das Auto aufschloss.

»Wie meinen Sie das? Ich habe gehört, dass er erschossen wurde.«

Doch Anders Anttila zog energisch die Autotür zu, setzte zurück, wendete und verschwand in waghalsigem Tempo südwärts Richtung Haparanda.

»Und ich dachte, es wäre schon wieder die Polizei ...«

Eva-Lena packte das Nackenfell des Hundes, der schon wieder versuchte, zwischen ihre Beine zu kriechen. Akka winselte und schüttelte den Kopf, um sich aus dem Griff zu befreien.

»Machen Sie die Tür hinter sich zu, damit sie nicht wieder nach dort entwischt.«

Sie sagte nur »dort«, erwähnte das Haus des Schwiegervaters nicht, genauso wenig wie seinen Namen, aber in dem kleinen Wort »dort« war alles enthalten.

Katrine legte die Jacke ab. Sie hatte keine Ahnung, was man in so einer Situation sagte. Mein tiefstes Beileid, ich kondoliere, gab es irgendetwas, das nicht wie ein Klischee aus der Steinzeit klang?

Drinnen brannten dieselben Lampen wie bei ihrem letzten Besuch, sie hatte gefunden, dass das Licht hier wärmer war als anderswo, von Mauern umgebene Geborgenheit.

»Für Åke ist es wohl am schlimmsten«, Eva-Lena streckte sich nach dem Zigarettenpäckchen neben dem Herd, »weil es sein eigener Vater ist.«

Unter der laufenden Abzugshaube steckte sie sich eine Zigarette an. Katrine hatte sie noch nie rauchen sehen.

»Er ist morgens abgerauscht, nachdem die Polizei wieder hier war, und jetzt weiß ich nicht, wo er ist. Ans Handy geht er auch nicht.« Hastige, kurze Züge. »Und Matti kapselt sich da unten ein.«

Katrine hatte Licht im Kellerfenster gesehen, der Motorschlitten parkte vor dem Haus.

»Und wie geht es Sofia?«, fragte sie.

»Die liegt oben herum. Man bildet sich ja ein, dass jemand, der seinem Leben ein Ende setzen will, an die Hinterbliebenen denkt, aber so funktioniert das menschliche Gehirn wohl nicht.«

Der Hund trottete herbei, drehte eine verzweifelte Runde

durch den Raum, erst zur Verandatür und dann wieder in den Flur, wo er sich erneut hinsetzte und jaulte.

Mein wärmstes Mitgefühl?

»Sind Sie sich da denn wirklich sicher?«, fragte Katrine stattdessen.

»Doch, sie konnten wohl feststellen, dass er sich selbst erschossen hat, wenn Sie das meinen.« Eva-Lena drückte die Zigarette sorgfältig in dem bereits überquellenden Aschenbecher aus. »Heute soll er obduziert werden, dann wissen wir mehr. Wobei man natürlich findet, dass es jetzt reicht, man soll ihm seinen Frieden lassen.«

»Auf mich hat er keinen sehr depressiven Eindruck gemacht«, wandte Katrine vorsichtig ein.

Eva-Lena stand auf und schnappte sich das Küchenmesser, machte da weiter, wo sie unterbrochen worden war: Wurst und Kartoffeln und die Reste des Elchbratens vom Vortag zu Pyttipanna zu verarbeiten.

»Es war natürlich der Alkohol, dieser verdammte Alkohol. Åke hatte es als Kind nicht leicht, aber darüber spricht er natürlich nicht, er ist ja ein Mann.«

»Aber Thore hat doch gar nicht getrunken? Mir hat er erzählt, er hätte damit aufgehört.«

»Das sagen sie doch immer. Na ja, jetzt wissen wir jedenfalls, warum er nicht zum Arzt gegangen ist.«

Eva-Lena deutete mit dem Küchenmesser auf ihren Bauch.

»Es war Krebs, Bauchspeicheldrüse. Der Arzt hat ihn nach Weihnachten darüber informiert, deshalb sollte er wieder zur Untersuchung kommen. Aber uns hat er nichts gesagt, wir haben es erst von der Polizei erfahren. Er hat einfach so getan, als wäre alles wie immer.«

Hack, hack und in die Bratpfanne damit, wo bereits die Butter zischte.

Krebs?

Sie musste daran denken, wie er einmal kaum aus dem Sessel

hochgekommen war. Vielleicht hatte es die Depression doch gegeben, wie einen dumpfen Schatten unter der Oberfläche. Sein Klagen über das Alter, die Sehnsucht nach seiner Frau, dass er sich nicht mehr wie früher bewegen, nicht mehr mit den Skiern rausfahren konnte. Und dennoch – auf sie hatte er nicht besonders krank gewirkt. Ergraut, mit tiefen Falten und buschigen Augenbrauen, vielleicht ein wenig geplagt von den Schmerzen, aber voller Leben, als könne das Alter seinem innersten Wesen nichts anhaben.

»Ich begreife nicht, wie er das so lange für sich behalten konnte«, sagte Eva-Lena. »Aber so machen sie es hier oben, die Kerle. Bloß keine Gefühle zeigen. Und dann greifen sie zum Gewehr. Die Frauen sind schon immer eher in den Fluss gegangen, keine Ahnung, warum. Vielleicht, damit niemand hinter uns herputzen muss.«

Sie schüttete die Pyttipanna in eine ofenfeste Form.

»Und im Haus herrscht ein einziges Durcheinander, hat Åke gesagt, sogar die Bilder der Enkel waren zerbrochen. Die Polizei hat uns ja nicht hineingelassen, aber morgen dürfen wir wohl.«

In den Ofen mit der Form, Klappe zu.

Putzen, dachte Katrine, redet sie wirklich vom Putzen?

»Und dann werden sie uns hoffentlich in Ruhe lassen.« Eva-Lena fuhr sich mit dem Topfhandschuh durchs Haar, das vom Bratfett geplättet wurde. »Ständig sind sie mit ihren Fragen angekommen, als ob wir etwas wüssten. Nichts wussten wir! Begreifen die denn nicht, wie schlimm das für Åke ist? Dass es sein eigener Vater war.«

Katrine nahm einen Schluck von dem Kaffee, der zu lange auf der Wärmeplatte gestanden hatte und ihr Übelkeit verursachte. Sie fühlte sich unbehaglich. Irgendetwas war merkwürdig an der frenetischen Kochwut dieser Frau, an dem, was sie sagte, irgendetwas schwelte darunter und würde sich bald entladen. Katrine musste weg, ehe sie zu Abend aßen, sie wollte diesen Ausbruch nicht miterleben.

»Wonach haben sie denn gefragt, wenn sie sich so sicher sind, dass es Selbstmord war?«

»Ach, was weiß ich.« Eva-Lena griff erneut nach dem Zigarettenpäckchen, schüttelte eine Zigarette heraus und drehte sie zwischen den Fingern. »Wie er war, wenn er getrunken hatte, was für eine Beziehung er zu Lapp-Erik hatte, ob irgendetwas zwischen ihnen stand, irgendein lange zurückliegender Konflikt. Es sind Thores ehemalige Kollegen, und jetzt müssen sie hier herumwühlen ...«

Als die Haustür ging, verlor sie den Faden und begann am ganzen Leib zu zittern.

»Hallo? Bist du das, Åke?«

Matti kam herein und blieb mitten im Zimmer stehen, die Hände tief in den Taschen vergraben.

»Was macht die denn hier?«

»Sie hat vorbeigeschaut, weil sie sich nach Opa erkundigen wollte.«

»Und ich wollte sehen, wie es Sofia geht.«

»Was haben Sie mit Sofia zu schaffen«, fragte er, »und was soll das mit Opa? Kapieren Sie denn nicht, dass Mama ihre Ruhe haben will?«

»Sie kannte Thore doch ein bisschen«, beschwichtigte seine Mutter, »ist da gewesen und hat sich mit ihm unterhalten ...«

»Unterhalten? Worüber?«

Matti funkelte sie unter seinem langen Haarschopf an, die Kappe trug er verkehrt herum auf dem Kopf.

»Er hat mir dabei geholfen, ein bisschen Familienforschung zu betreiben«, erklärte Katrine, »und herauszufinden, wer mein eigener Großvater war.«

»Stimmt ja, Sie waren ja in Russland!«, rief Eva-Lena übertrieben enthusiastisch. »Wie war es denn da? Sie sind doch hoffentlich nicht überfallen worden?«

»Nein«, antwortete Katrine. »Aber warum fragt die Polizei

nach Lapp-Erik, wenn sie sich so sicher ist, dass Thore sich das Leben genommen hat?«

Eva-Lena zog die Form aus dem Ofen und schob sie wieder hinein. Ihre Hände zitterten, als sie versuchte, den Topfhandschuh wieder an seinen Haken zu hängen. Am Ende schleuderte sie ihn auf die Arbeitsfläche, als mache sie sich inmitten der Anspannung kurz Luft. Zusammenzubrechen war immerhin eine normalere Reaktion, als zwanghaft Pyttipanna zuzubereiten.

»Die Polizei will keine Spekulationen«, sagte sie, »und Åke wird verrückt, wenn das rauskommt.«

»Wenn was rauskommt?«

»Du darfst ihr auf keinen Fall etwas sagen, sie ist Journalistin.« Matti haute mit der Faust auf die Zeitungen, die auf einem Tisch lagen, sodass der ganze Stapel zu Boden fiel. »Man weiß doch, wie die sind, schreiben jede Menge Mist, der gar nicht wahr ist. Und dann kommen Sie auch noch her und setzen Sofia Flausen in den Kopf, sodass sie nur noch Unsinn redet. Fahren Sie endlich nach London zurück, verdammt noch mal!«

Ein trostloses Bellen ertönte, und der Hund kam zurückgetapst. Geduckt schnupperte er an den Schränken. Auch dort kein Herrchen. Eva-Lena beugte sich herunter und umarmte ihn, vergrub ihr Gesicht in dem dichten Pelz. »Und was sollen wir mit dir machen, arme Akka? Du kannst gar nicht verstehen, warum dein Herrchen dich nicht mehr abholt.«

»Ihr dürft sie nicht wegbringen«, brüllte Matti, starrte wütend seine Mutter an und zerrte an dem Halsband, sodass der Hund in eine Art Tauziehen geriet. »Ihr dürft Akka nicht umbringen, kapierst du?«

Seine Mutter ließ das Tier als Erste los und stand auf.

»Gut, dann musst du jetzt aber eine Runde mit ihr gehen«, antwortete sie. »Und dann zieht sie zu dir nach unten und wir schauen mal, ob das besser funktioniert.«

Matti warf Katrine einen letzten bösen Blick zu und zog den Hund in den Flur.

»An der Leine!«, rief die Mutter hinter ihm her.

Als die Tür hinter ihnen zugeschlagen war, holte sie das Pyttipanna aus dem Ofen.

»Es hat ihn schwer getroffen«, sagte sie entschuldigend. »Die beiden hatten ein ganz besonderes Verhältnis, das war schon immer so. Und Sie müssen mich entschuldigen, aber es macht mich nervös, wie Akka hier herumtapst, es erinnert mich ständig daran.«

Sie angelte mit dem Schöpflöffel ein paar Kartoffelstückchen heraus, pustete, probierte und salzte ein wenig nach.

»Und was ist es, das nicht herauskommen darf?«, fragte Katrine. »Was fragt sich die Polizei?«

»Wir haben allen gesagt, es wäre der Krebs, aber bald weiß sowieso das ganze Dorf, dass es Lapp-Eriks ... Man versteht nicht, was in den Menschen vor sich geht, man versteht es einfach nicht.«

»Was?«, fragte Katrine. »Was war Lapp-Eriks?«

Eva-Lena sah erstaunt auf.

»Na, das Gewehr. Hat Anttila Ihnen das nicht erzählt?«

Katrine packte die Arbeitsplatte, klammerte sich an die massive Kiefer, an die Wirklichkeit.

»Lapp-Eriks Gewehr? Mit dem er erschossen wurde? Aber dann kann es doch kein Selbstmord sein! Wo soll er es denn herhaben, es wurde doch gestohlen ...?«

Eva-Lena sah sie schweigend an. Katrine konnte ihren Blick nicht einordnen, die merkwürdige Ruhe und die Trauer darin, als wäre etwas an dem, was sie sagte, schrecklich verkehrt.

»Das stand in dem Brief. Dass er es mitgenommen hat, um seinem Leben ein Ende zu setzen, aber bisher nicht den Mut dazu hatte.«

»Es gab einen Brief?«

»Bitte, erzählen Sie es nicht weiter, nicht im Dorf und auch nicht den Zeitungen.«

»Nein, nein.«

Eva-Lena zog sich den Topfhandschuh aus und lehnte sich an den Küchenschrank. Sie sah aus dem Fenster, auf die Häuser dort draußen, die ihre Welt definierten.

»Er schrieb, er könnte nicht mehr damit leben, was er getan hätte.«

»Und was hat er getan?«

Sie hörte die Antwort, wollte sie jedoch nicht wahrhaben. Die Stimme der Frau war ganz nah, zugleich aber auch irgendwo anders. Eine parallele Wirklichkeit, in der das Gegenteil des Möglichen eintraf und Gut und Böse die Plätze im selben Moment tauschten, in dem die Worte fielen.

»Er hat Lapp-Erik umgebracht.«

Als Katrine wieder aufblickte, saß sie auf dem Sofa. Sie war sich nicht sicher, ob sie selbst dorthin gegangen war.

»Das ist nicht wahr, oder?«, sagte sie. »Das glauben Sie doch wohl nicht?«

Eva-Lena hatte die Schürze abgelegt und saß mit einer Tasse am Küchentisch. Er war bereits für das Abendessen gedeckt.

»Die Polizisten meinen, dass er es gar nicht vorsätzlich getan haben muss.« Eva-Lena hatte sich wieder gefangen, sie schien sachlich und ruhig. Zu ruhig. Ihre Stimme kam nicht aus ihr selbst, es war, als transportierte sie die Worte nur. »Sie glauben eher an ein Unglück, an Totschlag. Sie kannten meinen Schwiegervater ja, besonders Antti Anttila. Und alle wissen, wie Lapp-Erik war. Gut möglich, dass er Thore mit der Axt und dem Gewehr bedroht hat, und dann musste er sich wehren ...«

»Aber wenn es so gewesen wäre ... warum hätte er nach Rauhala zurückkehren und die Leiche finden sollen?«

Eva-Lena drehte die Tasse zwischen ihren Fingern.

»Tja ... was soll man sagen? Wahrscheinlich hätte er sich sonst verdächtig gemacht, wo ihn Anna Haara doch angerufen hatte. Thore hat sich immer gekümmert, wenn jemand ihn zur Hilfe holte, er sah sich selbst immer noch als Polizist, obwohl er pensioniert war.«

Katrine beugte sich vor und presste ihre Fingerkuppen gegen die Stirn, schloss die Augen. Das war absurd, jenseits aller Grenzen. Ein Brief? Das musste noch gar nichts bedeuten.

»Jeder beliebige Mensch kann jemand anderen dazu zwingen, einen Brief zu schreiben«, sagte sie, »ein Geständnis zu unterzeichnen, die Schuld für eine Tat auf sich zu nehmen, die er gar nicht begangen hat ...«

»Seien Sie bitte trotzdem so nett und sagen Sie nichts«, erwiderte Eva-Lena nur. »Früher oder später wird es herauskommen, und die Polizei muss der Allgemeinheit ja erklären, dass dieser schreckliche Vorfall jetzt aufgeklärt ist ... Wir hoffen nur, dass die Beerdigung vorher stattfindet, damit er in Frieden unter die Erde kommt. Sie haben ein Familiengrab hier auf dem Friedhof, er und Kyllikki, einen schönen Ort, den sie zusammen ausgesucht haben, bevor sie gestorben ist.«

Der Schlüssel hing von einer Holzleiste verdeckt neben der Freitreppe an einem Nagel.

Das Schloss leistete keinen Widerstand mehr.

Ein anderer Geruch, ein Duft von Rauch und Wärme. Im Flur war es immer noch kalt, in der Pörte jedoch war das Haus ein wenig aufgetaut. Nicht gerade warm, aber immerhin keine Minusgrade.

Katrine hatte Tomas Haara von Stockholm aus angerufen, ihm erklärt, wo der Schlüssel war, und ihn gebeten zu heizen. Der Exmann seiner Tante hatte den Schornstein untersucht und grünes Licht gegeben. Er war pensionierter Schornsteinfeger, die Kontrolle war daher nicht offiziell, und die Versicherung würde im Falle eines Brandes nicht zahlen.

Als ob dieses Haus versichert wäre.

Katrine trug die Einkaufstüte hinein, sie enthielt Joghurt, Brot und Fertigsuppen von einer OK-Tankstelle in Töre. Siri Kankanranta hat hier jeden Winter gewohnt, also würde sie es auch ein oder zwei Nächte aushalten.

Sie öffnete die kleine Eisenklappe und schob zwei der Holzscheite hinein, die in einem beeindruckenden Stapel auf den Boden geschichtet waren.

Thore Palo hatte sich geweigert, die Angst zuzulassen. Sie wollte gar nicht daran denken, wie das geendet hatte. Bis zuletzt hatte er seine Tür nicht abgeschlossen. Katrine versuchte sich zu erinnern, was er über den Mord an Lapp-Erik gesagt hatte, aber stattdessen ging ihr alles andere durch den Kopf, etwa, wie er sich bemüht hatte, ihr zu erzählen. *Das war vor meiner Geburt. Über so was sprach man nicht gern …*

Im Küchenschrank fand sie einen Topf, der jedoch voller Mäusekot war. Sie untersuchte eine Kaffeekanne. Der Deckel war geschlossen gewesen und die Tülle zu schmal, als dass sich irgendwelche Nager hätten hineinzwängen können. Als sie die Nase hineinsteckte, meinte sie sogar einen schwachen Kaffeeduft wahrnehmen zu können.

Er hatte das Schweigen gebrochen, dann war er gestorben.

Er hatte in dem Mordfall Lapp-Erik herumgeschnüffelt.

Dann war er gestorben.

Katrine schnäuzte sich in altes Toilettenpapier, das sicher seit den Siebzigerjahren auf dem Kamin stand. Zwischendurch war es feucht und anschließend starr geworden, sodass sie mehrere Lagen auf einmal abriss. Dann öffnete sie mit den Zähnen eine Suppenpackung und schüttete den Inhalt in die Kanne, zog einen Holzstuhl an den Kamin, um die Wärme so gut wie möglich zu nutzen, und holte das Handy hervor.

Sie wollte ihrem Bruder von Thore Palo erzählen, der sich an ihrer beider Mutter erinnerte und gefunden hatte, sie sei hübsch gewesen, aber Anders schimpfte sie sieben Minuten lang aus und warf ihr vor, ihnen das Geschäft ihres Lebens verhagelt und die Zukunft seiner Kinder zerstört zu haben. Das Geld aus dem Hausverkauf hatte der Grundstein für die späteren Wohnungen ihrer Kinder werden sollen, und jetzt hätten sie nie wieder eine Chance, etwas zu finden, bei den derzeitigen Immobilienpreisen in Stockholm. Sie seien gezwungen, nach Växjo zu ziehen. Oder so ähnlich.

Anschließend saß Katrine im Dunkeln und trank fade Suppe aus einem stumpfen Duralexglas. An Licht hatte sie gar nicht gedacht, es gab nicht einmal Petroleum für die alte Lampe auf dem Tisch. Nur das Display ihres Handys, das aufleuchtete, sobald sie es berührte. Bald würde der Akku leer sein.

Warum, dachte sie, warum wollte jemand dieses Haus kaufen, um sich dann doch anders zu entscheiden. Weil er die Möglichkeit bekam, Rauhala zu kaufen, nachdem der Mann, der das bisher verhindert hatte, nicht mehr da war? Es musste einen Zusammenhang geben. Nichts passierte aus reinem Zufall, es gab immer Ursache und Wirkung.

Rauhala. Lapp-Erik. Das Gewehr. Thore Palo.

Wie schwer war es eigentlich, einen Mord so zu arrangieren, dass er wie eine Selbsttötung aussah? Einen ehemaligen Alkoholiker mit Schnaps abzufüllen, ihn zu zwingen, ein Geständnis zu schreiben, und die Waffe in seiner Hand zu platzieren?

Katrine trug das Glas und die Kanne auf die Freitreppe, um sie mit Schnee sauber zu reiben.

Dort blieb sie stehen.

Der Himmel war ein einziges Sternenmeer. Sie sah Hasenfährten, die sich auf dem Grundstück kreuzten, und musste daran denken, wie sie auf Thore Palos Freitreppe gestanden und über den Mord geredet hatten. Er hatte in die Dunkelheit geblickt, in Richtung des Flusses.

Das Gewehr haben sie natürlich mitgenommen. Wahrscheinlich müssen die Kollegen sich jetzt vor allem darauf konzentrieren, das Diebesgut zu finden. Sonst weiß ich auch nicht.

Warum hätte er von dem Gewehr reden sollen, wenn er es in seinem eigenen Keller versteckte?

Verdrängung, hätte Alastair gesagt.

Sie hatte das Gefühl, der Fluss käme näher. Sie konnte nicht ausmachen, wo das Schilf aufhörte und das Eis begann, meinte aber, das Wasser hören zu können, wie es sich darunter bewegte. Alles, was jetzt unter der Oberfläche verborgen lag, würde am Ende mit seiner unbändigen Kraft die Eisblöcke ans Ufer schleudern und alle Häuser überschwemmen.

Sie hatte noch nie eine Eisschmelze gesehen, aber dennoch meinte sie, sich an diese Kraft zu erinnern. Hatte ihr jemand davon berichtet? Ihre Mutter? An ihrem Bett! Bei der Erinnerung brannte es in ihrem Hals. Konnte das stimmen? Ihre Mutter, die immer nur von praktischen Dingen redete, die nie eine Geschichte erzählte, die nicht auch in einem Buch zu finden war? Katrine war krank gewesen und zu Hause geblieben. Wie alt mochte sie gewesen sein, fünf oder sechs? Sie erinnerte sich an das Fieber, das so hoch war, dass sich alle Perspektiven verschoben. Sie sah ihre Mutter weit weg, ihr Kopf so klein wie ein Punkt an der Decke, obwohl sie ihre Hand hielt, etwas Kühles auf ihrer Stirn, das im nächsten Moment heiß wurde, und die Stimme, die durch den Nebel kam und ging. *Im Frühjahr, mein Mädchen, solltest du mal sehen, wie das Eis geht, wie der Fluss seine Decke abwirft und das Wasser sich aus seinem kühlen Bett erhebt, es bäumt sich auf, sodass alles zwischen Himmel und Erde grollt, als würde Gott die Menschen anbrüllen, und die Eisschollen stapeln sich an den Ufern. Damals rannten wir alle zum Ufer hinunter; früher dachte ich immer, dass das Eis nie verschwindet. Nicht von selbst. Es wird vom Wasser zertrümmert, das sich befreit.*

Wieder im Haus, schloss sie die Tür zweimal von innen ab.

Im Windfang standen Besen und ein Spaten. Katrine trug sie in das Zimmer mit den beiden schmalen Betten, wo sie schlafen wollte. Auch den Schürhaken nahm sie von seinem Platz und legte ihn neben das Bett.

Es war eine harte, durchgelegene Matratze, die alt und unbestimmbar muffig roch. Katrine rollte ihren Schlafsack aus und legte ihre Daunenjacke zu einem Kissen zusammen. Hier war es kälter als in der Pörte, also ließ sie die Tür einen Spalt offen, um das bisschen Wärme hineinzulassen.

Ehe sie sich hinlegte, tippte sie eine SMS an Alastair.

»Alles okay«, schrieb sie. »Ich melde mich morgen.«

Wenige Sekunden später rief er an.

»Mein Akku ist fast leer«, sagte Katrine.

»Wie ist dein Geschäft gelaufen?«

»Beschissen.«

Sie lachte. Was sollte sie sonst tun?

»Das macht nichts«, erwiderte er. »Wir werden auch ohne dieses Haus in Italien glücklich. Wir können uns ja immer eins mieten.«

Italien, dachte sie, wann haben wir denn bitte über ein Haus in Italien geredet?

Katrine holte tief Luft.

»Alastair ...«, sagte sie. »Wir müssen reden.«

Doch genau in dieser Sekunde ging ihr Handy aus.

Sie kroch vollständig bekleidet in den Schlafsack und lauschte der Stille.

Doch es war gar nicht still. Weit entfernt war Hundegebell zu hören, und die Wände knackten. Es war das Holz, das zum Leben erwachte. Das sind nur Wärme und Kälte, dachte sie und hörte ihr eigenes Herz schneller schlagen, die Temperaturunterschiede, die das Holz dazu bringen, sich zu weiten oder zusammenzuziehen, welches von beidem auch immer. Aus irgendeinem Grund kam ihr das Haus in der Ulitsa Woroneschskaja in den Sinn, der Mann, der am Boden festgefroren war. Der Fußboden, den die Kinder herausgerissen hatten, um die Dielen zu verfeuern. Ihr fiel ein, dass sie gar nicht wusste, wie lange so ein Holzscheit brannte, ob der Kamin über Nacht ausgehen würde.

Sie schob die Hände zwischen die Oberschenkel, um sie zu wärmen, kauerte sich wie ein Embryo zusammen. Das Knistern des Kamins, der dumpfe Gesang der Flammen.

Dies wird meins werden, dachte sie. Dann habe ich immer einen Ort, an den ich gehen kann.

Als sie aufwachte, war es draußen hell.

Ihr Gesicht war eiskalt und ihr freiliegender Arm fast erfroren, aber im Schlafsack war es warm.

Eine Viertelstunde später saß sie in ihrem Auto, einen mit geschmolzenem Schnee zubereiteten Pulverkaffee in der Hand. Die Heizung lief, das Handy hing am Ladegerät.

Es piepste wie wild, weil sie so viele Anrufe und SMS verpasst hatte. Auf der Mailbox war Eva-Lena Palos Stimme zu hören. Sie klang verzweifelt.

»Bitte entschuldigen Sie, dass ich so früh störe, aber ich wollte mich erkundigen, ob Sie Sofia gesehen oder etwas von ihr gehört haben. Sie ist weg ... Und ich dachte, sie würde in ihrem Bett liegen. Falls Sie etwas hören, seien Sie doch bitte so nett und rufen mich an.«

Ohne nachzudenken, legte Katrine den Gang ein und fuhr los.

Beim Stoppschild, hinter dem die Landstraße begann, hielt sie an und wusste nicht, was sie eigentlich wollte.

Sollte sie zu den Palos nach Hause fahren?

Die Straßen nach Sofia absuchen?

Jemand klopfte an das Seitenfenster, eine Frau mit einer rosafarbenen Brille beugte sich herab. Katrine kurbelte die Scheibe herunter.

»Ist alles in Ordnung?«, fragte die Frau besorgt.

»Ja, danke.« Katrine fuhr sich mit dem Ärmel über das Gesicht. »Ich hatte nur plötzlich einen Niesanfall. Allergie.«

Sie atmete mehrmals hintereinander tief durch und fuhr los, nach links, Richtung Süden.

Vor Thore Palos Haus blieb sie stehen und schrieb Eva-Lena eine SMS: *Nein, tut mir leid, aber ich melde mich, wenn ich etwas höre.*

Warum war sie am Vorabend nicht nach oben gegangen, um mit Sofia zu sprechen? Hätte das einen Unterschied gemacht? Oder war sie da schon längst weg gewesen?

Lapp-Erik, dachte sie, Thore Palo und jetzt Sofia. Es gibt eine Verbindung zwischen ihnen, es kann kein Zufall sein, dass das Mädchen verschwindet, so kurz nachdem ihr Großvater gestorben ist. Wenn sie es denn freiwillig getan hat.

Katrine stieg aus dem Auto. Sie hatte das Gefühl, dass es drinnen bei Thore etwas gegeben hatte, was sie hätte sehen müssen, etwas, woran sie sich unbedingt erinnern musste.

In der Nacht waren dichte Wolken aufgezogen und hatten die Temperatur ansteigen lassen, jetzt waren es nur noch knapp unter null Grad.

Sie ging zum Fenster an der nördlichen Schmalseite des Hauses. Dort lag das Zimmer, in dem der alte Polizist alles über den Mord an Lapp-Erik aufgezeichnet, seine eigene kleine Ermittlung angestellt hatte. Warum hätte er versuchen sollen, eine Tat aufzuklären, die er selbst begangen hatte?

Das Fenster war zu weit oben, um hineinzusehen, also ging sie ein Stück zurück und stellte sich auf Zehenspitzen, reckte den Hals, sah aber dennoch nur die obere Hälfte der Tapete. Keine Zettel mit Zeitangaben und Namen. Entweder hingen sie niedriger, als sie es in Erinnerung hatte, oder jemand hatte sie weggenommen. Die Polizei – oder jemand anders, der dort gewesen war, ohne Spuren zu hinterlassen?

Sie gab auf, ging stattdessen um das Haus herum und blieb vor der Freitreppe stehen. Vielleicht hatte auch er irgendwo einen Schlüssel versteckt? Was für eine Strafe hatte sie zu befürchten, wenn sie ihn fand und hineinging? Höchstens eine

Geldbuße wegen Hausfriedensbruchs. Sie bückte sich und suchte mit den Augen die Leiste ab.

Hinter ihr ertönte eine Männerstimme.

»Keine gute Idee, dort hineinzugehen.«

Langsam drehte sie sich um. Drei Männer standen an der Grundstücksgrenze und durchbohrten sie mit Blicken.

»Hallo«, sagte Katrine, richtete sich auf und versuchte den Eindruck zu erwecken, als hätte sie keinerlei Absicht, in das Haus einzudringen. »Ich kannte Thore ... ich dachte, Eva-Lena wäre vielleicht hier, um zu putzen.«

Die Männer waren alle im Rentenalter oder kurz davor, sie trugen ähnliche grüne Winterjacken von Fjällräven und Helly Hansen, zwei von ihnen hatten Mützen mit Ohrenklappen auf dem Kopf, der dritte war barhäuptig. Katrine erkannte Stig Björnfot wieder.

»Nein, Eva-Lena ist nicht hier«, sagte einer der anderen und fixierte sie mit zusammengekniffenen Augen. »Aber ist das nicht Kankanrantas Mädchen?«

Katrine lachte erleichtert.

»Doch«, erwiderte sie und versuchte, Stig Björnfots Blick einzufangen. »Und wir beide sind uns ja auch schon einmal begegnet.«

Er reagierte nicht.

»Pfui Teufel«, sagte der andere und wies mit ausgestrecktem Arm auf Thores Haus. »Man denkt ja, man hätte etwas bemerken müssen, wenn man Tür an Tür wohnt und alles. Aber was weiß man schon.«

Sie folgte seinem Blick und sah die Skier, die an der Hauswand lehnten. Skier? Sie hatte sie schon am Vorabend bemerkt, aber als sie Thore das letzte Mal besucht hatte, waren sie nicht dort gewesen. Nur die Schneeschaufel, mit der er ein wenig Schnee von der Treppe geschippt hatte.

»Ich war erst kürzlich hier«, sagte sie, »und da wirkte er überhaupt nicht depressiv.«

Das Wort »depressiv« blieb in der Luft hängen und sorgte für Irritation, es war ein schwedisches Wort, ein Obrigkeitsbegriff, der sie klingen ließ wie die Stockholmerin, die sie ja auch war. Was sagte man in dieser Gegend? Unglücklich? Niedergeschlagen? Garantiert gab es auch ein finnisches Wort, das die Bodenlosigkeit menschlicher Trauer beschrieb.

»Nein«, sagte der kleinste der drei Männer, der Katrine gerade einmal bis zum Kinn reichte, »aber über so etwas spricht man wahrscheinlich auch nicht so offen.«

»Sind das seine Skier?«, fragte Katrine.

»Ja, das sind wohl seine.«

»Aber er ist doch gar nicht mehr Ski gefahren? Zu mir hat er gesagt, dass er es nicht mehr schaffen würde.«

Der Mann kratzte sich im Nacken.

»Doch, letztens war er nachts unterwegs, das ist erst ein paar Tage her. Er kam auf Skiern nach Hause, als ich gerade den Hund rausließ, aber er hat mich nicht gesehen. Oder hat jedenfalls nichts gesagt.«

Er rieb sich das Kinn.

»Also ich weiß nicht, wie schlimm das wirklich war mit dem Krebs, von dem sie jetzt reden.«

Katrine war erleichtert. Man redete über den Krebs, nicht über Lapp-Eriks Gewehr, nicht über den Brief, jedenfalls noch nicht.

»Haben Sie gesehen, woher er kam?«

Der Mann nickte in Richtung des Waldes auf der anderen Seite des Weges.

»Brasilien«, sagte er.

»Wie bitte?«

»Das Sumpfgebiet oberhalb des Waldes.«

»Brasilien?«

»Sie haben die Häuser so tief im Wald gebaut, dass irgendjemand fand, sie wären so irrsinnig weit entfernt wie Brasilien. Und dann durfte es auf den Karten auch so heißen.«

»Nein, doch nicht deshalb«, unterbrach ihn der andere. »Das kam durch einen Brasilienfahrer, der nach Hause zurückkehrte und fand, dort würde es aussehen wie im Urwald. Genauso unergründlich und urwüchsig.«

»Und was gibt es da? In Brasilien?«

»Unglaublich schöne Moltebeerstellen. Sie müssen mal im Sommer herkommen und welche pflücken.«

»Aber jetzt?«

»Tja, jetzt ist es mückenfrei.«

Sie lachten. Katrine spürte Stig Björnfots Seitenblicke. Er hatte noch immer nichts gesagt. Seine Gegenwart bereitete ihr Unbehagen.

»Und wessen Söhne sind Sie?«, fragte sie die anderen. Die Männer lachten erneut, laut und ausdauernd.

»Sie haben das Zeug dazu, eine echte Tornedalerin zu werden«, sagte der größere Mann mit einem breiten Grinsen und streckte die Hand aus.

»Niska.«

»Forsberg.«

Stig Björnfot folgte mit dem Blick einem Auto, das nach Norden raste.

»Geborener Koskivaara«, sagte der Mann, der Forsberg hieß. »Meine Frau meinte, wir müssten unseren Namen ändern, als wir nach Stockholm zogen. Aber dann sind wir wieder zurückgekommen.«

»Meine Mutter hat auch einen schwedischen Namen angenommen«, erwiderte Katrine.

Sie nickten, und Katrine begriff, dass sie es bereits wussten.

»Er hatte eine Jagdhütte dort oben.« Niska hielt eine Hundeleine in der Hand, die klirrte, als er zum Wald deutete.

»Haben Sie das der Polizei gesagt?«, fragte Katrine.

Sie sahen einander an.

»Die haben gar nicht danach gefragt. Warum er Ski gefahren ist und so.«

»Nee, das ist ja wohl auch nicht verboten. Aber wer weiß.«

»Sie waren aber auf allen Höfen, wollten wissen, ob wir den Schuss gehört oder irgendwas beobachtet hätten, aber ich fand, es wäre alles wie immer gewesen. Die Hunde sind auch nicht aufgewacht, die hätten sonst einen Riesenradau gemacht.«

»Jokivaara«, sagte Stig Björnfot plötzlich.

»Wie bitte?« Katrine sah ihn erstaunt an. Sie verstand weder was er sagte, noch warum er plötzlich das Wort ergriff.

»Da hat Thore seine Jagdhütte«, erklärte Niska. »Außerhalb von Brasilien. Oder muss es ›hatte‹ heißen? Obwohl die Hütte noch steht?«

Stig Björnfot drehte sich um und setzte sich in Bewegung. Wahrscheinlich war er der Meinung, dass er genug gesagt hatte.

»Ich weiß, was aus deinem Verwandten geworden ist«, rief Katrine ihm hinterher. »Oskar Björnfot.«

Der Mann hielt mitten im Schritt inne.

»Der Cousin deines Vaters?«, fragte Forsberg Oskars Rücken.

»Er wurde in der Sowjetunion hingerichtet«, fuhr Katrine fort. »In einer Sandgrube namens Solaschgora, außerhalb von Petrosawodsk. Zu Unrecht verurteilt wegen Spionage, unter anderem.«

Auf der Straße fuhren drei Autos vorbei.

»Tot wäre er wohl so oder so gewesen«, sagte Stig Björnfot und stapfte davon.

Antti Anttila hatte zwischen einer Besprechung und seiner Mittagspause fünf Minuten Zeit.

»Ich habe nichts, was Sie senden könnten.«

Er lehnte sich zurück und kippelte mit seinem Schreibtischstuhl. Sie registrierte, dass er müde aussah, mit dunklen Ringen unter den Augen und einem Dreitagebart.

»Wie ich schon sagte, bin ich zurzeit nicht in meinem Beruf tätig«, erklärte Katrine.

»Von einem Journalisten, der nicht in seinem Beruf tätig ist, habe ich noch nie gehört.«

»Ich bin arbeitslos.«

Der Polizist klopfte mit einem Stift gegen seine Handfläche und musterte sie.

»Na gut. Und was haben Sie für Informationen über Lars-Erkki Svanberg?«

»Dass es Menschen gibt, die von seinem Tod mehr profitierten, als Sie glauben.«

Katrine hatte beschlossen, an diesem Ende anzufangen, wo sie Fakten hatte und nicht nur Ahnungen, Spekulationen, ein Bauchgefühl. Aufmerksam hörte er zu, als sie von dem viel zu hohen Gebot für das Haus erzählte. Und von dem Verdacht, dass Lars-Erkkis Angehörigen schon vor Weihnachten ein ähnliches Angebot gemacht worden war.

»Das ist etwas mehr, als wir wissen«, sagte er, als sie fertig war. »Aber gegen die Verwandten von Svanberg liegt kein Verdacht vor. Keiner von ihnen war in der Nähe von Kivikangas, als er starb.«

»Ich glaube, Sie sollten der Sache trotzdem nachgehen.«

»Das können Sie gerne glauben. Aber wir nähern uns einem Punkt, an dem wir dieses Verbrechen als aufgeklärt betrachten.«

»Es war nicht Thore Palo«, sagte Katrine.

Der Kommissar zeigte wütend mit dem Stift auf sie.

»Haben Sie mit der Familie gesprochen?«

»Ich habe versprochen, den Mund zu halten.«

»Das ist nichts, womit wir an die Öffentlichkeit gehen.«

»Er war es nicht.«

»Nein, ich will das eigentlich auch nicht glauben«, erwiderte Anttila. »Das verstehen Sie sicher.«

»Ich weiß, dass er im Mordfall Lapp-Erik seine eigenen Ermittlungen angestellt hat«, fuhr Katrine fort. »Ich war bei ihm zu Hause und habe die Wand mit den ganzen Zetteln und Notizen gesehen, den Zeitangaben, all das. Vielleicht wusste er etwas, was Sie nicht wussten.«

Anttila runzelte die Stirn und hörte auf, mit seinem Plastikstift zu spielen. Es schien, als kramte er in seinem Gedächtnis, vielleicht rief er sich in Erinnerung, wie das Haus ausgesehen hatte, als er am Tatort eintraf.

»Da gab es keine Notizen«, sagte er.

»Dann muss sie jemand entfernt haben. Ich schwöre, dass sie dort hingen, an der Tapete im Zimmer neben dem Wohnzimmer, das früher seiner Frau gehört hat.«

»Thore hatte ein ordentliches Feuer angefacht, vielleicht hat er sie verbrannt?«

Anttilas Handy piepste, und er las und tippte schnell eine Antwort.

»Aber warum hätte er einem Mord nachgehen sollen, den er selbst begangen hat?«, fragte Katrine. »Ich habe mit ihm darüber gesprochen, er fand, Sie sollten sich mehr auf das Diebesgut konzentrieren. Warum hätte er das sagen sollen, wenn es in seinem eigenen Keller lag?« Sie hörte selbst, dass sie viel zu aufgebracht und rechthaberisch klang. Durch das Fenster sah sie die Brücke über den Torneå, nur einen kurzen Spaziergang entfernt. Im Niemandsland zwischen den Grenzstädten stand ein riesiges Einkaufszentrum.

»Wissen Sie, dass seine Enkelin Sofia Palo verschwunden ist?«

»Ja, die Vermisstenmeldung ging heute Vormittag bei uns ein.« Anttila beendete das Programm und schaltete den Computer aus. »Es liegt nicht in meiner Zuständigkeit, aber falls Sie irgendeine Ahnung haben, wo sie sein könnte ...«

»Nein, das nicht, aber ich habe gestern noch mit ihr telefoniert. Sie glaubte, ihr Großvater wäre ermordet worden.«

Er hob die Augenbrauen und stieß einen Seufzer aus.

»Ein geschlossener Raum, zu dem niemand Zutritt hatte, in den aber irgendwer doch reinkam ... Ein Serienmörder, der Angst und Schrecken verbreitet – ihr wollt daran glauben, dass sich alles so abspielt wie in einem Krimi, oder?«

Katrine antwortete nicht. Sie überlegte, wen er mit diesem »ihr« meinte, hysterische Mädchen wie Sofia Palo und sie oder ihre Kolleginnen von der Presse?

»Die Tür war von innen abgeschlossen«, fuhr er fort. »Keinerlei äußere Einwirkung auf das Schloss. Davon abgesehen gibt es nur eine Kellertür, die seit vielen Jahren nicht mehr benutzt worden ist. Und die war nicht nur abgeschlossen, sondern außerdem noch mit einer Duschkabine verbaut.«

»Warum hätte er abschließen sollen? Thore Palo hat nie abgeschlossen.«

»An diesem Abend hat es geschneit, aber es gab keine Spuren, die zum Haus führten.«

»Aber es muss doch ...« Sie verlor den Faden, suchte nach Argumenten. »Es gab doch auch andere Tatverdächtige, was ist aus denen geworden? Die Russen, dieses Auto, das durch das Dorf fuhr?«

Antti Anttila bückte sich und tastete nach seinen Stiefeln, die er unter dem Schreibtisch ausgezogen hatte und die inzwischen umgefallen waren.

»Welches Auto damals durch Kivikangas gefahren ist, konnten wir nicht genau feststellen, aber alle, die über die Grenze gefahren sind, mussten wir abschreiben. Die beiden Besitzer des letzten haben schwarz auf einer Baustelle in Täby gearbeitet.« Sie nahm den Geruch von Fußschweiß wahr, als er die Beine ausstreckte und in die Stiefel schlüpfte.

»Nach den Angaben der anderen illegal Beschäftigten auf der Baustelle haben sie an den besagten Tagen vierzehn Stunden am Stück gearbeitet«, fuhr er fort. »Die übrige Zeit waren sie in einem Bürohaus eingesperrt, sodass sie nur schwer über Nacht nach Norrbotten hätten fahren können, und wenn sie es doch getan hätten, bliebe immer noch die Frage, wie sie das Auto hätten mitnehmen sollen.«

Er stand auf und streckte sich nach seiner Jacke, die hinter ihr an einem Haken hing.

»Also richten Sie Ihren Kollegen aus …« Er warf ihr einen Blick zu und korrigierte sich, »… richten Sie Ihren ehemaligen Kollegen aus, dass dies eine Geschichte ist, der sie unbedingt nachgehen sollten.«

Es war Nachmittag geworden, als sie von Haparanda zurückkehrte. Neunundzwanzig Kilometer pro Strecke, und bis auf den Kauf einer Flasche Petroleum und einer Packung Teelichte hatte sie nicht viel erreicht. Sie nahm die Tüte und stieg aus dem Auto. Auch einen Topf hatte sie bei IKEA erstanden.

Tiefe Fußspuren im Schnee ließen sie stutzen. Tomas Haara, dachte sie, er war sicher hier, um zu schauen, ob ich mit der Ofenklappe zurechtkomme.

Der Nagel war leer. Der Schlüssel weg.

Was sollte das nun wieder? Sie suchte in ihrer Jacken- und Handtasche und im Schnee ringsherum. Kein Schlüssel. Am Ende ging sie die Treppe hinauf und drückte die Klinke herunter. Es war offen.

Katrine fluchte über sich selbst und Tomas Haara, als sie die Außentür hinter sich zuzog. Einer von ihnen musste vergessen haben abzuschließen. Sie musste ihm klarmachen, dass es nicht in Ordnung war, einfach aufzutauchen, wenn es ihm gerade passte.

Im nächsten Moment schrie sie auf. Dort stand ein Mann in der Pörte neben dem Sekretär und sah sie direkt an.

Sie wich zurück, um zu fliehen, stieß jedoch mit der Schulter gegen die Tür, weil sie vergessen hatte, dass sie geschlossen war.

»Wer sind Sie?«, fragte sie. Ihre Stimme war dünn und ängstlich, obwohl sie ihm nicht zeigen wollte, dass sie Angst hatte. »Was tun Sie hier?«

Sie tastete hinter ihrem Rücken nach dem Werkzeug, das im Windfang gestanden hatte, erinnerte sich dann aber, dass sie es ins Schlafzimmer gebracht hatte, und zwischen ihr und dem Schlafzimmer stand der Mann. Groß, so groß, dass er sich beinahe den Kopf am Deckenbalken stieß, in einem dunklen Anzug und einem Wintermantel aus Wolle mit einem leuchtend blauen Schal um den Hals.

»*I'm sorry.*« Er stellte ein Foto zurück, das er in der Hand gehalten hatte, was hatte er mit ihren Bildern zu schaffen? Sie war sich ganz sicher, ihm niemals begegnet zu sein. Er war etwas älter als sie, hatte kurzes, dunkelgraues Stoppelhaar, aber die Farbe täuschte, richtig alt war er nicht, irgendwo zwischen vierzig und fünfzig, mit einem länglichen, etwas kantigen Gesicht und eindringlichen, goldbraunen Augen, die sie ansahen. »Die Tür war offen, deshalb habe ich geglaubt, es wäre jemand zu Hause.« Er sprach ein sauberes britisches Englisch, jedoch mit einem Akzent, bei dem es ihr kalt den Rücken herunterlief. Russisch. Es war eindeutig ein russischer Akzent. Sie umklammerte den Griff der Plastiktüte. Die Petroleumflasche, das war etwas, womit sie im Notfall zuschlagen konnte.

»Ich hatte aber abgeschlossen«, stammelte sie und sah aus dem Augenwinkel, dass der Schlüssel von innen in der Tür steckte. Hatte sie wirklich vergessen abzuschließen?

»Es tut mir leid, dass ich einfach so hineingegangen bin. Aber Sie haben nach mir gesucht.«

Sie dachte fieberhaft nach. Wen gesucht?

Jetzt lächelte er. Seine Zähne waren blendend weiß. Sein Mantel war sicher auch nicht billig gewesen.

»Mrs Miele«, sagte er und zog die Augenbraue hoch. »Die Anwältin, Averbach & Miele. Sie hat gesagt, dass Sie mich sprechen wollen. Denn Sie sind doch wohl Mrs Hedstrand? Dies ist ...« Er entfaltete einen Zettel. »Kivikangas 26:1.«

Ja, das war die Immobilienbezeichnung. Nichts, was sich ein Mensch normalerweise merkte.

»Woher kennen Sie sie?«, fragte Katrine.

»Sie kümmert sich um meine Geschäfte.«

Katrine trat näher, bis sie den nächsten Türrahmen erreichte und ihn deutlicher sehen konnte. Sie musterte ihn. Der Mann hatte sich nicht von der Stelle gerührt.

»Haben Sie Rauhala gekauft?«, fragte sie.

»Es tut mir leid, dass ich Sie erschreckt habe«, sagte er und streckte die Hand aus. Sie zögerte, ehe sie sie ergriff.

»Michail Lebedew.«

»Wer ich bin, wissen Sie ja schon.«

Sein Händedruck war fest und dauerte etwas zu lange in Anbetracht dessen, dass sie sich nicht kannten.

»Ich glaube, dass wir fast miteinander ins Geschäft gekommen wären, aber dann wurde nichts daraus.« Er ließ seinen Blick über die Holzstühle und Flickenteppiche gleiten, sodass all das Zerschlissene schutzlos zum Vorschein trat und ärmlicher wirkte, als es ihr noch am Morgen vorgekommen war. »Aber *business is business,* nicht wahr?«

»Warum wollten Sie ... dieses Haus kaufen?« Sie hätte beinahe *unser Haus* gesagt, aber die Alarmglocken schrillten noch immer in ihrem Kopf und warnten sie davor, zu viel von sich selbst preiszugeben.

Seine Mundwinkel zuckten.

»Ich schätze die Ruhe.«

Sie ging zügig an ihm vorbei zum Ofen. Den Schürhaken hatte sie morgens zurückgehängt, als sie den Kamin eingeheizt hatte.

»Und warum haben Sie sich anders entschieden?«

»Für zwei Häuser habe ich keine Verwendung. Ich wollte entweder das hier oder das andere.«

»Und warum ausgerechnet diese beiden?« Ihre Hand schloss sich fest um das lauwarme Eisen. Sie öffnete die Klappe, das Feuer war erloschen. Während sie in den Holzscheiten stocherte, überschlug sich in ihrem Kopf alles, was mit Russland zusammenhing – das russische Auto, das durch Kivikangas gefahren war, ihre Reise nach Petrosawodsk, die russische Spur in der Ermittlung, die offenbar nichts ergeben hatte – es konnte kein Zufall sein, dass jetzt ein Russe in der alten Küche ihrer Großmutter stand. Ich muss zusehen, dass er von hier verschwindet, dachte sie.

»Sind das Ihre Verwandten?«, fragte er mit einer Handbewegung zu den Fotografien.

»Ich weiß nicht«, antwortete Katrine. »Keine Ahnung, wer das ist. Ich sehe nur nach dem Haus.« Sie wedelte resolut mit dem Schürhaken. »Waren Sie auf die Originaleinrichtung aus? Dann hätten Sie sich lieber für dieses Haus entscheiden sollen, denn ursprünglicher geht es gar nicht. Rauhala ist dagegen ziemlich verbaut, die Küche stammt aus den Fünzigerjahren, aber das wussten Sie vielleicht nicht?« Sie riss die finnischen Seiten aus dem *Haparandabladet* und hörte die Aggressivität in ihrer eigenen Stimme, so verhielt sie sich, wenn sie Angst bekam, dann schlug sie wie wild um sich.

»Rauhala«, sagte er langsam, und aus seinem Mund klang es wie ein fremder Ort, ein melodischer Name aus einem Märchen. »Ich habe gehört, dass das in Ihrer Sprache Ruhe und Stille bedeutet. Das ist es wohl, was der Mensch sucht, wo auch immer er sich gerade aufhält, oder?«

Er stand da wie eine steinerne Statue, die aus Siris altem Dielenboden emporgewachsen war. Auch seine Gesichtszüge wirkten wie gemeißelt.

»Was haben Sie damit vor?«

»Wie gesagt, ich möchte mich zurückziehen.«

»Wollen Sie dort wohnen? Haben Sie gesehen, wie es da aussieht?«

»Wie etwas, das Gogol hätte beschreiben können«, sagte er und lächelte erneut.

Sie zuckte zusammen, als er den Namen erwähnte, und wich zurück, als er einige Schritte auf sie zuging.

»Lassen Sie mich mal«, bat er und streckte sich nach der Streichholzschachtel in ihrer Hand. Konzentriert entzündete er das Streichholz und wartete einen Moment, bis sich die Flamme entwickelt hatte. Dann führte er es zum Papier im Ofen, und sie sah, wie es Feuer fing, wie es gleich beim ersten Versuch brannte.

»Gelernt ist gelernt.« Michail Lebedew schloss die Ofenklappe und legte eine Hand auf den Ofen. »Die Winter in Sankt Petersburg können sehr kalt sein.«

»Also kommen Sie aus Sankt Petersburg?«

»Ja, da bin ich aufgewachsen und habe alles darüber gelernt, wie man die Kälte vertreibt.« Seine Hand lag noch immer auf dem Kamin, und sie dachte, dass er sich bald verbrennen würde. »Aber zuletzt habe ich in London gewohnt.«

»Aha.« Katrine verschränkte die Arme und lehnte sich an die Tür zur Speisekammer. »Ich habe auch längere Zeit in London gewohnt. Wo denn da?«

Er zögerte kurz.

»In der Nähe des Buckingham Palace.«

Sie wartete auf eine Fortsetzung, eine Präzisierung dieser höchst abstrakten Angabe, aber sie kam nicht. Vielleicht war seine wahre Adresse nicht annähernd so beeindruckend.

»Aber jetzt sind Sie ziemlich weit vom Green Park entfernt«, sagte sie. »Wie kommt es, dass Sie sich ausgerechnet diesen Ort ausgesucht haben, mitten im Nirgendwo?«

Er richtete seinen Blick auf irgendeinen Punkt hinter ihrem Rücken.

»Es gibt viele Orte«, sagte er. »Was machen Sie selbst hier?«

Das Knistern des Kamins wurde von der Stille verstärkt.

»Man muss die ...« Sie deutete darauf und suchte nach dem englischen Wort für Drosselklappe, kam aber nicht darauf. Das war kein Wort, das man in England brauchte, wo das Heizen mit Holz im Grunde schon seit 1952 verboten war. Also ging sie hin und drehte die Klappe zu drei Vierteln zu, wie Tomas Haara es ihr erklärt hatte, damit das Holz nicht zu schnell herunterbrannte, und wich dann in Richtung des Schlafzimmers zurück. Die Pörte wirkte kleiner; wenn der Mann sich im Zimmer bewegte, nahm er viel Raum ein und alle Luft in Beschlag. Jetzt stand er neben dem Küchentisch, griff nach dem Buch, das dort lag, und hob es hoch.

»Ich kann nicht glauben, dass Sie das lesen.«

Es war ein Buch von Gogol, das sie am Flughafen entdeckt hatte, *St Petersburg Stories,* eine Neuausgabe in der Klassikerreihe von Penguin.

»Ich war vor Kurzem dort«, erwiderte sie.

»Und wie fanden Sie Petersburg?« Sein Ton hatte etwas Zögerliches, das ihr Herz schneller schlagen ließ.

»Schön«, antwortete sie, »und beängstigend.«

»Dieser Newskij Prospekt lügt rund um die Uhr.«

»Und der Dämon in Person zündet die Lampen an«, ergänzte sie. Sie hatte die Erzählungen auf dem Rückflug von Russland gelesen und die beschriebene Stimmung wiedererkannt.

»Wir sind alle aus Gogols Mantel geschlüpft, hat Dostojewski gesagt.« Er drehte das Buch um, blätterte ein wenig darin. Hatte sie es wirklich auf dem Küchentisch liegen lassen? Hatte es nicht im Schlafzimmer gelegen, als sie am Vormittag aufgebrochen war? Er hat hier herumgeschnüffelt, bevor ich gekommen bin, dachte sie, was hat er noch gefunden? Mamas alte Schreibhefte? Sie spürte, wie ihr Unbehagen darüber wuchs, dass er einfach hier hereingetrampelt war und jetzt den weichen Umschlag des Buchs in seinen Händen bog.

»Dieser arme Akakijewitsch mit seinem ewigen russischen Streben, ein anderer werden zu wollen, als der, zu dem er geboren wurde, etwas Größeres und Bedeutsameres.«

»Und das wird auch sein Untergang«, sagte Katrine.

Der Russe sah auf und betrachtete sie.

»Sie meinen, er hätte sich mit dem alten, kaputten Mantel zufriedengeben sollen, statt einen maßgeschneiderten zu kaufen?«

»Ich weiß nicht. Wenn er sich weiter bei seiner beschissenen Arbeit als Beamter im Departement abgerackert hätte – wäre das wirklich schlimmer gewesen, als draußen herumzuirren, zu erfrieren und den Tod zu finden?« Katrine nahm ihm das Buch aus der Hand. »Würden Sie mich jetzt entschuldigen? Ich habe noch einiges zu tun, wenn also nichts weiter ist …?«

»Nein, ich wollte nur um Verzeihung bitten«, antwortete er, »damit alle Irritationen aus dem Weg geräumt sind, jetzt, wo wir bald Nachbarn sein werden. Wir wollen nicht …« Er deutete zur Decke, als suchte er dort nach Worten oder etwas anderem. »Wir wollen die Ruhe hier nicht mit so etwas stören.«

»In Ordnung«, sagte Katrine. »Aber ich wohne nicht hier, also werden wir auch keine Nachbarn.«

Er blieb vor der Tür stehen.

»Es war jedenfalls nett, mit Ihnen zu reden. Über Nikolaj Wassilijewitsch.«

»Über wen?«

»Gogol.«

»Natürlich. Adieu, und nett, Sie kennengelernt zu haben.« Sie begleitete ihn zur Tür, um sie hinter ihm abzuschließen, aber im Flur blieb er stehen und drehte sich um. Nur zwei Meter und ein zerschlissener Flickenteppich lagen zwischen ihnen. Die Hand, die sich am Türrahmen abstützte, war gröber, als sie es von einem Mann erwartet hätte, der Gogol zitierte und im Winter einen Anzug trug.

»Erlauben Sie mir doch, Sie zum Essen einzuladen«, sagte er, »als Wiedergutmachung.«

Katrine trat einen Schritt zurück.

»Nach Rauhala?«

Er nickte.

»Meinen Sie das ernst?« Sie musste die Augen zusammenkneifen, um vor dem weißen Tageslicht sein Gesicht erkennen zu können. Was meinte er damit, sie zum Essen einzuladen? War es als freundliche Geste zu verstehen oder als Drohung?

Als sie das letzte – und einzige – Mal dort gewesen war, hatte das Haus ausgestorben und feindlich gewirkt, ein Kadaver von einem Haus. Gab es auf Rauhala überhaupt Strom?

»Noch ist nicht alles fertig«, sagte Michail Lebedew, »aber wie wäre es mit morgen Abend?«

Dann nickte er, als wäre das Antwort genug. Katrine sah durch das staubige kleine Fenster, wie sein Schatten verschwand und er alle Geräusche mitnahm und jeden vernünftigen Gedanken. Im Flur war es nicht länger kalt, sie schwitzte. Gogol, dachte sie, wie zum Teufel konnte ich hier stehen und über Gogol diskutieren, als hätten wir gerade einen Lesezirkel gegründet? Sie zog die Haustür zu und schloss sie doppelt ab, sank auf die Truhe, die im Flur an der Wand stand.

Sie hatte nicht Ja gesagt, aber auch kein Nein hervorgebracht.

Und sie dachte, dass es an der Anspannung lag, an dem Schock darüber, dass nach all dem Schrecklichen, was passiert war, plötzlich ein fremder Mann in ihrem Haus stand. Diese Angst, die alles zum Pulsieren brachte. Es ist nicht so, wie ich denke, denn dann werde ich verrückt.

Sie hielt ihre Hände fest, damit sie aufhörten zu zittern.

Es war ein Risiko, ins Hotel zu gehen, aber es würde noch eine Nacht dauern, bis das Haus warm war. Kälte wollte er nicht länger ertragen. Es war schlimm genug gewesen, all die erbärmlichen Restaurants und harten Pritschen in den Zügen kreuz und quer durch Europa, ein Wirrwarr aus Spuren, die man niemals würde nachverfolgen können.

Die Unterkunft, die er ausgewählt hatte, konnte man im Übrigen kaum als Hotel bezeichnen. Ein paar Hütten an der Grenze zur Wildnis, ein menschenleeres Restaurant, in dem geräucherter Fisch mit Kartoffelbrei serviert wurde. Der Geschmack erinnerte ihn an Karelien: an einen Abend im Hotel Sewernaja in Petrosawodsk, wo er sich hemmungslos betrunken und den begraben hatte, der er zu sein geglaubt hatte.

Seither hatten die Gestalten einander abgelöst, Männer mit ziemlich ähnlichem Äußeren, die kamen und gingen und ineinander überglitten, Iwan Progrebnjak, Michail Lebedew, das waren nur Namen, etwas, was er annahm und ablegte, ohne es anschließend zu vermissen. Die wahre Verwandlung hatte schon vor vielen Jahren stattgefunden, als das Imperium zusammenbrach und seine Großmutter in ihrem eigenen Dreck in der Ulitsa Woroneschskaja lag und im Fieberwahn von Lügen und Verrätern redete. Sie flüsterte, wie sie es immer getan hatte, damit die Wände es nicht hören konnten und auch nicht seine Mutter im Raum nebenan.

Eine Staatsfeindin ist sie, und du hast es auch in dir, Aljoscha, das liegt einem im Blut, dem kann man sich nicht entziehen, und sieh nur, was solche wie sie mit unserem Land anstellen. Wir gehen unter, Aljoscha, also verschone mich bitte. Ich habe sie versteckt und bekenne mich des Verrats schuldig, also nimm das Messer, Aljoscha, oder den Eispickel, nimm den Eispickel, so wie sie es bei Trotzki getan haben! Sorg dafür, dass sie mich nicht holen, Alexej Wiktorowitsch, sie kommen. Hörst du nicht die schwarzen Autos? Sie wissen, dass in diesem Haus Verräter leben. Sie kommen, um sie zu holen, sie wissen, wer sie ist. Sie wissen, dass sie das Kind von Staatsfeinden und Saboteuren ist. Also versteck dich, Aljoscha, sie können dein Blut riechen, ihre Nasen wittern das Faschistenblut, für sie stinkt es bis auf die Straße, sie wissen, wer du bist. Sie wissen von allen, wer sie sind, sie wissen, was du flüsterst, also sag nie, wessen Sohn du bist, sollen sie sie nur holen, dann kann sie dort im Kresty-Gefängnis sitzen und schweigen, sie wissen schon, wie sie sie zum Reden bringen, oh ja, sie wird reden, deine kleine Mama, sie kann sie nicht mit ihrem Schweigen überlisten, und dann verrät sie uns, dich genauso wie mich, und dann stellen sie uns an die Wand und schießen uns in den Kopf, aber sieh mich nicht so an, Aljoscha. Geh und sag ihnen, dass ich nicht ihre Mutter bin, jedenfalls nicht die Richtige. Sag es, Alexej Wiktorowitsch, solange von diesem Land noch etwas zu retten ist.

Ihre Krallen, die nach ihm griffen, die heisere Stimme aus ihrem Mund, in dem nur noch drei Zahnstummel übrig waren.

Er schluckte den letzten Bissen herunter und lächelte die Kellnerin an, die gerade den Tisch abräumte. Dann bestellte er einen Cognac zum Kaffee und bezahlte bar. Vielleicht war diese Sicherheitsmaßnahme unnötig. Michail Lebedew wurde in keinem Land gesucht, er war eine Fantasie, eine Romanfigur, die das Werk des Autors verließ, um den Boden der Wirklichkeit zu betreten. Es amüsierte ihn, sich selbst auf diese Weise zu betrachten, als ein höheres und vielleicht auch poetischeres Wesen, als der Mensch es war.

Der Restaurantbesitzer kam persönlich zu ihm und informierte ihn darüber, dass die Sauna nun aufgeheizt sei und sich der angenehmen Temperatur von neunzig Grad näherte.

Die Hitze brannte auf seiner Haut, er wurde rot und innerlich warm. Er peitschte seinen Körper mit Birkenzweigen und vertrieb den Gedanken an Frauen.

Anschließend saß er auf der Veranda vor der Sauna. Sauber. Nur ein Handtuch um die Hüfte, umgeben von der Kälte und den Wolken, die unter den Sternen vorüberglitten.

In Krakau waren es mehrere gewesen, eine in Bern und eine in Hamburg. Huren, die ihre Finger nach den Schwänzen und nach dem Geld ausstreckten. Albanerinnen, eine Estin und ein armes Ding aus Moldawien, das aussah wie ein Lagerhäftling und Brüste hatte wie Lederhäute. Aber Iwan Progrebnjak hatte sich nicht darum geschert, wo sie herkamen, er sehnte sich nicht nach Schönheit. Er wählte die Hässlichen und drehte ihre Gesichter weg, sprengte sie mit seinem Hass. Herrn Progrebnjak würde niemand vermissen. Er war ein Beamter ohne Amt, der graue Schatten eines Menschen, der schließlich auf einer Toilette in Stockholm vernichtet worden war, wo die Fetzen seines Passes in die Kanalisation gespült und mit Exkrementen vermischt worden waren.

Michail Lebedew überlegte kurz, was Progrebnjak wohl mit dieser Frau in dem unmodernen Haus gemacht hätte. Es war widerwärtig und erregend, er kippte das Bier herunter, das er im Schnee gekühlt hatte, und presste es gegen seinen Unterleib.

Dieses Ausweichende ihres Körpers, als habe sie vor ihm flüchten wollen und sich gleichzeitig von ihm angezogen gefühlt. Er konnte sich nicht mehr erinnern, wann er zum letzten Mal so mit einer Frau gesprochen hatte. In der Studienzeit? Nicht gerade schön, aber auch nicht hässlich, ein weibliches Gesicht, das rein wirkte, ohne eine dicke Schicht Make-up.

Auch Alexej Schaporin hatte sich an Huren gehalten, die nach feinem Parfüm rochen, aber nicht über die Liebe logen. Keine von ihnen war lange genug geblieben, um ihn zu belügen.

Nur eine hatte es gegeben, vor langer Zeit, Leila ... die schöne Leila, die einen Abschluss in russischer Geschichte hatte und einen Mund so breit wie die Newa. Sie hatte ihn während eines Urlaubs in Nizza betrogen, wo Männer die Frauen mit einem Job für die großen Modehäuser in Paris lockten und sich das gründlich bezahlen ließen. Diese Leila hatte den Preis zahlen müssen, den Verräter bezahlten. Sie hatte die französische Riviera nie wieder verlassen.

Er sah auf die wellenartigen Formationen, die der Fluss aus Schnee und Eis geformt hatte, und stellte sich das schäumende Rauschen darunter vor. In einem Monat oder später würde die Landschaft ihre Gestalt ändern, wenn das Eis schmolz und den Fluss freigab. Er stellte sich springende Fische vor. Gab es in den Flüssen auf dieser Seite der karelischen Landenge Maränen und Lachse? Er nahm sich vor, eine Angelausrüstung zu kaufen. Bis zu den Knien im Wasser stehen, die silbrig glänzenden Körper aus dem Wasser ziehen, sie über dem offenen Feuer grillen.

Und ihm fiel auf, dass Michail Lebedew noch nie eine Frau gehabt hatte.

Jetzt hörte sie das Geräusch wieder, ein langgezogenes Knarren, das von irgendwo oben kam. Katrine lag mucksmäuschenstill in ihrem Schlafsack und horchte, um herauszufinden, woher genau es kam, aber jetzt war es wieder weg.

Von draußen drang kein Licht herein, der Mond war verschwunden, und die Dunkelheit umschloss alles. Sie hörte ihr eigenes Herz und ein Rauschen im Körper, das ihre Furcht verriet.

Ein Tier, vielleicht eine Maus oder ein Vogel auf dem Dach – *gab es am Polarkreis um diese Jahreszeit überhaupt Vögel?* Oder war es der Wind, der durch irgendeine Ritze pfiff, ein Zweig, der gegen das Haus schlug? Sie konnte die Umrisse des Baumes vor dem Fenster erahnen – unbeweglich. Es wehte kein Lüftchen.

Sie drückte einen Knopf an ihrer Armbanduhr, um die Zeiger zum Leuchten zu bringen. Fünf vor halb zwei.

Sie war nicht von dem Geräusch aufgewacht, sondern von ihrem eigenen Zucken, ehe sie im Traum in die Tiefe stürzte. So ein Traum, in dem man über schneebedecktes Eis rennt und merkt, dass es doch kein Eis ist, weil man im Schnee einsinkt und darunter nur schwarzes, wirbelndes Wasser kommt und niemand hört, wie man schreit. Sie fragte sich, ob sie geschrien hatte.

Im nächsten Moment hörte sie es wieder, ein Knarren, vom anderen Ende des Dachbodens her, gefolgt von einem dumpfen

Aufprall. Etwas Weiches, das auf Holz traf. Sie wusste, dass es Geräusche waren, die in diesem Haus nichts zu suchen hatten. So gut kannte sie das Knacken und Knarzen des alten Holzes bereits, und das Quietschen der Türen, das schwache Gemurmel, wenn der Wind durch die undichten Scheiben hinter der Treppe kroch, die sie mit Pappe abzudecken versucht hatte.

Dies war etwas anderes.

Vorsichtig streckte sie ihre Beine und schälte sich lautlos aus dem Schlafsack, kleine Bewegungen, damit die Matratze nicht ächzte, wie sie es eigentlich bei jeder Bewegung tat. Auf Strümpfen schlich sie sich in die Pörte. Natürlich war der Kamin wieder ausgegangen, inzwischen wusste sie, wie lange drei Holzscheite brannten. Sie nahm den Schürhaken und holte die Taschenlampe aus ihrer Tasche, drückte vorsichtig die Klinke zum Flur herunter. Das Quietschen erfüllte das ganze Haus, und dann war die Kälte wieder da, sie drang innerhalb kürzester Zeit durch die Kleidung. Bibbernd stand sie vor der maroden Treppe zum Dach.

Da ist nichts, redete sie sich ein, es gibt keine Gespenster. In der Dunkelheit erschien ihr der Gedanke gar nicht so abwegig, dass es in dem ausgekühlten Haus spukte, Siri oder die alte Tante, die gekommen war, um ihre Seidenkleider aus Amerika zu holen. Katrine schaltete ihre Taschenlampe ein und leuchtete die Treppe hinauf.

»Hallo!«, rief sie. »Ist da jemand?«

Aber die Geister schwiegen. Die Ratten hielten still.

Entweder, ich tue es, oder ich fliehe, dachte sie, renne nach drüben zum Nachbarhof, wecke Tomas Haara und sage, dass ich Angst habe, weil ich auf dem Dachboden Geräusche höre.

Mit der Taschenlampe im Mund, die eine Hand fest um den Schürhaken geschlossen, die andere am Geländer, ging sie langsam nach oben. Das Knarren der Treppe wurde mit jeder Stufe lauter, bis sie in der Öffnung zum Dachboden stand, über Balken und Wäscheleinen leuchtete und zusammenzuckte, als der

Strahl einen dunklen Berg auf dem Boden traf, einen alten Mantel. Die Tür zur Bodenkammer war verschlossen, sie ging die wenigen Schritte bis dorthin und riss die Tür auf. Im Bett zuckte etwas zusammen. Katrine schrie auf und wich zurück, schlug sich den Kopf an einem Deckenbalken und verlor die Taschenlampe.

»Bitte entschuldigen Sie!«

Die Stimme klang kleinlaut und hell wie die eines Kindes, aber der Körper im Bett gehörte einem erwachsenen Menschen, es dauerte nur Sekunden, bis sie die Taschenlampe wieder im Griff hatte und direkt in Sofias weißes Gesicht leuchtete. Sie hatte sich in einer Ecke des Bettsofas zusammengekauert und hielt die Hand vor die Augen, um nicht von dem Lichtstrahl geblendet zu werden.

»Es tut mir leid, bitte entschuldigen Sie!«

Katrine spürte, wie ihre Beine nachgaben und sie auf der Türschwelle zusammensackte.

»Du liebe Güte, was machst du denn hier? Du hast mich zu Tode erschreckt!«

»Es tut mir leid«, wiederholte Sofia, »aber ich wusste einfach nicht, wo ich hinsollte.«

Katrine begann zu lachen und ließ den Schürhaken fallen. Ihre Beine zitterten, als sie sich am Türrahmen hochzog.

»Du kannst doch nicht einfach so abhauen, deine Mutter ist völlig aufgelöst.«

»Entschuldigung.«

»Und hör endlich auf, dich zu entschuldigen!« Katrine erkannte das Knarren wieder, als sie sich auf die Kante des Bettsofas setzte. Das war das Geräusch, das sie erschreckt hatte. Sofia hatte sich aus ihrer Jacke, Siris Überwurf und ein paar alten Wolldecken ein Lager gebaut.

»Ich kann nicht nach Hause. Sie sagen meinen Eltern doch nichts?« Das Weinen ließ sie zittern, oder war es die Kälte? Katrine legte ihr die Decke um.

»Komm.«

Irgendwie gelang es ihr, das Mädchen nach unten zu bringen, ohne dass die Treppe zusammenbrach. Sie setzte sie vor den Kamin, in dem doch noch ein wenig Glut vorhanden war, und es gelang ihr, das Feuer wieder anzufachen.

»Trinkst du Kaffee?«

»Oder Tee?«

»Ich habe nur Kaffee da.«

Sofia nickte. Katrine stellte ein wenig Schmelzwasser auf den Herd und entzündete die Petroleumlampe.

»Müssen wir die unbedingt anmachen?«, fragte Sofia und spähte nervös durch das Fenster.

Katrine ging hinüber und zog vorsichtig an der dünnen Gardine. Sofort gab es einen Riss.

»Wie lange bist du eigentlich schon da oben?«

»Seit heute früh.« Sofia schniefte und legte die Hände auf den Ofen.

Sie hatte sich hineingeschlichen, als Katrine sich morgens auf den Weg machte, hatte beobachtet, wo sie den Schlüssel versteckte, und war dann ins Haus gegangen.

»Deshalb war also offen«, stellte Katrine fest.

»Ich dachte, Sie würden das verstehen.«

»Wieso soll ich verstehen, dass du dich auf dem Dachboden versteckst?«

»Ich hatte Angst. Es war jemand da.«

Michail Lebedew. Seine Gegenwart, die den Raum erfüllte und einem unter die Haut ging. Katrine machte für sie beide Pulverkaffee. Sofia wärmte ihre Hände an der Tasse.

»Sie sagen, Großvater hätte es getan. Er hätte Lapp-Erik erschossen.«

»Glaubst du das denn?«

Sofia sah zu Boden und schüttelte den Kopf.

»Ich auch nicht«, sagte Katrine.

Sie holte Brot, Schinken und Butter aus der Vorratskammer,

in der es so kalt war, dass die Butter steinhart war. Sie legte sie auf den Kamin, damit sie streichfähig wurde.

»Gestern habe ich in Opas Haus geschlafen.« Sofias Hände zitterten so, dass der Kaffee überschwappte. »Ich habe den Schlüssel von zu Hause mitgenommen und mich dort versteckt. Wissen Sie, warum? Weil ich gedacht habe, er würde im Schlaf mit mir reden. Weil er keinen Frieden findet, wenn er in Umeå in einem kalten Raum auf einer Bahre liegt, aber das ist nur der Körper, die Seele bleibt in dem Haus, wo man gestorben ist.« Sie redete in einem fort, ohne Luft zu holen. »Glauben Sie, dass nach dem Tod etwas von einem Menschen bleibt?«

»Nein«, antwortete Katrine, »oder ... ich weiß nicht.« Sie betrachtete, was von Siris Leben in diesem Raum übrig war, die Fotografien, die alte Kaffeekanne. »Jedenfalls glaube ich nicht ans Himmelreich.«

Sofia stopfte mehrere Brote in sich hinein, immer zwei auf einmal, als hätte sie seit Tagen nichts gegessen. Und so war es wahrscheinlich auch. Es erforderte ziemlich viel Mut, oder auch Wahnsinn, sich Zutritt zum Haus des toten Großvaters zu verschaffen und dort eine ganze Nacht zu verbringen. Katrine konnte sich nicht vorstellen, dass sie sich an seinen Essensvorräten bedient hatte.

»Und wie war es?«, fragte Katrine. »Hat er mit dir gesprochen?«

Sofia schüttelte den Kopf. Murmelte mit vollem Mund.

»Ich habe kein Auge zugetan.« Und tatsächlich hatte das Mädchen dunkle Ringe unter den Augen, sein Blick war stumpf vor Schlafmangel. »Es war, als würde der Schuss immer noch widerhallen. Ansonsten war es einfach nur leer. Ich hätte dort nicht noch eine Nacht bleiben können. Eigentlich hatte ich vor, noch einmal wegzulaufen, aber dann hatte ich nicht die Kraft dazu. Können Sie mir verzeihen?«

»Ja, aber nur, wenn du aufhörst, dich ständig zu entschuldigen.«

»Entschuldigung.«

Katrine seufzte und stand auf, kontrollierte, ob das Feuer ordentlich brannte, und drehte die Drosselklappe herunter.

»Wenn man die Toten reden hört«, sagte sie, »liegt das vielleicht daran, dass man irgendwo tief in sich drin weiß, was sie einem sagen wollen. Was, glaubst du, wollte er sagen?«

Sofia zuckte mit den Schultern und drehte sich weg.

»Du weißt etwas, oder?«, fuhr Katrine fort. »Deshalb hast du am Telefon geschrien, dass sie ihn erschossen haben, obwohl alle anderen glauben, es wäre Selbstmord. Wovor hast du Angst, Sofia?«

Sofias Blick verfinsterte sich.

»Es ist vier Uhr nachts, darf ich jetzt schlafen?«

Sie ging nach nebenan und legte sich auf das freie Bett, hüllte sich in die Decke und in Schweigen und drehte sich zur Wand.

Als es fast halb sechs war, gab Katrine den Versuch auf, noch einmal einzuschlafen. Draußen dämmerte es bereits, sodass man immerhin schon von einem Morgen sprechen konnte.

Sie aß drei belegte Brote und holte neuen Schnee, um ihn im Topf zu schmelzen. Der Kaffee machte sie fahrig und zwang sie wieder in den Schnee hinaus. Sie hatte eine provisorische Toilette mit einem Plastikeimer eingerichtet, den sie in das alte Plumpsklo gestellt hatte. Dieses hatte ein Fenster zum Fluss. Dort saß sie und sah die Landschaft in zartem Rosa leuchten, sah, wie der Himmel den Boden streichelte. Sah den Schnee, der neue Wege schuf und sie ebenso schnell wieder verdeckte, alle Spuren verwischte.

Als es sieben war, berührte sie Sofia an der Schulter.

»Hast du den Schlüssel zu Thores Haus noch?«

Das Mädchen sah sie an, ihre Haare standen wirr vom Kopf ab.

»Warum?«

»Weil ich gern sehen würde, wie es da drinnen aussieht. Ob er sich wirklich das Leben genommen hat.«

Sofia riss die Augen auf.

»Glauben Sie, er wurde ermordet?«

»Ich glaube gar nichts, ich will es wissen«, sagte Katrine und hörte, wie das Echo von Thores Stimme in ihrer eigenen nachhallte. *Ich war fast vierzig Jahre lang Polizist. Glauben kann man in der Kirche.*

»Er ist in meiner Jackentasche«, antwortete Sofia schließlich.

Katrine legte ihr die Hand auf die Schulter.

»Schlaf noch ein bisschen.«

Sofia hatte recht, in dem Haus war keine menschliche Nähe oder Persönlichkeit mehr zu spüren. Eine Hülle aus Stein und Holz; Möbel, die ihre Bestimmung verloren hatten. In der Küche waren Glasscherben und Asche neben dem Kamin zu einem Haufen zusammengekehrt worden. Katrine ließ ihre Schuhe an.

Im Wohnzimmer sah sie zuerst nur den dunklen Fleck. Er bedeckte den Sessel, in dem Thore gesessen hatte, als sie das letzte Mal dort gewesen war, und setzte sich bis zum Boden fort, wo er die Form eines Seehundes bildete. Sie ballte die Fäuste, bohrte ihre Fingernägel in die Handflächen und zwang sich hineinzugehen. An der Wand mit den Familienbildern klafften Lücken, darunter lagen weitere Scherben. Nicht alle Bilder waren heruntergefallen; das Hochzeitsfoto von Åke und Eva-Lena hing noch, und eine lachende, zahnlose Sofia, die wuchs und zu einem Teenager wurde. Damals war noch Hjalmar Branting an der Regierung, dessen Bild ebenfalls an der Wand hing. Katrine ging in die Hocke und drehte behutsam eines der Fotos am Boden um.

Matti bei der Abiturfeier. Matti als schmächtiger kleiner Bengel in den ersten Schuljahren. Matti irgendwo in einer Mannschaft von Bandyspielern. Sie erhob sich mit schmerzenden Knien und begegnete erneut Sofias trotzigem Blick auf dem Teenagerfoto. Eva-Lena hatte gesagt, die Fotos seiner Enkel hätten in einem einzigen Durcheinander kaputt auf dem Boden gelegen, aber das stimmte nicht. Es waren nur die Fotos von Matti. Dem Jungen, der immer mit seinem Großvater auf die Jagd gegangen war. Sie sah ihn in unterschiedlichen Altersstufen auf dem Boden liegen und erinnerte sich an den Stolz in der Stimme des alten Mannes, als der Enkel und seine Freunde mit den Motorschlitten vorbeidröhnten, *es ist ein Glück, dass sie diese Freiheit haben, einfach so loszuziehen.*

Sie schob die Tür zum hinteren Zimmer auf, mit dem Gedanken, dass sie eigentlich keine Fingerabdrücke hinterlassen sollte, und der Gewissheit, dass dort nichts mehr zu finden war.

Es war tatsächlich so, wie Antti Anttila gesagt hatte: An den Wänden hingen keine Zettel, nicht ein einziges Stück Papier lag auf dem Boden, alles war bereinigt und weggeschafft. Das Einzige, was sie sehen konnte, waren ein paar Klebebandreste, an denen millimetergroße Papierfetzen hingen.

Die Zeitangaben, alle Details über den Mord, die Thore Palo so gewissenhaft notiert hatte. Hatte er sie selbst verbrannt, oder hatte jemand anders das erledigt? Um etwas zu verbergen oder zu vergessen oder zu verschweigen?

Im Bücherregal herrschte dagegen immer noch dieselbe Ordnung wie damals, als sie sich gebückt hatte, um den Ordner mit den Informationen über alte Verbrechen herauszuziehen.

Diese Genauigkeit.

Das war etwas, was sie wiedererkannte. Das Gefühl, die Welt beherrschen zu können, indem man sie strukturierte. Alphabetische Reihenfolgen, Jahreszahlen in chronologischer Ordnung. Papiere in Ordnern. Fakten und Dokumente.

Wenn es so war, wie sie glaubten, wenn Thore Palo erneut zu trinken begonnen hatte und verrückt geworden war, dann hätte auch der Wahnsinn ein gewisses System gehabt.

Sie vermied es, die dunklen Flecken anzusehen, als sie das Haus wieder verließ.

»Es gibt keine Wege dorthin, aber ich kann Sie mit dem Motorschlitten fahren, wenn Sie möchten.«

Tomas Haara zog die Tür hinter sich zu.

»Denn Sie fahren wahrscheinlich nicht Ski?«

»Doch«, antwortete Katrine. »Klar tue ich das.«

»Na dann.«

Er ging voraus und öffnete die riesige Tür zum Viehstall. Kühe standen dort schon lange nicht mehr, aber in einer der alten Boxen lehnten mindestens zwanzig Paar Skier an der Wand oder lagen umgefallen auf dem Boden.

Er zog ein Paar aus dem Durcheinander und maß sie an Katrines Größe.

»Die haben wahrscheinlich meiner kleinen Schwester gehört.«

Die Bindungen waren von der alten Sorte, Metallriemen, die um die Schuhe gespannt wurden.

»Sie haben nicht zufällig auch ein paar Skischuhe, die ich mir leihen könnte?«

»Da muss ich mal Mutti fragen.«

In der Küche schwirrte Anna Haara umher, vom Gefrierschrank zur Vorratskammer und zum Einbauschrank über dem Herd.

»Aber irgendetwas müssen wir Ihnen doch anbieten!«

Katrine blieb im Flur stehen und versicherte ihr, das sei nicht nötig.

»Aber sie hat wohl schon von Thore Palo gehört?« Anna Haara schüttelte eine leere Keksdose und warf einen finsteren Blick hinein. »Huha, wie schrecklich!«

»Ja«, stimmte Katrine zu, wenngleich sie sich nicht sicher war, ob die Frau den Tod meinte oder den Mangel an Gebäck.

»Und ich habe ihn noch angerufen, man vertraut doch der Polizei! Dass er es getan haben soll, kann man gar nicht glauben. Huha.«

»So hat Vivve das aber nicht gesagt«, unterbrach Tomas, der gerade mit drei Paar alten Skischuhen im Arm aus dem Keller kam.

»Doch, genau das hat sie gesagt.« Anna Haara warf ihm einen strengen Blick zu: Komm du mir ja nicht und sag, ich wäre verrückt geworden. »Mit Lapp-Eriks Gewehr hat er sich erschossen, genau das hat sie gesagt.«

»Mutti«, bat er flehend und wandte sich an Katrine. »Sie ist ein wenig durcheinander nach allem, was passiert ist.«

Katrine bückte sich und begutachtete die Skischuhe von mehreren Seiten, um herauszufinden, welche Größe sie hatten. Also gingen im Dorf doch schon Gerüchte um. Sie fragte sich, ob Thore Palo auf allen Höfen ringsum als Mörder angesehen wurde oder nur bei seinen eigenen Verwandten. Wie lange würde es dauern, bis die Nachricht in die Medien kam, die Blogs und Twitter? Ein paar Stunden, einen Tag? Sie wählte die größten Schuhe, die immer noch eine Nummer zu klein waren. Aber mit Blasen konnte sie leben.

Anna Haaras Stimme kreiste um ihren Kopf.

»Man glaubt, man würde die Menschen kennen, aber der Teufel kann sich überall verstecken, überall!«

Tomas Haara öffnete die Haustür, scheinbar war er der Meinung, dass es jetzt Zeit war zu gehen.

»Vivve ist die Schwester meiner Mutter und die Mutter von Eva-Lena, also erfahren sie ziemlich viel von dem, was die Polizei spekuliert, aber das dürfen wir nicht weiterverbreiten.

Sie sagt, dass Thore Krebs hatte. In der Bauchspeicheldrüse, stimmt's, Mutti?«

Anna Haara knallte den Deckel auf die Keksdose.

»Ja, das habe ich auch gehört«, sagte Katrine und zog ihre Mütze auf. »Dass er sich wahrscheinlich deshalb das Leben genommen hat.«

»Es ist die schlimmste Art von Krebs«, erklärte Tomas. »Den kann man nicht mal bestrahlen.«

Draußen auf dem Hof half er ihr, die Bindungen zu justieren. Sie sah über seinen gebeugten Rücken hinweg.

Der Schnee und die Wolken verschwammen ineinander, sodass die weiter entfernten Höfe aussahen, als würden sie frei zwischen Himmel und Erde schweben. Die grauen Gebäude von Rauhala erinnerten sie an Russland, der gleiche trostlose Verfall. Sie dachte an Gunnar Pelttari, an Lars-Erkki Svanbergs Schicksal. Das Gefühl, all das sei noch immer dort, eine Art Dunkelheit, die sich weitervererbte und die auch sie selbst in sich trug.

Dann sah sie einen weißen Lastwagen auf den Hof einbiegen und zurücksetzen, er versuchte, auf der kleinen Fläche vor dem Aitta zu wenden.

»Haben Sie den Käufer von Rauhala schon kennengelernt?«

»Nein ... aber wird wohl irgendein Weibsbild sein«, antwortete er und spannte ihren rechten Fuß fest.

»Wieso glauben Sie das?«

Sie stützte sich auf die Skistöcke, um das Gleichgewicht nicht zu verlieren.

»Sie haben Möbel bei IKEA bestellt – und die Montage. Das würde ein Kerl nie machen, das ist doch *knapsu.«* Er richtete sich mit einem schiefen Grinsen auf, das verriet, dass dies nicht seine eigene Meinung war.

»Ich weiß nicht, wie der Handyempfang da oben ist«, sagte er. »Wollen Sie wirklich ganz allein dorthin?«

Die Stöcke waren hellblau und etwas zu kurz. Wann hatte sie

das letzte Mal auf Skiern gestanden? Bei einem Schulausflug, dachte Katrine, mit dreizehn oder vierzehn?

»So *knapsu* bin ich gar nicht.«

Er lachte, dass der Snus unter seiner Oberlippe sichtbar wurde, und dann schaffte er es irgendwie, ihr etwas zu nahe zu kommen. »Nein, Sie können nicht *knapsu* sein.« Sie atmete einen Dunst aus Hundehaaren, Snus und Benzin ein. »*Knapsu* ist ein Typ, der sich wie eine Frau benimmt, aber wenn eine Frau wie eine Frau ist, dann ist sie einfach nur ... weiblich.«

»Gut zu wissen«, erwiderte Katrine. Sie holte so viel Schwung, dass sie fast rückwärts umgefallen wäre, als die Skier losglitten.

Nie zuvor in ihrem Leben hatte sie eine solche Stille erlebt wie in dem Wald oberhalb von Thore Palos Haus, als die hohen Fichten sie umschlossen.

Halten Sie sich an die Motorschlittenloipe. Folgen Sie den Markierungen zwischen den Forstgrenzen.

Ihre Oberschenkelmuskulatur machte sich bemerkbar. Sie hatte Tomas Haaras Anweisungen im Hinterkopf, stieß sich ab und versuchte, einen Rhythmus zu finden. Ein Gefühl, das irgendwo in ihrem Gedächtnis verborgen lag, Sonntagsausflüge, der Duft heißer Schokolade. Die Mutter vor ihr in der Loipe in einer schwarz-weißen Skijacke, die Zipfelmütze tief über die Ohren gezogen. Dann flimmerte Lars-Erkki Svanberg vorüber, er schwebte in der Loipe an ihr vorbei, der Mann aus den Wäldern, dies war sein Leben gewesen. Skier, die über das knirschende Weiß sausten, der Himmel, der zwischen den Wipfeln leuchtete.

Aber fahren Sie nicht in die Sümpfe hinaus, denn dann verirren Sie sich.

Die Motorschlittenspur verlief wie ein Riss zwischen den Bäumen. Schwere Zweige, deren Enden tief im Schnee versanken. Sie hatte keinen Begriff davon, wie lang fünf Kilometer waren. Sie spürte die Anstrengung in den Beinen und Armen, als der Wald sich öffnete und die Sümpfe sich auftaten, weiße

Flächen von Nichts, Brasilien. Geblendet von all dem Weiß blickte sie starr auf den Boden, um die Loipe nicht zu verlieren, vorwärts, immer weiter. Etwas entfernt hörte sie Motorengeräusche und erstarrte, stand reglos da, bis das Dröhnen verhallte und sie sich ihrer eigenen Einsamkeit bewusst wurde. Bevor sie weiterfuhr, kontrollierte sie ihr Handy, der Empfang war wirklich schwach, aber er war da, zwei kleine Balken signalisierten, dass die Zivilisation ihre Tentakel bis hierher ausstreckte.

Der Wind nahm zu, und hohe Wolken türmten sich in der Himmelsrichtung, die vermutlich Osten war. Sie hoffte, dass die Sonne so weit durchdringen würde, dass sie sich nach ihr orientieren konnte. Erneut kam sie in den Wald, der immer dichter wurde, Fichten, die unter ihren gewaltigen Zweigen heimliche Höhlen verbargen, und nichts war zu hören, nur das Gleiten der Skier auf dem Schnee und ihr eigener, leichter Atem.

Fast hätte sie die Hütte verpasst. Sie hatte gerade das Tempo erhöht, und ihre Gedanken schwebten irgendwo zwischen den Baumspitzen umher. Jetzt lag nur noch der nächste Meter Schnee vor ihr und der nächste.

Katrine rammte beide Stöcke in den Boden und machte eine Vollbremsung. Dort, zwischen Zweigen und Gestrüpp, das aus dem Schnee herausragte. Eine graue Wand. Sie kreuzte durch den Tiefschnee und sah, dass erst kürzlich jemand dort gewesen sein musste, die Schneedecke war in der Breite einer Motorschlittenspur eingesunken. Und dann war Katrine am Ziel. Es war eine kleine Hütte, die bis zu den Fensterblechen eingeschneit war, nicht größer als fünfundzwanzig Quadratmeter, mit einem Dach aus Teerpappe. Sie lag auf einer Lichtung, und Katrine ahnte, dass sich hinter der hügeligen Landschaft zwischen den Stämmen der Bach verbarg, *joki.* Weiter entfernt erhob sich die Landschaft zu einem größeren Hügel, *vaara.* Sie bewegte sich auf ihren Skiern auf ein Fenster zu und sah, dass zwei der Scheiben eingeschlagen waren. Mit dem Skistock prüfte sie, wie tief der Schnee war. Mindestens einen Meter. Sie wagte es, die Bindungen zu öffnen, stapfte die wenigen Schritte zur Tür und fuhr vorsichtig mit dem Arm über die Schneedecke. Es befanden sich Spuren darunter. Sohlenabdrücke, die von groben Stiefeln stammten. Anschließend konnte es nicht mehr viel geschneit haben. Katrine setzte ihren eigenen Fuß in die Spur. Es war eine beachtliche Schuhgröße, mindestens 44 oder 45. Waren es Thore Palos Spuren oder die eines anderen?

Sie war von der Skitour verschwitzt, ihre Kehle war trocken und brannte, und sie bereute es, dass sie keinen Proviant mitgenommen hatte. Die Klinke war schwergängig, doch als sie daran rüttelte, gab die Tür nach.

Drinnen war alles kurz und klein geschlagen.

Holzstühle lagen in Stücken, ein in der Mitte gespaltener Melanintisch. Das musste eine unbändige Kraft erfordert haben. Wut, dachte sie, Angst oder Panik oder Wahnsinn, nur übermächtige Gefühle konnten eine solche Zerstörung zustande bringen.

Durch die kaputten Fensterscheiben war Schnee hereingeweht, der Wind hatte Asche und Ruß auf dem Dielenboden verteilt. Einzig die beiden Etagenbetten an der Wand schienen unbeschadet. Dazwischen stand ein offener Kamin. Sie ging hin, steckte ihre Hand in einen Haufen aus verbrannten Resten und zog ein wenig Papier und angeschmortes Plastik heraus, das noch nicht ganz schwarz geworden war. Warum verbrannte man in einer Jagdhütte Papier, warum Plastik? Nicht, um den Kamin einzuheizen, das hatte Tomas Haara in seinem Grundkurs deutlich gemacht. Man spaltete das Scheit und entzündete es mit Holzspänen und Streichhölzern. Mit Papier herumzupfuschen war *knapsu*, weibisch, aber für eine Stockholmerin wie sie, für eine Frau, gerade noch erlaubt.

Die Asche fiel zwischen ihren Fingern hindurch. Sie verließ die Hütte. In ihren Beinen schmerzten Muskeln, die sie zum ersten Mal spürte. Sie blickte auf die schneebedeckte Lichtung. Fünf Kilometer vom Ort entfernt, durch unzugängliche

Sümpfe getrennt, mitten im Wald. Kein Russe konnte rein zufällig an diesem Ort vorbeigekommen sein. Kein Außenstehender wäre mit einem solchen Zorn auf die Einrichtung losgegangen.

Die Fichten wiegten sich im Wind, und vom Himmel sank Dunkelheit herab, obwohl es noch mitten am Tag war.

Erneut schnallte sie die Skier fest und glitt zurück in ihre Loipe.

Oder Liebe, dachte sie. Auch Liebe konnte möglicherweise eine Melaninplatte spalten.

Ganz Rauhala duftete nach Hacksteak mit Zwiebeln. Auf dem Boden summte ein zusätzlicher Heizlüfter, der aussah, als stamme er von einer Baustelle.

»Es ist alles noch ein wenig primitiv, das tut mir leid.«

Er streckte die Hand aus, um ihr aus der Jacke zu helfen. Katrine gelang es, aus den Ärmeln zu gleiten, ohne dass er sie streifte.

»Ich bin wirklich überrascht«, sagte sie, »ich hätte nicht gedacht, dass es auf Rauhala überhaupt Strom gibt.«

Sie spähte in den Flur und erinnerte sich an das Gefühl ihres letzten Besuchs, diesen Eindruck des Asketischen und Bereinigten, als wäre das Haus in etwas Bösem, Gequältem gefangen.

Jetzt stand in einem der Schlafzimmer ein breites, nagelneues Bett, in einem anderen Zimmer konnte sie Reihen von leeren Billy-Regalen erahnen.

»Sie mussten einiges umstellen, aber am Ende hat es funktioniert«, erklärte Michail Lebedew und ging ihr voraus in die Küche. »Die Elektriker sagen, dass die schwedischen Behörden das nicht genehmigen würden, aber da, wo ich herkomme, ist alles erlaubt, was die Kälte abhält.«

Auf der Schwelle zur Küche blieb Katrine unvermittelt stehen. Am Herd stand Promise Björnfot und füllte mit einer Kelle Kartoffeln in eine Schüssel, ihr Gesicht leuchtete auf, als sie den Gast erblickte.

»Hallo«, sagte Katrine, »wie schön, Sie wiederzusehen!« Sie meinte es ernst. Schon beim Gedanken an einen Abend allein mit dem Russen hatte sie Herzrasen und Atemnot bekommen, und sie hatte sich tausend Ausreden durch den Kopf gehen lassen, um nicht kommen zu müssen, aber am Ende hatte die Neugier sie dennoch hergetrieben, als es dunkel geworden war und der Halbmond über den Dächern von Rauhala aufstieg. Sie hatte das Licht in den Fenstern gesehen und gedacht, dass es Dinge gab, die man tun musste, weil das Leben sie einem vor die Füße warf. Und weil die Luft dort, wo dieser Mann gestanden hatte, elektrisiert gewesen war.

»Entschuldigen Sie mich einen Moment«, sagte er jetzt und legte seine Hand auf ihren Rücken. Seine Berührung brannte immer noch auf ihr, als er aus dem Zimmer verschwunden war.

»Mr. Lebedew hat bei meinem Mann einen gebrauchten Wagen gekauft, den Saab da draußen«, flüsterte Promise.

Ja, den hatte sie gesehen, einen roten Saab 9000, der auf dem Hof parkte. Dieses Modell wurde doch schon seit zehn Jahren nicht mehr hergestellt? Auch ein grün gestrichener Tretschlitten stand dort, leicht schräg vor der Freitreppe.

»Und dann hat er Stig gefragt, ob er jemanden wüsste, der kochen kann. Stig liebt mein Hacksteak.« Die Frau klopfte mit der Hand auf das karierte Kochbuch, das auf der Arbeitsfläche lag. Der Name des Gerichts war das Einzige, was sie auf Schwedisch sagte, ansonsten hielt sie sich ans Englische. »Er hat mich auch zum Putzen angestellt, anständig bezahlt, ein guter Job. Es ist nicht leicht, hier eine Arbeit zu finden, wissen Sie?«

Seine Schritte hallten auf dem Flur. Promise beugte sich zu Katrine vor.

»Aber ich weiß nicht, ob er ein guter Mann ist.«

»Wir werden nur zu Abend essen«, sagte Katrine, auf Schwedisch, weil er wieder da war. Sie spürte, wie seine Präsenz den Raum erfüllte.

Der Tisch war für zwei gedeckt. Eine Flasche Rotwein und

neue Weingläser, karierte Servietten. Michail Lebedew zog den Stuhl für sie heraus. Die Rolle des Kavaliers schien ihm etwas unangenehm, er war nicht wie die Engländer, denen man sie schon im Internat eingeimpft hatte. Der Gedanke an Alastair verflüchtigte sich sofort, Herrgott, es war ja nur ein Abendessen.

Promise Björnfot stellte die Schüssel mit den Kartoffeln ab und nahm ihre Tasche.

»Dann komme ich morgen zum Spülen«, sagte sie.

»Vielen Dank für Ihre Hilfe«, erwiderte Michail Lebedew und schenkte Wein in Katrines Glas.

Bleiben Sie, wollte sie rufen, bitte gehen Sie nicht. Aber die Frau ging, und sie hörte, wie die Tür hinter ihr zuschlug. Durch das Fenster konnte sie nichts erkennen, aber sie ahnte, dass der grün lackierte Tretschlitten Promise Björnfot gehörte und diese im selben Moment die Einfahrt hinabsauste. Dass sie sie mit diesem Mann allein ließ, an dem viel zu kleinen, wackeligen Tisch, unter dem ihre Knie jeden Augenblick zusammenstoßen konnten, wenn sie sich nur ein kleines bisschen bewegte.

Sie trank viel zu schnell, von dem Wein, der aus Frankreich kam und teuer aussah.

»Ich verstehe immer noch nicht, warum Sie diesen Hof gekauft haben«, sagte sie. »Ganz Nordschweden ist voller leerstehender Häuser, wahrscheinlich hätten Sie einen Herrenhof kaufen können für das, was Sie für Rauhala bezahlt haben.«

»Es war nicht teuer«, sagte er.

»Wissen Sie, was die Immobilien hier oben wert sind?«

»Mein Anwalt hat sich um die Geschäfte gekümmert.« Er tat ihr auf. »Und was heißt das schon, etwas wert sein? Wenn wir in Russland eines gelernt haben, dann die Erkenntnis, dass das, was heute etwas wert ist, morgen schon völlig wertlos sein kann. Für mich hat es den Wert, den ich dafür gezahlt habe.«

Er nahm kleine Bissen, umfasste die Gabel jedoch mit der ganzen Hand. Sie wusste nicht, wo sie ihn einordnen sollte,

Arbeiterklasse oder Oberklasse oder irgendetwas dazwischen, sie kannte die Codes der russischen Gesellschaft nicht.

»Was haben Sie eigentlich in London gemacht?«, fragte sie.

»Ich habe mich dort nie zurechtgefunden. Viel zu viel Lärm, schlimmer als in Sankt Petersburg.«

Er wischte sich mit der Serviette den Mund ab.

»Aber jetzt möchte ich mehr über Sie erfahren, schöne Katrine, und über diesen Ort hier.«

Sie trank ein wenig vom Wein. Lapp-Eriks Tod und die demolierte Jagdhütte gingen ihr durch den Kopf.

»Zwei Dinge sollten Sie wissen«, erklärte sie. »Sie dürfen niemals eine Tasse Kaffee ausschlagen. Und müssen eine gute Antwort auf die Frage finden, wessen Sie sind. Das fragen die Leute einen hier immer. Nicht, wer Sie sind oder wo Sie wohnen oder was Sie beruflich machen, sondern zu wem Sie gehören.«

Er lachte, und sie sah, wie die Fältchen in seinen Augenwinkeln tiefer wurden. Für eine Sekunde versank sie in seinem Blick, hatte das Gefühl, darin gefangen zu sein.

»Und wessen sind Sie, Katrine?«

Als er die Hand ausstreckte, glaubte sie, er wollte ihre Wange berühren, und wich ein wenig zurück, doch stattdessen griff er nach der Weinflasche und schenkte erst ihr, dann sich selbst nach. Ihre Wangen wurden heiß.

»Mein eigen, denke ich.« Die Worte kamen viel zu schnell und nervös aus ihrem Mund. »Aber ich habe einige Verwandte, die von hier kommen, und dann habe ich natürlich auch einen Mann. Oder eigentlich sind wir nicht verheiratet, aber wir wohnen zusammen, er ist Engländer.« Sie bereute sofort, was sie gesagt hatte. Was spielte es für eine Rolle, wo er wohnte oder wer er war, es war ohnehin weit weg. Sehr weit weg von hier.

»Und wessen sind Sie?«, fragte sie.

»Niemandes.«

Katrine aß schnell ein paar Bissen. Also war er wahrscheinlich nicht verheiratet, immerhin etwas.

Das klassische Hacksteak war wirklich gut. Nach ihrer Skifahrt hatte sie nur ein Brot gegessen, und seither hatte sie sich mit der Frage gequält, was sie tun sollte. Dreimal hatte sie vergeblich versucht, Antti Anttila anzurufen, um ihm von der Jagdhütte zu erzählen. Am Ende hatte sie eine Nachricht hinterlassen, dass er sich Thore Palos Jagdhütte in Jokivaara ansehen sollte. Sie fürchtete, dass er es als Journalistentrick oder dummes Geschwätz abtun würde, aber mehr konnte sie nicht tun. Sofia hielt sich noch immer bei ihr versteckt und wusste nur, dass Katrine zum Abendessen verabredet war. Ihr eigenes Essen musste sie sich selbst aus der Vorratskammer holen, eine Suppe oder etwas anderes, Katrine hatte schließlich keine Verantwortung für sie. Allerdings hatte sie heimlich eine SMS an Eva-Lena Palo geschrieben, dass sie eine Nachricht von Sofia erhalten habe und es ihr gut ginge. Und jetzt wollte sie einfach nur noch hier sitzen, Wein trinken und in diese Augen schauen, sich endlich einmal wieder lebendig fühlen.

»Wussten Sie, dass hier erst kürzlich ein Mann ermordet worden ist?«, fragte sie. »Da draußen, in einem der Vorratshäuser.« Sie zeigte mit der Gabel auf das Aitta. Er tunkte ein Stück Kartoffel in die Soße.

»Ja, das habe ich gehört.«

Aus seiner Stimme sprachen keine Gefühle, eher Gleichgültigkeit. Sie nahm sich ein weiteres Hacksteak und überhäufte es mit gebratenen Zwiebeln. Versuchte zu erkennen, was er ausstrahlte, welcher Art sein Interesse für sie war. Dann musste sie sich wieder auf ihren Teller konzentrieren, um ihm nicht zu lange in die Augen zu sehen.

»Und was haben Sie hier vor?«, fragte sie zwischen zwei Bissen. »Werden Sie arbeiten?«

»Ich dachte, so etwas würde man hier nicht fragen.«

»Ich bin ja nicht von hier.«

»Mal sehen«, sagte er. »Erst mal möchte ich mich einfach nur amüsieren.«

Katrine lachte.

»In Kivikangas?«

Er hatte *enjoy* gesagt, was »sich amüsieren« oder »genießen« heißen konnte – oder alles mögliche andere bei einem Russen, dessen Muttersprache nicht Englisch war.

»Diese Stille«, sagte er denn auch nur. »Nicht gestört zu werden. So stelle ich mir das Paradies vor.«

Katrine sah auf ihre Kartoffel hinunter, zerdrückte sie sorgfältig in der Soße. Wie gut, dass sie schon morgen abreisen musste. Sie würde den Flug um 19.25 Uhr ab Luleå nehmen.

Michail Lebedew lehnte sich zurück und ließ das Weinglas zwischen seinen Fingern kreisen.

»Übrigens habe ich eine Zeit lang in Petersburg an der Universität Literatur studiert. Meine Mutter vertrat die Meinung, es sei am besten, sich den unvergänglichen Werten hinzugeben, weil nur sie die geistlose Gegenwart überdauern würden. Ich hatte eine große Bibliothek.«

»Und warum haben Sie das aufgegeben?«

»Wissen Sie, was ein Universitätsdozent in Russland verdient? Zehntausend Rubel im Monat.«

Sie teilte es im Kopf durch vier, zweieinhalbtausend schwedische Kronen. Er goss den Rest der Flasche in ihre Gläser.

»Vielleicht lässt sich das Paradies nicht beschreiben«, fuhr er fort, »sogar der große Gogol ist daran gescheitert.«

»Ich weiß, stattdessen hat er sich das Leben genommen.« Der Autor hatte eine Trilogie geplant, deren erster Band *Tote Seelen* hieß und in dem die Hölle dargestellt wurde, die Russland war; und dann war er nie über den zweiten Teil hinausgekommen – das Fegefeuer. »Er hat sein Manuskript verbrannt und sich innerhalb von neun Tagen zu Tode gehungert.«

»Ein schnellerer Tod wäre wahrscheinlich vorzuziehen gewesen.«

Es folgte ein längeres Schweigen. In der Stille hörte sie die Heizlüfter summen, spürte aber noch immer die Kälte seiner letzten Worte. Schon wieder. Er hatte eine besondere Art, über den Tod zu sprechen, als wäre er nicht von Bedeutung.

Er kommt aus Russland, dachte sie, er hat Schlimmeres gesehen, das muss nichts bedeuten. Vielleicht war er im Krieg, in Tschetschenien. Was weiß ich, was so etwas mit einem Menschen macht. Sie empfand plötzlich den dringenden Wunsch, in ihn hineinsehen zu können, unter die raue Schale, hinter dieses Gesicht, das so fremd war und doch so vertraut. Sie spürte eine unbegreifliche Zusammengehörigkeit. Das liegt an Gogol, dachte sie, ein Mann, der etwas von Literatur und der Sehnsucht nach dem Paradies versteht. Der weiterdenken möchte.

»Ich hatte einen Verwandten, der sein Paradies in der ehemaligen Sowjetunion finden wollte«, sagte sie. »Für ihn ist die Sache auch nicht gut ausgegangen.«

Die Augen des Mannes verengten sich, sie hatte das Gefühl, dass er einen tieferen Sinn hinter ihren Worten zu ergründen versuchte. Dann stand er auf, räumte die Teller ab und stapelte sie neben der Spüle. Anschließend holte er eine weitere Flasche Wein aus der Speisekammer.

»Oder nehmen Sie die Leute, die hier gewohnt haben«, fuhr sie fort, während der Wein in ihrem Glas schwappte. Er war ihr direkt in den Kopf gestiegen, und ihre Bewegungen waren ein wenig unkontrolliert. »Sie haben alles verboten, was Freude machte, schön oder sündig war, nur um in den Himmel zu kommen. Ihren Kindern haben sie es mit der Peitsche ausgetrieben.«

Das Zimmer schwankte, als sie sich erhob. Ihr fiel auf, dass der Akku ihres Handys schon wieder leer war. Und da es in Rauhala ja wundersamerweise Strom gab, bat sie ihn, ihr Telefon aufladen zu dürfen.

»Und dann müsste ich mal wohin ...«

Michail Lebedew zeigte auf den Flur. »Gegenüber von der Treppe.«

Katrine nickte, vielen Dank; wusste es allerdings bereits, da sie ja bei ihrem letzten Besuch alle Türen geöffnet und überall herumgeschnüffelt hatte.

Die Toilette war alt, der Spiegel über dem Waschbecken dagegen neu, davor hatte es hier keinen gegeben. Sein eigenes Spiegelbild zu betrachten war sicher verboten gewesen, Hochmut gehörte doch auch zu den sieben Todsünden? Und es gab noch mehr, was in Hilding Svanbergs Augen geradewegs in die Hölle geführt hätte. Er hätte nur ihre Gedanken lesen müssen, wenn sie die Hände des Mannes betrachtete und die Kraft, mit der er den Korken aus der Flasche gezogen hatte. Ein Gefühl, dass er alles in sich verbarg, auch Gefährliches, was sie erreichen und berühren wollte.

Was tat sie hier eigentlich? Das Gesicht im Spiegel wusste darauf auch keine Antwort und warf nur dieselbe verschwommene Frage wieder zurück. Was hast du vor, Katrine?

Das Toilettenpapier war alle und sie sah sich nach einer neuen Rolle um; hob den Deckel einer großen Kiste.

Sie war vollgestopft mit Medikamenten. Shit, dachte sie, sind das Drogen, oder hat er eine tödliche Krankheit? Sie nahm eine Packung heraus und drehte sie um, studierte das Etikett, aber es war alles in kyrillischen Buchstaben geschrieben. Sein Name zuerst. Jedenfalls vermutete sie, dass es sein Name war. Das Datum, an dem das Mittel abgeholt worden war, vor knapp einem Monat, überall dasselbe Datum, er hatte also wirklich geplant, lange fortzubleiben. Dann fiel ihr ein, dass er eigentlich in London lebte. Ein russischer Arzt auf der Harley Street? Davon gab es sicher einige, aber eine russische Apotheke?

Als sie von der Toilette kam, wartete er bereits im Flur. Stand dort, vor der Tür, die in die Nacht hinausführte.

»Ich hoffe, dass alles funktioniert hat«, sagte er. »Es gibt nur einen zugelassenen Klempner in der Stadt, aber der ist gerade verreist.«

»Alles in Ordnung«, sagte Katrine und wischte sich die

Hände an der Jeans ab, ein Handtuch hatte sie nicht gefunden. »Ich glaube, ich muss jetzt gehen.«

»Wenn Sie gehen möchten, werde ich Sie nicht daran hindern.«

Doch er blieb stehen, die Hand am Türrahmen, sodass er ihr den Weg versperrte. Sie brachte es nicht fertig, den Kopf zu heben und ihn anzusehen, hier in der Halle war es dunkel; Schatten, Gerüche von Rasierwasser und etwas Modrigem, sie starrte auf seinen Brustkorb, sah, wie er sich hob und senkte, nur ein einziger Schritt, und sie würde in seinen Armen liegen. Wenn Sie gehen möchten, werde ich Sie nicht hindern. Aber wenn ich möchte, dass du mich hinderst? Und was war das für eine merkwürdige Formulierung? Warum hatte er es so ausgedrückt? Sie hörte seinen Atem, er ging schwerer als zuvor und erfüllte den Flur; selbst wagte sie kaum Luft zu holen. Sie trat einen Schritt vor, der sie eigentlich zur Garderobe und ihrer Jacke bringen sollte, doch stattdessen war sie plötzlich näher bei ihm, viel zu nah.

»Vielleicht solltest du wirklich gehen«, sagte er mit erstickter Stimme, sein russischer Akzent trat jetzt deutlicher hervor, sie spürte sein Kinn an ihrem Ohr. »Vielleicht solltest du gar nicht hier sein.«

Sie lehnte ihre Stirn an seine Brust, und der Pullover kitzelte ihr Gesicht. Sie spürte das Leben in ihm, seinen Herzschlag, sie spürte den Puls in seinem Hals an ihren Lippen, streifte ihn mit der Zunge, wollte bis unter seine Haut vordringen. Und seine Arme umschlossen sie, fest, immer fester, sie versank in dem Duft von Wolle und etwas Fremdem. Sie musste nach Luft schnappen, musste den Kopf heben und ihm in die Augen sehen. Ein kurzer Fluchtimpuls überkam sie, einfach wegzulaufen, bevor es zu spät war, aber es war schon zu spät, zu spät, um zu denken, zu spät, um ein Ende zu finden.

»Ich fahre morgen früh«, flüsterte sie ganz nah an seinem Mund. Seine Hände lagen in ihrem Nacken, er bog sie nach hinten, und sie sah es wieder in seinem Blick – dieses Furchterregende und zugleich Anziehende. Sie schloss die Augen und ließ sich gegen die Wand pressen. Im nächsten Moment war er überall, seine Hände, die ihren Pullover nach oben zerrten, seine raue Zunge an ihren Brüsten, seine Zähne. Ihrer beider Hände kamen sich in die Quere, als sie mit ihrer Jeans kämpfte und seiner glatten Anzughose, sie befreite sich und wollte auf die Knie sinken, um diese Knöpfe zu öffnen, entsetzlich viele Knöpfe, die sich verhakten, sie musste den Widerstand verdrängen, der sich in ihr regte, und er rührte sich kaum, aber sie wusste genau, was sie in ihm auslöste, und dann packte er sie unter den Achseln und zog sie hoch, sie spürte, wie sein Griff fester wurde. »Ich möchte dir nicht wehtun«, murmelte er, und für den Bruchteil einer Sekunde blitzte in ihr der Gedanke auf, dass er genau das vorhatte, und dann war er tief zwischen ihren Beinen, und es gab nichts anderes mehr, sie streckte sich ihm entgegen, atmete in seinen Mund.

»Ist es okay, wenn ich bleibe?«, flüsterte sie anschließend. Ihre Jeans hatte sich um ihre eine Fessel gewickelt, es war ihr nicht gelungen, sich ihrer ganz zu entledigen. Sie hatte ihren eigenen Schrei gehört, nicht jedoch seinen, sie hatte so heftig geschrien wie schon lange nicht mehr, seit sie Alastair kennengelernt und sich mit seinen kühlen Händen zufriedengegeben hatte; Alastair, der sie nie anfasste, als müssten sie bald sterben, und bei dem sie sich immer etwas anderes vorstellen musste, um es zu wollen.

Als sie später im Bett lagen, fing sie plötzlich an zu lachen.

»Was ist denn so lustig?«

»Jesus«, sagte sie und deutete auf das grellbunte Gemälde am Fußende, es musste noch aus Hilding Svanbergs Zeit stammen. Zwei kleine Kinder mit einem Lamm auf einer Wiese, und eine überproportionierte Christusgestalt, die über allem wachte. Als sie sich vorstellte, die ehemaligen Bewohner dieses Hauses würden sie jetzt sehen, konnte sie nicht mehr an sich halten vor Lachen. Was hatte er noch gepredigt, dieser Laestadius? Sie hatte einige Auszüge im Netz gelesen: fürchterliche Reue, die sich aus dem Abgrund erhob, der Hurenteufel und der Ehrteufel; Letzterer wohnte angeblich im Enddarm und irgendein anderer Dämon hauste in der Leber; schwefeldampfende Predigten, in denen die Sünder im Flammenmeer baden und Teufelskot fressen mussten, und selbst die Reuigen bekamen ihre eigene Schlechtigkeit zeitlebens vorgehalten. Es gelang ihr nicht, all das in denselben kräftigen Farben zu schildern wie Lars Levi Laestadius, aber Michail musste ebenfalls lachen. Ob sein Kosename Mischa war?

Es war das erste Mal, dass sie sein Lachen hörte. Es währte eine Sekunde. Dann betrachtete er sie eine Minute oder länger, und sie verkroch sich ein wenig unter der Decke, die neu und beunruhigend chemisch roch.

»Du erinnerst mich an jemanden«, sagte er dann.

»An wen denn?«

»Besonders wenn du lachst.«

Er drehte sich auf den Rücken. Die Decke lag verknäuelt zwischen ihnen, wo jetzt viel Platz war. Mit einem Mal fror sie und fühlte sich schrecklich nackt.

»Bitte entschuldige, aber ich bin sehr müde«, sagte er. »Ich brauche meine fünf Stunden Schlaf. Ich leide an chronischer Migräne.«

An der Zimmerdecke war ein großer, vergilbter Fleck, der sich nach unten ausbreitete. Es kam ihr unmöglich vor, hier zu schlafen. In der Nacht erwachte Rauhala zum Leben, genau wie ihr eigenes Haus. Es knackte in den Wänden, rauschte in den Rohren, ein stummes Atmen. Sie bereute es, nicht rechtzeitig gegangen zu sein. Dann hätte sie sich jetzt im schmalen Bett ihrer Mutter zusammenkauern und Sofias rastlosem Atem lauschen können. Hätte die Situation unter Kontrolle gehabt. Sie drehte sich auf die Seite und wandte Michail den Rücken zu, schaute aus dem Fenster. In der Dunkelheit konnte sie den nächsten Hof erahnen, Haaras Haus, in dem das Licht erloschen war und Anna Haara sich schlafen gelegt hatte. Es war kurz nach zwei, und sie fragte sich, ob die Frau etwas gesehen hatte. Was morgen getratscht würde.

»Obwohl ich mich nicht erinnern kann, dass sie jemals gelacht hätte.«

Katrine zuckte zusammen. Sie hatte geglaubt, er wäre eingeschlafen, wäre fertig mit ihr. Reglos blieb sie liegen und ließ ihn weiter zu ihrem Rücken sprechen, vielleicht redete er auch mit der Decke oder den Sternen.

Aber warum hätte er es dann auf Englisch tun sollen?

»Es muss jedenfalls sehr lange her sein, denn sie hat nur geredet, solange ich noch ein Kind war. Sie muss damals gelacht haben, was auch immer es zu lachen gab. Ein billiger Witz vielleicht. Worüber man eben so lachte.«

Shit, dachte Katrine und wagte nicht, sich zu rühren. Erinnere ich ihn an eine große Schwester? Oder seine Mutter? Ein schlechtes Zeichen. Oder ein gutes?

»Ich habe mich immer gefragt, ob sie vielleicht gesprochen hat, wenn ich nicht da war. Ob sie nur mir gegenüber geschwiegen hat. Oder *babuschka* gegenüber, ja, wahrscheinlich lag es eher an meiner Großmutter, denn diese Frau brachte jeden zum Verstummen. Sie war überzeugt, dass Fadejew in der Wohnung nebenan vom KGB dort platziert war, allein um uns zu kontrollieren, obwohl sie selbst bis zu ihrem Tod in der Partei war. Wenn wir draußen unterwegs waren, verbot sie mir, über etwas anderes zu reden als das Wetter, und wenn ich über das Wetter redete, musste ich immer sagen, es wäre gut.«

Dieser Name erschien ihr bekannt, aber sie kam nicht darauf, wo sie ihn schon einmal gehört hatte. Sie gab sich auch keine Mühe, sich zu erinnern, so abgelenkt war sie davon, wie er sich ihr plötzlich öffnete; dass sie ein wenig darüber erfahren durfte, wer er war. Sie bemühte sich, gleichmäßig zu atmen, um seinen plötzlichen Redefluss nicht zu unterbrechen. Seine Stimme nahm einen härteren Klang an, einen Hauch von Bitterkeit, möglicherweise auch Hass.

»Und dann war sie nicht mal meine richtige Großmutter. Auch das war eine Lüge. Ich weiß nicht, was schlimmer ist, *babuschkas* ewiges Gejammer oder das Schweigen meiner Mutter. Wenn ich ihr Geld brachte, saß sie nur am Fenster und starrte hinaus. Manchmal zog ich einen Stuhl heran und versuchte zu sehen, was sie sah. Warum sie so lange dort sitzen und auf dieselbe Straße schauen konnte. Ich wollte wissen, was es da für ein Geheimnis gab. Aber ich sah immer nur diese schmutzige alte Ulitsa Woroneschskaja.«

Katrine holte so laut Luft, dass er es hören musste. Im dunklen Glas der Fensterscheibe meinte sie Augen aufblitzen zu sehen, Schattenspiele, das verfallene Haus an einer Straßenecke von Sankt Petersburg. Das Zimmer zur Straße. Es konnte kein Zufall sein, solche Zufälle gab es nicht.

»Du bist also wach«, sagte er. »Ich dachte schon, ich hätte dich mit meinen Geschichten so gelangweilt, dass du eingeschlafen bist.«

Seine Mutter. Katrine erinnerte ihn an seine Mutter, und sie hatten in einem Haus in der Ulitsa Woroneschskaja gewohnt, der einzigen Adresse in Sankt Petersburg, die sie nie vergessen würde. Das Bett schwankte, du lieber Gott, seine stumme Mutter.

»Nein, ich bin nicht gelangweilt«, erwiderte sie heiser, »ich möchte gern mehr hören.«

»Es gibt nichts weiter zu erzählen.« Er legte eine Hand auf ihre Schulter und drehte sie um. Sein Blick war müder als zuvor. »Die Geschichte besteht aus lauter schmutzigen Lügen, die keine Bedeutung mehr haben.«

Wieder schaute sie in diese Augen. Glaubte zu sehen, wie sie ihre Farbe wechselten und von Braun in Blau übergingen, als sie sich ihren näherten.

Sie riss sich los und setzte sich im Bett auf.

»*What's wrong?*«

Was los war? Alles und nichts. Rauhala. Gunnar Pelttari. Das Kind, das zur Adoption freigegeben worden war. Hilma Jelena. Alles fügte sich zu einem Ganzen, während er sich aufsetzte und versuchte, ihren Blick einzufangen, mit ihrem Haar zu spielen und sich vorzubeugen, damit seine Lippen an ihrem Hals entlangfahren und seine Finger zu ihrer Brust wandern konnten, und sie erschauderte, erstarrte unter seinen Bewegungen, konnte sich ihnen jedoch auch nicht entziehen, konnte nicht aussprechen, was sie dachte, es war zu absurd, zu irrsinnig und dennoch ganz und gar logisch.

Geld spielte keine Rolle für ihn, denn dieser Hof besaß einen ganz anderen Wert für ihn, etwas, das nur er sah. Und sie. Und inmitten von alledem kam die Erleichterung: Das war es also. Nichts Furcht einflößendes, Dunkles, Unerklärliches, sondern nur das.

Sie öffnete den Mund, um etwas zu sagen, aber sie fand keinen Anfang; sie hatte ihn ja bereits darüber belogen, wer sie war, und dann war sein Mund wieder da und schluckte alle Worte, alle Logik. Sie schloss die Augen und versank, stieg und sank in dem viel zu harten Bett. Würde er sie genauso nehmen, wenn er es wüsste? Cousin, war ihr letzter klarer Gedanke, oder sogar Großcousin, das war nicht zu nah, es war kein Verbrechen.

Ein Alarm, ein Gefahrensignal. Jäh setzte sie sich im Bett auf, mit schwerem Kopf und völlig verschwitzt, irgendetwas hatte sie im Traum gejagt, draußen im Moor, der Schnee war weg und sie war in den feuchten Sumpfwiesen umhergestapft, fand keinen Halt unter den Füßen. Er hatte ihren Arm gepackt und sie wach gerüttelt.

»Mein Handy«, sagte Katrine und stemmte sich aus dem Bett. Natürlich, sie hatte es gestern ans Ladekabel gehängt. In der Küche, bevor alles passiert war.

Das Display zeigte eine unterdrückte Nummer an. Am anderen Ende ertönte eine formelle Männerstimme.

»Spreche ich mit Katrine Hedstrand?«

»Ja, wer spricht dort?«

Sie bemerkte das Morgenlicht und die fehlenden Gardinen an den Fenstern und zog sich in den Flur zurück, wo niemand sie sehen konnte. Nicht dass Anna Haara auf die Idee käme, einen Ausflug mit dem Tretschlitten zu machen. Eine nackte *Kankanrantan tyttö* auf dem Rauhalahof würde sicher ein wenig Abwechslung in ihr Rentnerleben bringen.

»Fredrik Höijer, Polizei Stockholm.«

Im ersten Moment begriff sie gar nichts. Dann folgte die Angst, war ihrer Mutter oder ihrem Bruder etwas zugestoßen? Sie hatte Anders nicht noch einmal zurückgerufen und auch nicht mehr mit den Verwandten gesprochen, die Rauhala verkauften. Stattdessen hatte sie den neuen Besitzer so ausgiebig flachgelegt, dass es noch immer zwischen ihren Beinen brannte.

»Sie hatten Kontakt zu einer Anwältin namens Helene Miele.«

»Nein«, antwortete Katrine verwirrt, »aber ich habe oft versucht, sie zu erreichen. Wieso fragen Sie das?«

»Sie wurde gestern ermordet in ihrer Wohnung in der Engelbrektsgatan in Stockholm aufgefunden.«

»Was?«

Sie musste sich auf die kleine Kommode im Flur setzen, das alte Holz fühlte sich kalt an. Über Nacht waren die Heizlüfter ausgeschaltet gewesen.

»Diese Nummer taucht mehrfach in der Liste der Anrufer auf. Und die Kanzlei Averbach & Miele hat angegeben, dass Sie auch Drohungen gegen Frau Miele ausgesprochen haben.«

»Aber ich habe doch nicht einmal mit ihr geredet.« Sie ließ die Tage Revue passieren, all die Male, die sie versucht hatte, die Anwältin zu erreichen. *Wurde gestern ermordet aufgefunden.* War sie deshalb nicht ans Telefon gegangen? Katrine erinnerte sich nicht mehr, was sie bei ihrem letzten Anruf gesagt hatte, aber sie war wütend gewesen. Sie hatte auf dem Parkplatz vor dem Maklerbüro in Luleå gestanden.

»Weil sie mich nicht zurückgerufen hat«, sagte sie leise. »Ich habe es nicht so gemeint, ich war nur so wütend, weil sie sich nie zurückgemeldet hat.«

»Wo halten Sie sich derzeit auf?«

Wo? Splitterfasernackt auf Rauhala, dem Hof, dessen Kauf Frau Miele gerade für ihren Mandanten abgewickelt hatte. Von dem Platz aus, wo sie saß, konnte sie weder das Bett noch Michail sehen. Ihre Kleider lagen noch immer neben der Haustür, wo sie gestern im Eifer des Gefechts gelandet waren. Sie wollte dorthin, konnte sich jedoch nicht von der Stelle rühren.

»In Tornedalen«, sagte sie, »in einem Ort namens Kivikangas. Meine Mutter besitzt hier ein Haus.«

Im Grunde war nichts davon gelogen.

»Dann werde ich Ihnen jetzt am Telefon einige Fragen stellen. Und wenn es sein muss, schicken wir später einen Ermittler vorbei, der die Befragung abschließt.«

»Aber warum? Ich weiß nichts über Helene Miele.«

»Mit wem haben Sie sich in Sankt Petersburg getroffen?«

Das Morgenlicht, das durch das offene Schlafzimmerfenster hereinfiel, veränderte seine Intensität. Kein Laut war zu hören. War er aufgestanden? Wieder eingeschlafen? Jetzt wurde sie von Angst überwältigt, ihr Herz schlug so fest in ihrer Brust, dass sie es sehen konnte. Ihr wurde schwindelig, und sie musste sich vorbeugen; ihr Mund war trocken, die Worte blieben ihr fast im Halse stecken.

»Weshalb fragen Sie das?«

»Sind Sie im Auftrag von Helene Miele dorthin gefahren?«

»Ich sagte doch, dass ich diese Frau nie getroffen habe.«

Noch immer kein Ton aus dem Schlafzimmer. Lauschte er? Dann ging ihr auf, dass er sowieso nicht verstehen würde, was sie sagte, selbst wenn es so wäre.

»Wissen Sie, wann es ... passiert ist?«, fragte sie.

»Wir warten noch auf die Obduktionsergebnisse, aber wir gehen davon aus, dass sie noch nicht lange dort gehangen hat.«

»Gehangen?«

»Sie sind vor drei Tagen aus Sankt Petersburg zurückgekehrt, ist das korrekt?«

»Ich bin Journalistin, ich arbeite für Sveriges Radio.«

Was zum Teufel hatte das mit der Sache zu tun?

»Nicht mehr, wenn ich richtig informiert bin«, entgegnete Fredrik Höijer. »Beantworten Sie doch bitte einfach nur meine Fragen.«

Katrine räusperte sich. Hatten sie mit ihren Chefs geredet? Sie versuchte, mit fester Stimme zu sprechen.

»Sie könnten doch erst mal erklären, warum Sie mir all diese Fragen stellen.«

»Das Anwaltsbüro Averbach & Miele tätigt Geschäfte mit Russland. Ziemlich viele sogar, wie es scheint.« Er machte eine kurze Pause, dann fuhr er fort. »Man könnte auch sagen, dass sie als Strohmänner für die organisierte Kriminalität in Russland fungieren. Das war uns nicht neu, wir hatten sie schon häufiger im Visier.«

»Die russische Mafia?«

»Wir ziehen es vor, dieses Wort nicht zu verwenden. Die Mafia gehört zu den familienbasierten Organisationen in Italien, und die Russen haben ganz andere Strukturen. Aber ich kann Ihnen versichern, dass es zu Ihrer eigenen Sicherheit ist, wenn Sie uns Auskunft erteilen.«

Etwas in seinem Tonfall machte ihr Angst, große Angst. Und sie ahnte, dass er genau das bezweckt hatte.

»Wie meinen Sie das?«

Im Hintergrund waren Geräusche zu hören, Tastengeklapper, eine Stimme, die einen doppelten Espresso bestellte, ein Fluch von jemandem, der gerade etwas fallen gelassen hatte.

»Es steht schon im Netz«, sagte Fredrik Höijer, »Sie können es selbst lesen.«

Dennoch erzählte er es ihr. Und sie wünschte, sie hätte nicht danach gefragt.

Helene Miele hatte an einem Eisengeländer ihrer Dachterrasse in der Engelbrektsgatan in Östermalm gehangen. Weil sie allein ganz oben wohnte, hatte keiner der Nachbarn die Leiche registriert, obwohl sie gut sichtbar gewesen war. Daher vermutete man, dass der Mord in der Nacht verübt worden war. In den letzten vierundzwanzig Stunden hatte es in Stockholm geschneit, was dazu geführt hatte, dass plötzlich alle Menschen nach oben schauten, um nicht von herabfallenden Schneebrocken und Eiszapfen getroffen zu werden – dem neuen Todesschreck in der Stadt. Aber Helene Mieles Leiche hatte niemand entdeckt. Erst ein eilig einberufener Dachschneeräumer aus Serbien hatte den grausigen Fund gemacht.

Und das war noch nicht alles. Katrine schloss die Augen. Der Polizist schien es auszukosten, ihr alle Details zu nennen.

Helene Miele war nackt gewesen. Man hatte ihr beide Brüste zerschnitten, mit aller Wahrscheinlichkeit, als sie noch am Leben war, aber das konnte er noch nicht mit Sicherheit sagen. Ihre Beine waren vierfach gebrochen worden, so hatte es jedenfalls der Gerichtsmediziner vor Ort eingeschätzt. Die Arme bedeutend häufiger, wenn man die Finger mitzählte. Er sagte nicht genau, wie man ihr Gesicht geschändet hatte, nur, dass man es wohl nicht getan hatte, um eine Identifizierung zu erschweren. Sie wollte nicht darüber nachdenken, was es noch für Gründe geben konnte.

Der säuerliche Geschmack von Wein und Hacksteak kam ihr hoch. Als sie aufsah, stand Michail Lebedew angezogen in der Schlafzimmertür.

»Ihre Kontakte in Russland?«, echote der Polizist in ihrem Ohr.

Katrine räusperte sich.

»Ich habe dort nur ein paar Archive besucht«, sagte sie. »Meine Großmutter wurde in Petrosawodsk hingerichtet, aber das ist mehr als siebzig Jahre her.«

Im versteinerten Gesicht des Russen zuckte es, als sie den Namen der Stadt nannte. Weiß er, wer ich bin, schoss es ihr durch den Kopf, treibt er nur ein Spiel mit mir? Wo war er in der vorhergegangenen Nacht, gestern Morgen, ehe er mein Haus betreten hat?

»Ich reise bald wieder ab«, fuhr sie fort und schluckte schwer, »vielleicht schon heute. Ich wohne in London.«

»Wir wissen, wo Sie wohnen. Wir melden uns wieder.«

Mit diesen Worten legte der Polizist auf.

Katrine ließ das Telefon sinken und merkte, dass sie am ganzen Körper Gänsehaut hatte.

»Worum ging es?«, fragte Michail Lebedew. Nichts in seinem Blick ließ darauf schließen, wie sie die Nacht verbracht hatten. Sie sah nur Leere darin.

»Ich bin mir nicht sicher …«

Sie legte einen Arm über ihre Brust, den anderen auf ihren Schoß, sie musste ihre Blöße verdecken.

»Ich habe einen Namen gehört. Helene Miele.«

»Sie ist tot.«

Katrine wünschte, sie hätte die Verwandlung in seinem Gesicht nicht sehen müssen. Nicht erlebt, wie er auf sie zuging, nicht den Schmerz gespürt, als er ihr das Handy entriss und zu der unterdrückten Nummer scrollte.

»Wer hat dich angerufen?«

»Die Polizei. In Stockholm. Sie haben sie gestern gefunden.«

»Warum haben sie dich angerufen?«

Er hätte fragen sollen, wie sie gestorben ist, dachte Katrine. Eigentlich müsste er doch wissen wollen, was passiert ist.

»Wegen der Sache mit dem Haus, weil ich auf irgendwelchen Listen stand.« Und ihr fiel auf, dass die Polizei auch ihn hätte anrufen müssen, er hatte doch ebenfalls geschäftliche Beziehungen zu dieser Frau gepflegt, sie war seine Anwältin, hatte einen Hof für ihn gekauft. *Organisierte Kriminalität in Russland.* Sie fragte sich, wo er sein Telefon aufbewahrte. Einen Computer hatte sie auch nicht gesehen.

Er ließ ihr Handy auf die Kommode fallen und legte ihr die Hand in den Nacken. Noch vor zehn Minuten hätte diese Berührung sie glücklich gemacht.

»Haben sie sich nach mir erkundigt?«, fragte er.

»Warum sollten sie? Niemand weiß, dass ich dich kenne. Ich habe nicht erzählt, dass ich hier bin.«

Er musterte sie einige Sekunden. Ich sage die Wahrheit, dachte sie, nichts von alldem ist gelogen. Sein Blick war durchdringend. Was sah er? Hatte er gelernt, bis ins tiefste Innere eines Menschen zu schauen? Die Erkenntnis, dass Michail

Lebedew das Kind von Hilma Jelena war und der Enkel von Gunnar Pelttari, eine Art Erbe von Rauhala, war ihr in den Irrungen des nächtlichen Rauschs vollkommen klar erschienen, aber jetzt war sie sich nicht mehr sicher. Vielleicht war auch das eine Lüge, etwas, das sie nur geträumt hatte. Sie musste weg, ehe die Polizei herausfand, dass sie über ihren Aufenthaltsort gelogen hatte.

»Ich muss mich anziehen.« Sie befreite sich von seiner Hand, die noch immer auf ihrem Nacken ruhte, aber nicht mehr so nachdrücklich wie zuvor. Er hinderte sie nicht am Aufstehen.

Katrine hob ihre Sachen auf und nahm sie mit in die enge Toilette. Ließ das kalte Wasser laufen, wusch sich, so gut es ging, und trocknete sich mit Toilettenpapier ab, entfernte alle Spuren von ihm.

Als sie sich angezogen hatte, ließ sie das Wasser noch eine Weile laufen, für den Fall, dass er lauschte. Sie saß auf der Klobrille, die keinen Deckel hatte, und nahm eine der Medikamentenpackungen aus der Kiste. Irgendetwas war mit dem Namen. Etwas, was ihr schon am Vorabend aufgefallen war. Hätte sie die Buchstaben auf dem Etikett so gemustert, wie sie es jetzt tat, wäre vielleicht alles nicht so weit gekommen. Aber sie hatte gedacht, dass sie das kyrillische Alphabet ohnehin nicht verstand, weil sie es nicht hatte begreifen und sehen wollen, weil sie unbedingt hatte hierbleiben wollen. Wie dumm sie gewesen war!

In Russland hatte sie gelernt, sich das Bild der Worte einzuprägen, um an der richtigen Station auszusteigen oder ein Straßenschild zu erkennen, damit sie nicht völlig verloren war in einem Land, dessen Sprache sie nicht einmal lesen konnte. Sie hatte begriffen, dass es fast immer eine Logik gab, einen kleinsten gemeinsamen Nenner zwischen den Sprachen, der ihr half, sich halbwegs zuverlässig voranzutasten. Das A war ein A und das M ein M, genau wie es im kyrillischen Alphabet auch ein O gab, aber sie sah kein M am Anfang dieses Wortes. Es fing ganz eindeutig mit A an.

Wieder stand er im Flur, als sie herauskam, stand dort und spähte über den Hof. Sie griff nach ihrer Jacke.

»Ich muss gehen«, sagte sie, »ich habe der Polizei gesagt, dass ich in meinem Haus wäre. Sie haben gesagt, ich soll mich zur Verfügung halten, falls sie weitere Fragen hätten.«

»Und was antwortest du dann?«

Er stand ihr so im Licht, dass sie seine Gesichtszüge nicht deuten konnte.

»Dass ich nichts über Helene Miele weiß.«

»Ich könnte auch in ihren Listen vorkommen«, sagte er. »Es kann sein, dass sie nach mir fragen.«

Sie zwang sich, ihm direkt in die Augen zu sehen.

»Dann sage ich die Wahrheit«, antwortete sie. »Dass ich nicht weiß, wer du bist.«

Sie zog die Kapuze über den Kopf und beschleunigte ihre Schritte, als sie am Haus der Haaras vorbeiging.

Der Wind kam von Norden und peitschte ihr feinkörnigen Schnee ins Gesicht, er wirbelte herum und schien nie auf dem Boden zu landen, ein ewiger Tanz.

Als sie bei ihrem eigenen Haus ankam, atmete sie leichter.

Die Tür war abgeschlossen, und sie musste anklopfen, bis sie sah, wie Sofia durch das Fenster lugte. Das Mädchen öffnete die Tür im Jogginganzug, es hatte dunkle Ringe unter den Augen, das Haar war nicht gekämmt.

»Wo sind Sie gewesen? Auf Rauhala?«

»Frag nicht«, sagte Katrine und zog die Jacke aus.

Dann schloss sie erneut die Tür von innen ab.

»Aber du darfst mir gern einen Kaffee kochen.« Sie ging direkt ins Schlafzimmer und zog alles aus, was sie am Leib trug.

Dann schlüpfte sie in ihre zweite Jeans, die halbwegs sauber war, und zog einen schwarzen Pullover über. Anschließend holte sie ihren Laptop aus dem Koffer und stellte ihn auf den kleinen Schreibtisch. In der Pörte füllte Sofia die Kaffeekanne mit Schmelzwasser aus dem Eimer. Den Kamin hatte sie offenbar warm gehalten.

Katrine wählte sich in das mobile Internet ein, das anstandslos funktionierte.

Der Mord an Helene Miele hatte die Boulevardzeitungen innerhalb der kurzen Zeit erreicht, die es gedauert hatte, von Rauhala hierherzulaufen. Das Bild der Anwältin war überall ganz oben. Brutal ermordet, schrieb die eine Zeitung, zu Tode gefoltert die andere. Sie hatte einen blonden Pagenkopf, war 42 Jahre alt und trug ein elegantes Jackett. Das Foto stammte von der Homepage der Anwaltskanzlei. Eine professionelle, kühl wirkende Frau, bei der jede Haarsträhne saß, sie hätte als Unternehmerin des Jahres die Titelseite eines Magazins schmücken können. Eine bekannte Anwältin, hieß es, doch nirgends war zu lesen, wofür sie bekannt war. Wirtschaftsanwältin, geboren in Uppsala, geschieden. Der Sprecher des Anwaltsvereins zeigte sich betroffen und sagte, dass Drohungen gegen Anwälte ein zunehmendes Problem darstellten. Es wurde erwähnt, dass Helene Miele auf Immobiliengeschäfte und Firmengründungen im Ausland spezialisiert war. Der *Expressen* schrieb, dass das Anwaltsbüro Mandanten auf der anderen Seite der Ostsee hätte, ohne kriminelle Verbindungen zu erwähnen. Offenbar hatten sie dafür nicht genügend Anhaltspunkte. Aber das war nur eine Frage der Zeit. Die Russenmafia und der Mord an einer blonden Schwedin, das war eine unwiderstehliche Kombination.

Ein Nachbar erzählte von der Angst, die im Haus umging, und welch ein Gewinn Helene Miele für die Eigentümergemeinschaft gewesen wäre, vor allem, als sie die Baugenehmigung für Balkons beantragt hätten.

Das hätten sie lieber lassen sollen, dachte Katrine und suchte nach einer Kombination aus organisierter Kriminalität, Russland und Mieles Namen. In Verbindung mit Miele gab es keine Treffer, die übrige Recherche ergab hingegen zweihunderttausend Suchergebnisse.

Sie hörte das Wasser kochen, ging in die Pörte und machte sich eine Tasse Pulverkaffee. Sofia saß am Tisch und blätterte in den Gogol-Erzählungen.

»Solltest du nicht in der Schule sein?«, fragte Katrine und holte Brot und Aufschnitt aus der Speisekammer. Ihr war noch immer übel, aber wenn sie nichts aß, würde es nur schlimmer werden. »Du kannst dich hier nicht ewig verstecken.«

»Ich weiß.« Sofia sah auf ihre Nägel. Abgekaut, abgeblätterter schwarzer Nagellack. »Ich könnte doch mit Ihnen kommen und mir dann einen Job suchen.«

Katrine schüttelte den Kopf, hatte keine Lust, etwas darauf zu antworten. Sie nahm ihre Brote und ging zurück zu Ingrids hübschen kleinen Schreibtisch, wo ihr ein russischer Waffenschmuggler in Handschellen vom Bildschirm entgegenstarrte. Es war nur einer von zweihunderttausend Treffern. Der Mann wurde der »Händler des Todes« genannt und war in Bangkok gefasst worden, als er gerade ein Geschäft mit einem Vertreter der kolumbianischen Farc-Rebellen tätigen wollte. Flugabwehrraketen und fünftausend Kalaschnikows, die mit Fallschirmen über den Guerillalagern im Dschungel abgeworfen werden sollten. Doch wie sich herausstellte, war der vermeintliche Farc-Entsandte in Wahrheit ein Agent der amerikanischen Drogenfahndung DEA. Der Waffenhändler war zehn Jahre lang auf der halben Welt gesucht worden. In Russland dagegen wurde er als zu Unrecht angeklagter Geschäftsmann angesehen und hatte die volle Rückendeckung der Regierung.

Planlos klickte sie sich durch die Suchergebnisse, ohne zu wissen, wonach sie eigentlich suchte. Sie surfte von neuen Heroinrouten in Afghanistan bis zu russischen Oligarchen, die auf eine mögliche Zusammenarbeit mit der Mafia hin überprüft wurden, weil sie die schwedische Autoindustrie aufkaufen wollten oder eine englische Fußballmannschaft. In den Zeitungen war fast immer von der Mafia die Rede, was sich für Schlagzeilen eindeutig besser eignete als »Organisierte Kriminalität in Russland« oder gar »Organisierte Kriminalität im russischsprachigen Raum«. Was korrekter gewesen wäre, da die Hunderten kriminellen Gruppen ihren Ursprung teilweise auch in den ehemaligen Sowjetstaaten hatten, wo sie sich nach dem Sturz des Kommunismus ungeheure Reichtümer angeeignet hatten. Schmutzige Milliarden wurden über Fonds und übernommene Banken nach Bulgarien, ins Baltikum, auf die Kaimaninseln, nach Aruba und Brasilien geschleust, gewaschen und in Unternehmen und Immobilien auf der ganzen Welt investiert.

Katrine ging in die Pörte und füllte erneut ihre Kaffeetasse, trank ein Glas geschmolzenen Schnee und ignorierte Sofias Versuche, Blickkontakt mit ihr aufzunehmen.

Immobilien, dachte sie. Ein Spezialgebiet von Helene Miele.

Als sie zurück zum Computer ging, sah sie den abblätternden Lack an der Tür. Die Kratzer im Boden. Den alten Eisenkamin. Und als sie sich auf dem wackeligen alten Stuhl niederließ, kam ihr ein Gedanke. Wenn Geld keine Rolle spielte, wenn es sich um Schwarzgeld handelte, das wertlos war, bevor man es nicht investiert, dann waren anderthalb Millionen nicht viel Geld, sondern eine Kleinigkeit.

Sie schloss die Augen. Öffnete sie wieder und schrieb »Organisierte Kriminalität in Sankt Petersburg« ins Suchfenster.

Die Treffer reduzierten sich auf ein Zehntel.

Ein führendes Mitglied der Tambow-Mafia in Sankt Petersburg war an der Costa del Sol gefasst worden. Der Mann stand unter anderem im Verdacht, vor einigen Jahren die Fußballer von Bayern München bestochen zu haben, damit sie sich im entscheidenden Spiel gegen Zenit Sankt Petersburg im UEFA-Cup ein wenig zurückhielten. Sie suchte nach aktuelleren Nachrichten und stieß auf einen russischen Zeitungsartikel, der in der automatischen Übersetzung nahezu unlesbar war. Hunderte Gäste waren bei der Beerdigung des ermordeten Gangsterführers Dmitrij Rykow in Sankt Petersburg gewesen, darunter auch Abgeordnete aus der russischen Duma und Lokalpolitiker. Der andere Boss in Rykows Organisation war hingegen spurlos verschwunden, was man als Zersplitterung der Gruppe interpretierte. Der Mord, so schrieb der Zeitungsreporter, werde von einigen als der Beginn eines neuen Gangsterkriegs zwischen den verschiedenen Organisationen in Petersburg betrachtet. Die Finanzkrise habe auch die organisierte Kriminalität getroffen, die auf neue Märkte drängte und sich gegenseitig ihre Reviere streitig machte.

Wenn sie den holprigen Text tatsächlich richtig verstand.

Katrine starrte eine Weile auf das grobkörnige Bild von Männern in dunklen Anzügen. Neue Märkte, dachte sie. Sie suchte nach dem Namen Dmitrij Rykow und gelangte zu einigen Artikeln in der englischsprachigen Presse. Der Mord hatte ein gewisses Aufsehen erregt. Dmitrij Rykow war fast eine Legende, einer der letzten Bosse vom alten Schlag, ein *wor w sakone,* dem die Umstellung von der alten Gangstergemeinschaft in der Sowjetunion hin zur modernen russischen Wirtschaft gelungen war und der inzwischen eine *awtoritet* war. Gemeinsam mit dem zweiten Boss der Gruppe, Alexej Schaporin, hatte er eine Organisation aufgebaut, die vom Schwarzmarkthandel in der ehemaligen Sowjetunion aufgestiegen war zu einem Imperium aus Schutzgelderpressung, Sicherheitsfirmen, Stripclubs, Versicherungen und Ölhandel, Bauwirtschaft und Banken und die Kontrolle über die wichtigsten Häfen von Sankt Petersburg bis hinauf zur Barentssee übernommen hatte.

Es gab ein Foto von Dmitrij Rykow. Ein korpulenter, älterer Mann, der eher einem Versicherungsvertreter glich als einem russischen *wor.* Auf der anderen Seite konnte man nicht wissen, ob sich unter seinem Anzug nicht auch die berüchtigten Tätowierungen verbargen. *Wory w sakone,* Diebe im Gesetz, war die

Bruderschaft der Diebe, die unter Stalins Herrschaft in den sowjetischen Gefängnissen gegründet und zu einer Gesellschaft innerhalb der Gesellschaft geworden war, mit dem Diebesgesetz als einem Pendant zu den Familienbanden der italienischen Mafiaclans, eine Loyalitätsgarantie. Aber es gab auch einen anderen wichtigen Unterschied zu Italien, wie sie wiederum in einer amerikanischen Reportage las. In Italien war die Mafia im Streit mit dem Staat gewachsen, während sich die organisierte Kriminalität in Russland aus dem Schwarzmarkt der Sowjetzeit entwickelt hatte, in Eintracht mit dem Staat. Als der Kommunismus zusammenbrach, stand die organisierte Kriminalität bereit, um die Macht zu übernehmen, so eng mit dem Staat liiert, dass sie unmöglich voneinander zu trennen waren.

In einem Infokasten konnte sie das eigentliche Gesetz anklicken, auf das die Diebe geschworen hatten. Sie las die ersten Gebote.

Vory may not have emotions ... Forsake his relatives: father, mother, brother, sisters ... Not have a family of his own: no marriage, no children; this does not, however, preclude him from having an unlimited number of woman.

Eine unbegrenzte Zahl?

Sie hörte seine Stimme in ihrem Kopf und spürte Scham. Seine Antwort auf die ewige Frage: Wessen bist du? Niemandes, hatte er gesagt. Ohne eine weitere Erklärung, nur dieses kurze Wort.

Aber er hatte keine Tätowierungen. Nicht ein einziger Buchstabe war in seine Haut geritzt. Wenn sie etwas über den Mann wusste, mit dem sie die Nacht verbracht hatte, dann das. Vielleicht war es das Einzige, was sie wusste.

Sie hörte Motorengeräusche, ein Auto fuhr draußen etwas zu schnell vorbei. Sie glaubte Tomas Haaras Mazda zu erkennen und atmete erleichtert auf. Der Himmel war jetzt wolkenverhangen.

Der nächste Treffer zeigte noch ein Bild von Dmitrij Rykow, diesmal zusammen mit seinem Geschäftspartner. Sie konnte nicht zuordnen, aus was für einer Zeitung es stammte, aber auch dieser Artikel schien maschinell aus dem Russischen übersetzt zu sein. Katrine scrollte schnell nach unten und klickte den Artikel weg. Er war völlig unverständlich. Nichts an dieser Geschichte machte sie klüger.

Sie stand auf, ging die zwei Schritte zu den Betten hinüber und setzte sich auf das eine. Sie sah, wie Sofia hereinschaute, und trat mit dem Fuß gegen die Tür, die sich knarrend ein paar Zentimeter schloss und dann stehen blieb.

Ich bilde mir das nur ein, dachte sie. Meine Schlussfolgerungen sind zu weit hergeholt. Helene Miele hat ihm ein Haus gekauft, das ist alles. Sie muss doch auch ein paar unbescholtene Mandanten gehabt haben. Vielleicht hatte sie einfach nur gute Verbindungen nach Russland. Dann sah sie sein Gesicht wieder vor sich. Der tiefe, braune Blick, der plötzlich eiskalt wurde, das Gesicht, das wie in Stein gemeißelt schien. Und dann klingelte es bei ihr.

Das Foto von Dmitrij Rykow und seinem Geschäftspartner. Sie setzte sich an den Computer und rief es erneut auf. Der zweite Mann, der auf dem Foto schräg hinter Rykow stand. Halb abgewandt, ebenfalls im Anzug. Das Bild war grobkörnig und etwas unscharf, aber wenn sie die Augen zusammenkniff, wurde es deutlicher, und sie konnte die kräftige Kinnpartie sehen, die gerade Nase, das Eckige, Längliche in seinem Gesicht.

Ihr Herz schlug schneller. Sicher konnte sie sich nicht sein, dafür war das Bild zu verschwommen, vielleicht sah sie nur das, was sie zu sehen glaubte.

Alexej Schaporin hieß der Mann. Gemeinsam mit dem ermordeten Dmitrij Rykow hatte er in Sankt Petersburg Geschäfte gemacht. In diesem Artikel wurde die organisierte Kriminalität nicht erwähnt. Es ging um den Kauf einer Hotelkette vor drei Jahren. Katrine öffnete den russischen Originaltext und starrte auf den Namen. Der Name begann mit A, nicht mit M. Alexej musste der häufigste Name in Russland sein, dachte sie – nach Michail. Millionen Russen hießen so. Und Tschechen und Slowaken und Polen und Bulgaren.

Sie kopierte den vollständigen Namen auf Russisch und googelte ihn, übersetzte und las. Eine *awtoritet* innerhalb der organisierten Kriminalität in Sankt Petersburg ... im Unterschied zu Rykow nie im Gefängnis gewesen ... war wegen Mordes und Steuerhinterziehung und einigen anderen Anklagepunkten verdächtig gewesen, aber nie vor Gericht gestellt worden ... ein Repräsentant des modernen Verbrechens in Armani-Anzug und Seidenkrawatte ... Die Informationen schwirrten durch ihren Kopf, ohne dass sie sie greifen konnte. Sie dachte an Anzughosen mit Knöpfen statt Reißverschlüssen. Es gab zwei weitere Fotos von ihm im Internet. Eins in Militäruniform, das schon viele Jahre alt sein musste. Das andere war neueren Datums und zeigte Alexej Schaporin zusammen mit zwei anderen Männern bei einer Einweihungsfeier. Eine Frontalaufnahme. Diese Gesichtsform ließ keinen Zweifel, dieser Blick, der sie aus dem körnigen Schwarz-Weiß ansah. Die Wände schienen näher zu rücken.

Katrine klappte den Laptop zu und stand auf. Jetzt musste sie in die Pörte gehen und Sofia gegenüber vollkommen normal wirken, musste diesen Polizisten anrufen, wie war sein Name noch mal? Ihre Tasche lag unter dem Küchentisch, sie zerrte sie hervor und kramte nach ihrem Handy, fand jedoch nur das kleine digitale Diktiergerät, das sie sich für das Interview mit Anna Haara gekauft hatte. Die Jacke lag über der an der Wand befestigten Bank im Flur. Sie durchsuchte jede Tasche, fand jedoch nur Taschentücher, Kassenzettel und ein Päckchen Kaugummi.

»Glauben Sie wirklich, dass nach dem Tod alles aufhört?«, fragte Sofia aus der Pörte.

Katrine zuckte zusammen, hatte ihre Anwesenheit fast vergessen. Wie, in Gottes Namen, konnte sie bloß das Handy auf Rauhala vergessen? Das letzte Bild, an das sie sich erinnerte: wie er es ihr aus der Hand riss und auf die Kommode im Flur fallen ließ. Und dort lag es wohl leider noch immer.

»Du kannst deine Sachen packen«, sagte sie. »Ich reise ab.«

Sie öffnete alle Ofenklappen, damit die letzte Glut verlosch, und spürte Sofias Blicke, als diese Kleider, Bücher und ihre Zahnbürste in den Rucksack stopfte. Katrine riss die Tür zur Speisekammer auf, dort lagen noch immer Brot, Butter, Aufschnitt und ein paar braun gewordene Bananen. Sie nahm ein paar Vollkornkekse und mümmelte vor sich hin, während sie die Lebensmittel in eine Plastikdose legte. Blieb mit einer Käseecke in der Hand stehen und konnte sich nicht entscheiden, ob sie sie aufheben oder wegwerfen sollte – oder den Mäusen überlassen, die das Haus wieder übernehmen durften, wenn sie fuhr?

»Ich verstehe nicht, wieso man überhaupt leben will, wenn man nicht weiß, ob anschließend noch etwas kommt«, sagte Sofia.

Katrine drehte sich um. Sofias Augen waren ein finsterer Abgrund, *Nur den Wind höre ich, und den Tod, der in euren Ohren schreit, wenn ich abstürze.* Ihr fiel auf, dass das Mädchen denselben Jogginganzug trug, seit sie es auf dem Dachboden entdeckt hatte.

»Ich glaube daran, dass der Mensch sein Leben selbst in die Hand nehmen kann«, sagte sie und warf die Käseecke in die Dose. »Man kann nicht nur durch die Gegend laufen und darauf hoffen, dass später alles besser wird. Es ist, wie es ist.« Eine krankhafte Lust zu lachen überkam sie. Wie es ist? Die Polizei wollte sie zu ihren Verbindungen zur organisierten Kriminalität in Russland verhören und im Nachbarhaus versteckte sich ein Mann unter falscher Identität, der vermutlich des Mordes und tausend anderer Verbrechen schuldig war; wahrscheinlich floss in ihren Adern teilweise dasselbe Blut. Ob sich das mit einem DNA-Test nachweisen ließ?

Würde sie in Verdacht kommen, in diesen Fall verwickelt zu sein?

Das war zu absurd, es war wahnsinnig, sie war ein Niemand. Aber wenn die Polizei herausfand, mit wem sie die Nacht verbracht hatte? Wer sie wirklich war? Sie sank auf einen Stuhl.

Die Polizei hatte nur wenige Stunden gebraucht, um fast alles herauszufinden, was es über sie zu erfahren gab.

Alles war irgendwo registriert, jeder Umzug, den sie gemacht hatte, jeder Betrag, den sie abhob, jede Bewegung im Internet. Wenn die nationale Analyseeinheit der Reichskriminalpolizei eingeschaltet war, was sicher zutraf, hatten sie die Namen auf den Telefonlisten sicherlich mit den Passkontrollen in Arlanda abgeglichen, und dort waren auch ihr Pass und ihre Fingerabdrücke beim Flug nach Sankt Petersburg gespeichert worden.

Für einen Moment hatte sie Verständnis für Lars-Erkkis Bedürfnis, noch die letzte Fensteröffnung von außen zuzunageln. Von niemandem gesehen zu werden.

Vielleicht wussten sie schon, wo sie in Russland gewohnt und mit wem sie Kontakt gehabt hatte. Die schwedische Polizei hatte Verbindungsmänner an strategischen Orten auf der ganzen Welt, eine Notwendigkeit in der globalisierten Kriminalität, und diese Personen standen wiederum in direktem Kontakt mit den Polizeibehörden vor Ort, um schnell an die erforderlichen Informationen zu gelangen. Interpol spielte heutzutage kaum noch eine Rolle, weil sie als schwerfällig und nicht sonderlich effektiv galt. Sie fragte sich, ob die schwedische Polizei wusste, dass sie Kontakt mit dem Geheimdienst in Petrosawodsk gehabt hatte. Und sie versuchte sich zu erinnern, welche Telefonate sie innerhalb Russlands geführt hatte. Sofias Stimme riss sie aus ihren Gedanken.

»Ich habe Geld auf dem Konto«, sagte das Mädchen und

stopfte ein Paar schmutzige Socken in den Rucksack. »Ich würde allein klarkommen. Ich werde Ihnen auch nicht auf die Nerven gehen, versprochen.«

Katrine stand auf, um hinauszugehen und die Kaffeekanne auszuspülen, ließ sie dann aber doch stehen. Sollte sie eben verschimmeln.

»Jetzt hör mir mal gut zu«, sagte sie. »Du musst zu deinen Eltern zurückgehen. Und du musst ihnen alles erzählen, was du weißt. Eine andere Möglichkeit gibt es nicht.«

Sofia wandte sich ab und fuhr sich mit der Hand durchs Haar, oder besser gesagt mit geballten Fäusten, als wollte sie sich absichtlich Schmerz zufügen. Um in der Wirklichkeit zu bleiben, dachte Katrine, obwohl sie dort vielleicht gar nicht sein wollte.

»Du darfst nicht hierbleiben, wenn ich abreise, hörst du? Ich werde die Tür abschließen und den Schlüssel mitnehmen und dann werde ich die Polizei anrufen und sie zur Hütte schicken, damit sie kontrollieren, dass auch niemand eingebrochen ist.«

Sofia schwieg.

Katrine ging zurück ins Schlafzimmer, zum Computer, dem Schlafsack. Ihre Jeans und ihre Unterhosen von gestern lagen auf dem Boden. Dort durften die Mäuse ihretwegen gern ein Nest bauen, alles zu Fetzen und Fasern zernagen.

Sie werden ihn finden, dachte sie. Wenn die Polizei alle Geschäfte von Helene Miele überprüft hatte, würden sie auch nach Michail Lebedew oder Alexej Schaporin suchen oder welchen Namen auch immer er benutzt hatte, als er den Hof kaufte, und die Analytiker würden seine Fingerabdrücke mit Gott weiß was abgleichen. Sie dachte erneut an die DNA, warf ihre Jeans und ihre Unterhose schließlich doch in den Koffer und knallte ihn zu.

Wenn sie doch nur dieses verdammte Handy gehabt hätte! Sie hoffte, dass niemand darauf anrufen würde, der Polizist oder Alastair oder ihr Bruder. Ob er drangehen würde? Dann fiel ihr ein, dass Sofia ihr Handy die ganze Zeit ausgeschaltet haben musste, sonst hätte es wohl ununterbrochen geklingelt.

»Ist dein Handy-Akku noch voll?«, fragte Katrine.

Sofia wies auf ihren Rucksack. Sie stand am Fenster, dicht an der Wand, damit sie von außen nicht zu sehen war. Als ob jemand hineinschauen könnte. Zwar hatte der Frost die Scheiben aus seinem eisigen Griff entlassen, aber Spinnenweben und altes Bratfett bildeten noch immer eine milchige Schicht zwischen ihnen und der Welt.

Katrine holte das Handy und reichte es Sofia, damit diese ihren Pincode eingab. Während sie wartete, bis eine Flut von SMS und entgangenen Anrufen fertig gepiepst hatte, holte sie ihr Notizbuch und suchte die Nummer des Maklers.

»Nein, Jerker Nyberg hat sich bis Ende des Jahres beurlauben lassen.«

»Aha, aber kann ich ihn vielleicht auf dem Handy erreichen?«

»Das glaube ich nicht, er ist mit seiner Familie ins Ausland gereist.«

Wie schlau von ihm, dachte sie und hatte keine Lust, beharrlich zu sein, sondern ließ das Telefon sinken und blätterte in ihren Notizen.

Ein Name, den sie an Thore Palos Wand gesehen und in Erinnerung behalten hatte, rot eingekringelt in einer Art Stammbaum.

Gudrun Petterson, Stockholm. Katrine hatte die Nummer am Vortag herausgesucht, aber keine Lust gehabt, dort anzurufen, weil sie nicht gewusst hatte, wozu es dienen sollte, mit Lapp-Eriks Verwandten über die Sache mit dem Haus zu reden.

In Stockholm gab es nur eine Gudrun Petterson, deren Nachname lediglich ein S enthielt. Sie hoffte, Thore Palo hatte alles richtig geschrieben. Die Frau wohnte im Henriksdalsringen und meldete sich nach dem dritten Tuten. Katrine stellte sich vor.

»Es ist so, dass ich ein Haus in Kivikangas habe, dass ich verkaufen will, und ich habe gehört, dass Sie Ihr Haus an einen Russen verkauft haben. Jetzt frage ich mich, wie der Mann heißt, vielleicht kennt er ja noch andere, die gern hierherkommen würden.«

Sie erwähnte nicht, dass ihr Kauf geplatzt war, es spielte keine Rolle. Wenn Anders die Leute beschimpfen und Gerechtigkeit fordern wollte, musste er selbst anrufen.

»Das lief alles über eine Maklerin«, antwortete Gudrun Petterson. Katrine konnte nicht den Hauch eines Dialekts hören. Eigentlich klang sie genau wie Ingrid, dieses gepflegte Schwedisch. Vielleicht war ihre Mutter ja auch abgehauen, als die Tochter siebzehn war.

»Ich dachte, es wäre eine Anwaltskanzlei gewesen«, erwiderte Katrine.

»Nein, nicht dass ich wüsste.«

Ich hätte es auch nicht gewusst, dachte Katrine, wenn ich nicht heimlich in den Dokumenten des Maklers gelesen hätte, und wenn ich nicht angerufen und mich wie ein Idiot benommen hätte.

»Aber mit Russland hat das wirklich gar nichts zu tun«, sagte Gudrun Petterson und klang, als würde sie die Nase rümpfen. »Es war schließlich für einen wohltätigen Zweck. Das fanden wir ja so schön, dass der Hof am Ende etwas Gutem dienen würde.«

»Was denn für ein wohltätiger Zweck?«

»Warten Sie mal, ich suche das eben heraus.«

Während des Geraschels, das folgte, kamen die Erinnerungen wieder hoch oder besser gesagt die Stimmen. *Du hast doch selbst gehört, was sie erzählt hat ...* Anna Haaras Stimme und Tomas im Hintergrund, immer erinnerte sie sich an die Stimmen, sie konnte lange Interviews machen und am Ende immer wissen, welche Gesprächsteile sie hinterher herausschneiden musste. *Na, Gudrun ... Dass er Sachen, die zum Hof gehörten, verkauft und das Geld gehortet hat … hatte mehrere Hunderttausend Kronen da drinnen liegen, und die Verwandten bekamen nicht einmal den Wert des Hofs heraus.*

»Hier habe ich es.« Gudrun Petterson las alles sorgfältig vom Blatt ab. »Der Fonds für Schutz und Beistand der Herz- und Lungenkranken. Ich weiß nicht, ob sie vorhaben, ein Sanatorium einzurichten. Dann müssen sie diese alten Bruchbuden jedenfalls abreißen.«

Die Frau redete immer weiter, irgendetwas davon, wie das Haus dem Verfall überlassen worden sei. Katrine suchte fieberhaft in ihrem Gehirn, ein anderer Fonds, der Fonds zum Schutz und Beistand, aber nicht von Kranken, sondern anderen, aber wem?

»Wer verwaltet denn diesen Fonds?«, fragte sie. »Irgendjemand muss doch immer unterschreiben?«

»Ja, das meine ich ja. Bei dieser Sache mit Russland müssen Sie irgendetwas falsch verstanden haben. Er heißt Magnusson. Tage Magnusson.«

Katrine hörte, was sie sagte, aber die Bedeutung der Worte ging an ihr vorbei. Sie dachte an den Fonds. Das Handy in ihrer Hand war mit einem Mal schwer wie Blei. *Der Fonds für Schutz und Beistand der ehemaligen Angestellten der staatlichen Verwaltung.*

»Bitte entschuldigen Sie«, sagte sie, verwundert darüber, dass ihre Stimme stabil blieb, »aber dürfte ich fragen, was Sie dafür bekommen haben?«

»Nein, also wirklich. Das ist privat.«

Sie würde es früh genug erfahren, wenn sie sich nur bemühte; der Wert von erworbenen und verkauften Immobilien war in Schweden für jedermann einsehbar. Wenn es überhaupt noch wichtig war.

»War es denn reiner Zufall«, fragte sie, »dass Lars-Erkki Svanberg gerade dann starb, als Sie verkaufen wollten?«

Gudrun Petterson schwieg einen Moment.

»Was wollen Sie eigentlich?«, fragte sie dann mit kalter Stimme. »Wer sind Sie?«

Katrine legte auf und hoffte, dass Sofia ihre Nummer unterdrückt hatte.

»Was war das denn?«, fragte Sofia. »Was für wohltätige Zwecke?«

»Ach, nichts«, sagte Katrine und reichte ihr das Telefon. Der Akku war fast leer, nur noch ein schmaler Balken auf dem Display. Aber Katrine würde es ohnehin nicht mehr benutzen. Sie würde den Polizisten nicht von Sofia Palos Nummer aus anrufen. Er würde herausfinden, wessen Nummer es war, egal ob sie unterdrückt war oder nicht. Katrine würde ihn erst anrufen, wenn sie weit weg war. Und wenn sie wusste, was sie sagen wollte.

»Ach übrigens, das Essen kannst du gern mit nach Hause nehmen«, sagte sie und ging zur Dachbodentreppe.

Sie zog sich am Geländer hoch, vorbei an den maroden Stufen.

Oben war es unverändert kalt. Nur eine leichte Wärme, als sie das Mauerwerk berührte. Im Dachzimmer angekommen ließ sie sich auf das Bettsofa fallen, musste atmen, musste allein sein. Sie prägte sich die Schräge der Dachbalken ein. Den Geruch der kalten Bettdecke, all die Schwermut, all die Sehnsucht. Sie bekam Lust, ein einziges Mal von dorthinauszusehen, ging zum Fenster und hauchte es an, doch ihr Atem gefror sofort. Sie enthakte das Fenster, was erstaunlich leicht ging, und schob es auf. Die toten Wespen trudelten zu Boden. Hier befand sie sich direkt unter dem Himmel und konnte den Fluss zehn Kilometer weit überblicken. Ein Raubvogel kreiste über dem Baumstreifen am Ufer, flog einen Bogen und verschwand außer Sichtweite. Wenn sie den Arm ausstreckte, erreichte sie die Zweige der höchsten Birke; waren es derselbe Baum, dieselben Zweige? Ich muss zurückkommen, dachte sie, das alles muss bleiben dürfen. Sie fragte sich, wie es hier im Sommer aussah.

Der Fluss, der frei zwischen den Bäumen floss, das schiere Grün im Juni, damals, als Siri hier oben gewartet hatte. Sie fühlte die Schönheit und den Schmerz in einem Atemzug und dass Träume grenzenlos fliegen konnten.

Das Geräusch von Motoren zerriss die Stille.

Sie hörte, wie sie sich näherten, an Lautstärke zunahmen. Es dauerte ein paar Sekunden, bis sie begriff, wie nahe sie waren. Nicht mehr draußen auf der Straße, sondern irgendwo auf dem Grundstück. Sie grollten über den Boden, umkreisten das Haus in einem weiten Bogen und kehrten wieder zurück. Etwas schepperte hinter ihr.

Sofia stand in der Tür.

»Sie sind hier«, sagte sie.

»Wer?«

»Matti. Und Pempi natürlich.«

Katrine schaute hinaus und sah die beiden Motorschlitten. Männer in Overalls, Funktionsmützen und Fleecekapuzen, die das halbe Gesicht verbargen, und sie sah, wie Matti Palo seine Kopfbedeckungen abnahm und sein Haar schüttelte. Der andere Typ blieb auf dem Schlitten liegen wie ein Käfer, der auf den Rücken gefallen war, dürre Arme auf einer blanken, schwarzen Oberfläche.

»Wir machen nicht auf. Sie fahren bald wieder.«

Es pochte unten an der Tür. Einmal und noch einmal. Sofia fuhr bei jedem Klopfen zusammen. Und Katrine fiel ein, dass sie die zerstörte Jagdhütte vollkommen vergessen hatte. Nicht eine Sekunde hatte sie mehr an Thore Palo gedacht, weil angesichts der organisierten Kriminalität in Russland alles nichtig erschienen war.

»Hast du Angst vor deinem Bruder? Was hat er getan?«

»Es ist immer das Gleiche«, sagte sie leise und presste eine Faust gegen den Mund, ihr Blick flackerte. »Er soll mich nach Hause holen. Das hat er immer schon getan.«

»Aber es ist nicht nur das, oder?«

Sie antwortete nicht.

»Woher hatte dein Großvater Lapp-Eriks Gewehr?«

»Wie soll ich das wissen?« Sofia ging ans Fenster und zog es zu. »Die behaupten, dass Sie nur hier herumschnüffeln und uns in der Zeitung als dämliche Halbfinnen bloßstellen wollen.«

»Das ist nicht wahr. Ich arbeite nicht mal bei der Zeitung. Sagen Matti und Pempi das?«

»Pempi, ja, dieser blöde Pempi Vestola. An Mittsommer wollte er mich vögeln, draußen auf der Insel, er war überall mit seiner ekligen Zunge, Matti ist ganz wild geworden und hat ihm eine Rippe gebrochen, und dann musste er nach Kalix ins Krankenhaus.«

Ihr ging die Luft aus, sie setzte sich auf das Bett und schlug die Hände vors Gesicht.

»Ich hätte Matti nie sagen dürfen, dass ich sie gesehen habe.«

»Was hast du gesehen?«

»Wie sie gegen zwölf mit den Motorschlitten kamen.« Sie warf Katrine einen flehenden Blick zu. »Das ist ja an sich nicht schlimm, aber Matti sagt, dass er den Polizisten etwas anderes erzählt hat und dass die durchdrehen, wenn man etwas Falsches behauptet. Sie würden ihn zwar nicht wegen irgendetwas verdächtigen, aber er würde einen Vermerk im Strafregister kriegen und nie wieder einen Job finden. Jedenfalls nicht hier oben. Und auch nirgends sonst.«

»Meinst du an dem Abend, als Lapp-Erik ermordet wurde? Aber dein Vater hat doch gesagt, sie wären um neun nach Hause gekommen.«

»Das können meine Eltern doch nicht wissen, sie waren ja gar nicht zu Hause.«

Genau, sie hatten sich doch irgendeine Opernübertragung angesehen.

»War die Sache mit dem russischen Auto auch gelogen?«, fragte Katrine.

Es schepperte, als jemand unten an der Türklinke rüttelte. Sofia kauerte sich zusammen.

»Hallo«, ertönte draußen eine Männerstimme.

»Sie wissen, dass ich zu Hause bin«, sagte Katrine. »Das Auto steht vor der Tür. Vielleicht raucht es auch immer noch aus dem Schornstein, es ist jedenfalls lächerlich, wenn ich mich verstecke. Du kannst ja hier oben bleiben, wenn du willst.«

Sie stieg die Treppe hinunter und drehte den Schlüssel im Schloss. Im nächsten Moment stand Matti Palo im Flur und spähte ins Haus.

»Ich weiß, dass sie hier ist. Wo ist sie?«

»Wen meinen Sie?«

Er wirkte aufgebracht.

»Na, meine Schwester, Sofia. Über was redet ihr beide eigentlich die ganze Zeit, verdammte Scheiße?«

Er füllte den gesamten Flur aus. Und dann kam auch der andere herein und schloss die Tür hinter sich. Die gefütterten Overalls ließen ihre Körper unnatürlich groß erscheinen. Katrine wich in die Küche zurück, riss aus reinem Reflex ihre Tasche vom Küchentisch, spürte die Bedrohung, als Matti in der Tür auftauchte und kurz darauf in der Pörte war. Er drehte eine schnelle Runde, warf einen Blick in beide Schlafzimmer, öffnete die Tür zur Speisekammer. Hinterließ überall auf dem Boden Schneespuren. Katrine zog sich zum Sekretär zurück, als suchte sie Schutz bei ihren alten Verwandten.

»Was hat sie gesagt?«, fragte er und verengte seine Augen zu Schlitzen. »Sie wissen doch, dass sie krank im Kopf ist, sie redet nur dummes Zeug.«

»Meinen Sie Sofia? Nichts hat sie gesagt, sie hat mir nur ihre Gedichte gezeigt. Und sie interessiert sich für London.«

Gedichte über den Tod, dachte sie und bemerkte Mattis irren Blick. Direkt hinter ihm stand sein Kumpel, Pempi Vestola, der den Ausgang versperrte und sie anstarrte, und sie dachte: Sofia bildet sich wahrhaftig nichts ein, das ist real.

»Wenn sie sich meldet, kann ich ihr ja ausrichten, dass Sie nach ihr gesucht haben. Was soll ich ihr denn sagen, was Sie von ihr wollen?«

»Was geht Sie das denn an?« Matti kam einen Schritt näher. »Ich suche meine Schwester, sie ist schon seit Tagen verschwunden. Meine Mutter macht sich Sorgen, das kapieren Sie doch wohl.« Eigentlich hätte das eine ganz normale Aussage sein können, aber sein Ton war unmissverständlich, dahinter steckte unterdrückte Verzweiflung, wie kochende Lava unter Eis. »Ich weiß, dass sie hier ist. Sie haben meiner Mutter eine SMS geschickt.«

Irgendwo über ihrem Kopf knackte es. Halt doch still, dachte Katrine, bitte, beweg dich nicht.

»Jetzt regen Sie sich doch mal ab«, erwiderte sie. »Ich weiß nicht, wo Ihre Schwester ist, und ehrlich gesagt ist mir das auch scheißegal.«

»Und was haben Sie der Polizei erzählt? Sie sind bei Opa gewesen, was für einen Mist haben Sie ihm eingeredet?«

Katrine trat einen Schritt zur Seite. Wenn der andere endlich ins Zimmer käme, hätte sie den Weg frei. Wenn sie nicht schneller waren. Wo auch immer sie sich in der Pörte befanden, bräuchten sie nie mehr als zwei Schritte, um sie zu erreichen. Jetzt mach mal halblang, sagte sie sich selbst, das sind doch nur zwei Jungs.

»Was soll ich ihm denn Ihrer Meinung nach erzählt haben?«, fragte sie. »Was ist so geheim, dass Sie Ihre eigene Schwester bedrohen?«

»Bedrohen? Wie meinen Sie das?«

»Die Polizei ist auf dem Weg hierher. Vielleicht wäre es besser, wenn Sie abhauen, ehe sie da ist.«

Sie sah, wie sich sein Blick verfinsterte, und begriff, dass sie etwas Falsches gesagt hatte, doch als der Wutausbruch kam, war es bereits zu spät. Im nächsten Augenblick war er bei ihr und packte sie am Hals.

»Was haben Sie denen gesagt, verdammte Scheiße?«

Sie wurde gegen die Wand gepresst und konnte nicht antworten, bekam keinen Ton heraus. Sie fuchtelte mit den Armen, schlug um sich, traf jedoch nicht und kam auch nicht los, und der Griff um ihren Hals wurde enger. Dann packte er ihre Arme, und sie war gefangen und konnte nur noch schreien, doch aus ihrer Kehle drang kein Laut, sie bekam keine Luft.

»Was haben Sie der Polizei gesagt, *saatana vittu ...*«

Dann lösten sich plötzlich seine Hände. Katrine begriff nicht, was passierte, nur dass die Luft wieder frei den Hals hinunterströmte und Matti vor ihren Füßen zusammensackte. Da erst nahm sie den Mann wahr. Es war nicht Pempi Vestola. Es war Michail Lebedew. Alexej Schaporin. Sie sah Sterne, doch dann erkannte sie, dass er etwas in der Hand hielt. Eine Waffe. Und aus seinem erhobenen und leicht gebeugten Arm schloss sie, dass er Matti Palo soeben die Waffe über den Kopf gezogen hatte, weshalb dieser nun auf dem Boden lag und sich krümmte und nicht begriff, wie ihm geschah.

»Was zur Hölle ...«

Katrine rieb sich den Hals und sah wie in Zeitlupe, wie der Russe den Arm streckte und senkte. Er richtete seine Waffe auf den Jungen am Boden.

»Nein«, flüsterte sie, »nicht schießen.«

Matti kam auf die Knie und wollte gerade aufstehen, als er die Mündung im Nacken spürte und seinen Kopf drehte. Schreckerfüllt starrte er den Russen an.

»Wer sind Sie?«, fragte er.

Michail sah fragend zu Katrine hinüber.

»Er fragt, wer du bist«, übersetzte sie.

Der Russe verpasste Matti Palo einen Tritt in die Seite. *»Podnimatsa suka i otwetschaj!«*

Matti begann zur Tür zu robben.

»Get up«, brüllte Michail. »Sag dieser Hündin, dass sie aufstehen soll wie ein Mann!«

Katrine übersetzte und fügte hinzu: »Ich glaube, es wäre gut, wenn Sie tun, was er sagt.« Im Augenwinkel sah sie, wie Pempi Vestola hinter seinem Rücken nach dem Schürhaken tastete und zur Tür schielte, bereit, seinen Kumpel jeden Moment im Stich zu lassen und mit dem Motorschlitten zu fliehen.

Matti erhob sich auf zitternden Beinen. Er ignorierte den Russen, sah nur sie an.

»Sagen Sie es ihm doch, sagen Sie ihm, dass Sie meine Schwester kennen. Ich habe es nicht so gemeint, ich bin nur ausgerastet. Das müssen Sie doch verstehen.«

Katrine übersetzte mechanisch. Nichts von dem, was sie sagte, brachte Michail Lebedew dazu, seine Waffe zu senken.

»Hat er dich verletzt?«, fragte er, ohne sie anzusehen. Sie hätte die Frage fast an Matti weitergegeben, als sie einsah, dass sie an sie gerichtet war.

»Nein«, antwortete sie, »nein, er hat mich nicht verletzt.«

Sie spürte, dass ihre Beine sie nicht mehr länger tragen würden, und setzte sich auf einen Stuhl. Von dort hatte sie freie Sicht in den Flur, wo ihr ein paar verängstigte Augen entgegenblickten. Sofia stand auf der Treppe zum Dachboden an die Wand gepresst, die Augen weit aufgerissen, den Mund geöffnet. Hau ab, dachte Katrine und hoffte, das Mädchen würde ihre Gedanken erhören, mach dich aus dem Staub, solange es geht.

Doch Sofia blieb stehen.

»Wir wollten ihm doch gar nicht die Schuld in die Schuhe schieben, sagen Sie ihm das, damit er es begreift.« Matti schrie beinahe, seine Stimme war erregt und hell. »Das mit den Russen haben wir einfach so dahergesagt, wir wussten ja nicht, dass er tatsächlich in der Nähe war.«

Michail Lebedew ging einen Schritt auf ihn zu, die Waffe noch immer erhoben. Katrine registrierte, wie sich Pempi Vestola seitwärts zur Tür schlich und zum Sprung ansetzte. Im nächsten Moment schnellte eine Faust an ihr vorbei, und Pempi stürzte zu Boden.

Michail Lebedew entriss ihm den Schürhaken und schleuderte ihn weg.

»Sag ihnen, dass sie ihre Schuhe ausziehen sollen«, befahl er.

Matti verstand offenbar ein wenig Englisch, obwohl er keinen Ton hervorbrachte, denn er fing an, sich die Schlittenschuhe auszuziehen. Dann beugte er sich zu seinem Kumpel vor, der sich nicht von der Stelle rührte. »Zieh sie endlich aus, Pempi, tu doch, was er sagt!«

Der Russe verpasste ihm einen Tritt gegen das Knie.

»Jetzt mach schon, du Idiot«, sagte Katrine. »Zieh die Stiefel aus.«

Dann hörte sie ein Geräusch, das ihr bekannt war, obwohl sie es noch nie in echt gehört hatte. Eine Waffe, die entsichert wurde.

Gefolgt von einem Plätschern.

Sie sah auf. Matti Palo machte sich in die Hosen. Sie waren unter dem Overall verborgen, aber sie konnte sehen, wie der Urin über seine Füße und auf den Boden rann, bis sich eine Pfütze gebildet hatte, die von Siri Kankanrantas handgewebtem Teppich aufgesogen wurde.

Er zitterte und heulte und konnte sich nicht länger auf den Beinen halten, er fiel auf die Knie.

»Wir haben es doch nicht so gemeint. Wir wollten nur sehen, ob er Geld hatte, alle redeten doch davon, dass er reich war. Verdammt, er hat es ja für nichts gebraucht!«

Michail wandte sich Katrine zu.

»Wovon redet er?«

Und sie sah Matti an, während sie die einfache Frage übersetzte, obwohl sie die Antwort schon kannte. Das Aitta auf Rauhala, an jenem Abend. Die Gerüchte, die besagten, dass es dort Hunderttausende Kronen zu holen gäbe. Das russische Auto, das die Polizei auf der ganzen Nordkalotte gesucht hatte, obwohl es nicht existierte.

»Wir wollten ihn nicht töten, aber er ist vollkommen ausgetickt, hat mit seinem Gewehr gefuchtelt und geschrien, irgendetwas über Gott und die Hölle und den Teufel, er war fuchsteufelswild.«

Und während sie ganz langsam versuchte, seine Worte auf Englisch in einen halbwegs begreifbaren Zusammenhang zu bringen, während Matti weiter jammerte und faselte, dass es »nicht mal Geld gab, wir sagen ihnen, dass es kein Auto gab, wir würden alles tun, wenn er uns nur gehen lässt ...«, langte sie mit der Hand in ihre Tasche und schaltete das kleine Diktiergerät ein. Der Russe hatte seine Aufmerksamkeit voll und ganz auf die beiden jungen Männer gerichtet und bemerkte es nicht.

»Redet ihr über Lapp-Erik?«, fragte sie auf Schwedisch. »Ging es um sein Geld?«

»Wir wussten doch nicht mehr, was wir machen sollten ...« Seine Stimme verkrampfte sich so, dass er kaum ein Wort hervorbrachte. »Wir wollten nur das Geld, mehr wollten wir nicht. Sie müssen das doch verstehen, sie wollten uns alles wegnehmen, die Schlitten, das Heimkino, wir bekamen Mahnbriefe ... mein Vater sollte bezahlen und meine Mutter wusste nicht mal davon. Was sollen wir denn machen, wenn sie uns auch noch die Schlitten wegnehmen? Sie haben gesagt, dass er Geld hätte.«

»Wer hat das gesagt?«

»Na, alle. Wir wollten ihm nichts tun. Wir wollten ihn nur erschrecken ...«

»Mit einer Axt?«

»What are you talking about?« Michail Lebedew wandte sich Katrine zu.

»Den Mann, der auf deinem Hof ermordet worden ist.« Sie war erstaunt darüber, wie ungerührt sie klingen konnte, fast nonchalant. »Es scheint, als wüssten diese Jungs etwas darüber. Sie behaupten, dass in den Mord kein Russe verwickelt gewesen wäre, wie die Polizei bisher geglaubt hat.«

Er nickte. Desinteressiert. Ließ die Waffe sinken und rieb sich mit der anderen Hand den Nacken.

»Ich muss nur herausfinden, was sie wissen«, fuhr sie fort, »damit sich die Polizei darum kümmern kann. Und nicht zu dir kommt und deine Ruhe stört.«

Er verriet mit keiner Miene, was er dachte, wirkte aber ein wenig entspannter.

»Was hat er mit uns vor?«, jammerte Matti. »Können Sie ihn nicht dazu bringen, dieses Ding wegzulegen?«

»Schon möglich«, antwortete Katrine kalt. Sie wusste, dass sie jetzt in der stärkeren Position war. Hier hatte jemand mehr Angst als sie. »Aber nur, wenn Sie mir genau erzählen, was an dem Abend im Aitta passiert ist.«

»Es war seine Schuld. Was musste er auch so schreien?«

»Seid ihr mit den Motorschlitten vom Fluss heraufgekommen?«

»Wir haben geglaubt, der Alte würde da drinnen schlafen. Wir sind mit den Skiern fast in seiner Loipe gefahren, er konnte uns nicht gehört haben. Aber dann kam er mit dem Gewehr aus dem Haus gerannt und hat geschrien, dass unsere Seelen in der Hölle schmoren würden, er ist total ausgeflippt!«

»Turpa kiini«, zischte Pempi Vestola, der wieder zum Leben erwacht schien. Mühsam kam er auf die Knie. »Hör auf!«

»Sie haben gesagt, dass er eine Menge Geld da drinnen hätte ... Wenn wir es nicht getan hätten, dann wäre jemand anders gekommen ...«

»Und Ihr Großvater?«, fragte Katrine.

»Ich habe ihn nicht erschossen«, schrie Matti. »Er hat es selbst getan, er hat es selbst getan!«

Katrine sah ihn an und glaubte ihm. Matti Palo war nicht mehr zu Lügen fähig. So musste es gewesen sein. Thore Palo hatte die Wahrheit geahnt und war auf Skiern zur Jagdhütte gefahren, zu der sein liebstes Enkelkind Zutritt hatte. Dort hatte er das Gewehr gefunden, vielleicht auch die Axt, vielleicht anderes Diebesgut. Aus Wut und vielleicht auch aus Verzweiflung hatte er alles verwüstet. Und dann hatte er das Gewehr mitgenommen. Hatte er schon in diesem Moment beschlossen, die Schuld auf sich zu nehmen?

Wieder nahm sie eine Bewegung im Augenwinkel wahr, als Pempi plötzlich aufsprang und zur Tür hechtete.

Da fiel der Schuss. Zersplitterte den Türrahmen zwischen Pörte und Flur. Matti schrie auf, und er schrie, bis Alexej Schaporin ihm einen Tritt gegen das Kinn verpasste. Katrine hörte, wie etwas knirschte, sie sah den Blick des Russen und erstarrte. Das ist er, dachte sie, das ist der wahre Alexej Schaporin. Der Mann, mit dem ich letzte Nacht zusammen war, war ein anderer; kann ein Mensch sich wirklich in zwei Persönlichkeiten spalten? Sie sah ihn in den Flur gehen, wo Pempi Vestola Sofia an sich gerissen hatte und sie wie einen lebenden Schutzschild vor sich hielt.

»Nein«, rief Katrine auf Englisch, »nein.« Sie kam auf die Beine und packte den Russen am Arm. »Nicht schießen, *they're just kids, just kids.*«

Er schüttelte sie ab, und sie schloss die Augen. Jetzt kommt es.

Sie dachte noch, dass es nicht stimmte, sie waren keine Kinder mehr, waren fast fünfundzwanzig, anderswo auf der Welt wären sie erwachsene Männer, Familienväter, Krieger. Doch es kam kein Schuss. Katrine öffnete die Augen wieder.

Alexej Schaporin packte Sofia mit dem freien Arm und löste sie mühelos aus Pempis Umklammerung. Er deutete mit der Pistole auf die Klappe im Boden.

»What's in there?«

»Ein Keller«, antwortete Katrine, »eine Art Vorratsraum.«

»Mach auf.«

Sie bückte sich und zog die Klappe hoch. Moder stieg ihr entgegen, ein Geruch von Fäulnis und ewiger Finsternis.

»In there.« Er packte Pempi Vestolas Overall im Nacken und schleifte ihn zu dem Einstieg. Das Letzte, was Katrine von ihm sah, war sein flehender Blick, als er in die Dunkelheit hinabstieg.

Der Russe musste nur seine Waffe auf Matti richten, damit der dasselbe tat. Er kroch wie ein Hund, das halblange Haar war strähnig vor Schweiß, aus seiner Nase rann Blut. Alexej Schaporin verpasste ihm einen Stoß, sodass er die Stufe verpasste und stürzte. Es folgten ein dumpfer Aufprall und ein Stöhnen.

»Aber schließen Sie nicht ab.« Pempi Vestola fiepste wie eine Ratte, dort unten war er nur noch Gekräuch. *»Please, please, it's so cold down here.«*

Ein bisschen hat er im Englischunterricht also doch aufgepasst.

Mit einem Krachen ließ Alexej Schaporin die Luke zufallen.

Sofia war auf dem Boden zusammengesunken und weinte still vor sich hin. Katrine ging zu ihr, setzte sich neben sie und nahm sie in den Arm.

»Wer ist das?«

»Nur ein Mädchen«, antwortete Katrine und sah ihm fest in die Augen, während sie Sofia über das Haar strich. »Sie ist ein wenig ... *you know,* niemand hört ihr zu. Sie wird nichts sagen, oder? Du wirst nichts darüber sagen. Niemandem.«

Sofia schüttelte den Kopf. Ein neuer Wink mit der Waffe, die jetzt immerhin gesenkt war. Sie hatte schon lange kein Klicken mehr gehört.

»Sie kann da reingehen.«

Michail deutete auf das andere Schlafzimmer mit dem breiten Bett, und Katrine half ihr auf.

»Was hat er mit Ihnen vor?«, flüsterte Sofia.

»Keine Sorge, ich kriege das schon hin. Geh du nur dort rein und mach die Tür hinter dir zu.«

Sofia tat, was Katrine gesagt hatte.

Die Tür knarrte.

Dann sah er Katrine an. Kälte umhüllte sie. Er stand mitten im Raum, sie an der Wand. Das Feuer war längst erloschen. Sie hatte kein Holz nachgelegt, denn sie musste packen und abreisen, und die Drosselklappe war geöffnet. Warum hatte sie sich nicht mehr beeilt? Noch immer hielt er die Pistole, als wäre sie an seiner Hand festgewachsen. Sie verstand nicht, warum sie so ruhig war. Vielleicht, weil sie nichts tun konnte. Weil ohnehin alles vorbei war.

»Eigentlich bin ich gekommen, um dich zu sehen«, sagte er.

Sie wollte lächeln, wollte ihm zeigen, dass alles gut war, aber wie konnte es gut sein? Von den Jungen unten drang kein Mucks herauf. Sie konnte nicht lächeln.

»Ich sage nichts«, flüsterte sie so leise, dass nur er es hören konnte. »Ich sage nichts über dich, über uns, ich werde niemandem von dieser Sache erzählen. Keiner wird etwas erfahren.«

»Und die da?«

Er nickte in Richtung Keller und zum Schlafzimmer.

»Wenn wir ihnen sagen, dass sie schweigen sollen, dann tun sie das auch«, antwortete sie. »Schweigen können sie, das lernt man in dieser Gegend. Gestern hast du gesagt, du wolltest wissen, wie es hier ist, und genau so ist es hier. Man schweigt und macht weiter und tut, als wäre nichts geschehen.«

Er steckte die Hand in die Tasche.

»Das hast du vergessen«, sagte er und holte ihr Handy heraus. Hielt es in der Hand, strich mit dem Daumen darüber.

»Danke.«

Sie streckte die Hand aus, doch er gab es ihr nicht. Stattdessen drückte er eine Taste und hielt das Handy hoch, sodass sie das Display sehen konnte.

Das Foto von Hilma Jelena.

Das silberweiße Haar, das Licht auf ihrem stummen Gesicht.

Sie wusste nicht, was sie sagen sollte.

»Du hast mich angelogen«, sagte er. »Ich mag es nicht, wenn man mich anlügt. Liegt vielleicht daran, dass ich aus Petersburg komme und mit Lügen groß geworden bin.«

Sie brachte noch immer kein Wort hervor. Das Display erlosch in seiner Hand.

»Aber ich komme gar nicht aus Petersburg«, fuhr er fort, und die Kälte im Raum war in seine Stimme übergegangen, in seine Augen. »Auch das war eine Lüge, mit der sie mich gefüttert haben. *A fucking lie.*«

Sie hatte ihn nie zuvor fluchen hören. Vielleicht war es nur Michail Lebedew, der nicht fluchte, der höflich und gesittet war. Der Mann, der jetzt vor ihr stand, war ein anderer. Er tat einen Schritt auf sie zu, packte sie an der Schulter und rüttelte sie.

»Wie hast du sie gefunden? Wofür wolltest du die Informationen nutzen? Für wen arbeitest du?«

»Für niemanden.« Sie duckte sich unter seinem Griff und stotterte. »Ich arbeite für niemanden. Sie ist meine Tante. Die Schwester meiner Mutter. Ich habe erst vor ein paar Wochen erfahren, dass es sie gibt.«

Sie weinte. Konnte nicht mehr. Spürte, wie ihr die Tränen kamen, verdammte Tränen. Und er hörte auf, sie zu schütteln, hielt sie jedoch immer noch fest.

Aus dem Keller waren dumpfe Schläge zu hören. Haltet still, ihr Idioten. Was wusste er? Dass sie über die Verwandten an der Wand gelogen hatte, dass sie Hilma Jelena besucht hatte, aber mehr vielleicht nicht. Sie betete innerlich, dass es so war.

»Ich habe geahnt, dass wir verwandt sind«, sagte sie schluchzend, »aber ich wollte nicht, dass du es weißt.«

»Also hast du gelogen.«

Sie schlug die Augen nieder. Es gab immer einen Weg. Einen universellen Weg, sich aus etwas herauszuwinden, Terrain zu gewinnen, etwas, mit dem sich sogar ein Mann, der mit Lügen groß geworden war, überlisten ließ.

»Ich hatte Angst, du würdest mich dann nicht haben wollen«, sagte sie. »Weil ich … so gerne wollte, dass das passiert, was zwischen uns passiert ist.«

»Wie hast du sie gefunden?«

»Darf ich mich setzen?«

Langsam steckte er die Waffe in die Tasche, Katrine war

erleichtert. Sie goss sich ein Glas Wasser ein und setzte sich an den Tisch.

»Eigentlich habe ich nach meinem Großvater gesucht«, begann sie. »Ich wusste nicht, wer du bist, als du das erste Mal hier warst, aber ich bekam Angst. Deshalb habe ich nicht gesagt, dass es meine Verwandten sind.«

Sie nickte in Richtung des Sekretärs, der Fotos an der Wand.

»Ich wusste nicht einmal, dass meine Mutter eine Halbschwester hat, die in Karelien geboren wurde, in Petrosawodsk. Ihr Vater war mein Großvater, er ist dorthin gegangen, weil er von einem anderen Leben träumte, einem Paradies auf Erden ... aber so war es ja nicht. Und meine Großmutter hat hier die ganze Zeit auf ihn gewartet. Er ist nie wieder zurückgekommen.«

Er setzte sich auf den Stuhl gegenüber, lehnte sich zurück und betrachtete sie lange, drehte das Handy zwischen seinen Fingern.

»Wie hast du erfahren, wo sie ist?«

Katrine erzählte von den Nachbarn im Café nahe dem Haus in der Ulitsa Woroneschskaja und dem Gogolheim in Puschkin.

»Aufmachen, verdammt!«, schallte es aus dem Keller. Alexej Schaporin stampfte mit dem Fuß auf, bis es wieder ruhig war.

»Wer weiß noch davon?«

»Von Hilma Jelena? Niemand.«

Erneut hielt er das Handy hoch.

»Hast du dieses Bild irgendjemandem gezeigt?«

Sie schüttelte den Kopf. Er durchsuchte das Handy. Es war in London gekauft worden, ein britischer Vertrag mit englischer Menüführung, er fand *erase*, und sie musste stumm zusehen, wie er die Bilder von Hilma Jelena löschte. Dann reichte er es ihr hinüber.

»Je weniger du davon in Erinnerung behältst, desto besser«, sagte er.

»Ich erinnere mich an nichts.«

Sie sah ihn eindringlich an. Nichts, dachte sie, ich erinnere mich an nichts und weiß nichts, verstehe nichts, ich bin ein Niemand.

»Gut«, sagte er und stand auf.

Er ging zur Kellerluke und trat mit dem Fuß gegen den Teppich, der danebenlag. Dann bückte er sich und hob die Klappe an.

»Erzähl ihnen, wie lange es dauert, zu verhungern.«

Katrine räusperte sich.

»Neun Tage«, sagte sie gehorsam.

»Lauter, damit sie es auch wirklich hören.«

»Es dauert neun Tage, bis man verhungert ist.«

»Erzähl ihnen, dass genau das passieren wird, wenn sie nicht schwören, dass sie niemals ein Wort darüber verlieren, was in diesem Haus passiert ist. Sag ihnen, dass sie mich nie gesehen haben.«

Sie übersetzte.

»Wir haben diesen Teufel nie gesehen«, bestätigte Matti Palo tief unter der Erde.

»Und was ist mit dem anderen?«

»Ich auch nicht«, wimmerte Pempi Vestola. »Ich weiß von nichts.«

»Sag ihnen, dass ich sie finden werde, wo auch immer sie sind.«

Und Katrine sagte es. Dann ließ er die Klappe los, die mit einem Schlag zufiel.

Ein langgezogenes »Nein« drang von unten herauf. Alexej Schaporin legte ihr die Hand an die Wange. Jetzt sieht er es, dachte sie, jetzt sieht er in meinen Augen, dass ich seinen wahren Namen kenne, dass ich weiß, wer er ist.

»Hast du Angst vor mir?«

»Nein«, antwortete sie, »warum sollte ich? Du hast mich gerettet.«

Er strich ihr sanft über die Wange, legte ihr die Hand in den Nacken. Sie schauderte, aus allen möglichen Gründen.

»Nimm das Mädchen mit und fahr«, sagte er. »Sofort. Und vergiss, dass du mich jemals gesehen hast, wer dich auch fragt. Hörst du? Wer dich auch fragt.«

Katrine konnte nur nicken, dann war die Hand von ihrem Nacken verschwunden. Sie starrte auf den Boden, sah nicht zu, wie er hinausging.

»Mist, ich habe das Handy vergessen!« Sofia stieß die Autotür auf, als Katrine schon losfahren wollte.

»Scheiß drauf«, sagte sie, aber Sofia war schon unterwegs.

Katrine trommelte mit den Händen aufs Lenkrad, das Auto im Leerlauf, verfluchte diesen Teenie, der glaubte, er hätte alle Zeit der Welt. Draußen war alles still, unglaublich still. Sie warf einen Blick in den Rückspiegel, auf den Weg, der hinter der nächsten Biegung nach Rauhala führte. Zwischen den Bäumen rührte sich nichts, kein Mann im Mantel, der zurückkehrte, weil er bereute, dass er sie hatte gehen lassen. Der Seitenspiegel auf der Fahrerseite war von dem Haus ausgefüllt, das unverändert dort stand. Ein merkwürdiges Gefühl der Friedlichkeit war geblieben, das Leben und der Tod zogen vorüber, ohne Spuren zu hinterlassen. Nur ein Wind strich über die Fassade und ließ sie ein wenig grauer erscheinen.

»Sorry«, sagte Sofia und sprang wieder ins Auto, »es war vom Tisch heruntergefallen, deshalb habe ich es zuerst nicht gefunden.«

Endlich konnte Katrine den Gang einlegen und losfahren. Sie sah nicht mehr zurück, raste einfach davon, viel zu schnell und mit nur einem Gedanken im Kopf: weg von hier.

»Wir müssen zur Polizei in Haparanda«, sagte sie. »Die sollen herkommen und sich um deinen Bruder und seinen Kumpel kümmern.«

Sofia sperrte entsetzt die Augen auf.

»Aber Sie haben doch gehört, was er gesagt hat, dieser Wahnsinnige, er hat gesagt, dass wir nie ein Wort darüber verlieren dürfen, Sie können doch Englisch?«

»Nicht über ihn, nein. Aber der Mord an Lapp-Erik ist eine andere Sache. Das hat nichts mit ihm zu tun.«

An der Weggabelung tauchte ein Stoppschild auf und sie stieg in die Bremsen. Wen belüge ich eigentlich?, dachte sie, während einige Autos passierten. Alles hat etwas mit Alexej Schaporin zu tun. Alles geht zurück auf den Augenblick, in dem Gunnar Peltari entschied, seinen eigenen Vater auszurauben und in die Sowjetunion zu gehen. Die Entscheidung des Russen, hierher zurückzukehren, die Häuser, die plötzlich einen Wert bekamen, all diese Geschehnisse waren miteinander verwoben und reichten bis zu dem Abend, an dem Lars-Erkki Svanberg starb. Und an diesem Punkt hörte es keineswegs auf, es ging weiter, mit Thore Palo, mit ihr selbst.

Nimm das Mädchen mit und fahr.

Katrine schielte zu Sofia hinüber, die merkwürdig ruhig neben ihr saß. Ungeschminkt nach vierundzwanzig Stunden ohne Badezimmer, ihr Jogginganzug roch nach Teenagerschweiß. Wann würde sie zusammenbrechen? Oder war sie hartgesottener, als es schien?

Endlich war die Straße frei, und sie bog nach rechts ab, es war ein Umweg, den sie nur widerstrebend in Kauf nahm. Vor dem Haus der Familie Palo lag der Hof fast völlig verlassen, nur Mattis alter Amazon mit Motivlackierung stand dort. Es war noch immer Nachmittag, die Dämmerung hatte noch nicht eingesetzt. Eva-Lena und Åke waren noch auf der Arbeit in Haparanda, pflichtbewusst, obwohl um sie herum alles zusammenbrach. Sie fragte sich, was sie eigentlich wussten, was sie ahnten.

»Geh rein und zieh dich um«, sagte sie, »und pack ein, was du brauchst, aber beeil dich.«

Sofia ging auf das Haus zu, der Rucksack schlenkerte in ihrer

Hand. Katrine stellte den Motor ab und holte das Diktiergerät aus der Tasche, schaltete es ein und schickte ein stilles Gebet an die Götter der Technik, dass alles funktioniert hatte. Sie sah, wie das Lämpchen und das Display leuchteten, und dann kam Anna Haaras knarrende Stimme. *Ich höre mir immer das Gedicht des Tages an …* Sie spulte vor, wie lange hatte dieses falsche Interview eigentlich gedauert? Noch immer Anna Haara: *Es wird schon irgendjemand gewesen sein, der auf sein Geld aus war … Und jetzt sind sie wohl längst über alle Berge …* Wenn die wüsste. Und dann kam Matti Palos Stimme, der Ton war bis zum Gerät vorgedrungen! Ihr Kopf sank gegen die Nackenstütze, was für ein Glück, es hatte funktioniert.

… wollten nur das Geld, mehr war es nicht. Sie müssen doch verstehen, sie wollten uns alles wegnehmen …

Katrine stellte das Gerät aus. Nur fünf Sekunden seiner Stimme, das war alles, was sie wissen musste. Sie brauchte den Schuss nicht noch einmal zu hören, wollte Alexej Schaporins Stimme, die sich einmischte, nicht noch einmal hören, stattdessen holte sie ihr Handy hervor.

Das er gerade noch in der Hand gehalten hatte und auf dem der Beweis von Hilma Jelenas Existenz jetzt vernichtet war. Warum war ihm das so wichtig gewesen? Eine siebzigjährige Frau, die stumm in ihrem Sessel saß und auf einen Park blickte – was war daran bedrohlich? Die Verwandtschaft, dass jemand daraus Schlüsse ziehen konnte, wer er wirklich war? War das der Grund dafür, warum er seine Mutter in der hintersten Ecke des Parks versteckte, ein wunder Punkt, etwas, wovor er nicht weglaufen, was er nie ganz hinter sich lassen konnte? Oder war es umgekehrt? Beschützte er Hilma Jelena? Vor sich oder jemand anderem, aber wem?

Es war ein Kraftakt, die Nummer der schwedischen Polizei zu wählen. Sie bat darum, mit Antti Anttila verbunden zu werden, und atmete erleichtert auf, als sich dort nur ein Anrufbeantworter meldete. So musste sie keine Fragen beantworten, jedenfalls nicht gleich. Sie hinterließ eine kurze Nachricht: Matti Palo und Pempi Vestola hätten gestanden, Lars-Erkki Svanberg ermordet zu haben. Sie seien auf das Geld aus gewesen. Jetzt säßen sie in Katrines Vorratskeller … (Pause, schwer zu erklären) … weil sie sich freiwillig dorthinein begeben hätten, vielleicht auf der Suche nach etwas, das sie stehlen konnten, und sie habe die Luke geschlossen, weil sie sich von ihnen bedroht gefühlt habe.

Katrine ließ ihr Handy sinken. Nun konnte sie nur hoffen, dass die Polizei die Nachricht bald abhörte und die beiden vor ein ordentlicheres und formal korrekteres Gericht gestellt wurden, statt in einem Kellerloch vor sich hin zu vegetieren.

Sie dachte, dass sie auch Eva-Lena Palo anrufen müsste, aber just in diesem Moment sah sie Sofia mit einem riesigen Seesack über der Schulter aus der Tür kommen.

Ihr kam ein schwindelerregender Gedanke: So alt war ich selbst, als ich damals abhaute, aber Ingrid war ein Jahr jünger, als ich es heute bin.

Sofia stieg wortlos ins Auto.

Dann waren sie auf der Straße, und die letzten Häuser von Kivikangas wurden im Rückspiegel kleiner und kleiner, bis sie nicht mehr zu sehen waren. Es gab keine Hügel und kaum Kurven auf der Straße 99, die dem Fluss Richtung Süden folgte.

»Hast du es die ganze Zeit über gewusst?«

»Was meinen Sie?«

»Das mit Lapp-Erik. Du wirkst so ruhig.«

Sofia sah aus dem Fenster. Weite Flächen und beeindruckende Tornedalshöfe, die vorüberglitten.

»Ich werde der Polizei nichts sagen«, erwiderte sie nur. »Matti ist der letzte Dreck, aber er ist mein Bruder.«

»Mach dir keine Sorgen. Vielleicht brauchst du nicht einmal auszusagen. Vielleicht reicht es, wenn ich das tue.«

»Kennen Sie diesen Idioten?«, fragte Sofia.

»Wen, den Russen?« Sie sah stur geradeaus. »Nein, nicht direkt.«

»Ach kommen Sie schon, Sie haben doch da übernachtet, was haben Sie eigentlich gemacht? Krawattenknoten geübt, oder was?«

Katrine bremste auf fünfzig Stundenkilometer ab, als sie durch Kukkola fuhr, und betrachtete ihre Passagierin aus dem Augenwinkel. Konnte sie sich darauf verlassen, dass sie die Sache nicht ausplauderte oder ins Internet stellte oder ein dämliches Gedicht darüber schrieb? Und wie weit war *von hier weg*, welche Entfernung war nötig, um sie loszuwerden?

»Das ist nie passiert«, antwortete sie. »Hast du verstanden?«

Sofia umarmte den Seesack auf ihrem Schoß.

»Okay.«

Sie fuhren an drei Höfen mit identischen Silos vorbei.

»Vielleicht war es ja gar nicht Matti«, sagte Sofia. »Es kann genauso gut Pempi gewesen sein.«

Katrine zuckte zusammen und kam dem Schneewall am Straßenrand gefährlich nahe. Konnte das sein? Sie erinnerte sich nicht genau, zu groß waren die Konzentration, der Nervenkitzel und die Panik gewesen. Sie wäre nicht auf die Idee gekommen, Mattis Geständnis zu hinterfragen, aber hatte er tatsächlich gesagt, dass er die Axt geführt hatte? In ihrem Kopf lief alles noch einmal ab, der Moment, in dem der Schuss fiel, und die Stille danach, als sie die Augen geschlossen und zusammengekauert auf den nächsten Schuss gewartet hatte. Aber das Diktiergerät hatte immer weiter aufgenommen. Und ihr wurde bewusst, dass sie es nie ausgestellt hatte. Alles war dort zu hören, seine Gegenwart, seine Fragen über Hilma Jelena. Als würde sie etwas miteinander verbinden, eine Intimität. Als ob?

Auf der linken Seite tauchte IKEA auf, und sie waren im Kreisverkehr, vielleicht war es diese Bewegung, immer im Kreis, oder die Angst, die sie eingeholt hatte, oder seine Stimme, *vergiss, dass du mich jemals gesehen hast, wer dich auch fragt, wer dich auch fragt*, denn sie verpasste die Abfahrt nach Haparanda und auch die nächste, deren Schilder Suomi-Finland ankündigten und von wo aus man auch zur Strandgatan und dem Polizeirevier gelangte, und dort war die Straße, die nach Kivikangas zurückführte, aber sie sah nicht dorthin. Nahm die nächste Abfahrt, bog nach rechts ab, ohne darüber nachzudenken.

Dann fuhr sie auf die Überholspur und beschleunigte auf der E4 Richtung Westen.

Er trug den Koffer hinein und ließ die schwere Holztür hinter sich zuschlagen. Für einige Sekunden erlaubte er sich, in dieser Stille zu verweilen. Diese Ruhe. Als hätte die Welt sich zurückgezogen. Diese Dunkelheit.

Dann schlug die Migräne erneut zu, ein Messer, das sich immer tiefer in seinen Nacken bohrte. Diese dämliche Ziege von Ärztin! Ruhe und Erholung, hatte sie gesagt, zwei Tabletten zu Beginn eines jeden Anfalls.

Aber es gab keine Ruhe, keine Erholung.

Und eine Befreiung vom Schmerz gab es auch nicht.

Er trug den Koffer die Treppe hinauf zu dem engen Dachboden, eine Art Vorratsraum, der als Wohnung genutzt worden war. Hier war der frühere Besitzer gestorben, ermordet mit einer Axt. Ein Verwandter, soweit er verstanden hatte, genau wie die Frau, mit der er die Nacht verbracht hatte, ah ... Er spürte, wie diese Nacht noch immer in seinem Geschlecht pochte, die letzte Nacht des Michail Lebedew, *Spij spokojno ... dorogoj drug.*

Ruhe in Frieden, lieber Kamerad.

Michail Lebedew hatte schon zu existieren aufgehört. Sein Pass war bereits vernichtet, der Mann hatte sich in Nichts aufgelöst.

Noch hatte er seine neue Identität nicht angenommen. Gewiss hatte er seinen Pass geöffnet, den dritten, sich das Bild angesehen und festgestellt, dass der Mann, der diesen Ort bald verlassen würde, den schlecht gewählten Namen Sewerin Larionow trug.

Larionow! Wohin er auch reiste, würden ihn alle fragen, ob er mit dem Eishockeyspieler Igor Larionow verwandt war, dem besten Center aller Zeiten, und sich an ihn erinnern.

Er duckte sich unter der Dachschräge hinweg, schleifte den Koffer in Richtung des Giebels. Als er sein Ziel erreicht hatte, schob er die Fensterluke auf. Kein Glasfenster, nur ein Loch in der Wand. Er hatte es freigelegt, als er das Vorratshaus kurz vor Einbruch der Dunkelheit inspiziert hatte, hatte die Planke losgebrochen, mit der es zugenagelt gewesen war.

Er schaute hinaus auf die weiten Felder und den einzigen Weg, der zum Hof führte. Das Gebäude war wie gemacht für sein Vorhaben, eine Festung, die über den anderen Häusern thronte und von der aus ihm nichts entging. Fünfhundert Meter freie Sicht, das war mehr als ausreichend. Im Hauptgebäude leuchtete es einladend in den Fenstern, nur der schwache Schein einer Leselampe, und aus dem Schornstein rauchte es, als säße der Hausherr dort mit seinem Cognac und seiner Abendlektüre, eine Illusion, ein Schauspiel!

Noch ehe sie begriffen hätten, was gespielt wurde, würden sie im Schnee liegen.

Er zog die Luke bis auf einen schmalen Spalt wieder zu und hob die Tasche aus seinem Koffer. So leicht, verglichen mit dem, was so etwas früher gewogen hatte, oder war er selbst stärker geworden? Die Waffe wäre an einer Röntgenkamera niemals unbemerkt vorbeigekommen, aber die gab es auf europäischen Bahnhöfen ja noch nicht. Nur eine Frage der Zeit, dachte er und erinnerte sich unwillkürlich an die Grenzkontrolle Schegini-Medika. Das dichte Gedränge, die stinkenden Körper, die ihn angerempelt hatten, und dann diese erbärmlichen Pritschen in den Zügen, wo er ständig von Fremden gestört worden war.

Seine Hände ertasteten die einzelnen Teile in der Tasche und hoben sie nacheinander heraus. Es waren sieben. Acht, wenn man den Schalldämpfer mitzählte.

Er streichelte die Oberflächen aus Holz und Metall, ordnete alles so an, wie er es vor langer Zeit auf der Schulbank getan hatte.

Die Dunkelheit hier drinnen war undurchdringlich, als trüge man eine Augenbinde, doch jeder Handgriff saß.

In der siebten oder achten Klasse hatte das auf dem Stundenplan gestanden. Sie hatten einen Krüppel zum Lehrer, der noch immer von seinen Gefechten in der Roten Armee träumte. Die Mädchen ließ er bestehen, wenn er ihre Brüste begrapschen durfte; die Jungen fielen durch, wenn ihr Haar nicht kurz genug geschnitten war.

So hatte er es gelernt. Er erinnerte sich an den Rausch, die Macht des gepressten Blechs in seinen Teenagerhänden, obwohl das Material und die Konstruktion seither in der Fabrik in Ischewsk verbessert worden waren.

Er schob den Bolzen in die Kammer, er glitt widerstandslos hinein. Dann drückte er den Splint hinein, der den Kolben sicherte.

Er fragte sich, ob sie zu zweit oder zu dritt kommen würden. Denn dass sie auf dem Weg hierher waren, bezweifelte er nicht.

Helene Miele war eine Anwältin, die mit dem Teufel getanzt hätte, wenn er gut genug bezahlte, aber den Mut, einem Rodja Nasajew standzuhalten, hatte sie wohl kaum. Alexej war mit Katrines Handy ins Internet gegangen und hatte über den Mord recherchiert. An den abgeschnitten Brustwarzen und anderen unschönen Details hatte er Nasajews Handschrift erkannt, und ebenso wusste er, dass dieser Mann nie allein unterwegs war. Er war im sowjetischen Gefängnis geboren worden und jagte nur im Rudel. Ein Mann, der nicht dazu in der Lage war, sich zu verändern, und deshalb zum Untergang verdammt war.

Dass Dima solche Angestellten all die Jahre hindurch behalten hatte.

Die Treuen, Alexej Wiktorowitsch, ich belohne die, die mich lange begleitet haben, sie sind meine Brüder, so wie du mein Bruder bist, ich vergesse nicht, wo ich einst herkam.

Schweig, Dmitrij Olegowitsch, und geh zurück in den Morast, aus dem du aufgestiegen bist.

Er entsicherte das Gewehr und drückte ab, das Klicken, ein Blindschuss. Alles funktionierte reibungslos.

Dann sicherte er die Waffe wieder und suchte mit der Hand nach dem Schalldämpfer.

Er begriff nicht, wie ihm dieser ungebildete Rodja Nasajew auf die Schliche hatte kommen können. Entweder hatten ihm die Geister bei der Suche geholfen oder eine höhere Instanz.

Ein Ort, an dem ihn niemand suchen würde, was für eine naive Idee. Einen solchen Ort gab es nicht, kein Ort existierte jenseits der Gegenwart und der Lügen, die er im Archiv in Petrosawodsk zu finden geglaubt hatte.

Es hatte ihn Unsummen gekostet, alles über seine wahren Großeltern herauszufinden – nachdem er es in den Tagen vor ihrem Tod ohnehin aus Julia Morosowa herausgepresst hatte. Jener Frau, die er *babuschka* nannte, die jedoch nicht seine Großmutter war, und die ihn seit seiner Geburt mit Lügen gefüttert hatte. Er wusste nicht, ob seine Mutter ahnte, dass sie in Wahrheit das Kind von Staatsfeinden war, falls sich überhaupt noch jemand um Staatsfeinde scherte. Ob sie wusste, welche Geister ihr Zuhause bevölkerten. Hatte sie deshalb aufgehört zu sprechen? Alexej hatte gefragt, aber wie immer keine Antwort bekommen, und dann hatte er sie für immer in den verborgenen Ecken des Zarenparks zurückgelassen, in ihrer stummen Welt.

Zwei Adressen hatte er im Archiv in Petrosawodsk gefunden: die eine war Gunnar Carlowitsch Pelttaris Geburtsadresse. Die andere hatte auf Briefen gestanden, die in den Akten dokumentiert waren, Liebesbriefe an den Mann, dessen Überreste in einem Wald vor sich hin moderten und der für alle unsichtbar war, die je nach Alexej Schaporin suchen würden.

Die Idee von einem Ort, den die Geschichte nicht erreichte, hatte ihn fasziniert. Als ob er sich nach einer solchen Reinheit sehnte.

Seine Ankunft erregte in der Stadt nicht das geringste Aufsehen und hatte nichts Besonderes zur Folge.

Er kontrollierte noch einmal, ob die Waffe auch wirklich gesichert war. Auch wenn es Zeit kostete, kontrollierte er das grundsätzlich, ehe er das Magazin einlegte. Dreißig Schuss. Mit einem festen Stoß schob er es in den Schacht. Zog prüfend daran; es saß fest.

Dann spannte er den Hahn und brachte die Waffe in Position.

Er spürte, wie die Migräne ein wenig nachließ, sie war wie ein dumpfes Band, das sich um seinen Kopf legte, aber die Stunden der scharfen Messer waren vorbei.

Er war nicht mehr der, der er gewesen war, hatte aber auch noch nicht die Gestalt dessen angenommen, der er werden würde. Ob so ein Moment tatsächlich existierte?

Mit der Waffe zielte er durch die Luke auf einen fünfzig Meter entfernten Punkt, kurz bevor die Straße den Hof erreichte.

»Ich bin gerade auf dem Rückweg«, sagte Antti Anttila. »Und Ihr Haus ist wieder abgeschlossen, damit es in Ruhe und Frieden verfallen kann.«

»Nur eine Sekunde noch.«

Katrine bedeutete Sofia mit einem Wink, dass sie in der Schlange warten sollte, und zog sich hinter eine Glasvitrine mit samischem Kunsthandwerk zurück. Sie waren sieben Minuten vor dem Bording in Kallax angekommen und hatten zwei auseinanderliegende Plätze auf dem letzten Flug nach Stockholm bekommen.

»Wie ist es gelaufen?«, fragte sie leise. »Haben sie gestanden?«

»Nein, das war alles etwas schwierig«, antwortete Anttila, »weil wir sie nämlich nicht gefunden haben.«

»Wie meinen Sie das? Kivikangas 26:1, das Haus, das Kankanrantas genannt wird, das letzte Gebäude vor den Haaras, und dann kommt Rauhala ...« Sie sah, wie auf der Uhr auf einem der Bildschirme die Sekunden verstrichen, erst vor dreieinhalb Stunden hatten sie Kivikangas verlassen. Sie wollte nicht mehr an die Kälte dort denken, an die Panik.

»Doch, wir wissen schon, wo das Haus liegt, aber alles, was wir im Keller finden konnten, waren ein toter Hase und drei Gläser Preiselbeermarmelade aus dem Jahr 1972.«

Katrine erstarrte. Sie sah, wie Geschäftsfrauen in Zeitlupe ihr Handgepäck vorbeirollten, dann folgte eine Basketballmannschaft. Ehe sie das Haus verlassen hatte, hatte sie noch den Sekretär verrückt, sodass er mit zwei Beinen auf der Luke stand. Sie hatten nicht von dort entkommen können, es war unmöglich.

»Ich lüge nicht«, sagte sie, »sie waren es.«

»Ja, aber wir müssen wohl erst einmal abwarten, was sie sagen. Wenn wir sie finden.«

Sie schloss die Augen. Das Möbelstück, das schräg im Raum stand, der dunkle Fleck, weil Matti Palo nicht mehr hatte an sich halten können, der Urin, der vom alten Dielenboden aufgesogen worden war. Katrine hatte ihren Koffer und die Tasche genommen und ... Jemand hatte den Sekretär weggeschoben, dachte sie, jemand hatte den Schlüssel gefunden, jemand hatte beschlossen, noch einmal zurückzukehren. Die Schlange zum Gate bewegte sich langsam vorwärts, bald kam der letzte Aufruf für die Passagiere des Flugs DY4046 nach Stockholm, bald würde sie sich in den Himmel tragen lassen, weg, weg, weg von dieser Erde, und nach einer Stunde und fünfundzwanzig Minuten würde sie wieder landen und würde doch niemals weit genug wegkommen.

»Haben Sie denn überprüft, ob die beiden zu Hause sind?«, fragte sie.

»Sind sie nicht. Im Gegensatz zu mir, nach einem elfstündigen Arbeitstag.«

Sie hörte den unregelmäßigen Atem des Polizisten, als er aus dem Auto stieg, eine Tür, die hinter ihm zufiel.

»Und meine Frau hat mir bereits mitgeteilt, dass das Essen schon kalt ist.«

Katrine erreichte in letzter Sekunde den Ausgang und zeigte ihren Pass und ihre Bordkarte. Als sie durch das Gateway zum Flugzeug ging, sah sie Sofias schmalen Rücken vor sich. Dieses Gefühl, die Jugendliche sei stärker, als sie es zeigte. Sie glaubte innerlich zu spüren, wie sie sich fühlte: dieser unbegrenzte Raum im eigenen Körper, und wie beengt dagegen die

Außenwelt schien, wie man zusammengepresst wurde und wuchs, und wie alles wehtat und nichts zusammenpasste.

Sie packte Sofia an der Schulter und zischte ihr gedämpft ins Ohr: »Hast du nicht gesagt, du hättest dein Handy vergessen? Oder war das nur ein Vorwand?«

Sofia schüttelte Katrines Hand ab und ging weiter.

»Wovon reden Sie?«

»Was hast du im Haus gemacht, als du zurückgegangen bist, um es zu holen?«

Sofia blieb kurz vor dem Flugzeug im Gang stehen, ein kalter Wind blies unter ihnen durch die Ritzen. Sie drehte sich um, und ihr Blick war fest und ruhig.

»Finden Sie, ich hätte sie einfach da sitzen lassen sollen? Wie elende Tiere in einem Käfig?«

Der schwarze Hund hechtete über den Schneewall und schlitterte auf der Schneekruste weiter, die nach dem gestrigen Tauwetter vereist war.

»Hierher, Poker.«

Tomas Haara rief erneut, schlug mit der Leine gegen sein Bein, eigentlich hatte er seinen Hund doch besser erzogen.

»Hierher, habe ich gesagt!«

Aber der Hund hatte das Gleichgewicht wiedergefunden, galoppierte schnurstracks auf den Hofplatz und verschwand hinter der Sommerküche in Richtung des Haupthauses. Schnelles Pfotengetrappel auf Harsch, dann wurde es still. Aus dem Schornstein stieg kein Rauch auf, nichts deutete darauf hin, dass der neue Besitzer schon aufgestanden war, obwohl es bereits nach acht am Morgen war. Tomas hielt zwischen den Häusern nach dem schwarzen Wollknäuel Ausschau und fühlte sich fremd. Diese Runde war er als Erwachsener jeden Tag seines Lebens gegangen, mit Ausnahme seiner Wehrdienstzeit und der seltenen Male, wenn er eine Grippe hatte. Die Hunde hatten natürlich gewechselt, aber Rauhala war noch immer dasselbe, genau wie die Birken und der Fluss und der Geruch des Windes, der das Ende des Winters ankündigte. Solche Dinge existierten, ohne dass man sie infrage stellen oder darüber nachdenken musste. Und dann zog plötzlich ein Russe ein.

»Poker! Was treibst du da bloß, komm her!«

Aber der Hund war nicht mehr zu sehen. Tomas lief den ganzen Weg bis zum Hof, am Aitta vorbei. Hatte er sich in Richtung Fluss geschlagen, um einen Hasen zu jagen? Dann sah Tomas, dass die Tür zum Viehstall nur angelehnt war. Er war doch hoffentlich nicht hineingeschlüpft, dieser Dummkopf?

Wenn sich seit Tomas' Kindheit nichts verändert hatte, als sie sich dort hineingeschlichen und Verstecken oder Krieg der Rosen gespielt hatten, wenn alles noch so war wie früher, dann befand sich der Schuppen in Rauhala in einem bedenklichen Zustand. Rostige Landmaschinen und Säcke mit altem Schrott, spitze Mistgabeln und morsche Dielen, hochstehende Nägel. Und letztes Jahr war auch noch das Dach eingestürzt. Für einen dämlichen Border Collie gab es genügend Möglichkeiten, sich zu verletzen.

Er tat einige prüfende Schritte auf dem harschen Schnee, er würde wohl halten. Von Murmansk oder Archangelsk hierher ziehen, das konnten die Russen, aber beim Schneeräumen hörte es auf.

Es ärgerte ihn mehr, als er sich eingestehen wollte. Nicht dass sie hierherkamen, denn Norrbotten brauchte mehr Menschen, und er hatte auch von einigen Kerlen in Tornedalen gehört, die sich russische Frauen zugelegt hatten. Dann durfte man sich nicht darüber beschweren, dass auch Männer kamen, das wäre schließlich Geschlechterdiskriminierung.

Er zuckte zusammen, als Poker Laut gab, ein ausdauerndes Gebell drang aus dem Stall.

Eine Ratte vielleicht? Tomas drehte sich um und sah zum Haupthaus hinüber, aber abgesehen davon, dass die Scheiben nicht mehr gefroren waren, sah es genauso verlassen aus wie immer. Erst dann fiel ihm auf, dass auf dem Hofplatz kein Auto stand, kein roter 9000er mit einem Kratzer im Lack und einem kaputten Türgriff auf der Beifahrerseite. Tomas hatte mit diesem Saab vor einigen Monaten selbst eine Probefahrt gemacht, hatte aber gefunden, dass der alte Stig Björnfot unangemessen viel dafür verlangte.

Also war niemand zu Hause. Auch das versetzte ihm einen Stich, obwohl er fest beschlossen hatte, es zu vergessen. Er fragte sich, ob die beiden wohl gemeinsam weggefahren waren.

Einen Tag. Nur einen einzigen verdammten Tag war dieser Russe in Kivikangas gewesen, und schon hatte er sich eine Frau geangelt.

Tomas hatte gesehen, wie sie am Abend hinüber nach Rauhala gegangen war. Und er hatte auch gesehen, wie sie zurückgegangen war. Am nächsten Morgen.

Die Frau aus Stockholm, Katrine, an die er so oft gedacht hatte, von der er geträumt hatte, für die er geheizt und geschuftet hatte. Er hatte nach Vorwänden gesucht, ihr zu helfen, und Pläne geschmiedet, was er zu ihr sagen würde. Er war ein Idiot, und sie war die Sorte Frau, die sich nie mit etwas zufrieden gab.

»Jetzt halt doch die Klappe«, brüllte er den Hund an, der noch immer wie verrückt bellte.

Er ging den letzten Schritt zum Stall und riss die Tür auf. Licht fiel durch die Ritzen in den Wänden und das Loch im Dach, der Schnee war hereingefegt und hatte sich mit dem Staub vermengt.

Poker schnüffelte neben einer der alten Kuhboxen herum.

»Was hast du denn, Hergott noch mal?« Tomas griff nach einem Spaten und duckte sich unter einigen Dachlatten hinweg, die von oben herabragten, er achtete genau darauf, wohin er seine Füße setzte. Der Hund war furchtbar unruhig, er jaulte und versuchte, Tomas' Aufmerksamkeit zu erregen, sprang in die Box hinein und wieder hinaus.

»Hast du einen alten Schuh gefunden, ist es das?«

Dann war er in den eigentlichen Kuhställen und entdeckte das Bein, das zu dem Schuh gehörte. Und alles andere, was der Hund gefunden hatte: Hände und Arme und Augen, die ihn stumpf anstarrten, und plötzlich war es so still, nicht einmal mehr Poker gab noch einen Ton von sich. Tomas stolperte hinaus, rannte in Richtung Tür und mit dem Kopf gegen einen morschen Balken. Er hörte den dumpfen Aufprall, als er auf dem Boden aufschlug, über ihm tat sich das Dach auf, und er sah geradewegs in den Himmel.

Sie kam gerade vom Pendelzug und ging den Bürgersteig entlang, als die SMS von Sofia Palo eintraf.

»Bin an der Paddington Station. Wie komme ich am besten zum Hotel, mit der Bakerloo Line oder der Circle?«

Sie spürte ein Kribbeln im Bauch, eine kurze, physische Sehnsucht.

»Nimm die Circle bis King's Cross und steige dort in die Picadilly Line bis Russell Square. Alles okay?«

Sie sah den U-Bahn-Aufgang vor sich, die roten Ziegelhäuser in Bloomsbury, wo man noch immer halbwegs günstige Zimmer mieten konnte. Erinnerte sich an den Jubel in ihrem Körper, den Rausch, diese erste Zeit der Freiheit und die schlecht bezahlte Drecksarbeit, bevor ihre Karriere anfing, vor Alastair, als ihr die Welt noch offenstand. Sie überlegte, ob Sofia sich jetzt auch so fühlte, wenn sie in den U-Bahn-Tunnel hinabfuhr, die fremden Gerüche, der Geschmack eines anderen Lebens.

Das Handy piepste erneut, drei glückliche Smileys von Sofia.

Katrine ging in sich, doch sie spürte keine Reue über die Entscheidung, nicht wieder mit nach London zurückgegangen zu sein.

Es war aus.

Es gab Dinge, die man nie am Telefon erledigen sollte, aber sie hatte es dennoch getan.

Außerdem hatte Alastair danach gefragt.

Wie oft hatte sie diese Frage nicht schon bejaht, obwohl sie ihr Unbehagen bereitete und sie immer ein wenig beklommen wurde, wenn sie aufkam.

Jetzt hatte sie also Nein gesagt, am Ende.

Ich liebe dich nicht. Es tut mir leid, aber so ist es.

»Okay«, hatte Alastair geantwortet. »Dann gibt es vermutlich nicht mehr viel zu besprechen.«

Und damit war es ihr auch erspart geblieben, etwas über Michail Lebedew sagen zu müssen.

Sie kam an einem Thai-Restaurant vorbei und blieb abrupt vor dem Kiosk daneben stehen.

Zwei Zeitungsaufsteller mit nahezu identischen Schlagzeilen.

MASSENMORD IN TORNEDALEN stand auf dem einen.

MASSENMORD IN NORRBOTTEN auf dem anderen.

Katrine starrte sie an und konnte keinen klaren Gedanken fassen. Ein Foto war auch dabei. Es stellte einen Hof dar, der sich grau vor dem weißen Schnee abhob. Rauhala. Kein Zweifel. Und unter der Schlagzeile stand:

Drei Tote nach blutigem Schussdrama.

Matti Palo, schoss es ihr durch den Kopf, und sein Kumpel, sie sind aus meinem Keller geflüchtet und nach Rauhala gegangen, um sich zu rächen oder irgendetwas anderes Bescheuertes. Oder hatte er sie dorthin geholt? Hat Michail Lebedew sie erschossen und sie mit auf seinen Hof genommen?

Sie brachte es nicht über sich, in den Laden zu gehen. Schaute auf das Handy, das sie immer noch in der Hand hielt. Geh ins Internet, sagte sie sich selbst, da steht doch alles, du musst herausfinden, was passiert ist. Tu es einfach.

Im selben Moment klingelte das Telefon. Sie zuckte zusammen, als hätte man ihr einen Schlag verpasst, hob es ans Ohr und murmelte ein leises Hallo.

»Gut, dass ich Sie erreiche. Hier ist Anttila.«

»Hallo«, sagte Katrine.

Sie starrte auf die Schlagzeilen und versuchte eine Frage zu formulieren. Wer? Was? Warum?

Der Kommissar kam ihr zuvor.

»Wer war der Russe, der auf Rauhala eingezogen ist?«

»Ist er es gewesen?«, fragte sie leise. »Wer sind die Toten?«

»Also haben Sie die Schlagzeilen schon gesehen. Sind Sie in London?«

»Nein ... auf dem Weg zu meiner Mutter.«

Sie konnte hören, dass Antti Anttila im Freien unterwegs war, seine Schritte im Schnee, sein leichtes Schnaufen.

»Wir haben sieben Zeugen, die aussagen, dass Sie sich abends auf Rauhala aufgehalten haben.«

»Wer ist der Dritte?«, fragte Katrine.

»Zeuge?«

»Nein ... der dritte Tote.«

Für einen Moment herrschte Stille.

»Sie wissen also, wer die anderen beiden sind?«

»Sind es Matti ... Matti Palo und ...?« Plötzlich konnte sie sich nicht mehr an den Namen des anderen erinnern. Sie setzte sich in Bewegung, musste weg von diesen Schlagzeilen, die ihr direkt ins Gesicht schrien.

»Warum glauben Sie, dass jemand die beiden erschießen wollte?«, fragte der Polizist.

»Sie haben doch gesagt, dass die beiden weg wären ...«

»Die Jungen sind wieder zu Hause. Sie hatten einen Ausflug nach Lappträsk gemacht, einen Cousin in Vestola besucht und ein bisschen zu viel Bier getrunken. Zum Glück waren sie so schlau, über Nacht dortzubleiben.«

Sie leben also, dachte sie, empfand jedoch nichts dabei.

»Aber wer sind dann die Toten? Auf Rauhala?«

In der kurzen Pause, die folgte, ging sie im Kopf alle Nachbarn durch, Anna Haara und Tomas, Promise! War Promise zurückgekommen, um dort zu putzen?

»Tja, es scheint, als hätten wir sie bald identifiziert«, antwortete Anttila. »Diese Typen sind ja wie wandelnde Visitenkarten. Bis sie eines Tages nicht mehr wandeln.«

Sie hörte, was er sagte, ohne es zu verstehen.

»Was meinen Sie?«

»Na, die Russen«, antwortete er. »Mit ihren Gefängnistätowierungen. Das sind die reinsten Nachschlagewerke, sofern man diese Sprache beherrscht. Auch wenn es eine ziemlich altmodische Enzyklopädie ist, wenn man der Reichskriminalpolizei glaubt. Die richtig großen Fische haben längst damit aufgehört. Sie sehen es eher als Vorteil, mit der Menge zu verschmelzen, statt die Leute zu Tode zu erschrecken.«

Bilder flimmerten in ihrem Kopf vorbei. Sie sah eine Pistole, sah einen Mann im Bett auf Rauhala. Seinen nackten Körper.

»Waren sie alle tätowiert?«

»Ja, alle.«

»Wissen Sie, wer sie erschossen hat?«

»Tja, genau das wollte ich eigentlich Sie fragen. Wie gesagt gibt es Zeugen, die aussagen, dass Sie zu dem neuen Eigentümer des Hofes Kontakt hatten.«

»Ich war nur einmal zum Abendessen dort«, sagte sie. »Ein Essen unter Nachbarn. Es gab Hacksteak mit Zwiebeln.«

»Und worüber haben Sie so geredet? Unter Nachbarn?«

Sie musste schlucken.

»Über Literatur«, antwortete sie. »Über das Leben in Kivikangas. Dass es dort wichtig ist, zu wem man gehört.«

Sie schluckte erneut.

»Glauben Sie, er hat die Männer erschossen?«

»Wir haben ihn nicht danach fragen können. Er saß leider nicht mit einer Tasse Kaffee in der Küche und hat auf uns gewartet.«

Fingerabdrücke, dachte sie, auf Rauhala, in meinem Haus, überall. Sie werden herausfinden, wer er ist, auch wenn ich es nicht sage. Und wie lange halten sich eigentlich die Spuren, die er in mir hinterlassen hat? Sie zog ihren Jackenärmel weiter herunter. Darunter hatte sie einen blauen Fleck, von seinem Griff.

»Wer auch immer es war, er muss einen guten Schalldämpfer gehabt haben, denn auch diesmal hat niemand etwas gehört.« Antti Anttila seufzte. »Fünfundzwanzig Prozent von solchen Schüssen dringen trotzdem immer durch. Das ist genug, um es zu hören, wenn man draußen spazieren geht, aber wenn man schläft, wird man offenbar nicht davon wach.«

»Er hat gesagt, dass er Universitätsdozent ist«, sagte Katrine. »Sein Name ist Michail Lebedew.« Sie presste die Fingerspitzen der einen Hand gegen die Schläfe, näherte sich der Wahrheit, soweit sie es wagte. In ihrer Erinnerung würde er immer so heißen, und sollte sie je im Schlaf über ihn reden, würde sie diesen Namen sagen.

»Und er sagte, dass er aus Sankt Petersburg käme, er sprach gut Englisch. War groß, hatte braune Augen.«

Was noch? Ein besonderes Interesse für Gogol? Er hatte grobe Hände, durfte sie seine Hände beschreiben?

»In den Papieren über den Kauf steht, dass ein Fonds den Hof erstanden hat«, sagte Anttila. »Der Fonds für Schutz und Beistand der Herz- und Lungenkranken. Den Beistand hätten sie dringend nötig gehabt, diese Kerle im Viehstall, sie waren mehr als herzkrank, die ganze Lunge war durchlöchert. Die Techniker haben einige Kugeln gefunden, die die Wand des Haupthauses durchschlagen haben, hohle Spitze, 5,62 mm.«

»Was bedeutet das?«

»Eine Kalaschnikow, vermutlich eine AKM oder AK-74, es kommen mehrere Modelle infrage. Die Kugeln sind in den 1960ern von den Russen entwickelt worden, um die Effektivität gegenüber weichen Zielen zu verbessern. Nach dem Warschauer Pakt wurden sie durch die sogenannte NATO-Munition ersetzt, Kaliber 5,56. Ein Universitätsdozent, sagten Sie?«

»Wissen Sie, wo er hin ist?«

»Das Auto haben wir auf einem Parkplatz in Haparanda

gefunden. Er kann zu Fuß über die Grenze nach Finnland gegangen sein oder den Bus nach Luleå genommen haben. Unter anderem.«

War sie ein wenig erleichtert? Er konnte jederzeit überall auftauchen. Würde sie jemals aufhören, sich umzusehen? Katrine bog in einen Fußweg ein, der an einer Kindertagesstätte vorbeiführte. Sie musste jetzt einen kühlen Kopf bewahren. Sie betrachtete die Rasenflächen, die immer noch welk und braun waren, mittendrin standen ein paar Osterglocken.

»Diese Art von Fonds war in der früheren russischen Gangsterwirtschaft sehr verbreitet, sagen die Experten, um Geld zu waschen und Schutzgeld zu zahlen«, erklärte Anttila.

»Aber stand auf dem Überlassungsvertrag nicht ein anderer Name, ein schwedischer?«

»Tage Magnusson. Der Mann hatte nur Postfach-Adressen, seit er vor achtzehn Jahren aus der Anstalt von Beckomberga entlassen wurde, er kann genauso gut tot sein.«

Tote Seelen, dachte sie. Sie kaufen tote Seelen, kaufen Identitäten, die verschwinden oder sterben.

»Und der Makler«, sagte sie, »Jerker Nyberg in Luleå, haben Sie mit dem gesprochen?«

»In seinem Büro heißt es, er wäre nach Thailand geflogen, aber die Adresse, die er angegeben hat, existiert nicht. Am interessantesten ist in diesem Zusammenhang wohl die Anwältin, die das Geschäft vermittelt hat. Sie wurde vor einigen Tagen ermordet aufgefunden. Ich glaube, Fredrik Höijer in Stockholm hat Sie deswegen kontaktiert.«

»Ja, das stimmt.«

Katrine näherte sich dem Wohnheim für Demenzkranke, das hinter der Kindertagesstätte lag, mitten auf ihrem alten Schulweg. Gebäude aus Holz in warmen Pastellfarben. Dort drinnen befand sich ihre Mutter, in dem Zimmer, das so hell und schön war. Konnte sie jetzt nicht einfach endlich dorthin gehen, sich neben sie setzen und ihre Hand halten?

»Matti Palo lässt Sie übrigens grüßen und Ihnen ausrichten, dass er auf eine Anzeige gegen Sie verzichtet«, sagte Anttila.

»Anzeige? Gegen mich? Weswegen?«

»Er sagt, das durchgedrehte Weib aus Stockholm hätte ihn und seinen Freund mit dem Schürhaken bedroht und in den Keller gejagt.« Der Kommissar lachte ein wenig. War das wirklich so lustig? Katrine musste feststellen, dass ihre Mundwinkel tatsächlich auch ein wenig zuckten, unwillkürlich war sie von den Lügen der beiden beeindruckt.

»Aber von dem Mord an Svanberg wissen sie nichts«, fuhr Anttila fort.

»Ja, ist doch klar, dass sie versuchen ... Haben Sie die Jagdhütte untersucht?«

»Ich habe einen unserer Männer auf dem Motorschlitten hingeschickt, und Sie hatten recht. Es sieht aus, als wäre dort eingebrochen worden.«

»Es war kein Einbruch, Thore Palo hat die Einrichtung selbst zertrümmert.«

»Und alle eventuellen Beweise vernichtet.«

Katrine sank auf eine Bank, die glücklicherweise dort stand, eine kleine Gruppe Gartenmöbel, damit die Alten den Frühling willkommen heißen konnten. Sie dachte an ihre Aufnahme, das Geständnis.

Am Abend zuvor hatte sie auf dem Balkon in Västby gestanden und den Bruchstücken auf ihrem Diktiergerät gelauscht. Würde das als Beweismaterial taugen? Wenn sie es auf den Computer spielte und Michail Lebedew herausschnitt? Wie viele Sekunden würden die Techniker brauchen, um festzustellen, dass das Band manipuliert war? Sie hatte sogar in Erwägung gezogen, eine Reportage daraus zu machen. Dann könnte sie unbeschwert kürzen, Sachen ergänzen und herausschneiden, ihren Schwerpunkt frei wählen und auf den Zeugenschutz verweisen.

Und wenn es doch herauskam? Morgen oder nächste Woche

oder in zehn Jahren – dass die Journalistin über die Anwesenheit eines russischen Gangsters geschwiegen hatte, dass sie mit ihrem eigenen Blut, mit ihrem ganzen Wesen, in diese Sache verwickelt war?

Lange hatte sie so mit den Fingern auf den kleinen Tasten verharrt. Einfache Kommandos. Löschen? Rückgängig machen? Das Einzige vernichten, was ihr von dem Mann blieb, der sich Michail Lebedew nannte?

Am Ende hatte sie die Erinnerung ganz hinten in einer Schublade versteckt, im ehemaligen Kinderzimmer, das Anders und sie all die Jahre geteilt hatten.

»Wir betrachten den Mord als polizeilich aufgeklärt«, sagte Anttila.

»Und was bedeutet das?«, fragte Katrine. »In diesem Zusammenhang, meine ich?«

»Wir wissen, dass sie es waren, aber wir können sie nicht dafür verhaften. Jedenfalls jetzt noch nicht.« Der Kommissar seufzte schwer. »Sie haben sich finanziell völlig ruiniert. Der Gerichtsvollzieher hat einen Pfändungsbeschluss erlassen, es geht um eine Reihe SMS-Kredite, und dann ist Åke, der Vater, für ein größeres Darlehen in Vorleistung getreten, um alles wieder ins Lot zu bringen. Er hat einen Kredit aufs Haus aufgenommen, aber auch das Geld ist weg. Sie denken immer, sie wären nichts, wenn sie all das Zeug nicht hätten, das alle anderen auch haben, Autos und Motorschlitten und Lautsprecher und das neuste iPhone … ist es mittlerweile das fünfte oder sechste Modell?«

»Alle anderen haben so etwas ja wohl auch nicht.«

»Wir behalten sie im Auge. Wenn wir sie jetzt nicht kriegen, werden wir sie eben beim nächsten Mal auf frischer Tat ertappen. Es sind doch ganz normale Jungs, sie werden es nicht lange durchhalten, darüber zu schweigen.«

Katrine spürte, wie sich etwas in ihr löste, dann fühlte sie nur noch Leere. Wie lange konnten sie schweigen, achtzig Jahre lang?

»Und Thore Palo«, fragte sie, »wird er rehabilitiert, oder werden weiterhin alle glauben, dass er es gewesen ist?«

Antti Anttilas Antwort kam zögernd.

»Es war seine Wahl«, sagte er schließlich. »Er wollte lieber schweigen und sterben, als die Wahrheit ans Tageslicht kommen zu lassen.«

Sie sah, wie die Tür zum Wohnheim geöffnet wurde. Ein alter Mann schob eine noch ältere Frau im Rollstuhl heraus, die in Decken gehüllt war.

»Dann kann ich jetzt wohl meine Mutter besuchen«, sagte sie.

»Nur einen Augenblick noch.«

In der Leitung raschelte es ein wenig, vielleicht blätterte er in einem Notizblock. Katrine fragte sich, was dort über sie zu lesen war.

»Nach den Angaben der Stockholmer Polizei haben Sie kürzlich eine Reise nach Russland unternommen.«

»Ja, ich war in Petrosawodsk«, sagte sie. »Ich habe nach einem meiner Vorfahren gesucht, der in der Stalinzeit hingerichtet worden ist.«

»Und anschließend haben Sie ein paar Tage in Sankt Petersburg verbracht. Was haben Sie dort gemacht?«

Ja, was hatte sie dort gemacht? *Je weniger du davon in Erinnerung behältst, desto besser ...* Also was hatte sie dort gemacht?

»Ach, da war ich vor allem als Touristin unterwegs. Ich habe im Hotel Dostojewski gewohnt ... und bin nach Puschkin gefahren, habe mir den Sommerpalast von Peter dem Großen angesehen, den er für Katharina die Erste hat bauen lassen ... Ich interessiere mich für die Architektur des Barock.«

Katrine schlug sich die Hand vor den Kopf und hoffte, dass sie richtig geraten hatte, dass es wirklich Barock war und nicht irgendeine andere Epoche. Warum log sie über eine so idiotische Sache?

»Und für das Rokoko«, fügte sie sicherheitshalber hinzu.

»Also haben Sie diesen Michail Lebedew nicht dort getroffen?«

»Nein, ich bin ihm nie zuvor begegnet.«

»Unsere Zeugen«, fuhr Antti Anttila fort, »sagen übereinstimmend, dass Sie die Nacht über in Rauhala geblieben und erst am Morgen von dort weggegangen sind, stimmt das?«

»Nein«, antwortete Katrine und schluckte.

»Es sind sieben Zeugen.«

Sie dachte blitzschnell nach, erinnerte sich daran, wie sie den Weg zurückgegangen war. Sie war keiner Menschenseele begegnet.

»Dorfgetratsche«, entgegnete sie. »Sie wissen doch, wie das ist, eine Frau kommt in den Ort ... und so weiter.«

»Gibt es noch irgendetwas, was Sie über diesen Mann zu berichten haben?«

»Nein«, antwortete sie. »Nichts.«

Ihre Mutter sah sie verwirrt an.

»Ich bin es. Katrine.«

Ingrid tätschelte ihre Hand. Katrine begegnete ihrem Blick, der jetzt klar wirkte, sie hatte das Gefühl, wiedererkannt zu werden. Der Zustand ihrer Mutter hatte sich ein wenig gebessert, sie bekam ausreichend Essen, Nährstoffe und Antidepressiva, und vielleicht fand sie auch ein wenig Ruhe, weil sie nicht mehr zwischen so vielen Zimmern hin- und hergehen musste.

Katrine schloss die Tür hinter sich.

Anders und Gunilla hatten zwei Sofas, einen Couchtisch und eine Kommode dorthin gebracht und einige Gemälde und Lampen aus der Wohnung. Es war gemütlich, aber gleichzeitig hatte man den Eindruck, dass Ingrids Welt plötzlich auf dieses Inventar zusammengeschrumpft war, auf ein Zimmer von neunzehn Quadratmetern.

Katrine setzte sich und nahm Ingrids Hand.

»Mama«, begann sie, »ich werde dir jetzt ein Geheimnis verraten, das du niemandem sagen darfst.«

Und sie begann zu erzählen.

Sie versuchte in Ingrids Augen zu lesen, wie sie es aufnahm, dass sie eine Schwester hatte. Zuckte es in ihren Brauen, war da ein Funkeln in ihren Augen? Erinnerte sie sich überhaupt daran, was gestern war, und würde sie die Geschichte noch kennen, wenn sie sie morgen wieder hörte? Katrine hatte selbst den Eindruck, dass die Geschichte von der Schwester inzwischen wie ein Märchen klang, sie hatte geradezu eine eigene Melodie entwickelt. Sie wusste nicht, was davon wirklich bei ihrer Mutter ankam, hatte jedoch das Gefühl, dass sie die Stimme genoss, die Worte und die Nähe ihrer Tochter.

»Und sie sieht aus wie du, obwohl sie längeres Haar hat und ein Grübchen am Kinn. Und der Park, in dem sie wohnt, war früher der Park der russischen Zaren. Aber eigentlich hat das alles mit deinem Vater angefangen ...«

Erst als die Altenpflegerin anklopfte und sagte, dass es jetzt Zeit für das Abendessen sei, stand sie auf.

Sie umarmte ihre Mutter und flüsterte ihr ins Ohr, obwohl das wohl kaum nötig war: »Aber du darfst es niemandem erzählen.«

DANKSAGUNG DER AUTORIN

In meiner Familie gibt es ein Schicksal, das an jenes von Gunnar Pelttari erinnert. Mein Verwandter hieß Nils Bucht und ging in den 1930er-Jahren von Karungi in Tornedalen nach Sowjet-Karelien. Er ist nie wieder zurückgekehrt. Seine Geschichte hat mich inspiriert und motiviert, diesen Roman zu schreiben, aber damit hören die Gemeinsamkeiten auch schon auf.

Dies ist ein Roman. Keine der Figuren in diesem Buch existiert im wirklichen Leben, die Orte wurden versetzt und verändert, und Kivikangas existiert auf der Landkarte gar nicht. Es ist meine Vorstellung davon, was passiert sein könnte, genau wie das Bild, das ich von Tornedalen zeichne, mein ganz eigenes ist.

Und dennoch hätte ich all das nicht ohne Hilfe zusammenpuzzeln können.

Mein innigster Dank gilt Stina Bucht, die mir bei der Recherche eine große Unterstützung war, weil sie mir mit Orten, Kontakten und dem Meänkieli, dem Tornedalfinnisch, behilflich war und für mich diverse einsame Häuser ausgekundschaftet hat. Danke, Eva Karlsson, Thore Bucht, Doris Bucht und allen anderen aus der Familie Bucht, die ihr eure Erinnerungen, Sprache und das eine oder andere Haus mit mir geteilt habt. Einen besonderen Dank möchte ich Ebba Helmerson aussprechen, die mit all ihrer Kompetenz gelesen hat. Ohne euch wäre ich um so vieles ärmer.

Und es gibt unzählige andere, denen ich zu danken habe:

Carl-Uno Hanno, dem Gründer des Archivs der Volksbewegung in Luleå, dem es am Ende gelang, die wenigen überlebenden Sowjet-Emigranten zum Reden zu bringen und der ihre Berichte bewahrt hat. Kaa Eneberg, Journalistin, die ihre Schicksale weiter recherchiert hat und ihnen in den Reportagebänden *Zum Schweigen gezwungen* und *Kinder der Leugnung* eine Stimme gegeben hat.

Oksana Abramowa, Universitätsdozentin und Dolmetscherin in Petrosawodsk, die mich auch an die schwierigen Orte begleitete.

Victor Paaso von der Organisation Memorial in Karelien, der von seinen Erfahrungen berichtet hat, die Opfer aus der Stalinzeit zu exhumieren.

Dem ehemaligen Chef des Geheimdienstes der Reichskriminalpolizei für ein Gespräch über Arbeitsmethoden und die organisierte Kriminalität in Russland.

Sergej Malaschenko für Wanderungen in Puschkin und im Chruschtschow-Slum. Gunnar Johansson und Anatolij Maltsew für die Lokalisierung des Hauses in Sankt Petersburg und Irina Axelsson für russische Ausdrücke und sowjetische Schulerinnerungen.

Lasse Pesula für sein Wissen über die Landwirtschaftskasse und Hasse Alatalo für Einsichten in die Grammatik des Meänkieli.

Gunnel Senbom, weil ich mich noch einmal in eurem Haus einmieten durfte.

Ole Backe, Polizeikommissar in Haparanda, für Fakten und Diskussionen über die Polizeiarbeit vor Ort.

Kent Arringe, Waffenausbilder bei der Polizei in Örebro, weil er mich in die Kunst, eine Kalaschnikow zusammenzusetzen, eingewiesen hat.

Johanna Loisel von der Rechtsmedizinischen Fakultät in Umeå für ihre kreativen Ideen zum Thema Tötungsmethoden, Obduktionsabläufe und dem Auftauen von Leichen.

Ein großer Dank auch an Sveriges Författarfond und Norrbottens läns landsting für Stipendien, die mir bei der Finanzierung von Reisen und Recherchen geholfen haben. Das kostet nicht wenig.

Dem besten Verlag, Lind & Co, ich werde euch niemals gegen einen anderen eintauschen! Kristoffer Lind und Annika Legàth Fagerström, Kajsa Willén und alle anderen, Niklas Lindblad, der die Umschläge gestaltet, Lena Stjernström und allen anderen bei der Grand Agency, die meine Romane auf aufregende Reisen in die Welt hinausbringen.

Und last, aber auf keinen Fall least, Liza Marklund, die mich den ganzen Weg über begleitet hat. Danke, dass du dich für jedes kleine Drecksdetail interessierst, für deine guten Ideen und deine messerscharfe Kritik, danke, dass du immer da bist und die Kraft dafür aufbringst.